Adolphe Napolé

Annales archéologiques

Tome 20

Anatiposi

Adolphe Napoléon Didron, Edouard Didron

Annales archéologiques

Tome 20

Réimpression inchangée de l'édition originale de 1860.

1ère édition 2023 | ISBN: 978-3-38270-024-9

Anatiposi Verlag est une marque de Outlook Verlagsgesellschaft mbH.

Verlag (Éditeur): Outlook Verlag GmbH, Zeilweg 44, 60439 Frankfurt, Deutschland
Vertretungsberechtigt (Représentant autorisé): E. Roepke, Zeilweg 44, 60439 Frankfurt, Deutschland
Druck (Imprimerie): Books on Demand GmbH, In de Tarpen 42, 22848 Norderstedt, Deutschland

ANNALES
ARCHÉOLOGIQUES

PAR

DIDRON AINÉ

SECRÉTAIRE DE L'ANCIEN COMITÉ HISTORIQUE DES ARTS ET MONUMENTS
MEMBRE DE L'INSTITUT ROYAL DES ARCHITECTES BRITANNIQUES

TOME VINGTIÈME

PARIS
LIBRAIRIE ARCHÉOLOGIQUE DE VICTOR DIDRON
RUE SAINT-DOMINIQUE-SAINT-GERMAIN, 23

1860

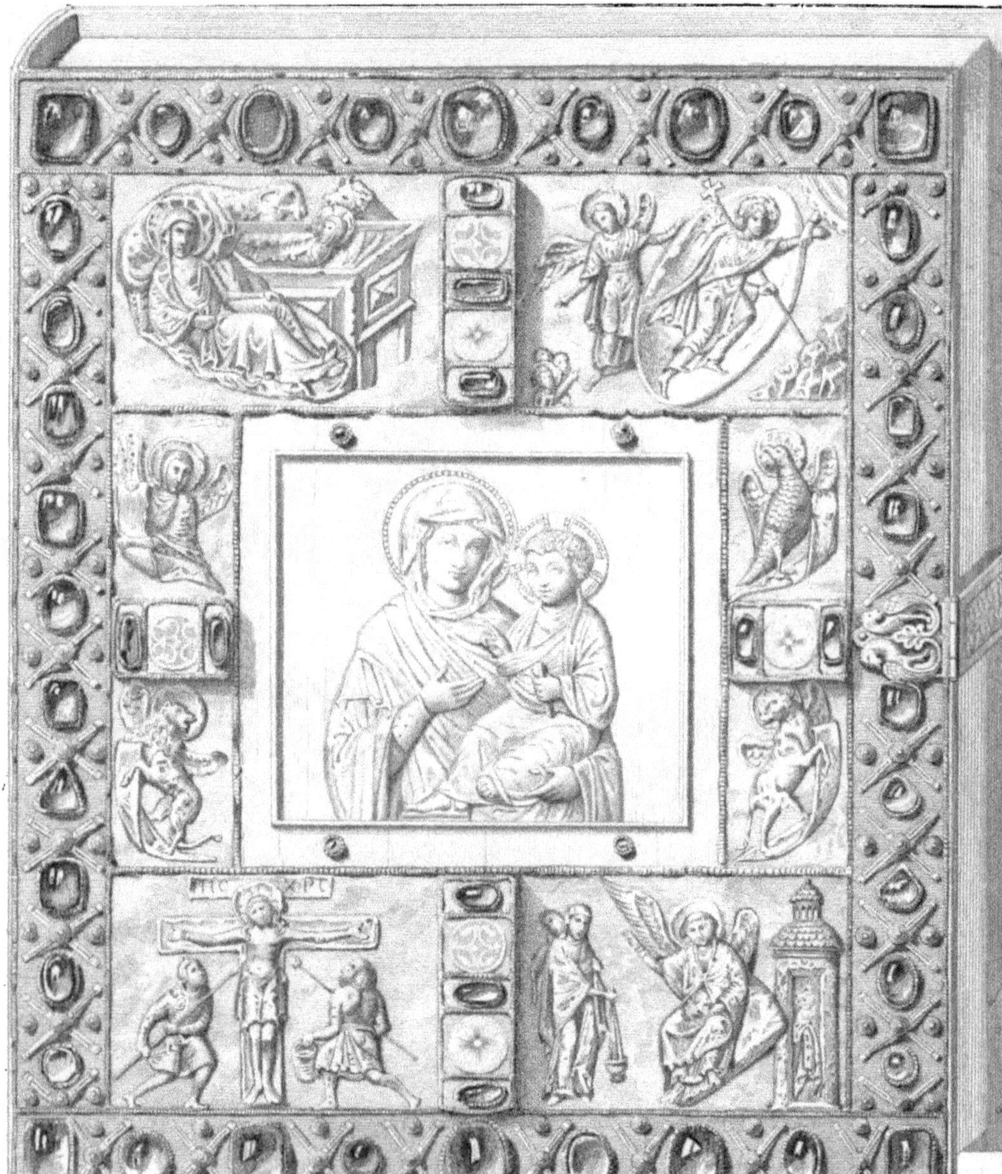

COUVERTURE DE MANUSCRIT

ANNALES

ARCHÉOLOGIQUES

TRÉSOR DE SAINT-ÉTIENNE

COLLÉGIALE DE TROYES [1]

Le palais habité ordinairement par les comtes de Champagne était situé à l'endroit qu'occupe aujourd'hui, à Troyes, le bassin du canal de navigation. Là existait une petite église consacrée à Jésus crucifié, sous l'invocation de saint André, et desservie par deux chapelains.

En 1157, Henri le Libéral changea cette modeste chapelle en une église vaste et splendide, et la dédia au premier martyr, saint Étienne. Il y fonda soixante-douze canonicats et y créa neuf dignités.

Aux titulaires de ces prébendes, qu'il appelait « ses enfants, ses chapelains » (« filios meos, capellanos meos »), il donna des biens considérables, en les

1. Dans l'inventaire qu'on va lire, et qu'a bien voulu transcrire et annoter pour les « Annales » M. l'abbé Coffinet, chanoine de Troyes, il est question de plusieurs TEXTES, d'or, d'argent, de pierreries, d'émaux et de filigranes. Ces textes sont des couvertures de livres liturgiques, missels, psautiers, évangéliaires; la couverture est destinée à protéger le texte et à lui faire honneur, comme l'habit honore et garantit l'homme. Mais de même que l'habit ne fait pas l'homme, de même aussi on n'aurait pas dû appeler texte ce qui en est seulement l'enveloppe. Quoi qu'il en soit, l'usage a prévalu et, pendant tout le moyen âge, on a confondu le dehors avec le dedans, l'enveloppe avec ce qu'elle contient, et l'on a donné le nom de texte à la couverture comme au texte même.

Ces textes ou couvertures de livres liturgiques abondent encore dans les anciens trésors qui n'ont pas été dilapidés, ou, comme en France, dans les bibliothèques publiques et dans les collections particulières. La gravure que nous donnons en tête du travail de M. le chanoine Coffinet invitant à « prier pour le remède et le salut de son âme », ainsi que de celle de son père, le comte Thibault, et de ses prédécesseurs.

Animé envers la sainte Vierge d'une dévotion tendre qui lui avait été inspirée par saint Bernard, abbé de Clairvaux, le pieux comte fonda en outre quatre chanoines, dits de « Notre-Dame ». Chaque jour ces chanoines devaient chanter une messe haute à la Vierge dans une chapelle spéciale de l'église de Saint-Étienne et y entretenir une lampe ardente.

Les neuf dignités de la collégiale étaient celles de Doyen, Sous-Doyen, Prévôt, Chantre, Sous-Chantre, Trésorier, Chévecier, Écolâtre et Cellérier. — Ces diverses fonctions furent, de tout temps, remplies par des ecclésiastiques éminents en science et en vertu.

Le trésor de la collégiale était digne de la magnificence de son fondateur, qui l'avait enrichi d'un grand nombre de châsses toutes couvertes d'or, d'argent, de pierreries et d'émaux; ces châsses renfermaient une quantité considérable de reliques infiniment précieuses.

Parmi les objets les plus riches de ce trésor, on admirait une table d'or,

représente la couverture d'un manuscrit que l'empereur d'Allemagne, Henri II (1002-1024), aurait donné à la cathédrale d'Aix-la-Chapelle. Cette couverture serait donc des premières années du XIe siècle; rien ne s'y oppose absolument.

La tablette carrée, qui en occupe le centre, est en ivoire, et cet ivoire est célèbre dans toute l'Allemagne. On l'a moulé en plâtre, et j'en ai reçu le moulage en même temps de Francfort-sur-le-Mein, de Nuremberg et d'Aix-la-Chapelle. On s'explique cette célébrité par sa provenance; car c'est probablement un ivoire byzantin : l'enfant Jésus y bénit à la grecque et la Vierge y est coiffée comme les Panaghias byzantines. Cependant les sandales découvertes, attachées aux pieds de Jésus, pourraient être un caractère de romain ancien tout aussi bien que de byzantin.

Autour de cette tablette, en petites lames d'or repoussé, sont disposés les attributs des évangélistes tenant chacun une banderole et occupant la place régulière qui leur est dévolue. Puis, en plus larges plaques d'or repoussé, la Nativité, le Crucifiement, le « Surrexit non est hic », l'Ascension. La Vierge de la Nativité est âgée et a les pieds nus; Jésus est crucifié, les bras horizontaux et les pieds séparés, sur une croix dont le titre est marqué de lettres grecques et s'allonge en double croisillon; le vase à parfums de la première myrrophore est un encensoir sans couvercle et à chaînes courtes plutôt que longues; le sépulcre est en forme de lanterne à toits écailleux; le Christ de l'Ascension, redevenu jeune et imberbe, monte au ciel à l'aide du bras de son Père. Ces caractères et bien d'autres, que l'on constatera en regardant notre planche, attestent une époque ancienne d'un côté; de l'autre, une influence, si ce n'est une origine byzantine.

Entre les petites et les grandes plaques d'or, des pierres précieuses alternent avec des rondelles d'émail translucide et cloisonné d'or. La bordure de pierreries séparées par des bâtons d'or, en forme d'X, que fixe au centre un bouton de filigrane, me paraît moderne et d'invention toute récente, comme le fermoir du livre.

Je dois la communication du dessin de cette couverture à M. l'abbé Fr. Bock, chapelain de Cologne, qui, né à Aix-la-Chapelle, songe à publier l'inestimable trésor du monument de Charlemagne. L'artiste qui a exécuté ce dessin, et que je ne connais pas, est un habile homme et d'une précision qui approche de la photographie. *(Note de M. Didron.)*

chargée de bas-reliefs et décorée de diamants. — Elle servait de parement au maître-autel dans les grandes solennités. Plus tard, le sire de Piennes, connétable de France, l'enleva aux chanoines, pour contribuer au paiement d'une partie de la rançon du roi Jean. On y remarquait aussi une croix d'or d'une très-grande dimension, tout étincelante d'émaux et de pierreries, et qui était exposée sur l'autel aux principales fêtes. Le roi Charles V, passant à Troyes en 1367, fut frappé de la hauteur et de la beauté de cette croix, et manifesta le désir de la posséder. Le chapitre chargea deux de ses membres de lui offrir ce précieux objet qui, depuis, figura au trésor de la Sainte-Chapelle de Paris.

Les savants auteurs du « Voyage littéraire » [1] et du « Recueil des Archevêchez et Évêchez » [2] disent : « Il y a peu de trésors en France, qui égalent celui de la collégiale de Saint-Étienne de Troyes, ou qui en approchent, tant pour la richesse de la matière, que sous le rapport de l'art. On n'y voit qu'or et que pierreries, qu'agathes, rubis, topases, d'une grosseur merveilleuse, et taillés avec tant d'adresse, qu'il est difficile de l'exprimer. On y voit aussi plusieurs textes couverts d'or et enrichis de pierres précieuses de diverses couleurs, mais si bien placées, qu'on dirait que ces couleurs ont été mises exprès pour l'ornement de l'ouvrage. On doit encore à la munificence du fondateur de la collégiale de rares manuscrits, des pierres gravées, des croix processionnelles d'un travail admirable, ainsi qu'une foule de reliquaires, remarquables par les émaux et les figures en relief, d'or, d'argent et d'ivoire, dont ils sont décorés. Rien n'a été négligé pour en assurer la conservation... »

Le mémoire suivant, rédigé sous forme d'inventaire par un chanoine de la collégiale de Saint-Étienne, peu d'années avant la destruction de cette église, nous fera connaître quelle était encore à cette époque la splendeur de son trésor. Ce catalogue renferme 88 articles descriptifs de chaque objet. L'or, l'argent, les émaux, les perles fines y brillaient avec profusion. Mais, aujourd'hui, tant de richesses religieuses et artistiques ont disparu; et les restes, s'il en existe maintenant quelques-uns, sont disséminés çà et là, comme tant d'autres monuments précieux, que la piété et l'opulence avaient réunis dans nos vieilles églises!

1. Tome Ier, page 90.
2. Tome II, page 833.

MÉMOIRE DES RELIQUES, RELIQUAIRES ET TOMBEAUX

QUI SONT DANS L'INSIGNE ET ROYALE ÉGLISE COLLÉGIALE DE SAINT-ESTIENNE DE TROYES.[1]

1° — Un grand Agnvs Dei. Oval, vitré de part et d'autre; long de six pouces, et large de plus de quatre et demy; dont la bordure est toute d'argent.

2° — Un reliquaire, garni d'argent et de cuivre doré, de huit pouces en quarré. Il y a, au dessus, quatre arrestes de cuivre doré; au milieu du dessus, une pomme de cristal garnie de cuivre doré. Chaque costé a une figure d'ange poussée en argent; et il y a, dedans, le chef de sainte Agnès, vierge et martyre.

3° — Le Baston Pastoral de Saint-Thomas de Cantorbéry, couvert d'argent, long de trois pieds et demy [2].

4° — Un Reliquaire plat. Oval formé de demis ronds; long de plus de sept pouces sur six de large; garni, sur le devant, d'argent, de cuivre et de cinq émaux de même métail; celuy du milieu, oval, représente Notre Seigneur; et quatre autres demis ronds représentent les quatre Évangélistes. Il y a quatre pierres. Le derrière est fermé d'une plaque de cuivre doré, qui représente un ange et des feuillages. Il y a, dedans, des reliques de saint Clément, Pape et martyr, et de sainte Syre, de Troyes.

5° — Une Image de saint Estienne, rond en bosse, revestu en Diacre, d'argent doré; haut de quinze pouces sur cinq de diamètre; garni de perles et de pierreries; portant une palme d'argent doré; et, de la main droite, tenant un bocal de cristal, long de près de trois pouces et demy sur un pouce de large, taillé à huit pans, garni d'argent doré aux deux bouts, dans lequel il y a de la couronne de la sainte Épine, et du bois de la croix de Notre Seigneur. Il y a, sur la teste, une couronne d'argent doré, de trois pouces et

1. Ce mémoire a été rédigé, en 1704, par M. Jean Hugot, chanoine de Saint-Étienne de Troyes. Nous avons conservé l'orthographe du manuscrit; mais, pour détacher aux regards chaque article de cette énumération, nous en avons mis les premiers mots en petites capitales.

2. « Item qui (in ecclesiâ Sancti-Stephani) scipio argenteis bracteis undique obtectus, quo D. Thomas Cantuariensis, ætate jam ingravescente, titubantes et vacillantes gressus fulciebat ». — « Promptuarium sacrarum antiquitatum Tricassinæ diœcesis, auctore Nicolas Camvzat, Tricassino ». page 329.

demy de diamètre, garny de philagramme et de pierreries, savoir : 4 pierres bleues, 4 grenats, 2 améthistes, 2 pierres vertes, 4 perles. Sur la teste il y a trois grosses pierres, savoir : 2 saphirs et 1 améthiste[1]; au collet, il y a douze pierres, savoir : 1 émeraude, 2 amétistes, 3 grenats, 2 saphirs grands et 2 petits, et 2 petits diamans du Temple. A la manche droite, il y a six pierres, savoir : 1 diamant du Temple, 1 pierre verte, 1 saphir bleu, 1 grenat, 1 amétiste et 1 agate orientale; à la gauche, il y a six pierres, savoir : 1 grenat, 1 amétiste, 1 pierre bleue gravée, 2 pierres vertes et 1 saphir. Au manipule, il y a quatre pierres, savoir : 2 grenats, 1 amétiste et 1 cornaline gravée. Au Texte[2], il y a 13 petites pierres et 5 perles. A la bordure du devant de la dalmatique, il y a vingt-deux pierres, savoir : 4 grenats, 7 amétistes, 2 pierres bleues gravées, 1 diamant du Temple, 4 cornalines, 2 pierres bleues et 1 verte, 1 rouge et 1 turquoise. L'image est sur un pied-d'estal, à 8 pans, de cuivre doré; au milieu du devant, il y a un verre, au travers du quel on voit la relique du Saint; à l'entour, il y a 7 émaux carrés de cuivre doré; au-dessus des émaux, il y a un rang de vingt pierres, savoir : 1 grand topase devant et 1 grande amétiste derrière, 10 pierres vertes, 4 bleues, 4 rouges; au-dessus des pierres, il y a dix petits émaux sur le cuivre doré; le pied-d'estail est de dix pouces de long sur huit de large; il y a près de six pouces de haut. Au bas, il y a ces mots gravés :

« Lipsana dúm Stephani hæc sacrâ veneraris in æde,
« Ille tibi Christum conciliat precibus. 1585. »

6° — Le Psautier du comte Henry, tout écrit en lettres d'or, garni d'argent et de cuivre doré; long de huit pouces et demy, et large de six. Il y a, d'un côté, l'image de la sainte Vierge, poussée en relief, sur un croissant doré. De l'autre côté, il y a cinq figures d'ivoire, savoir : celle de Notre-Seigneur en croix, et celles des quatre Évangélistes, enchâssées dans une plaque d'argent fleurdelisée; les figures sont bordées de cuivre doré.

Le Père Mabillon, un des plus savants hommes de ce temps, assez connu par ses ouvrages, qui visita les manuscrits de saint Estienne, le jeudy

1. Saint Étienne, qui a été lapidé, est ordinairement représenté, surtout à partir de la fin du XIIIe siècle, avec des pierres sur la tête. La pierre, instrument de son martyre, est son attribut spécial, comme la croix celui de saint Pierre, et l'épée celui de saint Paul.
(*Note de M. Didron.*)

2. C'est-à-dire au livre d'Évangiles que saint Étienne, en sa qualité de diacre, porte contre sa poitrine. On le voit ainsi au portail occidental de la cathédrale de Reims, à l'angle de la porte gauche, où se dresse contre la paroi une admirable statue de saint Étienne, la plus parfaite peut-être de cette étonnante église. (*Note de M. Didron.*)

13 octobre 1701, pareillement toutes les reliques, et les tombeaux des comtes, assura qu'il y avait plus de 800 ans que ce Psautier étoit escrit sur le veslin : il estima fort les manuscrits et les tombeaux des comtes, disant qu'ils étoient les plus beaux qui se vissent en France[1].

7° — Un Texte d'or, travaillé en philagramme, dont on se sert aux festes annuelles; long de treize pouces et large de sept et demy; garni de pierreries. Au milieu, il y a la figure de N.-S., travaillée en philagramme rempli d'émail[2], dans un petit carré haut de cinq pouces et large de trois et demy, garni de pierreries, savoir : 8 grenats, 6 saphirs, 4 émeraudes, 1 sardoine, 1 agathe, 10 perles, 2 hiacinthes, 1 saphir bleu et 1 autre pierre; ce quarré est entouré de quatre demis ronds, en chacun des quels il y a une figure d'un des quatre Évangélistes, en filagramme rempli d'émail; tous ces demis-ronds sont garnis de pierreries, savoir : 16 perles, 7 hyacinthes, 5 grenats, 2 sardoines, 3 saphirs, 2 émeraudes gravées, 1 cornaline gravée; le reste du dedans est de filagramme entouré d'émaux. Le cadre est aussi de filagramme garni de pierreries, savoir : 3 topases, 2 péridots, 3 grenats, 5 amétistes, 13 saphirs, 2 émeraudes, 60 perles, 2 nacres de perles, 2 cornalines et 3 petites pierres en place de perles. De l'autre côté, est une descente de croix, poussée en or, avec une inscription en émail. Le cadre est d'un filagramme garny de pierreries, savoir : 6 péridots, 10 grenats, 10 saphirs, 2 amétistes, 2 crisolites, 1 cornaline, 1 agate gravée, 1 fragment de nacre, 1 sardoine, 2 pierres, l'une bleue et l'autre verte, 69 perles; plus, il y a un petit saphir en place d'une perle.

8° — Un petit Reliquaire de cuivre doré, haut de six pouces, y compris le pied, qui est rond, de deux pouces et demy de diamètre. La Relique de saint Christophle est dans un cristal à pans au-dessus du quel il y a une croix.

1. Le Psautier du comte Henri existe encore. Il est conservé dans le trésor de la cathédrale de Troyes; mais il se trouve dépouillé de sa riche couverture.

2. Cette figure du Sauveur, en « philagramme » ou en filigrane rempli d'émail, a bien l'air d'être un émail translucide, cloisonné de petites bandelettes d'or, comme les émaux qu'on appelle byzantins. Cette couverture du texte « d'or » pouvait être byzantine et avoir été rapportée de Constantinople par les croisés champenois, contemporains du grand historien Geoffroy Villehardouin; mais elle aurait pu être tout aussi bien d'origine champenoise, comme ces rondelles d'or, en émail cloisonné et translucide, qu'on a trouvées à Provins il y a peu de temps, et qui datent du XIIe-XIIIe siècle. Les émaux translucides, cloisonnés d'or, ne sont pas, comme on le dit, exclusivement byzantins; mais je crois fermement que toutes les nations chrétiennes, pour ne parler que de celles-là, aussi bien les latines et les occidentales que les grecques et les orientales, ont exécuté, à la même époque et simultanément, du IXe ou Xe siècle jusqu'au XIIIe, des émaux d'or et translucides. Je tenais à renouveler cette affirmation avant d'en fournir les preuves.

(*Note de M. Didron.*)

9° — Un Reliquaire des saints Florentin et Amateur, Évesques et Confesseurs, de cuivre doré et émaillé, long de neuf pouces et demy, sur un pouce et demy d'épaisseur.

10° — Une Boëte, couverte d'argent, faite en cilindre, et dorée en quelques endroits; haute de près de cinq pouces sur près de trois pouces et demy de diamètre; elle est garnie de pierreries aux bords du haut et du bas, savoir : 4 agates orientales, 2 émeraudes, 1 saphir et 1 perle. Il y a dedans des reliques de plusieurs saints.

11° — Une Chasse de cuivre doré et émaillé, longue de dix pouces et large de cinq, où sont les figures de N.-S., de la sainte Vierge, et des douze apôtres, dont les têtes sont en relief; et deux figures aux deux côtés. Il y a, au dessus, un cercle de cuivre doré, où il y a 3 coppes et 2 émaux enchassés; le derrière est de cuivre doré et émaillé. Il y a dedans des reliques de plusieurs saints.

12° — Une croix d'or, qui sert aux fêtes annuelles, pour porter aux processions, de 23 pouces de haut, non compris le bois qui entre dans la pomme du bâton, et de 13 pouces de large, travaillée en filagramme, et garnie de pierreries, savoir : au croison, il y a 6 grenats, 5 amétistes, 1 topase, 1 saphir, 2 pierres vertes, 1 cornaline, 2 agates, 4 autres pierres et 9 perles. Au croison droit, il y a 1 grenat, 5 saphirs, 1 amétiste, 3 topases, 3 turquoises, 4 agates, 2 petites pierres en place de perles, et 10 perles. Au croison gauche, il y a 7 amétistes, 5 turquoises, 1 pierre verte, 2 agates, 1 saphir, 2 autres pierres, 4 perles et 5 autres petites pierres en place des perles. Au croison d'en bas, il y a 3 topases, 7 grenats, 3 turquoises, 3 amétistes, 1 pierre bleue gravée en figure, 3 pierres vertes, 1 agate, 6 perles, 1 pierre blanche et 5 pierres en place des perles. Aux quatre croisons il y a quatre figures en émail, qui représentent les quatre Évangélistes, et, au milieu, la figure de N.-S., aussy en émail, dans un quarré garny de pierreries, savoir : 4 émeraudes, 2 grenats, 2 agates, 8 perles. Le derrière de la croix est aussi d'or plat, poussé en feuillage et autres ornements. Au milieu est un « Agnus Dei », et, aux quatre croisons, quatre figures représentant les quatre Évangélistes.

13° — Un Reliquaire, garni d'argent, fait en petit coffre, long de neuf pouces et demy, et large de six pouces. Sur le devant, il y a 125 cornalines gravées tant en relief qu'en cachet, et 21 chatons remplis de mastique rouge; les trois autres côtés sont poussés en feuillages; le dessus est gravé en carreaux, où, il y a, au milieu, un rond de cuivre doré; au dedans est renfermé l'omoplate de saint Paul, apôtre.

14° — UNE BOËTE de cuivre doré, garnie d'or en filagramme, de pierreries et d'émaux; elle a 3 pouces et demy de diamètre; au-dessus, il y a saint Michel émaillé sur l'or; à l'entour il y a 7 émaux sur l'or, 2 grenats, 2 saphirs, 8 émeraudes, 1 petit grenat, 6 petits émaux d'or en mode de pierreries[1], 1 petite pierre violette, 1 sardoine, 12 perles, 1 amétiste. La boëte est portée sur quatre petites boules, et sert à serrer le saint sacrement le jeudy saint.

15° — LA PATÈNE, faite à l'instar de celle dont se servait saint Martin, qui est d'argent doré, de sept pouces de diamètre, poussée, dans le milieu, en tulippe ouverte, dont la bordure est garnie de pierreries, savoir : 3 saphirs, 6 grands grenats, 4 petits, 2 éméraudes, 3 petites pierres vertes, 3 turquoises, 3 pierres d'un bleu obscur, 2 petites amétistes, 1 petit topase, 2 pierres, 1 pierre bleue gravée en cachet[2].

16° — UNE CROIX, toute d'argent doré, qui sert sur le grand autel aux festes annuelles, de 15 pouces de haut, y compris le pied qui est octogone, sur 6 pouces et demy de large; le pied est travaillé en feuillages de relief; auquel il y a quatre dragons ailés. Dessous le dit pied, il y a quatre griffes, aussi d'argent doré, qui servent de support. Depuis le pied jusques au bas du Christ, la croix est travaillée de feuillage cizelé; le reste de la croix est en filagramme, au milieu de laquelle il y a un Christ, et quatre figures aux quatre croisons. Au derrière de la croix, il y a un « Agnus Dei », et, aux quatre côtés, les quatre Évangélistes.

17° — UN TABLEAU, faisant moitié d'un dessus de texte; haut de 13 pouces, large de 9; couvert, d'un côté, d'argent doré, de figures d'agate et d'émaux, savoir : au milieu, il y a une agate ovale, gravée en cachet, entourée de 4 cornalines, et 2 perles; quatre émaux forment une croix au haut; et, au bas de laquelle il y a une figure d'agate, avec les quatre Évangélistes en cuivre émaillé et doré; il y a, au cadre, deux figures d'agate de haut relief, et deux de bas relief, et 8 émaux de cuivre doré.

18° — UN RELIQUAIRE, d'argent doré, en façon de portail, haut de sept pouces, garni d'émaux et de 9 perles; au dedans duquel il y a la figure du Père-Éternel et de la sainte Vierge, aussi d'argent doré. La base est, de

1. Tous ces émaux d'or ou sur l'or et en mode de pierreries doivent être des émaux cloisonnés et d'applique, de « plique » ou de « plite ». (*Note de M. Didron.*)

2. « Ibidem servabatur summi pretii patera aurea, quæ D. Martini fuisse ferebatur ». — (CAMUZAT, p. 329.)

« In collegiata ecclesia Sancti-Stephani calix sancti Martini reconditur ». — (« Ephemeris sanctorum insignis Ecclesiæ Trecensis », authore NICOLAO DES-GUERROIS, page 54.)

même, d'argent doré, et forme un quarré, long de 3 pouces, large de 2, soutenu par quatre petits lions, dont deux sont d'argent doré, et les deux autres de cuivre.

19° — Un Reliquaire, de jay, long de deux pouces un quart, sur un demy pouce de diamètre, garni par le haut d'argent, et au haut duquel est écrit : STI. MANSUETI.

20° — Un Reliquaire, d'agate orientale, garni d'argent doré aux deux bouts, représentant un gland, long de près de deux pouces sur trois quarts de diamètre, dessous lequel il y a gravés ces mots : DE CAPILLIS SANCTÆ MARGARETÆ.

21° — Un autre Reliquaire, de cristal, garni d'argent par le haut, en forme de flacon, long de près d'un pouce et demy, sur trois quarts de diamètre, dans lequel il y a une dent de saint Clément.

22° — Un Ossement de saint Pantaléon, martir, garni d'argent doré aux deux bouts, long de plus de deux pouces et demy, sur près d'un demy pouce de diamètre, autour duquel il y a quelques lettres grecques [1].

23° — Un Reliquaire, d'agate, haut de trois pouces, garni d'or en filagramme et de pierreries, savoir : au-dessus, 6 grenats, 1 émeraude et 1 pierre bleue; à l'entour du dit reliquaire, il y a 2 émeraudes, 4 petits grenats, 2 saphirs bleus; au bas, il y a 1 béril, 2 saphirs, 1 turquoise et 4 perles. Il y a dedans un morceau de la croix de Notre-Seigneur.

24° — Un autre Reliquaire, de verre, de près de quatre pouces de haut sur un de diamètre, garni d'argent par le haut; dans lequel sont des os de saint Leu, archevesque de Sens, de son suère, et du prophète Elisée.

25° — Un autre Reliquaire, de cristal, garni d'argent, fait en forme de flacon, long de 2 pouces et demy, sur un pouce un quart de diamètre, dans lequel il y a de la croix de saint André.

26° — Une Chasse, de bois, couverte d'images d'ivoire, et des figures des apôtres peintes, longue de 14 pouces et large de 9; il y a dedans deux grands ossements de saint Félix, pape et martir.

27° — Un Reliquaire, d'argent doré, haut de 12 pouces, y compris le pied de cuivre qui est rond, sur près de 6 pouces de diamètre. Le reliquaire est fait en quarré, long de quatre pouces un quart, sur deux pouces et demy de largeur. L'entrée, ou porte, est sur le devant, à laquelle il y a un écusson où sont les armes de France. Le dessus est fait en toit, au milieu duquel s'élève un petit dôme. Il y a dedans des reliques de saint Gamaliel.

1. Nous n'avons pas pu trouver, sur d'autres inventaires de la collégiale de Saint-Étienne, l'indication ou la reproduction de ces quelques lettres grecques.

28° — Un Bras, recouvert d'argent, doré aux bordures et autour de la vitre, garni d'émaux de cuivre doré et de pierreries, haut de 20 pouces, large en bas de six. Il y a, autour du bras, un doublet bleu, 3 amétistes; autour de la manche, il y a 7 doublets bleus, 6 rouges, 2 verts, 2 blancs, 1 cornaline et 8 émaux de cuivre. Dans ce reliquaire il y a un os considérable de saint Laurent; et, en dehors, une dent du dit saint dans une petite bouteille de cristal, garnie d'argent doré et de filagramme.

29° — Un Tableau, faisant moitié d'un texte, couvert d'argent doré, de figures d'agate, d'émaux et de pierres; haut de 13 pouces et large de sept et demy; au milieu du quel il y a une figure d'agate de bas-relief, fond blanc, entouré de 8 pierres et 8 perles, sur une croix garnie de 5 cornalines et de 3 pierres. Aux deux côtés de la croix, il y a deux figures d'agate blanche, de haut relief; au haut de la dite croix, il y a une loppe, et, au bas, 1 sardoine; au cadre, il y a six émaux, une figure de saint Pierre et une de saint Paul; le tout de cuivre doré, émaillé, et orné de 4 turquoises et de 4 autres pierres.

30° — Une Image d'émail clair sur argent[1], garnie tout autour d'argent doré; de 3 pouces trois quarts de haut, sur 3 pouces un quart de large, qui sert à donner le baiser de paix. Cette image représente la Vierge tenant N.-S. sur son bras, et saint Jean-Baptiste à son côté; au-dessus duquel il y a un écusson, qui porte d'argent à chevron brisé, de sable dans le milieu, accompagné de 3 grenades de sable; derrière l'image, il y a une poignée qui est aussi d'argent doré.

31° — Un Calice, d'argent doré, ciselé, gravé, et semé partout de fleurs de lys et de rayons poussés en relief; haut de près de 9 pouces; le pied a près de 7 pouces de diamètre, autour duquel sont 12 coquilles, dans une des quelles il y a la figure d'un Christ attaché à une croix; et, dans une autre, à l'opposite, il y a un chiffre qui porte un F, un M et un C entrelacés. La pomme est garnie de 12 émaux, représentant un Christ et onze apôtres. La coupe est double, travaillée de même que le reste, et porte plus de 4 pouces de diamètre; elle est aussy d'argent doré. Il y a, dedans, une figure en émail représentant un Dieu de Majesté. Le derrière est semé de rayons et de fleurs de lys, au milieu duquel est l'image de la sainte Vierge en émail; et il y a une moulure repoussée sur les bords; ce calice se démonte en deux endroits.

1. Cet émail clair ou translucide, sur argent, est fort commun en Italie. La France en possède un bien remarquable exemple dans la Vierge du Louvre (Musée des Souverains), qui a été donnée au xiv° siècle par la reine Jeanne d'Évreux, et qui, du trésor de l'abbaye de Saint-Denis a fini par passer au musée des Souverains. *(Note de M. Didron.)*

32° — Un Calice d'argent doré, cizelé et gravé, partout semé de fleurs de lys et de rayons; haut de plus de 9 pouces; le pied a 6 pouces et demy de diamètre; autour duquel sont dix roses, dans une des quelles il y a la figure d'un Christ attaché à une croix. Dans la rose droite, auprès de la croix, il y a un écusson qui porte d'argent, au milieu duquel il y a un chevron brisé, d'azur, accompagné de trois tulippes d'or. A la rose gauche, il y a un écusson qui porte d'azur, à une fasce d'argent, accompagnée de trois étoiles aussi d'argent. La pomme est garnie de 10 émaux, représentant un Christ et neuf apôtres. La coupe est double, travaillée de même que le reste, et porte plus de 4 pouces de diamètre. La patène est double, et a 6 pouces et demy de diamètre; elle est aussy d'argent doré; il y a dedans une figure en émail représentante le martire de saint Estienne; le derrière est semé de rayons, au milieu des quels il y a une image gravée représentant saint Aventin. Le calice ne se démonte point.

33° — Deux Burettes, de forme antique, d'argent doré, de plus de 7 pouces de haut, d'un travail poussé, avec des anses de même, garnies de leurs couverts qui se ferment à charnières et sont ornées de deux dauphins. Elles ne servent qu'aux fêtes annuelles.

34° — Un Reliquaire d'argent, doré en plusieurs endroits, haut de 17 pouces et demy, y compris le pied, et large de 16; formant le ceintre de la coste de saint Thomas, apôtre, qu'il renferme[1]; autour du quel il y a six ouvertures, garnies de verre, par où se voit la dite relique; elle s'ouvre aux deux côtés par deux portes faites exprès; le tout est couvert en écailles de poissons; et, au milieu de la couverture s'élève un petit dôme, dans lequel il y a les images de N.-S. et de saint Thomas; de part et d'autre du dit reliquaire sont suspendus deux vases de cristal, garnis d'argent doré, dans l'un des quels est une dent de saint André, apôtre, et, dans l'autre, une de saint Barthélemy. Le pied est de cuivre doré, à huit pans, long de 13 pouces et demy, et de 7 de large; au bas du quel il y a, à chaque pan, une frize de cuivre doré et travaillé en feuillage; un peu plus haut, il y a huit moulures d'argent, travaillées en feuillages.

35° — Un Texte, d'argent et de cuivre doré, long de 13 pouces et large de 8 et demy, qui sert aux fêtes solennelles. D'un côté, il y a un saint Laurent, tenant d'une main un livre et de l'autre un gril poussé de relief en

1. «Pietate comitis Campaniæ Henri primi, dicti Liberalis, sancti Thomæ apostoli costa integra est ex Oriente allata, argenteoquè toreumate inclusa, dataquè ab eo comite collegiatæ ecclesiæ Sancti-Stephani Trecensis inter ejus loci sacras relliquias custoditur. » — (« Ephemeris » N. Des-Guerrois, p. 50.)

argent, parsemé de fleurs de lys de cuivre doré; le cadre est de cuivre doré, poussé en feuillages. De l'autre côté est la figure de sainte Hoylde, tenante d'une main une palme et de l'autre un livre poussé de relief, en argent, parsemé de fleurs de lys de cuivre doré; le cadre, aussy de cuivre doré, est poussé en feuillages. Le tour du texte est garni d'une feuille d'argent.

36° — UN MARBRE VERT, de plus de 6 pouces de long, sur 4 pouces 3 quarts de large, enchassé dans le bois, dont les bordures sont d'argent; lequel apparemment a servi pour dire la messe.

37° — UN TABLEAU, faisant moitié d'une couverture de texte, couvert d'argent doré, de figures d'agate, d'émaux; haut de 13 pouces, large de 7 et 3 quarts; au milieu du quel il y a une image de la sainte Vierge, qui est d'agate blanche, de haut relief, entourée de 4 autres figures de même; aux quatre coins, il y a les figures des quatre Évangélistes, poussées en argent doré; au haut et au bas, il y a 2 cornalines et 4 pierres gravées en cachet; au cadre il y a 6 émaux de cuivre doré, 9 figures d'agate de haut relief, et 1 sardoine.

38° — UN RELIQUAIRE, DE CRISTAL, garni d'or, travaillé en filagramme et de pierreries, fait en cilindre, haut de 5 pouces et demy, sur trois et demy de diamètre. Le reliquaire s'ouvre par le dessus, qui est garni de 5 grands grenats ovales, et est orné d'une teste d'ange faite d'agate orientale; au milieu sont 3 pierres vertes gravées en cachet[1] et 15 petites perles; autour du cercle, qui est au bas du dessus, il y a 7 grenats, 2 amétistes, l'une violette, l'autre presque blanche, 4 pierres vertes, 1 bleue, 2 agates, l'une transparente, l'autre aveugle, 1 cornaline gravée en cachet. Le cercle d'en bas est aussi garni de pierreries, savoir : 5 grenats, 3 crisolites, 1 émeraude, 1 lapis et 10 perles. Il y a trois supports d'argent doré, faits en plates-bandes qui arrestent le haut et le bas par des charnières; il y a, dedans, un ossement et des vestements de sainte Marie-Madeleine.

39° — UN AUTRE RELIQUAIRE, cintré en forme de croissant, long d'un coin à l'autre de 12 pouces et demy, large de deux; garni d'argent et de cuivre doré et émaillé. Au milieu il y a trois pierres, et au-dessus s'élève un demi-rond garni de cuivre doré, dans lequel il y a un ange émaillé; au quel reliquaire sont renfermées des reliques des saints Hilarion et Leuçon.

40° — UN BRAS D'ARGENT, doré à la manche, dont l'ouverture est au coude, garni de 6 pierres; il y a une autre ouverture au milieu, par où on

1. Ces pierres gravées en cachet ne sont rien autre que des camées ou plutôt des intailles antiques. Nous en publierons prochainement une ou deux planches provenant du trésor de l'église de Conques (Aveyron). *(Note de M. Didron.)*

voit la relique garnie de 4 grosses pierres. Le bras est long de 14 pouces, soutenu par deux anges aussi d'argent, doré aux cheveux, aux ailes et à quelques endroits des vêtements. Les anges sont posés sur un quarré de cuivre doré, qui sert de baze, long de 4 pouces et large de presque de 4; autour duquel sont 12 pierres; ce quarré repose sur quatre griffes, aussy de cuivre doré. Il y a, dans ce reliquaire, un os du bras de saint Jean-Baptiste.

41° — Une Chasse, longue de 9 pouces et demy et large de 6; garnie, de trois côtés, de cuivre doré et recouverte en feuillage; au milieu est représenté le martyre de saint Estienne sur une feuille d'argent poussée en relief; aux deux côtés, il y a aussi 2 plaques d'argent poussées en relief; le dessus est couvert d'une plaque de cuivre doré représentante différents feuillages, bordés, de trois côtés, d'argent. Il y a, dedans, des reliques de saint Jacques, de saint Philippe, apôtres, et de sainte Agnès, martyre.

42° — Un Ephod, d'argent doré, appliqué à une plaque de cuivre, où sont, derrière, deux grosses agraffes; long de 5 pouces un tiers, sur trois et demy de large; sur lequel il y a un gros diamant et 4 amétistes; il y a, de part et d'autre, deux anges en relief accompagnés de feuillages.

43° — Une Croix, appelée la Croix-Naudo, de 2 pieds de long, et de 15 pouces de croison; dans laquelle est enchâssée une petite croix, faite du bois de la croix de N.-S. J.-C.; la croix est toute d'argent doré; le devant et le derrière sont en filagramme, aussi d'argent doré, garnis de pierreries; le devant de la croix s'ouvre par le moyen de 4 visses, dont 3 portent chacune un diamant du temple, et celle du haut une perle; et, ce qui en fait l'ouverture forme une petite croix garnie aussi de pierreries, savoir : 5 grenats, 12 pierres fines, 2 fausses, 4 cornalines, 2 topases et 9 petites perles; au milieu est une loppe ovale. Au croison d'en haut il y a 10 amétistes, 5 cornalines, 4 grenats, 1 saphir, 1 diamant du temple, 12 petites perles et 2 grosses; il y a aussi une émeraude taillée en teste d'ange, de relief, enchâssée dans du filagramme d'or, autour de laquelle sont 6 petits grenats. Au croison droit, il y a 10 amétistes, 7 cornalines, 3 saphirs, 2 grosses et 10 petites perles. Au croison gauche, il y a 5 saphirs, 6 amétistes, 1 grenat, 8 cornalines, 1 grosse et 4 petites perles. Au croison d'en bas, il y a 10 amétistes, 5 grenats, 4 saphirs, 3 pierres vertes, 10 cornalines, 2 pierres fausses, 2 grosses et 21 petites perles. Derrière la dite croix il y a, au croison d'en haut, 4 amétistes, 8 grenats, 2 saphirs, 5 pierres vertes et une gravée et 5 cornalines. Au croison droit, 6 grenats, 5 amétistes, 3 saphirs, 3 pierres vertes et une gravée, 3 cornalines et 2 agates. Au croison gauche, 6 grenats, 7 amétistes, 2 saphirs, 1 pierre bleue, 3 pierres vertes, 3 cornalines et 1 agate. Au croison d'en bas il y a 7 pierres vertes, 11 grenats, 5 saphirs, 2 agates, 2 amétistes et 1 perle. Au milieu il y a un quarré, aux quatre coins du quel sont 4 pierres; au milieu du dit quarré il y a une grosse pierre verte; et, aux quatre croisons du dit derrière il y a quatre inscriptions[1].

44° — Un Reliquaire, de cristal de roche, garni d'or en filagramme, haut de plus de 5 pouces, sur un pied d'argent doré, long de 6 pouces et demy, sur 4 pouces un quart de large; aux quatre coins sont enchâssées 4 agates orientales, l'une représentante un lion, l'autre un léopard, la troisième la figure d'une teste de femme et la dernière sans gravure. Le bas du reliquaire est quarré, de 4 pouces 1 quart de long, sur 3 de large; il est garni de pierres, savoir : 6 saphirs couleur de ciel, et trois bleus, 2 émeraudes, 8 grenats, 3 perles sur le devant; il y a, d'un côté, 1 agate orientale taillée en forme de teste; et, de l'autre, une pierre verte taillée de la même manière, dont il ne reste plus que les épaules; il y a 7 petites pierres qui garnissent les 4 coins. Au-dessus du cristal il y a une creste garnie de pierreries, savoir : 3 émeraudes, 1 saphir couleur de ciel et 1 bleu; il y a deux fleurons qui s'élèvent plus haut que la creste, au-dessus des quels il y a 2 saphirs bleus. Ce reliquaire s'ouvre par le dessus; la porte est un cristal de roche épais, garni de cuivre doré; le dedans du reliquaire est garni d'argent doré par dessus et sur les côtés; et il y a, dedans le cristal, un barillet d'or en filagramme, fait en forme d'un œuf, long de 3 pouces sur un et demy de diamètre par le milieu, dans lequel barillet il y a des cheveux de la sainte Vierge; de la robbe de N.-S. et du voile de sainte Agathe.

45° — Un Reliquaire des saints Félix et Ogebert, martirs, de cuivre doré et émaillé, long de 9 pouces et demy, sur un et demy de large et sur un d'épaisseur.

46° — Une Chasse, couverte d'argent, où sont plusieurs figures gravées, longue de 12 pouces et demy, et large de 10, dans la quelle sont les reliques de sainte Jule[2] et sainte Catherine, vierges et martires. Elle est soutenue par quatre petites boules de cuivre.

47° — Le Chapeau et les bourses[3] du comte Henry, d'un drap d'or parsemé et garni de perles.

1. On ignore, malheureusement, le texte de ces inscriptions.

2. « Sanctæ Juliæ caput, aut vertex, in ecclesia Sancti-Stephani Trecensis, et quædam reliquiæ in parochiali ecclesia Sancti-Martini servantur. » — (« Ephemeris » N. Des-Guerrois, p. 54, verso.)

3. Il existe dans le trésor de la cathédrale de Troyes une aumônière attribuée à Henri Ier, comte de Champagne, surnommé « le Libéral ». — (Arnaud, « Voyage archéologique dans le département de l'Aube », p. 35.)

48° — UN RELIQUAIRE DE CRISTAL, long de 2 pouces, sur un de diamètre, fermé d'un dessus de cristal, et fait en forme de burette, dont l'anse est garnie de 2 viroles d'argent. Il y a, dedans, une dent de saint Léger.

49° — UN RELIQUAIRE D'AGATE ORIENTALE, garni d'or en filagramme et de pierreries, de la hauteur de 3 pouces, sur un et demy de diamètre par le bas, et un par le haut; il y a, au milieu du dessus, un émail sur l'or, 2 bérils, 2 grenats, 4 perles; et, au bas, il y a 4 grenats, 2 saphirs blancs, 1 émeraude gravée et une simple, et 16 perles. Au-dessus, il y a gravé : DE CLAVO DOMINI. Dedans, il y a du clou de N.-S.

50° — UN RELIQUAIRE DE CORAIL, long de 3 pouces, sur un et demy de diamètre, garni d'argent par le haut, autour duquel ces mots sont gravés : SANCTORUM MARTYRUM JOANNIS ET PAULI.

51° — UN RELIQUAIRE, d'argent doré, long d'un pouce et de trois quarts de diamètre, fait en flacon, dans lequel sont des reliques de saint Thibault[1].

52° — UN RELIQUAIRE, d'argent doré, fait comme un barillet, long d'un pouce un tiers de diamètre, et large de près d'un pouce, garni de boutons aussi d'argent doré, et de pierreries, savoir : 3 grenats, 1 saphir, 1 cornaline gravée, 2 agates orientales, 1 pierre bleue gravée. Il est vitré de part et d'autre, et il y a, dedans, des reliques des saints Quentin[2] et Cucuphat[3].

53° — UN TABLEAU, faisant moitié d'un dessus de texte, couvert d'argent doré, d'émaux et de camayeux, ou figures d'agate, haut de 13 pouces, large de 8 et 3 quarts; il y a, au milieu, la figure d'un enfant, rond en bosse, attaché par le col avec un morceau d'argent doré; il y a 4 émaux aux quatre côtés, et 4 figures d'agate en relief; 7 cornalines, 1 pierre et 4 longs émaux couvrent le fond; au cadre, il y a 10 figures d'agate en relief, 8 émaux et 2 autres émaux adjoutés.

54° — UN BRAS, garni d'argent, doré aux bordures, de 20 pouces de haut, et large, en bas, de 6 et demy. Il y a, à la bordure, 15 doublets bleus et 7 rouges. Il renferme un ossement de saint Vincent.

55° — UN BRAS, garni d'argent, doré aux bordures, de 13 pouces de haut, et 4 de large en bas, dans lequel il y a un ossement considérable de saint Jacques-le-Mineur, apôtre.

1. « Sancti Theobaldi reliquiæ sunt in cathedrali et collegiata Sancti-Stephani Trecensis ecclesia ». (« Ephemeris » N. DES-GUERROIS, p. 49, verso.)

2. « Sancti Quintini aliquæ relliquiarum partes in ecclesia collegiata Sancti-Stephani Trecensis, et in ejusdem Sancti-Quintini prioratu asservantur ». — (« Ephemeris » N. DES-GUERROIS, p. 100, recto et verso.)

3. « Sancti Cucuphantis aliquæ relliquiæ sunt in collegiata ecclesia Sancti-Stephani Trecensis. » (« Ephemeris » N. DES-GUERROIS, p. 55, verso.)

56° — Une Cassette, couverte de cuivre et de plomb doré, longue de 16 pouces, sur 9 et 3 quarts de large. Il y a, dedans, des reliques de plusieurs saints.

57° et 58° — Deux Chandeliers d'argent, poussés en feuillages, hauts de 2 pieds 1 pouce, dont le bas porte 8 pouces de diamètre, et le haut porte près de 7 pouces. Il y a, au pied de chacun, 3 testes d'anges moulées, avec un écusson portant les armes du chapitre; à la pomme, il y a aussy trois testes d'anges moulées.

59° — Un Soleil d'argent, poussé en feuillages en plusieurs endroits, haut de 23 pouces et demy, dont le pied est oval soutenu par quatre testes d'anges moulées. Il est long de plus de 8 pouces, sur 5 et 3 quarts de large; il y a deux testes moulées à la pomme. Le diamètre du soleil est de 8 pouces, y compris l'extrémité des rayons. Il y a, au-dessus, une croix, à laquelle est un Christ attaché; il se démonte, par le milieu, à visses.

L'abbé COFFINET.

M. de Vogüé del. Ch. [illegible] sc.

JÉRUSALEM

SAINT SÉPULCRE

Coupe longitudinale de l'Église et restauration de la coupole

[illegible]

LES ÉGLISES DE LA TERRE SAINTE

PAR M. LE COMTE MELCHIOR DE VOGÜÉ.

Après une année entière de courses, aussi pénibles qu'intéressantes, dans la Grèce, l'Asie Mineure et l'Égypte; après trois mois de navigation sur le Nil, M. le comte Melchior de Vogüé allait enfin s'embarquer pour la France. Mais il partait avec le regret d'avoir mal vu, mal compris les monuments de la Palestine. Huit jours passés à Jérusalem, c'était assez pour satisfaire la curiosité d'un touriste, mais non celle d'un antiquaire. M. de Vogüé suivit ses amis et compagnons de route jusque sur le pont du bateau à vapeur qui allait les conduire si rapidement à Marseille. Mais, là, il leur dit adieu et, traversant à marches forcées le désert d'El Arisch, pour ne pas perdre les cérémonies de Pâques, il revint du Caire à Jérusalem. — Nous devons à cette généreuse résolution un magnifique et excellent livre sur « les églises de la Terre Sainte [1] ». M. de Vogüé avait tout ce qu'il fallait pour le faire tel. Parfaitement initié aux découvertes et aux procédés de l'archéologie contemporaine, il sait de plus rendre, comme un dessinateur de profession, l'aspect des monuments et le caractère de leurs sculptures; il en mesure le plan ou l'élévation comme un architecte. Il anime ses descriptions, clairement et élégamment écrites, des émotions du poëte et du chrétien.

D'un autre côté, M. de Vogüé aime et connaît à fond l'histoire des croisades. Il a consulté et analysé toutes les anciennes relations de pèlerinages aux saints lieux, grecques, arabes, latines ou en vieux français. Il a également lu, et dans la langue originale, les ouvrages modernes dont les monuments de la Palestine ont été l'objet, particulièrement en Angleterre. Enfin, et tout en livrant successivement au public d'autres fruits de son voyage en Orient,

1. Un volume in-4° de 464 pages avec 53 grav. sur métal, bois ou pierre. V. Didron, éditeur.

il a consacré six années de studieux loisirs à préparer les cinq cents pages et les cinquante gravures dont se composent « Les églises de la Terre Sainte ».

M. de Vogüé commence par rechercher ce qui subsiste encore en Palestine des constructions religieuses du temps de Constantin. Il établit d'abord la complète authenticité de la basilique de Bethléhem, avec ses transepts arrondis qui, loin d'être un caractère distinctif de l'architecture byzantine, dérivent directement des monuments païens de Rome et de ceux des catacombes. Dans l'édifice de sainte Hélène, dont il ne reste que les murs et la triple colonnade, réunie maintenant par une charpente grossière, il dessine et décrit, chemin faisant, les curieuses mosaïques, exécutées en 1169 par un artiste grec nommé Ephrem, et dues au concours du roi franc Amaury et de l'empereur byzantin Manuel Comnène le Porphyrogénète, comme l'atteste une curieuse inscription. Il signale ces précieuses représentations des sept conciles œcuméniques et de plusieurs conciles provinciaux, où l'on s'est étudié à rappeler, tantôt en grec, tantôt en latin, les principaux textes qui établissent la concorde et l'union entre les deux Églises.

On croit généralement, et je croyais pour ma part, que le Saint-Sépulcre a toujours été une rotonde ouverte au sommet comme le Panthéon. M. de Vogüé, complétant et rectifiant, par ses propres découvertes, la restauration proposée par le savant professeur Willis [1], constate nettement la disposition primitive du monument. Sa forme générale, comme pour la plupart des autres églises fondées par Constantin, tant en Orient qu'en Occident, était celle que l'on caractérise par l'épithète de δρομική, en manière de stade, c'est-à-dire en carré long terminé par une abside. Seulement, cette abside offrait un arrangement tout à fait exceptionnel. Les idées symboliques qui ont toujours interdit de voûter l'église de l'Ascension, et d'intercepter, ainsi que disait saint Jérôme [2], « la voie par laquelle Notre-Seigneur s'était élevé au ciel », firent aussi placer le saint tombeau à l'air libre, au milieu d'une cour sacrée entourée par un riche portique en hémicycle. Cette partie du monument, désignée par l' « Itinéraire de Bordeaux à Jérusalem » sous le nom de « Dominicum », se trouvait à l'ouest, adossée à la colline dans laquelle avait été creusée la caverne du Saint-Sépulcre, qu'on isola par de profondes excavations et que l'on revêtit extérieurement d'un placage de marbre. Le reste de l'édifice s'étendait de l'ouest à l'est, en englobant le « Calvaire », la « Pierre de l'onction » et le souterrain de l'« Invention de la sainte Croix ». Cette nef,

1. « The Holy City », par MM. Williams et Willis, Londres, 1849, chez Parker.

2. « . . . . Propter Dominici corporis meatum nullo modo contegi nec concamerari potuit. » — « De locis Hebr. act. apost. ».

indépendamment du « Dominicum » auquel elle se liait par de larges ouvertures, avait une abside particulière, probablement une abside intérieure et à jour, formée d'un demi-cercle de petites colonnes, qui encadrait l'autel sans masquer le Saint-Sépulcre. Comme à Saint-Paul-hors-les-Murs, elle était pourvue de bas-côtés doubles, et couverte d'un plafond à caissons dorés. Mais, malgré les assurances données par l'empereur Constantin à l'évêque Macaire, dans une curieuse lettre qu'Eusèbe nous a conservée, on n'avait pas « envoyé » à l'architecte assez de ces grandes colonnes monolithes, très-communes à Rome et très-rares sans doute en Judée. Il n'y en eut que deux rangs : de simples piliers carrés en tinrent lieu pour les bas-côtés extrêmes. L'un de ces bas-côtés, vers le midi, se trouvait obstrué en partie par le rocher du Golgotha, isolé aussi et retaillé sur trois faces, mais montrant toujours, à un niveau supérieur, le trou de la croix et la fente dont parle la Passion. En avant de la nef se développait un « atrium », et en avant de l'atrium, un péristyle à colonnade, comme celui de la basilique San-Lorenzo à Milan.

De ce vaste ensemble de constructions, qui mesurait 130 mètres de longueur, il ne subsiste que trois fragments, peu considérables en eux-mêmes, mais heureusement situés de manière à permettre de restituer le plan tout entier. Ainsi, on a un pilier d'angle de l'atrium avec l'amorce des arcs ornés d'oves, de perles et de raies de cœur, qui s'y appuyaient de tous côtés. On a de même quatre des énormes colonnes en granit égyptien, du péristyle, avec un des massifs qui le terminaient au midi. Enfin, dans les substructions de la rotonde actuelle, on retrouve tout l'hémicycle du « Dominicum » avec les trois absidioles dont il était flanqué. Ce mur, immédiatement appliqué au rocher, et d'une solidité très-grande, a été protégé par l'éboulement des parties supérieures de la construction, quand le Saint-Sépulcre était ravagé, et il a servi dans les trois reconstructions de l'édifice. Ce qui le prouve, indépendamment de l'appareil romain, très-reconnaissable à certains endroits, c'est que les absidioles du nord et du sud, au lieu d'être exactement orientées dans l'axe de la rotonde, inclinent légèrement vers l'abside terminale, celle qui donne accès au sépulcre de Joseph d'Arimathie, comme les chapelles rayonnantes de nos églises françaises. Cette irrégularité, qui n'était pas indiquée par les vieux plans du Saint-Sépulcre, est très-significative, car elle ne se conçoit pas dans une rotonde bâtie à neuf de toutes pièces, et elle disparaît s'il s'agit d'une abside. M. Willis, avant M. de Vogüé, en avait déjà reconnu l'importance.

Donc, lorsque l'église du Saint-Sépulcre fut restaurée sous Héraclius, de 614 à 629, après les ravages de Chosroës II, et prit pour la première fois l'aspect d'une rotonde, l'abside de Constantin en détermina les dimensions. Il y avait trente-cinq mètres d'un mur à l'autre; telle fut la largeur de la rotonde avec ses bas-côtés. Le chœur, à ciel ouvert, avait vingt-trois mètres entre les colonnes : ce fut le diamètre de la coupole intérieure, car les anciennes bases, ménagées dans le roc vif, ont servi, dit-on, jusqu'à la construction de 1808. Mais pour soutenir le poids, médiocre d'ailleurs, de ce dôme qui paraît avoir toujours été de bois, on intercala, de trois en trois colonnes, deux piliers carrés plus robustes, en face de chaque absidiole. La coupole, environnée de hautes tribunes, aurait pu être percée de fenêtres, du moins à la naissance de sa voûte, comme l'est le dôme de Sainte-Sophie ; on préféra l'ouvrir au sommet, comme le Panthéon, probablement par égard aux traditions et pour conserver quelque chose de la disposition primitive.

Le rocher du Calvaire et la citerne, où sainte Hélène découvrit la croix de Notre-Seigneur, restaient en dehors de la rotonde d'Héraclius. On éleva sur ces deux points, au milieu des ruines de la grande basilique de Constantin, deux petites églises, distinctes l'une de l'autre. Un troisième édicule, dédié à la sainte Vierge, fut bâti au-dessus de « la pierre de l'onction. »

Moins d'un siècle après la restauration d'Héraclius, qui fut dirigée par Modeste, supérieur du couvent de Théodose et depuis patriarche de Jérusalem, un prélat anglais, Arculphe, visita les lieux saints, et à son retour il en fit une description détaillée. Pour « illustrer » cette relation, l'évêque Adamnan, dessinateur plus zélé qu'habile, traça, sous les yeux et sur les explications d'Arculphe, un plan du Saint-Sépulcre avec toutes ses dépendances. M. de Vogüé reproduit ce plan, bien connu, d'Arculphe et d'Adamnan ; il le compare au monument lui-même et en fait comprendre toutes les indications. Il analyse aussi les autres relations dont les pèlerinages de Jérusalem ont été l'objet depuis le VIIe jusqu'au XIe siècle et en montre la concordance parfaite.

On sait que le calife Hakem, dans un accès de fanatisme farouche, ordonna de ruiner les Lieux Saints en 1010. Nos chroniques contemporaines retentissent de ce funeste événement, et celle d'Adhémar de Chabannais ne néglige pas de dire, à ce sujet, que la seule basilique de Bethléhem échappa par miracle au sort des autres églises de la Palestine. Heureusement, tout n'avait pas été détruit au Saint-Sépulcre. Lorsqu'on voulut bientôt après le réédifier, on retrouva sous les décombres, non-seulement les substructions qui dataient de Constantin et avaient déjà survécu aux dévastations de Chosroës, mais quelques restes des constructious de Modeste, et notamment la travée centrale de l'église du Calvaire, Aussi, la rotonde de l' « Anastasis », ou de la Résurrection, fut rétablie presque sans modifications de plan. On se contenta de supprimer un portique circulaire, indiqué par Arculphe, et de réduire les dimensions de l'église du Calvaire. Les ressources mises à la disposition de l'architecte étaient peut-être insuffisantes ; ou plutôt elles arrivaient irrégulièrement, avec les libéralités successives des empereurs Romain Argyre, Michel le Paphlagonien et Constantin Monomaque. Cependant, on ajouta au plan général d'autres petites églises : celle de Saint-Jean qui fait au flanc méridional de la rotonde le pendant de l'oratoire de la Vierge dont l'emplacement fut alors changé ; celles de la Trinité qui servait de baptistère, et de Saint-Jacques, le premier évêque de Jérusalem.

Toutes ces églises secondaires s'alignent du nord au sud et leurs portes forment enfilade de telle sorte, que, du fond de l'église Saint-Jacques, le regard pénètre jusqu'à celle de la Sainte-Vierge en traversant la rotonde du Saint-Sépulcre. Cette disposition caractéristique est déjà remarquée par Sævulf, moine anglo-saxon, qui visita la Terre Sainte en 1102, immédiatement après la prise de Jérusalem. Les croisés ne sont donc pour rien dans les constructions que l'on vient d'énumérer, et qui, du reste, se rapportent nettement au style byzantin. Elles étaient achevées en 1048.

Quant à l'église souterraine de l'« Invention de la Croix », M. de Vogüé suppose qu'elle est en partie antérieure et en partie postérieure à la grande restauration du XIe siècle. Ce sanctuaire, toujours connu, toujours vénéré par les pèlerins, et qui semblait devoir passer avant l'église de Saint-Jacques ou celle de la Trinité, aurait seul été négligé pendant cent années et serait demeuré à l'état de ruine jusqu'aux croisades. Malgré ses arcs-doubleaux en ogive, qui, nous le verrons bientôt, peuvent être byzantins, comme le sont incontestablement les chapiteaux qui les supportent, j'aime mieux croire que l'église de l'« Invention » appartient dans son ensemble à la restauration du XIe siècle : car, on a peine à concevoir comment ces chapiteaux, très-évasés et faits pour recevoir les retombées d'une petite coupole, couverts d'ailleurs de nattes très-fines et de fragiles feuilles d'acanthe, auraient pu demeurer en place et intacts, lorsque les voûtes supérieures étaient violemment renversées. Dans notre hypothèse, la seule partie du monument qui sorte du sol et soit percée de fenêtres, c'est-à-dire la coupole proprement dite à partir du tambour, serait contemporaine des Croisades, ou plus récente encore, comme l'indiqueraient certains arcs très-surbaissés. Sævulf aurait vu tout le reste, et cette grande église « miræ magnitudinis » dont il nous parle, bâtie autrefois par sainte Hélène sur le « lieu » de l'invention de la croix, puis démolie de fond en comble par les païens, ne serait autre que la basilique de Constantin, dont les débris épars entourent encore la très-petite église de l' « Invention ». Aussi bien Eusèbe désignait déjà cette partie du monument sous le nom de « ædes crucis ».

Il reste à rendre compte, avec M. de Vogüé[1], des grands travaux entrepris par les croisés pour réunir de nouveau le Calvaire au Saint-Sépulcre. Arrêtons-nous ici pour examiner ce que le monument, tel qu'il était avant les croisades, a pu exercer d'influence en Occident durant les premiers siècles du moyen âge. Évidemment, il ne faut plus, jusqu'au VIIe siècle, chercher nulle part de rotondes imitées de celles du Saint-Sépulcre, puisqu'elle n'existait pas elle-même. Il faudra aussi rayer de la liste de ces imitations toutes les églises circulaires ou polygonales bâties par les Templiers. En effet, et c'est un des résultats les plus nets et les plus imprévus des investigations de M. de Vogüé, ces moines guerriers s'inspiraient dans leurs constructions d'une autre rotonde que celle du Saint-Sépulcre. Sans doute, ils s'étaient voués, comme les Hospitaliers, à la garde du tombeau de Notre-Seigneur. Mais, ainsi que leur nom le rappelle, ils s'étaient établis, loin du Golgotha, sur l'emplacement de l'ancien Temple de Salomon, auprès de l'église fondée par Justinien en l'honneur de la « Présentation de la sainte Vierge », et convertie de mosquée en palais par les rois latins. « L'enceinte du Temple, berceau de leur ordre, avait leurs plus chères affections », nous dit M. de Vogüé; « le Temple lui-même, c'est-à-dire la mosquée d'Omar, était l'objet d'un culte tout spécial et devint le point de départ de leurs traditions empreintes d'un certain mysticisme. Son plan, à la fois circulaire et octogonal, sa coupole sphérique, formes étranges pour eux et facilement symboliques, avaient frappé leur imagination. Ils le représentèrent sur le sceau de l'ordre et tâchèrent de l'imiter dans leurs constructions religieuses. Non-seulement l'église bâtie par eux à Athlit, pendant le XIIIe siècle, a un plan polygonal, mais la plupart des temples, élevés en Europe dans leurs possessions d'outremer, ont une forme qui rappelle de loin le « Temple » de Jérusalem, et c'est ainsi qu'une mosquée est devenue au moyen âge le type d'un grand nombre d'églises chrétiennes » (p. 290).

Effectivement, lorsque les sceaux et les monnaies des rois de Jérusalem représentent la coupole du Saint-Sépulcre, elle est conique et ouverte au

1. Personne n'ignore qu'en 1808, après le passage de M. de Chateaubriand, un incendie terrible, qui dévora le dôme en charpente du Saint-Sépulcre, fut suivi d'une dernière restauration. Nous n'en dirons rien, si ce n'est qu'elle respecta le plan ancien en remplaçant les colonnes par de lourds piliers sans ornementation. Elle serait excusable, à pareille époque, si elle n'avait pas détruit méchamment les tombeaux glorieux de Godefroid de Bouillon et de ses premiers successeurs.

sommet. Le sceau des Templiers, au lieu de cette image grossière, mais vraiment ressemblante, offre une coupole renflée au milieu, comme les dômes des musulmans ou des Russes, et surmontée d'une croix, avec cette légende singulière : S. TUBE TEMPLI XPI. Le mot « tuba » désignait la coupole du Temple, ainsi que l'a prouvé M. de Mas Lâtrie dans l'histoire de l'île de Chypre, et l'expression « cum tuba roborari » signifiait « confirmer avec le sceau à la coupole ». Il n'est donc pas douteux que les Templiers avaient en vue la coupole du Temple, non celle du Saint-Sépulcre. Mais ils ne s'attachaient pas toujours à l'octogone des murs extérieurs dans leurs imitations très-libres et très-sommaires d'ailleurs de la mosquée d'Omar. Souvent ils donnaient à l'ensemble de l'édifice la forme purement circulaire de la nef centrale ou coupole. Alors ils arrivaient à peu près aux mêmes combinaisons que s'ils avaient voulu copier le Saint-Sépulcre.

Il y a néanmoins beaucoup d'églises qui sont certainement une reproduction et un pieux souvenir de la rotonde du Saint-Sépulcre. On les reconnaîtra à leur histoire, quand elles n'ont jamais appartenu à l'ordre du Temple ; à leur titre qui conserve fréquemment le nom du Saint-Sépulcre, par exemple pour la rotonde de Neuvy-Saint-Sépulcre[1] en Berry ; d'autres fois aux détails de leur plan et à des traits particuliers de ressemblance. Ainsi, il existe à Bologne non-seulement une rotonde, mais tout un groupe de petites églises très-anciennes où l'on semble avoir voulu rappeler les principaux sanctuaires de Jérusalem. Plusieurs de ces édicules ont changé de vocable, mais un des des cloîtres qui les réunissent entre eux garde encore le nom de cour de Pilate. On y voit, du reste, le vase en pierre dans lequel Pilate aurait « lavé ses mains » et la colonne sur laquelle était perché et chanta le coq de saint Pierre.

Ailleurs, à Saint-Léonard (Haute-Vienne), un édicule, de forme ronde et muni de bas-côtés, que l'on a pris jusqu'à présent pour un baptistère, fait remarquer ses quatre absidioles, orientées aux quatre points cardinaux, comme celles du Saint-Sépulcre. Or, précisément devant la porte de cette rotonde on a déterré une épitaphe de la fin du XIe siècle, ainsi conçue : HIC REQVIESCIT ... ONCERAD QVI HOC EDIFICAVIT SEPVLCHRVM. N'est-ce pas celle du prêtre architecte qui, à son retour de Jérusalem, édifia ce « Sépulcre » ou Saint-Sépulcre?

Quelquefois l'attribution est douteuse. A Pise se voit une église ronde, bâtie vers le milieu du XIIe siècle, et, dit-on, par l'architecte du baptistère,

1. « Dictionnaire d'architecture » de M. VIOLLET-LE-DUC, t. V, p. 179.

Dioti Salvi. Il paraît qu'elle a appartenu aux Templiers; effectivement, elle est octogonale et n'offre de voûtes que sur la nef centrale, non sur les bas-côtés, absolument comme la mosquée d'Omar. Mais, d'un autre côté, elle porte le nom significatif de « San-Sepolcro ».

Revenons au livre de M. de Vogüé. — Après avoir brièvement expliqué que, lors de la conquête, le Saint-Sépulcre était rond et couvert de poutres ingénieusement assemblées, de manière à laisser une ouverture au sommet : qu'enfin les « lieux » du Calvaire, de l'Invention et de l'Onction étaient dotés de modiques oratoires, hors de l'enceinte de l'église (« extra ambitum ecclesiæ »), Guillaume de Tyr, l'historien des croisades, poursuit en disant que l'édifice parut trop petit aux nouveaux maîtres de Jérusalem, et « qu'ils ajoutèrent à l'église primitive une construction solide et très-élevée, qui, continuant et enserrant les parties anciennes, comprit tous les lieux susdits dans le même édifice. »

Quand même ce retour au plan de Constantin, si complet que l'ancien « Atrium » devint le cloître des chanoines, ne serait pas attesté par Guillaume de Tyr et par d'autres chroniqueurs, il serait évident, par la seule inspection du monument, que sa plus grande et sa plus belle moitié a été bâtie par les croisés dans le style des églises de l'Occident. Il résulte des textes cités par M. de Vogüé et d'une inscription de dédicace, recueillie à la fois par Jean de Würtzbourg et par Quaresmius au XIIe et au XVIIe siècle, que les nouvelles constructions, commencées vers 1140, furent consacrées en 1149, le 15 de juillet, précisément au cinquantième anniversaire de la prise de Jérusalem. Les travaux continuèrent ensuite jusqu'en 1169 et peut-être plus tard, mais ils consistaient à revêtir le monument de mosaïques, et à lui faire un clocher. — Comme tous les arcs de cette église des croisés sont très-franchement en ogive, un pareil fait, dans un pareil pays et à une date si reculée, demande explication, car Dieu sait à quels systèmes il a déjà donné lieu. M. de Vogüé s'attache à réfuter celui de M. J. Wigley[1], qui rajeunit et résume tous les autres. Cet archéologue voit dans l'ogive le seul caractère distinctif de l'architecture ogivale, et, par suite, il place dans la Terre Sainte le berceau des monuments gothiques de toute l'Europe, — comme s'ils apparaissaient immédiatement après les croisades et partout en même temps. Jérusalem, dit-il, « était au XIIe siècle une sorte d'exposition universelle, où toutes les nations chrétiennes étaient représentées et d'où chaque peuple emporta des idées et un art commun. Chaque fois que les Arabes et les Latins se sont

1. « Archæolog. studies in Jerusalem », London, Dolman, 1856.

rencontrés, comme en Sicile et dans le sud de l'Espagne, leur contact a produit, comme à Jérusalem, des édifices ogivaux ou gothiques. »

Il y a pourtant, pour le style dont il s'agit, au moins un caractère plus important que l'ogive : la voûte d'arêtes sur nervures. Sans cette dernière invention, si féconde en conséquences, on ne conçoit pas une cathédrale gothique, tandis qu'on la conçoit fort bien sans ogives. Telle serait certainement l'église Saint-Eustache de Paris, pourvu que ses profils et ses sculptures, au lieu d'être empruntés à l'antiquité classique, fussent pris à Notre-Dame ou à la Sainte-Chapelle. L'ogive n'en est pas moins un des caractères principaux du style ogival, et le plus général sans doute ; car c'est le seul qui s'applique à tous les édifices, voûtés ou sans voûtes, pauvres ou riches, civils et militaires ou religieux. Elle méritait à ce titre de lui donner le nom qu'elle porte elle-même aujourd'hui.

Il sera donc toujours intéressant de savoir si les croisades sont pour quelque chose dans la propagation de l'ogive en Occident. M. de Vogüé n'est pas éloigné de le croire. Il est trop bien au courant de notre archéologie nationale pour oublier un seul instant que cette variété de l'arc et de la voûte était bien connue, bien comprise et largement pratiquée en France, plus d'un siècle avant la première croisade. Néanmoins, comme à Jérusalem l'arc aigu était constamment employé, non-seulement pour les voûtes d'une certaine portée, mais pour les fenêtres et les moindres arcatures, avant d'être aussi exclusivement adopté par les monuments français contemporains, il en conclut que l'exemple de nos colonies d'Orient pourrait avoir « aidé » aux progrès et au règne définitif de l'ogive dans notre pays. « L'ogive », dit-il, « n'est pas née des croisades, mais les croisades ont pu hâter le jour où elle a été employée exclusivement en Occident[1] ».

La vieille question de l'origine de l'ogive revient ainsi sur le tapis ; mais elle est mieux posée, et on peut la résoudre dans l'un ou l'autre sens sans dénationaliser notre architecture du moyen âge. Mais d'abord l'ogive n'a-t-elle été inventée qu'une fois, dans les constructions Sassanides, si l'on veut? A-t-elle, au contraire, été inventée plusieurs fois par les Perses et les Byzantins, par les Arabes et par les Français? — Ainsi que M. de Vogüé, j'admets que les Arabes ont connu l'ogive de très-bonne heure et longtemps avant qu'elle ne se montrât chez nous. Il m'aurait suffi, pour m'en convaincre, de voir combien elle est systématique à Palerme, où les Normands ne l'ont certes pas apportée, parce qu'ils ne l'avaient pas eux-mêmes à l'époque où furent bâtis

1. V. « Églises de la Terre Sainte », p. 399.

le palais de la Ziza, la Chapelle-Royale et l'église de la Martorana. Partout où ont passé les Arabes et les Turcs, ils ont ainsi introduit un certain style ogival qui n'a rien de commun que l'ogive avec le nôtre. Ils ne le tenaient point de nous, au moins personne ne l'a prétendu sérieusement; ils l'ont donc créé pour leur usage particulier, et il n'y a rien d'invraisemblable à ce que ce soit antérieurement au XIIe siècle, comme l'indiquent une foule de monuments dont les dates ne peuvent toujours être fausses.

Il n'est pas aussi facile de déterminer à quelle époque précise remonte l'ogive arabe. Entre les édifices qui l'auraient d'abord accueillie et propagée devrait se trouver en première ligne la fameuse mosquée d'Omar. Le second successeur de Mahomet n'en est pas le véritable fondateur, ou du moins il s'était contenté de purifier à sa manière la roche du Temple et de la désigner à la dévotion des Mahométans. Les historiens arabes attribuent unanimement la construction du Kubbeh-es-Sakrah, ou « dôme de la roche » à Abd-el-Melik-ibn-Merouan, dixième calife. On sait aussi que les travaux furent commencés l'an 68 de l'hégire (688 après J.-C.) et achevés en trois années; enfin qu'ils coûtèrent 100,000 dinars, ou sept années du revenu de l'Égypte. Alors, la Perse était soumise depuis un demi-siècle, et les Arabes avaient eu tout le temps d'étudier les ogives de ces monuments Sassanides [1], où je verrais bien plutôt, pour ma part, un reflet et une imitation barbare de l'art byzantin que le germe d'un art nouveau.

Or, la mosquée octogone, qui s'élève aujourd'hui sur l'emplacement du Temple de Salomon, est bien dans son ensemble celle qui fut bâtie par Abd-el-Melik : il y a bien des ogives dans cette mosquée et il y en a même beaucoup, qui, par parenthèse, sont « four centred » comme les arcs tudor, c'est-à-dire déprimées au sommet. Mais elles appartiennent toutes à une restauration du XVIe siècle, qui refit le revêtement extérieur des murailles et le tambour de la coupole, en conservant tout le reste de l'édifice. Ce qui le prouve, c'est qu'en arrière de toutes ces fenêtres en ogive, encadrées par une arcature ogivale, qui nous frappent dans les vues extérieures de la mosquée d'Omar, il existe autant d'embrasures en plein cintre, et telle est aussi la forme de tous les arcs qui réunissent les colonnes et supportent les plafonds.

Moins favorisé que d'autres voyageurs par les intermittences du fanatisme musulman, M. de Vogüé n'a pu voir, par lui-même, cette mosquée d'Omar, interdite sous peine de mort aux chrétiens, ainsi que la mosquée d'El-Aksa sa voisine, l'ancienne église de Justinien. Mais il en donne, d'après MM. Ca-

1. V. la lettre de M. Lenormant sur l'origine de l'ogive, dans le « Cours d'antiquités monumentales. » de M. de Caumont, 4e partie, p. 207.

therwood et Arundale, un plan et des dessins très-exacts. Tout y est en plein cintre et latin plutôt que byzantin, même dans l'ornementation sculptée. Rien n'y est arabe et en ogive. C'est à tel point qu'aucun édifice existant ne me donne mieux l'idée de ce qu'était l'église octogone bâtie par Constantin à Antioche.

Les mosquées d'Amrou au Caire, et d'Abdérame à Cordoue (VIIe et fin du VIIIe siècle) confirment ces observations en ce qui concerne l'ogive. Il se pourrait néanmoins qu'après avoir d'abord emprunté, comme tous les conquérants barbares, leurs types et leurs artistes au pays conquis, les Arabes se soient fait promptement un art national, à base byzantine, qui accueillit systématiquement l'ogive, précisément parce qu'elle était repoussée par les Byzantins, trop attachés aux idées romaines, et qu'elle donnait aux édifices des mahométans une physionomie particulière. Elle n'avait guère d'autre mérite pour eux, puisqu'ils ne faisaient pas de constructions voûtées, et ne visaient nullement à cette hardiesse, à cet élancement que l'ogive favorise si bien chez nous.

J'ai dit que les Byzantins repoussaient l'ogive. Elle était en effet dans l'art byzantin, tout comme dans l'art arabe. L'idée de rapprocher l'un de l'autre les deux arcs de cercle qui composent une voûte en plein cintre, en supprimant quelques claveaux au sommet, était trop simple, je le répète, pour n'avoir été trouvée qu'une fois ; trop bonne, à cause des facilités qu'elle donne dans les combinaisons architecturales, pour être oubliée. Du moment où les voûtes à grande portée étaient appareillées régulièrement, au lieu d'être coulées en béton sur un moule, elle avait des avantages évidents. Elle est donc venue aux architectes byzantins pour le moins aussi tôt qu'aux architectes arabes. Considérée par eux comme moins belle et moins classique que le plein cintre, l'ogive n'a jamais fait de grands progrès à Constantinople jusqu'à la conquête turque ; mais elle se trouve à toutes les phases de l'art byzantin. Il y a des ogives non-seulement à Saint-Front de Périgueux et dans le vestibule de Saint-Marc de Venise, ainsi que le rappelle M. de Vogüé, mais dans les plus anciennes parties de ce dernier monument. J'ajouterai qu'il y en a également et beaucoup à Sainte-Théodosie de Constantinople , maintenant la mosquée de la Rose « Dioul Djami-si ». Il y en a à Sainte-Irène, vaste église fondée par Justinien et qui, dans sa forme actuelle, remonte, selon M. Salzenberg, au VIIIe siècle. Je me pique même d'en avoir découvert d'assez authentiques dans Sainte-Sophie elle-même.

Ce n'est pas encore l'ogive pour l'ogive. Elle est là pour sa solidité, pour certaines convenances de la construction, rarement par goût ; mais elle existe, et, à voir la façon dont elle est employée dans les églises byzantines de Constantinople, on comprend qu'on ne l'a pas prise aux Arabes.

A Jérusalem cependant, il y a, parmi les dépendances du Saint-Sépulcre, de petites églises que M. de Vogüé attribue avec raison à la restauration byzantine du XIe siècle, et ces constructions ont tous leurs arcs, leurs fenêtres même en ogive. A pareille date, cela est partout ailleurs sans exemple dans l'architecture chrétienne, et je l'explique, avec M. de Vogüé, par une influence toute locale. Je crois même que c'est par cet intermédiaire que l'ogive arabe s'est fait accepter par les Croisés. Dans leur exaltation religieuse et au sortir d'une guerre d'extermination, ils avaient assurément peu de penchant pour tout ce qui tenait à l'art des mahométans. Bien différents des Normands de Palerme, qui gouvernaient paisiblement une population grecque et arabe, ils se seraient fait scrupule, ce me semble, d'employer sciemment pour leurs églises, pour celle du S.-Sépulcre surtout, des ouvriers sarrasins, des formes sarrasines. Aussi bien les autres emprunts qu'ils ont fait, dit-on, à l'art arabe sont contestables et dans tous les cas fort rares.

Mais en trouvant l'ogive dans le Saint-Sépulcre lui-même, ou du moins dans ces églises, d'un touchant symbolisme, qui se dressent à ses côtés, comme la sainte Vierge et saint Jean, leurs patrons, se tenaient au pied de la croix, ils étaient naturellement portés à continuer et à généraliser l'emploi d'une forme qui déjà leur était familière dans leur patrie. Ils n'avaient pas à se préoccuper d'exemples, plus importants peut-être au point de vue de l'art, mais qui n'étaient pas ainsi recommandés par la tradition et par la foi.

Du reste, ces exemples de monuments arabes en ogive, s'ils étaient communs au Caire, où les Croisés ne les voyaient point, n'avaient rien de bien saisissant à Jérusalem. Pendant les trois siècles qui ont précédé la première croisade, la ville sainte des chrétiens semble avoir été négligée par les califes, qui s'y sont attachés plus tard, en raison des efforts qu'on faisait pour la leur arracher. Loin d'être favorisée par l'art arabe, elle n'a vu s'élever, depuis Abd-el-Melik, aucune construction neuve un peu considérable, et encore M. de Vogüé nous dit-il que ces monuments ogivaux de l'époque primitive ont « généralement disparu ». Il ne fait guère d'exception que pour les bas côtés extrêmes de cette mosquée d'El-Aksa, fondée d'abord par Justinien, comme nous l'avons vu, puis réparée et élargie, après un tremblement de terre, sous El-Mahadi (775-785), réparée encore au XIe, au XIIe et au XVe siècle, et où notre auteur n'a pu pénétrer pour faire une part assurée à chacune de ces restaurations.

Avec l'ogive arabe, les Croisés ont trouvé à Jérusalem l'architecture byzantine et lui ont fait des emprunts de plus d'un genre. Ils ont utilisé beaucoup de colonnes de marbre et de chapiteaux tout sculptés. Ils ont aussi reproduit des formes byzantines, notamment la coupole sur pendentifs sphériques. D'un autre côté, ils ont adopté l'entablement romain, comme on le faisait, même en France, quand on avait beaucoup de monuments antiques sous les yeux. Ces éléments hétérogènes ont été fondus dans une architecture romane, qui n'est, à proprement parler, celle d'aucun pays, d'aucune province de l'Occident, mais qui vient de partout un peu, comme les Croisés eux-mêmes.

Le plan général est français[1]. Il s'agissait de rendre à l'église du Saint-Sépulcre l'ampleur qu'elle avait sous Constantin, en ajoutant un chœur et des transepts à la rotonde du XIe siècle, qui devait tenir lieu de nef. Ce chœur a des bas côtés tournants et des chapelles rayonnantes. En Allemagne, on ne fait pas difficulté de reconnaître une influence française dans toutes les églises qui répondent à ce signalement; à plus forte raison ce point sera-t-il accordé à M. de Vogüé lorsqu'il s'agit du Saint-Sépulcre.

Ainsi que dans plusieurs églises d'Occident, une haute coupole s'élève à l'intersection du chœur et des transepts. Elle n'est point surmontée d'un clocher et a été copiée directement sur les modèles byzantins. Mais, comme ses piliers ont des colonnes engagées et ses grands arcs des retraites, à la mode occidentale, elle se trouve ressembler singulièrement à certaines coupoles romano-byzantines du sud-ouest de la France. — Le vaisseau central n'est pas couvert de voûtes d'arêtes sur nervures, comme il le serait à la même époque dans l'île de France ; il n'est pas non plus voûté en berceau, comme dans la plupart des autres provinces de notre pays. Chaque travée carrée présente, ainsi qu'en Allemagne, une voûte d'arête sans nervures.

L'ornementation, vraiment riche et soignée, au moins à la façade latérale du sud où sont percées les principales portes, ressemble surtout à celle du midi de la France. Entre mille réminiscences de l'antique, on voit des chapiteaux purement romans, par les entrelacs et les figurines dont ils sont ornés. Les claveaux des deux portes et des fenêtres qui les surmontent sont séparés par des traits profondément creusés et se trouvent légèrement arrondis. Je ne sais si ce détail est arabe, mais on le rencontre à la maison romane de La Réole, qui a été dessinée par M. Léo Drouyn pour le « Bulletin monumental ». Il n'y a point de statues aux jambages des portes,

1. Dans la gravure empruntée au livre de M. de Vogüé, qui accompagne cet article, on a d'abord en L la coupe longitudinale de cette église des Croisés ; en arrière de l'abside en O, est le cloître des chanoines; en P, Q, est la chapelle et la crypte de l' « Invention ». A l'autre extrémité de l'édifice, est la rotonde de la Résurrection, telle qu'elle était avant la restauration de 1808. Le Saint-Sépulcre en occupe le centre.

ni de bas-reliefs à leur tympan. Ce tympan avait été décoré de mosaïques grecques, ainsi que l'intérieur du monument, mais postérieurement à la construction primitive. Il n'y a de sculpture de sujet que sur un linteau qui représente la résurrection de Lazare, la fête des Rameaux et la Cène. Celui de l'autre porte est orné de rinceaux mêlés de figures d'hommes et d'animaux. Admirables tous deux, M. de Vogüé croit qu'ils ont été apportés de France. Au moins ont-ils été faits sur place par un pèlerin français, qui consacra volontiers quelques mois à la décoration du Saint-Sépulcre, mais qui ne s'est pas fixé à Jérusalem et n'y a pas fait école, malheureusement pour l'art de la Palestine.

Le clocher, bâti après coup, au-dessus de la chapelle byzantine de Saint-Jean, est décidément gothique, non pas seulement par ses ogives, mais par ses puissants contre-forts à retraites successives, par ses glacis en talus arrêtés par des larmiers, par ses chapiteaux à crochets, ses archivoltes, et surtout par une petite rose à quatre redents terminés par des fleurons sculptés. S'il est réellement, comme paraissait le dire une vieille inscription aujourd'hui perdue, l'œuvre d'un architecte nommé Jourdain, et par conséquent né en Palestine, cet artiste avait probablement visité le nord de la France.

Le couronnement du clocher manque aujourd'hui et ne nous est connu que par les gravures de Breydenbach. Si ce voyageur du xve siècle n'a pas simplement restauré à l'allemande le monument demeuré incomplet, il semblerait que le clocher du Saint-Sépulcre, commencé par un architecte gothique, avait été fini par un artiste roman, d'origine germanique. Au moins la flèche cotelée, dessinée en 1483 par Breydenbach, et dont les huit arêtes saillantes s'appliquent au sommet d'autant de frontons aigus, ressemble-t-elle incontestablement aux clochers des bords du Rhin. — Cela se concevrait si elle avait été ajoutée en 1229, lorsque l'empereur Frédéric fit réparer les monuments de Jérusalem.

Nous avons vu que les plus anciennes constructions des Croisés à l'église du Saint-Sépulcre dataient de 1140 à 1150. Leurs autres églises, soit à Jérusalem, soit dans le reste de la Palestine, sont presque toutes de la seconde moitié du xiie siècle, et ne remontent jamais, si ce n'est peut-être celle de Beyrouth, aux premières années de la domination franque. Évidemment, on s'était d'abord contenté des édifices byzantins dont les principaux sanctuaires de la Palestine étaient encore dotés; on avait aussi converti quelques mosquées en églises : mais, par des causes qu'il n'est pas difficile d'entrevoir, on ne songeait guère à bâtir ou du moins à bâtir des monuments religieux. Avant tout il fallait se loger, et se faire des châteaux, selon l'usage de l'Occident. Malgré l'éclat dont brillait alors le royaume des Godefroid et des Baudoin, malgré ce qu'il avait coûté et ce qu'il coûtait annuellement à l'Europe, sa pauvreté était extrême. Ce million d'hommes, qui avait entrepris de délivrer les saints lieux, se trouva réduit, au moment de la prise de Jérusalem, à vingt ou trente mille chevaliers et soldats de profession. Il survivait relativement peu de paysans ou d'hommes de métier; et ils étaient relativement peu portés à s'établir en Palestine. Ces classes inférieures, qui ont toujours fait la vraie force, la vraie richesse des États, et qui subvenaient aisément chez nous à un si grand luxe architectural, manquaient donc à peu près complétement dans nos colonies d'outre-mer. Les pèlerins, qui se succédaient sans interruption, laissaient leur argent à Pise, à Gênes, ou à Venise, pour payer les frais du passage : les villes de la Terre Sainte ne profitaient guère de leur ruine.

Plus tard, lorsque la domination des princes latins fut mieux assise, lorsqu'une tranquillité, toujours bien précaire, régna dans les villes repeuplées, lorsque le sol ingrat de la Palestine fut mis tant bien que mal en culture; enfin, quand on commença à bâtir, les mêmes causes, qui avaient retardé la restauration et l'agrandissement du Saint-Sépulcre, appauvrirent tous les monuments secondaires du pays : et il s'y en joignit une nouvelle, la multiplicité des abbayes et des évêchés. Il y avait en Palestine tant de siéges anciens, qu'on ne créa pas moins de quinze diocèses, dont cinq avaient le titre d'archevêché. A eux tous, ils n'ont jamais valu un seul diocèse de France, comme celui de Chartres, par exemple. —Les cathédrales se ressentent naturellement de cet état de choses.

M. de Vogüé en a relevé et reproduit les moindres débris avec un zèle bien concevable. Peut-être s'en est-il exagéré, non l'intérêt, qui est très-grand à coup sûr, mais le mérite intrinsèque. Non-seulement ces monuments restent, par la conception et pour l'exécution, à une grande distance du Saint-Sépulcre, qui lui-même est loin de valoir les églises contemporaines de Chartres, de Saint-Denis, ou, dans une autre région et un autre style, de Saint-Sernin de Toulouse; mais ils n'offrent nulle variété dans leur forme et ne présentent pas d'ornements, pour ainsi dire.

Il y a ordinairement trois nefs : elles ne sont pas exactement de même hauteur, comme dans les églises romanes du Poitou, ni aussi inégales que dans les autres styles romans. L'absence de toute toiture sur les bas côtés a conduit à supprimer les galeries hautes qui existent encore au Saint-Sépulcre. Le vaisseau central est éclairé directement par des fenêtres, assez courtes, comprises entre la clef des arcades latérales et les formerets des voûtes d'arêtes. Le plan général est allongé, ainsi qu'en Occident, mais il n'y a plus de bas côté tournant en arrière du chœur, ni de « chevet », comme disaient les pèlerins français en décrivant le Saint-Sépulcre. Les transepts ne sont accusés que par les voûtes et ne dépassent pas l'alignement des murs latéraux, excepté à la cathédrale de Tyr. Il y a trois absides sur la même ligne, dans le prolongement des trois nefs. Circulaires à l'intérieur, elles sont au dehors en demi-hexagone ; disposition empruntée à l'art byzantin. On trouve aussi, en avant de l'abside maîtresse, la vraie coupole orientale, à pendentifs sphériques ; et la coupole pour elle-même, c'est-à-dire sans clocher qui la surmonte. Elle s'élève au-dessus des toitures en terrasses, que le climat et le manque de bois recommandaient également. A cela près, toute la fabrique est romane, par les piliers cantonnés de colonnettes et de pilastres, par le profil des arcades, par l'appareil. Mais c'est un style roman à ogive, car l'arc aigu y est systématiquement et exclusivement employé, même lorsque les voûtes, au lieu de ressembler à celles du Saint-Sépulcre, sont en berceau comme à Beyrouth.

Nous ne suivrons pas M. de Vogüé dans la description détaillée des cathédrales et des abbayes de la Terre Sainte. Il suffira de citer, dans l'enceinte même de Jérusalem, les abbayes de Sainte-Anne et de Sainte-Marie-la-Grande, dont il donne des monographies complètes. La porte géminée et « en plein cintre » de cette dernière église est bordée d'une gorge sculptée représentant, tout à fait comme en France, les travaux des douze mois. Seulement ce motif qui chez nous, à Chartres par exemple, fait partie d'un vaste ensemble iconographique, se trouve isolé et il n'y a dans tout le monument d'autre sculpture de sujet qu'un bas-relief, fruste et mutilé, au tympan du même portail.

L'église Sainte-Anne, convertie en école publique par Saladin, et que le gouvernement français va rendre au culte, après l'avoir restaurée, offre un des exemples les plus anciens et les plus complets de ce qu'était l'architecture des Croisés. Enrichie par la reine Mélissende, dont la sœur Judith y prit le voile, elle a été bâtie vers la même époque que le Saint-Sépulcre et a dû servir de type à la plupart des autres églises de la Palestine, qui en reproduisent le style et les dispositions. M. de Vogüé remarque qu'il y a aussi en France une église Cistercienne, à coupoles, celle de Boschaud, bâtie en 1154, qui ressemble fort à Sainte-Anne de Jérusalem ; ressemblance accidentelle, bien entendu, et qui n'implique aucune parenté, car elle résulte d'un même mélange de roman et de byzantin et d'une extrême sobriété d'ornementation.

Il ne reste rien, ou il reste peu de chose à Jérusalem des grands établissements des chevaliers du Temple et des Hospitaliers. M. de Vogüé constate du moins l'exacte situation et la disposition générale de l'« Hôpital », construit en forme de « Khan », et porté sur 124 colonnes de marbre. Décrit par J. de Maundeville, en 1322, et par d'autres voyageurs plus modernes, il n'a disparu qu'au XVIIe siècle. L'église Sainte-Marie-la-Grande, dont nous venons de nous occuper, en était une dépendance, car elle appartenait à ces sœurs hospitalières qui ont toujours suivi la fortune de l'Ordre, à Malte comme à Jérusalem, et partagé sa pénible mission.

Parmi les cathédrales, il faut mentionner celles de Djebeil ou Byblos, de Lydda et de Sébaste. L'influence française s'y fait sentir de plus en plus. Tous les chapiteaux sont à crochets; toutes les bases offrent une scotie profonde entre des tores aplatis. A Saint-Jean-de-Sébaste, grande église fondée sur le tombeau de saint Jean-Baptiste, on trouve en outre la voûte d'arête sur nervures, retombant sur des faisceaux de colonnettes, qui couvre toutes les travées et chasse du plan la coupole byzantine.

Cette fois, il n'y a pas à s'y méprendre : c'est le style gothique, sinon dans toute sa pureté et tout son éclat, du moins avec ses caractères principaux. Sébaste, ville située dans l'intérieur des terres, a été définitivement abandonnée par les Croisés en 1187. Ses monuments religieux sont donc nécessairement antérieurs à cette date et remontent ainsi à une époque où l'usage de la voûte d'arête sur nervures était encore concentré dans le nord de la France. Mais tous les rois de Jérusalem, depuis Godefroid de Bouillon, fils du comte de Boulogne, jusqu'aux princes de la maison d'Anjou, de celles de Brienne et de Lusignan, étaient des Français du nord, et leur langue a prévalu dans les colonies chrétiennes d'Orient comme l'attestent les « Assises de Jérusalem ». Il faut seulement s'étonner que cette transmission si rapide du style ogival français n'ait pas été plus complète. Même à Chypre et à Rhodes, où M. de Vogüé suit l'art des Croisés sur les traces de M. de Mas-Latrie, l'architecture gothique, en passant du style ogival primitif au style secondaire et au style flamboyant, ne brille jamais par sa pureté.

Maintenant ces monuments de la Palestine, où l'influence de la France est si visible et si constante, ont-ils réagi sur l'Occident?

Les édifices arabes ou byzantins de Jérusalem, qui offraient des ogives, pouvaient bien sur les lieux exercer une certaine influence et nous l'avons admise sans difficulté. Mais ils n'étaient ni assez nombreux ni assez remarquables pour produire sur les Croisés ou sur les pèlerins qui les avaient précédés, une profonde impression, pour laisser de durables souvenirs. — Nous sommes d'accord avec M. de Vogüé sur ces deux points. — S'il en était autrement, cette impression se montrerait commune aux Français et aux Allemands, aux

Français du nord et aux Français du midi. Ces souvenirs ne seraient pas le privilége des habitants de quelques provinces seulement. Puis, en imitant l'ogive arabe, on lui conserverait son rôle primitif; on l'emploierait pour les fenêtres, tandis qu'elle apparaît et qu'elle fait son chemin comme ogive de construction. A ce titre, elle serait plutôt byzantine qu'arabe par l'origine, si elle n'était pas purement française. Au moins y a-t-il à Périgueux et à Cahors de très-anciennes ogives supportant des coupoles orientales. L'indice n'est pas suffisant, il s'en faut de beaucoup; mais c'en est un; au lieu qu'il n'y a ni preuve ni indice d'une transmission de l'ogive arabe. Dans toutes les provinces où l'ogive a le plus d'ancienneté, on l'admet d'abord pour de larges berceaux ou pour des arcs pesamment chargés. Aussitôt que la voûte d'arête sur nervures est adoptée, il convient de faire les arcs-doubleaux en ogive pour que les nervures diagonales, de même hauteur et d'une portée plus grande, restent des pleins cintres et ne soient pas des cintres très-surbaissés. De même l'ogive se prête mieux à toutes les combinaisons architecturales. Avec la légèreté et l'élancement que l'on vise à donner aux constructions religieuses, elle devient de plus en plus indispensable pour tous les arcs d'une certaine portée. De là, à l'employer aussi pour les arcatures et les fenêtres, il n'y a plus à faire qu'un pas; bien simple en apparence. Mais on hésite longtemps à le franchir. Dans l'Anjou cette hésitation, motivée par des souvenirs classiques et par des idées erronées sur la plus grande beauté du plein cintre, durera pendant près d'un siècle. La cathédrale d'Angers, gothique pour tout le reste, aura encore des fenêtres en plein cintre dans les travées qui datent de 1230 comme dans celles qui remontent à 1145. Mais dans l'Ile-de-France, mais à Paris, on est mieux inspiré et on se montre plus hardi. On n'y tarde pas à reconnaître que l'ogive vaut en elle-même au moins autant que son rival. Du moment où on est forcé de l'employer souvent, il est logique de l'employer toujours. Moins simple sans doute et, si l'on veut, moins noble que le plein cintre, l'ogive en est néanmoins un véritable perfectionnement, et l'œil s'y habitue bien vite. Il en résulte dans les constructions plus d'élasticité et de solidité, plus d'élancement et surtout plus d'harmonie.

Ainsi que M. de Vogüé le rappelle avec beaucoup d'à-propos, l'ogive règne déjà sans partage dans l'église royale de Saint-Denis, bâtie avec une merveilleuse rapidité en trois années, et consacrée en 1140, avant que la restauration du Saint-Sépulcre ne fût commencée. Pas plus que M. de Vogüé, je ne veux croire que l'édifice parisien ait influencé celui de la Palestine. Nulle part au monde on ne pouvait choisir un meilleur modèle; mais, si on l'avait connu, on lui aurait fait d'autres emprunts non moins importants. Par la même raison, je ne crois pas que l'architecte de Jérusalem se soit inspiré des édifices, aujourd'hui perdus, qui se placent probablement entre le prieuré de Saint-Martin-des-Champs et l'église de Suger, en préparant les progrès décisifs réalisés par cette dernière construction.

Toujours est-il que le Saint-Sépulcre n'a eu aucune influence sur Saint-Denis et, ajouterai-je, sur les églises de Chartres, de Senlis, de Noyon, de Saint-Germain-des-Prés et de Saint-Julien-le-Pauvre, qui sont exactement contemporaines, car elles étaient aussi en pleine construction de 1140 à 1150.

La révolution, accomplie par des causes purement intérieures, se propageait rapidement; mais seulement à Paris ou dans le domaine royal, autour de Saint-Denis enfin. Le nouveau style, à mesure que sa supériorité est reconnue, gagne Sens et de là Cantorbéry, puis il se perfectionne dans la Champagne et la Picardie, d'où il se répand, au XIIIe siècle, dans toute la France, dans toute l'Europe. Et, dans chaque ville où il est introduit, il arrive, non pas peu à peu, ce qui laisserait croire à des influences multiples et complexes, mais tout d'un coup, en quelque sorte, par des migrations d'artistes.

Dans ce grand mouvement artistique où tout se lie et où tout s'enchaîne, où tout est connu et s'explique de mieux en mieux, grâce aux recherches spéciales de M. Viollet-le-Duc, il n'y a pas place un seul instant pour une influence orientale. Aussi secondaire et aussi restreinte que M. de Vogüé la suppose, elle n'a jamais de raison d'être et n'a laissé aucune trace.

Quoi qu'il en soit de l'opportunité de cette concession à des théories antichrétiennes et antifrançaises que M. le comte de Vogüé combat victorieusement sur tous les autres points, son livre atteint parfaitement le but qu'il s'était proposé. Il répond à un besoin très-général et bien senti, celui de connaître enfin ces mystérieux monuments de la Palestine dont rien n'égale le prestige. En même temps, il remplit une importante lacune dans l'histoire de l'art chrétien et de l'art national; il restitue au Saint-Sépulcre son « caractère français ». — Dans les temps profondément troublés où nous vivons, peut-être n'obtiendra-t-il pas d'abord toute l'attention et tout le succès qu'il mérite, mais il doit rester comme une des œuvres dont s'honorera le plus la nouvelle école archéologique.

FÉLIX DE VERNEILH.

ICONOGRAPHIE

DES QUATRE VERTUS CARDINALES

L'âme, comme le corps, est servie par des organes qui témoignent de son existence et de son activité. Les organes du corps ont reçu le nom de sens lesquels, en s'élevant du plus grossier au plus délicat, produisent le mouvement ou le toucher, la saveur, l'odorat, l'ouïe et la vue. Les organes de l'âme s'appellent les vertus et, en partant des moins pures pour arriver aux plus sublimes, on les nomme la Tempérance, la Force ou le Courage, la Prudence, la Justice, la Foi, l'Espérance et la Charité. Les vertus sont donc les sens de l'âme, comme les sens sont les vertus du corps.

Pendant tout le moyen âge, on a figuré l'âme sous la forme d'un petit être humain exactement pareil, mais en miniature, au corps dans lequel il réside et qu'il anime. Ainsi, quand un individu, homme ou femme, vient à mourir, on voit son âme s'échapper de sa bouche sous la forme d'un enfant qui reproduit, en petit, tous les traits du corps; c'est une espèce de naissance qui s'accomplit et s'exhale avec le dernier soupir. Dans les manuscrits à miniatures, en tête du psaume XXIV, « Ad te, Domine, levavi animam meam », on voit le roi David ou un fidèle quelconque, tenant entre ses mains une petite figure humaine, qui est son âme, et la tendant vers le ciel où est Dieu. Cette âme, qui est l'habitante du corps auquel elle donne sa forme, comme un noyau repousse du dedans au dehors ses reliefs et ses creux sur la chair de son fruit, me rappelle ces petits insectes ailés qu'on nomme éphémères, et qui, vers l'automne, tourbillonnent au bord des cours d'eau. On voit ces petits êtres s'abattre lourdement sur le premier obstacle venu, puis passer d'un blanc diaphane à un blanc terreux, se rider, se débattre dans des convulsions; enfin, au dernier tremblement de l'agonie, l'enveloppe extérieure se crève et il s'en échappe un petit être entièrement pareil au premier, mais jeune, transparent, alerte et qui s'envole à tire d'ailes vers les régions élevées. C'est, donnée par l'entomologie, une image de la création ou de l'apparition de l'âme humaine, telle que les artistes du moyen âge la figurent dans les miniatures, sur les vitraux et dans les sculptures.

Cette âme, ainsi rendue visible, ainsi matérialisée, pour ainsi dire, les philosophes et les théologiens l'ont armée de vertus comme les physiologistes ont muni notre corps des divers organes des sens. Ces vertus, dont l'absence d'une part et l'excès de l'autre constituent nos vices, sont au nombre de sept et se distribuent en deux groupes; le premier groupe en comprend quatre, le second n'en embrasse que trois. Les quatre de la première série sont les vertus moins parfaites, celles qui ont encore de l'affinité avec les organes corporels; les trois de la deuxième série sont les vertus excellentes; celles qui dégagent l'âme entièrement du corps et la rapprochent de Dieu. Les premières ont été nommées « cardinales » et les secondes « théologales ». Il ne sera question aujourd'hui que des vertus cardinales.

Ce nom leur est venu de « cardo », qui signifie « gond », parce que ces quatre vertus sœurs sont comme les pivots sur lesquels s'assied et se meut l'âme humaine. De tout temps, chez les Grecs et les Romains, comme pendant la durée du moyen âge, les penseurs se sont occupés des vertus cardinales pour les définir, les caractériser et leur départir des attributions spéciales. Suivant Socrate, Platon et Aristote, les quatre degrés pour monter au sommet du bien et du bon sont la tempérance, la force, la justice et la prudence[1]. Le sommet, auquel on arrive en quatre pas, s'appelle, pour les philosophes spéculatifs, la « Sagesse» et, pour les moralistes pratiques, l'«Eupraxie», c'est-à-dire l'habitude de faire de bonnes actions, la « Bienfaisance », en prenant ce mot dans son étymologie et sa traduction rigoureuses. Après les Grecs, Cicéron et Senèque ont adopté cette classification des vertus cardinales et disserté sur le caractère spécial à chacune d'elles. Cicéron a consacré tout un traité, le « de Officiis », à montrer leur origine, leurs attributions, leur importance hiérarchique. Pour lui, la prudence. la justice, la force et la tempérance naissent et découlent de l' « Honnête », comme d'une source commune[2].

Les hommes du moyen âge savaient bien que les philosophes de l'antiquité s'étaient occupés des vertus cardinales; mais ils déclaraient aussi, et ils

1. J. Denis, « Histoire des théories et des idées morales dans l'antiquité », volume 1er, p. 59. Paris, in-8°, 1856. M. Denis cite divers traités de Platon, notamment le livre II de la « République »; ailleurs, il confirme cette doctrine par celle d'Aristote.

2. Cicéron, « De Officiis », livre 1er, *passim*.

avaient raison assurément, que le christianisme avait épuré et précisé ce que les païens furent les premiers à établir. Je lis dans un manuscrit de l'an **1269** :

« Ces iiij Vertus Cardinaux pallerent moult cil ancien philosophe, mais li sains Esperis les enseigne miels ceux tous. Si, comme dit Salemons ou livre de Sapience, ces iiij Vertus sont apelées prudence la première, la seconde atrempance, la tierce force, la quarte joustice[1] ». — Guillaume Durand, en son « Rational », avait également dit : « Dans le livre de la Sagesse sont décrites quatre vertus : la prudence, la force, la tempérance, la justice[2] ».

On ne trouve pas, dans le livre de la « Sagesse », que Salomon ait classé les vertus. Il semble même que ce grand roi justicier y installe la justice à la première place, au lieu de donner cette place à la prudence, car le premier verset du premier chapitre commence par ces paroles mémorables : « Chérissez la justice, vous qui jugez la terre[3] ». La sagesse ou la prudence, dans ce livre de la Sagesse, devait être préconisée; mais la force n'y est pas en grand honneur, car, au premier verset du chapitre sixième, on lit : « La sagesse est meilleure que la force; l'homme prudent vaut mieux que l'homme fort[4] ». Quant à la tempérance, Salomon la célèbre, mais indirectement; il dit, par exemple, que la soif endurée dans le désert montra comment Dieu sait exalter ses amis et tuer leurs adversaires[5], et que le Seigneur nourrit ses enfants avec sa parole et non avec les fruits de la terre[6].

Donc, malgré les écrivains du XIIIe siècle, Salomon ne paraît pas avoir parlé spécialement des quatre vertus cardinales; mais certainement, il ne leur a pas assigné la place que veulent bien leur attribuer, en désacord avec eux-mêmes, les moralistes du moyen âge.

Cette place n'est pas sans importance, car elle résulte soit du développement des facultés de l'âme, soit de la valeur relative de ces facultés. Dans le premier cas, c'est une question de physiologie, de naissance et d'épanouisse-

1. Ce beau manuscrit, tout rempli de miniatures et de textes relatifs aux vertus et aux vices, appartient à M. le comte Auguste de Bastard qui voulut bien, il y a vingt ans, m'en donner communication. J'y pris alors un certain nombre de notes; c'est l'un de ces extraits que je viens de transcrire; plus loin, j'aurai encore recours à ce précieux ouvrage, que je désignerai sous le nom de « Manuscrit de M. A. de Bastard ».

2. « Quatuor sunt virtutes in libro Sapientiæ descriptæ, scilicet prudentia, fortitudo, temperantia et justitia ». — G. Durand, « Rationale divinorum officiorum », lib. I, cap. 7, num. 22.

3. « Diligite justitiam, qui judicatis terram ». — « Lib. Sapientiæ », I, 1.

4. « Melior est sapientia quàm vires; et vir prudens quàm fortis ». — « Lib. Sapient. », VI, 1.

5. « Ostendens per sitim, quæ tunc fuit, quemadmodum tuos exaltares et adversarios illorum necares ». — « Lib. Sapient. », XI, 9.

6. « Ut scirent filii tui, quos dilexisti, Domine, quoniam non nativitatis fructus pascunt homines, sed sermo tuus hos, qui in te crediderunt, conservat ». — « Lib. Sapient. », XVI, 26.

ment; dans le second, une question de hiérarchie. Dans le premier cas, on se demande quelle est, en date, la première vertu déposée dans notre âme; dans le second, quelle est la plus grande des quatre.

De tous les philosophes de l'antiquité Cicéron paraît être le seul qui se soit accupé de la place hiérarchique des vertus. Il dit au livre premier du « de Officiis » :

« Il y a quatre sources de l'honnête, et tout ce qui mérite ce nom dérive de l'une d'elles. L'honnête, en effet, consiste ou dans le discernement et la science du vrai[1]; ou dans l'attention à maintenir l'ordre social en rendant à chacun ce qui lui est dû et en respectant la foi des engagements[2]; ou dans cette grandeur et cette force qui élève l'âme et la rend invincible[3]; ou dans cette convenance et cette mesure des paroles et des actions, d'où naît la modération et la tempérance[4]. Sans doute, ces quatre principes se tiennent, et ils rentrent l'un dans l'autre; cependant il naît de chacun d'eux des devoirs particuliers. Ainsi, au principe que j'ai placé le premier dans cette énumération, et qui renferme la sagesse et la prudence, appartient la recherche et la découverte de la vérité, et c'est là comme la fonction spéciale de cette vertu.[5] »

En conséquence de ce passage et de plusieurs autres[6], l'ordre adopté par Cicéron est nettement celui-ci : prudence, justice, force, tempérance. Le grand orateur, l'homme politique se décide par des raisons sociales, et il déclare que la prudence, vertu privée et qui touche le plus intimement à la nature humaine, est très-inférieure à la justice par laquelle se maintiennent les sociétés. Pour Cicéron, la justice est la maîtresse et la reine des vertus, et c'est à elle que la vertu en soi prend son plus beau lustre[7]. Mais si la justice est la reine des trois autres, pourquoi donc la placer la seconde, après la prudence, avant la force et la tempérance? Elle est la racine d'où tout procède, ou bien le sommet où tout aboutit. Si c'est la racine de cet arbre moral, il faut la mettre en bas, avant toutes les autres; si elle en est l'épa-

1. La Prudence.

2. La Justice.

3. La Force.

4. La Tempérance.

5. Cicéron, « de Officiis », livre 1er, n° 5, traduction de J.-L. Burnouf.

6. Au même livre 1er, n° 43, Cicéron change ses appellations, mais il se sert de synonymes, et il conserve aux vertus la même place : il donne à la Connaissance la première, à la Sociabilité la seconde, à la Force d'âme la troisième, à la Modération la quatrième.

7. « Justitia est omnium domina et regina virtutum ». — « Selectæ è profanis scriptoribus historiæ », livre III, « de Justitiâ », cap. I. — « Justitia in qua splendor est maximus », dit Cicéron, « De Officiis », liv. I, n° 7.

nouissement, il faut la mettre en haut, trônant à la cime et dominant ses compagnes.

Cicéron me paraît inconséquent. Les écrivains et les artistes du moyen âge eurent aussi à classer quatre objets différents; par exemple, les quatre attributs des évangélistes : l'ange de saint Matthieu, l'aigle de saint Jean, le lion de saint Marc, et le bœuf de saint Luc. Ils ne furent pas longs à décider qu'il fallait disposer ces attributs d'après leurs qualités physiques et morales. Le bœuf, animal lourd de corps et d'intelligence, fut mis en bas et à gauche; le lion, plus prompt et plus noble, fut placé en bas, mais à droite; l'aigle, qui plane dans les airs, occupa le haut, mais la gauche; et enfin l'ange, qui habite dans le ciel, tint le haut et la droite, place d'honneur à double titre. Le moyen âge est donc supérieur, en cela, aux philosophes de l'antiquité; mais il s'est surpassé lui-même, car les vertus cardinales, il les a mal classées.

En Italie, où Cicéron domina toujours, même pendant les XIVe et XVe siècles, c'est l'ordre du « de Officiis » qui fut assez généralement adopté. En France, où la fantaisie est souvent maîtresse, l'ordre fut à peu près celui de chaque individu, artiste ou penseur, jusqu'à ce que notre renaissance, qui lisait le « de Officiis », vint nous ramener à Cicéron. Dans la savante Allemagne, on crut entrevoir un rapport étroit entre les fleuves du paradis terrestre et les vertus cardinales, et l'on assigna à ces vertus l'ordre que la Genèse donne aux fleuves. Quelques exemples suffiront pour établir ces faits.

Comme Cicéron, Dante met la prudence en tête des autres vertus. La Prudence dantesque a trois yeux, au lieu des trois visages que les Italiens du moyen âge se plaisent à lui donner; mais, visages et yeux, c'est la même pensée, le même symbolisme : « A la gauche du char[1] s'ébattaient quatre femmes vêtues de pourpre, se réglant sur l'une d'elles qui avait trois yeux à la tête[2]. » Dans la chapelle du palais municipal de Sienne, Thaddée Bartoli, qui achevait en 1414 ses peintures commencées en 1407, disposa les vertus dirigées par Dieu, comme Cicéron dispose les siennes présidées par l'honnêteté, et comme notre « Selectæ è profanis scriptoribus historiæ » établit ses cinq livres sous les titres : « de Deo, de Prudentia, de Justitia, de Fortitudine, de Temperantia. » Chez nous, au moyen âge, c'est le désordre complet. Dans le manuscrit de M. de Bastard, la Prudence est en tête, la Justice à la fin, la Tempérance après la Prudence, la Force avant

1. A la gauche, parce que les trois vertus théologales, supérieures aux cardinales, sont à la droite, place d'honneur.

2. DANTE, « Divine Comédie », le Purgatoire, chant XXIX, traduction de Brizeux.

la Justice. La « Tour de la Sagesse », ce tableau des Vertus qui fut dressé au XIVe siècle, repose sur quatre colonnes qui s'appellent et s'ordonnent comme il suit : Prudence, Force, Justice, Tempérance. Aux cathédrales de Paris, de Chartres, d'Amiens et de Reims, l'ordre varie d'une église à l'autre et, dans le même édifice, où les Vertus sont plusieurs fois figurées, comme à Notre-Dame de Chartres, l'ordre diffère au porche nord de l'ordre suivi au porche sud. Les Allemands, au moins dans la cuve baptismale d'Hildesheim, ont assimilé les Vertus aux fleuves du paradis terrestre, et, fidèles à la place que la Genèse assigne à ces fleuves dans sa nomenclature, ils ordonnent ainsi les Vertus : Prudence, Tempérance, Force, Justice, pour répondre au Phison, au Géhon, au Tigre et à l'Euphrate.

On le voit, c'est le désordre et l'anarchie ; ce désordre, je viens encore l'augmenter, parce que je propose de placer ainsi les Vertus : Tempérance, Force, Prudence, Justice.

En homme imbu de l'iconographie du moyen âge, je me représente l'âme sous la forme d'un être humain : homme en miniature, si l'on veut ; homme fait de neige nouvellement tombée, de feu, d'émeraude, de substances délicates, vives et précieuses, comme le Dante en compose ses Vertus théologales[1] ; mais enfin homme de tous points, doué des mêmes organes, des mêmes sens, des mêmes besoins. Or, l'enfant, quand il vient au monde, commence par prendre le sein de sa mère et par se nourrir ; plus tard se manifestent les moins grossiers de ses sens : il odore, il entend, il voit. Je suppose donc que le développement de l'âme n'est pas sans analogie avec ce développement naturel de la vie du corps et des organes matériels. Avant que l'âme soit forte ou courageuse, prudente ou sage, juste ou équitable, il faut qu'elle existe, il faut qu'elle se nourrisse, il faut qu'elle soit tempérante. Je place donc la tempérance à la racine des quatre vertus. Par la tempérance on gagne de la santé, de la force. Mais de cette force, il faut se garder d'en faire abus, et la prudence conseille de renfermer les actes et les paroles dans les limites de l'honnête et du bon. Ces trois premières vertus, à peu près personnelles, nous acheminent vers la vertu par excellence, la justice, vertu qui intéresse, comme dit Cicéron, la sociabilité, l'humanité tout entière, et d'où nous ne sortons que pour accéder aux vertus théologales. Telle est l'idée que je me fais de la filiation naturelle des vertus cardinales : la Tempérance engendre la Force qui se règle par la Prudence, d'où nous montons à la Justice. Cet ordre, nous allons le suivre en parlant de l'iconographie

1. « Purgatoire », chant XXIX.

des vertus. Si je ne mettais la justice à la place de la prudence, cette hiérarchie morale serait exactement celle de Socrate et d'Aristote. Du moins, je me rapproche beaucoup de l'ordre adopté par les grands philosophes de la Grèce, et je m'en félicite sincèrement.

Une monographie complète des Vertus cardinales et théologales offrirait le plus grand attrait; car la philosophie, la religion et l'art y sont intéressés. Mais il ne m'est pas permis de donner ici un pareil travail, qui prendrait de trop grands développements, et je ne puis soumettre que des notes qui cependant pourront n'être pas inutiles aux archéologues et aux artistes. Les sculpteurs et les peintres pourraient y recourir pour l'exécution des travaux qui se font sous nos yeux, notamment à la fontaine Saint-Michel, à Paris, qu'on achève en ce moment.

I. — TEMPÉRANCE ET MODÉRATION.

Tempérance est le côté matériel, Modération est la face morale de la même vertu.

La Tempérance de Michel Colomb, au tombeau de François II, duc de Bretagne, ne présente que les attributs de la Modération. A la main droite un frein des plus solides; à la main gauche, une horloge. Le frein qu'elle tient par les rênes enseigne que l'homme doit commander à ses passions : les diriger quand elles dévient, les RÉFRÉNER quand elles s'emportent. Mais les paroles sont encore plus difficiles à gouverner que les actions et je comprends parfaitement que Giotto, dans la chapelle de l' « Arena », à Padoue, ait représenté la Tempérance ayant le frein non pas à la main, mais à la bouche[1]. La même figure tient de la main gauche une épée au fourreau; ce fourreau, elle le noue avec son baudrier ou de fortes lanières, pour montrer qu'il ne faut jamais tirer une épée qu'avec la plus grande peine. Au lieu d'un glaive, la Tempérance française de Nantes tient une horloge[2]. Cette petite machine, j'en demande pardon à Michel Colomb, figurerait peut-être mieux aux mains de la Prudence, car l'homme prudent sait toujours l'heure qu'il est : il arrive à point, il se retire au moment juste, il fait toute chose avec poids et mesure. A la renaissance, au moment où l'on venait, non pas d'inventer, mais de per-

1. SELVATICO, « Capellina nell' Arena di Padova ». In-8, Padova, 1836, tavola 8. — La Tempérance des stalles de Saint-Bertrand de Comminges se pose elle-même ce frein sur sa bouche.

2. La Tempérance de la chapelle municipale de Sienne, peinte par Thaddée Bartholi, tient un sablier qui est le père de l'horloge.

ANNALES ARCHÉOLOGIQUES

LA TEMPERANCE PAR COLOMB

A LA CATHEDRALE DE NANTES

EN MARBRE BLANC

Grandeur de nature

fectionner les horloges et les montres, on était disposé à mettre cette machine chronométrique partout. Pour nous en tenir aux Vertus, puisque c'est le sujet de cet article, on l'a donnée comme attribut à la Tempérance, à la Prudence. à la Justice et même à la Force. La Prudence des stalles de Saint-Bertrand de Comminges (1537-1539) porte une horloge à sa main gauche.

Au Palais de Justice de Paris, sur la tour de l'Horloge, le cadran appliqué contre la face orientale est flanqué, à gauche, de la Justice, à droite, de la Loi, deux grandes statues de femme exécutées, avec armoiries et inscriptions, sous Henri III, en 1585, et refaites avec une grande habileté, en 1851, par M. Toussaint. Sous ce cadran, on lisait et on lit encore :

MACHINA, QUÆ BIS SEX TAM JUSTE DIVIDIT HORAS,
JUSTITIAM SERVARE MONET LEGESQUE TUERI.

Ainsi cette horloge, qui divise les heures en douze avec tant de justesse, avertit la Justice de conserver et de défendre les lois[1]. Mais cette Justice de Henri III se dédouble en Justice proprement dite et en Loi. Or, cette Loi, qui porte un code et une épée nue, ressemble singulièrement à la Force, en sorte qu'on peut dire que l'horloge a été donnée comme attribut à chacune de quatre Vertus cardinales; évidemment c'est un abus, et il fallait, comme à Saint-Bertrand de Comminges, la réserver exclusivement à la Prudence.

Nous l'avons dit, avec ces attributs du frein et de l'horloge, cette Vertu, qui mesure ses paroles et ses actions, est plutôt morale que physique et doit s'appeler la Modération. Mais, comme Tempérance, depuis le moyen âge jusqu'à nos jours, en passant par la renaissance, on l'a représentée versant de l'eau dans le vin qu'elle va boire. Son nom même, qui se disait Atrampance[2], indique cette action : car « tremper son vin » se dit aujourd'hui encore chez les paysans de la Champagne qui mettent quelquefois de l'eau dans leur vin[3]. Envisagée ainsi, la Tempérance peut s'appeler la Sobriété. Dans le manuscrit de M. de Bastard, c'est d'une évidence absolue. La miniature consacrée à l' « Atrampance » représente une femme voilée et couronnée, assise à table, ayant devant elle un pain rond en boule et un hanap d'or, auxquels elle ne touche pas. Elle avertit une autre femme, assise à table, près d'elle, d'être

1. F. de Guilhermy, « Itinéraire de Paris », page 303. — Cette horloge du palais fut la première grosse machine de ce genre qu'on ait vue à Paris; elle fut posée en 1370.

2. Manuscrit de M. le comte de Bastard.

3. Il est vrai qu'on y dit aussi « tremper la soupe »; mais par extension, ce qui signifie « humecter » ou « mouiller » le pain dont se fait la soupe.

tempérante : de ne prendre qu'un des deux poissons étalés sur un plat d'argent et quelques bouchées de la moitie d'un pain placé devant elle. C'est un tableau complet, ce que peut exécuter une miniature. Mais, quand il s'agit d'une statue, il faut épargner l'argent, le temps, la place et s'en tenir au nécessaire. Aussi toutes les statues et statuettes de la Tempérance en Sobriété représentent seulement une femme tenant deux vases, dont l'un consacré à l'eau quelle verse dans le second où est le vin. Ainsi est-elle sculptée au portail sud de la cathédrale de Como, à la base gauche de l'archivolte de la porte. Sur un cartel placé près d'elle on lit :

TEMPERANTIA · SOBRIE · ET · IVSTE · ET · PIE · VIVIT · IN · HOC · SECVLO

Ce « pie vivit in hoc seculo », cette vie pieuse dans le monde semble expliquer le costume, plutôt religieux que séculier, porté par la Tempérance de Michel Colomb à Nantes et de Giotto à Padoue. A Nantes, elle a bien un bourrelet, une sorte de turban sur la tête; mais, comme aux religieuses, un voile lui couvre le derrière de la tête, une guimpe lui cache le cou, la robe ressemble à une aube et son manteau à une chape. Cette espèce de chape est même agrafée par un large pectoral d'orfévrerie comme ceux qu'on voit encore dans les anciens trésors ecclésiastiques. Quant à la douce et simple physionomie de cette statue de Colomb, c'est évidemment celle d'une femme « régulière » et non mondaine; elle diffère entièrement de la physionomie de la Force, que nous connaissons, de la Prudence et de la Justice, que nous allons voir.

Lorsque j'étais à Rome, j'ai étudié avec un soin tout particulier le magnifique tombeau du pape Sixte IV, fondu en bronze, en 1493, par l'illustre orfévre, bronzier, sculpteur et peintre Antoine Polaiolo. Les Arts libéraux et les Vertus encadrent la grave figure du Souverain Pontife. La Tempérance touche, pour ainsi dire, à l'estomac du pape. C'est une grande jeune femme qui est assise sur des nuages, dans le ciel, et qui a des anges à ses pieds. De la main gauche elle assujettit sur son genou gauche un bassin où, de la main droite, elle verse un liquide qui sort d'un petit vase. Elle jette quelques gouttes de vin dans un grand bassin d'eau. Au moment où je prenais mes notes, j'aperçus un petit chapelet réel, comme ceux que je venais de faire bénir au pape Pie IX, à l'extrémité duquel était suspendue une médaille de la sainte Vierge. Ce chapelet avait été mis tout récemment autour du petit vase qui est censé contenir le vin. J'ai supposé que c'était quelqu'un coupable d'intempérance qui l'avait mis là comme on dépose un ex-voto. Ou bien que c'était une femme, épouse, mère, fille, qui, par ce faible don, demandait à la divine Vertu un peu de tempérance pour un être qui lui était cher, mari, fils ou père. Ce petit chapelet, ainsi offert en ex-voto, à une Vertu d'origine payenne, comme nous offrons des cierges à la sainte Vierge, par exemple, m'a profondément touché.

Ainsi la Tempérance, comme Sobriété, met du vin dans son eau[1]; comme Modération, elle a un frein et une horloge; mais, Modération ou Sobriété, elle prend la figure et le costume d'une religieuse.

II. — FORCE ET COURAGE.

En vivant avec sobriété, justice et piété, comme la Tempérance de Como, avec chasteté, comme celle d'Orcagna à San-Michele-del-Orto de Florence[2], on doit être fort et se porter à merveille. Ainsi la Tempérance du tombeau du pape Sixte IV a une figure pleine de charme, souriante, bien pleine, bien portante et qui paraît indiquer visiblement que la sobriété est excellente pour la bonne humeur et la santé parfaite.

Comme la Tempérance, la Force est double : matérielle et morale; on l'a même représentée avec un caractère intermédiaire, celui de la vigueur physique produite par l'intelligence. La première est donc la Force proprement dite, la seconde la Puissance, la troisième le Courage ou la Magnanimité.

La Force physique est représentée par une femme qui crève un donjon pour en arracher un dragon, comme fait la Force de Michel Colomb, publiée précédemment[3]; ou qui porte une colonne, appui d'un lourd édifice, aussi facilement qu'on porte un bâton[4]. Au tombeau de Louis XII, à Saint-Denis, « la Force, qui est la plus remarquable par son expression et sa pose, est drapée d'une peau de lion et tient embrassé à deux mains un fût de colonne » [5].

1. « Omne tulit punctum qui miscuit utile dulci », dit la Tempérance du font baptismal de Hildesheim.

2. L'autel de San-Michele de Florence a été sculpté en 1369 par le grand Orcagna (« Andreas Cionis, pictor florentinus »). Les quatre vertus cardinales en portent le « ciborium ». Chaque vertu y est complétée par sa compagne, comme une mère par sa fille : la Tempérance est suivie de la Virginité, la Prudence de la Docilité, la Justice de l'Obéissance. Je n'ai pas pu voir qui accompagnait la Force.

3. « Annales Archéologiques », vol. IX, pages 297-299.

4. Aux stalles de la cathédrale d'Auch, exécutées vers 1528-1529, la Force, habillée en Pallas, tient un serpent de la main droite, écrase un autre serpent du pied droit. De la main gauche elle tient une colonne couverte d'arabesques et sur laquelle est écrit FORCE. — La Force d'Orcagna, à Or-San-Michele, tient une colonne et un bouclier.

5. F. DE GUILHERMY, « Monographie de Saint-Denis », page 137. Ce remarquable tombeau, attribué d'abord à Paul Ponce Trebati, paraît être l'œuvre de Jean Juste, de Tours. Il porte les dates de 1517 et 1518.

La Force matérielle, servie par l'intelligence, ce que je nomme la Puissance, a été rarement représentée. Un des plus curieux exemples que j'en connaisse se voit dans l'église principale de la Chartreuse de Miraflorès, près Burgos, au tombeau de Juan II, roi de Castille et de Léon. Cette Force, en marbre blanc, de grandeur naturelle et du XVIe siècle, comme sont les Vertus de Michel Colomb, a pour coiffure un bloc à six faces, un véritable cube. C'est bien un attribut de force matérielle, de lourdeur et de solidité. Ses deux mains sont cassées; mais les bras lui restent, et, à leur direction, on voit que ses mains serraient chacune une vis qui enfonce dans un bloc. La vis est la plus puissante des machines simples, et cette Force n'est rien autre que la personnification de la puissance mécanique. C'est assez curieux de trouver cet attribut dans l'Espagne qui n'a jamais brillé, que je sache, même au XVIe siècle, par un grand goût pour la dynamique et les machines. Si l'on découvrait cette idée en Angleterre, à la bonne heure, ou même en France. Qui sait, du reste, si ces belles sculptures du tombeau de Juan II et d'Isabelle ne sont pas dues à un étranger, à un Français ?

Le Courage, ce troisième aspect de la Force, a été personnifié dans un soldat. Pendant tout le moyen âge, aux portails des cathédrales d'Amiens, de Paris, Chartres, Reims, dans la France entière, en Allemagne, en Angleterre, beaucoup moins en Italie, le Courage est un guerrier couvert de mailles, coiffé d'un casque, tenant à la main droite une épée nue, pointe en l'air, à la main gauche, un bouclier au centre duquel rugit une tête de lion, type de la force. Les Vertus théologales et cardinales sont des femmes, parce que le genre du mot vertu en général et parce que le genre de chaque vertu en particulier l'exige ou l'indique; ou bien, comme le dit Guillaume Durand dans son « Rational des divins Offices », parce que les vertus, comme les femmes, nourrissent l'homme et l'adoucissent. Cependant, les artistes du moyen âge ont pensé que la femme n'était pas assez forte pour figurer le Courage et se battre en guerre; infidèles avec raison à la grammaire comme à la symbolique des raffinés, du Courage ils ont fait un homme; les courtisans, comme à Notre-Dame de Paris, en ont fait le roi de France et lui ont mis une fleur de lys au frontal de son casque. Jacques d'Amboise, archevêque d'Albi, cousin de Georges d'Amboise, ministre de Louis XII, a fait peindre sur les voûtes de sa cathédrale une Force qui tient de la main droite l'écusson de France. C'est donc évident : pour des courtisans et des Français, la Force ne peut être que le roi de France.

Les Italiens, ces illustres successeurs des Romains, ont, comme leurs ancêtres, attaché une haute importance à la grandeur d'âme et à l'administration politique. Au palais de la République de Sienne, dans le vestibule de la chapelle, Thaddée Bartoli a sacrifié la Tempérance, comme une vertu insignifiante ou trop commune, et, pour avoir son nombre de quatre cardinales, il a dédoublé la Force en « Fortitudo » et « Magnanimitas ». La « Fortitudo » est une femme casquée, cuirassée, tenant une pique et disant :

FORTITVDINI NVLLVM TERRIBILE INVIVM,
NEC EAM METVS QVIVIS MAXIMVS COMMOVET.

C'est bien le courage guerrier. Quant à la « Magnanimitas », c'est une femme également casquée et cuirassée. A la main droite, elle tient un poignard dont elle va percer un révolté, tandis qu'elle tend affectueusement la main gauche à un homme qui se soumet. Près d'elle est écrite cette double sentence où revivent le double génie et même les paroles de Cicéron et de Virgile :

NEC SVCCESSIBVS EXTOLLITVR, NEC INFORTUNIIS DEJICITVR
OPVS EIVS PARCERE SVBIECTIS ET DEBELLARE SVPERBOS.

Au tombeau de saint Pierre-Martyr (1338), dans l'église Saint-Eustorge de Milan, la Force est une femme coiffée de la peau du lion d'Hercule. Elle tient un gros globe où sont figurées la terre et la mer; elle possède et gouverne le monde. Au tombeau de saint Augustin, à Pavie, exécuté en 1362, la Force est une jeune femme charmante, coiffée de la tête du lion d'Hercule et serrant contre sa poitrine le globe où la terre est figurée par des villes et la mer par les quatre vents, têtes ailées qui soufflent sur des vagues. A la cathédrale de Como, la Force est une jeune femme dont le buste est enfermé dans un corset échancré aux seins qui sont voilés par une draperie finement plissée. De la main gauche elle tient la colonne du XVIe siècle; de la droite elle montre le ciel avec énergie, comme si elle disait : « Le royaume des cieux souffre la force et les violents seuls l'enlèvent[1]. » Du reste, elle répète en écho l'esprit de la première des deux maximes, celle de Cicéron, que proclame la Force du palais de Sienne. On lit sur son cartel :

FORTITVDO · NEC · PROSPERIS · MOVETVR · NEC · ADVERSIS

En Italie, je crois pouvoir le dire, et nous le verrons plus loin encore, le monde, terre et ciel, appartient à la Force et surtout à la Justice.

1. « Regnum cœlorum vim patitur et violenti rapiunt illud ». — S. MATTHIEU, XI, 12.

III. — PRUDENCE ET SAGESSE.

Mais cette redoutable vertu de la force, il faut prendre garde d'en abuser, parce que, comme Hercule, comme Samson, comme Milon de Crotone, on finirait bien par trouver un plus fort que soi sous les coups duquel on pourrait succomber. La Force a donc besoin d'être réglée par la Tempérance ou la Modération, qui la précède, et surtout par la Prudence, qui la suit.

La Prudence est une si grande vertu, qu'elle dispute la prééminence à la Justice. Dans le désordre que nous avons constaté relativement au classement des vertus entre elles, une place est invariable, c'est la première, qui se donne presque toujours à la Prudence : Salomon (si l'on en croit les écrivains du XIIIe siècle), Cicéron, Sénèque, Guillaume Durand, le manuscrit de M. de Bastard, le font de Hildesheim, la « Divine Comédie », la plupart des sculptures françaises, presque toutes les sculptures et peintures de l'Italie s'accordent à inscrire la Prudence en tête de la liste. Socrate et Platon la mettent à la fin; mais cette fin pourrait bien être une place d'honneur, car, dans une procession, le dernier est plus élevé en dignité que celui qui marche en avant. C'est ainsi que nous l'entendons nous-même : en tête, nous avons mis la Tempérance, que nous considérons comme la moins élevée des quatre, et nous établissons à la fin la Justice, qui nous en semble la reine. Ainsi donc, dans ce cas, les philosophes grecs s'accorderaient avec les Romains, avec les chrétiens du moyen âge et avec les artistes de la renaissance.

La Tempérance, qui verse de l'eau dans son vin, et la Force, qui procède de cette sobriété, sont deux vertus matérielles autant que morales; la Prudence, au contraire, échappe à la matière et sert ainsi de transition vers la Justice, qui est la plus désintéressée, la moins personnelle des quatre.

La Prudence a reçu des attributs nombreux : le serpent, le miroir, le livre, le compas, la règle ou le bâton, l'horloge, plusieurs visages.

Le serpent est le plus ancien et le plus constant de ses attributs. Lorsque la Prudence, vertu élémentaire et naissante, est parvenue à son complet développement, c'est du nom de Sagesse qu'il faut l'appeler. Or, la Sagesse antique, la « Sophia » des Grecs et des Byzantins, n'est autre que Minerve, née de la tête du souverain des dieux[1], et Minerve, dans la symbolique et

1. A ce propos, je ne puis m'empêcher de signaler le scandale donné par l'un de nos plus grands peintres vivants, à notre Exposition de 1859. Dans une des salles de cette Exposition, on voyait le

ANNALES ARCHÉOLOGIQUES

LA PRUDENCE PAR COLOMB

A LA CATHÉDRALE DE NANTES

Dessiné par Ed. Didron [illegible]

EN MARBRE BLANC

Grandeur de nature.

[illegible] Paris [illegible]

l'iconographie de l'antiquité, est assistée d'un serpent, comme l'était le colosse de Phidias au Parthénon d'Athènes. Que le serpent soit l'emblème de la Prudence et par conséquent de la Sagesse, c'est une idée antique adoptée par l'Évangile même : « Soyez prudents comme des serpents », dit Notre-Seigneur à ses apôtres[1]. En vertu de cet accord, il est rare qu'un serpent ne se voie pas aux pieds ou aux mains de la Prudence. Dans nos sculptures du XIIIe siècle, aux cathédrales de Paris et d'Amiens, la Prudence tient de la main droite une pique dont elle transperce l'Imprudence ou la Folie, et de la main gauche un bouclier sur lequel, autour d'un bâton, s'enroule un serpent. Au tombeau du pape Sixte IV, la Prudence serre avec la main gauche, par le milieu du corps, un serpent qui la regarde avec une forte attention et qui paraît lui donner des conseils par voie de fascination.

Une des premières recommandations de la Prudence à l'homme, c'est de se connaître lui-même; le « nosce teipsum » est une des basesde la Sagesse. En conséquence, l'art du moyen âge et de la renaissance a mis à la main des figures de la Prudence un miroir où cette vertu scrute, pour ainsi dire, son âme tout entière. A Santa-Maria dell' Arena de Padoue, la Prudence de Giotto est comme absorbée dans la contemplation de sa propre physionomie. Quelquefois, comme à la chapelle du Portugal, dans San-Miniato,

petit modèle d'un temple des Muses, restitué ou inventé par M. l'architecte Hittorff. Le « posticum », ce que nous appellerions le chevet, offrait, à l'extérieur, le tableau de la naissance des Muses. M. Ingres avait bien voulu peindre lui-même ce petit sujet, et il avait représenté les Muses sortant une à une du sein de leur mère Mnémosyne, comme nous sommes tous sortis, vous et moi, du sein de notre mère. C'était non-seulement une inconvenance, pour ne pas dire une grossièreté obscène, mais encore un attentat au génie de la Grèce. En effet, l'antiquité a fait sortir la Sagesse du cerveau de Jupiter et non pas du sein d'une déesse quelconque, parce que la sagesse réside dans la tête, et cette tête est celle du plus grand des dieux. Les Muses, qui personnifient l'art, ne devaient pas davantage naître à la façon des simples mortels. Elles sont filles de la Mémoire et de l'Imagination; or, ni l'imagination ni la mémoire n'ont leur siége dans le ventre, mais bien dans la poitrine et dans le cœur, si l'on s'en tient à la physiologie morale de l'antiquité et à la terminologie encore aujourd'hui en usage. Le cœur, comme on le dit, est le siége des affections; le cœur ne fait pas seulement les orateurs (« pectus est quod disertos facit ») — « (ex abundantia enim cordis os loquitur »), mais encore les architectes, les sculpteurs, les peintres, les musiciens, les poëtes, les maîtres du mouvement, les géomètres, les astronomes, etc., tous les fils des Muses, toutes les Muses humaines. Ce n'est donc point de si bas qu'il fallait faire sortir les filles de Mnémosyne, mais bien du cœur et de la poitrine de leur mère, comme Minerve est sortie de la tête de Jupiter. Cet attentat contre la pudeur actuelle et contre le génie des Grecs n'a été redressé par personne; il est assez singulier qu'on en ait laissé le soin à un archéologue du moyen âge, dont ce n'est pas précisément l'affaire.

1. « Estote ergo prudentes sicut serpentes ». — S. MATTHIEU, X, 16.

près de Florence, le serpent lui-même vient regarder au miroir, et semble y puiser des inspirations qu'il transmet à la Vertu qu'il symbolise.

Le miroir est une espèce de livre où l'âme humaine apprend à se voir, comme le livre est une sorte de miroir où elle apprend à se connaître. Les figures de la Prudence armées du livre sont très-nombreuses, surtout en Italie. On en voit aussi en France, en Allemagne et même en Espagne. A la chartreuse de Miraflorès, près de Burgos, la grande Prudence du tombeau de Juan II a sur sa tête une église et sur ses genoux un livre tout grand ouvert. Au font allemand de Hildesheim, le serpent que la Prudence tient à la main gauche se dirige, comme pour y lire, vers le livre ouvert qu'elle tient à la main droite : c'est le pendant de San-Miniato, où le serpent se regarde dans le miroir. La Prudence ou la Sagesse (« Sapientia ») des vitraux de la cathédrale d'Auxerre est assise un livre ouvert sur ses genoux[1]; c'est du XIIIe siècle; mais au XVIe, à la voûte de la cathédrale d'Albi, comme au XVe, à la chapelle municipale de Sienne, la Prudence tient un livre fermé. A la peinture d'Albi, le livre est à la main gauche et le miroir à la main droite; les deux attributs se complètent mutuellement. Mais la savante Italie a donné jusqu'à trois livres à la Prudence qui décore le tombeau de saint Augustin, à Pavie, et celui de saint Pierre-Martyr, à Milan. Dans ces trois livres est écrite la science universelle des temps : est raconté le passé, décrit le présent et prophétisé l'avenir. C'est une belle idée que d'en avoir chargé surtout la Prudence de saint Augustin, de cet illustre père de l'Église qui a fait tant de livres et sur tant de sujets. A la cathédrale de Como, la Prudence n'a qu'un seul livre, mais il est fort gros, et, sur le cartel qui la désigne, on lit :

PRVDENTIA · INQVISITIO · ET · PROPENSIO · VERITATIS

Mais le tableau le plus complet de la Prudence instruite, faisant des livres et enseignant la science, est donné par le manuscrit de M. de Bastard. La Prudence, couronnée d'une couronne rouge, assise comme dans une chaire de professeur et devant un pupitre où est déployé un rouleau de parchemin, semble compter sur ses doigts. Elle parle à huit auditeurs, assis comme le sont des enfants dans une école. L'un de ces élèves est vieux, quatre autres sont des jeunes femmes; puis une petite fille et trois petits garçons complètent l'auditoire.

Le compas, qui sert à prendre de justes mesures, est un attribut tout naturel de la Prudence qui le tient sur une sculpture du Campo-Santo de Pise et au

1. Rose du XIIIe siècle et placée au-dessus d'une des fenêtres du chœur de la cathédrale.

tombeau de François II à Nantes. — Le compas est quelquefois remplacé par une règle, un bâton, une sorte de sceptre, comme on en voit un à la Prudence du palais municipal de Sienne avec cette belle inscription qui fait de cette vertu une reine rivale de la Justice :

SAPIENTIA EDIFICABITVR DOMVS ET PRVDENTIA GVBERNABITVR

Ainsi ce bâton est bien la règle de l'architecte qui bâtit avec sagesse, et le sceptre du roi qui gouverne avec prudence. L'horloge, quoique fort convenable aux mains de la Prudence qui a besoin de savoir exactement l'heure, est un de ses plus rares attributs. On la voit à la main gauche de la Prudence sculptée sur les stalles de Saint-Bertrand de Comminges.

Mais un caractère qui distingue la Prudence des autres Vertus et qui lui a été fréquemment donné, c'est celui de plusieurs visages. Déjà comme nous l'avons dit, Dante, dans le Purgatoire, attribue trois yeux à la Prudence; mais au tombeau de saint Augustin, à Pavie, et à celui de saint Pierre-Martyr, à Milan, on ne s'est pas contenté de lui donner trois livres : on l'a gratifiée de trois visages, de trois têtes complètes, pour que chacune pût lire simultanément dans le livre qui lui est spécial. Nous avons dit que ces livres contenaient le passé, le présent et l'avenir; les visages regardent en effet ces trois termes de la durée. A Milan, la tête du passé, qui regarde le nord, est celle d'une religieuse, très-vieille, très-ridée; celle qui est tournée vers le nord-est, le présent, est plus jeune, trente ans environ, tresse de cheveux sur le front, aucune coiffure. La tête fixée vers le sud-est, l'avenir, est plus jeune encore, dix-huit ans et les cheveux entièrement libres. Nous avons déjà publié dans les « Annales Archéologiques » la Prudence du pavé de la cathédrale de Sienne qui a trois figures sur un corps unique; nous pourrons bien publier un jour ses sœurs de Pavie et de Milan, dont nous possédons le dessin. On s'est aperçu assez promptement que les trois termes de la durée pouvaient se réduire à deux; car le présent n'existe pas, à vrai dire, puisque le moment même où l'on parle et où l'on agit est déjà rejeté dans le passé[1]. Aussi, dans la chapelle de l'Arena, à Padoue, Giotto n'a donné que deux visages à sa Prudence : l'un vieux, à barbe longue et pointue, regardant par derrière le passé qui s'enfuit; l'autre jeune, imberbe, le regard en avant et paraissant appeler l'avenir qui accourt. Ainsi l'a figurée Luca della Robbia à la chapelle du Portugal, à San-Miniato; ainsi le sculpteur du tombeau du grand Can, dans

1. « Le moment où je parle est déjà loin de moi », a dit le poëte Delille, si je ne me trompe pas.

le cimetière des Scaliger à Vérone (1328); ainsi Michel Colomb au tombeau de Nantes.

Cette Prudence du tombeau de Nantes, dont nous donnons ici la gravure, est une des plus complètes que nous connaissions. Le serpent de la Sagesse antique et byzantine s'enroule et se dresse à ses pieds; de la droite, elle tient un compas; de la gauche, un miroir rond où la figure jeune, la figure de l'avenir, cherche à lire les temps futurs. La vieille figure barbue regarde le passé, par derrière; la figure imberbe et plus jeune est tournée vers le levant. Avec ces deux têtes, c'est une sorte de monstre, bien entendu; mais cette monstruosité n'est pas très-choquante, car un grand goût a présidé à tout cet arrangement qui n'était pas facile.

On nous permettra de nous en tenir, ici, à cette étude sur la Prudence, et à réserver pour une autre livraison ce qui nous reste à dire sur la Justice, la dernière, mais la reine des quatre Vertus cardinales.

DIDRON.

ERIOR TACT' TERENOS INDICAT ACTVS
IPSOS TOLLERE SVRSVM
DAVID REX
SAMPINSISTAT QVU LIVITARE MALIGNVM NAM TANGENTE dd NABLI VOX EXPVLIT M

MÉLANGES

Pavé-mosaïque de Verceil. — Constitution du pape Pie IX sur les legs des cardinaux, patriarches, métropolitains, évêques, abbés. — La contrefaçon archéologique.

PAVÉ-MOSAIQUE DE VERCEIL.

Dans un précédent article sur les pavés-mosaïques des églises (t. xv, p. 228), j'ai cité, entre autres ouvrages de ce genre, un fragment qui existait autrefois dans l'église Sainte-Marie-Majeure à Verceil. La description que j'en ai donnée était faite d'après une ancienne gravure qui m'avait été obligeamment communiquée; depuis, m'étant trouvé possesseur d'une épreuve de cette gravure, je me suis empressé de la porter au directeur des « Annales », qui en a fait faire une copie exacte. On y voit, comme je l'ai déjà dit, le « Chœur de David », sujet assez fréquemment représenté au moyen âge, surtout dans les manuscrits contenant les psaumes. La forme carrée des lettres, dans les inscriptions, est, ce me semble, un indice que la mosaïque est une œuvre du XIe siècle; je pense aussi qu'elle a été exécutée d'après quelque patron des peintres grecs : certains détails dans le costume et d'autres particularités m'autorisent à le croire; j'y trouve, en outre, une élégance et une distinction dans la pose des personnages qui, selon moi, manquent dans ceux des manuscrits latins que j'ai pu entrevoir. Je ne ferais pourtant pas le même reproche à l' « Hortus deliciarum » d'Herrade, où l'on voit David jouant du « Decacordum », ni à d'autres manuscrits du même temps, qui contiennent des imitations et copies d'œuvres grecques. La mosaïque dont nous donnons la copie s'étendait dans le chœur (« presbyterium »), et c'était bien sa place; toutefois, en voyant ainsi à terre la figure du roi-prophète, il me revient à l'esprit ces reproches que saint Bernard faisait, dit-on, aux clunistes de son temps, qui couvraient de figures de saints le pavé destiné à être foulé aux pieds. Il était bien plus convenable, en effet, d'exécuter des pavés comme ceux des basiliques de Rome, de Saint-Vital à Ravenne, de Saint-Marc à Venise, etc., etc., où des figures géométriques, des méandres, des entrelacs, des plantes, des animaux, forment une sorte de tapis monumental, agréable aux yeux, qui complète bien l'ornementation des murs et des voûtes. Je ne reviens pas sur les détails que j'ai déjà donnés à ce sujet; mais je citerai encore deux autres pavés-mosaïques. Le premier est à Pomposa, aux environs de Ravenne; il contient un éléphant, d'autres quadrupèdes, des monstres marins, des ornements de toute sorte et la date de 1026. Une gravure assez grossière, mais très-détaillée, puisqu'elle n'a pas moins d'un mètre de longueur, en donne bien l'idée. (Cf. Placidus Federicius, « Rerum Pomposianarum Historia »; Romæ, 1781.) Le second est à D'jémilah, en Algérie; il représente des animaux au milieu de riches entrelacs, et contient des inscriptions qui indiquent le nom des donateurs et la mesure de la portion donnée, usage qui existait vers la même époque à une distance très-éloignée de là, car on le retrouve à Grado, Aquilée et Vérone, comme les ouvrages de Bertoli et Maffei en fournissent la preuve. Les documents figurés sur les pavés-mosaïques à personnages, dans les églises, paraissent assez rares : c'est donc une bonne fortune d'avoir pu en mettre, dans les « Annales », un échantillon d'autant plus intéressant, que l'original n'existe plus depuis longtemps.

Julien DURAND.

CONSTITUTION DU PAPE PIE IX SUR LES LEGS DES CARDINAUX, PATRIARCHES, MÉTROPOLITAINS, ÉVÊQUES, ABBÉS.

Urbain VIII, dans sa constitution[1] « Æquum est », datée du 24 juillet 1642, renouvela les dispositions prises par saint Pie V, en 1567, au sujet des legs de vases sacrés et d'ornements que doivent faire les cardinaux, patriarches, métropolitains, évêques et abbés, soit à la sacristie du palais apostolique, soit à l'église de leur titre ou siége respectif. Sous le pontificat de Grégoire XVI, le cardinal Ostini, alors évêque d'Iesi, proposa, sur l'interpré-

1. Les constitutions et les lettres apostoliques s'expédient sur parchemin et sous la forme de *bulles* ou de *brefs*. Les *bulles*, données *sub plumbo*, sont scellées d'un sceau de plomb, *bulla*, qui porte d'un côté l'effigie de saint Pierre et de saint Paul, de l'autre le nom du pape régnant. Les *brefs* ont des formules plus courtes que celles des bulles et se donnent sous l'anneau du pêcheur, *sub annulo piscatoris*. Les unes et les autres sont datés de la basilique la plus rapprochée de l'habitation actuelle du pape : ce sera Sainte-Marie-Majeure pour le palais du Quirinal, Saint-Pierre pour le Vatican, Saint-Marc pour le palais de Venise, etc.

tation de la constitution de 1642, quelques doutes qui furent levés par Sa Sainteté Pie IX, dans un bref donné à Rome, près Sainte-Marie-Majeure, sous l'anneau du pêcheur[1], le 1er juin 1847. On y lit :

1. Les cardinaux [2] qui sont en même temps évêques sont tenus à la constitution de saint Pie V, c'est-à-dire qu'ils instituent leur cathédrale seule héritière, tandis que les cardinaux-évêques suburbicaires[3] ou abbés commendataires [4] ne peuvent léguer qu'à la chapelle papale.

2. Une clause nouvelle, ajoutée au bref « Cùm fel. rec. Urbanus VIII », qui donne aux cardinaux la faculté de tester[5], les exhorte à ne pas oublier, dans la distribution de leurs legs, les diverses églises qui ont pu leur être confiées[6].

3. La bulle de saint Pie V, « Romani Pontificis », décrit et énumère tous les objets qui reviennent de droit aux églises cathédrales[7]. Ce sont les mitres, les chasubles, chapes, tunicelles, dalmatiques, sandales, gants, aubes et cordons, amicts et autres choses semblables; missels, graduels, livres de chant et de musique, pontificaux, canon de la messe; calices, patènes, pixides, ostensoirs, encensoirs, bénitiers et aspersoirs, aiguière et bassin, burettes,

1. L'anneau du pêcheur a pris ce nom de *saint Pierre pêchant*, qui y est représenté; on le brise à la mort du pape et les morceaux en sont distribués aux cardinaux.

2. « Cardinales episcopos teneri quoad sacra utensilia lege lata in constitutione S. Pii V incipienti *Romani Pontificis*, exceptis tamen cardinalibus episcopis suburbicariis, necnon exceptis pariter cardinalibus abbatibus *nullius*, qui in romana curia morantur, quorum sacra utensilia attenta citata constitutione *Æquum est* Urbani VIII prædecessoris nostri ad Pontificium sacrarium spectabunt. »

3. Le sacré collége compte soixante-dix cardinaux, ainsi que l'a déterminé Sixte V. Il se divise en trois ordres : six évêques, cinquante prêtres, quatorze diacres. Les six cardinaux-évêques ont leurs diocèses dans le voisinage de Rome; c'est pour cela qu'on les nomme *suburbicaires*.

4. La plupart des grandes abbayes de Rome et de l'État pontifical sont données *en commende*, comme cela se pratiquait en France avant la révolution, à des cardinaux ou prélats, qui prennent, en conséquence, le titre d'*abbés commendataires*, prélèvent sur l'abbaye un droit fixe et ne laissent pour l'entretien des moines et du monastère que la portion congrue.

5. Les cardinaux ne jouissent de cette faculté qu'autant qu'ils versent pour le *droit d'anneau*, à la sainte Congrégation de la Propagande, une somme de 600 écus (3,210 fr.). On a remarqué que dès ce moment les églises titulaires ont commencé à être délaissées au profit de la famille qu'il était désormais loisible d'enrichir.

6. «..... Substituantur ea quæ sequuntur : Quod si ecclesiis abbatialibus, cathedralibus, metropolitanis, patriarchalibus præfueris, seu quas alias ex concessione dispensatione apostolica in titulum, administrationem, seu commendam obtinueris, te vehementer hortamur, prout jam Benedictus XIV, prædecessor noster, in sua constitutione incipiente *Inter arduas*, cardinales hortatur, ut in prædictis rebus disponendis eas ecclesias præ oculis habeas, cæterisque præferas. »

7. « Sacra utensilia quæ vigore constitutionis S. Pii V incipientis *Romani Pontificis* ecclesiis cathedralibus debentur, hæc esse edicimus : mitras scilicet, planetas, pluvialia, tunicellas,

vases aux saintes huiles, clochette, paix, croix archiépiscopales, chandeliers et croix à l'usage de l'autel, crosse, fauteuil et autres choses sacrées, comme parements, ornements, vases destinés d'une manière fixe au culte divin et aux fonctions saintes. On excepte toutefois les anneaux, les croix pectorales, même celles qui contiennent des reliques; en un mot, tout ce qui n'a pas été acheté avec les revenus de l'église ou donné en vue de l'église. Aussi l'on exige que l'évêque tienne un inventaire exact des ustensiles sacrés qu'il possède, afin qu'il n'y ait point de contestation sur leur provenance.

Quant aux cardinaux qui doivent léguer à la chapelle papale, ils sont soumis à la constitution « Æquum est » d'Urbain VIII, qui spécifie comme matière du legs les sandales, gants, amicts, aubes et ceintures, pixides, ostensoirs, bénitiers, aspersoirs, vases aux saintes huiles, aiguières et bassins, clochette, crosse, fauteuil, paix, encensoir, et autres choses semblables, excepté les croix pectorales, même avec reliques, et les anneaux.

4. Si un évêque occupe successivement plusieurs siéges, il laisse à chaque église en proportion de la durée de son épiscopat dans chacune et des revenus locaux. Si toutefois il n'avait acheté les vases sacrés qu'avec les revenus d'une seule de ces églises, celle-ci serait seule de droit instituée héritière [1].

dalmaticas, sandalia, chirotecas, albas cum cingulis, lineos amictus, et his similia : item missalia, gradualia, libros cantus firmi et musicæ, libros pontificales, alterum cui titulus canon missæ; item calices, patenas, pixides, ostensoria, thuribula, vas aquæ benedictæ cum aspersorio, pelvim cum urceo, vasa sacrorum oleorum, et urceolos una cum pelvibus et tintinnabulo, palmatorias, icones pacis, cruces archiepiscopales, candelabra cum cruce pro altaris usu, baculum pastoralem, faldistorium, aliasque res sacras sive paramenta, sive ornamenta, sive vasa, si quæ sunt etiam ex eorum natura usui profano congrua, dummodo non per accidens, sed permanenter divino cultui sacrisque functionibus fuerint destinata : exceptis annulis, et crucibus pectoralibus etiam cum sacris reliquiis et iis omnibus utensilibus cujusvis generis, quæ legitime probantur ab episcopis defunctis comparata fuisse bonis ad Ecclesiam non pertinentibus, neque constet Ecclesiæ fuisse donatæ. Volumus propterea teneri ac debere Episcopos conficere in forma authentica inventorium sacrorum utensilium, in quo pro rei veritate exprimant quando acquisita fuerint et speciali nota describant, quæ ex Ecclesia redditibus ac proventibus sibi compararunt, ne alias præsumi debeat ea omnia redditibus Ecclesiæ comparata fuisse. Quod vero pertinet ad utensilia sacra s. r. e. cardinalium ad sacrarium sacelli summi Pontificis spectantia, nullam haberi volumus rationem qualitatis et naturæ reddituum, quibus comparata fuerint, et præter ea quæ in constitutione Urbani VIII incipiente « Æquum est » in specie enumerata sunt, alia verbis generalibus tantum expressa intelligi volumus, sandalia, chirothecas, lineos amictus, albas cum cingulis, item pixides, ostensoria, vas aquæ benedictæ cum aspersorio, vasa sacrorum oleorum, et urceolos cum pelvibus, ac tintinnabulo, tandem baculum pastoralem, faldistorium, palmatorias, icones pacis, thuribulum et his similia, exceptis annulis et crucibus pectoralibus etiam cum sacris reliquiis. »

1. « Quando Episcopus duas vel plures Ecclesias successive rexerit, sacra utensilia decidi volumus proportionaliter inter Ecclesias cathedrales, habita ratione fructuum ac temporis, juxta constitutionem S. Pii V incipientem « Romani Pontificis »............« Quod si constet Epis-

Ces trois constitutions de saint Pie V, d'Urbain VIII et de Pie IX, ont force de loi : par conséquent, elles sont obligatoires jusqu'au for intérieur pour tous ceux qu'elles concernent. Nous y trouvons une preuve manifeste de la sollicitude paternelle des papes, qui ne permet pas que l'église à laquelle un évêque a été uni pendant de longues années soit dépossédée de son mobilier sacré en faveur de personnes qui ne recueilleront, la plupart du temps, cette succession ecclésiastique que pour s'en défaire au plus vite et en tirer un parti plus avantageux que celui de sa conservation. Nous y voyons encore pour nos cathédrales de France, dépouillées par la révolution, quelquefois aussi par la mode, un fonds de richesses inaliénables que la reconnaissance et l'amour des arts s'empresseront de déposer avec soin dans le trésor qui, d'année en année se grossissant, aura bientôt la valeur et l'utilité d'une collection archéologique. Puisse le bref de Pie IX, qu'une si haute sagesse recommande, obtenir parmi nous son plein effet !

X. BARBIER DE MONTAULT.

LA CONTREFAÇON ARCHÉOLOGIQUE.

Les articles que nous avons publiés dans les « Annales Archéologiques » sous le titre de « Quelques jours en Allemagne », et de « Fausse monnaie archéologique » (« Annales », vol. XVIII, pages 273 et 301), nous ont valu quelques éloges tempérés par des nuées d'injures. Les honnêtes gens, qui aiment la bonne foi et la bonne science, nous ont félicité ; les faussaires et leurs dupes nous ont vilipendé. Les premiers nous sont chers, les seconds nous sont de rien ou de peu. Les faussaires, qui habitent presque tous l'Allemagne, d'Aix-la-Chapelle à Cologne, de Bonn à Mayence et Francfort-sur-Mein, ont écrit des articles dans des journaux sans lecteurs, pour nous accuser de légèreté ou d'ignorance. L'honnêteté allemande prisant peu ces doléances hypocrites, les intéressés ont expédié leurs plaintes imprimées en Angleterre, où sont principalement les dupes. Une revue anglaise, rédigée et défrayée par un homme riche, qui possède une importante collection où figurent en grand honneur ces pièces fausses, ivoires, émaux, bronzes, objets d'orfévrerie ache-

copum, qui per translationem duabus Ecclesiis successive præfuerit, comparasse sibi omnia sacra utensilia redditibus tantum unius Ecclesiæ, nulli divisioni locus erit, sed eadem sacra utensilia ad Ecclesiam cathedralem tantum spectabunt illius diœcesis, ex cujus episcopalis mensæ proventibus fuerint acquisita. »

tés en Allemagne ou par l'entremise des juifs allemands, a reproduit, avec un empressement qui me touche, les attaques des journaux allemands. La susdite revue avait même attribué l'une des communications qui lui étaient faites sur ce point à l'un de mes amis de Cologne, qui s'en est défendu avec un défaut d'empressement qui ne me touche pas moins. Mais, en vérité, que me font tous ces commérages! Ce qui m'importe, avant tout, c'est d'avoir dénoncé une ou plusieurs fabriques de fausse monnaie archéologique établies en Allemagne, et d'avoir tenu en éveil, pour l'avenir, les directeurs des musées impériaux ou royaux, et les possesseurs de collections particulières. Certainement il est fâcheux que tel lord, tel membre des Communes britanniques, tel banquier anglais ou français, possèdent des objets faux qu'ils ont achetés fort cher et qui ne valent pas un centime; mais il eût été plus fâcheux encore de ne pas interrompre dans sa marche triomphante le commerce des faux monnayeurs des bords du Rhin. Du reste, l'Allemagne s'est émue de ce trafic qui la déshonore et l'appauvrit, et elle a fait procéder, à la fin de l'année dernière, à une enquête sur cette fabrication frauduleuse. Malheureusement, peut-être pour donner le change, pour ne pas trop effaroucher ni faire envoler les faussaires moyenagistes, on ne dut s'enquérir que des antiquités romaines. Mais le savant M. de Hefner, qui est chargé de cette mission, est l'un des deux auteurs du grand ouvrage allemand qui a pour titre : « Œuvres d'art et meubles du moyen âge et de la renaissance » (« Kunstwerke und Gerathschaften des Mittelalters und der Renaissance »): on peut donc croire que l'enquête portera moins sur les objets païens que sur les œuvres de l'époque chrétienne, œuvres que l'on contrefait avec le plus d'audace, parce qu'elles sont aujourd'hui, grâce aux études archéologiques, d'un prix excessif, et que les faussaires en retirent des bénéfices énormes. Voici en quels termes le « Courrier du Bas-Rhin » annonçait, en janvier dernier, la mission donnée à M. de Hefner. Le 16 du même mois, le « Journal des Débats » et la « Presse » reproduisaient cette nouvelle :

« L'Académie royale des sciences de Munich vient de faire procéder à une enquête, dans la Bavière rhénane, sur une affaire qui présente également un assez grand intérêt pour l'Alsace, ou du moins pour tous ceux qui, en Alsace, prennent de l'intérêt aux questions historiques et archéologiques concernant les contrées des bords du Rhin. Elle a voulu savoir où se trouve la fabrique d'objets antiques qui, depuis un certain nombre d'années, est parvenue à écouler dans les pays rhénans et en Allemagne une grande quantité de poteries, de statuettes et d'autres objets d'origine prétendue romaine, tandis qu'en réalité ces objets sont confectionnés en plein XIXe siècle. L'Académie des sciences de Munich a envoyé à cet effet, dans la Bavière rhénane, un de ses membres les plus compétents en ces sortes de matière, M. de Hefner, et celui-ci vient de passer un assez long temps à Rheinzabern et dans d'autres localités pour prendre des renseignements.

« L'origine de cette contrefaçon, singulière et sur une grande échelle, d'antiquités romaines, est assez curieuse et prouve qu'il n'est sorte d'industrie qui ne trouve des adeptes et des praticiens. On sait que la petite ville de Rheinzabern, à quelques lieues de Spire, est, entre les vieilles cités des bords du Rhin, une de celles dont l'antiquité est le plus incontestable. Elle figure dans les anciens documents historiques de nos contrées rhénanes, dans l'Itinéraire d'Antonin et sur la Carte théodosienne, et elle a eu, à travers les siècles, la réputation fondée de recéler, sous le sol qui porte les habitations modernes, une foule d'objets antiques provenant encore du temps des Romains. Beatus Rhenanus disait déjà que « ceux qui fouillent la terre à Rheinzabern y « trouvent des urnes d'argile contenant les cendres des patriciens romains, « des sarcophages, des pierres précieuses gravées et des vases en terre rouge, « façonnés par le potier ».

« Au siècle dernier, Schœflin constatait également la découverte de beaucoup de débris de l'antiquité romaine à Rheinzabern; le musée de Schœflin en contenait plusieurs, et des collections intéressantes en ont été faites par diverses personnes à Spire, à Mayence, à Landau. Une des plus belles a été formée par M. de Stichaner, président du gouvernement de la Bavière rhénane; M. Schweighæuser, notre célèbre philologue et archéologue alsacien, a fait dessiner et lithographier en son temps un certain nombre de pièces provenant de la même origine. La bibliothèque de Strasbourg possède également des poteries romaines de Rheinzabern, et il y a peu de semaines encore on a trouvé une nouvelle série d'objets fort curieux qui ont été recueillis par M. Mellinger, notaire à Rheinzabern.

« Plusieurs de ces pièces authentiques ont été vendues et revendues; elles ont eu leur prix commercial, et dès lors on a vu surgir une industrie nouvelle, celle de la contrefaçon. Tout à coup une foule de poteries d'origine prétendue romaine ont été mises en circulation dans la Bavière et la Hesse rhénanes, en Alsace et sur la rive droite du Rhin, et elles ont trouvé des acheteurs parmi les amateurs d'antiquités. Mais la multiplicité même de ces pièces a éveillé le soupçon, et on n'a pas tardé à acquérir la conviction que, malgré une grande perfection d'imitation, il y en avait beaucoup de fausses et de fabrication toute récente. Ces dernières présentaient moins de saillie dans les contours et des bords plus étroits que les originaux. Depuis lors, les poteries romaines de

Rheinzabern ont perdu leur crédit dans le commerce d'antiquités, mais la contrefaçon n'a pas moins continué à en produire et à faire ses bénéfices aux dépens de ceux qu'elle parvenait à duper.

« C'est pour mettre fin à ces fraudes et pour en découvrir l'origine, que M. de Hefner a été envoyé en mission dans la Bavière rhénane par l'Académie des sciences de Munich, et qu'il vient de faire un séjour de plusieurs mois à Rheinzabern même et dans les environs. D'après ce que nous apprenons, M. de Hefner a pu constater la fausseté d'un certain nombre de pièces qu'il a examinées avec soin; mais il a acquis la conviction que c'est du côté de Mayence et non à Rheinzabern même que se trouve la fabrique mystérieuse d'antiquités romaines. C'est donc Mayence qui se voit aujourd'hui accusée de répandre dans le commerce des antiquités de fabrique moderne, non-seulement des poteries, des bas-reliefs, des statuettes en bronze ou en terre cuite, mais encore des objets d'ivoire et du moyen âge. Déjà Mayence était fortement soupçonnée d'avoir fourni un coffret d'ivoire antique, fait avec tant d'art et un tel degré de perfection imitative, qu'il avait été acheté à un prix fort élevé pour le musée de Londres.

« Le gouvernement Hessois, aujourd'hui averti que le point de départ de ces nombreuses contrefaçons d'antiquités est à Mayence ou dans le voisinage de cette ville, fera-t-il procéder à une enquête, comme celle qui vient d'avoir lieu dans la Bavière rhénane, afin de rendre au commerce d'objets antiques le caractère de loyauté dont la spéculation l'a privé depuis quelque temps dans les contrées voisines du Rhin? »

J'ignore si c'est de Mayence que provient une statuette en ivoire que notre musée du Louvre vient d'acheter 5,000 francs ; mais je crois pouvoir affirmer que cet objet est plus faux qu'un jeton et aussi faux que l'ivoire d'Othon et de Théophanie dont notre musée de Cluny est propriétaire. Une autre fois je donnerai les preuves de fausseté qui reluisent sur la nouvelle acquisition du Louvre.

DIDRON.

LA JUSTICE

À LA CATHÉDRALE

EN MARBRE BLANC

Grandeur de nature

ICONOGRAPHIE

DES QUATRE VERTUS CARDINALES

IV. — JUSTICE [1].

La Prudence, qui précède la Justice, est une vertu dont la tendance est égoïste. L'homme prudent cherche son intérêt : naturellement il songe à ne rien faire et à ne rien dire qui puisse le compromettre. S'il y voyait un grand avantage; s'il était appelé, par exemple, à juger un différend entre un faible

1. Voyez les « Annales Archéologiques », vol. XIX, p. 299, et vol. XX, pages 40-56.

Pour éviter les répétitions trop fréquentes et les citations trop nombreuses, voici, par ordre chronologique, l'indication des principaux monuments que j'ai étudiés sur place et qui m'ont servi à tracer l'histoire iconographique de la Justice.

IXe-Xe siècle. — Miniature du « Pastoral de Saint-Grégoire », manuscrit appartenant au grand séminaire d'Autun.

XIe-XIIe siècle. — Émail du prince P. Soltykoff, dessiné par M. A. Darcel.

XIIe siècle. — Mosaïque de la coupole de l'Ascension, à Saint-Marc de Venise.

1175. — Gravure niellée de la couronne de lumière donnée par l'empereur Frédéric Barberousse à l'église impériale d'Aix-la-Chapelle.

1180. — Miniatures de l' « Hortus deliciarum » de l'abbesse Herrade, manuscrit appartenant à la bibliothèque municipale de Strasbourg.

1185? — Une des deux rosaces en vitraux peints au croisillon méridional de la cathédrale de Strasbourg.

1250? — Sculpture du portail nord de la cathédrale de Chartres.

1269. — Manuscrit appartenant à M. le comte Auguste de Bastard et contenant une explication, ornée de miniatures, des Vertus et des Vices.

1280? — Font baptismal en bronze de la cathédrale d'Hildesheim.

XIVe siècle. — La « Tour de la sagesse », dessin sur parchemin, avec un texte explicatif. Un exemplaire est à la bibliothèque municipale d'Aix en Provence.

1310. — Pavé de la cathédrale de Sienne par Duccio.

1315. — Peintures de Giotto à Santa-Maria-dell'-Arena à Padoue.

1328-1335. — Sculptures des tombeaux des Scaliger à Vérone.

et un puissant, entre un pauvre qui ne peut rien et un riche qui peut tout, certainement il serait doué d'une âme magnanime, s'il ne faisait pas pencher un peu la balance du côté du riche et du puissant.

Il est donc nécessaire que la justice, cette vertu inflexible, vienne rétablir l'équilibre et donner au « prud'homme » une force qu'il ne trouverait peut-être pas dans la seule prudence. La Justice, par cela seul, est donc supérieure à la Prudence, et devait venir après elle pour l'appuyer et lui montrer le véritable droit chemin.

Mais en outre, les trois premières vertus, la Tempérance, la Force, la Prudence, sont engagées, quoiqu'à divers degrés, dans les choses corporelles ; seule, la Justice échappe aux intérêts matériels et, négligeant l'avantage qui peut en résulter pour elle, elle attribue à chacun, qu'il soit riche ou pauvre, le droit qui lui appartient. C'est sa qualité spéciale de rendre à tout homme ce qui lui est dû, comme elle s'exprime à la cathédrale de Como :

IVSTITIE · PROPRIVM · EST · SVA · CVIQVE · TRIBVERE

La Tempérance n'a guère soin que d'elle-même; la Force ne s'occupe des autres que par intervalles; la Prudence vit en société, mais en rapportant

XIVe siècle. — Statue de la Justice au sommet du tympan qui couronne une arcade du flanc méridional de Saint-Marc, à Venise.
1330. — Porte en bronze d'Andrea Ugolini de Pise, au baptistère de Florence.
1330. — Sculptures du campanile de Santa-Maria-del-Fiore, cathédrale de Florence.
1330? — Peinture de Thaddeo Gaddi dans la chapelle des Espagnols, cloître de Santa-Maria-Novella, à Florence.
1330? — Sculpture du Campo-Santo de Pise, attribuée à Giovanni Pisano.
1330? — Sculpture du bénitier de San-Giovanni-for-Città, à Pistoja.
1338. — Sculptures du tombeau de saint Pierre Martyr, à Saint-Eustorge de Milan, exécuté par Jean Balducci.
XIVe siècle. — Petits ivoires italiens appartenant à M. E. Hawkins.
1344. — Sculptures du palais ducal, à Venise.
1359. — Sculpture de l'autel d'Or-San-Michele, à Florence, exécuté par Orcagna.
1362. — Sculptures du tombeau de saint Augustin, dans la cathédrale de Pavie.
1407-1414. — Peintures de Thaddeo Bartholi, à la chapelle du palais municipal de Sienne.
1466. — Faïence de Luca della Robbia dans la chapelle du Portugal, à San-Miniato, près de Florence.
1469-1474. — Stalles de la cathédrale d'Ulm, exécutées par Georges Syrlin.
1475? — Statue de la cathédrale de Berne, au trumeau de la porte principale de l'occident.
1489-1493. — Statues en marbre du tombeau de la Chartreuse, à Miraflorès, près de Burgos.
1493. — Sculptures en bronze du tombeau du pape Sixte IV, dans Saint-Pierre de Rome, exécuté par Antonio Pollajolo.
1510? — Sculpture en bronze du tombeau de saint Sébald, à Nuremberg.
1510? — Tapisserie de la Pénitence de David, au musée de l'hôtel de Cluny.

tout à sa propre individualité, qu'elle ne doit jamais compromettre. La Justice, au contraire, est en contact perpétuel avec les hommes : elle efface, en quelque sorte, toute sa personne, pour se mettre à la discrétion de tout le monde. Les nations, on peut le dire, n'existent que par la Justice. Lisez dans le « De Officiis » les belles pages que Cicéron a écrites sur ce caractère spécial de la justice : c'est la vertu politique par excellence, et c'est pour cela que, sur les peintures de Thaddeo Bartholi, à la chapelle du palais de la république de Sienne, on lit, sous la représentation de la Justice, cette grave sentence que les nations qui veulent rester grandes ou le devenir ne devraient jamais oublier :

IVSTITIA, OMNIVM VIRTVTVM PRÆCLARISSIMA, REGNA CONSERVAT.
PROPTER INIVSTITIAM TRANSFERVNTUR REGNA DE GENTE IN GENTEM.

La Justice, comme l'appellent toute l'antiquité et tout le moyen âge, est donc la reine des quatre vertus cardinales. Aussi, au tombeau du duc François II de Bretagne, à Nantes, elle est la seule qui porte une couronne sur la tête, comme le montre la gravure placée au commencement de cet article.

Comme l'être réel, la figure symbolique naît, se développe et prend des accroissements successifs. Seulement l'individu parcourt le cercle de ses développements en un certain nombre d'années, tandis que l'image allégorique y

1512. — Peinture de la cathédrale d'Albi.
1513. — Sculptures de la cathedrale de Como, portail du sud.
1517-1518. — Sculptures du tombeau de Louis XII, à Saint-Denis.
1528-1528. — Stalles de la cathédrale d'Auch.
1529-1532. — Cheminée du palais de justice, à Bruges, en albâtre et bois.
1535. — Tombeau du cardinal Érard de la Marck, évêque de Liége, par Pierre Lecomte.
1537-1538. — Stalles de Saint-Bertrand de Comminges.
1543. — Sculpture du tombeau de Jean de Langheac, évêque de Limoges.
1560? — Sculptures de l'arc ou de la porte Sainte-Marie, à Burgos.
1560? — Divers monuments à l'hôtel de ville de Burgos.
1560 ? — Statue à l'hôtel de ville de Cologne.
1580. — Sculpture d'un tombeau dans la cathédrale de Worms.
1589. — Statues de l'horloge au palais de justice de Paris.
1589. — Statue de la fontaine de la place Saint-Laurent, à Nuremberg, exécutée par Benedict Wurczlpaur.
1590. — Statue dans l'église de Loyola, en Espagne, province de Guipuscoa.
1600? — Peintures des maisons d'Augsbourg, renouvelées vers 1600 par J.-G. Bergmuller.
1600? — Daniel jugeant et condamnant les deux vieillards, sculpture en marbre, par Richter, dans le musée de la Renaissance, au Louvre.
1654. — Sculptures des maisons de Bruges.
1750? — Sculpture à la coupole de la cathédrale de Montauban.
1769. — Sculpture du tombeau de Zurheim, dans la cathédrale de Worms.
1770? — Statue au tribunal civil de Gand.

met toute la durée de l'humanité. Pour une évolution, le symbole prend un siècle où moins d'une année suffit à l'homme; le symbole se meut, pour ainsi dire, avec la lenteur de l'éternité. L'iconographie de la Justice, que nous allons parcourir pendant huit ou neuf siècles, du dixième jusqu'au nôtre, nous en fournira la preuve.

La Justice, comme ses trois sœurs, est femme; elle porte un costume qui lui est commun avec elles, mais qui en diffère par certains détails, et elle a des attributs qui lui appartiennent exclusivement.

Son costume est une robe et un manteau; mais de même qu'à la cathédrale de Nantes, cette robe est serrée au buste de la Force par une cuirasse, de même aux bras de la Justice de ce monument, on voit des brassards en fer battu. A cette Justice la cuirasse guerrière est remplacée par la cotte échancrée et faite d'hermine; mais la couronne fleurdelisée de la tête et l'épée nue que tient la main droite indiquent bien que la Justice, pour faire exécuter ses arrêts, est obligée d'avoir une partie de la puissance guerrière à ses ordres.

Les pieds de la Justice sont rarement nus; cependant on trouve quelques exemples de cette nudité en Italie. Souvent aussi, dans ce noble pays, on voit un nimbe circulaire ou à six pans rayonner autour de la tête des vertus cardinales, et surtout de la Justice, comme si elles étaient des saintes. Le nimbe à six pans, comme celui dont Andrea Ugolini a décoré la tête de sa Justice et de ses autres Vertus sur la porte qu'il fondit en bronze pour le baptistère de Florence[1], est, suivant les idées symboliques du moyen âge, d'un degré inférieur au nimbe circulaire, parce que le cercle seul est parfait dans sa forme; mais ce n'en est pas moins un nimbe et un attribut de sainteté.

C'est encore en Italie principalement, pour ne pas dire exclusivement, qu'on a mis des ailes aux épaules des Vertus non-seulement théologales, mais même cardinales. L'émail de M. le prince P. Soltykoff, dont la gravure paraîtra plus tard, est peut-être allemand plutôt qu'italien; mais au palais ducal de Venise (1344), à la chapelle du Portugal, dans San-Miniato (1466), sur les petits ivoires italiens du XIVe siècle, de M. E. Hawkins, les figures de la Justice ont de grandes ailes aux épaules. Pour les Italiens ce sont des anges du ciel, délégués par Dieu et envoyés par lui sur la terre afin d'y exercer la justice souveraine et divine. La tapisserie de la pénitence de David. (1510?) qui appartient aujourd'hui au musée de l'hôtel de Cluny et qui pro-

1. Les Vertus des petits ivoires italiens, que possède un Anglais, M. E. Hawkins, portent également le nimbe à six côtés. — Voir « Société d'Arundel », moulages des anciens ivoires, classe IX, n° 8.

vient d'un château du comté de Nice, est d'un travail artésien ou flamand, à ce qu'il semble, plutôt qu'italien; mais, s'il en est ainsi, il faut dire que les Allemands, par l'émail de M. le prince Soltikoff, et les Français, par la tapisserie, ont fait accueil à une grande idée que les Italiens, plus que les autres peuples, aimaient à reproduire.

La couronne est le commencement des attributs de la Justice; car, si on la donne quelquefois à ses sœurs, surtout à la Force, comme l'a fait le XIIe siècle en France, on peut dire qu'en général, comme au tombeau de Nantes, c'est à elle seule qu'on la réserve, parce qu'elle est vraiment la reine des Vertus cardinales : « Justitia est omnium domina et regina virtutum », dit le « Selectæ è profanis », résumant la doctrine de Cicéron et de l'antiquité. A Saint-Marc de Venise, sur le flanc méridional, la Justice qui domine le sommet du tympan d'une arcade porte même une couronne de bronze, comme elle est armée d'une épée de bronze, tandis que la statue proprement dite est en marbre blanc.

Les attributs caractéristiques de la Justice sont la balance, l'épée, le globe, le livre de la loi et le bandeau; chronologiquement, c'est dans cet ordre que la Justice est armée de ces attributs.

LA BALANCE. — Cet attribut, le premier en date, est le dernier à disparaître, ou plutôt il n'a pas encore disparu, car l'on continue toujours à le mettre entre les mains de la Justice. Cette vertu, dans l'émail de M. le prince P. Soltykoff, n'a pas même d'autre attribut que la balance, et la Justice des fonts baptismaux de Hildesheim proclame que sa fonction essentielle est de peser tout avec nombre, mesure et poids :

OMNIA IN NUMERO MENSURA ET PONDERE PONO.

La balance est donc une arme essentiellement pacifique, et cependant le sculpteur du tombeau de Jean de Langheac, évêque de Limoges, a mis entre les mains du cavalier de l'Apocalypse, qui représente la Justice[1], une balance dont il se sert, comme d'une arme offensive, comme d'un double fléau ou d'une double massue, avec quoi il frappe et tue les criminels condamnés par Dieu.

A la peinture de Giotto, dans Santa-Maria-dell'-Arena, de Padoue, la Justice est assise sur un trône, couronne royale en tête. De chaque main elle soutient un plateau bombé, comme celui d'une balance, mais ne se rattachant ni à des chaînes, ni à un fléau. Chaînes et fléau ont peut-être disparu, effacés par le temps ou l'humidité, comme le croit M. P. Selvatico dans sa Notice sur

1. « Et ecce equus niger, et qui sedebat super illum habebat stateram in manu sua ». — « Apocalypsis » B. JOANNIS apostoli, cap. VI, vers. 5.

cette chapelle et ces peintures[1]. Mais aujourd'hui on n'en aperçoit plus de traces. Du milieu de chaque plateau s'élève une petite figure, ange ailé dans le plateau de droite, soldat armé dans le plateau de gauche. L'ange tend à deux mains une couronne qu'il va déposer sur la tête d'un petit personnage assis à un établi où il travaille avec application. Cet établi m'a paru celui d'un orfévre, et j'ai cru y voir assez distinctement comme un pied de calice que le vertueux ouvrier emboutissait. Le soldat de gauche s'apprête à trancher la tête d'un coupable agenouillé, d'un bandit dont les mains sont liées derrière le dos. A droite, c'est la récompense de la vertu; à gauche, c'est le châtiment du crime. La Justice de Giotto rend donc à chacun ce qui lui est dû. L'ouvrier doit exercer une rare et difficile vertu comme le coupable a dû commettre de grands crimes. En effet, comme rien n'est plus facile que de voler des métaux précieux ou des pierreries qui, sous un faible poids, contiennent une grande valeur, l'orfévre-bijoutier, qui ne vole pas et qui rend exactement ce qu'on lui a confié, est le modèle des ouvriers vertueux. Un vol de ce genre est si facile et si commun que, dans l'antiquité comme au moyen âge, on en accusait les plus grands artistes et les plus grands saints. Phidias et saint Éloi n'ont pas plus échappé à l'accusation que Benvenuto Cellini. Le fanfaron Cellini, qui n'était pas la vertu même, ne put pas se disculper d'avoir volé au pape Clément VII pour quatre-vingt mille écus de pierreries et de bijoux, et il fut emprisonné, pour ce fait, en 1538, dans la prison du château Saint-Ange, à Rome[2]. Mais Phidias, qui était un grand artiste et un honnête homme, et saint Éloi, qui était un saint, se disculpèrent facilement, l'un aux yeux des Athéniens, l'autre à l'esprit du roi Dagobert, en démontrant leur parfaite intégrité. Quant au criminel que Giotto fait décapiter par le soldat du plateau gauche, ce doit être un voleur de grands chemins. En effet, à la base du tableau où trône l'Injustice (INIVSTICIA), on voit un voleur qui a tué et détroussé un voyageur dont il emmène le cheval; puis, à côté, deux autres bandits qui dépouillent de ses derniers vêtements une femme qu'ils ont renversée à terre. On le sait, les brigandages sur les chemins ont toujours été et sont encore la plaie de l'Italie : aussi le Dante, au chant XIIe de l'Enfer, enfonce dans une rivière de sang, parmi les tyrans et les injustes, ceux qui ont volé et tué sur les grandes routes : « C'est là que la divine justice a plongé cet Attila qui fut son fléau sur la terre... et que, pour l'éternité, elle arrache les larmes, qui

1. « Sulla Cappellina degli Scrovegni nell' arena di Padova et sui freschi di Giotto in essa dipinti ». In-8°, Padova, 1836.

2. Voir dans les « Mémoires de Benvenuto Cellini », traduits par L. Leclanché, vol. I, p. 258, la curieuse narration de cet épisode de la vie de l'artiste, né Florentin, mais voleur.

s'échappent à chaque bouillonnement, à René de Corneto et à René de Pazzi, qui firent si rude guerre aux grands chemins [1]. » Giotto était l'ami du Dante, et c'est sous les yeux du poëte florentin que le peintre florentin a fait les peintures de l'Arena : il n'est donc pas étonnant que la poésie et le dessin parlent la même langue, et que l'un soit comme la traduction de l'autre.

Sous les pieds de la Justice, la scène est complétement différente. Giotto y a peint, à gauche, deux voyageurs chevauchant avec tranquillité dans la campagne, une grosse valise sur l'arrière-train de leur monture; à droite, deux chasseurs à cheval, faucon au poing, précédés de deux chiens qui flairent le gibier au pied d'un arbre. Entre les chasseurs et les voyageurs une femme joue du tambour de basque, et un jeune homme et une jeune femme dansent au son du rustique instrument. C'est une idylle véritable et comme une des plus fraîches bucoliques de Virgile, ce guide et ami poétique du Dante. A l'ombre de cette Justice, on ne craint ni brigands ni voleurs dans ces scènes champêtres, car entre les voyageurs et les danseurs s'arrondit une cage où poules, poulets et coqs reviendront s'abriter la nuit, après avoir pris paisiblement leur nourriture du jour. Je ne saurais dire l'impression que me fit ce petit tableau de la sécurité sociale, car j'étais à une faible distance de ces routes de la Romagne, infestées de brigands, et où le fils d'un de mes amis venait d'être tué, sous les yeux de sa mère, qui fut dépouillée de son argent et de ses bijoux par les assassins mêmes de son fils.

L'Épée. — Entre les mains de la Justice l'épée est presque aussi ancienne que la balance. Sur l'émail de M. le prince P. Soltykoff, la balance seule est attribuée à la Justice; mais, au centre des quatre Vertus trône, pour ainsi dire, la Vertu souveraine, qui est appelée la Vérité. Par sa place et par son nom, cette Vérité semble un dédoublement de la Justice, car, pour prononcer

1. Le Dante, « Divine Comédie », trad. de Brizeux, « Enfer », ch. xii.— Dans le manuscrit de M. le comte A. de Bastard, l'Équité, une variété de la Justice, tient un niveau triangulaire. Cet instrument, qui égalise les surfaces, est l'équivalent de la balance, qui égalise les poids. L'Équité foule aux pieds un renard fauve qui vient de prendre dans sa gueule, pour le dévorer, un coq blanc à crête rouge. Ce renard, à son tour, est l'équivalent des assassins que Giotto a peints sous les pieds de l'Injustice; il est le brigand des basses-cours comme les voleurs de Giotto sont les bandits des grandes routes. — Indépendamment de cette Équité, le même manuscrit contient une miniature de la Justice. Cette vertu porte, par-dessus son voile, une couronne rouge. A la main gauche, elle tient un long glaive nu. De la main droite, elle pose une couronne rouge sur la tête d'un enfant. Cet enfant, debout entre les montants d'une balance, pèse un paquet ficelé, dans un plateau, avec un poids qui est dans l'autre plateau. Il pèse avec justesse. avec conscience, et c'est pour cela qu'il est couronné. Dieu, placé dans l'amortissement de l'ogive où ce tableau s'inscrit, est content de la Justice et de l'enfant qui pèse. D'une main, il bénit la Vertu, de l'autre main, il bénit le petit peseur.

un jugement solide, il faut distinguer nettement le vrai du faux. Or, la Vérité est armée d'un glaive nu, pointe en l'air, comme celui qu'on donne habituellement à la Justice.

Ce glaive est toujours unique et à la main droite, qui est la main puissante. Il suffit, en effet, pour punir le coupable et protéger l'innocent. Cependant, par une exception dont je ne connais pas d'autre exemple, au tombeau de Juan II de Castille (1489-1493), la Justice tient une épée à chaque main. A la main droite, l'épée est abaissée; à la main gauche, elle est élevée en l'air, et, de plus, la balance est passée au bras gauche de cette curieuse statue. Le rôle de la Justice est non-seulement de rendre le droit à chacun, mais encore, suivant la maxime virgilienne, que proclame la Magnanimité, une des variétés de la Justice, peinte par Thaddeo Bartholi (1407-1414), au palais municipal de Sienne,

OPVS · EIVS · PARCERE · SVBIECTIS · ET · DEBELLARE · SVPERBOS

Je crois donc que par son épée abaissée la Justice espagnole pardonne aux soumis, tandis qu'avec l'épée en l'air elle combat les superbes. Il est fâcheux que ce rôle soit celui de la Force plutôt que de la Justice; mais c'est ainsi que l'entendait, en 1344, le sculpteur du palais ducal de Venise, lorsqu'il faisait dire à saint Michel, le représentant de la justice divine :

ENSE BONOS TEGO MALORVM CRIMINA PVRGO

et c'est ce que Bartholi, cent ans plus tard, peignait et redisait à Sienne. Il est même probable qu'il faut entendre ainsi cette double épée, ou plutôt cette épée à double tranchant placée par l'Apocalypse dans la bouche du Fils de l'Homme ou de Dieu même, le justicier par excellence [1].

Ces épées, bien entendu, sont prises dans la matière même dont est faite la statue; cependant à Venise, au palais ducal et à Saint-Marc, les Justices, qui sont en marbre blanc, tiennent une épée de métal. Ce glaive réel, pour ainsi dire, donne à ces statues comme une physionomie vivante et une tournure de bourreau. Dans le nord de l'Italie, surtout dans la Vénétie, la Justice prend un aspect farouche. Ainsi, à Vérone, la Justice est debout au sommet d'un pilastre où s'attache la grille qui défend l'entrée du petit cimetière où reposent, sous des monuments gothiques, les Scaliger, et surtout le grand Can, mort en 1328. En guise de balance, cette Justice tient de la main gauche une tête coupée; à la droite elle avait une épée, de métal peut-être, mais qui a disparu.

1. « Et de ore ejus gladius utraque parte acutus exibat ». — « Apocalypsis » B. JOANNIS apostoli, I-16.

La principale justice des Scaliger, comme celle des Vénitiens, comme celle d'Ezzelino, l'horrible tyran de Padoue, était d'abord de couper des têtes. Comme on ne saurait trop effrayer les citoyens en multipliant sous leurs yeux la représentation de ces justices sanglantes, le petit monument hexagonal du même cimetière des Scaliger (1328-1335) offre, à l'un des tympans qui en couronnent les arcades, une autre Justice. Mais celle-là est assise, couronnée comme une reine, ayant à la droite une épée nue et à la gauche une balance qu'elle semble, mansuétude rare en Italie, presser contre son cœur. Dans le tympan même se détache, en forte saillie, une tête barbue et dure comme celle d'un bourreau, qui semble attendre son coupable, et qui gâte l'impression assez douce que pourrait produire la Justice, cette pourvoyeuse infatigable.

Le Globe. — C'est en Italie seulement que j'ai vu le globe comme attribut très-fréquent de la Justice. La chapelle municipale de Sienne déclare, dans les peintures de Thaddeo Bartholi, que la « Justice conserve les royaumes, et que l'Injustice fait passer la puissance souveraine d'une nation à une autre. » Il me semble qu'à cette grave maxime est due l'habitude d'attribuer le globe à la Justice. Sur ce globe, énorme boule ronde, sont figurés les continents et les mers, les arbres et les villes. Je rappellerai la Justice gravée sur le pavé du sanctuaire de la cathédrale de Sienne, déjà publiée dans les « Annales Archéologiques, » volume XVI, page 132. Cette fière image, qui tient de la main gauche un globe, c'est-à-dire le monde, qu'elle défend avec l'épée de sa main droite, donnera une idée suffisante du même globe dont Luca della Robbia, le faïencier, arma la main gauche de sa Justice, à la voûte de la chapelle du Portugal, dans San-Miniato (1466), et qu'Antonio Pollajolo, le bronzier, plaça sous la même main gauche de la Justice qui fait honneur au pape Sixte IV, dans son tombeau, à Saint-Pierre de Rome (1493). En France, une Justice, celle du tombeau de Louis XII, à Saint-Denis, appuie la main gauche sur un globe, tandis que de la droite elle tient la poignée d'un glaive qui a disparu[1]. Déjà, au même tombeau, la Tempérance tient un cadran d'horloge, divisé en vingt-quatre heures. Or, les Français ont toujours compté leurs heures par jour et par nuit, c'est-à-dire par douze et non par vingt-quatre. Les Italiens, au contraire, comptaient et comptent encore, surtout dans le sud, par vingt-quatre. Je penserais donc, comme on l'a cru pendant longtemps, que le tombeau de Louis XII a été exécuté en Italie par Paul Ponce Trebati, et non par Jean Juste de Tours. La Justice au globe, spéciale aux Italiens, en est une

1. Baron de Guilhermy, « Monographie de Saint-Denis », p. 137.

nouvelle preuve. En tout cas, si l'on veut attribuer à Jean Juste l'ensemble du tombeau, il faudra tout au moins en distraire les quatre statues des Vertus pour les restituer à l'Italien Trebati. Dans un sujet comme le nôtre, celui de la Justice, il faut avoir soin de rendre à chacun ce qui lui est dû, au Français et à l'Italien ce qui leur appartient : « Suum cuique. »

Le globe est l'attribut de la puissance suprême : en iconographie, on le met aux mains des rois et des empereurs, et même aux mains de Dieu. La Justice, qui le porte de la main gauche et qui le défend de la droite armée du glaive, ainsi que Charlemagne est souvent figuré, s'offre donc à nous comme la souveraine des Vertus. Mais un autre attribut, l'aigle, caractérise la puissance impériale, soit parce que l'aigle est le roi des oiseaux, soit parce que, vivant dans le ciel, en face du soleil, et, pour ainsi dire, près de la divinité, il s'échauffe aux rayons du soleil divin et s'éclaire à ses conseils. Nos lecteurs savent de reste pourquoi l'aigle est l'attribut de saint Jean, le plus sublime des évangélistes[1]. A vrai dire, dans notre Occident, il n'y a eu que deux attributs qui se soient disputé la puissance souveraine, l'aigle des empereurs romains et les lis de nos rois de France : « L'un, au signe commun (l'aigle), oppose les lis jaunes », dit le Dante dans son histoire de l'aigle[2]. Et même, à un certain moment, l'aigle régnait seul entre les mains de Charlemagne, empereur des Romains et roi des Français ; le Dante dit, un tercet plus haut : « Et quand la dent lombarde mordit la sainte Église, Charlemagne la secourut en remportant la victoire sous les ailes de l'aigle. » Quant aux lions, aux léopards, aux vautours, aux serpents, à ces horribles bêtes, que les autres nations européennes se sont appropriées comme le symbole de leur puissance, cette ménagerie n'est venue qu'après les aigles et les lis, et ne méritait guère l'honneur qu'on lui a fait. L'aigle a même fini par dévorer les lis et par régner en France, en Autriche, en Russie, entre les mains des trois empereurs de l'Europe qui s'en disputent l'exclusive propriété. Comme l'exercice de la justice est le principal et le plus grand attribut de la puissance suprême, la Justice même a été mise à l'ombre des ailes de l'aigle impériale. Dans le Dante, aux chants XVIII, XIX et XX du « Paradis », non-seulement les grands justiciers, mais la Justice même habite l'aigle impériale comme un empereur habite un palais; ou plutôt cette aigle, qui est vivante, qui parle, qui recommande la justice, qui proclame et modèle en caractères d'écriture la sentence

1. Revoyez, dans les « Annales Archéologiques », vol. XVII, pages 144-147, l'article sur le bénitier de la cathédrale de Milan, où M. A. Darcel a recueilli plusieurs inscriptions explicatives des attributs des évangélistes et notamment de l'aigle de saint Jean.

2. « Divine Comédie », Paradis, chant VI.

ANNALES ARCHÉOLOGIQUES

PAR DIDRON, A PARIS.

Largeur 25 cent. — Hauteur 27 cent.

BÉATITUDE DE LA JUSTICE

FOND DE LAMPE DE LA COURONNE ARDENTE A AIX-LA-CHAPELLE

1175

de Salomon : « Diligite justitiam, qui judicatis terram [1] », cette aigle impériale est faite de la substance même des justiciers; c'est ainsi qu'en exprimant le suc de divers éléments, on compose une liqueur exquise. Près de l'œil, qui discerne le vrai du faux et voit nettement le juste, l'arc du sourcil de l'aigle se compose de Trajan, d'Ézéchias, de Constantin, de Guillaume le Bon et du mystérieux Riphée, cinq grands justes ou justiciers, suivant le Dante. L'aigle parle et dit :

« Des cinq qui font l'arc de mon sourcil, celui qui est le plus près de mon bec (Trajan) consola la veuve de la perte de son fils... — Et celui (Ézéchias) qui suit, en remontant l'arc dont je parle, retarda la mort par une vraie pénitence... — L'autre (Constantin), qui suit, transféra à Byzance les lois et moi dans de bonnes intentions qui portèrent de mauvais fruits, et se fit Grec pour céder la place au pasteur (au pape)... — Et celui que tu vois, au déclin de l'arc, fut Guillaume (le Bon), qui regrette cette terre où l'on pleure vivants Charles et Frédéric. Il sait maintenant combien le ciel s'éprend d'un roi juste, et il le fait voir aussi par l'éclat dont il est revêtu. — Qui croirait, là-bas, dans le monde plein d'erreurs, que Riphée, le Troyen, est dans cet arc la cinquième des lueurs saintes [2] ? » . . . .

Ainsi, l'aigle divine dans le ciel et l'aigle impériale sur la terre abritent dans leur sein les grands justiciers, et couvrent de leurs ailes la reine des Vertus cardinales. Il ne faut donc pas s'étonner que l'empereur Frédéric Barberousse, en faisant ciseler les huit Béatitudes à sa couronne de lumière d'Aix-la-Chapelle, ait placé au-dessus de l'ange qui proclame la béatitude de la Justice l'aigle impériale ouvrant le bec, parlant comme l'aigle de Dante et s'apprêtant à déployer ses ailes. La gravure que nous en donnons, d'après un fac-simile imprimé à Aix-la-Chapelle, sur le cuivre même, fournira la preuve du rapport qui a toujours existé, au moyen âge, entre l'aigle impériale et la Justice, entre le Dante et l'art figuré. Rien de pareil n'existe au-dessus des sept autres Béatitudes d'Aix-la-Chapelle, et quoique l'aigle de la Justice ne soit pas nimbée, comme on l'a fait plus tard, et n'ait pas toute l'importance qu'on lui voudrait quand on vient de lire la « Divine Comédie », il n'en est pas moins certain que nous avons, dans la gravure de la Couronne ardente d'Aix-la-Chapelle, l'aigle de l'empire romain prenant la Justice sous sa protection spéciale et toute-puissante.

Je m'étonne qu'avec ces idées dominantes au moyen âge, sur le rapport

1. « Liber sapientiæ », cap. I, vers. 1.

2. « Divine Comédie », Paradis, chant XX. « Ripheus, justissimus... e servantissimus æqui », dit Virgile, au livre II de l'« Énéide ».

intime qui unissait la Justice et l'aigle, la Vertu reine et l'aigle impériale, on n'ait pas assigné une place à l'aigle parmi les attributs accordés à la Justice. A l'exception de l'ange qui personnifie la béatitude de ceux qui se rassasient de la justice, dont ils ont faim et soif[1], je ne connais pas une seule Justice ayant l'aigle pour attribut. Voilà pourquoi, en dressant la liste des symboles consacrés à la quatrième Vertu cardinale, nous n'avons pas dû nommer cet oiseau de proie.

Le livre de la loi. — Le Code est, en date, le dernier des quatre attributs principaux qui se donnent à la Justice. Le plus ancien exemple que j'en connaisse est offert par la Justice, en marbre blanc, qui décore le bénitier de S.-Giovanni-for-Citta, à Pistoja, lequel paraît dater du xive siècle et est attribué à Nicolas Pisano. La Justice (IVSTITHIA), diadème antique au front, tient un livre et une espèce de sceptre terminé par trois petites boules, trois fruits peut-être. Ce livre contient sans doute les « Pandectes », dont le manuscrit avait, dit-on, été retrouvé deux cents ans plus tôt par les Pisans, voisins de Pistoja, dans la ville d'Amalfi. Au palais municipal de Sienne, la Justice (1407-1414) tient de la main droite une épée nue, et, de la gauche, plusieurs livres qui renferment le « Code », le « Digeste », les « Institutes », les « Novelles », tout le droit civil et tout le droit canon. Un des plus beaux exemples du large livre de la loi, que tient la Justice, est fourni par notre gravure du Tombeau du duc François II. Cette belle Justice réunit en elle tous les attributs que nous trouvons quelquefois disséminés, du xe au xvie siècle, sur les autres diverses figures : robe, brassards, cote-hardie, couronne royale en tête, épée nue à la main droite, balance à la main gauche et servant de signet, en quelque sorte, au code tout grand ouvert. Le globe seul lui manque; mais le globe appartient surtout à l'Italie, et non pas à la France.

Pour en finir avec ces attributs, parlerai-je du bandeau, inventé à la fin du xvie siècle, et dont, à partir de cette triste époque d'art jusqu'à la nôtre, on couvre ordinairement les yeux de la Justice? Le Dante, qui se connaît un peu mieux en symbolisme que notre temps, non-seulement n'éteint pas les yeux de son aigle, de sa Justice impériale, mais il les avive d'une lumière incompa-

1. Sur la banderole qu'il déroule devant lui, l'ange de la Justice montre aux justes les paroles mêmes prononcées par Jésus-Christ sur la montagne : « Beati qui esuriunt et sitiunt justiciam, quoniam ipsi saturabuntur ». — S. Matthieu, v.-6. Cet ange est jeune, nimbé et pieds nus, mais sans ailes comme ses sept autres compagnons. A sa gauche, sept justes, dont deux femmes et cinq hommes; à sa droite, quatre hommes et deux femmes. Ces treize personnages, tous d'âge différent, et probablement aussi de différente condition, regardent l'ange et écoutent avec admiration, affamés et altérés qu'ils sont de justice, cette proclamation de la justice béatifiée. La Couronne ardente d'Aix-la-Chapelle paraît dater de 1175.

rable. Son aigle dit : « Cette partie de moi qui voit et, dans les aigles mortels, soutient l'éclat du soleil, veut maintenant être regardée fixement. Car, des feux qui composent ma figure, ceux qui font étinceler mon œil dans ma tête sont les premiers de tous leurs degrés. Celui qui brille au milieu par la prunelle fut le chantre de l'Esprit-Saint (le roi David), qui transporta l'arche de ville en ville [1]. » Si, pour juger les deux femmes réclamant l'enfant, Salomon n'avait pas vu clair, assurément la sentence eût été moins prompte et moins décisive. Je condamne donc les Justices aveugles et les Justices aveuglées par un bandeau, qu'on voit à l'hôtel de ville de Cologne (fin du XVIe siècle) ; à la fontaine de la place Saint-Laurent, à Nuremberg (1589) ; à Bruges, rue des Pierres, aux maisons des nos 2 et 4 (1654), et au pendentif nord-est de la coupole de la cathédrale de Montauban (1750). Je n'aime pas plus ces Vertus aveuglées que nos statues modernes de la Foi, qui portent également un bandeau sur les yeux. L'œil est fait pour voir, pour discerner le vrai du faux, comme la tête est faite pour raisonner sa croyance et ses jugements. Cette impartialité de la Justice, qui résulte de ce qu'elle ne voit pas clair, me paraît d'assez mauvais aloi, et je pense que la foi aveugle est un peu moins solide que la foi vivement éclairée.

La Justice est souvent complétée par sa négation et par son ennemie, l'Injustice. Ainsi, à Santa-Maria-dell'-Arena, Giotto a placé les Vertus en regard des Vices, comme, pour l'aviver davantage, on met une lumière en pleine obscurité. Il est même à remarquer que le grand peintre florentin a eu le soin d'aligner toutes les Vertus au côté droit ou sud de la chapelle, et les Vices au côté nord. L'intention est évidente : la vertu réchauffe et le vice est glacial. En face de la Justice, qui trône en reine, qui récompense l'ouvrier vertueux et punit le coupable, l'Injustice, sous la figure d'un châtelain, est assise à l'entrée d'un donjon crénelé, bâti dans une gorge de montagnes, au milieu des rochers et des bois. Ce brigand, seigneur de la montagne, est d'une taille gigantesque ; il dépasse de moitié les plus grands arbres. Il est coiffé d'une sorte de chaperon d'étoffe comme un baron du moyen âge italien. De la droite il tient un long bâton armé, à son extrémité, de deux crochets de fer, pour attirer à lui hommes et marchandises qui passeraient dans son voisinage. A la gauche, une épée pour venir en aide au harpon, et, sous sa robe et son manteau, une cotte de mailles, dont on aperçoit le collet à tresses serrées, pour amortir les coups que les voyageurs surpris et désespérés pourraient lui porter. C'est un tableau complet et qui, par son opposition, fait mieux comprendre encore et ressortir la scène charmante de la Justice.

1. « Divine Comédie », Paradis, chant XX.

A la cathédrale de Chartres, au portail du nord, voussure du tympan de la porte gauche, est debout une petite statue de la Justice. C'est une femme de dix-huit à vingt ans, en robe longue à manches étroites, en manteau libre sur l'épaule gauche, revenant par le côté droit autour du corps. De la main gauche elle tient contre sa poitrine, comme une des deux Justices du tombeau des Scaliger de Vérone, une balance à plateaux égaux. A la droite, elle avait probablement une épée nue, en l'air, mais c'est fruste ou cassé. Sa figure est ronde, animée et non pas impassible comme celle de la Prudence, sa voisine. Elle se tourne vers la Vierge de l'Adoration des mages, sculptée sur le tympan, comme pour faire honneur à Marie. A ses pieds est accroupie une petite femme, qui est l'Injustice, son ennemie. Cette petite figure lève la tête et, comme hébétée, regarde la Justice, qui paraît l'éblouir. Cette attitude fait songer à ce vers de Virgile, dans la mort de Didon :

QUÆSIVIT COELO LUCEM INGEMUITQUE REPERTA

Ses deux mains sont également levées, mais l'attribut qu'elles tenaient est cassé ; il m'a semblé entrevoir cependant comme les traces d'un plateau de balance. Dans ce cas, les deux plateaux de cette balance injuste devaient être fort inégaux, car l'Injustice pèse à faux poids et vend à fausse mesure.

La Justice, outre ce complément symbolique par le Vice contraire, a été développée par les faits et les hommes de l'histoire. Ainsi, au palais ducal de Venise se déroulent, tout autour et au-dessus du chapiteau de la Justice, Moïse, qui reçoit de Dieu les tables de la loi; Aristote, Solon, Numa, donnant des lois, cette justice écrite, aux Grecs et aux Romains; Scipion, chaste par justice; l'empereur Trajan, faisant justice à la veuve, et enfin Salomon, rendant à la véritable mère le fils vivant que la fausse mère voulait s'attribuer. Nous l'avons déjà dit bien des fois, c'est ainsi que Dante, dans le Paradis et dans l'Enfer, commente par l'histoire la Justice et l'Injustice. Ce commentaire historique, tout resserré qu'il soit, a été appliqué à toutes les Vertus et sculpté sur un monument qui n'existe plus, malheureusement, mais dont le P. Brouille, dans son « Histoire de Liége », a fait une description qui résume ce que nous avons dit jusqu'à présent sur les vertus et les vices.

Dans Saint-Lambert, cathédrale de Liége, se voyait le tombeau en bronze doré du cardinal Érard de la Marck, évêque de Liége, mort en 1538. De son vivant, sans doute vers 1535, le cardinal fit exécuter ce monument luxueux par Pierre Lecomte, orfévre de Bruxelles. Dans sept niches étaient placées sept Vertus, les trois théologales et les quatre cardinales, selon l'ordre et avec les inscriptions qui suivent.

La statue de la CHARITÉ avait cette inscription :

CHARITAS HERODEM LIVIDUM PROTERIT.

Celle de l'ESPÉRANCE :

SPES JUDAM DESPERATUM SUPPLANTAT.

Celle de la FOI :

FIDES MAHUMETUM PERFIDUM CONCULCAT.

Celle de la JUSTICE :

JUSTITIA NERONEM INIQUUM JUGULAT.

Celle de la PRUDENCE :

PRUDENTIA SARDANAPALUM MOLLEM SUFFOCAT.

Celle de la TEMPÉRANCE :

TEMPERANTIA TARQUINIUM IMMODERATUM EXTINGUIT.

Celle de la FORCE :

FORTITUDO HOLOFERNEM SUPERBUM PERIMIT.

On remarquera ce luxe de verbes de lutte et d'extermination : la Charité renverse Hérode, ce livide assassin des innocents; l'Espérance jette sous elle Judas, le traître désespéré ; la Foi foule à ses pieds le perfide Mahomet ; la Justice égorge le cruel et inique Néron ; la Prudence étrangle Sardanapale l'efféminé ; la Tempérance tue Tarquin le débauché, et la Force anéantit l'orgueilleux Holopherne. Il y aurait là, pour un dictionnaire des synonymes, une curieuse nomenclature de mots analogues et cependant très-divers.

DIDRON.

TRÉSOR DE SAINT-ÉTIENNE

DE TROYES

SUITE ET FIN [1].

60. — Un jaspe, qui a servi de pierre d'autel à saint Martin, long de 19 pouces, sur 15 et 3 quarts de large. Les bordures sont garnies d'or, de pierreries et d'émaux, savoir : 16 pièces d'émail sur l'or, tant rondes que demi-rondes, 2 grosses topases et 2 plus petites, 2 gros péridots, 7 gros saphirs et 7 plus petits, 13 crisolites, 12 amétistes, 2 grenats, 5 émeraudes, 19 perles, 9 pierres en place de perles, 2 pierres vertes gravées en cachet, 4 agates, 1 fragment de nacre, 1 sardoine et 2 autres pierres; et de plus, à l'extrémité de la bordure, il y a 9 émaux sur l'or, 6 morceaux de cuivre doré, 3 grenats, 2 amétistes, 2 bérils, 2 crisolites, 2 saphirs, 1 sardoine, 4 perles et 1 pierre en place de perles [2].

61. — Une chasse d'argent, doré en quelques endroits, haute de 7 pouces et demi, y compris le pied fait en carré, sur 5 de long et 2 et demi de large, au milieu du devant de laquelle il y a un rond travaillé en filagramme, dans lequel il y a la figure d'un cœur couvert d'un cristal ; aux deux costés dudit rond, il y a deux images gravées, l'une de saint Estienne, et l'autre de saint Démètre ; le derrière et les deux côtés sont gravés et représentent cinq vitres,

1. Voir les « Annales Archéologiques », vol. xx, p. 4–20.

2. « Similiter (in ecclesiâ Sancti-Stephani), marmor seu altare portatile, in quo D. Martinus Turonensis missam dicitur celebrasse, nec non ejusdem sacerdotalis casula ». — Camuzat, p. 329.

« In collegiatâ Sancti-Stephani Trecensis altare portatile, calix et casula sancti Martini reconduntur ». — N. Des-Guerrois, « Ephem », p. 51.

Réduit d'après Arnaud

TOMBEAU DE HENRI-LE-LARGE

EN ARGENT ET CUIVRE ÉMAILLÉ. — FIN DU XIIe SIÈCLE

d'église; le dessus est fait en forme de toit parsemé de fleurs de lys. A l'un des côtés, il y a un trou par lequel entre une grande aiguille d'argent, qui touche au cœur de saint Demètre, qui est dans ledit reliquaire. Le pied est de cuivre doré, rond, et de 4 pouces et demy de diamètre.

62. — Un reliquaire de bois, en forme de tour quarrée, haut de 20 pouces et large de 5, garni de cuivre doré et émaillé, et orné de 20 pierres. Il y a dedans des reliques de saint Marcoul, de saint Potentien et de plusieurs autres.

63. — Un reliquaire tout d'argent, haut de 9 pouces et demy, y compris le pied, qui est rond, sur 5 et demy de diamètre, doré aux bords, fait en forme de pied de calice; au-dessus duquel il y a une pomme dorée qui soutient un cristal à pans, long de 3 pouces, et de 2 de diamètre, garni d'argent doré; aux deux côtés duquel il y a deux boutons, et, au-dessus, les deux figures de saint Fabien et saint Sébastien, aussi d'argent doré; et, dedans, sont les reliques des deux dits saints.

64. — Un texte d'argent, qui sert aux festes semi-doubles, long de 9 pouces et demy, et 6 et demy de large. D'un côté, il y a la figure de saint Estienne, poussée en relief, qui porte un petit texte garni de 4 petits grenats, et un collet orné de 2 petites turquoises, avec un grenat au milieu; la bordure est garnie de 4 pierres bleues, 4 vertes, 4 blanches, 1 cornaline gravée et 1 agate; les 4 pierres qui sont aux 4 coins du texte sont garnies de conserves de cuivre doré. De l'autre côté, il y a la figure de saint Paul, avec une garde d'épée à la main, le tout poussé en relief. La bordure est garnie de pierres, savoir : 1 bleue, 2 vertes, 4 blanches, 2 cornalines gravées, 4 agates et 1 turquoise; les 4 pierres qui sont aux 4 coins sont garnies de conserves de cuivre doré.

65. — Une grande croix d'argent servant, sur l'autel, aux festes doubles, à pied triangle, de 28 pouces de haut, y compris le pied, et de 11 de large d'un croison à l'autre; le pied se démonte à visses; il y a trois écussons aux trois costés, et au-dessus une teste d'ange, le tout ciselé et orné de feuillages; au bas de la croix, il y a un vase rond ciselé[1]; au milieu, il y a un Christ, et aux 3 croisons, trois fleurons faits en feuillages; au-dessus de la teste du Christ, il y a une inscription[2].

66. — Une croix d'argent doré, servant, sur l'autel, aux festes semi-doubles et simples, de 13 pouces et demy de long, y compris le pied, qui est quarré, sur 5 pouces de large d'un croison à l'autre; le pied est porté par

1. Le calice ou « graal », qu'on figure très-souvent, surtout du XIIe au XIIIe siècle, au pied des crucifix.

2. On ignore quelle était cette inscription.

4 petits lions; dessus, il y a 4 émaux enchâssés en forme de trèfles; au haut du pied, il y a une petite pomme quarrée, garnie de 6 émaux rouges et verts; au croison d'en haut, il y a 3 perles, 3 pierres et 1 figure d'émail enchâssée; au croison droit, il y a 2 perles, 3 pierres vertes et 1 figure d'émail enchâssée; au croison gauche, il y a la même chose qu'au droit; au croison d'en bas, il y a 3 perles, 5 pierres et une figure d'émail enchâssée; au milieu de ladite croix, il y a un Christ qui a 2 perles au-dessous des bras, et une croix de chevalier émaillée derrière la tête[1]; derrière la croix, il y a un Agnus Dei d'émail et quatre figures émaillées représentant les quatre évangélistes.

67. — Un calice d'argent, gravé et ciselé partout, servant aux festes doubles, haut de près de 11 pouces; le pied a près de 6 pouces et demy de diamètre, au bas duquel il y a des testes d'anges, des cartouches et des festons poussés de haut relief. Le reste du pied comprend en figure la prise de N.-S. au jardin des Olives. La pomme est ornée de trois anges qui tiennent les instruments de la Passion; la coupe est double et porte près de 4 pouces de diamètre; elle est dorée en dedans et est travaillée en dehors de figures représentantes la Passion et la Résurrection de N.-S., aussi poussées, avec d'autres ornements, en relief; la patène est près de 6 pouces de diamètre, dorée en dedans. Le derrière est double et représente, en figure poussée, J.-C. servi par les anges dans le désert. Ce calice se démonte en deux endroits.

68. — Un calice d'argent, servant aux festes demi-doubles, simples et aux féries, haut de 9 pouces et demy; le pied a plus de 6 pouces de diamètre, le bas duquel est travaillé en feuillages poussés de bas-relief; il y a la figure d'une croix gravée; la pomme est en feuillages poussés de même. La coupe porte 3 pouces et demy de diamètre, et est dorée en dedans. La patène porte 6 pouces et demy de diamètre, et est dorée en dedans et derrière; il y a, au milieu, un nom de Jésus gravé. Ce calice se démonte en deux endroits.

69. — Deux chandeliers d'argent, servant tous les jours, poussés en feuillages, hauts de 22 pouces, dont le bas porte 7 pouces un tiers de diamètre, et le haut porte 6 pouces; il y a au pied trois têtes d'anges moulées, entre deux desquelles il y a un écusson aux armes du chapitre. Il y a aussi, à la pomme, trois têtes d'anges moulées.

70. — Un baton de croix, de 8 pieds 1 pouce de long, couvert d'argent, fleurdelisé en bas-relief, entouré d'un cordon aussy d'argent; au-dessus du bâton est une pomme de cuivre, avec son canon de même métal, long d'environ 8 pouces et demy.

1. Ce que le chanoine Hugot prend pour une croix de chevalier, était tout simplement un nimbe crucifère.

71. — Un baton de croix, de 7 pieds 1 pouce de long, couvert d'argent tout uni, avec un cordon autour, d'argent doré; au-dessus du baston est une pomme, avec son canon de cuivre long de près d'un pied.

72. — Un autre baston de croix, couvert d'argent, entouré d'un cordon de cuivre, servant aux féries, long de 4 pieds et près de 7 pouces, y compris la pomme, dont le canon est de 6 pouces de long, et le bas de plus de 6 pouces.

73. — Une croix, qui sert aux processions aux jours solennels, de deux pieds de haut, non compris ce qui entre dans la pomme, et de 17 pouces de large de croison à autre, toute d'argent doré, en filagramme devant et derrière, garnie de pierreries seulement devant, savoir : au croison d'en haut [1], il y a 1 amétiste, 1 turquoise, 2 doublets bleus, 5 verts, 2 jaunes, 1 grande pierre d'agate, et 1 loppe de cristal; au croison droit, il y a 1 grenat, 1 turquoise, 1 saphir, trois doublets verts, 1 jaune et 1 bleu, 1 béril, 1 topase, 2 agates et 1 loppe; au croison gauche, 1 pierre bleue, 3 doublets bleus, 6 verts, 1 jaune, 1 loppe, 1 agate; au croison d'en bas, 2 cornalines, 3 pierres bleues, 5 doublets verts, 2 rouges, 1 saphir, 1 agate gravée, une autre représentant une tête en relief, 1 loppe et 1 agate simple; au milieu, il y a une petite croix couverte d'un cristal [2], autour de laquelle sont 8 doublets rouges, verts, bleus et jaunes; derrière, il y a un Agnus Dei; aux quatre croisons, quatre figures représentant les quatre évangélistes ; au bas sont les armes du chapitre.

74. — Une croix, de 2 pieds de long, excepté ce qui entre dans la pomme, et de 18 pouces de large de croison à autre, toute d'argent blanc, dorée par place et poussée en feuillages, qui sert aux festes doubles et semi-doubles. Au milieu de ladite croix, il y a un Christ aussy d'argent, qui a un doublet derrière la teste ; aux quatre croisons est la figure des quatre évangélistes, d'argent doré ; derrière, au milieu, est un Agnus Dei, aussy d'argent doré.

75. — Une croix, qui sert aux féries, de 15 pouces de long, et 12 de large de croison à autre. Il y a, au milieu, un Christ, au-dessus de la teste duquel il y a un quarré d'argent doré; derrière, au milieu, il y a un Agnus Dei d'argent doré.

1. C'est un reliquaire, renfermant du bois de la vraie croix, et, comme tous les reliquaires de ce genre, ayant la forme d'une croix à double croisillon, ce que nous appelons la « Croix de Lorraine ». Il est probable, pour ne pas dire certain, que l'origine de notre croix de Lorraine provient précisément d'une relique de la vraie croix renfermée dans une croix à double traverse. (*Note de M. Didron.*)

2. C'est la relique même, le bois de la vraie croix, protégée par ce cristal qui permettait de la voir constamment. (*Note de M. Didron.*)

76. — Le baston, que porte M. le chantre aux fêtes annuelles ; il est de 7 pieds 5 pouces de long ; il est garni d'argent ; autour de ce baston, il y a un cordon doré et semé de fleurs de lys, aussi dorées. A la hauteur de la main, il y a une pomme d'argent doré poussée en relief ; au haut du baston s'élève un dôme de cuivre doré, soutenu par six colonnes, au milieu duquel est l'image de saint Estienne. Au-dessus du dôme, il y a une couronne garnie de fleurs de lys et de pierreries, savoir : 8 pierres de moyenne grandeur et 8 petites ; au-dessus de la couronne, il y a une fleur de lys ; le tout d'argent doré.

77. — Deux grands encensoirs d'argent, hauts de 10 pouces, poussés en feuillages. Le pied porte 3 pouces 3 quarts de diamètre, et l'embouchure 5. Il est divisé en six, par six testes d'anges ; au milieu de chaque division il y a un panier de fleurs et de fruits ; le dessus porte 4 pouces de diamètre, vidé en plusieurs endroits, également divisé en six parties, par six viroles qui sont soudées à l'entour ; dans chaque division il y a une tulipe poussée ; les quatre chaînes portent 3 pieds 3 pouces de haut et sont arrestées, dans le haut, à une plaque ronde poussée en feuillage, qui porte 2 pouces 1 quart de diamètre ; au milieu du dessus de laquelle il y a une boucle pour les suspendre ; et, un peu à côté, une autre boucle, qui sert à lever la chaîne du milieu, qui est haute de deux pieds, boucle qui court le long des chaînes pour les tenir en état.

78. — Un autre encensoir d'argent, haut de 7 pouces ; le pied porte 2 pouces 4 lignes de diamètre, et l'embouchure 3 pouces 8 lignes ; il est à 8 pans, à 4 desquels il y a une virolle soudée pour passer les chaînes ; le dessus porte 3 pouces et demi de diamètre ; il est vide en plusieurs endroits, et aussi à 8 pans, à chacun desquels il y a une virolle soudée, dont 4 servent à passer les chaînes ; chaque pan est fait en manière de vitre ; les 4 chaînes portent 18 pouces et demy, et sont arrestées, dans le haut, à une plaque à pans qui porte 2 pouces 5 lignes de diamètre, au-dessus de laquelle il y a une boucle d'un pouce et demy de diamètre pour le suspendre ; la chaîne du milieu est haute de 14 pouces, au haut de laquelle il y a une boucle qui sert à l'ouvrir.

79. — Une navette d'argent, faite en oval, longue de 6 pouces, sur 3 pouces 8 lignes de large ; elle s'ouvre à charnières ; au-dessus du couvert il y a un bouton d'argent massif ; le pied est aussi oval, long de 2 pouces et demy sur 2 de large. Au-dessus du pied est gravée une figure de saint Estienne de Troyes, avec le chiffre 1644 ; il y a une chaîne soudée d'un bout au dedans de la navette ; elle est longue de 6 pouces et demy ; à l'autre bout, il y a une petite cuillère longue de 4 pouces 9 lignes.

80. — DEUX BURETTES d'argent, de 6 pouces de haut, d'un travail poussé, dont le pied porte 2 pouces et demy de diamètre ; elles ont chacune une anse d'argent massif, et se ferment d'un dessus à charnières, sur lequel il y a un bouton tourné.

81. — UN BASSIN d'argent, qui a été autrefois doré, de figure ovale, long de 13 pouces et demy, et de plus de 10 de large. Au milieu du dedans, il y a la figure de saint Estienne gravée de feuillages ; les bouts sont frappés en grenetis et autres ornements ; derrière on lit gravés, au milieu, ces mots : A L'ÉGLISE DE SAINT-ESTIENNE DE TROIES : 1601.

82. — UN CALICE d'argent, haut de près de 10 pouces ; le pied en a 6 de diamètre ; le bas est doré et travaillé en feuillages de bas-relief, avec une croix gravée et dorée. La pomme est dorée et travaillée en feuillages de bas-relief, autour de laquelle il y a trois testes d'anges en relief. La coupe porte 3 pouces et demy de diamètre, et est dorée en dedans ; la patène porte plus de 6 pouces de diamètre, et est dorée dedans ; elle a derrière un nom de Jésus gravé. Ce calice se démonte en deux endroits.

83. — UN CALICE d'argent, haut de 9 pouces ; le pied en a plus de 5 de diamètre ; le bas est garni de feuillages moulés en relief ; il y a une croix gravée ; la pomme est ornée de feuillages moulés ; la coupe porte plus de 3 pouces de diamètre et est dorée en dedans ; la patène a plus de 5 pouces et demi, et est aussi dorée en dedans ; il y a derrière un nom de Jésus gravé. Ce calice se démonte en deux endroits.

84. — UN CALICE d'argent, haut de près de 9 pouces ; le pied en a plus de 5 et demy de diamètre ; le bas est travaillé en feuillage poussé de bas-relief ; il y a une croix gravée, et au-dessus est écrit : A LA FABRIQUE DE SAINT-ESTIENNE DE TROIES : 1644. La pomme est poussée de bas-reliefs en aîles d'anges, autour de laquelle il y a 3 testes d'anges moulées de relief ; la coupe porte plus de 3 pouces et est dorée dedans. La patène a plus de 5 pouces et demy de diamètre, et est aussy dorée en dedans ; il y a derrière un nom de Jésus gravé et entouré d'une couronne d'épine. Le pied se démonte.

85. — UN AUTRE CALICE d'argent doré partout, haut de près de 9 pouces. Le pied en a plus de 5 de diamètre ; le bas est garni de feuillages moulés de relief ; le reste du pied est poussé en feuillages de bas-relief, et a 3 testes d'anges moulées aussy de bas-relief ; la pomme a 3 testes d'anges moulées, et est ornée de représentations de fruits ; la coupe porte plus de 3 pouces et demy de diamètre ; elle est double et est ornée extérieurement de 3 testes d'anges et de représentations de fruits poussées de relief ; la patène a plus de 5 pouces et demy de diamètre ; elle est aussi d'argent doré ; le dedans est tout uni ; le der-

rière est double; il y a, au milieu, la figure du Saint-Esprit, autour de laquelle sont 4 testes d'anges, avec des représentations de fruits, poussées en relief; les bords sont gravés en feuillages. Ce calice se démonte en deux endroits.

86. — Un anceau [1] d'argent, de figure ronde, de près de 12 pouces de haut, portant 9 et demy de diamètre; deux figures massives de testes d'anges servent d'orillons pour arrester l'anse, qui a près de 17 pouces de haut, grosse à proportion, poussée en feuillage, avec une pomme au milieu; il y a au bord de l'anceau un grenetis doré, aussi bien que les testes d'anges à l'entour. D'un côté est représenté un saint Estienne, et de l'autre sont gravées les armes du chapitre; le bas porte 7 pouces de diamètre et est poussé en feuillages de bas-relief doré. L'aspersoir est d'argent et a près de 14 pouces de haut sur près d'un et demy de diamètre à la poignée, qui est de figure ronde; le reste est poussé en feuillages, à l'exception de près de 4 pouces, qui forment un quarré pour tenir le crin.

87. — Tombeaux. Dans le chœur sont deux tombeaux [2]. Le plus proche de l'aigle est celui de Henri Ier, comte de Campagne, surnommé le Large [3]. Il a 6 pieds de longueur sur 2 pieds et demi de largeur. La base, assise sur un piédestal, est garnie de cuivre, ornée de feuillages et enrichie de vingt-huit pièces très-riches et parfaitement émaillées, dont les dessins sont tous différents.

Au dessus de ces pièces émaillées, qui sont séparées les unes des autres

1. Bénitier portatif, bénitier à « anses ». Il faudrait reprendre ce vieux mot pour distinguer le bénitier portatif du bénitier fixe; ce dernier conserverait son nom de bénitier qui lui est spécial. (*Note de M. Didron.*)

2. La description de ces deux tombeaux, faite par le chanoine Hugot, a été plus ou moins exactement reproduite : 1° par Baugier, dans ses « Mémoires historiques de la Champagne »; 2° par Grosley, dans ses « Mémoires pour l'histoire de Troyes »; et 3° par Arnaud, dans ses « Antiquités de la ville de Troyes » et dans son « Voyage pittoresque ». Nous avons essayé de restituer le texte original des inscriptions.

3. Le tombeau de Henri Ier, dit le Libéral, a été dessiné, avant 1791, par feu N. J. B. Mouillefarine, architecte, mort à Paris. (La date de son décès est inconnue.)

C'est d'après ce dessin primitif, que M. Arnaud a reproduit le tombeau du même comte de Champagne, qui figure dans ses « Antiquités de la ville de Troyes » et dans son « Voyage pittoresque ». Ce dessin de M. Arnaud a été réduit et gravé, pour les « Annales Archéologiques », par M. Léon Gaucherel, qui, tout en respectant scrupuleusement la forme générale et les détails, a pu y faire les petites corrections que les connaissances archéologiques d'aujourd'hui autorisaient. Cette gravure, qui accompagne le présent article, donnera une bien haute idée de l'orfévrerie, de la fonte et de l'émaillerie du moyen âge; on y sent que cet art, tout à la fois sévère et charmant, du XIIe-XIIIe siècle, a de nouveau inspiré M. Gaucherel, qui nous offre ici une de ses meilleures planches.

par des plaques de cuivre en forme de bassins ciselés en feuillages, il y a une bande de bronze doré qui fait le tour du tombeau, sur laquelle sont gravés et relevés d'émail turquin ces mots, à commencer derrière la tête de la grande figure :

HVIVS FIRMA FIDES, RATA SPES, DEVOTIO FERVENS,
MENS PIA, LARGA MANVS, LINGVA DISERTA FVIT.
HIC SVA, PLVS QVE SVIS MORIENS, SE CONTVLIT IPSVM.
HAC OPE POST TOT OPES MVNIIT AVTHOR OPVS.
CRASTINA POST IDVS MARTIS, FERIAEQVE SECVNDAE
VESPERE, SOLE SVO FECIT EGERE DIEM :
DESERITVR SOLVM; SIC SINE SOLE SOLVM [1].

Au dessus de la base s'élèvent 44 colonnes de bronze doré à huit pans, ciselées, dont les chapiteaux sont d'ordre corinthien ; elles sont accompagnées d'une très-belle architecture et forment ensemble dix portiques magnifiques de bronze doré, savoir : un à la tête, un autre au pied et quatre de chaque côté, au travers desquels on voit la statue de ce prince, de bronze doré, de grandeur naturelle, couchée de son long, les mains jointes, habillée d'une longue robe qui lui vient jusqu'aux pieds, avec une ceinture et, par-dessus, un manteau dont un pan, passant dessous le bras droit, est porté vers le gauche; ce qui fait une draperie sur le ventre. Cette statue a une calotte sur la tête, qui va jusqu'au-dessus des oreilles. Les cheveux sont fort courts et frisés; on voit au-dessous le bout des oreilles. La barbe couvre son menton ; elle est frisée comme une laine très-fine [2].

Derrière les colonnes il y a des plaques de bronze doré, ornées de différents feuillages et dentelées aux extrémités.

Ce tombeau, y compris la base et l'entablement, a 2 pieds 2 pouces de haut. L'entablement est soutenu aux quatre coins par huit pilastres de bronze

1. « Sa Foi fut inébranlable, son Espérance fondée, sa Charité ardente.

« Il fut pieux, libéral, éloquent.

« Il donna ses biens; et, à sa mort, plus que ses biens : il se donna lui-même.

« Par ce trésor ajouté à tant de libéralités, le fondateur couronna son œuvre.

« C'est le lendemain des ides de mars et le soir de la seconde férie, que s'éteignit sans retour ce brillant soleil.

« Ainsi la terre est délaissée et le jour, désormais, sans éclat ».

2. On se demande pourquoi la statue du comte Henri, au lieu d'être placée naturellement sur le sarcophage (ainsi que l'était, comme nous le verrons à l'article suivant, celle du comte Thibault), se trouvait renfermée dans l'intérieur du mausolée, sous un assemblages d'arcades. — Quelques auteurs, dont l'explication est plus ingénieuse que plausible, ont pensé que cette disposition avait pour but de rappeler la captivité de ce prince en Palestine. Henri était tombé entre les mains des infidèles, lorsqu'il revenait de la Terre-Sainte, en 1180, l'année même de son décès.

doré et ciselé en feuillages. A chaque coin du tombeau il y a une baguette de bronze doré, qui forme une petite colonne sans ordre, qui tient toute la hauteur depuis la base jusqu'à l'entablement.

Les pilastres forment les portiques dont il est question ci-dessus par un demi-cercle. L'ornement de ces portiques consiste en une plate-bande et une doucine couverte de bronze doré, ciselé et émaillé de différentes couleurs.

Au bas de la doucine, dans la capacité de son demi-cercle, il y a deux demi-ronds de moindre grandeur, qui doublent les portiques, dont l'espace est orné d'un ouvrage de bronze ciselé et doré. Au portique, du côté de la tête, on lit ces mots gravés et relevés en émail :

QVOD DATOR ESSE DEDIT NVNC REDDITVR HVIC ET OBEDIT [1];

Au portique, du côté des pieds du tombeau, sont écrits ces mots :

SED QVOD POSSEDIT CVM RECEDENTE RECEDIT [2].

Entre chaque arcade, il y a la figure d'un ange à demi-corps, de bronze doré, tenant chacun une bande sur laquelle est une inscription.

Au premier ange, placé à la tête du tombeau du côté de l'épître, on lit : SPERNERE MVNDVM.

Au second : INITIVM SAPIENTIÆ TIMOR DOMINI.
Au troisième : TIMOR DOMINI MANET.
Au quatrième : VERBA DEI NON TRANSIENT.
Au cinquième : MEMENTO QVIA CINIS ES.
Au sixième : GLORIA CARNIS ABIT.
Au septième : OMNIS HOMO MENDAX.
Au huitième : MALOS MALE PERDIT.
Au neuvième : SPERNERE SESE.
Au dixième : OMNIS CARO FŒNVM.
Au onzième : VILE SPERMA.
Au douzième : VAS STERCORVM.
Au treizième : ESCA VERMIVM.
Au quatorzième : OMNIS HOMO MENDAX [3].

1. « Ce que le fondateur a donné, maintenant lui est rendu et lui est utile ».

2. « Mais ce qu'il posséda (sa vertu), l'accompagne après sa mort ».

3. Il est inutile de traduire ces quatorze légendes, qui peuvent être facilement comprises. Il paraît que le moraliste de ce tombeau était à bout de sentences, puisque la quatorzième est la répétition textuelle de la septième. Ce ne sont, après tout, que des lieux communs sur les infirmités de la nature humaine.

Au-dessus de la tête des quatre anges règne un liteau ou réglet de bronze doré, qui fait tout le tour du tombeau, et forme le bas de l'entablement sur lequel sont gravés et relevés en émail ces mots :

ME MEVS HVC FINIS PROTRAXIT DE PEREGRINIS
FINIBVS, VT SIT IN HIS HIC SINE FINE CINIS.
HVNC DEVS IPSE TORVM MIHI STRAVIT, VT HIC COR EORVM
ME RECOLAT, QVORVM RES REGO, SERVO CHORVM.
HVNC TVMVLVM MIHI FECI, QVI FVNDAMINA JECI
ECCLESIÆ TANTÆ, QVAM NVNC REGO SICVT ET ANTE :
HIC MEA MEMBRA TEGI VOLO, SIC CONFIRMO QVOD EGI [1].

Au-dessus des inscriptions, la doucine ou simaise de l'entablement est garnie de bronze doré, ciselé en feuillages.

Le larmier ou couronne est garni de vingt-huit pièces de bronze doré et émaillé de diverses couleurs, dont les dessins sont presque tous différents; et entre les émaux il y a des plaques de bronze doré, qui représentent chacune un petit bassin et quelques feuillages.

Au-dessus de la couronne, il y a une baguette de bronze qui fait le tour de l'entablement.

L'entablement, vu par dessus, forme une espèce de cadre dont les plates-bandes sont couvertes de grandes pièces de bronze ciselé, gravé, doré et rempli d'émaux de différentes couleurs, qui forment de petits bouquets de fleurs et autres dessins, d'un grand travail et d'un goût tout particulier.

La doucine du cadre est couverte de feuillages de bronze doré et ciselé, et au bas des feuillages règne un réglet de bronze doré qui fait le tour du dedans du cadre, sur lequel sont gravés et relevés en émail ces mots, à commencer par la tête du tombeau :

HIC JACET HENRICVS, COMIS COMES ILLE TRECORVM,
HAEC LOCA QVI STATVIT, ET ADHVC STAT TVTOR EORVM,
ANNOS MILLENOS CENTENOS TERQVE NOVENOS
IMPLERAS, CHRISTE, QVANDO DATVS EST DATOR ISTE;
BIS DENI DEERANT DE CHRISTI MILLE DVCENTIS
ANNIS, CVM MEDIVS MARS OS CLAVSIT MORIENTIS [2].

1. « C'est ici que mon destin m'a rappelé des contrées lointaines, afin que ma cendre soit à jamais en ce lieu.

« C'est ici que Dieu lui-même m'a préparé ce lit funéraire, pour que j'y reçoive les tendres hommages de ceux à qui je commande, et dont je garde le chœur.

« Ce tombeau, je me le suis fait, le jour où j'ai jeté les fondements d'une si grande église, que je gouverne à présent comme autrefois.

« C'est ici que je veux que mes membres reposent; ainsi je confirme ce que j'ai fait ».

2. « Ici repose Henri, cet affable comte de Troyes, qui fonda cette église, et en est encore le protecteur.

Le dedans du cadre se trouve divisé en cinq portions par une manière de croix très-magnifique de bronze doré, gravée, ciselée et émaillée, au milieu de laquelle est une grande rose qui porte un petit cadre d'argent, sur lequel est en émail la figure du prophète Isaïe et sa prophétie représentée par un arbre qui pousse une fleur, sur laquelle est le Saint-Esprit, pour indiquer qu'il prédit la venue de Notre-Seigneur, dont on voit le portrait au bas de la croix, sortant d'un nuage, ayant un livre scellé à la main, sur lequel est un petit rubis, et comme donnant sa bénédiction entre le soleil, la lune et les étoiles. La figure de Notre-Seigneur et tout ce qui est dans les trois portions du cercle est tout d'argent doré en plusieurs endroits.

Les trois portions du cercle forment un cadre en manière de trèfle, dont les plates-bandes sont couvertes de bronze doré, ciselé et émaillé par bouquets. La doucine est garnie d'une feuille de bronze doré, poussée en feuillage, et sur le réglet qui termine le cadre, qui est aussi de bronze doré, est écrit ce qui suit en lettres gravées et relevées en émail :

FONS EGO SVM VITÆ; VENIÆ DATOR, ERGO VENITE
AD MEA JVSSA : MEI VINCVLA SOLVO REI [1].

Au bas du réglet il y a un chapelet de bronze doré, qui fait le tour du dedans du cadre, pour couvrir les clous qui tiennent le fond attaché.

Au-dessus de la figure de Notre-Seigneur sont deux anges, l'un à droite, l'autre à gauche, tous deux de relief en demi-bosse, hauts chacun d'environ quinze pouces sur six de largeur; ils sont d'argent doré en quelques endroits, sur un fond aussi d'argent, semé de petites rosettes d'argent doré.

Au-dessus des anges, dans la partie du côté de l'épître, en tirant vers l'aigle, on voit la figure du comte Henri, toute d'argent en demi-bosse, haute de vingt-trois pouces sur sept de largeur, tenant en ses mains la représentation d'une église d'argent doré, qu'il paraît offrir à saint Estienne, qui est auprès. La couronne est aussi d'argent doré, garnie de pierreries, qui sont : un saphir, une agate orientale et quatre petits grenats. Il y a au-dessus de la tête une espèce de tour accompagnée de deux petits dômes : le tout aussi bien que le fond est d'argent, doré en quelques endroits, semé de rosettes, et ter-

« Tu avais vu s'écouler onze cent vingt-sept années, ô Christ! quand ce fondateur nous fut donné;

« Deux fois dix ans manquaient au XIIe siècle du Christ, quand mars, au milieu de son cours, vint fermer sa bouche mourante ».

(Né en 1127, le comte Henri est décédé le 17 mars 1180.)

1. « Je suis la source de la vie; c'est moi qui pardonne; rendez-vous donc à mes ordres : je brise les chaînes du coupable qui a recours à moi ».

miné, de même que toutes les autres figures, par un chapelet de bronze doré.

Dans la portion du côté de l'évangile, tirant vers l'aigle, il y a la figure de saint Estienne, de même relief que celle du comte Henri, toute d'argent, haute de vingt-deux pouces sur environ six de large, revêtue de l'habit de diacre, tenant en main un texte doré, au milieu duquel est une croix sur laquelle Jésus-Christ est attaché, et les figures de la sainte Vierge et de saint Jean, aux deux coins de la croix; de l'autre main il tient une palme dorée, ainsi que le manipule, le collet, les cheveux, le bas des manches, le bas de l'aube, les fleurs dont la tunique est semée; le reste de la tunique est gravé de différents feuillages, le fond en est d'argent, semé de plusieurs rosettes dorées, et terminé par un chapelet de bronze doré.

Dessous ce tombeau gît le corps du comte Henri Ier, fondateur de cette église, mort le 17 mars 1180; il est déposé dans une grande pierre, creusée de la longueur du personnage, et garnie d'un couvercle aussi en pierre.

88. — Le Tombeau, érigé du costé de l'autel, est celui du comte Thibault III [1]. Il est enrichi d'un grand nombre de pierreries et d'émaux, de différents dessins et de plusieurs figures d'argent, qui représentent la famille des comtes de Champagne. Il mesure les mêmes hauteur, longueur et largeur que le précédent, et est élevé sur un pareil piédestal. Ouvrage de Blanche de Navarre, il est un monument de son amour pour son mari, comme on le voit par ces deux vers gravés au-dessus de sa figure :

HOC TVMVLO BLANCHA, NAVARRAE REGIBVS ORTA,
DVM COMITEM VELAT, QVO FERVEAT IGNE REVELAT [2].

La plinthe de la base est garnie d'argent et enrichie de vingt-huit grands émaux, dont les différents dessins et l'or rendent cet ouvrage d'une rare magnificence. Entre chacun des émaux il y a une espèce de bassin, poussé sur l'argent, qui en fait la séparation. La doucine est aussi couverte d'argent ciselé. Le liteau ou réglet est couvert de bandes de bronze doré, sur lesquelles sont gravés, en lettres relevées en émail, ces mots qui commencent à la tête du tombeau, du côté de l'évangile :

HAC DEVS VRBE MORI MIHI CONTVLIT VT GENITORI,
IVDAEAM PENETRARE, PIVM VOTVM, MEDITANTI

1. Nous ne connaissons aucun dessin authentique du tombeau du comte Thibault III. Ceux qui ont été publiés dans ces derniers temps ont été composés d'imagination, et seulement d'après la description du chanoine Hugot.

2. « Par ce riche tombeau, dont elle couvre le comte, Blanche, issue des rois de Navarre, révèle toute l'ardeur de sa piété conjugale ».

SOLVERE; QVOD VOVI DOMINO, PROBAT ISTA FIGVRA.
VT REQVIES DETVR MIHI, QVI LEGIT ISTA, PRECETVR.
FILIVS HOC TVMVLO GENITORI PROXIMVS HÆRET,
MVNIAT VT STEPHANO DVPLICI SVA DONA SIGILLO.
ANNIS A CHRISTO COMPLETIS MILLE DVCENTIS,
ME, CAPVT AEVI, FINIS MAII CLAVDIT IN VRNA [1].

De dessus la base s'élèvent trente-quatre colonnes à huit pans de bronze doré et ciselé, dont le chapiteau est d'ordre corinthien, qui, avec leurs accompagnements, forment plusieurs niches très-magnifiques, savoir : une à la tête, une aux pieds, et quatre à chacun des côtés, dans lesquelles sont placées autant de figures d'argent, d'environ quatorze pouces de haut.

Derrière chaque colonne il y a une plaque de bronze doré et dentelé aux côtés. Le fond de chaque niche est couvert d'argent, ainsi que tout ce qui sert de fond à tout le reste du tombeau.

La plate-bande est couverte de bronze doré, gravé et émaillé. La doucine est garnie d'une plaque d'argent poussée en feuillages. Le liteau est de bronze doré, sur lequel sont gravées les inscriptions convenables à chaque figure.

Au bas du liteau, dans la capacité de son demi-rond, trois portions du cercle forment un trèfle. L'espace, depuis le liteau jusqu'au trèfle, est couvert de plaques d'argent doré, poussées en gros feuillages; le trèfle est terminé par un chapelet de bronze doré : d'où résulte un ornement agréable.

L'entablement est soutenu, aux quatre coins, par huit pilastres d'argent dorés en quelques endroits, et ciselés en feuillages, dont les deux côtés de chacun sont terminés par un chapelet de bronze doré. A chaque coin du tombeau, entre les deux pilastres, il y a une baguette de même métal, dorée.

Les niches sont soutenues par les trente-quatre colonnes, aux côtés desquelles, entre les vides que laisse le dehors de chaque cercle jusqu'à l'entablement, il y a la figure d'un ange à demi-corps tout d'argent, doré en quelques endroits; ces anges sont au nombre de quatorze, dont six ont les ailes étendues, et huit dont il ne paraît qu'une des ailes, parce que ces anges sont placés dans les encoignures du tombeau.

1. « Dieu m'a donné, ainsi qu'à mon père, de mourir dans cette ville, lorsque je me disposais à accomplir le vœu pieux d'un voyage en Terre-Sainte; cette statue témoigne de ce vœu, que je fis au Seigneur.

« Que celui qui lit ces lignes prie pour que je repose en paix.

« Dans ce tombeau, le fils dort tout près de son père, afin qu'il mette comme un double sceau à sa munificence envers saint Étienne.

« Après douze cents ans écoulés depuis le Christ, les derniers jours de mai virent se pencher vers la tombe ma tête, la première année du siècle ».

(Thibault III mourut à Troyes le 24 mai 1201, âgé de vingt-cinq ans.)

Dans la niche qui regarde l'autel est la figure de Louis le Jeune, VIIe du nom, roi de France, aïeul de Thibault III, par Marie de France, fille de ce roi, épouse du comte Henri, Ier du nom. Cette figure tient en main un sceptre, avec une couronne sur la tête, garnie de pierreries : au-dessus de la niche sont gravés ces mots relevés en émail :

REX EGO FRANCORVM, GRAVIS HOSTIBVS HOSTIS EORVM [1].

Dans la niche qui suit, du côté de l'épître, est la figure de Henri, IIe du nom, comte de Champagne, qui, depuis, fut roi de Jérusalem et de Chypre; il tient un sceptre et a sur la tête une couronne garnie de pierreries; au dessus sont gravés ces mots :

VRBE TVA, CHRISTE, REX ELECTVS FVIT ISTE
NOBILIS HENRICVS, DIVINÆ LEGIS AMICVS [2].

Dans la niche suivante, tirant vers l'aigle, est la figure de Marie de France, épouse du comte Henri Ier, au-dessus de laquelle on lit ces mots :

MARIA COMITISSA
MATER EGO COMITIS, CHRISTVM ROGO SIT TIBI MITIS [3].

Dans la niche suivante est la statue du comte Henri Ier, qui tient en main la figure de cette église, par lui fondée. Au-dessus de la tête sont gravés ces mots :

HIC EST HENRICVS, THEOBALDE, TVI GENITIVVS,
QVI FVIT ECCLESIAE PRAESENTIS COMPOSITIVVS [4].

Dans la niche suivante, proche le tombeau du comte Henri, est la statue de Scholastique, sœur de Thibault III. Ces mots sont gravés au-dessus de sa niche :

SCHOLASTICA HAEC, THEOBALDE, TVA SOROR EST COMITISSA [5].

Dans la niche qui regarde le tombeau du comte Henri est la statue de Henri, roi d'Angleterre. Cette statue tient à la main une couronne garnie de pierreries. Au-dessus de sa tête sont gravés ces mots :

ANGLICA REGNA REGO, REX REVERENDVS EGO [6].

Dans la niche du côté de l'évangile, proche du tombeau du comte Henri,

1. « Je suis le roi des Francs, ennemi redoutable de leurs ennemis. »
2. « Dans ta ville, ô Christ! fut élu roi ce noble Henri, ami de la loi divine. »
3. « Moi, comtesse Marie, mère du comte (Thibault III), je prie le Christ d'être doux pour toi. »
4. « Thibault, c'est ici qu'est Henri, ton père, le fondateur de cette église ».
5. « Voilà ta sœur, Thibault, la comtesse Scholastique ».
6. « Je gouverne le royaume d'Angleterre, et fais respecter mon sceptre. »

est la statue de Marie, sœur du comte Thibault et de Scholastique, épouse de Baudoin, comte de Flandre et empereur de Constantinople; au-dessus de sa tête sont gravés ces mots :

HAEC EST GERMANA, FLOS VNICVS, VNA MARIA,
CIRCA QVAM STVDVIT FORMANDAM TOTA SOPHIA [1].

Dans la niche suivante est la statue de Blanche, troisième fille de Sanche le Fort et épouse du comte Thibault III. Elle tient en ses mains la figure de ce tombeau, qui fut son ouvrage. Au-dessus de sa tête sont gravés ces mots :

HOC TVMVLO, BLANCHA, NAVARRAE REGIBVS ORTA,
DVM COMITEM VELAT, QVO FERVEAT IGNE REVELAT [2].

Dans la niche suivante il y a deux statues qui sont entièrement d'argent doré : l'une est de Marie, fille unique de Thibault III; l'autre est celle de Thibault, IVe du nom, comte de Champagne; au-dessus de leurs têtes il y a ces mots :

DAT PRO PATRE DVOS DEVS HOS FLORES ADOLERE,
VT TIBI VER PACIS, CAMPANIA, CONSTET HABERE [3].

La dernière niche est celle de Sanche le Fort, dixième roi de Navarre, père de Blanche, épouse de Thibault III. Cette statue a sur la tête une couronne garnie de pierreries, et au-dessus est écrit :

SANCHIVS EST PRAESENS, QVEM SIGNAT IMAGO DECENTER,
QVOQVE GVBERNATVR NAVARIA REGE POTENTER [4].

Au-dessus des quatorze anges il y a un réglet ou liteau de bronze doré, qui règne tout autour, où sont gravés ces mots, à commencer à la tête du tombeau, au coin du côté de l'évangile :

TANTA PALATINO NE PRINCIPE TERRA CARERET,
TRANSIT IN HÆREDEM VITA PATERNA NOVVM.

1. « Voilà ta sœur (ô Thibault); cette fleur unique, cette incomparable Marie, la sagesse à mis toute son étude à la former ».

On sent dans ce dernier mot de « sophia » pour « sapientia » comme un souvenir des croisades où ces princes champenois s'étaient battus avec tant de courage. Ces Croisés, qui avaient vu et admiré Sainte-Sophie à Constantinople, retenaient son nom qu'ils aimaient à substituer à celui de la sagesse. (*Note de M. Didron.*)

2. « Par ce riche tombeau, dont elle couvre le comte, Blanche, issue des rois de Navarre, révèle toute l'ardeur de sa piété conjugale ».

3. « A la place de leur père, Dieu te donne, ô Champagne! ces deux fleurs aux suaves parfums, afin qu'elles soient pour toi comme un gage assuré du printemps de la paix ».

4. « Vous avez devant vous Sanche (le Fort), que reproduit convenablement cette image, et qui gouverne la Navarre en puissant monarque ».

QVI PVER, VT PHŒNIX, DE FVNERE PATRIS ABORTVS,
CONTINVET PATRIOS IN SVA JVRA DIES.
DAMNA REDEMPTVRVS CRVCIS ET PATRIAM CRVCIFIXI,
STRVXERAT EXPENSIS, MILITE, CLASSE, VIAM.
TERRENAM QVAERENS, CŒLESTEM REPPERIT VRBEM;
DVM PROCVL HAEC PETITVR, OBVIAT ILLA DOMI [1].

La doucine, ou cimaise, de l'entablement, est couverte d'argent, poussée en feuillages.

Le larmier, ou couronne, est garni de 28 pièces de bronze doré, émaillé de couleurs et dessins différents, entre lesquelles il y a des plaques d'argent ciselées en forme de bassin, ornées de feuillages.

L'entablement, vu par-dessus, forme une espèce de cadre, dont les plates-bandes sont couvertes de bronze ciselé, gravé, doré et émaillé de différentes couleurs.

La doucine est d'argent ciselé et poussé en feuillages, et il y a un liteau de bronze doré qui fait le tour du cadre sur lequel est gravé ce qui suit :

HOC, THEOBALDE, LOCO RECVBAS LVCTAMINE FORTI,
MORS VITAE, PRO QVO CONFLIXIT, VITAQVE MORTI;
VICIT IN HAC LITE VITAM MORS INVIDA VITAE :
INTVLIT INVITE VIRES ET ADEMIT EI TE;
QVA TIBI RVMPENTE FLORES ET FILA JVVENTAE,
VIM FACIT ÆTATI NIMIS AVSA LICENTIA FATI.
IVDAICIS OPIBVS INOPES RELEVANDO FIDELES,
PRINCIPIO SVMMI PRINCIPIS EGIT OPVS.
QVI LEGIT HOC, ORET PRO COMITE [2].

1. « Pour que la Terre-Sainte ne fût pas privée de la présence d'un prince palatin, la vie du père passa dans un nouvel héritier.

« Cet enfant, pareil au phénix, est sorti des cendres de son père, afin de continuer à ses États les jours fortunés de ses ancêtres.

« Il devait, à ses frais, avec des troupes de terre et de mer, entreprendre un voyage aux saints lieux, dans le but de réparer les revers des Croisés et de venger la patrie du Christ.

« Il cherchait une ville terrestre, et voilà qu'il a trouvé la Jérusalem céleste.

« Tandis qu'il demande l'une aux contrées lointaines, l'autre s'offre à lui dans son pays natal ».

2. « C'est ici, ô Thibault! que tu reposes après une lutte courageuse, où la mort combattit la vie et la vie la mort;

« De ce combat à outrance sortit victorieuse la mort, jalouse de la vie :

« C'est comme à regret qu'elle a, pour te ravir, déployé toute sa force;

« En brisant le fil et la fleur de tes jeunes années, l'impitoyable pouvoir du destin fait violence à ton âge.

« En soulageant, avec les ressources des Juifs, l'indigence des fidèles, Thibault fit œuvre de prince souverain.

« Que celui qui lit ces lignes prie pour le comte ».

Le sens de ces deux vers me paraît n'avoir aucune connexité avec celui de l'ensemble de la

Dans le cadre qui est sur un fond couvert d'argent, orné de plusieurs rosettes dorées, est la statue de Thibault, IIIe du nom, comte de Champagne[1]. Elle est grande comme nature, toute couverte d'argent, couchée de son long, et la tête sur un carreau d'argent garni d'un chapelet de bronze doré. Cette statue a les mains jointes; elle porte une longue robe, une ceinture et un manteau qui descend fort bas. Le personnage tient à la main un bâton de pèlerin pour marque du vœu qu'il a fait, et qu'il ne put accomplir, d'aller en la Terre-Sainte combattre les ennemis du nom chrétien. Il a, à sa ceinture, une bourse sur laquelle sont ses armes. Ses cheveux sont assez courts; ils sont dorés; il est sans barbe. On voit sur sa tête une couronne, et à chacun de ses bras des bracelets dorés. La couronne est garnie de pierreries, savoir: quatre pierres bleues, deux cornalines, cinq perles, une émeraude, deux pierres blanches, deux pierres jaunes, un saphir, un grenat et une autre pierre de couleur.

Les yeux de la statue, qui sont ouverts, sont émaillés de blanc et de bleu au naturel, le collet de sa robe est en filigrane d'argent doré, garni de trois émeraudes, quatre amétystes et un grenat.

L'attache du manteau est d'argent doré en fleurs et feuillages; sur l'épaule droite est une croix en filigrane d'argent doré, garnie de pierreries, ainsi que les deux bracelets.

Sa ceinture est de plus d'un pouce de largeur en filigrane d'argent doré, toute garnie de pierreries.

Au milieu de la ceinture, on voit une boucle d'argent doré, dans laquelle passe le bout de la ceinture, qui va jusqu'aux genoux; le tout est brillant en pierreries. Au bas de la ceinture, du côté gauche, il y a une bourse, ou escarcelle, qui tient à une bande d'argent doré avec ses pendants; le tout est travaillé en filigrane, orné de pierreries et de pièces d'émail.

Au milieu de la bande, il y a les armes de Champagne, et, aux quatre angles, quatorze roses d'argent doré; les armes sont d'azur à la bande d'argent, de cottices d'or fleuronné sans nombre; au lieu des cottices, elles portent à présent des contre-potences au nombre de seize.

Au bas des genoux, il y a une bande de bronze doré en feuillages: les pié-

présente inscription. Cependant, ils occupent cette place dans le manuscrit et dans la plupart des auteurs de notre histoire locale. C'est ce qui m'a déterminé à les y maintenir.

1. Dans l'article précédent, nous avons dit pourquoi, suivant quelques personnes, la statue de Henri le Large était couchée sous des arcs, au lieu d'être étendue sur l'entablement du sarcophage, comme l'était celle du comte Thibault.

destaux et le marche-pied sont d'argent doré; le dessus, en forme de bassin, est de bronze doré. Cette statue tient un bâton de pèlerin couvert d'argent.

Dessous ce tombeau gît le corps de Thibault III, comte de Champagne, fils de Henri Ier, fondateur de cette église, dans une grande pierre creusée de la longueur du corps, étroite vers les pieds et s'élargissant jusqu'à la tête, couverte d'une pierre de même nature, qui déborde d'environ un pied. Le prince Thibault III mourut à Troyes, le 24 mai 1201, âgé de vingt-cinq ans [1].

Ici se termine le mémoire (ou inventaire) dressé par M. Jean Hugot, chanoine de la collégiale de Saint-Étienne de Troyes.

1. L'église de Saint-Étienne ayant été supprimée en 1791, on fit, le 23 février de l'année suivante, l'exhumation des corps de Henri et Thibault, comtes de Champagne, en présence des commissaires du directoire du département. Ces restes précieux furent déposés, pendant quatre jours seulement, dans la salle du trésor de la collégiale.

Le 27 février 1792, ils furent transportés, avec leurs riches mausolées, et déposés dans la chapelle de Notre-Dame, située derrière le chœur de l'église cathédrale, en présence de l'évêque (constitutionnel) Augustin Sibille, et des notabilités de la ville de Troyes.

La tempête révolutionnaire de 1793 fit disparaître les tombeaux émaillés de Henri et de Thibault, ainsi que la tombe de bronze de l'évêque Hervée, fondateur de la cathédrale; mais elle respecta la cendre de ces grands personnages.

Des fouilles exécutées, en octobre 1844, à l'occasion de la construction d'un caveau dans la chapelle de la Vierge, à la cathédrale, amenèrent, la veille de la fête de la Toussaint, de ladite année, la découverte des deux cercueils de nos comtes de Champagne.

Dans le premier, celui de Henri, on trouva l'inscription suivante, gravée sur une lame de cuivre mince, de 32 centimètres de longueur, sur 17 de hauteur :

HIC JACET HENRICUS PALATINUS
CAMPANIAE ET BRIAE COMES.
HUJUS OSSA EX SANCTI STEPHANI
TEMPLO IN BAZILICAM FUERE
TRANSLATA ANNO REPARATÆ SALUTIS
1792, LIBERTATIS VERO QUARTO.
OBIIT ANNO 1180.
AUGUSTINO SIBILE EPISCOPO PRIMARIO ELECTIONE POPULI.

Le second cercueil renfermait également une inscription ainsi conçue :

HIC JACET THEOBALDUS III FILIUS
HENRICI PRIMI, PALATINUS COMES CAMPANIAE
ET BRIAE. HUJUS OSSA EX SANCTI STEPHANI TEMPLO IN
BASILICAM FUERE TRANSLATA ANNO REPARATAE
SALUTIS 1792, LIBERTATIS VERO QUARTO. OBIIT ANNO 1201.
AUGUSTINO SIBILE EPISCOPO PRIMARIO ELECTIONE POPULI.

Aujourd'hui, les restes mortels des comtes Henri et Thibault reposent, à côté de ceux de l'évêque Hervée, fondateur de notre cathédrale, dans le caveau nouvellement construit sous la chapelle de la Vierge, dans ladite église.

L'ABBÉ COFFINET,
Chanoine de Troyes.

ARCHITECTURE CIVILE DU MOYEN AGE

CONSTRUCTION DES PONTS

Nos ponts gothiques ne brillent pas par les mêmes côtés que les eglises du même style. Autant les unes sont légères, autant les autres sont pesants et massifs. Mais, avec un peu d'attention, on reconnaît bien vite que toutes ces œuvres d'une même époque sont au fond vraiment analogues. Les ingénieurs du moyen âge, aussi bien que ses architectes, visaient à pourvoir au moins de frais possible aux besoins des populations. Toujours ils se laissaient guider par l'expérience et s'imposaient, du reste, une économie d'autant plus sévère, qu'ils bâtissaient en majeure partie au moyen de cotisations volontaires, et ne pouvaient nullement compter sur les ressources illimitées que la centralisation ou la haute spéculation leur offrent aujourd'hui.

Quand le peuple décide lui-même, sur les lieux, en pleine connaissance de cause, de l'emploi de son argent, il est naturel de faire un monument d'une église ou d'un hôtel de ville plutôt que d'un pont. On n'avait donc à se préoccuper, en fait de constructions de ce genre, que de la solidité et de la commodité, non de l'effet monumental. On ne prétendait satisfaire qu'aux besoins vrais du pays; et, ne l'oublions pas, ils étaient alors très-différents de ce qu'ils sont à présent.

Ainsi, lorsqu'il n'y avait sur les routes ni voitures à grande vitesse, ni chariots lourdement chargés, il n'était pas utile de donner aux ponts ni double voie, ni trottoirs. Une largeur totale d'environ cinq mètres suffisait presque toujours, même aux abords des villes, à la condition de ménager sur le sommet des piles des sortes de gares d'évitement que nous allons bientôt décrire en détail. De même, il ne convenait pas de donner aux ponts un tablier horizontal aboutissant à de hautes culées, et prolongé par des remblais considérables.

Il valait bien mieux se raccorder, au moyen d'une double pente, avec les deux berges de la rivière, à leur niveau naturel. Les eaux pluviales s'écoulaient alors sans difficulté, et, en cas d'inondation, le pont ne risquait pas d'être emporté, car, avant d'atteindre le sommet des arches, la rivière se répandait sans obstacle dans la plaine.

L'ogive, dont on tirait si bon parti dans les églises, les châteaux et les maisons, fut également employée avec succès pour les ponts, mais non peut-être d'une manière aussi exclusive. Même au XIIIe siècle, on trouve beaucoup d'arches en plein cintre. Cependant, la forme ogivale est préférée, et les avantages en sont évidents dans la plupart des cas. Elle est plus solide et a permis de bâtir en moellons bruts des arches dont la portée dépasse dix mètres. Elle se prête mieux à toutes les combinaisons architecturales; car, en rapprochant ou en écartant ses points de centre, on a pu élever des arches de même largeur et de hauteur inégale sans inconvénients pour l'aspect des ponts. Enfin, ses retombées peuvent être plus rapprochées du niveau de l'eau, ce qui réduit à volonté la poussée latérale des voûtes, transformée en un poids vertical et reposant immédiatement sur les fondations.

Malgré ce dernier avantage, jamais, je crois, on n'a fait les piles aussi minces qu'elles le sont de nos jours. Pendant que l'on réduisait merveilleusement l'épaisseur des points d'appui verticaux dans les églises, on l'augmentait à plaisir pour les ponts, et toujours avec la même sagesse. En effet, des motifs bien divers invitaient alors à grossir les piles. D'abord, quand les rivières n'offraient pas un cours très-impétueux ni des crues bien redoutables; quand il s'agissait simplement, en d'autres termes, de traverser à peu de frais une nappe d'eau, les ponts devenaient une sorte de remblai interrompu par des arches. Les piles avaient six, sept, huit mètres d'épaisseur; mais alors elles se composaient d'un noyau en terre renfermé entre des murs. C'est ce qu'on a observé notamment lors de la démolition du vieux pont de Sainte-Maxence, sur l'Oise, rebâti par le célèbre ingénieur Perronnet. Tels sont probablement aussi les ponts gothiques que l'on rencontre en si grand nombre sur le cours de la Vienne, et dont l'un a déjà été dessiné dans les « Annales[1] ». C'est le pont Saint-Étienne de Limoges, voisin de la cathédrale et consacré, comme elle, au premier martyr. En se reportant à la gravure que je m'étais chargé de décrire, il y a déjà si longtemps, on remarquera la dimension démesurée des piles, et, en même temps, le rôle original qu'elles jouent. Elles s'élèvent jusqu'à la hauteur du tablier, et les parapets, qui sont arrondis,

1. « Annales Archéologiques », volume VII, p. 17.

notons-le, pour que les gamins n'aient pas la tentation de s'y promener, en font exactement le tour. Latéralement, les piles dépassent de beaucoup, non-seulement en amont, mais en aval, le parement des arches auxquelles elles servent de contre-forts. Il en résulte aussi des gares d'évitement où un cavalier, d'un côté, et de l'autre une charrette attelée peuvent aisément se loger.

Avec cette perspective cavalière du pont Saint-Étienne, un plan mesuré n'est pas nécessaire pour qu'on se fasse une idée de l'arrangement dont il s'agit; il vaut mieux donner une autre vue pittoresque du même monument, mais sous un autre aspect. Les lecteurs des « Annales » ne s'en plaindront pas.

Dessin de J. de Verneilh. *Gravure de E. Mouard.*

PONT SAINT-ÉTIENNE, XIIIe SIÈCLE, A LIMOGES.

Quant aux dimensions, il suffira de dire qu'elles sont exactement de 5^{m} 80 pour l'épaisseur des piles, de 11^{m} 65 pour la portée des arches, de 4^{m} 10 pour la largeur de la chaussée entre les parapets, mais sans tenir compte des bornes qui réduisent encore cet étroit passage. La gare d'aval a une reculée de 1^{m} 30, et celle d'amont de 4 mètres jusqu'au parapet, qui a 0^{m} 50 seulement.

Au point culminant du pont on voit encore, sur l'avant-bec qui regarde le levant, un autel dont le simple tailloir ne révèle aucune date, mais qui paraît ancien, et où l'on distingue l'empreinte évidente de la pierre consacrée. A l'opposé est une base de croix dont les profils indiquent nettement, au contraire, la seconde moitié du règne de saint Louis. Cette base, qui est celle d'une colonne, n'a plus de scotie bien distincte, et son tore inférieur est déjà très-aplati, mais elle a encore de vigoureux empâtements.

Il est rare de trouver ainsi des autels en plein vent ailleurs que dans les cimetières. Sur les autres ponts, on les abrite par de petites chapelles. Quant à la croix, elle est habituelle, et cette tradition s'est continuée presque jusqu'à nos jours. Curieuse époque où les ponts eux-mêmes servaient à certaines cérémonies du culte, où ils portaient des noms de saints et étaient consacrés comme des églises!

Le pont Saint-Martial de Limoges, spécialement réservé à la ville neuve ou château, tandis que l'autre appartenait à la cité, est de la même forme et de la même date, au moins dans son ensemble; car j'ai remarqué que trois des piles reposent sur les ruines d'un pont romain. La construction antique est de grands blocs de granit, autrefois réunis par des crampons de métal. Elle est parfaitement visible du côté d'aval, où les assises du moyen âge ne la recouvrent pas tout à fait, parce que la largeur du pont a été diminuée. D'ailleurs, la portée des arches est demeurée la même, ainsi que l'épaisseur des piles, qui atteint sept mètres. Les ingénieurs romains de Limoges n'avaient donc pas été plus hardis que leurs successeurs du XIIIe siècle. Leur œuvre était conçue de façon à durer presque éternellement; mais, sans doute, elle fut volontairement ruinée à une époque inconnue et très-ancienne, puis rétablie avec les mêmes matériaux, comme l'atteste une autre pile bâtie d'abord sans avant-bec et uniquement avec des pierres de grand appareil, dont les trous à crampons ne se correspondent plus. Enfin, le pont Saint-Martial fut l'objet d'une reconstruction générale, à peu près vers le même temps où s'élevait le pont Saint-Étienne. — C'est encore une base de croix qui donne cette date. Elle offre aux angles des têtes de monstres et, sur chaque face, des trèfles ou des quatrefeuilles délicatement découpés.

La construction du moyen âge a utilisé çà et là beaucoup de blocs antiques, reconnaissables aux trous de louve, aux marques de crampons, à leurs dimensions surtout. En général, elle est composée de petites pierres de taille toujours en granit, comme dans les autres monuments de la ville; mais on n'a mis, ni dans le choix des pierres, ni dans la régularité des assises, le même soin que pour les constructions religieuses de la même ville et de la même époque. On voulait faire, je l'ai déjà dit, ce qui était nécessaire et rien de plus.

Malgré l'honneur qui lui appartient incontestablement d'avoir continué et restauré un édifice romain, le pont Saint-Martial est le plus mal bâti des deux et le moins régulier. On y voit, près des culées, des ogives extrêmement surbaissées et bien plus basses, pour leur largeur, que ne l'auraient été des pleins cintres. Les constructeurs du moyen âge connaissaient, on le sait, tous les genres de voûte, y compris celle qui consiste en une très-petite portion d'un très-grand cintre; mais s'ils l'ont employée sur une petite échelle pour les voussures intérieures des fenêtres ou pour des portes, il ne paraît pas qu'ils s'en soient servis pour les ponts. Il était réservé à Perronnet de mettre à la mode cette forme, certainement la plus élégante de toutes, bien qu'elle ne soit pas sans quelques inconvénients.

Après six siècles de durée, le pont Saint-Martial et le pont Saint-Étienne n'ont pas cessé d'être utiles. Ils ont suffi jusqu'à ces dernières années, non pas sans peine, il est vrai, à toute la circulation d'une grande ville industrielle. C'est après 1830, qu'on a enfin doté Limoges d'un troisième pont, beaucoup plus hardi, plus beau et plus commode assurément, mais qui coûte bien à lui seul cinq ou six fois plus que les deux autres. Avec le même argent, je doute que nos ingénieurs eussent fait mieux, s'ils avaient même entrepris quelque chose. Toujours est-il que les vieux ponts de Limoges servent encore aux communications de deux pauvres faubourgs, et qu'heureusement ils ont tout juste assez d'utilité pour qu'on les entretienne, non pour qu'on les dénature en voulant les améliorer.

Au pont Saint-Martial, comme au pont Saint-Étienne, les avant-becs qui terminent les piles en amont affectent en plan la forme d'une ogive, tandis qu'en aval, ils sont carrés. Tous les lecteurs des « Annales » ont pu remarquer que dans nos ponts modernes les avant-becs sont arrondis en plein cintre et qu'il en résulte toujours un certain « remous. » Plus anciennement, les piles étaient de forme triangulaire, et alors l'inconvénient était autre, car elles s'usaient à la pointe et se dégradaient. Voilà donc une nouvelle et ingénieuse application de l'ogive. Évidemment, une pile ogivale se dégrade moins qu'une pile triangulaire et ne fait pas refluer les eaux comme une pile cylindrique. Elle se prête donc mieux à la navigation que cette dernière, car elle n'occasionne pas sous chaque arche une sorte de chute d'eau; ainsi que la proue d'un navire, ogivale aussi, par parenthèse, elle coupe doucement le courant. De même, au lieu de laisser amonceler les glaçons, en cas de débâcle, elle les divise et les écarte. Enfin, puisqu'il n'est pas sans exemple qu'un pont, même un pont moderne, soit balayé tout d'un coup par une violente inondation, on peut se dire que des piles ogivales n'auraient pas si bien *barré* le courant et se seraient mieux comportées peut-être. Malgré le faible inconvénient d'augmenter un peu les surfaces taillées des piles, cette innovation avait donc d'incontestables avantages. Pourtant, elle ne semble pas avoir été très-connue au moyen âge, et peut-être se montre-t-elle exclusivement dans le bassin de la Vienne, de Limoges à Saumur, et, par suite, sur quelques points du cours de la Loire. Du moins, je ne l'ai pas observée hors de cette région, les autres ponts gothiques que j'ai pu étudier ayant tous des avant-becs triangulaires.

Il se pourrait, par conséquent, que les piles ogivales fussent d'invention limousine. Sur les anciens plans de la ville de Limoges on voit que toutes les tours de l'enceinte murale, dont la date remonte probablement aux premières années du XIIIe siècle, étaient aussi ogivales en plan. Or, si on en voit ailleurs de cette forme, c'est exceptionnellement, comme à Loches et à Issoudun. Il est sans exemple, dans les temps et dans les pays les plus gothiques, de la voir adopter systématiquement pour toute une enceinte de ville. Que cette enceinte soit la première en date, comme je le pense, que les ponts Saint-Étienne et Saint-Martial soient antérieurs au contraire, l'analogie et la parenté ne sont pas douteuses. Quoi qu'il en soit, les mêmes piles ogivales se retrouvent en descendant la Vienne, d'abord à Aixe, aux pieds de l'ancien château des vicomtes de Limoges. L'ensemble du pont est, du reste, exactement conforme au type que nous venons d'analyser. Toutes les proportions et toutes les dispositions sont identiques. Cependant, l'inégalité des arches est moins marquée, parce que les bords de la rivière sont naturellement plus relevés. Toutes sont franchement ogivales, mais non pas en tiers-point, ni suraiguës, à plus forte raison. Les voussoirs sont extradossés comme toujours; M. Viollet-le-Duc nous a expliqué pourquoi. C'est particulièrement pour les ponts qu'il importait de donner de l'élasticité à la construction et d'annuler les tassements. Le dessous des arches avait été bâti, par économie, en longs éclats de schiste; mais leur solidité en a si peu souffert, que le pont d'Aixe sert encore au passage de la grande route de Paris à Barèges. La manière dont on s'y est pris, il y a une trentaine d'années, pour élargir et redressser son tablier, vaut la peine d'être notée. On a, en effet, profité de la saillie des piles pour jeter de l'une à l'autre des arcs surbaissés qui continuent en amont et en aval les arches primitives et donnent une voie double, bordée de trottoirs et parfaitement horizontale.

A Saint-Junien, autre pont gothique, parfaitement conservé, et qui ne diffère nullement, ni par la forme, ni par la date, de ceux de Limoges. Il a aussi des avant-becs en ogive; mais ensuite, pour retrouver cette forme originale, il faut aller en plein Poitou, à Montmorillon, sur la Gartempe, un des principaux affluents de la Vienne. Beaucoup plus loin, justement au point où la

Vienne se jette dans la Loire, le principal pont de Saumur, magnifique construction du XVIIIe siècle, n'a pas dédaigné d'imiter les vieux ponts du Limousin et du Poitou. Les arches sont très-larges, très-surbaissées, et les piles, très-amincies, comme de nos jours, n'offrent point de gares d'évitement. Mais les avant-becs sont de forme ogivale. Tel est aussi le grand pont de Tours, et, pour citer des exemples de moindre importance, le pont à trois arches, élevé en 1786, sur le Bandiat, près de Nontron. Là, il n'y a que les avant-becs d'amont qui soient en ogive; ceux d'aval, qui n'ont pas à fendre l'eau et à écarter les glaces, restent cylindriques, ce qui montre à quel point l'imitation était raisonnée.

Ces habiles ingénieurs du temps et de l'école de Perronnet avaient donc fixé les yeux sur les œuvres qu'élevaient, dans le même pays, les ingénieurs du XIIIe siècle, et la bonne idée qu'ils y avaient remarquée, ils ne rougissaient nullement de se l'approprier. Pourquoi l'usage des piles ogivales ne s'est-il pas généralisé cette seconde fois? Par oubli, sans doute, non par calcul, car on n'a trouvé rien de meilleur ni d'aussi bon.

Je disais que des raisons très-diverses portaient les ingénieurs gothiques à tenir très-épaisses les piles de leurs ponts; j'en ai expliqué une, il en reste d'autres à développer.

La guerre n'est pas sans influence sur les grands travaux d'utilité publique, nous l'avons vu malheureusement de nos jours, et, pour ne rappeler qu'un fait, il a fallu, en 1815, se résoudre à faire sauter à Pont-Sainte-Maxence un des trois chefs-d'œuvre de Perronnet, le seul pont de pierre à grande ouverture qui soit supporté sur des files de colonnes isolées, non sur des piles massives. L'opération, Dieu merci, ne réussit qu'à demi; elle bouleversa le tablier sans entamer les claveaux des arches; mais, en général, et quand elle réussit tout à fait, elle détruit de fond en comble nos ponts modernes. Pour intercepter le passage en présence de l'ennemi, il n'y a pas d'autre ressource que de couper une arche par la mine, et, comme elles se contrebutent mutuellement dans le système moderne, toutes les autres s'écroulent aussitôt. A la paix, il faudra reprendre dès les fondements le pont tout entier. Au moyen âge, la guerre n'était pas aussi rare, et, à aucun moment, dans aucun lieu, il n'était permis de l'oublier tout à fait. Alors on appliquait en grand l'ingénieuse invention des ponts-levis, si justement vantée par M. de Girardot[1]. Une foule de ponts pouvaient avoir une arche à tablier mobile en charpente, sans que les autres, contrebutées par de robustes piles, tombassent comme des

1. « Annales Archéologiques », vol. VII, pages 17-35, article sur les « Ponts au XIIIe siècle », par M. le baron de Girardot.

capucins de cartes. Souvent aussi les ponts, pour renforcer l'enceinte d'une ville ou pour se défendre seuls dans la campagne, comme le fameux pont de la Calendre, près de Cahors, devaient être coupés à leur milieu et à leurs extrémités par de hautes tours. Les piles massives leur servaient de supports et de fondement.

Dessin de J. de Verneilh. Gravure de E. Mouard.

PONT DE LA CALENDRE, XIIIe SIÈCLE, A CAHORS.

Autre utilité plus singulière et plus curieuse encore des piles épaisses. Rarement un pont était reconstruit tout d'un coup, en une année, ainsi qu'on le fait actuellement. On n'était ni assez habile, ni assez riche pour cela. Les ponts alors se bâtissaient, arche par arche, comme les cathédrales, travée par travée, chapelle par chapelle. Pour justifier cette thèse, nous avons dans l'histoire de l'Anjou un récit des plus significatifs.

Les moines de Saint-Florent possédaient à Saumur un bac et un péage très-productifs. Les chevaliers du château et les bourgeois de la ville, fatigués de payer tribut à l'abbaye, s'associèrent pour une entreprise hardie et jetèrent sur le fleuve, entièrement à leurs frais, sans l'appui et sans le secours du comte, un immense pont de bois. On était alors au XIIe siècle, et le comte d'Anjou n'était autre qu'Henri le Vieux, roi d'Angleterre, un des grands et des bons princes qui aient gouverné l'ouest de la France. Sur la plainte des moines de Saint-Florent, Henri vint en personne à Saumur, et, plus scrupuleux qu'on ne pourrait le croire, d'après certains détails de sa vie, il maintint en principe le péage, réclamé par l'abbaye; mais il en dispensa les habitants de la ville, par une juste récompense de leurs efforts et de leurs sacrifices. Les étrangers seuls devaient payer sur le pont de Saumur. Mais ce pont était en bois, peu solide et peu durable, par conséquent; c'était à l'abbaye de l'entretenir, puisqu'il allait augmenter ses revenus. Henri prescrivit donc que, chaque année, les moines de Saint-Florent rebâtiraient en pierre « une des arches du pont de bois », sans interrompre jamais la circulation. Sans l'usage des piles massives, cela était tout simplement impossible. Évidemment, on n'aurait pu ni concevoir ni exécuter semblable entreprise.

Nous avons étudié de préférence, dans le bassin de la Vienne, les ponts du moyen âge, parce qu'ils y sont plus nombreux qu'ailleurs, à cause des matériaux inaltérables dont ils ont été bâtis; mais il ne faut pas croire qu'ils soient très-rares dans les autres parties de la France, ni qu'ils offrent moins d'intérêt. Au contraire, il faudrait signaler dans les bassins de la Garonne et du Rhône des œuvres bien plus considérables et qui sont originales d'une tout autre façon.

Ce qui a donné si fâcheuse opinion des ponts du moyen âge en général, c'est l'histoire lamentable de ceux de Paris, si souvent emportés par de grandes crues avec les maisons qu'ils soutenaient. Mais ces ponts étaient exceptionnels, sous tous les rapports. Dans une vaste capitale comme Paris ou Londres, où les emplacements avaient une valeur excessive, ce n'était pas une idée mauvaise en elle-même que d'établir des ponts assez larges pour être bordés, des deux côtés, de maisons symétriques, les mieux aérées certainement et les plus commerçantes de la ville. Malgré ce que ces logements suspendus sur le fleuve avaient d'inquiétant, les plus riches industries s'y concentraient. Orfévres et changeurs s'y donnaient rendez-vous, peut-être parce que n'ayant qu'une façade à garder, ils s'y sentaient plus en sûreté contre les voleurs. Dès 1314, le roman de Fauvel disait plaisamment, à propos du Pont-au-Change et de sa continuation sur le petit bras de la Seine :

> Deux ponts de façon moult belle;
> Tout le réaume de Castèle
> Si ne vaut pas ce que ils portent [1].

Déjà l'Espagne, à ce qu'il paraît, n'était pas en grande réputation de richesse.

1. PAULIN PARIS, « Manuscrits françois », vol. I, page 316.

Avec ces ponts, bordés de maisons, dont l'extrême largeur du pont Notre-Dame et du Pont-au-Change est la dernière trace, le public perdait la vue de la rivière et des quais, s'il en existait, et l'on sait qu'à Londres les maisons touchent encore à la Tamise. Mais on y gagnait pour la commodité; car, par les grands vents et la pluie, la traversée de nos ponts actuels n'a certes rien d'agréable.

En somme, nous ne critiquerions pas bien vivement la conception des anciens ponts de Paris, mais il importait de les faire solides, et on n'y parvint pas. Primitivement, on les construisit en bois, ce qui les condamnait à ne pas vivre longtemps. Même quand ils furent bâtis en pierre, de nouveaux désastres arrivèrent, soit par suite d'affouillements à la base des piles, soit faute d'un débouché suffisant pour les grandes crues; ce qui est certain, c'est que dans des pays où l'on bâtissait moins bien qu'à Paris, on a mieux résolu des problèmes plus difficiles.

Tel n'était point le cas à Limoges, où la Vienne offre un fond de roche excellent et un courant peu redoutable. Mais le Tarn, à Montauban, est à peu près aussi large, aussi profond, aussi impétueux que la Seine à Paris. Cependant le pont de cette ville, avec ses sept arches, larges de vingt-deux mètres et hautes de vingt, est encore, ainsi que le disait Charles VI, « une grant et notable chose », qui peut, sans trop de désavantage, être mise en regard de nos ponts modernes pour la hardiesse, et qui les égale au moins pour la solidité, puisqu'elle a fait ses preuves de cinq siècles.

Il a été construit, en majeure partie, dans le XIVe siècle, comme M. Devals nous l'a prouvé dans les « Annales Archéologiques », et s'est achevé lentement, péniblement même, à cause du malheur des temps. Mais, par la conception, il appartient tout entier au XIIIe siècle et fait vraiment honneur à une ville naissante [1], car, il ne faut pas le perdre de vue, Montauban n'avait nullement, au moyen âge, l'importance que les guerres de religion lui ont acquise. Ce n'était ni une capitale de province ni une ville épiscopale, mais une simple bastide, fondée, vers 1150, par Alphonse Jourdain, comte de Toulouse, et réorganisée dans la seconde moitié du XIIIe siècle. Si les documents historiques ne le disent pas expressément, le plan de la ville, moins régulier et moins authentique que celui de Montpazier, mais tout à fait analogue, l'indiquerait assez à mes yeux. Autrement le type des villes neuves

1. Il faut dire que, d'après une quittance de 1319, la ville voisine de Castel-Sarrazin aurait contribué pour une portion à la construction du pont de Montauban, de telle manière qu'elle était « propriétaire » d'une partie de ce pont. — V. « Lois municipales du Languedoc », vol. I, p. 239. Requête sur l'étendue de la province.

à plans réguliers du sud-ouest de la France remonterait au XIIe siècle.

Le pont de Montauban serait parfaitement digne d'avoir été édifié par des ingénieurs de profession, mais il y en avait décidément très-peu au moyen âge. Étienne de Ferrières et Mathieu de Verdun étaient, nous dit-on, l'un le châtelain royal, l'autre un des notables bourgeois de la ville. Quand les bastides se fondent, on voit aussi figurer, comme ingénieurs, des officiers, des magistrats ou de riches particuliers du pays qui, sans avoir toutes les connaissances des hommes de l'art, savent pourtant en tenir lieu; qui se vouent à ces grands travaux et y consacrent leur vie. Ils remplaçaient par le zèle ce qui leur manquait sous le rapport de la science, et d'ailleurs cette science, bien moins avancée que l'architecture, ne se composait encore que d'un petit nombre de notions essentielles transmises par la tradition et parfaitement à la portée de tous les hommes intelligents de l'époque. Pour diriger la construction d'une cathédrale gothique, il faut absolument un architecte, dans toute la force du terme, c'est-à-dire un excellent dessinateur accoutumé à harmoniser des formes et à calculer des poussées. Pour un pont comme celui de Montauban, il n'est pas indispensable de trouver un grand mathématicien. Le premier venu suffira avec de bons maçons et un bon charpentier, s'il est capable de commander à de nombreux ouvriers, s'il est administrateur et organisateur.

M. Devals nous a fait remarquer que « seul peut-être entre les ponts du moyen âge, celui de Montauban avait une aire parfaitement horizontale ». C'est que le Tarn, de même au surplus que le Lot, à Villeneuve, et la Dordogne, à Bergerac, coule entre des quais naturels, dans un lit très-profond et très-encaissé. Les ingénieurs du moyen âge, même des ingénieurs amateurs, n'avaient garde de ne pas tenir compte de cette circonstance exceptionnelle, et ils modifièrent sans difficulté le type ordinaire, en se tenant partout au niveau de la plaine, à Montauban, comme à Villeneuve et à Bergerac.

La proportion des piles avec les arches est meilleure à Montauban qu'à Limoges : c'est le tiers environ, au lieu de la moitié. Cette épaisseur paraît encore considérable; mais il faut se rappeler que le pont devait être surmonté de trois tours. Le pont de Montauban se distingue surtout par ces hautes ogives percées au-dessus des avant-becs, dans l'intervalle des arches. On a obtenu par cette innovation une économie de matériaux et une légèreté de construction tout à fait dans l'esprit du style gothique. On a aussi ménagé aux grandes crues un nouveau débouché qui équivaut à une arche de plus; car ces lancettes, relativement si petites, n'ont pas moins de huit mètres de haut sur quatre de large. Leur effet est d'ailleurs original et fort pittoresque.

On remarquera, dans la coupe, ce système de gradins sur les reins des grandes arches, qui se continue jusqu'au fond des ogives supérieures, où se trouve une étroite cuvette : rien de mieux conçu, rien de mieux étudié.

Nous avons observé, au pont de la Calendre, à Cahors, d'autres passages analogues à ceux de Montauban, mais percés dans un autre sens, tout au travers de la pointe triangulaire des avant-becs. Ils étaient destinés à donner plus de commodité aux ouvriers pendant la construction, et à tenir lieu d'un pont de service. Lorsque les piles furent élevées au-dessus des grandes eaux, on établit à la naissance des cintres un solide plancher, reconnaissable encore à une rangée de trous carrés. A mesure que s'exhaussaient les piles, et pendant toute la durée des travaux, on communiquait d'une arche à l'autre, en traversant les avant-becs; et, les constructions achevées, on négligea de fermer ces passages qui, du reste, pouvaient être encore utiles, en cas de réparations.

Ce pont de Cahors est le plus complet, le plus pittoresque et le plus connu de tous ceux du moyen âge; mais il n'en est pas le plus remarquable au point de vue de l'art, il s'en faut de beaucoup. Postérieur aux ponts gothiques du Limousin, et placé sur une rivière plus considérable, il est sensiblement plus hardi; il est aussi bâti avec plus de luxe, mais sa structure est moins ingénieuse. Ainsi les avant-becs, qui continuent, du reste, à servir de gares d'évitement, sont de même forme en aval qu'en amont, et partout triangulaires.

Le pont de Montauban, qui suit de près celui de Cahors, le dépasse infiniment pour la légèreté et pour la hardiesse, hardiesse nécessaire d'ailleurs, car on avait affaire à une rivière navigable. Mais ce n'est point encore là que les ingénieurs du moyen âge ont donné la vraie mesure de leur science et de leur audace.

Les Romains n'avaient pas oser jeter un seul pont sur tout le cours inférieur du Rhône. Au XIIe et au XIIIe siècle, on en a bâti plusieurs, et comme la navigation du plus rapide de nos fleuves, si importante et déjà si pénible, devait être facilitée le plus possible, on a su porter l'ouverture des arches jusqu'à trente et trente-cinq mètres. Au nombre des plus curieux monuments d'Avignon, on compte cinq arches du fameux pont fondé en 1177 par un enfant de douze ans, le berger saint Bénezet. Le pont Saint-Esprit, plus récent (1265) et plus perfectionné, existait intégralement il y a à peine quelques années, lorsque deux de ses arches, les plus voisines de la ville, furent démolies, non sans peine et à coups de mine, pour faire place à un seul arc en fonte, sous lequel passent commodément les bateaux à vapeur. Il en reste toujours dix-huit, dont la portée moyenne dépasse trente mètres.

A Tournon, pour franchir sans supports intermédiaires un torrent qui descend des montagnes de l'Ardèche et se trouve sujet à des crues prodigieuses, on a établi un pont dont l'arche unique atteint quarante-cinq mètres. Rien de hardi comme ce monument ignoré du XIIIe siècle. La voûte en est si haute, si ouverte et si étroite, que le souffle du mistral semble devoir la jeter bientôt à terre. Malgré l'élévation des culées, des pentes rapides dessinent l'extrados de l'arc et conduisent au sommet du berceau, ce qui n'empêche pas que le pont a été utilisé pour une route moderne.

Près de Vieille-Brioude, pour réunir deux coteaux escarpés, on avait de même, ainsi que l'a rappelé M. de Girardot, dépassé de beaucoup le maximum de largeur de nos ponts modernes en pierre. L'arche, aujourd'hui détruite, avait, dit-on, près de deux cents pieds. A de telles œuvres, qui ne reconnaîtra le génie gothique et le siècle des cathédrales !

Ces ponts de la région du sud-est ne se distinguent pas seulement par la hardiesse, ils sont encore remarquables par l'imitation persévérante et parfois irréfléchie des monuments romains que le pays conserve en si grand nombre. Ainsi, dans les arènes de Nîmes, par exemple, toutes les voûtes un peu profondes, qui sont appareillées en pierre de taille, se composent de trois ou quatre rangs de claveaux simplement juxtaposés, sans aucune liaison de l'un à l'autre. En d'autres termes, les joints verticaux ne se croisent pas ; ils se font suite et dessinent, sur l'intrados des voûtes, des cercles non interrompus. J'attribue cette particularité à l'inexpérience des constructeurs romains en matière de voûtes appareillées. Du moins, je n'y saurais trouver que des inconvénients, sans aucun avantage qui les compense ; car il est évident que ces anneaux en pierre, indépendants les uns des autres, sont très-exposés à se disjoindre et à se déjeter. Ce danger existait surtout pour les ponts ; et cependant les arches de celui d'Avignon sont formées de quatre rangées ou demi-cercles de grands claveaux, qui tous sont de même longueur, et par conséquent sans liaison possible.

En se plaçant sous les arches du pont Saint-Esprit, on observe qu'elles sont également composées de « quatre » rangs de voussoirs parfaitement distincts ; mais, pour les empêcher de se séparer, on a ménagé, de loin en loin, quelques liaisons. Il n'y en a pas moins, dans chaque arche, quatre arcs bien indépendants, dont le moindre tassement briserait les attaches, et qui pourraient être successivement démolis sans que le dernier s'écroulât.

Entre autres détails imités des Romains, on citerait encore, dans les ponts du Rhône, la taille en « bossage » des pierres qui forment les piles, et peut-être le plein-cintre des arches qui se perpétue jusqu'à la fin du XIIIe siècle.

Le pont Saint-Esprit, qui a donné son nom à une ville considérable, a conservé de nos jours une grande utilité et une véritable importance; néanmoins, on ne se figure pas quel cas on en faisait, je ne dis pas au moyen âge, mais sous Louis XIV et Louis XV.

Des règlements administratifs reconnaissent officiellement, en 1782, que « c'est encore aujourd'hui un très-bel ouvrage ». Rien de curieux comme ces règlements qui témoignent, par d'étranges précautions, de tout le prix qu'on attachait à la conservation du pont Saint-Esprit. Depuis la ruine de celui d'Avignon, c'était, disait-on, le seul qui existât sur le Rhône depuis Lyon jusqu'à la mer. Un arrêt du conseil d'État défendait donc aux chariots, charrettes, fourgons, et même aux carrosses, d'y passer autrement que sur des « traîneaux », c'est-à-dire après avoir été démontés et entièrement déchargés. Cela se passait sous Louis XIV, en 1699, et la défense n'était levée, pour les carrosses seulement, qu'en 1702. (V. les Lois municipales du Languedoc, t. II, p. 488.)

Depuis les plus humbles jusqu'aux plus grandioses, tous ces ponts du moyen âge méritent d'être étudiés attentivement. Tous sont intéressants par quelque côté; et si, à la différence des monuments religieux de la même époque, ils ne se présentent pas à nous comme des modèles excellents, s'ils sont même très-inférieurs à nos ponts actuels, ce que nous ne voulons nullement contester, ils n'en offriraient pas moins à nos ingénieurs, nous l'affirmons, quelques bonnes pratiques, quelques idées heureuses, quelques germes dignes d'être développés par la science moderne. Il faudrait citer en première ligne les avant-becs en ogive. Aussi minces que l'on fasse les piles aujourd'hui, cette forme n'en est pas moins la plus parfaite en théorie, et je la recommanderai sans crainte à nos ingénieurs des ponts-et-chaussées. L'ogive est bonne aussi pour les arches, et déjà on l'a employée pour beaucoup de viaducs. On lui a reproché de trop relever la chaussée des ponts, ce qui n'est pas : son véritable inconvénient serait d'augmenter un peu les surfaces taillées et de diminuer le débouché des eaux; mais sa solidité doit, malgré tout, la faire préférer souvent, surtout pour ces modestes ponts que l'on jette en nombre infini sur nos petites rivières et nos ruisseaux, au passage des routes départementales et des chemins de grande communication. L'économie, si impérieuse en pareil cas, fait qu'on se contente fréquemment de tabliers en bois renouvelés tous les quinze ou vingt ans. Avec l'ogive, une vraie voûte en moellons bruts deviendrait maintes fois possible et ne coûterait pas davantage. — Enfin, pour ne pas recommencer un article déjà trop long, je citerai les tympans à jour du pont de Montauban. Le célèbre Deschamps, qui avait eu maintes fois l'occasion de les remarquer, s'en est visiblement inspiré au pont de Bordeaux, à celui de Libourne surtout, et il a ainsi donné plus de légèreté à ces grandioses constructions.

Si le pont de Montauban avait été aussi bien connu des ingénieurs dans les autres parties de la France, n'aurait-il pas eu plus d'imitateurs ?

CANAUX D'IRRIGATION ET DE DESSÉCHEMENT.

Il serait injuste de ne pas compter, parmi les monuments d'utilité publique que nous a laissés le moyen âge, ces modestes canaux qui, sur beaucoup de points, ont mis en valeur le sol de la France en doublant le produit des bonnes terres et en décuplant celui des mauvaises. Malgré les immenses services qu'on en retire tous les jours, ils échappent le plus souvent à l'histoire, à cause de leurs minimes proportions; car c'est leur multiplicité qui fait leur importance. Mais, parfois, ils ont laissé des traces dans nos archives provinciales, et l'on peut juger, par ces indices, des époques qui ont relativement le plus fait pour l'amélioration du territoire français.

En remontant aux règnes prospères de Henri IV et de Henri II, on voit que des entreprises d'irrigation et de desséchement se faisaient sur une assez grande échelle et obtenaient un certain retentissement. En 1554, Adam de Craponne, gentilhomme d'origine italienne comme Riquet, dont il fut à beaucoups d'égards le précurseur, est autorisé, par un arrêt de la cour des comptes de Provence, à dériver les eaux de la Durance à Janson, pour les conduire par Salon, sa ville natale, jusqu'à la Crau et à l'étang de Berre. Il se ruine dans cette vaste opération, mais il la mène à bonne fin et crée, à lui seul, un canal de treize lieues, qui arrose dix-huit communes et fertilise à jamais 13,500 hectares d'un terrain brûlant et stérile. Combien cette œuvre hardie de la Renaissance n'en suppose-t-elle pas d'analogues au moyen âge, mais moins considérables, plus faciles, et qui ont passé les premières? Du reste, on a la preuve que ce canal dérivé de la Durance avait lui-même été projeté dès le XIIe siècle. En 1167, Alphonse d'Aragon avait concédé à Raymond de Bolène, archevêque d'Arles et seigneur de Salon, « l'aqueduc et l'eau de la Durance pour la conduire depuis ce fleuve jusqu'à Salon, et de là ensuite jusqu'à la mer »[1].

1. « Notice sur Adam de Craponne », par M. Mouan, bibliothécaire à Aix.

Les entreprises de desséchement les plus notables, au moins dans nos provinces du sud-ouest, datent surtout du règne d'Henri IV, et ont été exécutées sous une influence hollandaise. Mais si les Hollandais nous enseignaient, à cette époque, à assainir les grands marais de notre côte occidentale, c'est au moyen âge qu'ils avaient appris eux-mêmes à faire sur la mer ces nobles conquêtes. Nous répéterons, à ce sujet, la réflexion que nous faisions tout à l'heure : nos canaux de desséchement les plus faciles à concevoir et à exécuter, c'est-à-dire les plus nombreux, doivent être généralement antérieurs à Henri IV et au XVIe siècle.

Les belles recherches de M. Jaubert de Passa sur les canaux d'irrigation du Roussillon vont nous donner, au lieu de suppositions, des titres positifs en faveur du moyen âge. Le savant administrateur des Pyrénées-Orientales a fait, en 1820, la description et l'histoire de chacune des grandes dérivations qui arrosent ce département, et cette excellente statistique, couronnée par la Société royale d'agriculture, a été publiée en entier dans le deuxième volume de ses Mémoires. On y lit qu'en 1027, l'abbé de Saint-Michel-de-Cuixa, nommé Oliba, peut-être celui qui avait donné l'hospitalité au doge Orséolo, obtint des seigneurs de Villa-Nova le droit d'établir un canal dans toute l'étendue de leurs terres; c'est le canal de Baho, qui fertilise encore un millier d'hectares. — En 1123, un autre abbé de Saint-Michel concède au chapitre d'Elne le rech de Mailloles, branche secondaire du canal de Perpignan. — En 1163, Pons, seigneur d'Ille, vend à Artaud de Castelnoü, seigneur de Nañac, et de Millas, ainsi qu'aux habitants de ces deux communautés, « six meules » d'eau à prendre dans la rivière de la Thet, pour l'arrosage de leurs terres et l'usage des moulins. C'est le canal de Millas qui parcourt douze kilomètres et arrose huit cents hectares. — En 1184, Grimald, seigneur d'Ortaffa, accorde à l'évêque, au clergé et aux habitants d'Elne le droit de prendre l'eau de la Thet pour les moulins d'Elne et l'arrosage des terres. C'est le grand canal d'Elne qui, complété par d'autres petits canaux de desséchement, fertilise vingt communes. — En 1282, Arnaud de Corsavi concède aux habitants de Finestret, Joch, Rigarda, Sahorla, Villela et Vinça l'eau de la rivière de Finestret. Ces six communes, aidées par les barons de Joch, creusent sur les pentes les plus abruptes du Canigou un canal qui parcourt neuf kilomètres et arrose cinq cent trente-quatre hectares. — En 1285, le monastère de Saint-Michel, avec ses vassaux de Codelet, et le monastère de la Grasse, avec ses hommes de Prades, conviennent d'établir en commun le canal de Prades, qui alimente plusieurs moulins et irrigue trois cent soixante hectares. — En 1300, en 1302, en 1305 et 1312, autres entreprises du même genre, qui constituent peu à peu le réseau si complet des canaux du Roussillon. — Enfin, en 1427, on remanie, on restaure et on étend le canal royal de Perpignan qui, avec ses ramifications, parcourt plus de vingt lieues, met en mouvement six meules de moulin placées de front, et arrose plusieurs milliers d'hectares. Jusqu'à ce moment, les rois d'Aragon ne figuraient dans ces entreprises que pour se faire payer après coup le prix des eaux appartenant au domaine. Cette fois, c'est don Alphonse qui se charge des travaux; mais la ville de Perpignan, qui en profitera le plus, lui paiera mille florins d'or qu'elle se procure au moyen d'un emprunt doté d'un fonds d'amortissement. On a là tout le mécanisme financier usité de nos jours.

Indépendamment de ces canaux, dont la concession a une date certaine, il en est d'autres qui existent de temps immémorial et qui remontent aussi au moyen âge. D'autres, en plus petit nombre et de moindre importance, appartiennent positivement aux temps modernes. M. Jaubert de Passa en donne aussi la statistique, qui prouve combien le moyen âge avait laissé peu de choses à faire à notre époque, ainsi qu'aux trois siècles qui l'ont immédiatement précédée. Aucun changement n'a même été introduit dans l'administration de ces canaux, dans l'assiette et la perception de leurs revenus spéciaux, ni dans la distribution de leurs eaux. Bien plus, aucune innovation, aucun perfectionnement ne sont venus les modifier au point de vue de l'art : impossible aujourd'hui de mieux niveler le terrain et de mieux calculer les pentes. Toute la hardiesse et toute la dépense, raisonnables en pareil cas et pour de semblables entreprises, ont été atteintes. Pour le canal de Perpignan, on n'avait pas reculé devant des ponts-aqueducs, de 70 et de 300 mètres de longueur, ni devant un tunnel de 400 mètres.

Le moyen âge, qui a laissé tant de travaux d'utilité publique au département des Pyrénées-Orientales, en avait-il lui-même reçu beaucoup des âges antérieurs? C'est ce qu'il n'est pas difficile d'évaluer. M. Jaubert de Passa a remarqué que là où la charte de concession ferait croire à une fondation complétement neuve, d'autres titres prouvaient néanmoins quelquefois l'existence d'un vieux canal abandonné; et en effet, sans recourir aux Sarrasins, grands irrigateurs, il est vrai, dans le midi de l'Espagne, mais qui n'ont occupé le Roussillon que trente ans, et n'y ont laissé, à ce qu'il semble, aucun monument de leur domination, pas même la rotonde de Planès; sans recourir, dis-je, aux Sarrasins, il faut nécessairement admettre que les Gallo-Romains ont eu tout le temps et toute l'intelligence nécessaires pour faire des travaux d'irrigation dans une contrée où ils sont le fondement de toute bonne agriculture. Il n'en est pas moins avéré que c'est le moyen âge qui a restauré, dans leur forme actuelle, et, le plus souvent, créé tout à fait à nouveau les canaux d'irrigation du Roussillon.

Maintenant, ce qui s'est fait en grand dans le Roussillon, et ce qui, par cette raison, a laissé des traces historiques, s'est certainement fait en petit dans une foule d'autres provinces, où les irrigations, sans être aussi nécessaires et aussi considérables que sur les versants desséchés des Pyrénées ou des Alpes, n'en avaient pas moins une importance réelle. Dans les montagnes du Limousin et de l'Auvergne, où les mouvements de terrain sont moins-prolongés, il n'y avait pas ordinairement besoin d'une Compagnie agricole, représentée par un syndicat, pour entreprendre un canal. Les œuvres, plus restreintes, pouvaient être individuelles; mais, par leur nombre infini, elles constituent d'immenses travaux. Quand on a vu, comme nous, ce que coûtent, sur certains sols, la dérivation d'un ruisseau et la création d'une simple prairie, on comprend quel capital accumulé représentent les irrigations du plateau central de la France, si agreste encore, mais que le moyen âge a pris, pour ainsi dire, à l'état sauvage, et qu'il a laissé à l'état de culture.

USINES A MOTEURS HYDRAULIQUES.

Il y a loin de Decazeville, de Fourchambaud, de ces grandes forges semblables à des villes, ou de nos moulins perfectionnés à l'anglaise aux moulins et aux forges du moyen âge; mais, entre ces humbles usines et les moulins ainsi que les forges des Romains, la distance est bien plus grande encore. Chacun a vu dans les musées comment les maîtres du monde broyaient le blé à la main entre deux pierres. Les livres de l'antiquité font souvent allusion au dur et incessant travail qui en résultait pour les hommes libres, à défaut d'esclaves. Les forges romaines n'étaient guère plus avancées. On les retrouve çà et là dans nos campagnes, loin des rivières, mais à portée des grands chemins tracés par la nature, sur le sommet des plateaux, et autant que possible près de quelque fontaine. Au lieu de transporter le combustible, à l'état de charbon, dans un établissement fixe, voisin des minerais, on aimait mieux porter le minerai partout où abondaient les bois, et comme toute l'usine consistait en quelques hangars, on la changeait de place à volonté. Aussi le nombre de ces forges romaines est-il infini, et leurs dépôts de scories de grandeur très-variable. On les exploite aujourd'hui pour la construction et l'entretien des routes, ce qui permet de se rendre compte des anciens procédés de fabrication, et souvent de l'âge exact des forges. On voit donc que c'étaient des forges à bras, analogues à celles que nous nommons forges à la Catalane, et qui restent encore en usage dans quelques forêts des montagnes. Parmi les scories proprement dites on remarque aussi les fragments de grossiers creusets d'argile, percés de petits trous à leur sommet pour l'écoulement du laitier. Évidemment ces creusets, après avoir été remplis de minerai, étaient recouverts de bois; on activait le feu avec des soufflets à bras, et on livrait immédiatement la fonte, encore rouge, au marteau du forgeron. Avec ces procédés barbares, on n'en obtenait pas moins du fer excellent, en petites pièces, mais qui coûtait fort cher, à cause du combustible perdu et du minerai laissé en proportion considérable dans les scories. Quant à l'âge de ces forges, il n'est pas douteux : on les qualifie habituellement de forges gauloises; mais elles sont presque toujours romaines. Comme tous les peuples anciens, les Gaulois ont connu le cuivre avant le fer, et en ont gardé très-tard l'usage exclusif. Aussi trouve-t-on, en fouillant les dépôts de scories dont j'ai parlé, d'abord des tuiles à rebord en quantité, et puis quelque gros sou perdu par les ouvriers. Celles de ces médailles, dont j'ai eu connaissance, vont de Claude à Constantin. Il n'en est aucune de gauloise.

L'industrie du moyen âge, mise en regard de celle des Romains, accuse de sensibles progrès. Dans la dernière période de l'époque romaine on connaissait bien les moteurs hydrauliques, que l'on appliquait déjà aux moulins; mais le nombre de ces modestes usines était encore très-petit. Elles se multiplient peu à peu sous les Carlovingiens, et se généralisent enfin au XIe siècle. Bientôt les moteurs hydrauliques sont étendus aux forges, que l'on appelait aussi autrefois « moulins à fer », puis à toutes les usines importantes.

Tous les cours d'eau, grands et petits, sont alors mis à profit. Retenus par des barrages, exhaussés par des digues latérales, ils donnent à grands frais des chutes, c'est-à-dire des forces qui remplaceront désormais le travail de l'homme dans ce qu'il a de plus pénible et de plus ingrat. Pour que personne n'ait plus à tourner la meule, il faut que chaque commune ait son usine à moudre le blé, et, lorsque l'eau manque, on met à profit le vent.

Le changement est grand, certes, si grand que ses heureuses conséquences se font encore sentir pour nous, malgré nos nouveaux et rapides progrès. N'hésitons pas à le mettre au rang des grands travaux d'utilité publique du moyen âge. Plus tard, le moulin banal est devenu un monopole et un impôt; mais reportons-nous au moment où le seigneur l'a établi pour la première fois, et nous comprendrons qu'il a été inspiré par une pensée de bienfaisance plutôt que de spéculation.

Nous avons vu, à propos des canaux du Roussillon, que la création de nouveaux moulins était comptée au nombre de leurs plus précieux résultats. Cependant, ils n'étaient plus rares au xe siècle dans le Roussillon, et déjà ils s'étaient multipliés dans toutes nos provinces. La chronique de Saint-Front, dans la vie de Guillaume de Nanclars, première moitié du XIIe siècle, raconte que cet évêque ayant « maudit », je ne devine point pourquoi, les moulins de la rivière de Nizonne, ils furent tous emportés par une furieuse inondation.

Le fer n'est guère moins nécessaire que le pain. L'observation que nous faisions tout à l'heure s'applique en partie aux forges. Comment s'expliquerait-on sans cela qu'elles aient pu se trouver dans la possession directe d'un monastère? M. Jaubert de Passa nous apprend qu'en 1399, l'abbé de Saint-Michel « inféoda » la forge qu'il possédait à Thuès avec l'usage de la rivière de Querenza[1]. Voilà une date précise; sans trop de peine, on en trouverait de plus anciennes encore. Disons que les forges, comme celle de Thuès, avaient déjà des hauts fourneaux en maçonnerie, ce qui diminuait infiniment la déperdition du calorique. Elles avaient aussi des soufflets et des marteaux mus par les eaux et d'une certaine puissance, tout cela, très-imparfait encore, car les scories, au lieu d'être semblables à du verre, sont noires et pesantes, un peu comme celles des forges romaines.

Finissons en rappelant que l'industrie du moyen âge, en Belgique, en Angleterre et même en France, a exploité la houille, dont la découverte lui appartient tout entière.

F. DE VERNEILH.

1. « Mémoires de la Société royale d'agriculture », vol. II, p. 135.

IVOIRE SCULPTÉ

SUJETS DE LA VIE DE JÉSUS-CHRIST

La bibliothèque Bodléienne, à Oxford, possède plusieurs objets intéressants d'antiquité chrétienne, dont nous devons la connaissance aux reproductions de la Société d'Arundel, de Londres. L'ivoire publié aujourd'hui par les « Annales » est désigné dans le catalogue de cette Société comme étant un des côtés d'une couverture de livre faisant partie de la collection d'Oxford. On le range dans une série d'objets des VIIIe, IXe et Xe siècles. Cette sculpture est loin d'être un chef-d'œuvre sous le rapport de l'art; cependant ses diverses parties, habilement coordonnées, offrent à l'œil un ensemble harmonieux. Jésus-Christ y est représenté entouré de sujets tirés de son histoire, exécutés dans des proportions moins grandes. Cet arrangement de convention a été souvent et longtemps pratiqué depuis l'antiquité païenne, qui nous en a laissé plusieurs exemples. La grande figure et les petits sujets sont séparés et encadrés par des bordures de bon goût, dont les motifs se retrouvent dans les monuments « antiques ». L'explication des sujets ne présente aucune difficulté sérieuse : tout œil exercé les reconnaîtra sans peine, et je ne m'y arrêterais pas si je ne voulais, par occasion, soumettre quelques remarques. Je les examine donc successivement, en commençant par la ligne supérieure.

1° LE PROPHÈTE ISAIE. — De la gauche il tient un cartel sur lequel on lit le commencement de sa prophétie sur l'incarnation du Christ : « Ecce virgo concipiet et pariet filium ». La position de son corps et le geste de sa main droite indiquent qu'il est en rapport avec le sujet suivant.

2° L'ANNONCIATION. — L'ange nimbé, tenant son bâton de messager, arrive chez la vierge Marie en faisant un geste indicatif de la parole qu'il lui adresse.

IVOIRE ANTÉRIEUR AU XIe SIÈCLE

La sainte Viergè, assise, élève les mains en signe du trouble qu'elle éprouve. Près d'elle est une femme debout, personnage inutile qui rompt l'unité de la scène, et dont la présence est due sans doute aux légendes apocryphes ; parfois on en voit même deux, comme sur les fonts baptismaux de Vérone publiés par M. Gailhabaud [1].

3° Nativité de J.-C. — Dans un très-petit espace, le sculpteur a disposé, sans confusion, l'enfant Jésus dans la crèche, la Vierge mère, saint Joseph, le bœuf et l'âne.

4° Adoration des mages. — La sainte Vierge, assise dans une maison, tient sur elle son divin enfant qui lève la main droite et bénit les Mages offrant leurs présents. Les vêtements des Mages rappellent un peu le costume asiatique avec lequel ils ont été représentés pendant longtemps ; mais il leur manque le bonnet phrygien et ils ont la tête nue. Plus tard on les couronnera, on les habillera de longues robes et on les appellera « les Rois » [2].

5° Massacre des innocents. — Un homme tient un enfant élevé en l'air ; il va le jeter à terre et l'écraser aux pieds d'Hérode, près duquel est déjà étendu le cadavre d'un autre jeune martyr. Une mère lève les bras en signe de douleur.

6° Baptême de Notre-Seigneur. — Saint Jean, vêtu d'un costume analogue à son état d'habitant du désert, courte tunique, les jambes et les bras nus, un bâton recourbé à la main, baptise le Sauveur dans l'eau qui coule près d'un rocher. Le Saint-Esprit, sous la forme d'une colombe, descend sur la tête du Christ, que l'artiste a sculpté dans des proportions trop exiguës, parce que la place manquait.

Sur un sarcophage du Vatican, le sujet est mieux traité, Jésus-Christ est censé plongé dans l'eau jusqu'à mi-corps, et sa figure se trouve ainsi en proportion avec celle du Précurseur.

7° Miracle de Cana. — Le Christ bénit l'eau que verse dans un vase un serviteur court vêtu ; cinq autres vases sont rangés à côté symétriquement ; un disciple, en robe et en manteau, ainsi que son maître, assiste comme témoin.

8° Tempête apaisée. — Jésus est couché dans la barque ; il dort. Une tempête s'est abattue sur le lac, le mât est renversé ; les trois disciples qui naviguent avec le Sauveur se penchent vers le Christ et lui disent : « Maître, nous périssons ».

1. « Architecture du ve au xviie siècle ».

2. D'après une des gravures de Ciampini (« Vetera monimenta »), on pourrait croire qu'il existe à Ravenne une Adorstion des Mages où ceux-ci seraient représentés en costume asiatique et couronnés; mais il faut savoir que les couronnes sont le résultat d'une restauration moderne.

9° Résurrection de la fille de Jaïre. — La forme du lit où est couchée la jeune morte est fort curieuse et presque antique.

10° Guérison d'un possédé. — Le malheureux était tourmenté par plusieurs démons, que Jésus chasse et fait entrer dans un troupeau de pourceaux. Ces pourceaux se précipitent dans la mer. Rien n'est plus rare, en iconographie chrétienne, qu'un pareil sujet.

11° Guérison du paralytique. — Le malade, revenu à la santé, emporte son lit sur son dos.

12° Guérison de l'hémorroïsse. — La malade, suivant les termes de l'Évangile, touche le manteau du Sauveur, derrière lequel est un apôtre.

Telle est la série des douze petits sujets entourant la grande figure du Christ, qui occupe le centre du bas-relief. Cette figure, considérée isolément, est peut-être courte, ramassée et sans élégance; la tête est trop grosse pour le corps. Mais, sans trop l'examiner sous le rapport du dessin, on peut dire qu'elle ne manque pas de dignité, et surtout de mouvement; c'est un Christ glorieux, triomphant. Le Rédempteur est placé sous un portique; il semble quitter le monde après sa mission consommée, et il foule aux pieds les démons, symbolisés par des animaux féroces. Il retourne dans le ciel, portant sur les épaules sa croix comme un étendard :

Inclytam cœlo reportans passionis gloriam.

Il est jeune, imberbe, de longs cheveux tombent sur son cou, sa tête est entourée d'un nimbe bien accusé et timbré d'une croix qui ne serait pas à branches égales si on la voyait entièrement. Il marche sur le lion et le dragon, l'aspic et le basilic, selon les expressions du psalmiste : « Super aspidem et basiliscum ambulabis, conculcabis leonem et draconem ». Les deux premiers mots de ce verset, précédés des monogrammes IHS XPS, sont inscrits sur le livre tenu par le Sauveur.

Gori a publié un ivoire du Vatican qui ressemble en partie à celui d'Oxford, mais qui paraît être d'un style plus élevé : le Christ imberbe, nimbé d'un nimbe cannelé, foule également aux pieds les animaux que nous avons nommés. Le savant italien rapporte à ce sujet le passage que je viens de transcrire, tiré du psaume XC, qui est chanté à la messe du premier dimanche de carême, jour où l'Église rappelle spécialement aux fidèles la lutte de Jésus-Christ avec le démon et sa victoire sur le prince des ténèbres. Sur cet ivoire, le Sauveur bénit et tient le livre fermé. Il ne porte pas sa croix; mais, dans le haut de la sculpture, deux anges volent et tiennent un cercle ou, si l'on veut, un nimbe, renfermant une croix riche et radieuse.

Les vers suivants, de Sedulius, poëte chrétien du ve siècle, ne sont pas sans rapport avec l'ivoire d'Oxford et celui de Gori :

Ymnis venite dulcibus
Omnes canamus subditum
Christi triumpho Tartarum
Qui vos redemit venditus.

Zelum draconis invidi
Et os leonis pessimi
Calcavit Unicus Dei
Seseque cœlis reddidit [1].

« Venez, chantons tous, dans des hymnes mélodieuses, le triomphe remporté sur l'enfer par Jésus-Christ, qui, vendu par Judas, vous a rachetés.

« Le Fils unique de Dieu a foulé aux pieds la fureur de l'envieux serpent et la rage du lion cruel, et il s'est rendu dans les cieux ».

Je connais peu de monuments où la figure isolée du Christ soit représentée tenant sa croix comme sur l'ivoire d'Oxford. Il y en avait une en mosaïque à l'arc triomphal de l'église Saint-Paul-hors-les-Murs, de Rome ; j'en ai vu deux à Ravenne, également en mosaïque. La première est dans la chapelle Saint-Pierre-Chrysologue, à l'archevêché. Jésus-Christ, debout, la tête ornée d'un nimbe crucifère, la figure imberbe, tient une longue croix sur ses épaules et dit, sur un livre ouvert : « Ego svm via veritas et vita ». Je crois cette mosaïque beaucoup moins ancienne qu'on ne le prétend ; mais il importe peu ici en ce moment. La seconde est dans l'église des SS.-Celse-et-Nazaire. Là le Christ est nimbé d'un nimbe uni et rien n'est écrit sur le livre qu'il tient à la main ; près de lui est une grille posée sur du feu, ce qui a fait croire au P. Garrucci que cette figure représentait saint Laurent. Le fait ne serait pas impossible ; je sais qu'il existe plusieurs anciennes figures de saint Laurent portant une croix. Mais, en examinant l'ensemble de la décoration de l'église des SS.-Celse-et-Nazaire, on peut se convaincre, avec Ciampini, que c'est bien Notre-Seigneur qui y est figuré portant sa croix ; car, sur le mur en face, il est représenté assis au milieu des agneaux, ayant encore un nimbe uni et une croix à la main, et les autres figures qui se voient sur les murs, au nombre de douze et vêtues de blanc, ne peuvent être que les apôtres. Or, ces figures n'ont pas le nimbe qui a été donné à Dieu seul, dans ces peintures d'un très-beau style, et qui pourraient bien être du ve siècle ; du reste, pas d'in-

1. « Cœlii Sedulii presbyteri « Hymnus acrostichis totam vitam Christi continens », dans la « Maxima Bibliotheca veterum patrum », tome vi, pars prima, p. 472. Lugduni, 1777.

scription pour nous tirer de doute. On doit attribuer à la grande célébrité dont a joui le martyr de la charité cet usage exceptionnel de représenter saint Laurent avec une croix. C'est un privilége qu'il a partagé avec saint Pierre; mais les figures du chef des apôtres portant une croix, et surtout portant une croix sur l'épaule, sont bien plus nombreuses.

La raison en est facile à donner. La croix est un sceptre; c'est le symbole de la principauté que Jésus-Christ a donnée à saint Pierre avec les clefs, attributs que celui-ci a transmis à ses successeurs. Je ne sais si je m'abuse, mais il me semble que depuis le IVe siècle jusqu'au Xe et peut-être plus tard, on ne voit d'attributs aux figures des saints qu'à saint Pierre, qui porte souvent la croix ou les clefs, quelquefois les deux ensemble, et par une sorte d'exception à saint Laurent, qui porte une croix.

Aux exemples que j'ai cités de la figure du Christ portant sa croix sur ses épaules, on pourrait, par extension, ajouter les figures portant la croix de la même manière dans le sujet de la « Descente aux enfers », comme sur un ancien « Exultet » publié par d'Agincourt, ou dans celui de l'Ascension, comme sur une des peintures en mosaïque, qui décorait le chœur de la cathédrale de Ravenne et qui a été publiée par Buonamici. Sur d'autres représentations des mêmes sujets un drapeau est attaché à la croix qui devient alors plus clairement un étendard; il en existe de nombreux exemples qui datent des XIIe et XIIIe siècles.

Je ne pense pas que l'ivoire d'Oxford soit d'une époque antérieure à la fin du VIIIe siècle; les petits sujets ont une grande ressemblance avec ceux qui ornent les sarcophages des premiers siècles du christianisme. Sur un de ceux de Vérone, dont M. Gailhabaud a publié une copie très-exacte, dans son « Architecture du Ve au XVIIe siècle », la guérison de l'hémorroïsse y est représentée d'une manière presque identique à celle de l'ivoire. On pourrait facilement préciser d'autres points de comparaison avec des monuments de ce genre, et avec quelques fragments de sculpture disséminés dans les collections. J'ai eu entre les mains les moulages de trois ivoires dont les originaux sont, je crois, au musée d'Amiens : l'un représente le Massacre des Innocents, l'autre le Baptême de Notre-Seigneur, le dernier, le Miracle de Cana, c'est-à-dire trois sujets qui se suivent sur l'ivoire d'Oxford; or, la similitude qui existe entre ces différentes sculptures est presque complète, jusque dans les bordures qui les entourent. Les fragments dont je veux parler ont chacun sept centimètres et demi sur six et demi; ils sont donc plus grands que les compartiments de l'ivoire d'Oxford auxquels je fais allusion; aussi sont-ils traités avec plus d'aisance, ce qui a permis au sculpteur de placer deux mères dans le Massacre des Innocents et de nimber le Christ, dont le nimbe, du reste, est uni et sans croix. Toutes ces ressemblances prouvent que, depuis Constantin, les sujets religieux ont été traités d'après certains types qui ont été transportés dans divers pays, copiés et imités pendant des siècles, jusque dans les époques où on a fait du nouveau. Ces études comparées offrent toujours beaucoup d'intérêt et sont très-attrayantes. Elles servent à constater aussi qu'il y a bien eu quelques variantes dans les sujets figurés. Ainsi, sur les beaux ivoires de Brescia, on voit la Résurrection de la fille de Jaïre; mais quatre femmes, parentes ou pleureuses, entourent seules le lit de la jeune fille que le Christ prend par la main et qui est déjà rendue à la vie, tandis que sur le monument d'Oxford Jaïre seul assiste au miracle qui va lui rendre son enfant encore étendu sur le lit funèbre d'une forme à peu près pareille dans les deux sculptures. Je ne me rappelle pas avoir vu sur les sarcophages la tempête apaisée ni la guérison du possédé; mais ils vont bien avec les autres sujets de notre ivoire. Saint Luc raconte dans un même chapitre quatre des miracles qui sont ici représentés : la tempête apaisée, la légion de démons chassés, la fille de Jaïre ressuscitée, l'hémorroïsse guérie; il est donc tout naturel que ces sujets aient été réunis. Prudence, dans une hymne où il chante la gloire du Christ, fait mention de onze de ses miracles en des vers qui, comme tant d'autres, ont peut-être été tracés sous des peintures ou sculptures. Parmi ces onze on peut en remarquer cinq de ceux qui sont sur l'ivoire en question, et notamment ceux des démons chassés et de la tempête apaisée.

L'ivoire d'Oxford est, comme les sarcophages, les diptyques consulaires et autres fragments conservés dans diverses collections, de ce style romain aux personnages courts et épais, qui prend sa source dans l'antiquité païenne, se revêt parfois d'une grande noblesse et d'un beau caractère, puis va en décroissant et devient grossier, si grossier souvent qu'il semble l'œuvre d'un faussaire sous l'influence de certaines circonstances. Cet art romain s'est mêlé quelquefois à l'art grec-chrétien et il redevient alors plus noble et plus élégant. Mais, en général, ces œuvres sont assez difficiles à dater. Ceci m'amène à soumettre, en terminant, une observation assez importante. J'ai bien de la peine à croire que l'on ait peint et sculpté dans les catacombes avant la liberté de l'Église sous Constantin, et j'avoue humblement que les articles des journaux et des revues sur les récents travaux exécutés à Rome sont loin de me convaincre. Ils contribuent, au contraire, à me fortifier dans mon opinion. En effet, des archéologues, dont la science est incontestable, nous affirment que, parmi les dix mille inscriptions sorties des catacombes, aucun monument certain ne présente le monogramme du Christ avant le règne de Constantin; comment admettre alors, en présence d'un fait aussi précis, que les chrétiens auraient peint et sculpté des figures du Christ, même symboliques, lorsqu'ils n'osaient pas écrire son nom, même en abrégé? Le sarcophage de Junius Bassus a une date certaine et passe pour le plus beau de ceux qui existent; il me paraît donc vraisemblable que l'iconographie chrétienne est née au IVe siècle et s'est développée simultanément avec la poésie écrite. C'est à cette époque que l'on a dû peindre, en l'honneur des martyrs, ces splendides chapelles des catacombes qui rivalisent, pour le luxe de l'ornementation, avec les hypogées des païens. A cette époque, le pape saint Damase plaçait sur les tombeaux des martyrs ces inscriptions gravées en beaux caractères que l'on retrouve aujourd'hui avec celles qui les avaient précédées. Et que d'œuvres d'art n'a-t-on pas pu exécuter pendant tout le IVe siècle jusqu'aux invasions des barbares du nord et, pendant les siècles suivants, jusqu'aux invasions des Sarrasins? En émettant cette opinion, je ne touche en rien aux origines du christianisme et notamment à la dévotion envers les saints. On a voulu voir dans une peinture des catacombes, représentant l'Épiphanie, une preuve de la dévotion envers la sainte Vierge au second siècle; je ne me rends pas compte de cette explication. Est-ce qu'il ne fallait pas se conformer au texte de l'Évangile pour figurer ce sujet de la manifestation du Sauveur aux gentils qu'il était si important de mettre sous les yeux des chrétiens, même au IVe siècle? C'était aussi pour constater l'incarnation de Notre-Seigneur et rappeler les vérités fondamentales de la religion, que l'on exécutait cette peinture du cimetière de Sainte-Agnès où le Rédempteur est représenté devant sa mère avec le chrisme répété deux fois, et afin qu'on eût sous les yeux Celui qui est né de la Vierge Marie et qui s'est fait Homme. Ce ne sont là que des opinions personnelles; mais j'ai cru pouvoir les avancer avec la même franchise que celles qui ont été émises sur la question du vase de sang.

JULIEN DURAND.

Deux tiers de grandeur

RELIQUAIRE DE L'ABBAYE DE GRANDMONT — XIIIe SIÈCLE

A St GEORGES LES LANDES (HAUTE VIENNE)

L'ABBAYE DE SOLIGNAC[1]

I. — HISTOIRE.

En l'an de grâce de Notre-Seigneur 630 vivait à la cour du roi Dagobert un jeune argentier, habile dans l'art d'assouplir les métaux et de leur donner des formes légères et gracieuses. Formé par les leçons d'Abbon, maître de la monnaie de Limoges, il avait été appelé par quelques affaires au pays de France, où il avait fait la rencontre de Bobon, garde de la trésorerie de Clotaire, second du nom. Ce prince, par le moyen de son trésorier, avait fait la connaissance du jeune Limousin, et, en lui confiant des travaux importants, il avait eu l'occasion d'apprécier ses vertus naïves et désintéressées bien plus encore que son adresse et son habileté.

Or, la réputation et la vertu de l'argentier avaient ainsi grandi en se maintenant intactes et pures au milieu des corruptions et des vénalités qui entou-

1. En mourant, M. l'abbé Texier laissa plusieurs beaux et bons livres, pleins de science et de littérature, dont nous publions le catalogue plus loin, et qui sont aujourd'hui aux mains des archéologues et des historiens de l'art. Mais, à côté de ces publications, existe un vrai trésor de manuscrits, articles de revues et ouvrages complets qui, nous l'espérons, grâce à la piété de son frère, M. Remy Texier, verront prochainement le jour. Entre ces notices diverses, M. Remy Texier a bien voulu nous donner pour les « Annales Archéolog. » la notice que l'abbé Texier écrivait, au mois de mai 1837, il y a déjà vingt-trois ans, sur l'abbaye de Solignac. Ce monastère, fondé par saint Éloi, méritait de préférence à tout autre d'attirer l'intérêt de l'abbé Texier, même au moment où il débutait dans la carrière archéologique. Le saint orfévre du roi Dagobert devait être célébré par l'archéologue qui nous a donné sur l'orfévrerie du moyen âge un gros volume, nourri de faits de toute espèce. Aussi, afin de rendre hommage à cette prédilection de l'abbé Texier pour saint Éloi et les œuvres d'orfévrerie chrétienne, nous publions, en tête de la notice de notre regrettable ami sur l'abbaye de Solignac, la gravure d'un bien curieux reliquaire qui, ayant appartenu à l'abbaye de Grandmont, fut donné au XVIIIe siècle à l'église paroissiale de Saint-Georges-les-Landes (Haute-Vienne), où il est aujourd'hui. En nous envoyant le reliquaire même, d'après lequel nous avons pris un estampage et fait exécuter la gravure, l'abbé Texier nous avait promis une de ces notices descriptives que nos lecteurs, nous le savons, appréciaient hautement. La mort

raient le prince; et ce dernier, à sa mort arrivée l'an 628, avait légué à son fils Dagobert le pieux Limousin comme un des plus précieux joyaux de son trésor.

Dagobert régna, déposant de temps à autre une partie de sa puissance entre les mains d'Éloi. Heureux les peuples, si l'argentier eût toujours été maître et Dagobert toujours confiant, car le bon saint faisait un noble usage des richesses dont il était le dispensateur! D'abord, il couvrit de châsses magnifiques, œuvres de ses mains, les reliques des grands serviteurs de Dieu; puis il rendit la liberté à des troupes d'eslaves mis en vente comme les animaux qui rampent et qui broutent. En tous temps et en tous lieux, il nourrissait une multitude infinie de pauvres; en sorte que, pour indiquer son logis, on disait à ceux qui le cherchaient : « Allez où vous verrez une grande foule de pauvres, le bon Éloi est là[1]. »

Ces bonnes œuvres ne suffisaient pas à sa piété, et, bien qu'habitant du beau pays de France, il songeait au Limousin où il était né, et il voulait édifier cette terre par l'exemple des vertus des pieux cénobites.

Au midi de Limoges, à deux heures de marche de cette grande cité, en un lieu nommé Solignac, d'autres disent Solognac, était une forêt appartenant au roi Dagobert. Elle couvrait un vaste coteau dont les pentes irrégulières et adoucies venaient mourir dans un vallon qu'une rivière, appelée la Briance, baignait des replis tortueux de son cours. En la suivant de l'œil, au levant et au couchant, la vue était agréablement récréée par le feuillage des arbres, la verdure plus tendre de quelques prairies semées çà et là, et les formes

n'a pas tenu compte de cette promesse, et nous ne pouvons offrir que la gravure du reliquaire. Sur un pied ovale en cuivre ciselé, évidemment fait pour recevoir l'objet de forme ovale qu'il porte, est assise une burette en cristal de roche, montée en argent ciselé et niellé. Le pied et la monture de la burette sont évidemment du XIIIe siècle; mais l'aigle sauvage taillé dans le cristal, avec les lourds ornements qui l'accompagnent, pourrait appartenir même au bas empire. Je le crois antérieur au moyen âge proprement dit. Ce devait être un objet précieux comme le vase de porphyre rouge que l'abbé Suger fit monter en forme d'aigle, et qui se voit aujourd'hui au musée du Louvre. Plusieurs fois déjà nous avons fait remarquer combien de certains vases anciens et même antiques étaient prisés par les hommes du XII-XIIIe siècle, et étaient détournés de leur usage primitif, profane ordinairement, pour être appropriés à une destination religieuse, surtout à contenir des reliques. Cette burette de Grandmont contient des reliques, en effet, comme nous avons pu nous en assurer personnellement. Mais si le cristal est sauvage et même un peu barbare, on peut dire que la monture en est d'une délicatesse extrême : on peut s'en douter déjà en regardant la gravure de M. Gaucherel, exécutée aux deux tiers de grandeur, mais on s'en rendra mieux compte encore lorsque nous offrirons prochainement une autre gravure où ces détails de la monture sont exécutés de la grandeur même de l'original.

(*Note de M. Didron.*)

1. S. AUDOENUS, in « Vita S. Elig. », ap. D. D'Achery, « Spicil. », t. V, p. 160.

sinueuses du vallon. Au midi le spectacle changeait : des rochers noirs, semblables à des murailles, s'élevaient vers le ciel; quelques arbrisseaux avaient pris racine dans leurs fentes et se balançaient au souffle du vent comme le lierre qui tapisse les vieilles tours. Ces lieux, quoique peuplés, étaient pleins de calme, et leur silence n'était interrompu que par le chant des oiseaux et le murmure de quelques ruisseaux qui portaient leurs eaux à la Briance.

Telle était la campagne que le bon saint Éloi demanda au roi Dagobert pour l'accomplissement de ses projets. « Seigneur, dit-il, que Votre Sérénité veuille bien me l'accorder pour en faire une échelle par laquelle vous et moi puissions monter au ciel. » Le roi, « selon sa coutume[1] », ayant accédé volontiers à sa demande, le pieux Limousin Éloi y jeta les fondements d'un monastère, tout près de la Briance, et vis-à-vis les noirs rochers qui bornaient la plaine de ce côté. Lorsque les travaux furent terminés, le saint y fit venir des moines de Luxeuil, et, accompagné de vingt-deux prélats, au nombre desquels se trouvait saint Loup, évêque de Limoges, il en fit lui-même la dédicace avec grande pompe. Saint Rémacle, qui depuis fut élevé au siége de Maëstricht, en devint le premier abbé.

L'acte de fondation nous a été conservé; il commence par ces paroles remarquables : « Au nom du Père, et du Fils, et du Saint-Esprit. Moi, Éloi, serviteur de tous les serviteurs du Christ, de la dame sacrée sainte Église que j'ai bâtie en l'honneur des saints Pierre et Paul, apôtres; Pancrace et Denys avec ses compagnons; Martin, Médard et Germain, confesseurs; hors la ville de Limoges, dans la terre et le fonds du champ de Solignac, où est abbé le vénérable Rémacle en compagnie des autres frères. » — L'acte, écrit en forme de lettre, est daté du 22 novembre, l'an 10e du règne de Dagobert (631 ou 638 de J.-C.). Il est signé de plusieurs évêques, dont les plus connus sont Adeodatus de Mâcon, Madegilosus de Tours, Chanoaldus de Laon « qui souscrivit en étant prié[2] », Maurin de Beauvais, Salapius de Nantes, Loup de Limoges, Hildegarius de Sens. Saint Éloi fait donation au monastère de tous les droits qu'il tenait du roi Dagobert, à condition que les moines et leurs successeurs suivront les traces des saints hommes du monastère de Luxeuil et la règle des bienheureux pères Benoît et Colomban dans toute leur rigueur.

La règle de saint Benoît est très-connue. Voici quelques points plus ignorés de celle de saint Colomban. L'obéissance, la pauvreté, la chasteté sont commandées aux moines, qui se livreront au travail des mains, à la lecture et à

1. « Sicut solebat », comme dit saint Ouen dans sa Vie de saint Éloi.

2. « Chanoaldus, episcopus, rogatus ab Eligio, hanc cessionis suæ cartulam suscripsi ». — Apud « Acta Sanct. », t. I.

la prière. Ils ne mangeront que le soir, et ne vivront que d'herbes et de racines auxquelles ils joindront un peu de pain.

A cette règle était réuni un « pénitentiel » ou recueil des pénitences imposées aux moines pour les différentes fautes où ils tombaient, quelque légères qu'elles fussent. Quiconque manquait de répondre « Amen » aux prières qui se disaient avant et après le repas, recevait six coups de fouet. On faisait subir la même peine à celui qui rompait le silence au réfectoire, qui souriait à l'office, etc. On recevait cinquante coups de fouet pour avoir parlé avec humeur ou répliqué au supérieur. Certaines fautes étaient punies de deux cents coups de fouet, mais on n'en donnait pas plus de vingt-cinq à la fois. On imposait une pénitence aux moines qui, après avoir fini leur tâche, ne demandaient pas de travail, ou qui faisaient quelque chose sans l'ordre du supérieur, etc. La règle détaillait longuement les diverses obligations des moines, et des peines sévères étaient attachées à la moindre infraction.

Malgré ces rigueurs et ces austérités, le nombre des religieux venus à Solignac des différentes parties de la Gaule s'éleva bientôt à cent cinquante, et cette affluence n'ôta rien à leur régularité. Ils réunissaient les plus pures vertus à la pratique des arts, et, selon les savants auteurs de l'« Histoire littéraire de la France », dès l'origine, les lettres y étaient cultivées avec honneur[1]. Aussi saint Éloi aimait si fort ce monastère, qu'il souhaitait ardemment que les autres, qu'on avait bâtis « à son exemple » dans la ville de Limoges et dans les faubourgs, imitassent l'institut de Solignac. Après les fatigues diverses de son apostolat, il venait y chercher un peu de repos, et le pontife puissant et vénéré donnait au moindre frère ces marques de déférence et de respect qu'on ne doit qu'à l'autorité et à une vertu supérieure. Il voulait même s'y retirer, si Dieu ne l'eût appelé ailleurs.

Saint Ouen, évêque de Rouen, confirme ce récit par son témoignage. « J'y suis allé, dit-il, et j'y ai vu une si exacte observance de la règle sacrée, que la vie de ces moines l'emporte par la régularité sur tous les monastères de la Gaule, le seul monastère de Luxeuil excepté. C'est à présent une grande congrégation ornée des différents dons de la grâce. On y trouve plusieurs ouvriers habiles dans les arts divers, et ces hommes, pleins de la crainte du Seigneur, sont toujours prêts à obéir. Personne ne s'y approprie rien, mais toutes choses sont communes à tous. »

Le pieux auteur peint ailleurs, en ces termes pleins de naïveté, les agréments naturels du lieu : « Ce monastère, entouré d'une clôture circulaire, non de pierre, mais d'une haie munie d'un fossé qui a près de dix stades, est

1. T. III, p. 443.

bordé d'un côté par une fort bonne rivière que domine une montagne élevée, couverte de bois et surmontée de roches fort escarpées. Des arbres fruitiers de différentes espèces occupent toute l'enceinte du monastère, et un esprit tranquille y goûte autant de douceur que s'il possédait une partie des charmes du paradis. Lorsque quelqu'un y arrive, il peut dire parmi les bocages, les vergers et les agréments des jardins verdoyants : « Que vos maisons sont « bonnes, ô Jacob ! que vos tabernacles sont beaux, ô Israël ! »

Là fut envoyé, pour être élevé dans la piété et dans les saintes lettres, un jeune esclave saxon rendu à la liberté par saint Éloi. Arraché plus tard de son asile pour prêcher l'Évangile à Tournai et dans les provinces environnantes, il revint, après le trépas de son protecteur, mourir aux lieux où il était né à la foi et dans une solitude peu éloignée de l'abbaye. Sa simplicité, sa ferveur et sa mortification retracèrent la vie des Pères d'Orient. Il y mourut vers l'an 702, à l'âge de quatre-vingt-quatorze ans, et l'Église des Gaules, avertie de sa sainteté par plusieurs miracles arrivés à son tombeau, lui décerna des honneurs et un culte publics sous le nom de saint Théau[1].

La renommée de ces lieux, sanctifiés par tant d'illustres exemples, s'étendit au loin. On y venait des contrées étrangères chercher des pasteurs, et, à différentes époques, vingt-quatre moines sortirent du monastère pour aller occuper des siéges épiscopaux.

Le catalogue des abbés nous a été conservé par Lecointe (« Ann. Ecclés. »); les auteurs de la « Gallia Christiana » le donnent aussi, mais avec plusieurs variantes.

Sous leur gouvernement le monastère traversa avec quelque bonheur l'invasion des barbares. En vain ils accouraient du Nord et du Midi y porter le fer et la flamme, leurs fureurs n'eurent jamais la puissance de rendre stérile cette terre fécondée par les vertus des saints ; et lorsqu'ils avaient passé comme un torrent, les cellules se relevaient et l'église entendait encore les chants des religieux. Saccagé une première fois par les Sarrasins, il dut son rétablissement à la piété de Louis le Débonnaire. Au concile de Soissons, en l'an 866, l'abbé de Solignac, Bernard Ier, pria le roi et les évêques de lui donner des titres semblables à ceux que les Normands avaient brûlés. Il paraît que cette fois les hommes du Nord s'étaient contentés de piller le monastère. A une époque antérieure, les fortifications qui défendaient la ville bâtie sous son ombre l'avaient mis à l'abri de leur cupidité ; et nous lisons dans un vieux titre que, pour dérober les reliques de saint Martial à leur rapacité sacrilége, on les transporta à Solignac où elles furent en sûreté.

1. En latin, TILLO, TILLONIUS.

Écoutons à ce sujet un vieil annaliste, le P. Collin : « Les Normans ou Danois, c'estoient des peuples sauvages, qui sortoient à grandes troupes des provinces du Nort : pirates fameux qui fesoient mille brigandages, sur les costes de France et partout où ils se pouvoient rencontrer. Ils estoient donc entrés dans la Guienne par la rivière de Gironde et fesoient des ravages extraordinaires dans tout le pays, attaquant même les meilleures villes, après avoir brigandé et saccagé par toute la campagne, s'en prenant même, par une attache particulière, aux esglises, d'où ils enlevoient les saincts reliquaires, s'ils estoient de quelque prix : ou même les sainctes reliques, si elles estoient de réputation, pour ce qu'ils savoient très-bien que les peuples chrestiens estimoient ces sacrées dépouilles plus que les pierreries, et qu'ils ne manqueroient pas de les racheter à quel prix que ce fust. Or, quand cette nation farouche se jetta dans le païs, les murailles de la ville de Limoges, qui avoient été ruinées par le roi Pépin à l'occasion des guerres de Hunaut et de Gaiffer, n'avoient pas encore été restablies, de façon que la ville estoit sans deffense ; ainsi les habitans de la ville de Limoges, ne voulant exposer les sacrées reliques de leur sainct tutélaire à l'avarice de ces barbares, se résolurent de quitter leur ville et d'emporter avec eux ce qu'ils avoient de plus précieux. Ils enlevèrent donc le corps de leur sainct apostre, et ne le portèrent que jusqu'à Solomniac, qui estoit pour lors une forteresse d'importance, et si bien remparée et fortifiée de soldats et de toutes sortes de munitions, qu'elle estoit capable de résister aux courses et ravages de ces brigans. Ce sacré thrésor fut là en dépost durant près de deux ans, où il estoit tenu en aussi grande vénération que dans la ville même de Limoges... — Mais enfin cette ravine de nations barbares estant passée, comme ceux de Limoges virent qu'il n'y avoit plus aucun danger, ils le voulurent remporter dans leur église... Les habitans de la forteresse de Solomniac firent bien leur possible d'empescher ce transport, mais ils acquiescèrent à la fin quand, par un surcroy de merveilles, les murailles de la forteresse se renversèrent d'elles-mêmes dans le fossé. » — Selon une autre tradition, les habitants de Limoges prirent d'assaut les reliques de leur saint patron.

Viennent les guerres de la domination anglaise. Les moines ne peuvent plus prier et se livrer à leurs pacifiques travaux qu'en la compagnie des gens de guerre. Un fort est construit à côté du monastère ; tour à tour Anglais et Français s'en disputent la possesion avec acharnement, et le voisinage du célèbre château de Chalussset vient encore ajouter aux horreurs d'une situation si précaire. Dans ces temps de combat, les franchises et les immunités du monastère furent sans doute utiles à plus d'un malheureux, et bien souvent les vaincus des divers partis bénirent le ciel d'avoir placé à côté de ces ruines, que se disputaient les hommes, un asile où leurs fureurs n'avaient pas d'accès. Aux guerres internationales succédèrent les guerres de religion. L'abbaye n'a plus de droits aux respects des sectaires : son antiquité et sa pieuse destination appellent les profanations au lieu de les éloigner, et les prétendus réformés, après s'être emparés du château de Chalusset, font des courses jusqu'aux portes de Solignac. D'abord délogés par les habitants réunis aux troupes d'Aixe et de Pierre-Buffière, ils reviennent en force sous la conduite des sieurs de Bourdeille et de Pierre-Buffière. L'abbaye est livrée aux flammes, les tombeaux profanés, et les cendres des grands, qui étaient venus y dormir leur dernier sommeil en compagnie des moines, sont jetées au vent.

Tant d'épreuves, qui justifiaient si mal la devise du monastère, « PAX », avaient relâché les liens de la discipline. Pour rétablir toutes choses dans leur primitif éclat, Mgr Jaubert de Barrant, archevêque d'Arles, premier abbé commendataire, fit un traité avec les moines de Saint-Augustin-lez-Limoges, au commencement du XVIIe siècle. Enfin, en 1619, l'abbaye fut donnée aux membres de la célèbre congrégation de Saint-Maur, et fut occupée par eux jusqu'au jour où la tempête révolutionnaire vint condamner à la solitude ses cloîtres relevés depuis moins de cinquante ans.

En racontant les vicissitudes diverses de la sainte abbaye, nous n'avons rien dit de ses jours de fête et de réjouissance. La translation des reliques de saint Martial, la réception de quelques ossements de saint Éloi, le passage d'un illustre personnage de l'ordre civil ou ecclésiastique, la réunion des évêques qui viennent chercher à Solignac un peu de silence, tels sont les seuls événements dont les légendes nous aient transmis le souvenir. Ils occupent chez les écrivains ecclésiastiques autant de place que le récit d'une conquête chez les écrivains profanes. N'en soyons pas étonnés : ils ne voyaient pas les choses humaines avec nos yeux mortels, et les guerriers, qui font beaucoup de bruit, n'avaient pas seuls des droits à leur admiration. Mais les travaux des moines, mais leurs vertus cachées, qui nous les révèlera? Deux religieux en avaient composé une histoire précieusement conservée dans les archives du monastère. La révolution est venue : les histoires et des chartes nombreuses et rares ont servi aux plus vils usages. Tout est rentré dans cette obscurité que les moines étaient venus chercher au cloître. Ils ont reçu la seule récompense qu'ils ambitionnassent ici-bas, et cette perte n'est déplorable que pour la postérité, qui a besoin d'exemples et de modèles[1].

1. M. l'abbé Texier a laissé un résumé de cette notice historique sur l'abbaye de Soli-

ANNALES ARCHÉOLOGIQUES

PAR DIDRON, A PARIS

Dessiné par J. de Verneilh. *Gravé par E. Guillaumot.*

ÉGLISE ABBATIALE DE SOLIGNAC

XIIe SIÈCLE

II. — DESCRIPTION.

Les bâtiments du monastère, parallèles à l'église, ne sont remarquables que par leur étendue et leur aspect monumental. La façade principale a près de 280 pieds de longueur. Elle se développe sur une terrasse qui domine la Briance et la vallée. La beauté du site n'a pas changé depuis saint Éloi : la rivière roule toujours ses eaux dans une plaine dont l'aspect riant contraste avec la couleur sombre des rochers qui la bornent au midi ; mais les arbres séculaires sont tombés, et, à leur place, un gazon épais s'étend jusqu'au pied des collines, autrefois couvertes de vignes, que des cultures variées remplacent aujourd'hui.

L'intérieur du monastère répond à d'aussi beaux dehors : des salles vastes et bien distribuées occupent toute l'étendue de l'édifice, et leurs voûtes sonores font penser à la puissante main qui les éleva ; mais toutes ces choses ont le tort d'être modernes. Après les dévastations des calvinistes, l'abbaye avait été rebâtie au commencement du XVIIe siècle. Elle n'avait conservé de ses premières constructions qu'un cloître circulaire que la révolution a renversé le jour où elle transforma la maison de prière en maison d'arrêt.

Lorsque les temps furent plus calmes, des religieuses y établirent un pensionnat. Leur pauvreté les en chassa bientôt, et, après divers essais, ces bâtiments ont été transformés en fabrique de porcelaine. Nous souhaitons aux successeurs des ouvriers « habiles dans plusieurs mestiers » la foi patiente et puissante de saint Rémacle et de saint Théau.

L'intérêt se reporte tout entier sur l'église, qui s'est conservée dans son intégrité au milieu des dévastations du moyen âge. Disons d'abord ce qu'elle est, et nous chercherons ensuite à déterminer l'époque de sa construction d'après ses caractères archéologiques.

Cette église frappe, dès la première vue, par des formes architecturales qui ne se retrouvent nulle part dans le diocèse et indiquent une haute antiquité. Elle a la forme d'une croix latine couchée d'occident en orient. Le

gnac. A la fin, il avait écrit ce passage qui termine dignement la première partie de son travail : « Tels sont les faits principaux dont l'histoire a gardé le souvenir. Les vertus solitaires et les travaux utiles, mais modestes, ont peu d'éclat et peu de retentissement. Il semble que ceux qui ont fait le plus de bruit aient le privilége d'être seuls entendus. Les actions des guerriers ont été conservées, mais nous ignorons les vertus des moines, et cependant l'histoire fut écrite par eux ! »

clocher, qui, selon l'abbé Legros, paraissait remonter à l'époque de Louis le Débonnaire, s'écroula au XVIIIe siècle sur une hauteur de 35 pieds, sans qu'on pût assigner à cet événement d'autre cause que sa vétusté. Le reste, qui menaçait ruine, fut démoli, et on éleva à la place un mur assez élevé dont le couronnement a la forme du fronton d'un temple grec. Cette construction de mauvais goût est percée de deux fenêtres où sont appendues deux cloches, dont la plus grande pèse près de trois mille livres.

L'église ne présente pas de collatéraux. Sur les murs de la nef, des pilastres de huit pieds et demi de large, à moitié engagés dans les murs, supportent, sur quatre cintres de même largeur qui se réunissent à angles droits, un ensemble de coupoles, au nombre de six, dont le sommet est élevé de près de soixante pieds au-dessus du pavé. Cette disposition architecturale produit beaucoup d'effet; la vue, arrêtée par les cintres, semblables à d'immenses nervures, se reporte ensuite agréablement sur les dômes élevés qui les couronnent. Il nous a semblé que c'était là le passage de la pesante architecture romane à la légèreté hardie des ogives gothiques.

Entre les pilastres ou piliers dont nous avons parlé, des colonnes d'une dimension beaucoup plus petite et d'une forme beaucoup plus légère supportent une galerie qui règne autour de l'église, au tiers de la hauteur. Les chapiteaux de ces colonnes sont formés par des têtes d'animaux monstrueux, des figures grimaçantes et des feuillages variés.

Les vitraux ont été brisés pendant la révolution. Cependant, des débris assez bien conservés représentent des évêques et des martyrs. Nous y avons remarqué les armes de France (trois fleurs de lis sur champ d'azur) plusieurs fois reproduites, et, aux pieds d'un saint qu'une légende en caractères gothiques du XVe siècle nous apprend être saint Austriclinien, d'autres armoiries qui consistent en trois besants sur champ de gueules. Ce sont les armes de l'abbé Bony de Lavergne, qui fit en effet exécuter ces vitraux en 1470.

Les stalles du chœur ne sont pas la partie la moins curieuse de l'édifice. Les ogives en accolade, les subdivisions flamboyantes et prismatiques des moulures qui les surmontent, les rinceaux, les feuillages délicats dont elles sont ornées annoncent qu'elles appartiennent à la seconde moitié du XVe siècle. Toute cette boiserie, les historiens le disent formellement, est un don de l'abbé Bony de Lavergne. D'ailleurs, un fait péremptoire, à défaut d'autres preuves, suffirait pour préciser la date de ces stalles. Au nombre des statuettes qui les décorent se trouve celle d'un pape dont la tête est couverte de la tiare à triple couronne. Or, l'on sait que la troisième couronne fut ajoutée aux deux autres par le pape Benoît XII, qui fut élevé au souverain pontificat en 1334. Les miséricordes sont ornées de figures bizarres, entre lesquelles nous citerons seulement un moine à oreilles d'âne, et un âne vêtu en moine et prêchant. On voit que la caricature est vieille en France.

Les dehors de l'église méritent aussi d'attirer l'attention. Le mur oriental de la partie de la croisée située au nord porte plusieurs statues frustes qui semblent être une représentation de la sainte Trinité. « Trois chapelles disposées autour du sanctuaire forment en dehors des saillies circulaires assez considérables, ce qui donne à cette église une analogie très-remarquable avec celle de Saint-Hilaire de Poitiers. » M. Allou, que nous citons ici, dit ailleurs : « Les arcades à plein cintre qui décorent extérieurement les parois, les ornements et figures bizarres qui forment les métopes, la disposition même de tout l'édifice, annoncent une haute antiquité et une origine bien antérieure au gothique. »

Voici les proportions de l'édifice : depuis la chapelle interdite au culte, qui forme aujourd'hui la sacristie, jusqu'à la porte d'entrée, l'église a intérieurement 210 pieds de long. La croisée, dont un côté a six pieds de plus que l'autre, a 108 pieds. La nef a 45 pieds de large.

A quelle époque faut-il assigner la construction de l'église que nous venons de décrire? Faut-il croire, avec quelques auteurs, que le monument élevé par saint Éloi a échappé aux dévastations des barbares, au fer des Anglais et aux flammes des calvinistes? Ou bien faut-il, avec l'auteur de la description des monuments de la Haute-Vienne, s'arrêter à une époque moins reculée et dater sa réédification du siècle de Louis le Débonnaire? Un instant nous avons cru avoir trouvé la solution de cette difficulté. Le chapiteau d'une colonne des chapelles situées au chevet de l'église est formé par la réunion de deux personnages accroupis. L'un de ces personnages porte un livre sur lequel sont inscrits les caractères suivants :

LCX — M°SI

Nous avions voulu voir une date dans cette inscription ; mais cette réunion de caractères singuliers a déconcerté toute notre science, et nous avons dû nous contenter de les inscrire ici, en laissant à des interprètes plus habiles le soin d'en trouver la signification. Nous possédons heureusement des données plus intelligibles : l'église tout entière est une grande inscription. Le caractère de son architecture hardie et massive, la bizarrerie de ses décorations souvent barbares, tout, en un mot, se réunit pour lui faire assigner une origine bien antérieure au gothique.

Selon quelques érudits à systèmes, il n'y a pas en France d'église antérieure au IXᵉ siècle, par la raison toute simple, dit l'un d'entre eux[1], que « les églises qui se sont bâties avant le Xᵉ siècle étaient en général construites en bois. Ceci est vrai pour la France, pour l'Allemagne, pour l'Angleterre et pour l'Espagne, c'est-à-dire pour toutes les parties de l'empire romain qui n'étaient pas pourvues de monuments publics dans lesquels le christianisme s'installa dès qu'il eut acquis quelque puissance; ceci est à peu près certain. C'est même de ces monuments publics qui s'appelaient « basiliques », comme qui dirait palais royal, que les églises ont conservé ce nom. La Gaule, qui était un pays grossier, n'avait pas de basiliques; le christianisme fut donc obligé d'y construire sa demeure, et il l'y construisit modestement. »

N'en déplaise à l'habile écrivain, ces assertions sont démenties par les auteurs contemporains, et, sans passer en revue la Gaule tout entière, il nous suffit de citer les arènes et les autres monuments magnifiques dont la ville de Limoges fut ornée au IIIᵉ siècle, sous l'administration romaine. Ce ne sont pas là les œuvres d'une nation « grossière ». Que faudrait-il donc penser des descriptions pompeuses que saint Grégoire de Tours nous a laissées de la riche basilique élevée en l'honneur de saint Martin? L'écrivain ecclésiastique est d'accord sur ce point avec Sulpice-Sévère, et les détails qu'ils nous donnent des marbres, des colonnes et des ornements divers, qui décoraient le temple élevé sur le tombeau du saint pontife, ne permettent guère de croire que ces magnificences fissent partie d'un temple « modestement » bâti en bois.

On peut donc affirmer qu'avant le IXᵉ siècle la Gaule possédait un grand nombre d'églises entièrement construites en pierre, telles que les églises de Saint-Hilaire de Poitiers et Notre-Dame du Puy. Pourquoi l'église de Solignac n'aurait-elle pas pu demeurer debout dans les dévastations des Normands et partager ce privilége avec les églises que nous venons de nommer?

L'ABBÉ TEXIER[2].

1. M. GRANIER DE CASSAGNAC, « Encycl. du XIXᵉ siècle ».

2. Nous avons voulu et nous avons dû ne rien changer au manuscrit de l'abbé Texier; mais si, avant sa mort, notre malheureux ami avait revu son travail, il aurait modifié probablement la description de l'église abbatiale de Solignac et certainement son opinion sur l'antiquité de l'édifice. Dans son « Architecture byzantine en France », p. 265, M. Félix de Verneilh a transcrit une note prise par M. Lingaud, secrétaire général de la Mairie de Limoges, sur un ancien manuscrit aujourd'hui perdu. D'après cette note, la dédicace de l'église eut lieu en 1143. Un incendie, dont parle la « Gallia christiana », dévora, en 1178, les bâtiments du monastère et la toiture de l'église, ce qui occasionna, en 1200, une dédicace nouvelle. Enfin, en 1479, l'abbé Bony de Lavergne renouvela les stalles et les vitraux. — Il faut s'en tenir désormais à ces dates et attribuer au XIIᵉ siècle la construction actuelle de l'église abbatiale de Solignac. Du reste, pour illustrer le travail de l'abbé Texier et pour donner à nos lecteurs une idée de cette église de Solignac, la

CATALOGUE

DES OUVRAGES ARCHÉOLOGIQUES DE L'ABBÉ TEXIER

I. — IMPRIMÉS.

De la restauration des édifices religieux. — Publié dans la « Gazette du Centre » le 8 juin 1839.

Étude sur le Limousin. — Dans la « Gazette du Centre », 1839.

Cathédrale de Limoges, réponse à M. Mérimée. — 18 janvier 1840.

Mémoire sur le monument connu sous le nom de Bon Mariage. — Limoges, Darde, 1840, in-4° de 20 pages et 2 planches. — Paris, « Magasin Pittoresque », année 1840.

Lettre a M. Maurice Ardant sur Saint-Yrieix, 26 mai 1841. — Dans la « Gazette du Centre », 12 juin 1841.

Manuel de Dévotion pour les compères des saints confesseurs Israël et Théobald, dont les reliques reposent dans l'église de Saint-Pierre de la ville du Dorat. — 14° édition, augmentée d'une Vie nouvelle. Limoges, Blondel, 1841. In-18 de 20 pages.

Restauration des édifices religieux. — Embellissements de l'église de Bourganeuf. — Dans la « Gazette du Centre », année 1842.

Vitraux placés dans quelques églises. — Dans la « Gazette du Centre », 24 septembre 1842.

seule de cette espèce qui se voie dans le Limousin, nous avons prié M. F. de Verneilh de nous prêter le bois publié dans son ouvrage et gravé d'après un dessin de M. Jules de Verneilh, son frère.

Nous publions, ci-dessous, la liste des ouvrages d'archéologie, imprimés et manuscrits, que composa l'abbé Texier. Ce catalogue, qui témoigne de l'activité du savant et laborieux archéologue, est disposé par ordre chronologique ; il comprend vingt ans de travaux. Le premier ouvrage date de 1839 ; le dernier, de 1859, de la veille du jour, pour ainsi dire, où succombait l'abbé Texier. C'est tout un enseignement qu'une pareille liste. Au début, l'activité est contenue ; puis elle augmente d'année en année, avec une régularité mathématique, jusqu'à la mort, qui terrasse le savant au milieu de ses œuvres les meilleures et les plus importantes.

ESSAI SUR LES ARGENTIERS ET LES ÉMAILLEURS DE LIMOGES. — In-8° de 288 pages avec 9 planches gravées sur bois et lithographiées. Poitiers, 1843. Extrait des « Mémoires de la Société des antiquaires de l'Ouest », année 1842.

LISTE DE NOMS D'ÉMAILLEURS NOUVELLEMENT CONNUS. — Dans le « Bulletin archéologique » du Comité historique des arts et monuments, année 1842.

ÉTUDE SUR LA SCULPTURE.— Dans le « Magasin Pittoresque », année 1842.

AUTELS ÉMAILLÉS. — Dans les « Annales Archéologiques » de Didron, vol. IV, p. 254.

SUR L'ÉTUDE DE L'ART LIMOUSIN. — Notice de 20 pages in-8°, lue à la Société archéologique et historique du Limousin le 6 février 1846. (C'est là que commence le « Bulletin » de la Société.)

LES ORFÈVRES LAÏQUES AU MOYEN AGE. — Dans les « Annales Archéologiques », vol. VI, p. 26.

MAISONS ANCIENNES DU LIMOUSIN. — Dans le « Bulletin archéologique et historique du Limousin », vol. I, 170. In-8° de 8 pages.

DISCOURS PRONONCÉ A LA DISTRIBUTION DES PRIX DE LA MAÎTRISE DE LA CATHÉDRALE DE LIMOGES, le 15 septembre 1846.—Dans l'« Avenir national », 26 septembre 1846.

LETTRE D'INVITATION AU CONGRÈS SCIENTIFIQUE DE LIMOGES. — Dans l'« Avenir national », 4 septembre 1847.

HISTOIRE DE LA PEINTURE SUR VERRE EN LIMOUSIN. — Paris, Didron. Limoges, Leblanc. 1846-47. 1 vol. in-8° de 115 pages et 6 planches.

CHRONIQUE. — Dans le « Bulletin de la Société archéologique et historique du Limousin », 1853.

DISCOURS PRONONCÉ A LA MAÎTRISE, le 21 août 1847, pour la distribution des prix. — Dans l'« Avenir national », 4 septembre 1847.

BONLIEU, BOURGANEUF, LA SOUTERRAINE, BÉNEVENT. — Dans l'« Album de la Creuse ». In-4°. Aubusson, Langlade. 1847.

RAPPORT SUR LA STATISTIQUE MONUMENTALE DU CALVADOS, par M. de Caumont. — Dans le « Bulletin de la Société archéologique et historique du Limousin », II, 132.

QUATORZIÈME SESSION DU CONGRÈS ARCHÉOLOGIQUE. — Dans le « Bulletin de la Société archéologique et historique du Limousin », II, 175. In-8°. 24 pages.

ORFÉVRERIE DU MOYEN AGE. — Dans les « Annales Archéologiques », vol. VIII, p. 260.

SUR QUELQUES INSCRIPTIONS ROMAINES. — Dans le « Bulletin de la Société archéologique et historique du Limousin », III, 118, septembre 1851.

STATUAIRE CHRÉTIENNE. — TOMBEAU DE BARTHÉLEMY DE LAPLACE A CHÉNERAILLES (Creuse). — Extrait des « Annales Archéologiques » publiées par Didron aîné, vol. IX, p. 193. In-4° de 16 pages et une gravure. Paris. Victor Didron.

ORIGINE DE LA PEINTURE SUR VERRE. — Dans les « Annales Archéologiques », vol. X, p. 81.

TOMBEAU DE L'ÉVÊQUE GÉRARD. — Dans les « Annales Archéologiques », vol. X, 177, et « Bulletin de la Société archéologique du Limousin », III, 95. 1848.

DÉCOUVERTE DU TOMBEAU DE L'ABBÉ GÉRARD (Creuse), avec une planche. — Brochure in-4°. 1850. « Société archéologique du Limousin ».

MANUEL D'ÉPIGRAPHIE, suivi du recueil des inscriptions du Limousin. — Poitiers, Dupré; Paris, Didron. Vol. in-8° de 380 pages, 28 planches. 1851.

HISTOIRE DE LA SCULPTURE DU MOYEN AGE. — Dans les « Annales Archéologiques », vol. XI, 270.

ÉGLISE DE VILLEFAVARD. — Dans les « Annales Archéologiques », vol. XI, 42.

ALBUM DU PETIT SÉMINAIRE DU DORAT. — Dans les « Annales Archéologiques », vol. XII, 250. In-4°, 8 pages, 6 planches. Le 9 août 1852.

LA SCULPTURE AU MOYEN AGE. — Dans les « Annales Archéologiques », vol. XII, 384.

ÉPIGRAPHIE CHRÉTIENNE. — Dans les « Annales Archéologiques », vol. XII, 44.

RAPPORT SUR L'OUVRAGE INTITULÉ : L'ARCHITECTURE BYZANTINE EN FRANCE, PAR M. FÉLIX DE VERNEILH (11 juin 1852). — Dans le « Bulletin de la Société archéologique et historique du Limousin », IV, 20.

LA SCULPTURE AU MOYEN AGE. — TOMBEAU DE SAINT ÉTIENNE D'OBASINE. — Dans les « Annales Archéologiques », vol. XIII, année 1853.

SOURCES DE L'HISTOIRE ET DE LA BIOGRAPHIE DU LIMOUSIN. — Décembre 1853.

RELIQUAIRE DES BILLANGES. Extrait des « Annales Archéologiques ». — Dans le « Bulletin de la Société archéologique et historique du Limousin ».

L'ORFÉVRERIE AU XIII° SIÈCLE. — Dans les « Annales Archéologiques », vol. XIII, 323.

NOTICE SUR M. LE COMTE DE MONTBRON. — Limoges, Chapoulaud, 1853. In-8° de 8 pages. Dans le « Bulletin de la Société archéologique », vol. IV, 65.

LES ÉMAUX. — Dans les « Annales Archéologiques », vol. XIV, 378.

PROGRAMME D'UN COURS D'ARCHÉOLOGIE PROFESSÉ AUX ÉLÈVES DU PETIT SÉMINAIRE DU DORAT. — Deuxième édition. Paris, Didron, 1854. In-8°.

Sur la fabrication de la porcelaine. — Le 20 décembre 1854.

Les Émaux. — Dans le « Bulletin de la Société archéologique et historique du Limousin », vol. v, 216.

Travaux a la cathédrale de Limoges. Novembre et décembre 1854.

La Porcelaine et la Poterie a l'Exposition universelle. Janvier 1855.

Nielles et gravures. — Dans les « Annales Archéologiques », vol. xv, 5.

Les Ostensions en Limousin. — Dans les « Annales Archéologiques », vol. xv, 285.

Inventaire des chasses, reliques, croix, etc., de Grandmont. 1666. — Note sur le trésor de Grandmont. — Dans le « Bulletin de la Société archéologique et historique du Limousin », vol. vi, 1, 73. 15 septembre 1855.

Dictionnaire d'orfévrerie, de gravure et de ciselure. — Migne. 1 vol. grand in-8° de 1496 colonnes. Paris, 1856.

Les Émaux. — Les 9, 11 et 12 juillet 1858.

Études sur le Limousin. — Dans le « Bulletin de la Société archéologique et historique du Limousin », viii, 182.

Traité de la dévotion des anciens chrétiens a saint Martial, par Jean Bandel, docteur en théologie de la Sorbonne, chanoine en l'église cathédrale, official et vicaire-général en l'évêché de Limoges. Deuxième édition, augmentée de recherches sur le culte et sur l'authenticité des reliques de saint Martial, par l'abbé Texier. — Paris, V. Didron. Limoges, Ducourtieux. In-18 de 234 pages.

Lettre aux prêtres du diocèse pour demander des renseignements destinés au Dictionnaire géographique. — Limoges, Chapoulaud. In-8°. 4 pages. 2 février 1859.

Dictionnaire géographique de la Marche et du Limousin. — Limoges. Chapoulaud. 1859. In-4°. Abbaye. Agriculture.

Chapelle de Chauffailles. — Dans les « Annales Archéologiques ».

Iconographie de la mort. — « Annales Archéologiques », vol. xvi, 164.

Notice sur Saint-Junien.

II. — MANUSCRITS ET DESSINS.

Documents inédits recueillis par l'abbé Texier pour servir a l'histoire du diocèse de Limoges. — 24 juin 1844.

Du Symbolisme. — Plusieurs cahiers.

Abbaye d'Obasine. — Soixante-seize pages écrites petit in-4°.

Histoire et description de l'abbaye de Solignac. — C'est le manuscrit que nous publions aujourd'hui.

Cathédrale de Limoges. — Envoyé au ministre des travaux publics.

Vie des Saints du Limousin.

Généalogie et armes des gentilshommes de l'élection de Limoges. — Deux registres.

Notes de voyages archéologiques.

Correspondance scientifique. — Quatre cahiers in-4°.

Plans de plusieurs églises, pour Villefavard, Chauffailles, Bourganeuf, etc.

Albums divers. Églises, cloches, inscriptions, panneaux, etc.

ARCHITECTURE CIVILE DU MOYEN AGE

FONTAINES PUBLIQUES

Il ne faut pas demander en ce genre, aux gens du moyen âge, les grands travaux familiers aux Romains. Ils n'avaient plus de thermes ni de naumachies, et ne conservaient rien des molles et somptueuses habitudes que ces deux mots rappellent.. L'eau n'était pas pour eux un objet de luxe, et ils n'avaient pas besoin de la conduire en si grande abondance dans leurs villes. Donc, et malgré l'exemple du pont canal de Perpignan, point de ces aqueducs renfermant de vrais ruisseaux, qui serpentent le long des coteaux sous la forme d'un bac de béton, plus dur que la pierre, et franchissent les vallées sur de hautes arcades. Les conduites de fontaines n'ont plus, au XIIIe siècle, ce caractère de grandeur et de simplicité; mais elles ne nécessitent pas ces énormes dépenses. En cela, comme en mille autres choses, les hommes de ce temps ont été moins prodigues et plus ingénieux que les Romains. La société féodale était cependant aussi riche, si ce n'est plus, que la société romaine. Mais, tout bien considéré, elle était moins aristocratique, et, si elle donnait à certains hommes privilégiés des positions très-hautes et très-indépendantes, elle leur conférait plus de pouvoir que de richesse. Nos rois du moyen âge furent prodigieusement pauvres à côté des empereurs, nos échevins et nos maires à côté des sénateurs et des duumvirs. On avait, au XIIIe siècle, non pas même des serfs, mais des vassaux au lieu d'esclaves, et déjà le nombre des petites fortunes était infini. Les grandes étaient aussi très-éparpillées dans les campagnes, et chaque cité n'était pas, comme aux temps antiques, le domicile politique et la résidence habituelle de tous les hommes riches d'une province.

Force était donc, quand il ne s'agissait pas d'églises, de se montrer économe et, par suite, ingénieux. Peut-être faudra-t-il reconnaître qu'on a créé alors, en grande partie, l'art du fontainier tel qu'il se pratique aujourd'hui; car, pour un aqueduc à la romaine, comme celui de Marseille, que de modestes fontaines ne fait-on pas pour nos villes et pour nos habitations des champs, au moyen de cors en métal, infléchis selon le relief naturel du terrain?

Je ne prétends pas dire que les Romains n'ont pas connu cette loi physique en vertu de laquelle l'eau, introduite dans un tuyau continu et suffisamment solide, remonte à son niveau, aussi long et aussi courbé que soit ce tuyau. Je crois seulement qu'ils ont tiré peu de parti de cette facile découverte [1]. Même lorsque le volume des eaux était médiocre, soit routine, soit infériorité de la métallurgie, ils ne s'y sont pas pris, pour les conduire, comme nous nous y prendrions aujourd'hui, comme on s'y prenait au moyen âge.

On a conservé à Périgueux, dans le musée, bien entendu, une fontaine publique de l'époque romaine. C'est une longue dalle décorée autrefois d'une belle inscription à la louange du donateur de la fontaine et de l'aqueduc. L'abbé Lebeuf l'avait vue et l'a publiée. Elle a été depuis reproduite par M. de Taillefer, et par M. Raynouard, qui s'en est servi dans son excellente « Histoire du droit municipal ». La voici dans sa noble simplicité :

L. MARVLLIVS. L. MARVLLI. ARABI
FILIVS. QVIR. AETERNVS. IIVIR
AQVAS. EARVM QVE. DVCTVM
D. S. D.

En 1793, cette précieuse inscription a été martelée comme monument féodal; mais on a laissé la moulure qui l'encadrait et les deux trous ronds superposés qui s'y trouvaient percés pour deux gros robinets, dont l'un donnait jusqu'à douze pouces d'eau, selon le calcul de M. de Mourcin. On a ainsi la preuve que l'eau « tombait » simplement dans un bassin quelconque, quand elle était arrivée à l'extrémité de l'aqueduc. Elle n'était pas comprimée par des tuyaux de façon à remonter beaucoup au-dessus du sol, dans une tige, pour en retomber en cascade dans des coupes superposées. Ce type élégant de nos fontaines monumentales avait été dédaigné mal à propos, s'il avait déjà été inventé à cette date reculée.

Au contraire, les fontaines gothiques de Périgueux étaient toutes des fontaines jaillissantes; mal réussies, du reste, puisque ni les fontaines proprement dites ni les aqueducs ne sont venus jusqu'à nous, mais entreprises avec beaucoup de hardiesse par des esprits très-inventifs. Le plomb, et, à défaut

1. Elle est constatée d'ailleurs par les petits jets d'eau de Pompéi et par le curieux bassin d'où les eaux conduites à Nîmes, par l'aqueduc du pont du Gard, se répandaient dans la ville.

de plomb en quantité suffisante, le bois, la terre cuite, la pierre, enfin tous les matériaux possibles avaient été essayés pour les conduites d'eau, et cela dans les circonstances les plus défavorables, avec toutes les connaissances théoriques que l'on pourrait déployer aujourd'hui.

Le livre Jaune des archives de Périgueux nous parle de ces fontaines à l'occasion d'une curieuse négociation qui eut lieu, en **1533**, entre l'évêque Foulques de Bonneval et les consuls, et qui est rapportée tout au long dans les « Antiquités de Vésone [1]. »

Ainsi, l'évêque fait appeler les consuls en son hôtel de la cité, leur donne paternellement à dîner et leur propose, au dessert, de « restaurer » à ses frais la fontaine qui versait autrefois ses eaux au point culminant de la ville, sur la place de la Claütre. Naturellement, les consuls acceptent avec enthousiasme et se confondent en remercîments. — L'œuvre n'avait rien de facile; car le Puy Saint-Front, aussi peu élevé qu'il soit, n'est guère dominé que par des sources situées de l'autre côté de la rivière. Les unes se trouvent dans la vallée du Lieu-Dieu, à une distance de deux lieues, ce qui n'avait pas empêché de les conduire aux thermes de Vésone par un large canal coulé en béton, dont on voit encore de nombreux fragments le long de la route de Lyon, et qui traversait l'Ille, ainsi qu'une partie de la plaine dont elle est précédée, sur de hautes arcades. Une autre source importante, presque tarie maintenant, existait à moins de deux kilomètres, au fond d'une étroite vallée qui aboutit à l'Ille, à peu près en face des nouvelles casernes où l'inscription de Marullius a été découverte. Selon M. de Mourcin et M. de Taillefer, c'était précisément celle que ce généreux duumvir avait conduite à Vésone, au moyen d'un pont aqueduc dont ils évaluent l'élévation à vingt-trois mètres [2]. C'est aussi, sans le moindre doute, celle que l'évêque de Périgueux voulait amener sur la Claütre. Un aqueduc à la romaine, pareil à celui de Marullius, aurait convenu parfaitement en l'exhaussant encore d'une dizaine de mètres; mais on n'entendait nullement se lancer dans ces folles dépenses, et d'ailleurs les expédients ne manquaient pas. La rivière fut donc franchie à l'aide de corps en plomb, et le reste de l'aqueduc fut continué, tant bien que mal, en « boys chaestainhiers ». Cela pourrait n'être que provisoire, on le sentait bien, car le bois de châtaignier lui-même se corrompt vite dans les terrains secs; mais on était pressé d'accomplir l'expérience et d'arriver à un résultat.

1. « Antiquités de Vésone », t. II, p. 614 et suivantes.
2. « Ant. de Vésone », t. II, p. 100.

Les eaux de la source de « Gimeaulx » ou des « Jamaux », comme on la nomme à présent, parvinrent en effet sur la Claütre, et aussitôt on s'empressa de faire une fontaine monumentale. Nous n'en avons pas le dessin ni une exacte description, mais nous savons que « certain griffon où l'eaue viendroict et descendroict » devait y jouer son rôle. Cette grande figure de griffon ou de lion, inspirée par le blason des Bonneval, ne manqua pas d'effaroucher le patriotisme des consuls. Seuls ils avaient la seigneurie de la ville, et ils allèrent trouver l'évêque, accompagnés de leur procureur, « pour sçavoir de quelle auctorité ledit sieur révérend vouloit faire mectre et pouser audit lieu appellé la Fontaine-de-la-Claütre ledit griffon[1] ». Mais Foulques de Bonneval s'empressa de les rassurer et déclara, dans les formes les plus solennelles, qu'il ne voulait préjudicier en rien aux droits de la ville.

Malheureusement, pendant qu'on sculptait la fontaine de la Claütre, ses corps en châtaignier faiblissaient déjà sous la pression et sous l'effort de l'eau. Il fallut se résoudre à faire en plomb toute la ventrée ou la courbure de l'aqueduc, c'est-à-dire depuis la ville jusque par delà la rivière : un kilomètre au moins. Alors l'évêque demanda aux consuls et obtint une subvention de 500 livres. Ces corps en métal furent immédiatement commandés à Limoges, et on les attendait avec impatience. Mais, soit que le zèle du noble prélat fût refroidi, soit que le hasard seul en fût cause, le plombier limousin, toujours annoncé, n'arrivait jamais. — Les consuls se virent réduits à continuer seuls l'entreprise et, comme le plomb ou, pour mieux dire, l'argent manquait radicalement à Périgueux, tandis que la pierre y abondait, on imagina des corps en pierre. Deux fontainiers étrangers mandés, l'un de Sallaignac et l'autre de Blaye, se chargèrent de les forer, de les ajuster et de les mettre en place moyennant dix sols la brasse. Aussi solidement emboîtés que fussent ces tuyaux de pierre, il semble qu'avec une courbure très-considérable, l'eau devait nécessairement faire sortir le mortier des joints. Il n'en fut rien : la fontaine de la Claütre jaillit de nouveau, et on en créa d'autres sur plusieurs points de la Cité, notamment au palais de l'évêque et à l'hôtel des abbés de Peyrouse, où un groupe des trois Grâces soutenait la vasque supérieure. Seulement ces aqueducs économiques n'ont pas eu une très-longue durée et la ville de Périgueux, il y a vingt ans, ne buvait que de l'eau de puits.

Dans d'autres provinces, les fontaines du moyen âge n'ont pas eu besoin d'être renouvelées à la renaissance ni dans les temps modernes; elles ont conservé toute leur utilité jusqu'à nos jours.

1. « Ant. de Vésone », t. II, p. 615.

La ville de Limoges repose sur un banc de tuf très-profond, très-compacte, et l'on avait parfaitement mis à profit cette circonstance pour y conduire à peu de frais les sources, qui naissent en grand nombre sur ces versants granitiques. Chaque aqueduc est un petit tunnel, sans voûte et sans revêtement de maçonnerie, au milieu duquel l'eau coule dans une cuvette bordée de trottoirs. Elle n'est emprisonnée dans des cors en plomb que lorsque de fâcheuses infiltrations sont à craindre, c'est-à-dire, ordinairement, dans l'enceinte même de la ville. Partout les ouvriers peuvent suivre et surveiller dans leur cours ces ruisseaux souterrains, qui viennent de plusieurs kilomètres et se trouvent parfois à quinze ou vingt mètres au-dessous du sol.

L'aqueduc en tunnel de la ville de Chassenon montre que les Romains avaient donné l'exemple de ces conduites d'eau creusées dans le tuf comme un boyau de mine. D'ailleurs on ne trouve pas trace, dans les environs de Limoges, d'aqueducs antiques conçus et construits à la manière ordinaire[1], et en effet la plupart des sources qu'il était naturel de conduire dans la ville romaine en sont séparées par des plateaux, non par des vallées, de sorte que les aqueducs sur arcades devaient nécessairement cette fois céder la place aux tunnels. — Mais, comme la ville de Limoges a pris au moyen âge un autre emplacement, plus élevé, les mêmes sources ont nécessité d'autres tunnels, et la direction des aqueducs actuels prouve clairement qu'ils n'ont pas été creusés pour la ville antique.

Tel est notamment l'aqueduc de l'abbaye de la Règle, qui fournit aussi de l'eau à l'évêché. J'ai remarqué, sur le plan qui en a été récemment relevé par M. Régnauld, architecte de la ville, qu'après avoir passé à peu près en ligne droite et à une grande profondeur sous l'avenue du Crucifix et la rue des Vénitiens, au lieu de traverser la Cité et de se rendre directement à l'antique abbaye, il décrivait un demi-cercle précisément sous l'ancien fossé de cette partie de la ville, converti maintenant en boulevard. Evidemment, on s'était ainsi allongé pour trouver une route où on ne risquait pas de rencontrer les caves très-profondes de la ville, et où l'extraction des matériaux du tunnel était plus commode. Evidemment aussi l'enceinte de la Cité était dès lors tracée, puisqu'on en faisait le tour.

Cet aqueduc avait été établi positivement pour l'abbaye de la Règle fondée au VIIIe siècle.

Même observation pour l'aqueduc de la fontaine de Saint-Martial et pour

1. M. de Caumont s'étonnait de ce fait (« Congrès arch. », XIVe session, p. 375). Mais en définitive les aqueducs en tunnel dérivent du même principe que tous les aqueducs romains; s'ils sont exceptionnels, c'est que la nature du sol est elle-même exceptionnelle.

ceux qui passent sous le nouveau champ de manœuvre, en se rendant soit à Saint-Martin, soit aux Bénédictins, deux abbayes des faubourgs. — La ville romaine se trouvait, comme l'indiquent mille substructions, beaucoup plus à l'ouest et plus près de la rivière, vers le quartier presque désert aujourd'hui du pont Saint-Martial. Il n'y a de doute que pour l'aqueduc d'Aigoulène, ainsi nommé, dit-on, à cause de la douceur de ses eaux. Il aboutit cependant droit au point culminant de la ville moderne ou du « château », comme on l'appelait au moyen âge; mais il passe auprès de l'amphithéâtre, quoique à une trop grande profondeur pour qu'il ait pu jamais lui fournir de l'eau, et il croise sur ce point un autre souterrain que M. Fayette, architecte, a exploré, et où il a découvert une urne antique avec des monnaies romaines. D'ailleurs, ainsi que M. l'abbé Arbellot, dans son « Guide du voyageur en Limousin », nous l'apprend[1], « Grégoire de Tours, à propos d'un miracle de Saint-Yrieix, parle d'une fontaine arrosant le territoire de la ville de Limoges, et la description qu'il en fait, les détails qu'il donne sur les usages auxquels on l'employait, ne permettent guère de douter qu'il n'ait voulu parler de la source d'Aigoulène. »

Néanmoins, je ne suis pas bien convaincu de l'origine antique de l'aqueduc dont il s'agit. Que la source d'Aigoulène, la plus abondante de toutes celles qui dominent Limoges, ait été utilisée dans l'antiquité comme au moyen âge, d'abord pour les besoins des habitants, et ensuite pour d'importantes irrigations, c'est ce que j'accorde sans difficulté; mais, si l'aqueduc actuel avait été fait par les Romains, il semble qu'il se rendrait par le plus court chemin vers la ville romaine. Au lieu de courir à l'est, il se dirigerait au sud et se trouverait à peu près là où certaines traditions, dont je ne garantis nullement l'authenticité, supposent l'existence d'un souterrain conduisant des arènes à la Vienne. — Lors du miracle de Saint-Yrieix, la grande fontaine de Limoges avait cessé de couler; Grégoire de Tours le dit positivement. Pendant quatre ou cinq siècles de barbarie, elle a pu éprouver d'autres fois le même sort; elle a pu être négligée et oubliée; puis restaurée enfin sur un autre plan pour la ville moderne : or, c'est au xe siècle que le château de Limoges se forme à l'abri de l'abbaye de Saint-Martial; c'est au xie et au xiie siècle que cette ville nouvelle se développe; ce serait vers le commencement du siècle suivant que, ne se contentant plus de la fontaine abbatiale, elle aurait restauré celle d'Aigoulène.

En effet, la chronique manuscrite de Limoges, qui n'a été rédigée qu'au

1. Limoges, 1856, p. 48

XVIIe siècle, sans doute, mais qui n'en contient pas moins de précieux renseignements, donne nettement cette date à la fontaine d'Aigoulène. Elle commence bien par dire qu'un émir sarrasin, nommé Aigolan, en avait doté Limoges et avait employé à ce travail le prix de « son grand chariot d'or », enrichi de pierreries; mais, en arrivant à une époque moins fabuleuse, elle se dément elle-même, et nous raconte ce qui suit : « Pierre Audier fust sénéchal de la Marche, Anglais. Ayant acheté le lieu de la Borie, près la ville, et à un mille d'icelle, fist clore la forteresse du dit lieu de belles murailles. Il fist creuser soubs terre pour aller de sa maison de Limoges audit La Borie. Indirectement, il trouva le moyen d'amener l'eau de la fontaine d'Aigoulène, où après furent faicts les étangs[1]. »

Le style de ce petit récit est certainement détestable; mais je ne vois pas pourquoi le fond n'en serait pas vrai. Notre chronique place le fait entre 1206 et 1216, postérieurement à la grande confiscation de Philippe-Auguste; mais il est prouvé qu'elle ne s'étendit pas immédiatement au Limousin ni au Périgord, et que les rois d'Angleterre continuèrent à y avoir des sénéchaux[2]. La source d'Aigoulène vient précisément de La Borie, et enfin j'ai ouï dire qu'il existait, de ce lieu à Limoges, une communication souterraine indépendante de l'aqueduc d'Aigoulène, et qui débouche dans une cave de la place Saint-Michel. Elle aurait été murée il y a environ vingt années. — M. Mérimée, dans ses « Instructions sur l'architecture militaire », révoque en doute, d'une manière générale, l'existence de souterrains de ce genre; mais Froissart cite deux châteaux, l'un secouru, l'autre surpris par le moyen de leurs tunnels, et il n'est pas douteux que lorsque la nature du sol se prêtait à l'établissement de ces communications secrètes, les villes et les châteaux avaient le plus grand intérêt à se les procurer. Les seuls aqueducs de Limoges permettaient, en cas de siége, de communiquer avec la campagne, en dépit de l'ennemi; mais il n'en est pas moins possible que le sénéchal Audier ait commencé par creuser un souterrain de son château à son hôtel, et qu'il ait ainsi donné l'idée, non pas des aqueducs limousins en général, mais de celui d'Aigoulène, que les consuls auraient restauré par son conseil et sous sa direction.

Bientôt après, en 1244, les consuls entreprennent seuls de donner une utilité nouvelle à leur fontaine d'Aigoulène. Voyant qu'après tant d'autres incendies plus graves, vingt-deux maisons venaient encore de brûler dans la rue du Clocher, ils firent creuser de vastes étangs que remplissait le trop-plein

1. « Chron. manuscrites de la bibl. de Limoges », p. 183.

2. DESSALES, l'« Administration en Périgord, du XIIIe au XVIIIe siècle », Périgueux, 1855.

de la fontaine. Comme ces réservoirs étaient situés près du sommet de la colline sur laquelle la ville est étagée, en les vidant, on nettoyait à volonté la plupart des rues, surtout celle où étaient réunies les boucheries, et l'on faisait couler un ruisseau devant toute maison où se manifestait un incendie. — Du reste, ces étangs d'Aigoulène existent encore et n'ont pas beaucoup perdu de leur utilité depuis le moyen âge[1]. Ils ont été recouverts de voûtes il y a, dit-on, à peine deux siècles.

Ce fait, évidemment authentique, est tiré, comme le précédent, de la chronique manuscrite de Limoges, qui nous dit aussi qu'Arthur de Bretagne, vicomte de Limoges, ayant à se plaindre de l'abbé de Saint-Martial, fit couper l'aqueduc qui alimentait la fontaine de l'abbaye. C'était celle dont les eaux étaient préférées par les « fameux » émailleurs de Limoges.

F. DE VERNEILH.

1. D'après la « Coutume de Limoges », rédigée en 1269, les étangs appartiennent aux consuls. En 1438, ils y possèdent, en cas de siége, « le molin de la ville qui est sur les étangs du châtel de Limoges. »

(*La fin à la livraison prochaine.*)

ICONOGRAPHIE

DES TROIS VERTUS THÉOLOGALES

La légende suivante, que nous prenons textuellement dans la « Saincteté chrestienne » du P. Des Guerrois [1], nous donnera une plus facile intelligence des trois Vertus excellentes entre toutes. Ces Vertus sont dites « théologales » ou divines, parce qu'elles concernent particulièrement les relations nécessaires entre l'homme et Dieu. L'histoire nous conduira, par une pente naturelle, à la philosophie et, de l'iconographie, nous remonterons au symbolisme.

SAINCTES FOY, ESPÉRANCE, CHARITÉ, VIERGES MARTYRES, ET SOPHIE, LEUR MÈRE.

La parole sacrée de Jésus-Christ N. Sauveur s'espanchant parmy tout le monde et faisant fruict en retirant les hommes des idoles par la cognoissance de leur salut acquis par le Fils de Dieu et le S. Baptesme, épurant les ames de leurs pechez, le diable ennemy de vérité et justice, ne pouvant supporter cet accroissement de la foy chrestienne enflama la cruauté de l'empereur Hadrien pour commencer une nouvelle persécution. En ce temps vivoit une noble dame nommée Sophie, avec trois filles qu'elle avoit autant honestes que sobres, autant pieuses que nobles, qui les amena en la ville de Rome pour servir d'holocauste à Jésvs-Christ, car elle les y avoit dédiées : leurs bonne et S. vie converty beaucoup d'impudiques de leur lubricité, dequoy fut indigné un certain seigneur nommé Antioche, et en fist rapport à l'empereur : une certaine femme, luy dit-il, avec ses filles, venüe de n'agueres en cette ville, desbauche toutes nos amies, les séparant de nos plaisirs : elle leurs enseigne qu'il faut adorer

1. « La Saincteté chrétienne... au diocèse et ville de Troyes », par N. Des Guerrois. Troyes, édition in-4° de 1637. A l'an de Jésus, 122, pages 23-27.

ANNALES ARCHÉOLOGIQUES
PAR DIDRON A PARIS

Dessiné par [illegible] — *Grandeur de l'original* — *Gravé par [illegible]*

PLAQUES ÉMAILLÉES DU XIIe SIÈCLE

APPARTENANT A Mr LE COMTE D'[illegible]

pour Dieu un Juif, pendu entre deux larrons, et s'abstenir des plaisirs de la couche, à quoy nos femmes prestans l'oreille et mi-ensorcellées veulent jeusner, et faire lict à part : tout se perd si on n'y prend garde. A ces mots, l'Empereur irrité les fist chercher et prendre par ses officiers et se les amener au palais : or c'estoient des vierges très-agréables à l'œil, et bien versées ès escritures S. que leurs mère leurs avoit appris aussi tost que le parler, outre ce, qu'elles prenoient grand plaisir à lire les livres sacrez, esquels leurs ames estoient esclairées à la cognoissance de Dieu et à bien vivre : entrans au palais se seignerent du sacré signe de la Croix, en silance se recommendans à Dieu.

Le tyran les voyant en fut ravy et la parole luy manqua pour voir une si rare modestie et beauté en des filles si jeunes, mais reprenant ses esprits, appellant leurs mère luy demanda, d'où estes-vous ? de quelle qualité ? quoy? vous avez mis du divorce en la cervelle des dames romaines qui mesprisent leurs seigneurs par je ne sçay quelle continence imaginaire, et de plus vous rejettez l'adoration de nos dieux ? Qui estes-vous qui ausez telle chose ? comment vous nommez-vous ? Je suis chrestienne, dit la mère : il replique, je ne demande pas vostre religion, mais vostre nom. Elle repart : ce qui m'est plus illustre c'est d'estre chrestienne, et pour mon nom, je m'appelle Sophie, née de l'une des plus nobles maisons d'Italie, où chacun me cognoist, je suis venuë à Rome, à dessein d'offrir mes filles que voicy pour un agréable présent à Jésus-Christ, qui est le seul objet de nostre estat, vie et éternité. A ces mots, la S. mère et ses filles furent mises en noble garde dans la maison du sénateur Paladius, où estans à repos, après leurs prières, cette S. dame ne passoit son temps qu'en continuelle instructions qu'elle leur donnoit pour le mespris des grandeurs et plaisirs de la vie presente, les animant aux souffrances qu'elles devoient endurer pour Jesus-Christ leurs espoux : ô qu'une bonne doctrine de père et de mère vaut à des enfans ; mes filles bien-aymées, leurs disoit-elle, que j'ay tant endoctriné de ma parole et de mes exemples, gardez ce que vous avez si bien appris pour le temps de la tribulation, car celuy la en qui vous avez reposé vos attentes, dès vostre bas aage, vous couronnera, et à vous et à moy vous acquerrez une éternelle récompense, si vous conservez vostre foy et vostre amour entiers vers luy, mesme dans les tourmens. Elles luy respondirent : Penseriez-vous, ma Dame, que nous voulussions debander de vostre vertu ? Soyez asseurée qu'estans petites de corps, par la grâce du Ciel, nous ne laisserons d'estre grandes de courage. Permettez que nous respondions à ce juge terrien, et vous verrez nostre force et combat céleste : N. Sauveur, qui est nostre espoux, nous y a disposé, n'en reste plus que les effets : il nous a enseigné, nous respondrons en son nom, ou plustost il parlera par nous et pour nous. Courage donc, mes chères filles, dist la S. mère, je me promets cela de vous, afin que joyeuse je vous suive après vostre combat et victoire.

Trois jours estans passés en la maison de Palladius, elles furent amenées devant le tyran, les filles marchoient devant, et la mère suivoit, où estans entrées il leurs dit, hà bien, fillettes, croyez mon conseil, ayans soin de vostre belle jeunesse, et des jours surannez de vostre mère, sacrifiez à nos Dieux gouvernant tout ce monde, et dès à présant je vous adopteray pour mes filles, en présance du sacré sénat et des armées romaines : voyez quel honneur je vous offre? Si vous mesprisez ma parole, je jure tous nos Dieux, que je n'espargneray vostre aage si tendre, n'y vostre beauté, n'y vostre sang illustre, mais vous ayant consommé par tourmens, je vous exposeray à la proye des oyseaux et des chiens. Ces jeunes vierges d'un mesme accord et langue respondirent : vos promesses et vos menaces ne nous esmeuvent point, nous avons un père au ciel, qui ja nous a adopté pour ses filles en l'héritage éternel, nous l'aymons car il est digne d'amour pour sa douceur, nous le craignons car il a des tourmens pour sa juste rigueur : quant au reste nous sommes chrestiennes, et si vous avès dequoy assaillir nostre vertueuse foy, faites en l'espreuve, vous verrez que par la grace de Dieu les forces des chrestiens sont plus grandes que les cruautez des payens : Hadrien picqué de ces mots appelle leurs mère : dites moy, luy fait-il, les noms de vos filles. Elle respondit, la premiere se nomme Foi, qui à douze ans, la deuxième Espérance qui en à dix, la troisième Charité qui n'en à que neuf. Venez çà, Foy, dit le tyran, sacrifiez à la grande déesse Diane, voyez qu'elle est belle et majestueuse. O quelle folie et aveuglement, dit la saincte, quel conseil de dire, quittez le vray Dieu pour adorer du bois et de la pierre : ce qui est inférieur à nous, n'en mérite point adoration, veu qu'il n'a point de divinité. A ces paroles il la fit despouiller nüe, et battre de verges, si elle ne promettoit de sacrifier à Diane : douze boureaux furent employés à la battre mais on ne voyoit aucune playe sur son corps virginal. Il commande qu'on luy couppe les mammelles : quelle cruauté à une fille de douze ans? les grosses larmes en tombèrent des yeux des assistans, qui se disoient l'un à l'autre, qu'ont faict ces innocentes damoiselles pour les traister ainsi? qu'ont elles démérité, elles qui sont toutes jeunes, pour recevoir une telle barbarie? ô l'inique jugement! Voilà ce que murmuroient les assistans, neantmoins les mammelles virginales luy furent tenaillées et couppées, pour le sang en sortit du laict. Sont-ce là tes menaces et cruautez, dit la S., certainement je n'ay pas une playe sur mon corps : si mon sein est incisé, le laict en sort pour le sang : pense tu, cruel, me séparer de mon espoux Jésus par tes horribles supplices? cela ne se fera jamais, Dieu aydant : vois tu la merveille que par nature les petites filles, et vierges n'ont point de laict, et au lieu de sang le ciel leurs en departy, par la grâce de celuy qui en a donné à sa vierge mère ?

Le tyran, mi-vaincu, commanda qu'elle fust estandüe sur un grand gril pour y estre rostie, ou mise qu'elle fut, elle y reposoit doucement, comme la nef ancrée en son havre, ou eslevant sa voix avec ses yeux à son bénit espoux : Mon Seigneur Jésus, fit-elle, regardez d'un œil de grace et de force vostre servante, pour luy donner courage de résister au tyran et à ses cruautez : ô miracle ! elle y fut trois heures entières, où le feu luy servit plus de frais que d'ardeur n'ausant agir sur un corps virginal, où les verges et foüets n'avoient rien entamé : il commande qu'elle soit jettée dans une grande poësle avec de la poix, de la cire, de la graisse pour y estre fricassée : les boureaux n'en eurent pas la peine, car la S. vierge voyant la poësle boüillir à grosses ondées, invoquant le S. nom de son Sauveur, y saillit dedans et s'y tint à repos, comme si elle eust esté dans un bain faict de rosée céleste : ces tourmens n'ayans point de vertu contre ce tendre corps, le tyran entre en fougues qu'il ne peut la vaincre, et commande que le boureau par l'espée en fasse la depesche. A cette ordonnance, la vierge fut remplie de joye, et rendant graces au fils de Dieu, prioit sa bonne mère là presante, que par ses oraisons elle aydast son combat pour finir ses jours en la perfaicte profession de la foy chrestienne, et de suitte parlant à ses deux sœurs qui assistoient à ce cruel spectacle, les admonestoit de ne pas craindre les tourmens pour consentir aux malignes volontez, et folles impietez de ce tyran, mais plutost qu'à son exemple elles vissent la grâce de Dieu et son assistance qui faisoit qu'elle n'estoit surmontée, mais que dans les supplices elle vainquoit le tyran. Soudain, donnant le dernier baiser de son amour à sa S. mère et à ses sœurs, elle tendit le col au boureau, qui d'un coup luy enleva la teste, dont elle s'envola vers son espoux glorieuse martyre et vierge victorieuse.

Après S. Foy, le tyran fit appeller la seconde, Espérance sa sœur, et luy faisant mille caresses : ma fille, luy dit-il, je ne désire pas vous si mal traitter que vostre sœur, si vous estes plus prudante, acquiescez à mes justes paroles comme à celles de celuy qui desire estre vostre père ; ma mie, sacrifiez à la déesse Diane pour ne point subir ces tourmens : sachez, luy dit la vierge, que vous ne gaignez rien par vos blandices, ce ne sont aussi que paroles et promesses : ma saincte sœur est bien plus puissante en mon endroit que vous : de parole véritable et d'exemple vertueux, elle m'enseigne que je suive sa mort, et dans la trace de son sang les voyes de sa confession qui conduisent à la vie éternelle dans la mort humaine: faites tout ce que vous voudrez par cruauté, vous cognoistrez que je suis sa sœur, de sang et de sens, de chair et d'esprit. Au commandement du tyran qui ne profitoit rien de luy parler, elle fut despoüillée nüe (ô quelle honte à cette saincte!) et battüe outre mesure, de nerfs de bœuf par dix boureaux qui se lassèrent à la frapper, ne pouvans arracher d'elle cette promesse verbale qu'elle sacrifieroit : cependant, la S. mère estoit auprès du corps de son aisnée S. Foy, le gardant et en sa prière et silance, disant à Dieu : Mon Seigneur Jésus, desja voici une de vos espouses qui en souffrant à vaincu, pour tesmoigner vostre divinité aux hommes, donnez une pareille force à sa sœur qui souffre pour vous maintenant: ces victoires celestes viennent de vous, elles sont aussi pour vous: le combat se faict sous vostre drappeau, le triomphe vous en donne aussi la gloire. Comme sa mère recommandoit à Dieu sa fille Espérance, la vierge dans les tourmens fist cette oraison: Mon Dieu, mon souverain Roy, pour qui je combats, donnez-moy la patience, octroiez moi la victoire. D'où la victoire sinon que de soustenir l'effort de ses ennemis et les abbatre? le pouvoir vient de vous, mon Sauveur; et toy, boureau, n'as-tu point d'autres inventions et tourmens? employe tout, et tu verras que la vertu de Dieu me fortifie, et qu'estant en moy sa servante, il te peut surmonter par une faible fille. De ces mots en fut enfurié, et si tost ordonna qu'elle fust bruslée vive dans une ardante fournaise là preparée: S. Espérance y entra, le feu s'esteint, et elle y loüoit Dieu hautement en chants mélodieux.

Comme il l'entendit chanter les loüanges du vray Dieu, il pensa crever de rage, et la faisant tirer dehors commanda de l'appliquer sur les tympans et gehennes, où dans ces tortures bourelée, sortit un doux-flairant odeur de ses membres, surquoy elle dit à ce cruel boureau: Jésus-Christ m'assiste si puissamment que je ne sents point tes supplices, il en faudroit d'autres: où il n'y à point en l'âme du consentement au mal et au forfaict, Dieu oste le sentiment du mal et de la peine, quand il luy plaist. Mais qu'est-ce que n'invente la malice d'un tyran? il fait apporter sur la place une vaste chaudière, pleine de poix, suif, gresse, cire, et le feu dessous: la chaudière petille à gros boüillons, les assistans en fremissoient d'horreur: en cette fureur de flammes et de boüillons, les ministres y plongèrent la saincte pour l'y perdre; elle n'y est pas si tost jettée, qu'elle demeurant dans le frais, la chaudière se rompit en morceaux, et ces liqueurs boüillantes et bruslantes se jetterent sur ces misérables ministres: le tyran n'en fut point esmeu, estimant que cela se faisoit par magie ordinaire aux chrestiens, il ordonna qu'elle passast par le tranchant de l'espée : ô quelle joye à la vierge, qui oyant sa sentence, accouru à sa mère et à sa sœur, et leurs donnant le baiser de paix, les supplioit de n'avoir point de crainte de ces tourmens, esquels elle demeureroit victorieuse, moyennant la grace de Dieu, lors élevant ses mains vers le ciel : Mon Seigneur, dit-elle, et mon Jésus, j'ay tousjours eu espérance en vous, ainsi que mon nom me l'enseigne, recevez mon ame entre vos mains : elle tendit le col, elle perdit la vie. Que pût dire sa vénérable mère ? ces mots : Mon Dieu, je vous ay déja sacrifié deux de mes vierges et filles, reste cette troisiesme que je vous offre, si elle est plus jeune et tendre que ses deux sœurs, faites qu'elle en soit plus victorieuse, car elle est vostre. Or, comme elle vit que sa fille s'en alloit alaigrement au martyre : Charité ma fille très-chère, luy dit-elle, cederiez vous à la foy et espérance de vos sœurs, et que j'ay de vous ? Vos sœurs m'ont contenté, il ne reste plus que vous à exercer vostre charité vers Jésus dans les tourmens : Combattez vaillament, ma bien aymée, le ciel est pour vous, aussi bien que pour vos sœurs ; si vous estes plus jeune, Dieu vous rendra plus forte : il ne delaisse jamais les siens.

Le tyran amadoüant cette vierge, pensoit la gaigner de paroles, mais elle qui estoit perfecte et pleine de charité, selon son nom, luy dit : ignore tu que je suis née, animée et instruite comme mes sœurs ? J'ay de mesmes parans qui m'ont mis au monde, et un mesme Dieu qui m'encourage, ne pense pas que je sois moindre à la vertu, si je le suis de corps et d'aage : Personne ne veut céder quant à l'esprit : le mesme sang me vivifie, le mesme esprit me conduit, et le mesme Jésus m'assiste. Ce cruel fut davantage despité, et commanda qu'elle fust guindée en l'air, tourmentée : neuf boureaux y furent employez à la battre de verges, pour la dechiqueter toute vive : en ces tourmens la petite innocente fist cette prière : Mon Jésus, donnez-moi assistance de vostre secours : si je travaille dans ces peines pour vous, prenez en le repos : qui est aydé de vous, ne peut estre surmonté. Hé bien, dit-elle au tyran, en vain tu me tourmente, car je ne sens pas tes cruautez, affermie que je suis de la force de mon Sauveur : le boureau luy dit d'une voix effarouchée : dis seulement Diane est grande, et tu seras soudain délivrée. Quoy ? mal aduisé, respond elle, ause tu tousjours contrepointer la vérité ? faict ce que tu voudras, tu ne pourras gaigner cela sur moy. Delà elle fut jettée dans une fournaise ardante où y entrant et faisant le signe de la croix, les flammes s'espancherent dehors, et mirent en cendre une quantité de ses ministres, cependant que la saincte à la manière des trois enfans de Babylone, se pourmenoit y glorifiant Dieu ; l'espouvante et l'effroy surprirent le cruel qui commanda de la tirer dehors, à quoy ses officiers obeïssans et s'approchans y virent trois personnes se pourmenans avec elles plus esclatans que le soleil en plain midy: ils en furent espouventez, et tumbèrent à terre de crainte, néantmoins reprenans leurs forces, supplièrent humblement la vierge qu'elle sortist : elle sort saine, le tyran la void, il ordonne qu'elle perde la vie avec l'espée. La S. fille oyant une telle sentance, et se disposant à la mort : Madame, dit-elle à sa mère, ce que je suis après Dieu, c'est de vous : les commencemens de ma vie viennent de vous, que de vous aussi je reçoive assistance à ma fin : Mais au contraire, ma chère fille, dit sa mère, quand vous serez avec vos sœurs priez pour vostre mère, afin que bien tost N. Seigneur me reçoive auprès de vous. A la fin de ces propos, la vierge fut décapitée.

Or, S. Sophie, recueillit leurs corps avec grande révérance, et après qu'elle les eut embausmé de bien flairans-odeurs, les mist en un carosse, et les fist conduire à 18 milles de Rome, qui font 6 lieuës, où elle les enterra dignement, d'où elle s'en retourna dans la ville, rendant grâces à Dieu d'avoir donné une telle bénédiction à ses enfans. Quelque temps après elle s'achemina au tumbeau de ses S. filles, accompagnée de beaucoup de dames romaines qui portoient de bonnes senteurs pour embausmer les corps des S. En leurs presance s'estant prosternée en oraison sur les sepulchres de ses bien-aymées créatures, disant avec larmes et souspirs : Mes enfans que j'ay chéri plus que moy mesme, recevez-moy auprès de vous. A ces mots, assouppie d'un doux sommeil, rendit en paix son ame à Dieu. O la douce mort! ô l'heureuse fin! elle est morte martyre en ses filles, et non martyre en soy mesme : celles qui l'assistoient à ce S. office d'embausmer ces corps des vierges, furent bien esmerveillées de la voir morte, et remercians Dieu de la grace qu'il luy avoit faict, l'ensevelirent auprès de ses filles : tant il estoit convenable, que celles que le sang, l'amour, et la vie, la foy, la religion, et Jesus avoient ensemble uny, le sepulchre les mist aussi dans une mesme compagnie. Telle fut la souffrance et martyre des S. filles et l'heureuse mort de leurs bonne mère, desquelles la solennité se célèbre le premier jour d'Aoust : elles souffrirent l'an de grâce 122, qui fut le troisiesme de l'empire d'Hadrien : leurs S. reliques sont dans une belle chasse au monastère de Boulancourt, qui est de l'ordre de Cisteaux, autrefois elles estoient dans trois chefs comme nous dirons en la vie de S. Ascèline qui les apporta de Cologne au monastère des Dames lez Boulancourt. Le martyrologe Romain et Usuard en font memoire, Métaphraste digne et docte collecteur de la vie des Saincts, à descrit leurs actes et mort des anciennes archives qu'il rapporte au 15 des Calendes d'Octobre qui est le 17 Septembre, auquel jour aussi les Grecs en font mémoire en leurs menologes : Pierre des Noels récite le tout, en abregé, comme cy dessus au livre 7 chap. 7 de son catalogue des saincts : Lipoman au tome VI et Surius au IV, ne les ont pas oublié : et ce que nous en avons icy escrit est tiré d'un ancien livre manuscript de la bibliotèque de Pithou, qui est au collége de Troyes, chez les P. de l'Oratoire. Combien de beaux enseignements icy? Vous y voyez une belle et divine instruction des pere et mere, qui les offre à Dieu : la patiance à souffrir pour la vérité et le S. Esprit qui anime ces tendres enfans à nous servir d'un divin exemple.

Encore que ces deux (trois?) sainctes vierges et martyres soient Romaines, néantmoins à raison que Dieu nous a donné leurs chefs et quelques autres S. reliques de leurs corps, qui sont dans l'abbaye de N.-Dame de la Chapelle aux Planches de l'ordre de Prémontré, nous les mettrons icy comme nostres.

II

Cette légende, délayée par Des Guerrois en sa « Sainteté chrétienne », est sans doute un peu longue; mais il valait mieux la donner en entier que par extrait. Du reste, c'est une traduction presque littérale de Lipoman et de Surius, traducteurs eux-mêmes de Siméon le Métaphraste. L'écrivain byzantin du Xe siècle, qu'on a surnommé le traducteur par excellence (le Métaphraste), n'est pas l'auteur, mais le collecteur de cette légende, qu'il aura trouvée dans quelque monastère du mont Athos, par exemple. Il y aurait de l'intérêt à remonter jusqu'à l'origine de ce récit; mais la source et la date n'en seront peut-être jamais connues. Ce qui paraît assez probable, c'est que la légende de cette famille intéressante est byzantine et orientale, comme toutes celles dont la poésie et le symbolisme sont un peu haut montés.

Les Bollandistes, qui ont tâché d'éclaircir, avec une certaine dose de critique et d'histoire, ce courant poétique de l'hagiographie orientale, déclarent, relativement aux trois saintes Foi, Espérance et Charité, filles de sainte Sagesse, qu'il faut douter de tout ce qui les concerne, excepté du culte qui leur est rendu : « Solus cultus indubitatus est[1] ». Leur origine, leur famille, leur genre de vie, le lieu et la date où elles ont souffert le martyre sont incertains. Suivant les Bollandistes, leur nom même serait purement qualificatif et non appellatif; en d'autres termes, on les aurait nommées ainsi parce qu'elles auraient souffert, pour la « foi » du Christ, avec « espérance » et « charité », sous la direction de la « sagesse ». Les uns les font martyriser à Rome, les

1. « Acta Sanctorum », par les BOLLANDISTES, août, Ier volume et 1er jour du mois, pages 16-19.

autres à Nicomédie ; ceux-ci sous Adrien, ceux-là sous Dioclétien, à un demi-siècle de distance. D'après Usuard, elles ont souffert à Rome, sous Adrien, et le 1er août : « Item Romæ, passio sanctarum virginum Spei[1], Fidei et Charitatis, et matris earum Sapientiæ, quæ sub Adriano principe martyrii coronam adeptæ sunt ». Suivant Notker, c'est le 23 juin, à Nicomédie et sous leur nom grec, qu'elles furent martyrisées : « In Nicomedia passio sanctarum virginum Pistis, Elpis, Agapis, quæ latine Fides, Spes, Charitas dicuntur, et matris earum Sophiæ quæ Sapientia interpretatur, et aliarum multarum[2] ».

C'est seulement à la fin du IXe siècle qu'elles sont nommées dans les martyrologes classiques. Leur martyre est placé au 1er août par les Latins ; mais les ménologes grecs le mettent au 17 septembre, et le « Guide de la peinture », que nous avons rapporté du mont Athos, assigne leur supplice au 15 septembre, deux jours plus tôt[3]. Suivant le « Guide », leur mère sainte Sophie aurait été décapitée en même temps que ses trois filles; mais, d'après les hagiologues latins et grecs, la mère aurait assisté au martyre de ses enfants, aurait recueilli et enseveli leurs restes, et, priant au pied de leur sépulture, se serait endormie dans le Seigneur trois jours après la mort des trois saintes. Sophie eût dont été martyre dans ses filles et non dans elle-même.

Leur culte, que ne révoquent pas en doute les Bollandistes, est répandu en Grèce, en Afrique, en Allemagne, en Angleterre, en Italie, un peu en Espagne et beaucoup en France.

Les Menées grecs contiennent leur office que précèdent ces vers :

Τῇ πρὸς σὲ πίστει, Πίστις, Ἐλπὶς, Ἀγάπη,
Αἱ τρεῖς, Τρίας, κλίνουσιν αὐχένας ξίφει.

« Croyantes en vous, ô Trinité, les trois saintes , Foi, Espérance, Charité, inclinent leur cou sous le glaive. »

Leur mémoire était très-honorée à Alexandrie d'Égypte. En Éthiopie, on les nommait Basènes, Hélis et Ghani.

Leurs reliques seraient conservées dans les églises Saint-Pierre du Vatican et Saint-Silvestre de Rome; mais M. Barbier de Montault, dans son « Année liturgique à Rome », n'en fait pas mention.

Dans la cathédrale de Canterbury, parmi les reliques d'un grand nombre de vierges, étaient placées celles de sainte Sagesse et de ses filles Foi, Espé-

1. Usuard est le seul qui nomme l'Espérance avant la Foi.
2. Voir le « Martyrologe » d'Usuard avec les « Additions » de Notker.
3. Voir le « Manuel d'iconographie chrétienne ». Paris, 1845, in-8°, pages 381-382.

rance et Charité. On lit dans un ancien inventaire de cette cathédrale : « De reliquiis S. Sapientiæ et filiarum ejus, Fidei, Spei et Charitatis[1] ».

En Alsace, on les aurait honorées au IXe siècle, sous Charlemagne, et un évêque de Reims, faussement nommé Remi, aurait transféré leurs corps probablement de Cologne à Strasbourg. Cologne, en effet, aurait gardé spécialement la tête de sainte Espérance. Paderborn, qui avait des reliques des trois saintes, en aurait donné, en 1571, au monastère de l'Escurial, où, en 1722, les jésuites Pinius et Cuperus les ont vénérées.

Au jubilé de 1600, les corps de ces vierges et de leur mère auraient été transférés d'une vieille église de Brescia dans la nouvelle église des religieuses de Sainte-Julie, où fut placée une inscription dont voici le commencement :

« Huc ex veteri ecclesia sanctarum virginum et martyrum Juliæ, Pistis, Helpis et Agapes, ac Sophiæ earum matris, nec non... Quorum corpora cum innumeris sanctis reliquiis Clemente VIII... translata fuere anno jubilæi MDC, die XVI kalend. januarii. »

Suivant Du Saussay[2], au contraire, ces corps des trois saintes et de leur mère auraient été transférés dans l'église abbatiale de Sainte-Marie du Vigan, au diocèse de Cahors, et placés dans de belles châsses d'argent.

Quant aux têtes, Des Guerrois, sans s'inquiéter de savoir si le chef de sainte Espérance était resté à Cologne, nous a dit qu'elles étaient dans le couvent des dames de Boullancour, au diocèse de Troyes. A l'année 1195, dans la vie de sainte Asceline, abbesse de Boullancour, il raconte ceci :

« Or il y avoit en l'église des dames lez Boullancour trois chefs de vierges sainctes et constantes martyres appellées Foy, Epérance, Charité, vers lesquelles elle (sainte Asceline) avoit une grande dévotion; les honorant, si que aucune fois elle les tiroit d'une armaire où l'on les serroit pour les poser sur le maistre autel, passant la nuict devant le S. Sacrement et ces reliques précieuses. Donc une certaine nuict, continuant sa piété, elle mist sur l'autel ces trois chefs des sainctes, y fist ses oraisons, y présentant deux cierges ardans sur deux chandeliers, l'un du costé droit devant le chef de S. Foy, l'autre du coste gauche devant celui de S. Charité, estimant que c'estoit assez selon la coustume de l'Église, qui met ordinairement sur les autels deux cierges ardans en autant de chandeliers. Comme elle estoit sur le point de s'en aller prendre un peu de repos, afin de retourner après à son oraison, S. Espérance

1. Voyez DODSWORTH et DUGDALE, « Monasticon anglicanum », vol. I, p. 5.
2. « In Corollario Martyrologii gallicani. »

luy apparut disant : « Et moy, ma fille, n'auray-je point de cierge ardant « comme mes sœurs? Je me nomme Espérance; ne me ferez-vous point part « de vostre piété? » — « S. Asceline, se mettant de genoux, luy respondit : « B. saincte, volontiers je vous en donnerois un pour vous honorer, mais je « n'ay point de troisiesme chandelier pour le mettre. » — « Néantmoins la S. prist un cierge qu'elle alluma, et le mist sur l'autel devant le chef de S. Espérance, laquelle acceptant sa bonne volonté et pie dévotion, fist qu'il y brusla toute la nuict sans estre porté d'aucun chandelier. Or la S. prenoit un singulier plaisir à porter et baiser les chefs de ces trois sainctes Foy, Espérance et Charité, si que, quand elle les prenoit, il sembloit qu'ils se jettassent entre ses bras. Et une autre fois, comme par mesgarde, quelque religieuse avoit mis quelques linges non assez netz proche le chef de S. Foy, la saincte donne parolle à S. Asceline de les oster, pour ce que cela n'estoit pas assez décent, que proche des pures vierges se vissent des choses sales ou délabrées... Dans la mesme église estoient en grande vénération les chefs de deux autres vierges nommées Précieuse et Sapience, avec un grand oz d'homme qui fut apporté de Cologne avec ces S. chefs[1] ».— Cette Sapience, Sagesse ou Sophie, n'était pas, comme on pourrait le croire, la mère des trois vierges Foi, Espérance et Charité, mais une princesse conductrice de mille vierges compagnes de sainte Ursule.

Fatigués des incertitudes et des contradictions des légendaires, les Bollandistes déclarent qu'il est impossible d'asseoir sur un fonds historique cet entassement d'inventions relatives à sainte Sagesse et aux trois jeunes martyres. Quant à nous, notre devoir n'est pas de combattre ou de défendre les Bollandistes. Notre rôle est purement archéologique, et il nous importe assez peu que ces quatre saintes femmes, la mère et les filles, aient réellement vécu. Mais ce qui est authentique et ce qui nous intéresse, c'est qu'elles ont existé et qu'elles existent toujours symboliquement.

Leur naissance est peut-être antérieure au christianisme, comme celle des vertus cardinales; mais c'est à la religion chrétienne qu'elles doivent leur accroissement graduel et leur complet développement. Déjà, au premier siècle de notre ère, S. Paul les nomme et les classe : « Maintenant subsistent ces trois vertus : la Foi, l'Espérance et la Charité; mais entre elles la plus grande est la Charité[2]. » Cet ordre, donné par S. Paul, est encore celui

1. Des Guerrois, la « Saincteté chrétienne », pages 324-325.

2. « Nunc autem manent Fides, Spes, Charitas, tria hec; major autem horum est Charitas. » Saint Paul, « aux Corinthiens », I, chap. XIII, vers. 13. — La fin de ce verset, « major autem

d'à présent : il est chronologique et hiérarchique tout à la fois. La première en date, mais la moins haute en importance, est la Foi. Cette vertu est effectivement le point de départ des deux autres ; mais elle est inerte par elle-même et du moment qu'elle se met en mouvement et qu'elle passe à l'action, à la vie, elle devient Espérance et Charité. L'Espérance, supérieure à la Foi, est cependant, je ne dirai pas égoïste, mais personnelle ; l'Espérance compte positivement être récompensée de sa foi. La Charité, au contraire, ne pense pas à la récompense : elle ne songe qu'à faire du bien aux autres, même à son détriment. Comme Mgr Affre, elle se jette dans la révolution pour la conjurer ; elle monte sur les barricades, sachant bien qu'elle court à la mort, mais espérant sauver la patrie et sauver le corps et l'âme d'une foule de malheureux : « major autem horum est charitas. »

Comme dans la légende, la Charité, la plus difficile et la plus grande des trois vertus, est née la dernière ; elle n'a que neuf ans, quand l'Espérance en a dix et la Foi déjà douze. Elle est la plus jeune en âge, mais la plus haute en mérite. On a cru d'abord, espéré ensuite et l'on a fini par pratiquer le bien.

Toutes trois sont nées de la Sagesse, la Sagesse divine, la sainte Sophie adorée à Constantinople. Une preuve assez curieuse de cette généalogie est fournie par un émail de la collection du prince P. Soltykoff dont nous donnons la gravure. C'est une espèce d'agrafe de chape ou de plaque à clouer sur un reliquaire. Agrafe, sa destination était une noble pensée : porter contre la poitrine et près du cœur les trois vertus principales qui procèdent de la divinité, c'est une des plus belles idées du moyen âge. Plaque d'ornement pour une châsse renfermant les reliques d'un saint qui avait pratiqué, pendant sa vie, les plus hautes vertus, c'est l'application d'un symbolisme élevé.

Comme cet émail a la forme d'un quatrefeuille et non d'un trèfle, il a fallu trouver, pour les lobes de la circonférence, une compagne aux trois vertus théologales ; on a choisi la reine des cardinales, la Justice, la plus digne des trois sœurs, leur plus proche parente, si l'on peut parler ainsi. Au centre, d'où rayonnent les quatre lobes, c'est la Vérité. Le Dieu-Homme a dit qu'il était la Voie, la Vérité et la Vie. La Vérité, cet attribut de Dieu, n'est donc pas autre que Dieu lui-même, en sorte que la Divinité, la Ste Sagesse ou la Ste Sophie, c'est la même et unique mère de ces vertus, et nous retombons dans la légende recueillie par le Métaphraste et traduite par Des Guerrois.

horum est Charitas », Mgr Sibour l'avait prise pour la devise de ses armes. En récompense de cette belle pensée, le noble prélat aurait mérité de mourir comme Mgr Affre au lieu de succomber sous le poignard d'un misérable prêtre interdit.

Ainsi disposée, cette plaque n'est pas sans analogie avec les représentations du Sauveur entouré des quatre attributs de ses évangélistes. Laissez la Vérité, ou le Christ au centre, comme il est ici, et vous aurez l'aigle de S. Jean au sommet, à la place de l'Espérance ; l'ange de S. Mathieu à droite, au lieu de la Justice ; le lion de S. Marc à gauche, où est la Charité ; le bœuf de S. Luc au bas, d'où s'élance la Foi. J'avoue que la Justice, qui n'est pas théologale, toute grande qu'elle soit, aurait dû se placer en bas, au lieu de la Foi.

Nous reviendrons ultérieurement sur les attributs des théologales, sur leur iconographie proprement dite ; mais, puisque nous publions cette planche, un des plus anciens monuments où soient figurées les Vertus, il importe de nous y arrêter un instant.

Toutes quatre, même la Vérité, leur mère, sont ailées, pour montrer qu'elles sont de nature angélique et qu'elles descendent du ciel. Saintes, elles ont le nimbe autour de la tête. La Vérité porte épée, bouclier, casque et cuirasse, parce qu'elle combat constamment et défend sans cesse le monde moral ; mais les trois autres jeunes femmes ont le costume civil ordinaire, la robe et le manteau.

La Justice cherche à équilibrer la balance, son unique attribut.

Des longs doigts ouverts de sa main droite, la Foi montre probablement le ciel, d'où elle arrive, où elle conduit. Sa main gauche saisit le bord d'un objet qui ressemble à un boisseau, mais ce boisseau est percé de trous sur ses parois et doit être un crible profond et non superficiel comme ceux d'aujourd'hui. Ce crible, nous le reverrons ailleurs entre les mains de la Foi. Cette vertu, en effet, doit examiner avec soin les dogmes qu'on lui présente, et, loin de les accepter tous en aveugle, elle se donne la tâche d'en faire un choix sévère : elle sépare l'erreur de la vérité, l'ivraie du bon grain. Elle crible avec prudence toutes les doctrines qui lui sont offertes et n'admet que les plus solides et les plus vraies.

L'Espérance tient à la droite une branche remplie de bourgeons, parce qu'elle est certaine que ces bourgeons deviendront des fleurs, et, au moment voulu, à la récompense finale, se changeront en fruits. A la gauche, le sceau divin, timbré de la croix, parce que Dieu a scellé sa promesse de récompense éternelle à ses élus. Dans l'iconographie byzantine, en effet, ce disque, pris souvent à tort pour la boule du monde, s'appelle le sceau de Dieu.

La Charité tient à la main droite un pain en forme de boule et à la main gauche un vase plein de liquide. Elle donne à boire et à manger à ceux qui ont soif et faim. Ce sont deux des six œuvres de miséricorde corporelle qu'elle est chargée d'exercer.

Cet émail, qui doit appartenir à la fin du XIe siècle, ou au commencement du XIIe, est opaque et champlevé sur plaque de cuivre. Il est un peu pâle pour venir de Limoges et il doit sortir de l'école de la Meuse ou du Rhin. Le dessin n'en est pas, il s'en faut, d'une bien grande perfection ; mais, fort ancien de date, c'est un des monuments les plus curieux pour l'iconographie des Vertus.

Dans un prochain article, nous esquisserons cette histoire iconographique des Vertus théologales, en suivant, comme pour les Vertus cardinales, l'ordre que la chronologie, la géographie et l'analyse nous fourniront à la fois.

DIDRON.

SUJETS DE LA « PALA-D'ORO » DE VENISE

PARTIE SUPÉRIEURE.

PLAQUES.

1. Les Rameaux.
2. J.-C. aux Limbes.
3. Crucifiement.
4. Archange Michel.
5. Ascension.
6. Pentecôte.
7. Assomption.

MÉDAILLONS.

8 à 12. Bustes de saints.
13. S. Eugène?
14 à 25. Saints.....
26. La Vierge.
27. Sainte.....
28. S. Démétrius.
29. Saint.....
30. S. Pierre.
31. La Vierge.
32, 33. Saints.....
34. Jésus-Christ.
35. S. Jean.
36. S. Côme.
37. S. Théodore.
38. Sainte Anne.
39. Saint (sans nom).
40 à 47. Saints, parmi lesquels saint Eugène et saint Ermolaüs.
48. S. Jean-Baptiste.
49, 50. Saints.....
51. Archange Michel.
52. Archange Gabriel.
53, 54. Saints, dont l'un est S. Eugène?
55. Vierge et Enfant Jésus.
56, 57. Saints.....
58. Jésus-Christ.
59. S. Pierre, apôtre.
60, 61. Saints.....
62. Jésus-Christ.
63. S. Paul.
64. Le Précurseur.
65. S. Grégoire-Thaumaturge.
66. S. Matthieu.
67. S. Basile.
68. S. Jean-Chrysostome.
69. S. Cyrille.
70. S. Théodore.
71. S. André.

PARTIE INFÉRIEURE.

PLAQUES.

72. Le Christ glorieux.
73. S. Marc.
74. S. Jean.
75. S. Matthieu.
76. S. Luc.
77, 78, 79. Apôtres.
80. Saint....., évêque.
81. Apôtre.
82. S. Pierre.
83. S. Paul.
84 à 88. Apôtres.
89. Isaïe.
90. Nahum.
91. Jérémie.
92. Daniel.
93. Moïse.
94. Ézéchiel.
95. Inscription.
96. Doge.
97. La Vierge.
98. Irène.
99. Inscription.
100. David.
101. Élie.
102. Zacharie.
103. Habacuc.
104. Malachie.
105. Salomon.
106. S. Laurent, diacre.
107. S. Éleuthère, diacre.
108. S. Vincent, diacre.
109. Annonciation.
110. Nativité.
111. Présentation.
112. Baptême.
113. La Cène.
114. Crucifiement.
115. J.-C. aux Limbes.
116. Saintes Femmes au tombeau.
117. Apparition.
118. Ascension.
119. Pentecôte.
120. S. Pierre, diacre.
121. S. Étienne, diacre.
122. S. Fortunat, diacre.
123 à 129. Archanges.
130. Tétramorphe.
131. La Préparation du Trône.
132. Tétramorphe.
133 à 139. Archanges.
140 à 149. Légende de S. Marc.

MÉDAILLONS.

150, 151, 152......
153. Chasse.
154. Chasse.
155. Sujet symbolique.
156. La Vierge.
157. Griffons.
158. Chasse.
159. Constantin.
160. Saint.....
161, 162. Deux symboles d'évangélistes.
163. Jésus-Christ.
164, 165. Deux symboles d'évangélistes.
166. Saint.....
167. S. Michel.
168. Saint.....
169. Bouquet.

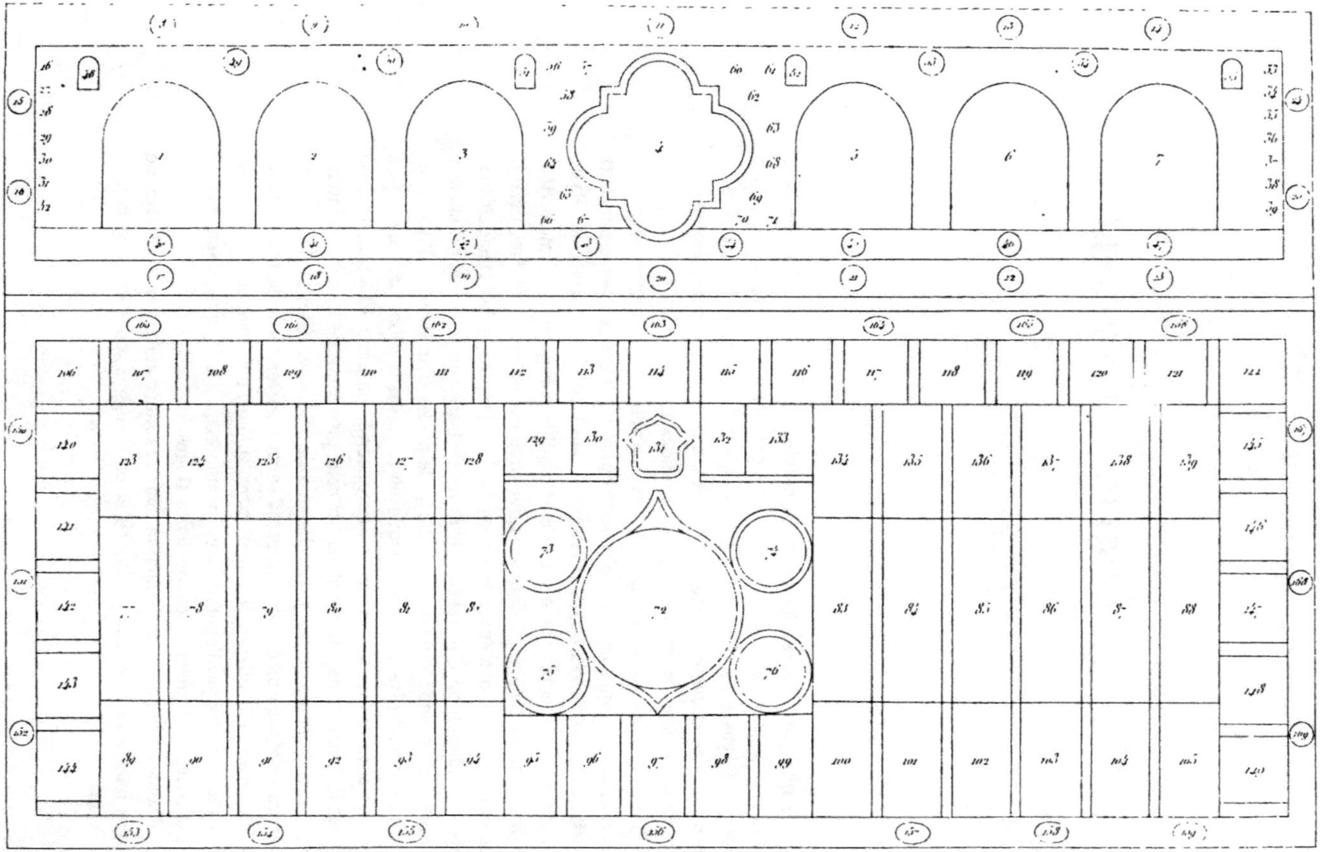

LA PALA D'ORO

A SAINT-MARC DE VENISE

TRÉSOR DE L'ÉGLISE SAINT-MARC

A VENISE

Depuis quelques années, des ouvrages spéciaux, des revues scientifiques et notamment les « Annales Archéologiques » ont publié plusieurs inventaires de trésors d'églises cathédrales, collégiales, conventuelles et paroissiales de notre pays. Ces documents nous ont initiés aux richesses considérables qui étaient réunies dans les établissements religieux et dont bien peu de pièces ont échappé à une destruction dont les causes sont trop connues pour qu'il soit besoin de les rappeler. Mais s'ils sont utiles et intéressants sous plusieurs rapports, ces inventaires donnent rarement une idée de la forme, du style, de l'époque et de la provenance des objets qu'ils enregistrent. C'est surtout pour les œuvres de fabrication orientale que les explications font défaut. Cependant, les relations entre les Grecs du Bas-Empire et les Occidentaux, depuis la fondation de Constantinople et les croisades surtout, ont dû amener en France une grande quantité d'étoffes, de pièces d'orfévrerie, d'ivoires et d'objets de travail divers. A une époque où les investigations archéologiques se portent avec ardeur sur les émaux en général, on aimerait à trouver dans les vieux inventaires quelques détails sur ceux provenant de la riche et industrieuse Byzance; mais on les y cherche en vain. D'un autre côté, si l'on veut étudier les originaux mêmes qui peuvent encore exister, il n'est pas toujours facile de les voir; d'ailleurs, ils sont rares aujourd'hui, sauf à Venise, ainsi qu'on peut en juger par l'aperçu, tout incomplet qu'il soit, que je vais donner avant d'arriver à l'ancienne chapelle des Doges.

En France, où l'on a tant de facilité pour examiner et étudier les émaux de Limoges dans les collections publiques et particulières, on a constaté la présence d'un bien petit nombre d'émaux grecs. A Poitiers, il existe un fragment de reliquaire de la vraie croix[1]. A Paris, une plaque faisait partie de la collection du feu comte Pourtalès-Gorgier; elle a été reproduite, avec les couleurs, par M. J. Labarte[2].

L'Angleterre serait, quant à présent, plus pauvre que nous encore en émaux grecs : on n'y trouverait qu'une petite croix pectorale provenant de la collection Debruge-Duménil[3]. Une croix pareille est au musée de Copenhague[4]. Une croix plus grande est dans une église de Novgorod; elle a été publiée avec les couleurs dans l'ouvrage sur les antiquités de l'empire de Russie, et il y a tout lieu de croire que ce pays possède plusieurs autres monuments de ce genre [5].

L'Allemagne est riche en fort beaux émaux byzantins. A Munich, il y a une grande plaque représentant le crucifiement; elle a été publiée avec les couleurs par MM. Becker et de Hefner-Alteneck[6], et de plus une couverture de manuscrit ornée de seize médaillons émaillés, publiée aussi avec les couleurs par M. Labarte[7]. L'Autriche possède la couronne de Hongrie et le

1. L'abbé Texier a publié un ancien dessin, qui représente le reliquaire entier, dans son mémoire sur les « Émailleurs de Limoges », pl. II, n° 1. Troyes possédait une croix-reliquaire émaillée, sur laquelle M. l'abbé Coffinet a publié quelques détails dans le XIXe tome des « Mém. de la Soc. acad. de Troyes ». Amiens possédait un beau reliquaire grec de la vraie croix, en forme de triptyque, orné d'environ dix-neuf figures émaillées; il n'en reste, je crois, que le souvenir et une description intéressante donnée par le savant Ducange dans sa dissertation sur le chef de saint Jean. L'émail grec, qui ornait cette dernière relique, a également disparu comme tant d'autres.

2. « Recherches sur la peinture en émail », pl. D.

3. Cf. l'ouvrage cité de M. Labarte, p. 39.

4. « Mémoires de la Société des antiquaires du Nord ». 1840-1843, pl. X. D'un côté est représenté le Christ en croix; de l'autre, cinq bustes avec inscriptions grecques qui désignent abréviativement J.-C. au centre, à sa droite la sainte Vierge, à sa gauche saint Jean-Baptiste, en haut saint Basile, en bas saint Jean-Chrysostome, et non saint Georges, comme le dit le mémoire qui accompagne ce petit monument.

5. « Le Guide du voyageur à Moscou », publié par Laveau, en 1824, donne une liste d'objets précieux conservés au trésor du Kremlin, dont plusieurs proviendraient de Constantinople et seraient garnis d'émaux. Sur l'un d'eux, le sceptre de Vladimir-Monomaque, on voit en émail, dit-on, l'Annonciation, la Nativité, l'Adoration des Mages, la Purification, la Transfiguration, la Résurrection de Lazare, l'Entrée à Jérusalem, le Crucifiement, la Résurrection, l'Attouchement de saint Thomas, l'Ascension, la Descente du saint Esprit. Si les émaux qui représentent ces sujets sont grecs, comme il est permis de le croire, le sceptre de Vladimir est un monument archéologique très-important.

6. « Kunstwerke und Gerathschaften des Mittelalters und der Renaissance. » — Francfort sur le Mein, 1858, pl. XL.

7. Ouvrage cité, pl. C.

reliquaire de la vraie croix de la cathédrale de Gran, publiés par M. Franz Bock[1]. C'est encore en Allemagne, à Limbourg, que se trouve un magnifique reliquaire publié par les « Annales Archéologiques » auxquelles nous devons également la reproduction de la croix émaillée qui est conservée à Namur, en Belgique[2].

Pour l'Italie, aux émaux grecs de Monza, décrits par M. Labarte[3], j'ajouterai les croix-reliquaires de Nonantola près Modène, de Velletri et de S.-Pierre-du-Vatican[4]. On peut supposer avec raison l'existence de monuments émaillés en quelques autres endroits de la Péninsule, comme à Sienne, par exemple[5]. Mais j'ai hâte d'arriver au trésor de Saint-Marc, à Venise. Là, en effet, plus que partout ailleurs, on peut se livrer largement à l'étude des émaux grecs ; le nombre en est si considérable, qu'il l'emporte sur la totalité des émaux de même nature qui sont répandus dans le reste du monde, et l'on chercherait vainement ailleurs des pièces pareilles à quelques-unes de celles qui sont conservées dans ce trésor. M. Labarte a déjà signalé et décrit les principaux émaux de Venise avec détail ; mais on verra, d'après la description que j'en ferai, qu'il restait quelque chose à dire après ce savant archéologue, comme on pourra conclure, après m'avoir lu, que je laisse encore bien à faire, surtout si l'on considère que je ne donne aucun dessin. Je vais donc décrire tous les monuments émaillés que j'ai vus dans le trésor de Saint-Marc. Cependant, je ne m'occuperai pas d'eux exclusivement ; je noterai tous les objets précieux et remarquables, byzantins, italiens et autres, que j'ai pu examiner avec un peu d'attention, et je commence cette analyse par le monument capital, la « Pala d'Oro », célèbre, on peut le dire, dans l'Europe entière.

Le maître-autel de l'église Saint-Marc est placé au milieu du chœur, sous

1. « Die ungarischen Kroninsignien ». Wien, 1857. — « Der Schatz der Metropolitankirche zu Gran in Ungarn ». Wien, 1859.

2. Le reliquaire de Namur est gravé sur deux planches du vol. V ; celui de Limbourg est sur trois planches dans les vol. XVII et XVIII. — Cf. le « Mém. sur la croix de Maestricht », par M. A. Schaepkens.

3. Ouv. cit., p. 14 et suiv.

4. Les croix-reliquaires de Nonantola ont été décrites par l'abbé Cavedoni ; celle de Velletri l'a été par Et. Borgia ; le reliquaire de S.-Pierre est un petit triptyque que j'ai entrevu un instant, en 1846.

5. Me trouvant dans cette ville, en 1852, je demandai à voir les reliquaires byzantins qui sont à l'hôpital Santa-Maria-della-Scala : « Antichissimi reliquiari comprati in Costantinopoli (1359) da « Pietro Torrigiani », dit le « Guide de Sienne ». Mais il me fut répondu que l'armoire qui les renfermait ne pouvait s'ouvrir qu'au moyen de trois clefs qui se trouvaient entre les mains de trois dignitaires, fort difficiles à trouver et à voir.

un magnifique ciborium en marbre vert-antique, supporté par quatre colonnes en albâtre, sculptées, avant le xᵉ siècle, de sujets représentant toute la vie du Christ, comme l'expliquent des inscriptions latines. A un mètre environ en arrière de l'autel, s'élève le grand rétable connu sous la désignation de PALA D'ORO. Le mot « Pala » tire son origine du latin « Palla », et le rétable a été ainsi appelé par analogie avec les étoffes que l'on mettait autrefois autour de l'autel et qui étaient attachées soit à l'autel même, soit aux colonnes du ciborium. Le mot « pala » est employé depuis longtemps par les Vénitiens pour désigner ce qui se trouve au-dessus d'un autel, bas-reliefs, statues, tableaux peints, etc.—Quant au surnom donné généralement au rétable de Saint-Marc, il provient de ce que l'éclat de l'or est ce qui frappe de suite les yeux de celui qui le regarde; je n'insiste par sur ce détail, mais je garde cette désignation consacrée par l'usage.

La Pala d'Oro est un assemblage, sur plusieurs lignes superposées, de plaques dorées de différentes grandeurs, sur lesquelles des figures isolées du Christ, d'anges, de prophètes, d'apôtres et autres saints, et des sujets de l'Évangile et de la légende de S. Marc sont représentés en couleurs au moyen d'émaux incrustés, du genre de ceux qu'on est convenu d'appeler « émaux cloisonnés ». Ces plaques émaillées qui, dans mon opinion, ont été travaillées par des Grecs, sont séparées, entourées, et en partie surchargées par des ornements en relief, constituant un travail considérable d'orfévrerie exécuté par les Vénitiens au xivᵉ siècle ainsi que les bordures ciselées et dorées qui forment l'encadrement général de la Pala. Dans cette ornementation vénitienne, on voit certaines parties qui jouent l'émail, mais qui ne sont que des bandes de verre bleu sous lesquelles courent de fines lames d'or ou dorées, découpées en forme de branches et feuillages. Enfin, dans cette même ornementation il entre une quantité considérable de perles fines et de pierres précieuses et un assez grand nombre de médaillons qui contiennent, comme les plaques, des figures en émaux grecs et cloisonnés. Du moins la plus grande partie de toutes ces figures m'a paru de même travail.

La Pala est renfermée dans une armoire élevée sur quatre petits piliers. Aux jours de fêtes, l'armoire est ouverte, et le rétable est exposé aux yeux des fidèles et des curieux qui peuvent le contempler pendant toute la journée. A certains jours et dans certaines occasions, on découvre encore le rétable pendant quelques heures. C'est à ces diverses circonstances que je dois d'avoir pu examiner, à plusieurs reprises, ce précieux et remarquable monument.

La Pala d'Oro, en supprimant par la pensée toute l'ornementation ajoutée par les Vénitiens, n'est pas, dans son ensemble et dans son état actuel, une œuvre originale, homogène, qui se présente à nous telle qu'elle aurait été conçue dans l'idée de l'artiste créateur, ou, si l'on veut, telle qu'elle serait sortie de l'atelier de l'orfévre. Les renseignements fournis par l'histoire et la tradition ne sont pas de nature à nous donner une idée de l'état primitif du monument. Une chronique du XIᵉ siècle rapporte que le doge Orseolo (991-1009) commanda à Constantinople une table d'or et d'argent; mais on ignore s'il s'agit d'un rétable ou d'un devant d'autel et si ce monument était orné d'émaux. Des renseignements plus positifs, mais relativement peu anciens, sont contenus dans deux inscriptions latines gravées en caractères du XIVᵉ siècle sur deux des plaques qui entrent dans la composition de la Pala. Voici ces inscriptions telles qu'elles ont été imprimées plusieurs fois :

Anno milleno centeno jungito quinto
Tunc Ordelaphus Faledrus in urbe ducabat
Hæc nova facta fuit gemmis ditissima Pala
Quæ renovata fuit te Petre ducante Ziani
Et procurabat tunc Angelus acta Faledrus
Anno milleno bis centenoque noveno.

Post Quadrageno quinto post mille trecentos
Dandulus Andreas praeclarus honore ducabat
Nobilibus que viris tunc procurantibus almam
Ecclesiam Marci venerandam jure beati
De Lauredanis Marco Frescoque Quirino
Tunc vetus hæc pala gemmis pretiosa novatur

Ces inscriptions ont donné lieu à plusieurs interprétations contradictoires dont je ne parlerai pas; il me suffit de constater ce qui me semble résulter clairement du texte même des inscriptions, à savoir : l'existence de la Pala au XIIᵉ siècle, sa restauration au XIIIᵉ, et une seconde restauration au XIVᵉ, à l'occasion de laquelle les inscriptions ont été composées. Il est évident, d'ailleurs, comme je l'ai déjà dit et comme j'aurai occasion de le constater encore plusieurs fois, que la Pala, qui se compose de deux parties superposées et tout à fait distinctes, bien que reliées et attachées ensemble, a été dérangée, remaniée, augmentée. Je ne cherche pas à reconstituer l'état primitif, parce qu'il me semble qu'un pareil travail ne pourrait être tenté utilement qu'après avoir enlevé toute l'ornementation superposée par les Vénitiens; au surplus, je reviendrai sur cette question dans le cours de mon travail.

Cicognara a publié[1] une grande gravure représentant la Pala d'Oro. Cette

1. « Le fabbriche e i monumenti cospicui di Venezia », 1ᵉʳ vol.

copie, très-inexacte et ne pouvant donner qu'une idée imparfaite de l'ensemble du monument, a été plusieurs fois reproduite sur une échelle plus ou moins restreinte [1]. Les planches de détails données par Cicognara et Dusommerard [2] sont des renseignements utiles pour apprécier la dimension et la forme de quelques sujets et figures émaillés. Tout l'intérêt et le mérite de ceux-ci consistent dans les émaux aux fines et harmonieuses couleurs, habilement disposées dans de minces cloisons d'or qui servent à marquer les plis des vêtements et les contours des personnages ; des planches coloriées avec soin pourraient donc seules en donner une idée complète. Pour moi, qui n'ai jamais touché crayon ni pinceau, je ne pouvais y penser ; tout ce que je pouvais faire était de dresser un tableau, avec cases et numéros, afin de rendre plus claire la description des émaux que je vais donner en commençant par la partie supérieure.

Sept grandes plaques émaillées, rangées sur une seule ligne, forment le fonds de cette partie. Ce sont autant de tableaux d'une hauteur d'environ trente centimètres, six desquels contiennent un sujet, et le septième une grande figure isolée ; tous sont expliqués par des inscriptions grecques. Voici, en se reportant au tableau général que j'ai dressé, l'ordre dans lequel ils sont placés :

N° 1. Η ΒΑΙΟΦΟΡΟϹ. — La fête des Rameaux, ou l'entrée triomphale de Jésus-Christ à Jérusalem.

N. 2. Η ΑΝΑϹΤΑϹΙϹ. — La descente de Jésus-Christ aux enfers et la délivrance des âmes des justes. — Jésus-Christ, au centre du tableau, foulant aux pieds les portes brisées de l'enfer et tenant sa croix de la main gauche, tire de son sépulcre le vieil Adam, derrière lequel Ève se tient déjà debout. Tous sont complétement vêtus. Vis-à-vis de nos premiers parents, David et Salomon, nimbés, couronnés et richement vêtus, se dressent aussi dans leur tombeau. Derrière eux on voit le Précurseur, tenant une croix comme d'habitude, et montrant le Christ. C'est le sujet que les Grecs représentent ordinairement pour rappeler la fête de Pâques. Il est à peu près pareil, en mosaïque, sous un des grands arcs de l'église Saint-Marc, avec cette inscription : Η ΑΓΙΑ

1. « La Pala d'Oro della basilica di S. Marco, illustrata dal canonico G. Bellomo, con un discorso di S. Em. Jacopo Monico, cardinale e Patriarcha di Venezia. » Venezia 1847, pl, II. — Ermolao Paoletti, « Il Fiore di Venezia », vol. II. — Dusommerard, « Album des arts au moyen âge », X[e] série, pl. XXXIII. — Labarte, ouvr. cit., p. 17. — D'autres encore ont reproduit ce dessin de Cicognara.

2. Les détails publiés par Dusommerard ont été dessinés à Venise, par M. Victor Petit, dont les lecteurs des « Annales » savent apprécier l'exactitude archéologique.

ANACTACIC. On y voit de plus quatre justes derrière Adam. Le tableau émaillé en question a été publié au trait et de grandeur naturelle par Cicognara, qui l'avait copié sans doute pendant une réparation de la Pala, car son dessin donne la bordure émaillée qui entoure le sujet sur la plaque même, et qui est cachée par l'ornementation en relief du XIVe siècle. Cette bordure est très-simple et consiste en une ligne de petites croix entourées d'un cercle.

N° 3. H CTAYPΩCIC. — Le Crucifiement. — Ce sujet n'est pas à sa place et devrait se trouver avant le précédent.

N° 4. O AP MHA, pour : O APXAΓΓΕΛΟC MIXAHΛ. — L'archange Michel est en pied, vêtu d'une longue robe bleu et or, avec riches ornements qui en font un costume impérial; une chaussure rouge recouvre ses pieds. De la gauche il tient un labarum sur lequel sont écrits, l'un au-dessus de l'autre, ces mots en partie cachés aujourd'hui : AΓΙΟC AΓΙΟC AΓΙΟC. Sa main droite, placée devant sa poitrine, est cachée par une main en relief ajoutée par les Vénitiens et tenant une énorme perle fine. Un grand nimbe, vert et or, entoure sa tête[1]. Sur la même plaque deux têtes d'anges à six ailes sont placées près de l'archange. On ne s'explique pas la présence de ce tableau au milieu des autres. L'archange, sans être de profil, ce que les Byzantins font rarement, est représenté de côté; on s'en aperçoit facilement, surtout à la position des pieds. Il est donc évident qu'il a été peint dans le principe de façon à être placé à la droite d'une figure du Christ. On ne dira pas que l'archange Michel, représentant de Dieu (Quis ut Deus), a été mis pour cette raison au centre des autres tableaux, dans une place d'honneur; je ne le pense pas pour plusieurs motifs, et surtout parce qu'il n'est pas de face.

N° 5. H ANAΛHΨIC. — L'Ascension. — Jésus-Christ est assis dans une gloire enlevée par deux anges; il étend les bras, bénit de la droite et tient un rouleau de la gauche. Deux groupes, chacun de six apôtres, sont rangés symétriquement au-dessous. Saint Pierre, reconnaissable à sa barbe et à ses cheveux tout blancs, est en tête du groupe qui se trouve à gauche du Sauveur; saint Paul, barbe et cheveux noirs, est à la tête de l'autre groupe. La sainte Vierge, les mains déployées devant elle, est au milieu.

N° 6. H ΠΕΝΤΙΚΟCΤΗ.— La Pentecôte.— Les apôtres sont rangés en cercle. Pierre et Paul se reconnaissent toujours à leur type habituel. En avant, sous une arcade, c'est-à-dire en dehors de la porte du cénacle, deux hommes en pied, un empereur couronné et un de ses sujets coiffé d'un bonnet pointu, représentent le monde qui doit être évangélisé par les apôtres. Les Grecs met-

1. Une copie de cette figure, faite au tiers environ de sa grandeur par M. Victor Petit, se voit dans l'« Album » Dusommerard, pl. XXXII.

tent à cet endroit tantôt un vieillard avec le mot Κόσμος, qui indique la personnification du monde, tantôt le prophète Joël avec un passage de ses prophéties s'appliquant au sujet, tantôt un empereur avec un ou plusieurs sujets ou esclaves; quelquefois aussi ils placent la sainte Vierge avec les apôtres dans le cénacle. On ne la voit point sur notre émail. On ne la voit pas non plus dans le même sujet en mosaïque, qui décore si bien la coupole placée au-dessus de la nef de l'église Saint-Marc, où le « Monde » est représenté par les différents peuples dont les apôtres parlaient la langue au sortir du cénacle, ainsi qu'il est raconté dans les Actes des apôtres.

N° 7. Η ΚΟΙΜΗϹΙϹ ΤΗϹ ΘΚΟΥ. — Le sommeil de la Vierge. — C'est le sujet que les Grecs représentent pour rappeler la fête de l'Assomption. Il est figuré ici avec la disposition qu'ils ont généralemunt adoptée.

On a pu le remarquer, les tableaux émaillés que je viens de décrire ne forment pas une suite complète, un arrangement raisonné; la présence de l'archange Michel au milieu des sujets n'est motivée que pour l'effet produit par cette grande figure richement ornée. Pour ma part, je ne vois dans ces tableaux que des fragments d'un monument que je ne saurais désigner, mais qui contenait une réunion d'au moins quinze tableaux représentant le Christ glorieux accompagné de deux archanges et entouré de douze grandes fêtes ou mystères. Ces fragments ne peuvent avoir appartenu, comme le suppose M. Labarte, à un « devant d'autel[1] » existant à Saint-Marc au xe siècle, sous le doge Orseolo : d'abord parce que l'ensemble, que je suppose aussi restreint que possible, serait encore trop considérable pour avoir eu cette destination; ensuite parce que le style des peintures s'oppose à ce qu'on en fasse remonter l'exécution à une époque aussi éloignée. Je sais qu'il est difficile d'assigner des époques fixes et certaines aux œuvres des Byzantins; cependant, on est guidé quelquefois par des circonstances particulières. Ici le tableau du crucifiement, où le corps du Christ est courbé et infléchi, ne peut être du xe siècle; à cette époque les Grecs représentaient le Sauveur droit sur la croix, comme sur un ivoire de la Bibliothèque impériale de Paris publié dans les « Annales[2] », et dans une position qui éloigne les idées de souffrance et de mort, mais qui rappelle le sacrifice volontaire prédit par Isaïe (« Oblatus est ipse quia voluit »), ou qui représente le moment où Notre-Seigneur dit à sa mère et à saint Jean les paroles rapportées par cet apôtre dans son Évangile.

1. Les Vénitiens désignent cet objet par le mot « Parapetto ».

2. Tome xviii, p. 109. Il y avait à Bamberg une croix-reliquaire du xe siècle, où le Christ était représenté, de même, en émail, avec des inscriptions grecques. Voyez « Acta sanct. », Jul., t. iii, p. 785.

Je croirais volontiers que les tableaux en question proviennent d'un retable ou d'un autre monument placé originairement dans Sainte-Sophie ou dans toute autre église de Constantinople, et qu'ils ont fait partie du butin des Vénitiens, lors de la prise de cette ville par les Latins, en 1204. Dans ce cas, ils auraient été ajoutés, sous le doge Ziani (1205-1226), à un retable existant déjà à Saint-Marc; ce qui s'accorderait avec les inscriptions de la Pala d'Oro, qui constatent une restauration de ce monument du vivant de ce doge, en l'année 1209. Dans cette hypothèse, on s'expliquerait facilement les détériotions de ces tableaux, par cette circonstance qu'ils proviendraient du pillage d'une ville. Cette opinion, pour n'être après tant d'autres qu'une conjecture, n'est cependant pas dénuée de vraisemblance. Il est juste d'ajouter que je ne suis pas le premier qui l'ait avancée; je la retrouve, sinon telle que je la formule, du moins exprimée en partie dans une tradition qui a existé à Venise. Voici, en effet, ce que je lis au sujet de cette partie de la Pala dans un petit volume imprimé dans cette ville à la fin du XVIIe siècle : « Dicesi che questa parte fosse quella che era sopra l'altare di Santa-Sofia in Costantinopoli[1] ».

Je passe maintenant à la description des petits émaux qui sont enchâssés dans la décoration de travail vénitien dont j'ai parlé. Ils sont nombreux, car je n'en ai pas compté moins de soixante-quatre. Je suis heureux de pouvoir en désigner une grande partie, car je ne les ai vus mentionnés dans aucune description. Ils sont de différentes grandeurs et tous circulaires, sauf quatre qui ont une forme allongée, plus haute que large. Dans le compartiment du milieu, celui où se trouve l'archange Michel, il y en a seize. Deux plus grands que les autres (environ sept ou huit centimètres de diamètre) représentent le Christ, d'abord en buste, n° 62 de mon tableau synoptique, avec les sigles ordinaires IC XC; puis entier, n° 58, assis sur un trône, avec les sigles IC. XC, et cette inscription : O ΑΝΤΙΦΟΝΗΤΗC, c'est-à-dire : Jésus-Christ, « la caution », celui qui est notre garant, qui répond pour nous. Les quatorze autres représentent des saints en buste, chacun accompagné de son nom écrit en grec. Il y a entre autres : N° 59. S. Pierre : O ΑΓ Π Ε Τ Ρ Ο Ϛ. Il bénit

1. STRINGA, « La Chiesa di S.-Marco, in Venetia », 1680, p. 176.

et tient une croix. — Au N° 63. S. Paul : Ο Π . Il bénit et tient un
Α Α
Γ Υ
ς
livre. — N° 64. S. Jean le Prodrome, tenant une croix. — 65. S. Grégoire le Thaumaturge. — 66. S. Mathieu. — 67. S. Basile. — 68. S. Jean-Chrysostome : Ο Ι . — 69. S. Cyrille. — 71. S. André tenant une croix.
Α ω
Γ Ο
ΧΡΥ
ς
— 70. S. Théodore : ΟΑ[1] Δ en buste et de face comme les autres; il est
Θ ω
Ε Ρ
Ο Ο
C
vêtu du costume militaire, et tient sa lance qui passe en travers devant sa poitrine. Ce médaillon, plus petit que les précédents, est d'une finesse extrême d'exécution. Le visage du saint guerrier est grave et sévère; il regarde à droite. Sa barbe et ses cheveux sont noirs.

Au-dessus des arcatures en relief qui entourent les six grands sujets, j'ai compté huit médaillons émaillés : quatre allongés et quatre circulaires. Les premiers représentent : N° 48. S. Jean-Baptiste : ΟΑ Δ . Il est en pied et
Ο Ρ
Π Ο
Ρ Μ
Ο Ο
C
tient une longue croix.— 51. L'archange Michel, également en pied, tourné à gauche.— 52. L'archange Gabriel, en pied, tourné à droite.— 55. La Mère de Dieu, en pied, tenant l'enfant Jésus devant elle.— Les quatre médaillons circulaires contiennent des saints en buste. Je n'ai pu lire qu'un nom, 53 ou 54, celui de saint Eugène. Ce personnage est habillé d'un riche costume; son nimbe est semé de fleurs blanches.

1. L'A est inscrit dans l'O et n'y est pas à côté ou au-dessous. La typographie française n'ayant pas ce sigle, qui est constant chez les Byzantins, lorsque les mots ο αγιος ne sont composés que des deux premières lettres, nous avons placé ici, et dans la suite des autres inscriptions, l'A après l'O, sur la même ligne.

A chaque extrémité, une bande verticale d'ornements en relief contient quatorze médaillons circulaires, sept à droite, sept à gauche. J'y ai vu, **26** et **27**, deux fois la sainte Vierge : ΜΡ ΘΥ. — **28**. S. Démétrius. — **30**. S. Pierre. — **34**. Jésus-Christ : IC XC. — **35**. Un S. Jean : ΟΑ Ιω ⁝ — **36**. S. Côme :

ΟΑ Μ
Κ Α
Ο C
C

. — **37**. S. Théodore :

ΟΑ Δ
Θ Ο
Ε Ρ
ω Ο
C

. — **38**. Sainte Anne les mains déployées devant sa poitrine :

Η Α
Α Ν
Γ Ν
Η

. — Quelques-uns n'ont pas de nom; il a peut-être disparu sous l'orfévrerie vénitienne. Ces saints ne sont pas tous de la même grandeur; ceux placés aux n°ˢ 27, 29, 31, 34, 36, 38 sont très-petits.

Sur une bordure qui s'étend immédiatement sous les grandes plaques, il y a huit médaillons de saints; je n'ai pu lire que deux noms :

ΟΑ Ν
ΕΥ ΙΟ
ΓΕ C

ΟΑ Ά
ΕΡ ΑΟ
ΜΟ C

J'ai déjà parlé d'un médaillon de saint Eugène, et je crois en avoir vu d'autres encore. Je me souviens qu'étant perché sur une trop courte échelle, où je me tordais le cou pour tâcher de déchiffrer les inscriptions, mon attention fut fixée par la répétition du nom de saint Eugène. Il me venait à la pensée que ces médaillons auraient pu être rapportés par les Vénitiens, à la suite d'une de leurs expéditions guerrières ou commerciales à Trébizonde, dont ce saint était le patron très-vénéré[1]. Je cherchais si je ne le verrais pas à cheval, comme sur les monnaies de cette ville; mais ce fut en vain. Presque toutes les figures des médaillons de cette partie de la Pala sont en buste, quelques-unes en pied; mais aucune n'est à cheval.

Enfin, dans la bordure ciselée par les Vénitiens, et qui encadre toute la partie supérieure de la Pala, j'ai encore compté dix-neuf médaillons émaillés.

1. La Bibliothèque publique de Turin possède un curieux document qui constate les relations ayant existé entre les deux peuples : c'est une bulle de Jean Alexis Comnène, empereur de Trébizonde, pour un traité d'alliance et de commerce avec les Vénitiens. Ce document a été publié par Pasini, « Codices manuscripti bibliothecæ regis Taurinensis », I, 222.

Avant de passer à la partie inférieure, je veux dire quelques mots sur les procédés employés pour l'exécution des émaux que je viens de signaler. Ils sont, comme je l'ai dit, de ceux qu'on est convenu d'appeler « cloisonnés ».

Chacun des tableaux à sujet, chacun des personnages isolés formant tableau ou médaillon, a été exécuté à part, sur une plaque d'or ou d'argent doré, et tout l'espace que les sujets ou figures devaient occuper a été fouillé profondément. Dans ces cases ainsi préparées, l'orfévre a rendu les linéaments du dessin par de petites bandelettes d'or très-minces posées sur champ ; ensuite les émaux de différentes couleurs ont été placés entre ces interstices, puis le tout a été mis au feu, etc. A ces détails, que je puise dans l'excellent ouvrage de M. Labarte, et qui ont été donnés au sujet de la Pala elle-même [1], j'ajouterai que les grandes plaques de la partie supérieure de notre retable sont, il m'a semblé, exécutées non-seulement par le procédé du cloisonnage, mais encore et en même temps par celui du champlevé ou de la taille d'épargne. Ainsi, pour rendre les ailes et une partie du vêtement de l'archange Michel, on a creusé la plaque de façon à laisser d'épaisses cloisons destinées à faire le contour de certains détails qui pussent s'apercevoir mieux et à quelque distance, et chaque entaille a été remplie ensuite par de l'émail. La même observation doit s'appliquer aux inscriptions qui donnent le nom de l'archange et qui désignent les sujets des autres plaques, comme aussi aux ornements des sépulcres dans le tableau de l'Anastasis, et à d'autres détails « à effet ». Je recommande cette particularité à ceux que ces questions intéressent, et qui pourraient étudier la Pala plus commodément et plus complétement que je n'ai pu le faire.

JULIEN DURAND.

1. « Rech. sur la peint. en émail », p. 17.

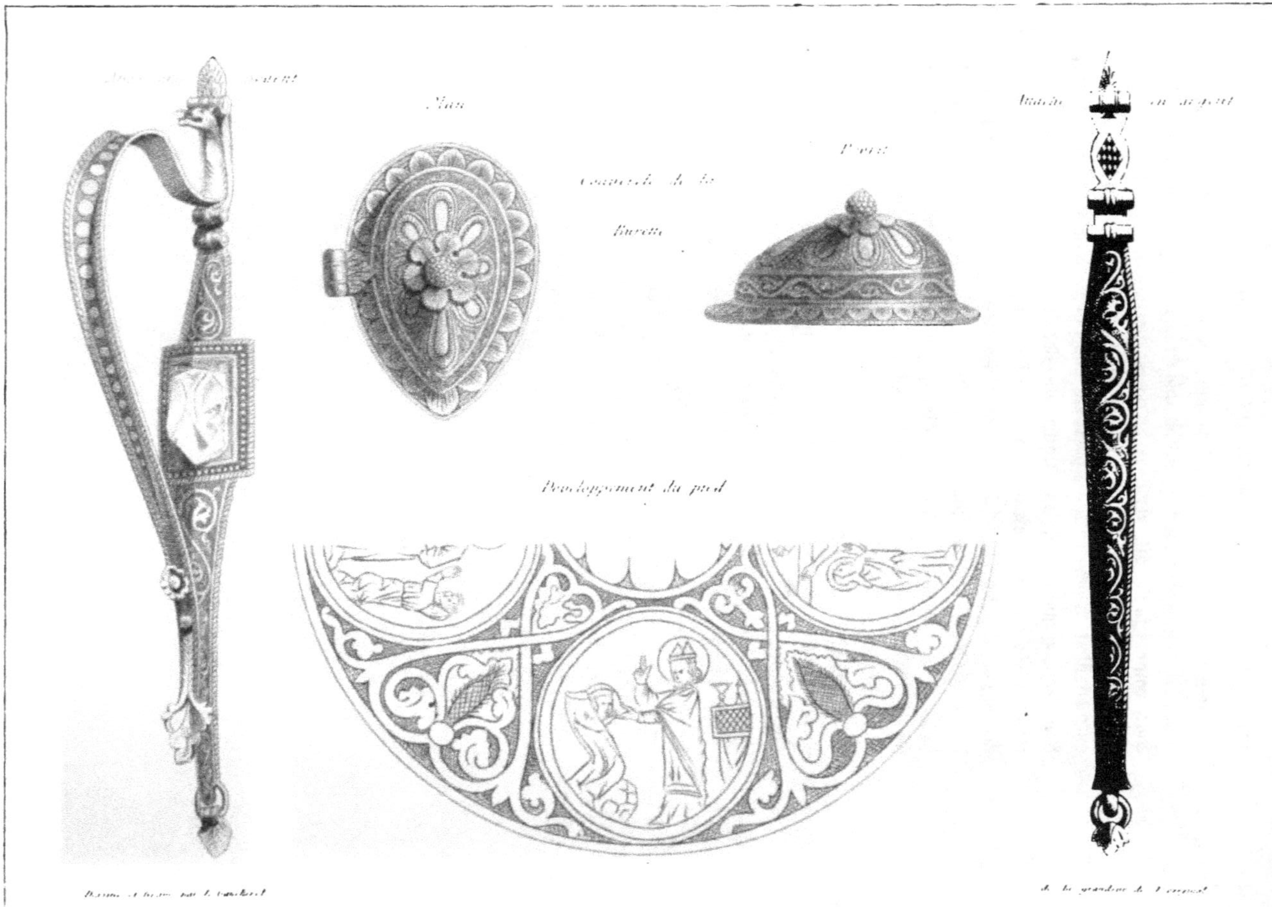
Plan
Couvercle de la
Burette
Profil
Développement du pied

L'ORFÉVRERIE DU MOYEN AGE

L'abbé Texier ouvre l'introduction de son grand ouvrage sur l'orfévrerie par les lignes suivantes, qui ont un charme auquel ajoute encore la mort récente de notre éloquent ami[1] :

« Un soir de l'année 18.., deux amis, réunis près de la fenêtre du presbytère d'Auriat, causaient familièrement sous l'impression d'une douce nuit d'été. Cette habitation, située sur le versant méridional de la chaîne granitique qui traverse le Limousin, domine une vue immense. Au-dessous des prairies, dont le jardin est entouré, coulent des ruisseaux rapides, en s'enfonçant dans des vallées étroites, à des profondeurs que l'œil ne peut sonder sous la végétation qui les recouvre. Plus loin, des landes incultes, des bois étagés sur des collines, un lac qui serpente comme une rivière; à gauche, le bourg de Saint-Maureil, à droite celui de Bujaleuf, les clochers de Masléon et de Rosiers, arrêtent tour à tour la vue en la reposant. Enfin, au dernier plan de l'horizon, perchés sur la crête des montagnes, surgissent, comme deux souvenirs de vaillance et de foi, la commanderie de Sainte-Anne et le prieuré de Saint-Gilles.

« Et pourtant, ce n'étaient pas les accidents de ce riche paysage qui attiraient leur attention. Déjà les ombres du soir avaient voilé toutes choses; la lune seule éclairait vaguement la campagne, en dessinant les contours des objets les plus voisins. Le vent était tombé, et les mille grillons, dont le bourdonnement anime les nuits sereines, se taisaient endormis dans leurs trous.

« La conversation des deux amis était calme comme cette nature souriante jusque dans son repos. Ils parlaient de la France d'autrefois, de cette France dont il faut aimer le passé et excuser les erreurs, puisqu'elle est notre mère; de ses arts, dédaignés hier et mieux appréciés aujourd'hui. Or, l'art n'est que l'expression matérielle et, on peut le dire, le corps des idées de chaque époque.

1. « Dictionnaire d'orfévrerie, de gravure et de ciselure chrétienne », par M. l'abbé Texier. Grand in-8°. Migne, 1857. Introduction, pages 10 et 11.

« Je voudrais bien, » disait le maître temporaire du logis, « je voudrais « bien, dans la mesure de mes forces, contribuer à la réhabilitation d'un « passé qui nous est cher. Déjà, cet art, dont tous les autres arts sont tributaires, l'architecture, est mieux connue, et il n'y a pas loin de la connaissance à l'amour et à l'admiration. Sans renoncer à des études plus spéciales, « je voudrais défricher un coin charmant de ce champ immense. L'orfévrerie, « où tous les arts sont unis et représentés : la peinture par les émaux, la « gravure par les nielles, la sculpture par les reliefs, l'architecture par la « forme des reliquaires, des tombeaux et des autels, l'orfévrerie est peu « connue. La rareté et la dissémination de ses œuvres n'ont pas permis jusqu'à « ce jour d'exécuter des travaux d'ensemble; et, à part quelques notices estimables sur un petit nombre d'objets, on est réduit à des affirmations tranchantes et injustes. Or, vous le savez, nous sommes ici au centre des travaux « de l'école d'orfévrerie la plus féconde et la plus remarquable du monde. « Les œuvres des artistes limousins abondent autour de nous. Pourquoi, pendant que nous disposons encore de ces restes précieux, n'en pas sauver le « souvenir, en écrivant l'histoire des orfévres français? Qui nous dira l'avenir et si nous sommes à l'abri de nouveaux orages? Et puis, ces œuvres « sont périssables, comme tout labeur humain. Il serait pieux d'en confier la « mémoire à un livre qui pourrait aussi garder quelques images. »

« Les temps ne sont pas mûrs, » reprit l'hôte de l'humble presbytère. « N'est-ce pas vous qui me disiez naguère que Millin faisait encore loi pour « un grand nombre d'érudits? Or, l'article « Orfévrerie » de son dictionnaire, « si vanté, y consacre-t-il une ligne, un seul mot à l'orfévrerie du moyen « âge? Ne me citiez-vous pas encore un ouvrage étendu sur la France, rédigé « sous la direction d'un membre de l'Académie des inscriptions et belles-lettres, la compagnie la plus savante du royaume? N'y est-il pas écrit en « toutes lettres que, « pour cet art, comme pour la peinture et la sculpture, « nos maîtres nous sont venus d'Italie, et qu'il faut arriver à François Ier pour « trouver les premières productions réellement artistiques de l'orfévrerie française[1]? » Enfin, dans une encyclopédie qui a la prétention d'être catholique, toute l'orfévrerie du moyen âge n'est-elle pas rayée d'un trait de « plume, et les premières productions réellement artistiques de cet art ne sont-elles pas datées de l'éternel Benvenuto Cellini[2]? Serez-vous plus heureux « que tant d'autres? Rappelez-vous la tentative trop connue d'un architecte

1. « Dict. encycl. de la France », par M. Ph. Lebas, membre de l'Académie des Inscriptions et Belles-Lettres, t. xi, p. 261, v° « Orfévrerie ».

2. « Encyclopédie catholique », v° « Ciselure ».

« allemand. Après les guerres de l'empire, lorsque les esprits lassés goûtaient « avec douceur les joies nouvelles de la paix, le savant M. Charles Heideloff « voulut publier, par la gravure, un magnifique édifice gothique, et ses an-« nonces répétées à grands frais, dans les journaux allemands, LUI PROCU-« RÈRENT UN SOUSCRIPTEUR. Les esprits sommeillaient alors, comme sommeil-« lent sous nos yeux, dans cette campagne tranquille, tant d'êtres endormis « auxquels n'arrive pas notre voix. Vienne un de ces esprits supérieurs qui « dominent les intelligences, et tout va se réveiller. C'est ainsi qu'au lever « du soleil les troupeaux conduits aux pâturages, les oiseaux cachés sous la « feuillée, les insectes qui rampent sous l'herbe, salueront par mille cris, mille « bourdonnements, mille murmures, l'astre qui leur envoie la lumière et la « chaleur. Maintenant, que votre voix essaye de troubler ce silence, le silence « seul vous répondrait. »

« Sans faire observer, comme il l'aurait pu, qu'il ne fallait pas rendre le public responsable des erreurs et de la partialité de quelques érudits, que les temps étaient meilleurs et que des travaux immenses avaient préparé les esprits, l'autre interlocuteur (c'était moi, s'il vous plaît) se leva silencieusement, et, s'inclinant sur la fenêtre, il frappa lentement deux coups dans ses mains. A ce bruit qui troublait leur repos, les chiens de la ferme voisine répondirent par de longs aboiements, et aussitôt, à droite, à gauche, dans toutes les habitations rustiques du village, étagées sur la colline, ce fut un concert assourdissant de voix. Et le bruit allait s'étendant à la ronde, de ferme en ferme, de village en village; et, un quart d'heure après, on entendait encore les lointains aboiements des chiens de Saint-Maureil, auxquels répondaient des aboiements plus lointains encore.

« Ami, » reprit-il après cet incident, « sans de grands efforts, vous en avez « la preuve, il est facile de troubler pour un moment le plus profond silence. « Au sein des nuits les plus calmes se cachent des vigilances qui seulement « sommeillent. Dans l'obscurité la plus profonde s'abritent des sympathies qui « n'attendent que l'occasion de se manifester. Elles apparaîtront quand le « temps sera venu. »

Quelque temps après cet entretien remarquable et qui m'a toujours si vivement frappé, le temps était venu en effet, et notre savant ami en marquait l'avénement par ce gros et savant livre qu'il dédiait, avec une si haute convenance et une reconnaissance si méritée de nous tous, à M. le comte de Montalembert. Cet ouvrage, dont nous avons extrait ce qu'on vient de lire, est historique, descriptif et technique tout à la fois; c'est un traité complet sur l'orfévrerie du moyen âge et les arts qui s'y rattachent. Il est apparu lorsque déjà cinq ou six fabriques de bronzes et d'orfévrerie s'occupaient spécialement, sinon exclusivement, de reproduire ou d'imiter les œuvres du moyen âge. L'abbé Texier a constaté cette petite renaissance, déjà flagrante en 1857; mais il entrevoyait un accroissement bien plus marqué encore dans un avenir prochain, et cet avenir, nous y sommes. L'« Orfévrerie » de l'abbé Texier aura précipité le mouvement, et c'est pour y contribuer de notre mieux que nous avons déjà publié tant d'articles sur les objets de métal, tant d'inventaires anciens, tant de gravures et de descriptions diverses. La nouvelle planche que nous donnons ici, et qui présente les détails, en grandeur d'exécution, du reliquaire retrouvé par l'abbé Texier et conservé à Saint-Georges-les-Landes (Haute-Vienne), s'adresse plus spécialement aux ciseleurs, bijoutiers et orfévres. Le fragment du pied montre, dans ses irrégularités, la liberté et la facilité du ciseleur à manier son outil. L'anse et toute l'armature qui maintient le cristal de la burette et l'assujettit au pied du reliquaire prouvent le goût du modeleur et l'habileté du nielleur. Le couvercle, en plan et en profil, confirme et double cette même preuve. Nous espérons que nos orfévres d'aujourd'hui sauront s'inspirer de l'anse, de l'attache et du couvercle du petit vase à reliques pour les reproduire dans les burettes ou les aiguières modernes; s'ils y faisaient défaut, nous serions là pour les remplacer.

L'abbé Texier déclare que le Limousin a possédé, au moyen âge, l'école la plus féconde et la plus remarquable de l'orfévrerie chrétienne qui ait existé dans le monde. A supposer que le patriotisme ait entraîné notre ardent ami en quelque exagération, il n'en est pas moins vrai que le pied au moins du reliquaire de Saint-Georges-les-Landes est d'un travail limousin. La sainte agenouillée, qui présente à un évêque sa tête coupée; le jeune diacre, que des captifs agenouillés invoquent à droite et à gauche, sont tous trois les patrons principaux du Limousin : sainte Valérie, saint Martial et saint Léonard. Cette œuvre, qui date du XIIIe siècle, est donc de Limoges ou du Limousin; elle fait honneur à cette grande ville et à cette intelligente contrée.

DIDRON.

Dessiné par Ed. Didron — *Grandeur de l'original*

MORT DE JÉSUS-CHRIST

IVOIRE DU XIIIe SIÈCLE, AU MUSÉE DU LOUVRE

LES CHEMINS DE CROIX

En ce moment, toutes les églises, anciennes et modernes, cathédrales, paroissiales et conventuelles, et même les chapelles particulières demandent des « Chemins de Croix ». C'est une émulation qui n'a de comparable que le désir de posséder des vitraux peints et historiés. Il s'agit de satisfaire à ce besoin impérieux et des plus louables assurément. Dans le commerce, il faut le dire, chez les modeleurs, les mouleurs, les fondeurs, les bronziers, chez les marchands d'images et d'objets de piété, il existe bien, actuellement, quatre-vingts modèles différents de Chemin de Croix en plâtre, en carton pâte ou pierre, en gypsolithe, en stuc, en plastique, en pâte de bois, en pâte de fer, en terre cuite ou en céramique, en bois, en pierre, en marbre, en fonte de fer, en bronze de galvanoplastie, en bronze de fonte, en métal repoussé; il existe des modèles peints sur verre, peints sur toile, peints sur papier opaque ou transparent, en chromolithographie, en gravure, en lithographie grise ou à deux teintes. Les substances, sur lesquelles on a peint ou dessiné, avec lesquelles on a moulé ou sculpté des Chemins de Croix, sont aussi nombreuses peut-être que les modèles mêmes. C'est vraiment très-édifiant. Mais, il faut le reconnaître, ces modèles sont médiocres ou laids, sont ineptes ou ridicules. Rien n'est plus propre à déshonorer l'art religieux que les quatorze Stations appendues aux piliers ou aux parois des églises. Il n'y a qu'une voix là-dessus, et tout le monde s'entend pour proclamer la laideur ou la nullité de pareilles œuvres. Cependant, ce n'est peut-être pas encore l'art qui a le plus à se plaindre : sous le rapport de l'art, il y a deux Chemins de Croix, ou environ, qu'un homme de goût pourrait ne pas désavouer. L'un a été modelé par un sculpteur indépendant; l'autre, dessiné par deux membres suffisamment illustres de l'Institut. Je reconnais, dans le premier, un sentiment religieux assez prononcé et assez correctement exprimé; je vois dans le Chemin de Croix des deux académiciens une certaine habileté de composition et une certaine forme inspirée de la Grèce et de Rome, qui ne manque pas de pureté.

Comme œuvres d'art et comme œuvres modernes, ces deux Chemins de Croix ne sont pas trop à dédaigner. Mais la mine qu'ils font dans une église ancienne, je ne la décrirai pas : le Chemin des académiciens s'y trouve particulièrement assez mal à l'aise. Il n'existe donc pas une seule Station archéologique, et cependant nous avons des églises des XIe, XIIe, XIIIe, XIVe, XVe siècles; des églises de la Renaissance; des églises du XVIIe et même du XVIIIe qui réclament des Chemins de Croix appropriés à leur style, car l'harmonie de l'architecture et de l'ameublement est une loi qui s'enracine de plus en plus dans le goût des générations actuelles. En général, à l'exception des artistes allemands, les auteurs de Chemins de Croix n'ont pas eu l'intention d'en composer qui fussent inspirés d'après l'art ancien. C'est un grand tort, à mon avis. Il aurait fallu procéder en ceci comme on l'a fait pour l'architecture. Par exemple, avant de bâtir des églises en style du XIIIe siècle, on a étudié, par tous les moyens possibles, les monuments de cette époque : on les a disséqués, pour ainsi dire; on les a dessinés, décrits, comparés avec zèle et intelligence. Puis, lorsqu'on crut avoir appris la langue de cette époque, on se mit à la parler. Bien des solécismes et plusieurs barbarismes sortirent, il est vrai, de nos bouches modernes; mais quelques architectes s'exprimèrent assez correctement pour qu'on prît comme ancienne leur inspiration actuelle. Nous ne citerons pas ici, pour la vingtième fois, le nom des architectes qui ont le mieux réussi dans cette renaissance de notre plus beau moyen âge. Avant de tirer de son cœur, de sa tête et de sa main un Chemin de Croix quelconque, il eût fallu de même étudier ce qui avait été fait dans les temps passés. Un homme vraiment riche et puissant est celui qui joint à sa fortune personnelle le patrimoine de ses ancêtres. Les XIIe, XIIIe et XIVe siècles auraient offert aux rechercheurs de Chemins de Croix cinq ou six Stations, sculptées ou peintes, d'après lesquelles, par voie de copie, d'imitation ou d'inspiration, ils auraient dessiné les autres et auraient exécuté toutes les quatorze avec assurance et bonheur. Mais, pas du tout, en vertu de l'orgueil dont les artistes ne sont pas plus affranchis que les autres, on s'est dit : le moyen âge est barbare, notre siècle est civilisé; donc, partons de notre temps pour faire nos sculptures et nos peintures, et l'on a fait ce que nous disions, du nul, du laid, du ridicule et de l'inepte. En tout cas, on n'a rien produit qui puisse aller dans une église ancienne, si jeune qu'on la suppose, mais, à plus forte raison, dans nos cathédrales, collégiales, paroissiales et conventuelles du XIIe ou du XIIIe siècle. Puisque personne n'a suivi la route que nous venons d'indiquer, nous allons nous y engager nous-même avec résolution.

Nous allons commencer par publier dans les « Annales Archéologiques » l'ICONOGRAPHIE DU CHEMIN DE LA CROIX; c'est-à-dire que nous prendrons les Stations une à une, pour montrer, par des gravures et des descriptions, comment aux différents siècles du moyen âge on a peint et sculpté non pas toutes les stations, mais quelques-unes d'entre elles. Je dis quelques-unes, parce que le Chemin de Croix, composé de dix, douze ou, comme aujourd'hui, de quatorze Stations, est d'origine assez moderne; je ne crois pas qu'on en trouve un seul exemple antérieur à la fin du XVe siècle. Mais, de tout temps, pour ainsi dire, on a représenté Pilate se lavant les mains et abandonnant le Sauveur à ses bourreaux, Jésus portant sa croix, Jésus rencontrant sa mère, Jésus crucifié, Jésus descendu de la croix, Jésus mis au tombeau. Je connais même un magnifique bas-relief, de la fin du XIVe siècle, de Jésus tombant affaissé et comme écrasé sous l'instrument de son supplice.

Déjà nous possédons en réserve, dans nos portefeuilles, plusieurs gravures de quelques-unes de ces Stations exécutées d'après des sculptures en pierre, des sculptures en ivoire, des peintures sur verre ou sur parchemin. Nous les publierons successivement pour fournir des modèles, des exemples ou tout au moins des documents à ceux de nos sculpteurs et peintres modernes qui voudraient exécuter des Chemins de Croix en style archéologique. Nous donnons même, en tête de cet article et comme frontispice, en quelque sorte, de ce que nous offrirons sans interruption, une MORT DE JÉSUS, c'est-à-dire la douzième des quatorze Stations. Ce bas-relief est en ivoire et du commencement du XIIIe siècle. Il fait partie d'une série de sujets, auxquels nous en emprunterons encore trois, et qui tapissent l'intérieur d'une statuette de la sainte Vierge que possède le musée du Louvre. Il est ici dessiné de grandeur naturelle par mon neveu et gravé par M. A. Guillaumot. Tout n'y est pas irréprochable, assurément; mais nul doute qu'un artiste de bonne volonté n'y trouve plus d'un renseignement utile pour un Chemin de Croix moderne. Jésus-Christ attaché à la croix par quatre clous, un à chaque main et à chaque pied, vient d'expirer entre sa mère placée à sa droite et saint Jean à sa gauche. De sa mort est née l'Église placée du côté de Marie. Cette Église tend un calice où elle a recueilli le sang divin qui servira à la célébration du sacrifice de la messe. L'Église est reine et couronnée; son poing droit fermé semble dire qu'elle vient prendre avec énergie possession du monde chrétien. Du côté de saint Jean, à la gauche de Jésus, la Synagogue, aveugle ou dont les yeux sont bandés, a été tuée par la mort du Christ. De sa main droite glissent les tables de la loi ancienne qui vient de finir; à la main gauche, elle tenait un étendard, autrefois victorieux, mais qui vient de se casser en morceaux et qui tombe : le règne de la Synagogue est fini. En haut, dans le ciel, les deux grands astres de la terre, la lune et le soleil, ternes et éclipsés par la mort de leur Créateur, sont tenus par les deux anges qui président à leur mouvement. Plus haut encore, l'Agneau de Dieu, âme en quelque sorte de Jésus-Christ, ou du moins son symbole le plus autorisé, occupe dans une auréole circulaire le sommet de la croix. Comme il convient, le sculpteur a déchaussé les pieds de saint Jean, puisque c'est un apôtre; mais il a chaussé les pieds de la sainte Vierge qui ne va jamais pieds nus à aucune époque, si ce n'est à la nôtre, pas plus que n'y vont l'Église et la Synagogue. Le titre de la croix manque; il faudrait le rétablir, si l'on s'inspirait de ce bas-relief. La Vierge, saint Jean, l'Église, les anges et l'Agneau de Dieu n'ont plus de nimbe, parce que, peint sans doute sur l'ivoire, ce nimbe aura disparu; il faudrait avoir soin de le rétablir et de le timbrer d'une croix pour la tête de l'Agneau, comme il est timbré à la tête du Sauveur. Il semble aussi que le soleil soit figuré par cette espèce de couronne ondulée que tient l'ange de gauche, et la lune par cette sorte de vase ou d'écuelle creuse que tient l'ange de droite. Il faudrait d'abord les changer de place : le soleil doit toujours éclairer la droite de Jésus et la lune sa gauche. Évidemment, faute curieuse cependant, le sculpteur s'est trompé. Puis une autre forme, plus usitée même au XIIIe siècle et plus compréhensible de nos jours, pourrait être donnée au soleil et à la lune : le disque entier et rayonnant au premier; le disque échancré et sans rayons à la seconde. On voit que nous n'acceptons pas la copie absolue et aveugle d'une œuvre, même du XIIIe siècle, et qui nous paraît cependant fort intéressante et surtout fort remarquable de composition.

Quant à l'ensemble des quatorze Stations, nous avons proposé à l'un de nos amis d'en écrire en détail l'histoire et la description que des gravures accompagneraient et qui seraient publiées sans retard et sans interruption dans les « Annales Archéologiques ». Nous avons l'espoir que ce beau travail sera accepté avec empressement par notre savant collaborateur. Mais si, pour une raison quelconque, notre proposition n'était pas accueillie, nous ne laisserions pas à d'autres l'honneur et le plaisir d'entreprendre une pareille série d'articles; nous voudrions nous en charger nous-même.

DIDRON.

ARCHITECTURE CIVILE DU MOYEN AGE

FONTAINES PUBLIQUES

DU XIIIe SIÈCLE

Sous quelle forme s'offraient aux regards ces fontaines du xiiie siècle dont j'ai parlé[1]? Comment étaient-elles disposées et décorées? C'est ce que je vais essayer de dire; mais, moins heureux que M. Aymar Verdier, qui a trouvé en Italie de belles fontaines du moyen âge et de la renaissance encore intactes, je suis réduit à m'appuyer principalement sur de mauvais dessins du xviie siècle, qui sont intercalés dans la « Chronique manuscrite de Limoges ».

Cependant, il reste un précieux témoignage archéologique à l'appui de mon opinion sur l'âge de la fontaine d'Aigoulène. C'est une vasque immense, taillée dans un seul bloc de granit qui n'a pas moins de treize mètres de circonférence. Quel luxe et quel tour de force que d'avoir été chercher à une distance d'au moins cinq lieues cette pierre si énorme et si fragile! Une singulière tradition, recueillie par M. Auguste Du Boys, veut même qu'il ait fallu faire une brèche aux remparts de Limoges pour l'introduire dans leur enceinte; et réellement, avec les dimensions ordinaires des portes de ville au moyen âge, le monolithe dont il s'agit ne pouvait certainement pas passer s'il était transporté à plat, et, si on entreprenait de le placer de côté, sa hauteur, ajoutée à celle du traîneau ou du chariot sur lequel il reposait, devait atteindre facilement le sommet de la voûte.

La raison d'être de ce grand bassin monolithe se trouve dans la forme générale de la fontaine faite pour distribuer à la fois de l'eau à un grand nombre de personnes. Il est percé pour douze tuyaux, et, à chaque trou, on voit un cercle en creux indiquant qu'un mascaron de bronze était appliqué là[2].

1. Voir les « Annales Archéologiques, » volume xx, pages 142-149.

2. « Ladite fontaine, sortant à présent à la sommité de la ville dans une très-grande coupe en pierre grise, ayant mufles qui vident la coupe, et à côté est un gros mufle qui jette de l'eau pour abreuver les chevaux ». — « Recueil manus. des ant. du Limousin », page 20.

C'est comme à cette curieuse vasque de l'abbaye de Saint-Denis que l'on admire à l'école des Beaux-Arts; mais à celle de Limoges on avait dû remplacer les sculptures en pierre par des bronzes coulés. Les moulures vigoureuses de ce bassin d'Aigoulène accusent le XIIIe siècle et peuvent même convenir aux premières années de cette période. C'était, je pense, le bassin inférieur, mais les dessins et les médailles [1] qui représentent l'ensemble de la fontaine donnent le même profil et le même nombre de mascarons au bassin supérieur.

Le bassin inférieur aurait eu six mètres environ de diamètre, au lieu de quatre; il reposait immédiatement sur le sol, comme le fait à présent la vasque monolithe. Il était destiné à servir d'abreuvoir pour les chevaux et de lavoir public. En effet, le château de Limoges est séparé de la Vienne par un grand intervalle, et il convenait cependant qu'une ville du moyen âge pût s'abstenir de toute communication avec la campagne pendant quelques semaines ou quelques mois, non-seulement en cas de siége, mais, ce qui était plus fréquent, lorsque des bandes ennemies tenaient les champs. Alors on lavait son linge à la fontaine, à l'aide de sellettes en bois, qui sont encore en usage, et que l'on place au-dessous des tuyaux déversant l'eau sur le pavé. Tout était même disposé pour que chaque ménagère pût ensuite faire sécher, sans sortir de sa maison, le linge qu'elle avait lavé, et c'est là, je n'en doute pas, la meilleure explication de tous ces crochets, de tous ces anneaux portés sur de longues tiges en fer que l'on remarque à tant de façades du XIIIe et du XIVe siècle. On a dit que ces armatures étaient destinées à tendre des toiles sur les rues quand on était gêné par le soleil, ou des tapisseries au passage des processions, et effectivement elles servaient par occasion à ces divers usages. Mais pourquoi ces anneaux se trouveraient-ils à tous les étages, ordinairement au-dessus des chapiteaux des fenêtres? Pourquoi seraient-ils tenus à distance de la muraille, s'ils n'avaient pas eu pour destination de recevoir des perches chargées de linge mouillé? Un tapissier de Limoges m'a dit que telle était la tradition, et je n'ai pas eu de peine à l'accepter. Elle fournirait, si elle semblait à tous aussi bien fondée [2], un moyen de distinguer les habitations par-

1. Ces médailles ont été frappées en l'honneur de M. Martin de Labastide, trésorier général, après une restauration de la fontaine d'Aigoulène, qui eut lieu au XVIIe siècle.

2. Ces lignes étaient écrites lorsque M. Didron a publié, dans les « Annales Archéologiques », une observation qui lève tous les doutes : « Dans le tableau du convoi de la Vierge, le peintre a figuré la ville de Jérusalem sous les traits de la ville de Sienne; on y trouve les grands hôtels, en style ogival, qui abondent dans la cité italienne. Sur la façade de ces hôtels peints sont fixées, dans des anneaux de fer, de grandes perches auxquelles pendent des pièces de linge domestique, détail curieux et qui précise l'usage auquel étaient le plus ordinairement destinées ces ferrures vraiment magnifiques, tous ces anneaux richement battus et ciselés qui foisonnent encore au-

ticulières des édifices publics. Ainsi on affirmerait avec plus d'assurance que cette façade de Saint-Yrieix, qui a été publiée dans les « Annales Archéologiques », et aussi, sur une plus grande échelle, par M. Gailhabaud, est bien une simple maison, et non, quoi qu'on en dise, un petit palais de justice.

On voit, dans les vieux et mauvais dessins dont nous avons parlé, que la fontaine d'Aigoulène était autrefois complétée par une grande statue de saint Martial, dont le piédestal était décoré de mascarons et de dauphins qui vomissaient les eaux dans la coupe supérieure. Cette décoration a disparu et n'est plus représentée que par une statuette en bois peint. Elle datait du XVIIe siècle seulement, au moins dans sa dernière forme, car le « Recueil des antiquités du Limousin » dit expressément, à propos de la fontaine d'Aigoulène, que « la figure de saint Martial y fut mise en 1647, et qu'auparavant l'eau sortait au milieu de la coupe par un gros tuyau en plus grande abondance qu'elle ne fait ». On n'en est pas moins libre de croire qu'avant la restauration de 1647 il avait existé déjà une statue de saint Martial dont le peuple gardait le souvenir, quoique la chronique ne l'ait pas enregistré. Si elle était sculptée en pierre calcaire comme toutes les grandes statues de la cathédrale, on comprendrait que la gelée, si redoutable dans le voisinage de l'eau, l'eût mise en poussière ainsi que son piédestal. Dans tous les cas, c'est bien une idée du moyen âge que d'avoir placé ainsi une fontaine sous la protection d'un saint. En ce temps de foi, les églises ne suffisaient pas à la piété des fidèles. Il fallait que tout, dans l'architecture civile, prît une physionomie religieuse. Sur les ponts, sur les portes de la ville, sur les maisons qui formaient l'encoignure des rues ou qui, par un motif quelconque, se trouvaient particulièrement en évidence, partout on voulait voir la Vierge ou les saints.

Le type de fontaine monumentale que je viens d'analyser s'était généralisé à Limoges et dans le Limousin. Sans compter la fontaine du Chevalet, monument tout pareil à celui d'Aigoulène, que l'on connaît par des dessins et dont nous nous occuperons tout à l'heure, il restait encore, il y a quelques années, au milieu de la place Saint-Pierre-du-Queyroix, une grande coupe en granit de même dimension que celle d'Aigoulène et bordée aussi de moulures du XIIIe siècle. Une fontaine gênait, dit-on, la circulation à cet endroit; on l'a déplacée et divisée. Mais, chose bizarre et que nous garantit M. Auguste Du Boys, on n'a pas osé briser un monolithe aussi respectable; on s'est contenté

jourd'hui sur les façades des principaux palais de Sienne et de Florence. » — « Ann. Arch. », t. XVI, p. 9.—M. Verdier et M. Viollet-le-Duc, qui ne voulaient pas accueillir la tradition de Limoges, croiront au témoignage authentique des peintures de Sienne. J'ai pu étudier à mon tour les fresques de Taddeo Gaddi, et j'y ai trouvé deux exemples, au lieu d'un, du fait signalé par M. Didron.

de l'enfouir profondément dans le sol, comme si on avait prévu que l'envie pouvait venir un jour de restaurer les fontaines gothiques de Limoges au lieu de les détruire.

A Saint-Junien, ville secondaire qui s'était développée sous la protection des évêques, et qui ressemble en tout à Limoges par son site, par ses maisons du XIIIe siècle, par son pont gothique, même par sa laideur, j'ai retrouvé sur la place Neuve deux bassins monolithes en granit qui ont appartenu à des fontaines du XIIIe siècle. La principale était en face de l'église, où une inscription dit encore les noms des consuls qui la restaurèrent en 1665 en lui donnant des corps en plomb. Aujourd'hui, la plus grande des deux coupes, qui n'a que trois mètres de diamètre, est seule utilisée; mais l'autre, qu'on n'a pas eu le courage d'enterrer ni de briser, repose tout à côté sur le pavé de la place. Ces deux bassins, avec leurs tores tantôt simples et tantôt groupés trois à trois, ne peuvent guère se rapporter qu'au XIIIe siècle. Au XVIe ou au XVIIe, avec les mêmes matériaux, les profils auraient été composés de quarts de rond et de doucines, au lieu d'imiter imparfaitement les nervures de voûtes et les pieds-droits d'arcades du style ogival.

La plus curieuse des fontaines monumentales du Limousin est par malheur celle qui a été le plus complétement détruite. Il n'en reste qu'un dessin, pris dans la première moitié du XVIIe siècle, et qui fait partie du recueil manuscrit des antiquités de Limoges. Il est évidemment l'œuvre d'une main très-inhabile, et ne peut inspirer de confiance que pour la disposition générale du monument, non pour ses détails et même pour ses proportions. Nous ne le reproduirons pas, car il déparerait la collection de gravures des « Annales Archéologiques »; mais c'est un document trop précieux pour qu'on le néglige. D'abord il montre très-bien comment s'arrangeaient les deux coupes de toutes les fontaines limousines. Celle qui servait d'abreuvoir pour les chevaux et de lavoir public était, par exception, octogone. L'autre, munie comme celles d'Aigoulène de mascarons en métal, était sensiblement plus large et moins exhaussée qu'on ne la ferait aujourd'hui. C'était assez disgracieux, mais très-commode; car, si l'eau tombe de haut et de loin, il est certainement plus difficile de la recevoir dans un vase sans être éclaboussé, même en s'aidant des barres de fer qui régnaient probablement au niveau du bassin inférieur; il aurait mieux valu couper par des gradins ce bassin inférieur, ainsi qu'à cette charmante fontaine de Viterbe dont M. Verdier a enrichi les « Annales Archéologiques » de juillet 1852. Mais on n'avait pas encore imaginé cela; on se contentait de faciliter l'accès de la vasque supérieure, en alternant les tuyaux d'en bas avec ceux d'en haut, et en en diminuant le nombre.

Notre fontaine de Limoges était cependant supérieure en un point à celles de Viterbe et de Pérouse : la sculpture de sujet contribuait à sa décoration. Au milieu de la coupe supérieure s'élève un piédestal octogone d'une forme insolite, bordé de huit mascarons qui jettent l'eau, et surmonté d'une petite statue équestre. Les descriptions, plus nettes que le dessin, disent que ce cavalier « foulait aux pieds » un autre personnage. Voilà donc encore ce cavalier mystérieux qui figure au portail de tant d'églises de l'Aquitaine, et qui, selon M. J. Marion, serait la pierre d'achoppement des antiquaires[1]. Peut-être le reconnaîtrons-nous plus aisément en le revoyant sur une fontaine. Est-ce donc un saint Martin? Est-ce un ange de l'Apocalypse ou bien l'envoyé de Dieu qui terrasse Héliodore, ou encore un patron féodal ou un symbole de la société féodale? Est-ce l'Église triomphante dans la personne du Christ, revêtu de tous les attributs du pouvoir? Enfin est-ce un Constantin ou tout autre potentat? On me permettra de terminer un article d'architecture civile par cet examen impartial et de le faire avec tous les détails nécessaires, car, je le répète, la parenté de notre cavalier de Limoges avec ses pareils n'est guère contestable, et l'occasion est bonne sinon pour les expliquer tous, — je n'ai pas une ambition si haute, — du moins pour les éclairer d'un nouveau jour.

Dans ce groupe équestre, élevé en pleine rue, sur une construction civile et purement municipale, sur une fontaine enfin, on ne saurait voir ni une scène de l'Apocalypse, ni la punition d'Héliodore. Ces deux sujets, concevables à la rigueur au portail d'une église, manqueraient absolument de sens cette fois. Commençons donc par mettre de côté la double explication qui nous a été proposée par MM. Jourdain et Duval, et que M. Jules Marion vient d'appuyer énergiquement.

Le patron laïque de M. de Chergé et de M. l'abbé Michon ne serait guère mieux à sa place. D'abord la ville de Limoges vivait dans la plus mauvaise intelligence avec ses vicomtes. Depuis le XIe jusqu'au XVe siècle elle n'a pas reconnu un seul moment leur autorité; à plus forte raison ne leur élevait-elle pas des statues. D'ailleurs ne perdons pas de vue que ce seigneur féodal foulerait un vassal à ses pieds. D'après M. l'abbé Michon[2], ce serait une cruelle flatterie de l'art; flatterie cruelle, en effet, mais prodigieusement invraisemblable, surtout dans une commune libre. Le moyen âge mettait bien sous les pieds de chaque martyr l'image de son bourreau, conformément à cette parole :

1. « Notes d'un voyage archéologique dans le sud-ouest de la France », par M. J. MARION. Paris, 1852, page 17.

2. « Statistique monumentale de la Charente », page 202.

« Ponam inimicos tuos scabellum pedum tuorum »; mais, si l'on excepte ces justes représailles, il respectait trop la dignité du chrétien et de l'homme pour donner jamais à une statue civile un piédestal de ce genre. C'est à une société païenne, c'est à la renaissance qu'il convenait d'enchaîner des captifs au pied d'une statue triomphale, et d'avilir ainsi le vainqueur et le vaincu.

L'hypothèse présentée aux lecteurs du « Bulletin monumental » par M. de Longuemar donne lieu à des objections différentes, mais non moins fortes. Il s'agirait « de l'Église triomphante sous la figure du Christ revêtu de tous les attributs du pouvoir souverain[1] ». Ce serait le Christ en « seigneur suzerain », comme les Grecs le représentent en « grand archevêque ». S'il est vrai que ce Christ porte parfois un faucon sur le poing, ce que je n'ai jamais vu pour ma part, je trouverais un peu excessive cette fidélité au costume féodal. Ce symbolisme raffiné, qui n'est du reste autorisé par aucun texte, aucune inscription, était-il bien de mise pour une fontaine? Franchement, je ne le pense pas. Loin d'une église, loin d'un ensemble quelconque d'iconographie religieuse, personne, même au moyen âge, ne l'aurait compris, ne l'aurait deviné.

Viennent maintenant les interprétations historiques, Charlemagne et surtout Constantin. M. Marion les écarte sans discussion, en disant qu'elles ont eu cours au XVIIe et au XVIIIe siècle, mais qu'une critique plus éclairée en a fait justice. Soit, au moins pour Charlemagne. Il y a bien au portail de Strasbourg et il devait y avoir à celui de Cologne une grande statue équestre de cet empereur accompagnée de celles de trois autres bienfaiteurs de l'Église; mais, si cet hommage rendu à une illustre mémoire n'a rien d'inouï, il faut convenir que le personnage couché qui se trouve habituellement à côté de chaque cavalier des églises d'Aquitaine, se prête mal à cette interprétation. Pour Constantin, c'est différent, et il y a même des inscriptions du XVIe siècle à invoquer en faveur de ce dernier empereur.

Tel était précisément le cas à la fontaine de Limoges. Ce monument se trouvait non pas sur une place, mais juste au milieu de la rue des Combes, une des plus fréquentées de la ville. Quoique les maisons se fussent reculées de chaque côté pour lui faire place, il gênait réellement la circulation. Mais jusqu'en 1783, et bien qu'il eût déjà perdu sa statue équestre, on ne put se décider à le faire disparaître. C'est que Limoges avait peu de monuments plus populaires. Le vulgaire l'appelait simplement la fontaine du Chevalet, ou du Petit-Cheval, peut-être du Chevalier; mais les savants voulaient qu'on la nommât la fontaine de Constantin, et ils n'hésitaient pas à y voir une con-

1. « Bull. mon. », 1851, p. 449.

struction érigée, au IVe siècle, en l'honneur de cet empereur. Lorsque le roi Henri IV fit son entrée solennelle dans la ville de Limoges, le 20 octobre 1605, « il s'arrêta un moment au bas de la rue des Combes pour examiner une belle fontaine appelée alors Constantine et qui portait cette inscription :

> Constantino magno imperatori. Ob fusum, victum, prostratum
> Ac tandem imperatoris equi calce occisum Gallum Annavalianum,
> Aquitaniæ præfectum, qui consortem imperii Licinium
> Adversus illum ære et milite juverat, ob idque Lemovicensem
> Ecclesiam spoliaverat, Pop. Lemovic. in fonte perenni perennem
> Dicavit memoriam. Anno Christi CCCXVI. »

J'emprunte ce curieux extrait à un ouvrage de mon grand-père[1], qui l'avait lui-même tiré, je crois, d'une vieille relation de Simon Des Coutures, avocat du roi, imprimée à Limoges en 1607, et j'y joins un passage, relatif au même sujet, du « Recueil manuscrit des antiquités de Limoges » :

« ORIGINE DE LA FONTAINE DU CHEVALET « ALIAS » DE CONSTANTIN. — ... En commémoration de cette victoire (sur Licinius) fut audit pays (d'Aquitaine) faict la figure de Constantin EN DIVERS ENDROITS monté sur un cheval mettant le pied sur la tête du dit Anavalianus, et pour mémoire de la PERSÉCUTION du dit Anavalianus... Et fut mise en la fontaine appelée du Chevalet la figure de Constantin séant sur un cheval mettant le pied sur la tête d'Anavalianus, laquelle figure estoit de bronze, laquelle fut enlevée de notre temps par un seigneur de marque qui la fit mettre dans la basse cour de son château. Nota que aucuns voudront dire que cette fontaine ne pouvoit être à l'endroit qu'elle est de présent, qui est dans la grand rue des Combes, etc.[2] ».

L'objection de ces « aucuns » récalcitrants consistait à dire que le quartier des Combes avait été ajouté à la ville vers le commencement du XIIIe siècle, et, malgré les efforts de l'annaliste limousin, elle me paraît sans réplique ; mais peu importe : il est assez évident que la fontaine du Chevalet n'est pas l'œuvre des Romains. Il est évident aussi que l'inscription qui y était jointe avait été fabriquée au XVIe siècle. Son style, imité tant bien que mal des véritables inscriptions romaines, ne saurait dans aucun cas être rapporté au moyen âge ; et, d'ailleurs, ce ne serait pas la première fois que la renaissance serait prise en flagrant délit de fausse inscription.

Par exemple, il existait à Limoges, dans un soubassement de l'abbaye de Saint-Martial, un bas-relief roman qui représentait une lionne allaitant trois lionceaux et surmontée d'une figure humaine à mi-corps, entièrement nue.

1. « Histoire d'Aquitaine », par M. DE VERNEILH-PUYRASEAU. Paris, 1827, t. III, p. 348.
2. « Ant. de Limoges », p. 21.

L'œuvre était si grossière, qu'il est difficile de dire ce qu'elle signifiait; probablement une simple fantaisie du sculpteur, à moins que ce ne soit quelque prouesse d'un dompteur de bêtes féroces. Mais les antiquaires du XVIe siècle avaient autrement interprété cela, et je les accuse d'avoir ajouté au monument cette inscription gravée sur une lame de cuivre et absurde de tous points :

Alma Leæna duces sævos parit atque coronat.
Opprimit hanc natus Waïffer male sanus alumnam;
Sed pressus gravitate luit sub pondere pœnas.

L'« Alma Leæna », selon les commentateurs modernes[1], c'était l'Aquitaine qui, « suivant Louis le Débonnaire, avait enfanté et couronné des ducs cruels ». Waïffer, c'était tantôt un des lionceaux, tantôt l'homme nu qui avait ses coudes appuyés sur la lionne. Quant au poids qui l'accablait en punition de ses fautes, c'est parce que le tombeau du duc se trouvait sous la lionne.

Vendue à M. de Choiseul-Gouffier, la lionne de Saint-Martial s'est perdue, avec tant d'autres monuments plus réellement précieux, dans le musée des Petits-Augustins; mais, dût-on la retrouver un jour, dès à présent je tiens l'inscription pour apocryphe, et j'affirme que celle de la fontaine du Chevalet n'est pas plus authentique.

On voyait sur une vieille fontaine de la ville un groupe équestre dont on avait oublié la vraie signification : avec un peu d'imagination on en découvrait une autre et, comme elle était certes très-intéressante pour le populaire de Limoges, on la constatait aussitôt par une inscription. On y mettait même la date de 316; mais on se croyait en droit de le faire, puisque l'origine du monument se perdait dans la nuit des temps, et la bonne foi des édiles limousins n'en souffre aucune atteinte.

Si la mésaventure de Gallus Anavalianus ou Annibalianus avait été connue ailleurs qu'à Limoges[2]; s'il était prouvé seulement qu'elle y eût cours dès le moyen âge, peut-être faudrait-il en tenir compte dans la solution définitive du problème iconographique qui nous occupe. En effet, ce n'est plus là un sujet historique proprement dit : il appartient à l'histoire religieuse, puisque

1. Duroux, « Essai sur la Sénatorerie de Limoges », page 109.

2. On a essayé d'identifier ce prétendu gouverneur d'Aquitaine avec un autre Gallus Annibalianus, neveu et gendre de Constantin; mais on n'y aurait rien gagné. Ce dernier personnage était enfant lors de la bataille de Cibales, et fut mis à mort trente ans après par ordre de Constance. Il est au surplus très-invraisemblable qu'aucun gouverneur d'Aquitaine ait figuré dans l'armée de Licinius, puisque toutes les Gaules appartenaient à Constantin, et, avant lui, à Constance son père. Mais bien des légendes, qui n'avaient pas de meilleurs fondements, ont fourni des sujets aux artistes du moyen âge, et ce qui est en question c'est l'existence même de la légende à l'époque où fut faite la fontaine du Chevalet, par exemple au XIIIe siècle.

le lieutenant de Licinius avait, dit-on, dépouillé les églises d'Aquitaine. La représentation de sa mort et de son châtiment avait dès lors sa moralité, et elle trouvait logiquement sa place parmi les autres sculptures du portail des églises. On expliquerait même ainsi pourquoi on ne trouve les cavaliers dont il s'agit qu'en Aquitaine en quelque sorte ; on s'expliquerait enfin pourquoi ils sont parfois couronnés, si ce fait était constaté. Mais qu'on ne s'y méprenne pas, la tradition de Limoges au XVIe siècle n'est encore confirmée par aucun document du moyen âge[1] et ne mérite nulle confiance. Tout ce qu'on peut dire, c'est qu'il y avait à côté du cavalier de l'église Notre-Dame-la-Grande, à Poitiers, une inscription parlant, non pas de Gallus Anavalianus, mais de Constantin seul.

La voici telle que M. de Chergé la donne dans son « Guide du voyageur à Poitiers », p. 179 :

> Quam Constantino pietas erexerat olim — 340.
> Ast hostis rabies straverat effigiem — 1562.
> Restituit veteres cupiens imitarier hujus
> VIDUS EQUES templi cœmodiarcha (cœnobiarcha) pius — 1592.

Comme celle de Limoges, et plus clairement encore, elle n'atteste qu'une chose : l'opinion des savants au XVIe siècle, et notamment celle de Guy Chevalier, qui restaura le monument en 1592.

Donc, les meilleures chances restent encore à saint Martin ; mais, malgré le plaisir que j'aurais à donner pleinement raison à notre ami le directeur des « Annales », je ne trouve pas qu'il y ait évidence complète. Ce n'est pas que les objections de M. J. Marion me semblent bien puissantes ; au contraire, il demande : « quelle serait la raison de cet honneur inusité accordé à un saint, très-célèbre sans doute, mais qui, pour l'église de Civray, comme pour toutes celles dont il a été question, n'est qu'un saint secondaire? » Je lui demanderai à mon tour comment il se fait qu'un grand nombre de fontaines miraculeuses dans l'Aquitaine portent le nom de saint Martin ? Quelle que soit l'origine de ces dénominations ; qu'elles se rattachent à certains voyages du saint, à cer-

1. Une récente découverte de MM. de Longuemar et P. Durand est venue modifier l'état de la question. Parmi les plus anciennes peintures du baptistère de Saint-Jean, à Poitiers, les deux archéologues ont signalé les traces d'une figure équestre accompagnée de ces capitales romanes... TANTINV... qui correspondent à la plus grande partie du mot Constantinus. M. de Longuemar en conclut que les cavaliers du Poitou étaient « la représentation symbolique du triomphe de la religion chrétienne sur la terre, personnifiée sous la figure de Constantin, le premier champion couronné de notre foi. » Mais le fait donne aussi plus d'autorité et de valeur à la légende limousine de Constantin et d'Annibalianus. Voir à ce sujet le « Bulletin monumental » de 1858, page 220, et le compte rendu du congrès scientifique de Limoges.

tains actes ignorés de sa vie, ou à des traditions erronées, elles témoignent du moins combien le souvenir du grand évêque de Tours était vivant dans nos contrées.

M. Didron avait ajouté que les images équestres de saint Martin pouvaient figurer tout l'ordre des confesseurs, et M. Marion s'élève contre cet argument. En effet, si cela se conçoit à Chartres et au XIIIe siècle, il semble que les sculpteurs romans du Poitou n'étaient pas de cette force en iconographie. Il faut remarquer, en outre, que beaucoup de figures équestres ne font pas nécessairement partie de la décoration primitive et paraissent avoir été ajoutées après coup. Cela est particulièrement évident à Sainte-Croix de Bordeaux, où une large ogive du commencement du XIIIe siècle brise, tout exprès pour le cavalier, la symétrie des arcatures romanes en plein cintre. On ne saurait dès lors faire entrer cette représentation dans un plan général d'iconographie adopté pour toute la façade; il faut qu'elle ait un sens épisodique. Mais, dans l'opinion de M. Didron, c'était là évidemment un argument surabondant, et, tout en l'écartant, on peut parfaitement admettre que les sculpteurs de l'Aquitaine ont simplement voulu représenter l'acte le plus populaire du plus grand saint du pays.

Les raisons de douter se puisent principalement dans la physionomie et dans les accessoires de ces images équestres de l'Aquitaine. Généralement elles sont fort mutilées, ce qui laisse le champ libre à l'imagination de chaque observateur; mais, à ne prendre que les détails authentiques, les uns conviennent à saint Martin, les autres non. Je ne parle pas de la couronne ou du faucon sur le poing; mais, par exemple, de la figure de femme qui se voit souvent sous la même arcade. Faut-il croire que ce soit toujours une donatrice? — A Aigoulène, où, par parenthèse, il semble avoir avoir existé deux cavaliers au lieu d'un, dont il ne reste, surtout à droite du portail, qu'une silhouette confuse, on voit bien une épée un peu rejetée en arrière, comme pour frapper ou pour couper, mais on voit aussi au-dessus de la queue du cheval une figure accessoire que je m'explique mal. Comprise dans le même compartiment carré que le cavalier de gauche, elle n'a que la tête de martelée. Elle est assise sur un pliant drapé, et un de ses pieds s'appuie sur une petite boule, ce dont M. l'abbé Michon s'autorise pour en faire une image de la deuxième vertu théologale, l'Espérance[1]. Mais d'autres statues de la même façade ont des supports analogues, sans intention et par pure maladresse. En arrière de cette figure est une draperie qui ne tient à rien et ressemble à un manteau déployé; mais il est peu probable néanmoins que ce soit un Christ revêtu du vêtement

1. « Stat. mon. de la Charente », page 282.

de saint Martin. Il n'a pas et n'a jamais eu de nimbe d'aucun genre; sa robe est collante avec des cordons à la ceinture; les manches doubles et celles de dessous pendantes : on dirait une femme comme on en voit certainement une à côté du cavalier de Châteauneuf[1].

Quoi qu'il en soit, ces difficultés n'existent pas pour la fontaine du Chevalet. Il y avait à deux cents mètres de la rue des Combes, mais hors de l'enceinte de la ville, une célèbre abbaye fondée par saint Éloi, enrichie plus tard par les dons des Vénitiens de Limoges, qui était dédiée à saint Martin, dont elle conservait de précieuses reliques, un bras tout entier, dit-on[2]. Après saint Martial, qui figurait sur la fontaine d'Aigoulène, il était donc naturel de consacrer à saint Martin l'autre fontaine dont il s'agit. On sait que, lorsque nos anciens artistes avaient à figurer l'acte de charité du saint chevalier, et qu'ils se trouvaient manquer de place, ils posaient le mendiant d'Amiens sinon entre les jambes du cheval, du moins peu s'en faut. Certes, le sculpteur de Limoges était plus gêné que personne, lui qui avait à resserrer ses personnages sur un étroit piédestal de forme circulaire, et à faire tenir sur ses jambes un cheval de ronde bosse, même un cheval de bronze. A défaut du canon, ou du tronc d'arbre, ou de la queue traînante, qui n'était pas encore inventée, il lui était bien permis de se servir, comme étai, de son mendiant. Le cavalier était d'ailleurs armé de toutes pièces ; il avait l'épée haute. Les antiquaires du XVIe siècle pouvaient facilement s'y méprendre.

Saint Martin ou Constantin, du XIIIe ou du XVIe siècle, la statue équestre de la fontaine du Chevalier valait assurément mieux, non par l'exécution, sans doute, mais par la conception, que toutes ces figures de fleuves et de naïades dont on décore invariablement nos fontaines monumentales, et qui ne rappellent à notre esprit moderne d'autre idée que celle d'un homme nu ou d'une femme déshabillée. Les saints patrons de nos villes fournissaient des sujets plus nobles, plus moraux et plus intéressants. — Du reste, à Limoges, en fait de fontaines monumentales, on dédaigne également celles du moyen âge et celles des époques plus modernes. On en avait plusieurs du XVIIIe siècle, qui, malgré leurs mutilations, ne manquaient pas de mérite. On a trouvé qu'elles gênaient la circulation, et, en dépit des vives réclamations de M. Auguste Du Boys et de M. l'abbé Arbellot, au lieu de les déplacer et de les restaurer, on les a successivement détruites. On préfère à tout des bornes-fontaines.

F. DE VERNEILH.

1. « Stat. mon. de la Charente », page 298.

2. « Indicateur limousin », par M. MAURICE ARDANT, page 91.

ICONOGRAPHIE

DES VERTUS THÉOLOGALES

Les vertus théologales sont, comme les cardinales, femmes par droit de grammaire et de symbolisme.

En grec, on les nomme Πίστις, Ἐλπίς, Ἀγάπη;

En latin, Fides, Spes, Charitas;

En italien, Fede, Speranza, Carità;

En espagnol, Fe, Esperanza, Charidad;

En anglais, Faith. Hope, Charity;

En français, Foi, Espérance, Charité.

Ces beaux substantifs sont féminins dans ces langues vivantes et mortes de l'Europe, et sans doute féminins également dans la plupart des langues du monde. L'Allemagne, cependant, a donné le genre masculin à la Foi (der Glaube), le féminin à l'Espérance (die Hoffnung), le neutre à la Charité (das Almosen). A la rigueur, dans la Foi, qui combat souvent pour s'établir dans la conscience humaine et dans les sociétés[1], on pourrait surprendre le caractère viril; mais ravaler au neutre la vertu pratique par excellence et frapper de la stérilite grammaticale la plus féconde des vertus, c'est une calomnie du langage[2]. Malgré l'Allemagne, les vertus sont femmes et mères de très-nombreux enfants.

1. S'armer du bouclier de la foi, combattre pour la foi sont des locutions guerrières qui reviennent sans cesse dans la langue ecclésiastique.

2. Ceci était écrit lorsque j'ai appris que le mot Charité devait se traduire plutôt par « Liebe » que par « Almosen », par « Amour » plutôt que par « Aumône ». Or « Liebe » est du féminin, et ainsi tombe la sévérité de mes réflexions sur la langue allemande. La Foi reste virile pour l'Allemagne, mais la Charité y redevient femme et féconde comme chez les autres nations.

ANNALES ARCHÉOLOGIQUES

PAR DIDRON. A PARIS.

L' HUMILITÉ

PAR ANDREA UGOLINI, A FLORENCE, ANNÉE [illegible]

Si toutes les vertus sont femmes et, comme elles, suivant l'expression de Guillaume Durand[1], adoucissent, caressent, échauffent, avivent et fécondent les puissances de l'homme, à plus forte raison les trois grandes vertus théologales exercent-elles cette mission vraiment divine. Parmi les cardinales la Force est souvent représentée, surtout en France et au XIIIe siècle[2], sous la figure d'un homme et d'un guerrier; mais je n'ai jamais vu en homme ni l'une ni l'autre des théologales.

Leur costume est donc toujours celui de la femme et souvent de la religieuse, parce qu'elles sont principalement ecclésiastiques. Une robe, un manteau, quelquefois un voile sur la tête, quelquefois la tête nue mais chargée de longs cheveux, la figure imberbe et douce, les hanches accusées et saillantes, la poitrine jeune, si ce n'est à la Charité qui doit nourrir un ou plusieurs enfants de ses seins inépuisables. A la fontaine Saint-Laurent, à Nuremberg, des filets d'eau, comme une espèce de lait, sortent de leurs six mamelles à la fois; mais le réservoir de la Charité est plus abondant qu'aux autres Vertus, et les deux jets qui s'en échappent semblent plus rapides et plus gros.

En iconographie proprement dite, le signalement commun à toutes les trois est la jeunesse ou la maturité à peine, parce qu'il ne faut pas être affaibli par l'âge pour pratiquer énergiquement les devoirs attribués à l'une ou à l'autre de ces vertus. Pieds chaussés entièrement, comme il convient à quiconque n'est ni Dieu, ni ange, ni prophète, ni apôtre, ou tout au moins des sandales ouvertes dans la partie supérieure. Reines, elles portent quelquefois une couronne; saintes, elles ont souvent le nimbe. Les cardinales, surtout en Italie, sont quelquefois nimbées, mais du nimbe à pans, du nimbe hexagonal. Les théologales, plus parfaites, prennent ordinairement le nimbe circulaire dont la forme, dans la géométrie symbolique du moyen âge, est supérieure au nimbe épanelé. En Italie, cependant, les théologales elles-mêmes, comme à la porte d'Andrea Ugolini, au baptistère de Florence, ont le nimbe à six pans. Mais à la Ragione de Padoue elles sont ornées du nimbe circulaire, tandis que le nimbe à pans y est abandonné aux seules vertus cardinales.

Des ailes à leurs épaules, on en voit en Italie, comme sur les petits ivoires qui appartiennent maintenant à M. E. Hawkins; mais le plus souvent les ailes, en Italie même, sont réservées à la seule Espérance, parce qu'elle est ordinairement représentée prenant son essor vers le ciel. Ainsi voit-on l'Espérance porter seule des ailes, au milieu de toutes les autres vertus non ailées, à la

1. Dans son « Rationale divinorum officiorum ». Nous avons plusieurs fois déjà cité le texte même.

2. Aux portails des cathédrales de Chartres, de Paris, de Reims, etc.

porte du baptistère de Florence, modelée et fondue en 1330 par Andrea Ugolini, de Pise.

Saint Paul, en les nommant, a classé les théologales : « Fides, Spes, Charitas, tria hæc; major autem horum est Charitas[1] ». Depuis saint Paul jusqu'à nos jours, c'est dans cet ordre qu'elles sont appelées. Mais, je me permets de le dire, ce classement est hiérarchique plutôt que naturel. Avant tout, il faut croire, assurément, puisque de la foi dérivent nos actions et notre conduite entière, comme de sa source découle un ruisseau ; la Foi est donc parfaitement placée la première. Mais, après la Foi, n'est-ce pas la Charité plutôt que l'Espérance qui doit se présenter la seconde? On croit et l'on agit en conséquence de sa foi; puis Dieu à la fin accorde la récompense espérée et méritée par les œuvres. L'Espérance n'entre en possession de ce qui lui a été promis qu'au terme de la vie, quand, quittant le point de départ, le FIDÈLE, accompagné de la Charité, a parcouru de station en station et d'œuvre en œuvre toute la carrière de l'existence. L'Espérance est le couronnement de l'édifice fondé sur la Foi et bâti par la Charité. Si donc saint Paul a nommé la Charité après ses deux sœurs, c'est uniquement parce qu'elle est, comme il le déclare, la plus excellente des trois, mais non parce qu'elle en serait la plus récente. L'ordre de saint Paul, en d'autres termes, est honorifique et non chronologique. La chronologie veut la Foi d'abord, la Charité ensuite, l'Espérance enfin. C'est ainsi que l'a compris un « Guide de la peinture », écrit en russe et qui appartient au comte Serge Strogonoff[2]. Mais peut-être, par une figure, pourrait-on concilier l'ordre chronologique et honorifique tout à la fois. Je suppose en effet que, pour répondre à la classification de saint Paul, on distribue sur une ligne horizontale les trois Vertus comme il suit :

1. « Épître première aux Corinthiens », XIII-13.

2. Il existe en Russie un assez grand nombre de ces livres analogues au « Guide de la peinture » que j'ai trouvé au mont Athos, que j'ai rapporté en France et publié sous le titre de « Manuel d'iconographie grecque et latine ». Ces « Guides » russes portent le nom de « Podlinnik », qui signifie le « Réel », le « Véritable », c'est-à-dire la « Loi » d'après laquelle les peintres doivent exécuter les images, le « Code » dont les « Orthodoxes » ne doivent jamais s'écarter. Le comte Strogonoff possède quelques-uns de ces « Podlinnik »; le comte A. Ouvaroff en a sept pour sa part. Tous datent seulement des XVIe, XVIIe et même XVIIIe siècles. Les uns ne contiennent qu'un texte sans dessins, absolument comme celui que j'ai acheté au mont Athos; les autres ne contiennent que des dessins sans texte. C'est de l'un de ces derniers que mon ami, M. de Krousé, a extrait le calque, gravé en tête de cet article, d'après lequel a été exécutée la gravure de sainte Sophie, ayant contre ses jambes et abritant, pour ainsi dire, sous son large manteau ses trois jeunes filles, sainte Foi, sainte Charité et sainte Espérance. La légende, c'est-à-dire le titre qui accompagne ce dessin, dans le manuscrit russe, nomme en effet dans cet ordre les trois théologales : « Les saintes martyres vierges Foi, Charité, Espérance et leur mère sainte Sophie ».

FOI — ESPÉRANCE — CHARITÉ

En redressant cette horizontale par le pied, comme on fait d'une échelle, on aura sur la ligne verticale les Vertus ainsi étagées :

CHARITÉ
ESPÉRANCE
FOI

Écartez la Foi à gauche et l'Espérance à droite, pour faire une base à la Charité, et vous aurez :

CHARITÉ
FOI ESPÉRANCE

Ici la Charité domine, comme le veut saint Paul, mais on y monte en partant immédiatement de la Foi ; l'Espérance est à la fin, comme le veut la chronologie morale, mais par le fait elle se présente la seconde, à côté de la Foi avec laquelle s'aligne la base où s'élève la Charité.

Les saintes martyres vierges FOI, CHARITÉ, ESPÉRANCE *et leur mère, sainte Sophie.*

GUIDE RUSSE DE LA PEINTURE. — *Bibliothèque du comte Serge Strogonoff.*

Dans la petite image tirée du Podlinnik du comte Serge Strogonoff, aucun attribut ne distingue les trois Vertus : leur âge, leur costume, leur attitude sont à peu près les mêmes, et c'est pour éviter la confusion que le titre russe les désigne nominativement. Quant à la mère, la grande sainte Sophie, sa taille gigantesque et son voile de matrone la caractérisent nettement. C'est au 17 septembre que le manuscrit russe, comme tous les ménologes grecs, fixe leur fête.

Encore une observation générale.

Les Byzantins, qui ont fait une si belle légende à sainte Foi, sainte Espérance et sainte Charité, toutes trois filles de la sainte Sagesse, c'est-à-dire de sainte Sophie, ont complétement négligé les vertus cardinales. Il n'en est pas question dans le « Guide de la peinture » que j'ai rapporté du mont Athos, et je ne me rappelle pas en avoir vu une seule représentation en Morée, à Salamine, à Athènes, aux Météores, ni au mont Athos, où les personnages peints, historiques et allégoriques, se comptent par milliers. Les Byzantins, par haine contre les statues dont les anciens Grecs avaient abusé pour pervertir le dogme religieux et la morale humaine, ont condamné la statuaire et favorisé la peinture; serait-ce par le même motif qu'ils auraient exilé de l'hagiographie les vertus cardinales, parce que Socrate, Platon, Aristote, et les platoniciens, et les aristotéliens, et les philosophes d'Alexandrie les avaient inventées et cultivées? Les théologales appartiennent au christianisme, au contraire, et dès l'origine, puisque déjà saint Paul les nomme et les classe. Cette explication, si elle est bonne, me semble digne d'intérêt. Le manuscrit de M. le comte de Bastard paraît être l'écho de cette rancune des chrétiens contre les cardinales et de leur amour pour les théologales, lorsqu'il dit que les anciens philosophes en ont beaucoup parlé, mais que le Saint-Esprit et Salomon en ont mieux disserté que ces païens, et que d'ailleurs les trois vertus théologales sont les vertus vraiment divines.

Donnons maintenant quelques détails sur chacune des trois sœurs étudiées en particulier.

LA FOI.

« Bon chrétien », dit saint Pierre à Dante, dans le vingt-quatrième chant du Paradis, « explique-toi : qu'est-ce que la foi? » — Le poëte florentin répond en traduisant les paroles mêmes de saint Paul : « La foi est la substance des choses espérées et l'argument des choses non visibles[1], et cela me paraît

1. S. PAUL, « Ad Hebræos », XI, 1 : « Est autem fides sperandarum substantia rerum, argumentum non apparentium ».

son essence. » — Alors j'entendis : « Ton sens est droit, si tu comprends bien pourquoi il (saint Paul) la plaça parmi les substances et puis parmi les arguments. » — Et moi ensuite : « Les choses profondes, qui se font ici (dans le paradis) voir à moi, sont tellement cachées aux yeux là-bas, que leur existence est dans la croyance seule sur laquelle se fonde la haute espérance ; et c'est pourquoi elle tient lieu de substance. Et il faut argumenter de cette croyance sans avoir d'autre lumière, et c'est pourquoi elle tient lieu d'argument. » — Alors j'entendis : « Si tout ce qui s'acquiert là-bas par la science était aussi bien compris, l'esprit de sophisme n'y aurait plus de place. »

Ce texte de saint Paul et ce commentaire du Dante disent assez ce qu'est la foi : une puissance presque égale à la puissance divine ; une force créatrice qui, comme Dieu, tire du néant à sa volonté ce qui n'existait pas. L'homme qui a la foi possède, pour ainsi dire, Dieu en lui-même et peut créer tout ce qu'il veut. C'est ainsi que je comprends le « substantia rerum sperandarum ». En conséquence, la foi n'a besoin de preuve ni pour elle-même ni pour les autres. Si on lui demande la raison de sa croyance, elle doit répondre : « Je crois parce que je crois ». Elle n'a pas d'autre argument à donner : « Fides argumentum (rerum) non apparentium ». La foi se prouve par elle-même.

Il semble qu'en cherchant l'étymologie du mot « fides », on y trouve ce caractère de puissance créatrice indiqué par le mot « substantia » de saint Paul. Entre « fidere » (avoir la confiance ou la foi) et « fieri » (être fait ou créé) je vois beaucoup plus qu'un rapprochement : c'est pour moi presque une identité. La consonne insignifiante *d* supprimée, on a « fio » et « fio[1] » dans les deux indicatifs actifs ; c'est-à-dire, « j'ai la foi » et « je fais ». Le substantif « fides » et l'impératif « fiat » sortent donc de la même racine ; et quiconque, d'après saint Paul et d'après Dante approuvé par saint Pierre, a la foi, peut prononcer le « fiat » de Dieu même, assuré qu'il est de créer tout ce qu'il voudra. Ainsi, à mon avis, « fides » n'est rien autre que « fies » diminué de la dentale *d*, plus ou moins inutile, et « fies » est le substantif radical d'où sont sortis « fidere » et « fieri ». La dentale est parfaitement inutile ici, puisque les Espagnols, qui appellent la foi « fe », l'ont supprimée, et puisque les Français l'ont également mise de côté. Il y a même ceci d'assez curieux dans notre langue : c'est que si, dans le mot « foi », nous insérons l'*i* entre l'*f* et l'*o*, nous avons exactement « fio », « je fais », actif non employé du passif dont « fieri » est sorti. — Je n'irai pas jusqu'à dire qu'il existe un rapprochement de grammaire et par conséquent de sens entre ποιεῖν (« faire ») et πιστεύειν (« croire »), entre

1. « Fio » (je fais) n'est que l'actif inusité du passif « fior » (je suis fait), également inusité, mais dont l'infinitif « fieri » est d'un très-fréquent usage.

ποίησις (« action ») et πιστίς (« foi »); mais je crois bon de signaler ce petit sujet d'étude et je m'en tiens au latin.

Ainsi la foi crée le monde futur, le monde qu'elle espère, et même, si elle le veut, le monde présent. A sa volonté, elle ressuscite les morts, elle rend la vue aux aveugles, elle arrête les flots, elle fait remonter les fleuves à leur source, elle suspend le cours du soleil, elle comble les vallées, elle fait marcher les montagnes.

Un cénobite, saint Antoine, reçoit de Dieu l'ordre d'aller chercher dans le désert un ermite, saint Paul, qui vivait depuis près de cent ans loin du monde et des hommes. L'ermite allait mourir et Dieu voulait qu'une figure humaine se montrât à son serviteur du moins au dernier terme de sa vie. Le cénobite, après plusieurs jours de marche et après avoir demandé son chemin à un centaure, parce que nul homme ne vivait dans ces parages, finit par trouver l'ermite caché dans une grotte que fermaient des quartiers de rochers. Le solitaire refusa d'abord d'ouvrir; puis, vaincu par les prières du voyageur envoyé par Dieu même, il se montra au cénobite. Après les premières paroles de bienvenue, ils sortirent tous deux pour aller sur la montagne voisine parler de Dieu et prendre quelque nourriture. Ils étaient assis au bord d'une fontaine, lorsqu'un corbeau, le pourvoyeur habituel de l'ermite, apporta dans son bec deux pains, puisqu'il y avait deux convives. Chaque jour, en effet, le même oiseau apportait à l'ermite un pain que Dieu lui donnait pour son serviteur. Pendant leur frugal repas, les deux vieux amis parlèrent de la providence et de la bonté divine. L'ermite, qui depuis plus de quatre-vingts ans n'avait eu aucune nouvelle des hommes, dit au cénobite : Mon fils, le monde vit-il encore? — Oui, lui répond le visiteur, mais il n'est pas bon. — Et la foi, ajoute le solitaire, les hommes en ont-ils toujours? — Hélas non ou bien peu, répond le voyageur. — Oh! les malheureux, s'écrie le vieil ermite, qui se rappelait les paroles du Sauveur, les malheureux! s'ils avaient de la foi seulement gros comme un grain de sénevé et qu'ils disent à cette montagne va te jeter à la mer, la montagne irait s'y précipiter de suite[1]. — Il n'avait pas fini de parler que la montagne obéissante s'ébranla en effet et se mit en marche vers la mer. Mais le saint la frappa du pied en lui disant : Ce n'est pas à toi que je parle, arrête-toi. Et sur-le-champ la montagne obéissante redevint immobile[2].

Voilà bien tout un monde, en quelque sorte, créé par la foi et qui vient confirmer le caractère que l'Évangile, saint Paul, les commentateurs, Dante

1. S. MARC, « Évang. » XI-23.

2. Voyez la vie de saint Paul, premier ermite, dans Siméon le Métaphraste et les hagiologues latins qui ont traduit la légende orientale.

et la linguistique nous autorisent à lui attribuer. Quoique sur un point spécial et dans la question particulière de la transsubstantiation, saint Thomas d'Aquin reconnaît à la foi cette toute-puissance surnaturelle. Il dit dans le « Lauda Sion » :

Quod non capis, quod non vides
Animosa firmat fides
Præter rerum ordinem.

Cette « Fides animosa » semble signifier une foi qui crée, qui vivifie, qui « anime ». Saint Thomas répète encore dans le « Pange lingua » :

Et si sensus deficit,
Ad firmandum cor sincerum
Sola fides sufficit.

Ainsi la foi seule suffit pour contredire les sens; elle prouve à la vue, au tact, au goût qu'ils se trompent, et que l'évidence la plus palpable peut être un mensonge. La foi seule transforme le monde et le façonne comme elle l'entend.

Ce caractère de toute-puissance et de création n'a pas été, il faut le dire, compris par les artistes; tous ont fait de la Foi une personnification dénuée de grandeur. Leur Foi est une religieuse timide, qui baisse ou ferme les yeux, qui tient un cierge à la main pour éclairer ses pas vacillants, ou porte tout autre attribut par lequel ne se révèle pas assez sa toute-puissance. Ces attributs, nous allons les passer en revue, du moins les principaux, comme nous avons déjà fait pour les vertus cardinales, ses cousines, et comme nous ferons pour l'Espérance et la Charité, ses sœurs.

La Foi porte un livre et des inscriptions, un crible, une croix et les instruments de la Passion, un calice et une hostie, une église, un cierge ou une lampe allumée, une baguette ou un faisceau de verges, une tiare à la tête, un bandeau sur les yeux, un vêtement blanc sur le corps. Le patriarche Abraham est son représentant humain comme l'aigle son symbole zoologique.

Le Livre et les Inscriptions. — Le livre est, aux mains de la Foi, le plus ancien peut-être de ses attributs. La croyance religieuse est fondée, en effet, sur l'Ancien Testament et sur l'Évangile, et l'on comprend que la Foi ouvre la Bible et y montre aux hommes les dogmes qu'elle impose. Sur une châsse qui paraît dater de la fin du XIe siècle et qui provient de l'abbaye de Saint-Ghislain, en Belgique, la Foi (Fides), émaillée de bleu et de rouge, tenait de ses deux mains, qui sont coupées aujourd'hui, un livre qui est resté en entier. Ce livre est ouvert et on y lit :

DNS DS TVVS DS VN' EST

« Le Seigneur ton Dieu est un Dieu unique [1] ».

Inscription parfaitement appropriée à la Foi et qui donne à cette vertu un caractère général et plein de noblesse que d'autres attributs de détail lui enlèvent, comme nous le verrons plus bas. Ce livre doit être la Bible ou seulement l'Ancien Testament, puisque le dogme de l'unité de Dieu en est tiré. En iconographie, les représentations du Sauveur qui tiennent l'Évangile, sur lequel on lit diverses sentences analogues à celles de la Foi de Saint-Ghislain, sont extrêmement nombreuses dans tous les pays et à toutes les époques de l'art chrétien. Cette Foi de Belgique est donc comme l'image de Jésus-Christ même figurée par la première des Vertus théologales qu'il est venu apporter sur la terre. A la cathédrale d'Auch, aux stalles (1528), la Foi, chaussée de sandales et vêtue comme une religieuse, tient une église de la main droite et les tables de la loi de la main gauche : c'est la Foi à l'Ancien et au Nouveau Testament. A la cathédrale de Como, sur l'archivolte du portail sud (1513), la Foi, jeune femme ayant un voile sur la tête, mais les yeux très-largement ouverts, tient de la gauche un calice surmonté d'une hostie et de la droite montre le ciel. Sur un cartel est écrit :

FIDES · IN · DVBIO · CREDIT

La Foi croit même dans le doute; elle croit toujours et avant tout. Près de la tête, on lit cette inscription qu'un théologien raffiné du XVIe siècle a certainement rédigée, et qui comprend la croyance en Dieu sous toutes ses formes :

CREDO · DEVM · DEO · IN · DEVM

« Je crois Dieu, à Dieu, en Dieu ».

C'est-à-dire, je crois à l'existence, à la parole et à la bonté de Dieu. On ne saurait être plus laconique et plus explicite.

Les paroles que prononce la Foi dans l'art chrétien sont très-nombreuses et très-diverses. Il nous suffira d'en donner deux exemples encore.

La Foi peinte par Giotto, à la chapelle de Santa-Maria-dell'-Arena de Padoue, récite le CREDO tout entier; sur un parchemin qu'elle tient à la main gauche on en lit le commencement :

CREDO IN DEVM, PATREM OMNIPOTENTEM, ETC.

A l'église Saint-Marc de Venise, dans la magnifique mosaïque de la cou-

1. Voir, dans le « Bulletin de la Société historique et littéraire de Tournai », tome VI, année 1860, la « Notice sur une châsse émaillée de l'abbaye de Saint-Ghislain », par M. Voisin, vicaire général du diocèse de Tournai. Cette châsse date du XIe-XIIe siècle. Les émaux qui la couvrent sont opaques et champlevés; ils sortent de l'école dite de Cologne ou du Rhin.

pole de l'Ascension, la Foi tient de la main droite un cartel où j'ai lu avec difficulté cette inscription :

IVSTVS · EX · FIDE · VIVIT..... FIDES · SINE · OPERIBVS · VACVA

« Le juste vit de la foi..... La foi sans les œuvres est vaine ».

Entre ces deux sentences il y avait des mots; il y a encore des lettres dont je n'ai pu constater la forme. En même temps que son cartel, la Foi de Venise tient un sceptre chargé de branches et de fleurs. Ce sceptre semble être le commentaire de la seconde sentence : c'est la Foi, mais avec les « œuvres » symbolisées par les fleurs. La main gauche, ouverte la paume en dehors, est légèrement levée vers la poitrine comme vers le siége de la croyance. Cette Foi de Venise est une grande femme en robe verte, riche, ornée d'un large galon au cou et dans le bas. Une ceinture lui serre la taille, une écharpe blanche flotte sur ses épaules, une couronne byzantine orne sa tête, de riches chaussures lui couvrent les pieds.

Le Crible. — C'est, avec le livre, le plus ancien et le plus récent des attributs donnés à la Foi. L'émail du prince P. Soltykoff (XIe-XIIe siècle) nous a offert la Foi montrant le ciel avec la main droite et tenant à la main gauche un boisseau percé de petits trous sur ses parois comme les cribles d'aujourd'hui en sont percés sur leur fond. Au tombeau de Juan II de Castille, exécuté à Miraflorès de Burgos, entre les années 1489 et 1493, la Foi, grande comme nature, tient son crible, un crible comme les nôtres, de la main droite. A la cathédrale d'Autun, sur le charmant retable de la chapelle des fonts (XVIe siècle), la Foi tient également un crible à la main. Entre la fin du XIe siècle et la fin du XVe, je ne connais pas un exemple de la Foi ainsi armée du crible; il semble que ce soit à l'origine et à la fin de l'art du moyen âge qu'on ait senti le besoin de montrer que la Foi ne devait pas croire à tout aveuglément; mais que, recevant des dogmes certains, des opinions vagues, des hypothèses douteuses mêlés ensemble, elle devait, avant de les adopter, les jeter dans le crible de la raison pour séparer le bon grain de l'ivraie, pour recueillir la vérité et disperser l'erreur. Par le crible de Miraflorès et d'Autun est renversée la sentence de Como : « Fides in dubio credit ». Mais les trois plus grands siècles du moyen âge, les XIIe, XIIIe et XIVe, ont pensé comme parle la Foi de Como : sentant, à ce qu'il semble, le besoin de croire plutôt que de critiquer, le besoin d'accueillir plutôt que de rejeter, ils ont mis aux mains de la Foi, non pas le crible, mais des attributs d'affirmation. Le crible disparaît donc à la fin du XIe siècle, avec Béranger de Tours, l'archidiacre incrédule d'Angers, et il ne se remontre qu'à la fin du XVe, un peu avant Luther et Calvin.

La Croix et les Instruments de la Passion. — La foi chrétienne est la croyance en Jésus crucifié; aussi les images de la Foi qui tiennent la croix et portent à la main ou sur leurs vêtements les instruments de la Passion sont extrêmement nombreuses.

La Foi de Giotto, à l'Arena, tient une grande croix de résurrection avec l'extrémité inférieure de laquelle elle perce un petit homme, la personnification de l'Infidélité, qui laisse échapper un livre de ses mains [1]. C'est une croix de ce genre, croix de procession ou de résurrection, que tient la Foi des stalles de saint Bertrand de Comminges. Habituellement cette croix est beaucoup plus petite, et, comme à la Foi du baptistère de Florence, c'est une croix sans hampe, à peine plus grande qu'une croix pectorale et comme celles que les saints byzantins tiennent souvent à la main. Cette croix est quelquefois à double traverse, comme ces petites croix reliquaires qui nous viennent de l'Orient. Ainsi, au tombeau de saint Pierre-Martyr, à Saint-Eustorge de Milan (1338), la Foi tient à la main droite une croix à deux branches égales. Au baptistère de Sienne la Foi (« Fede ») tient une petite croix en tau, croix en T, sans sommet. A la cathédrale d'Amiens, la Foi tient un calice d'où sort une petite croix; à celle de Paris, un écu timbré d'une croix.

La croix dit tout, elle suffit à elle seule pour rappeler toutes les souffrances du Sauveur; aussi est-il rare de voir les instruments de la Passion aux mains ou sur les vêtements des images de la Foi. Un des plus remarquables exemples est donné par cette Foi de Miraflorès, qui tient un crible. Sur son manteau sont sculptés, comme des broderies, les divers instruments qui ont servi au supplice de Jésus-Christ. Nous en verrons un autre exemple dans une gravure qui sera publiée ultérieurement, mais sur une Vertu qui n'est pas la Foi.

Le Cierge ou la Lampe allumée. — La lampe est rare entre les mains de la Foi, mais le cierge y est assez fréquent. A Santa-Maria-Maggiore de Flo-

1. Je suis étonné qu'un peintre aussi éclairé que Giotto, l'ami de Dante qui savait tout, ait personnifié l'Infidélité dans un homme qui lit. Circonstance aggravante, cette même Foi de Santa-Maria-dell'-Arena foule avec le pied droit des manuscrits, sur l'un desquels sont tracées des figures géométriques. Giotto pense donc que les mathématiques rendent incrédule, et il désapprouve cet illustre savant qui disait : « Peu de science éloigne de Dieu, beaucoup de science y ramène ». J'aime mieux la cathédrale de Chartres qui met au milieu des saints la science et l'art, le philosophe, le peintre et même le magicien (MAGVS), parce que la magie se confondait alors avec les mathématiques et les sciences naturelles, comme l'astronomie avec l'astrologie. L'art chrétien de l'Italie, il faut le dire, a laissé Giotto tout seul, ou à peu près, dans son anathème contre les sciences : qu'on se rappelle le pavé de la cathédrale de Sienne qui s'ouvre par une glorification de Mercure Trismégiste, l'inventeur des sciences et des arts, l'éducateur direct des païens et indirect des chrétiens. Voyez les « Annales Archéologiques », vol. XVI, pages 344-345.

rence, sur un pilier peint au XVe siècle, la Foi (« Fides »), grande femme en robe et manteau rouges, tient à la main droite une lampe allumée, comme on en donne aux Vierges sages et, à la gauche, un livre fermé. En remplaçant la lampe par un cierge ou par une lanterne, on aurait la représentation de sainte Geneviève ou de sainte Gudule, deux saintes célèbres par la vivacité de leur foi. Au portail occidental de Saint-Sulpice, au-dessus de la porte centrale, la Foi se prosterne sur les nuages, devant la majesté de Dieu, et elle tient à la main droite un cierge allumé. J'ai vu ce cierge remplacé par une torche enflammée dans un monument dont le souvenir m'échappe; mais lampe, lanterne, cierge et torche, c'est évidemment la même idée : une lumière surnaturelle qui éclaire la raison humaine et fait luire des vérités où, sans elle, on ne verrait que ténèbres. Du reste, ce feu, constamment allumé et qui illumine la Foi nuit et jour, est absolument l'opposé de ce bandeau que les modernes ont noué sur les yeux de la Foi; sans doute, pour qu'elle n'y voie clair ni jour ni nuit.

En 1854, chassés de Florence à Bologne par le choléra, nous n'avons pas eu le temps, mon neveu et moi, de dessiner et de décrire la Foi coulée en bronze par Andrea Ugolini sur une des portes du baptistère; mais l'Humilité, qui est placée sur la ligne des Vertus théologales et qui les continue, était déjà dessinée, lorsqu'on nous engagea à purger nos trois jours de peste dans la petite ville de Pistoja et à rentrer dans les États romains. Comme cette Humilité est habillée en religieuse et tient un cierge à la main, nous la publions à la place de la Foi qui nous fait défaut. Cette figure donnera une idée du style noble et néanmoins vivant du bronzier Ugolini; en parlant de l'Espérance, nous publierons cette figure du même artiste. Quant à sa Foi, elle est assise sur un banc, droite d'attitude et non penchée comme l'Humilité. A la main gauche elle tient une petite croix tréflée; à la main droite, un calice à nœud et à coupe évasée, mais sans hostie. Robe, manteau par-dessus, voile sur la tête, ce qui est le costume même de l'Humilité. Ces figures vraiment remarquables d'Andrea Ugolini pourraient servir à nos sculpteurs et à nos peintres qui devraient s'en inspirer; elles appartiennent au moyen âge, au XIIIe-XIVe siècle, mais elles ont une beauté, presque une perfection que personne n'oserait leur contester. C'est aussi beau et bien plus expressif que l'art antique : la vie et la pensée y circulent de la tête aux pieds.

DIDRON.

(*La fin de la Foi à la livraison prochaine.*)

LA PALA D'ORO

A SAINT-MARC DE VENISE[1]

Le retable d'Ordelafo Faliero forme la partie inférieure de la Pala d'Oro actuelle. Considéré dans son ensemble et comme tableau religieux, il présente un arrangement convenable. Au centre, trône le divin MAITRE, tenant sa loi d'une main et bénissant de l'autre. Autour, les ÉVANGÉLISTES, ses secrétaires intimes, transcrivent ses préceptes; ils sont assis comme l'exige leur fonction. A côté, les DISCIPLES sont debout; ils écoutent les enseignements du Sauveur, reçoivent ses ordres et sont prêts à partir pour les prêcher dans le monde et accomplir leur mission apostolique. Plus bas, la MÈRE DE DIEU, la reine des PROPHÈTES, dans une position qui indique à la fois la prière et l'action de grâces; elle est au milieu des saints personnages de l'Ancien Testament, qui ont prédit la venue du Messie. Dans le haut, sur une série de tableaux, se déroulent quelques-uns des principaux MYSTÈRES de l'Évangile, dont l'Église fait mémoire chaque année dans ses grandes solennités. Entre ces tableaux et la figure du Christ, on a placé un petit sujet symbolique, qui rappelle la CONSOMMATION DES TEMPS, le second avénement, la souveraine puissance et la gloire éternelle du Sauveur; des anges entourent ce petit sujet. Sur les côtés, enfin, s'échelonnent les actes du saint PATRON de la république de Venise.

Tout cet ensemble est assez bien disposé; mais il ne se distingue pas au premier coup d'œil, et il faut du temps pour pouvoir s'en rendre un compte exact. J'ai passé bien des heures à examiner la Pala d'Oro en détail, mais dans des conditions très-défavorables; j'espère toutefois que mes notes auront encore assez d'intérêt pour fixer l'attention des archéologues sur ce précieux monument dont je continue la description en suivant l'ordre des numéros gravés sur notre tableau.

1. Voir les « Annales Archéologiques », volume XX, page 164.

N° 72. Le Christ, assis sur un trône sans dossier, en robe grise et manteau bleu, tient un livre ouvert sur ses genoux, étend le bras droit et bénit à la manière grecque. Cette belle peinture émaillée a été surchargée d'ornements par les Vénitiens : le trône est recouvert par un autre trône en relief, ciselé et couvert de pierreries; le nimbe est rempli de pierreries; le livre, sur les pages duquel on devait lire une inscription, est également couvert de pierres précieuses; une main en relief, bénissant à la manière latine, recouvre la main droite, pas assez, heureusement, pour qu'on ne puisse apercevoir une partie de la main en émail. C'est encore aux Vénitiens qu'il faut attribuer les sigles IHS XPS, gravés près de la tête du Sauveur et qui doivent remplacer ceux en usage chez les byzantins IC XC, cachés sans doute par quelque ornement. Enfin, la figure entière du Christ est entourée d'un ornement en relief, qui cache une inscription circulaire dont je soupçonnai l'existence, en apercevant le bas de quelques lettres, mais dont il me fut impossible de rien déchiffrer. Voici comment cette inscription est rapportée par M. Bellomo [1] :

HAEC..... MAJESTAS TUA EST EA SUMMA POTESTAS
QUA DATUR OMNE BONUM PIETATIS..... PETE DONUM.

Le compartiment circulaire qui contient le Christ est au milieu d'un carré dont les angles sont remplis par quatre cercles, plus petits et renfermant les figures des évangélistes. Ils sont assis devant des pupitres et écrivent leur évangile dont on lit les premiers mots. Voici les inscriptions :

Au n° 73, SCS MARCVS. — « Inicium Evangelii Jesu Christi filii Dei vivi ».
Au n° 74, SCS IOHANNES. — « In principio erat Verbum ».
Au n° 75, SCS MATHΘVS (sic). — « Liber generationis ».
Au n° 76, SCS LVCAS. — « Fuit in diebus Herodis [2] ».

A droite et à gauche se dressent les figures en pied des douze apôtres, n°s 77 à 88. « La rangée du milieu, dit M. Labarte [3], qui est d'une hauteur presque du double des autres, renferme les figures des douze apôtres, d'environ trente centimètres de hauteur. L'un d'eux tient un volumen, les autres un livre; ils ne sont d'ailleurs signalés par aucun autre attribut. Ces figures sont certainement ce qu'il y a de plus parfait dans la Pala. Le dessin en est très-correct, les poses sont pleines de noblesse, et les vêtements sont

1. « La Pala d'oro », ouvrage cité, p. 5.
2. Cette dernière figure a été donnée par DUSOMMERARD, « Album des arts », pl. XXXII, avec une partie de l'encadrement vénitien, d'après le dessin de M. Victor Petit.
3. Ouvrage déjà cité, pages 20-21.

largement disposés; les émaux des carnations sont disposés avec tant d'art, que l'artiste est parvenu à faire ressortir, par un léger modelé, les diverses parties des visages. On peut regarder ces douze belles plaques comme le chef-d'œuvre de la peinture en émail incrusté ». Je devais rapporter cette opinion du savant archéologue, parce qu'elle est importante et parce que je ne la partage pas entièrement. Pour mon compte, je trouve que les figures en question sont d'un mérite inférieur, quant à l'élégance et à la proportion, à d'autres qui se trouvent sur la Pala, notamment à celles des prophètes dont je parlerai tout à l'heure. Je puis me tromper, mais telle est l'impression que j'ai éprouvée. Toutefois, je fais exception en faveur d'une de ces figures, au sujet de laquelle je vais signaler quelques particularités qui paraissent avoir échappé à M. Labarte. Il s'agit de l'apôtre placé le premier à droite du Christ, n° 82, celui que M. Labarte désigne comme étant le seul qui tient un volumen. C'est saint Pierre, ainsi que l'indique son nom en latin, à moitié caché par le fronton en relief superposé par les Vénitiens. Cet apôtre est, sous le rapport du style, bien différent des autres : son vêtement n'est pas arrangé de même; on y voit moins de ces plis marqués par une multitude de cloisons d'or, qui font trop de reflets; le corps est moins long, et ses pieds, posés à la manière byzantine sur un tapis d'honneur exécuté comme le reste en émail, se voient mieux. Les pieds des autres figures, moins visibles, parce qu'ils sont cachés en partie par l'ornementation en relief, posent sur un tapis qui n'est qu'indiqué par une raie. En définitive, la figure de saint Pierre est mieux proportionnée et traitée d'une façon plus large; elle ressemble beaucoup aux figures d'apôtres du reliquaire de Limbourg publié par les « Annales Archéologiques [1] ». Je n'aurais pas lu le nom de saint Pierre, que j'aurais reconnu néanmoins cet apôtre à son type bien caractérisé : barbe arrondie et blanche, cheveux touffus et blancs. C'est aussi à son type exactement reproduit que je reconnais saint Paul dans la première figure à gauche du Christ, n° 83 : tête longue, front découvert, peu de cheveux noirs, barbe en pointe de la même couleur [2]. J'ai entrevu quelques jambages de lettres qui me font croire que toutes les figures du même style que saint Paul ont leur nom inscrit au-dessus de leur tête; mais l'ornementation en relief, cet obstacle continuel aux investigations, m'a empêché d'en lire aucun. J'aurais bien voulu cependant connaître celui du saint qui est placé au n° 80, et que je ne considère pas comme un apôtre. En effet, tandis que ses voisins sont, comme d'habitude,

1. T. XVII, p. 337; XVIII, p. 124.
2. Il a été reproduit dans l'« Album des arts au moyen âge », pl. XXXII.

nu-pieds et vêtus d'une robe et d'un manteau, lui, au contraire, en costume d'évêque, a les pieds chaussés, et il porte le pallium ou plutôt l'homophore.

Dans la rangée du bas, je note d'abord une charmante figure émaillée, placée immédiatement au-dessous du Christ, au n° 97 : c'est la Mère de Dieu, MP̄. ΘV̄, seule en pied, de face, les bras étendus, dans cette attitude que les Grecs lui donnent souvent. Ce n'est pas la seule représentation de ce genre qui soit à Saint-Marc : on en voit plusieurs autres en mosaïque et en bas-relief, dans l'intérieur et en dehors de l'église ; j'ai remarqué encore, dans d'autres églises de Venise, des bas-reliefs qui reproduisent le même sujet, toujours empreint d'un grand caractère de noblesse et de simplicité.

Je m'occuperai plus tard des compartiments qui sont près de la sainte Vierge ; je passe de suite aux douze figures de prophètes qui sont sur la même rangée :

N° 89. Isaïe. Son nom est écrit en grec avec abréviations : Ο Προφητης ΗCΑΙΑC. Il dit sur un cartel : « Virgo concipiet et pariet filium ».

N° 90. NAHVM. Il dit : « Sol ortus est et avolaverunt ».

N° 91. HIEREMIAS. — « Ex Egypto vocavi filium meum ».

N° 92. DANIEL. — « Cum venerit sanctus sanctorum ».

N° 93. Ο Προφητης ΜΟΗCΙ. — « Prophetam suscitabit vobis ».

N° 94. IEZECHIHEL (sic). — « Porta quam vides clausa est ».

N° 100. Ο Πρ. ΔΑΔ (pour ΔΑΒΙΔ). — « + ΑΚΟΥCΟΝ ΘΗΓΑΤΕΡ ΚΕ̄ ΗΔΕ ΚΑΙ ΚΑΙΝΟΝ [1] ».

N° 101. HLIAS. — « Vivit Dominus non erit pluvia super terram ».

N° 102. ZACHARIAS. — « Ecce Dominus veniet et omnes sancti ejus cum eo ».

N° 103. ABBACVH (sic). — « Si moram fecerit expecta eum ».

N° 104. MALACHIAS. — « Ecce dies veniunt dicit Dominus ».

N° 105. Ο ΠΡΟΦΗΤΗC COΛΟΜΟΝ. — ΗCΟΦΙΑVΚΟΔΟΜΗCΙΑVΤC [2].

Toutes ces figures de prophètes sont fort belles, et, comme elles sont plus à portée, on peut mieux les examiner. L'ornementation en relief ne cache pas tellement les plaques, qu'on ne puisse s'apercevoir que chaque figure est placée dans un encadrement émaillé comme elle. Cet encadrement consiste en une arcade semi-circulaire, ornée de feuilles vertes sur fond blanc, portée par deux colonnettes. L'arcade sous laquelle est placé Salomon diffère un peu des autres, et les colonnes qui portent l'archivolte ont un nœud au milieu.

1. Ἄκουσον θύγατερ, καὶ ἴδε, καὶ κλῖνον. — « Audi filia et vide et inclina ». Ps. 44, 11.

2. Ἡ σοφία ᾠκοδόμησεν ἑαυτῇ οἶκον. — « Sapientia ædificavit sibi domum ». Prov. IX, 1.

Les prophètes ont la tête entourée d'un nimbe formé par une mince entaille remplie d'émail; le nimbe de Salomon est entièrement rempli d'émail vert. Cependant, ce prophète est du même style que les autres. Tous ressemblent beaucoup aux peintures des manuscrits grecs, aux peintures en mosaïque. Que l'on quitte un instant la Pala et qu'on lève les yeux vers la coupole qui couvre le chœur, on verra une décoration analogue à la dernière rangée de la Pala : la sainte Vierge, les bras étendus, et treize prophètes, costumés comme ceux de la Pala, entourent cette coupole que domine au sommet une belle figure du Christ. Il n'y manque que l'inscription O PANTOCRATOR, pour se croire dans une église grecque. Les prophètes de la Pala sont nu-pieds, à l'exception de David et de Salomon qui sont en costume impérial [1], mais à qui on a fait des pieds trop petits; à l'exception encore de Daniel, vêtu du costume asiatique, mais dégénéré, et dont le bonnet n'est plus qu'une pointe plantée sur le sommet de sa tête au milieu de ses cheveux frisés. Les prophètes qui font le signe de la parole joignent le pouce à l'annulaire; Isaïe seul joint l'annulaire et le petit doigt au pouce.

Revenant aux tableaux qui avoisinent celui de la sainte Vierge, on trouve immédiatement à droite de celui-ci, au n° 96, un doge de Venise, et à gauche, au n° 98, une impératrice d'Orient; tous deux sont en pied et tiennent un sceptre. Le doge, comme l'indique l'inscription

OR FAZETRVS $\overline{\text{DI}}$ $\overline{\text{GRA}}$ VENDCIE DVX

est Ordelafo Faliero, celui sous le gouvernement duquel la Pala d'Oro a été placée dans l'église. Le costume de ce doge, qui a gouverné de 1102 à 1117, est-il celui des doges de cette époque? Évidemment non : c'est celui d'un empereur ou d'un grand personnage de la cour d'Orient. Les artistes byzantins, lorsqu'ils avaient à exécuter un souverain quelconque, le représentaient d'habitude avec le costume de celui de leur nation. Ainsi les rois normands, qui ont fait exécuter des peintures en mosaïque, en Sicile, y sont représentés avec le costume des empereurs d'Orient. A Venise même, dans les mosaïques de Saint-Marc, au grand portail d'abord, le doge, vêtu comme un empereur byzantin, reçoit le corps du saint apôtre apporté d'Alexandrie; ensuite, dans l'intérieur, le doge (DVX), en pareil costume, figure dans un autre sujet relatif au transport des reliques du même saint.

1. Dans les peintures d'un manuscrit de la Bibliothèque impériale de Paris, publiées par Montfaucon (« Bibliotheca Coisliniana ») et mieux encore par M. de Bastard, on retrouve non-seulement les couronnes et les vêtements portés par David et Salomon sur la Pala, mais encore les motifs d'ornements semés sur les manteaux.

Toutefois, il n'est pas facile de se rendre un compte exact de la petite figure de la Pala. Ses vêtements sont assez riches pour être ceux d'un haut personnage, mais ils sont arrangés avec une certaine confusion. La tête est imberbe, nimbée d'un nimbe bleu clair et couronnée. Le nimbe ne peut nous embarrasser, car c'était la coutume en Orient de nimber les princes; mais la couronne est d'une forme qui n'est pas commune. D'ailleurs, cette tête, y compris le nimbe qui l'entoure, forme un morceau à part : elle est mal ajustée dans la plaque qu'elle dépasse, mal ajustée sur le corps du personnage avec lequel elle n'est pas en proportion. Je la prendrais volontiers pour une tête de femme. L'empereur qui régnait à Constantinople, au temps d'Ordelafo Faliero, était Alexis Ier Comnène. D'Agincourt en donne la figure tirée d'un manuscrit du Vatican [1]; mais ne la comparez pas à celle de la Pala, il n'y entre elles aucune ressemblance.

J'ajoute que la figure émaillée de ce Faliero, dont on peut voir des copies dans les ouvrages déjà cités de Cicognara et de Dusommerard, est la moins soignée de toutes celles de la Pala d'Oro, et qu'elle est simplement entourée sur sa plaque d'une arcature gravée au trait et non émaillée, comme celles de la Vierge et des prophètes.

La figure d'impératrice est moins problématique : son costume se comprend mieux, sa couronne basse à trois pointes se retrouve aux têtes des princesses sur des médailles byzantines antérieures au XIIe siècle et même sur des diptyques consulaires. La tête est un peu petite; cependant l'ensemble de la figure, sans être aussi bien peut-être que celles de la même rangée, est mieux exécutée que celle du doge. L'arcature émaillée qui l'encadre est à peu près pareille à celle des prophètes. Cette femme est nimbée d'un nimbe bleu, comme celui de la Vierge; près de sa tête, on lit cette inscription :

EIPI CTATH
NHEY AYГOY
ГENE CTH

J'ai dit qu'à l'époque où Ordelafo Faliero commandait la république de Venise, Alexis Ier Comnène régnait à Constantinople. Cet empereur mourut plus tard que le doge, en 1118, et sa femme, Irène, lui survécut plusieurs années. C'est donc bien probablement l'effigie de cette princesse, je n'oserais dire son portrait, qui se trouve sur la Pala. L'impératrice Irène, femme d'Alexis Ier, mère de l'auteur de l'Alexiade, a joué un certain rôle dans l'his-

1. « Peinture », pl. LVIII.

toire du Bas-Empire : obligée de quitter le palais impérial à la suite de troubles politiques qui eurent lieu après la mort d'Alexis Ier, elle se retira dans un monastère, fondé par elle à Constantinople ou dans les environs, appelé « Notre-Dame pleine de grâces » (χεχαριτωμένη). La Bibliothèque impériale de Paris doit posséder encore la règle de ce couvent, signée en cinabre de la main d'Irène, et publiée par Montfaucon dans sa « Paléographie grecque ».

Il me reste à noter deux plaques de la dernière rangée. Sur ces plaques, occupant les nos 95 et 99, sont gravées en beaux caractères du XIVe siècle les inscriptions latines rapportées plus haut et qui résument l'historique de la Pala d'Oro. En supposant que les plaques composant la partie inférieure du retable n'aient pas été dérangées, les deux en question remplaceraient deux plaques émaillées. Il ne serait pas impossible que les inscriptions eussent été gravées sur le revers de celles qui manquent; c'est là une conjecture bien vague, que je donne pour ce qu'elle vaut, et qui n'a pas la chance d'être vérifiée de sitôt.

JULIEN DURAND.

TRÉSOR DE CONQUES

Détail des côtés

Détail du revers

RELIQUAIRE DU PAPE PASCAL II

TRÉSOR DE CONQUES [1]

RELIQUAIRE DU PAPE PASCAL II

Le vénérable Bégon eut cette destinée singulière de s'asseoir sur le siége abbatial de Conques, en 1099, lorsque Pascal II montait à Rome sur le trône pontifical, et de mourir en 1118, l'année même où ce pape descendait dans la tombe. Associés dans leur grandeur, le pontife et l'abbé le furent aussi dans la restauration du monastère confié à l'administration du second. L'histoire témoigne de ce concours, et un monument nous en est resté dans les débris du trésor de l'abbaye.

Lorsque celle-ci, après avoir reçu vers l'année 888 les reliques de sainte Foy, eut joint au vocable du Sauveur celui de la vierge martyrisée à Agen; et lorsque les offrandes, qui arrivaient de tous côtés, eurent permis aux abbés du XIe siècle de rebâtir le monastère et l'église, Pascal II lui octroya quelques priviléges. Pour que la fête de sainte Foy fut célébrée avec une piété plus grande, le jeûne fut prescrit pendant sa vigile. De plus, le nom de sainte Foy fut joint à celui des vierges dans les commémorations de la messe [2].

Comme signe matériel de ces faveurs, Pascal II adressa à l'abbaye de Conques plusieurs reliques, parmi lesquelles se trouvait un morceau de la vraie croix. Pour le conserver, Bégon fit construire un reliquaire qui est

1. Voir les « Annales Archéologiques », volume XV, page 77 et 277, où ont déjà paru deux articles sur le « Trésor de Conques ».

2. « Bego venerabilis... claustrum construxit, reliquias in auro posuit, textus evangeliorum fieri curavit... Idem abbas a Paschali papa II bullas obtinuit quibus conceditur ut in vigilia S. Fidis observetur jejunium, et in ordine missæ inter virgines sanctas ejus memoria ex nomine celebretur ». — Voyez BALUZE, « Miscellanea », t. VI, p. 214, et la « Gallia Christiana », t. I.

parvenu jusqu'à nos jours, après avoir subi bien des mutilations et très-probablement une transformation.

Tel qu'il existe aujourd'hui, il se compose d'une stèle en bois reposant sur une base un peu plus large, le tout ayant une hauteur de 0m39. Sa face, ses côtés et sa base sont recouverts de plaques d'argent naturel ou doré, repoussé, orné par places de pierres cabochons, et chargé d'inscriptions qui servent à lui assigner sa date et sa provenance. Le revers est formé d'une simple plaque de fer-blanc, pauvreté qui n'indique point que les derniers remaniements soient d'une époque bien reculée. Les différences de style, que l'on remarque entre les ornements des plaques qui revêtent ce monument, prouvent que nous ne le voyons point dans l'état où Bégon l'a reçu de l'orfévre auquel il l'avait fait exécuter. Les altérations que les inscriptions ont subies viennent changer cette présomption en certitude.

La crucifixion, qui forme le motif principal de sa décoration, était un sujet trop en rapport avec la nature de la relique, pour que nous ne soyons point assurés que ce bas-relief occupait une place considérable dans le monument primitif.

D'ailleurs, l'inscription qui a été repoussée sur la même plaque semble indiquer son importance. Mais la petite croix, vide aujourd'hui, qui devait plus particulièrement contenir la parcelle de la vraie croix, nous semble en une place bien secondaire, au sommet de la stèle. Toute cette partie offre des traces évidentes d'altérations; aussi croyons-nous que les débris de l'œuvre primitive auront été ajustés tant bien que mal, dans l'état où ils se trouvent, avec des débris provenant d'autres reliquaires d'époques différentes.

Ainsi, les bandes d'argent qui forment bordure à la plaque centrale, qui y a été clouée d'une façon si barbare, nous semblent postérieures au XIIIe siècle. Du moins les rosettes à six lobes, comprises dans les losanges des frettes qui la décorent, nous induisent à le penser. Quant aux ornements du sommet, des flancs et des revers, dont nous donnons le détail, rien ne s'oppose à ce qu'ils soient contemporains de Bégon. Nous ferons même remarquer la physionomie orientale de la fleur qui se dresse entre deux branches recourbées, et semble sortir comme de la bordure en maçonnerie d'une plate-bande. On devine qu'il existe là encore comme une influence de l'art carolingien qui a tant emprunté à l'Orient. Quant à l'autre ornement, obtenu également par le travail du repoussé, nous ferons remarquer avec quel art il s'associe à l'emploi des pierres serties en relief. Il forme un fond sur lequel le croisement des branchages aux amortissements trilobés réserve des médaillons sur lesquels on pouvait appliquer des pierres ainsi que leur chaton.

La petite croix où était enchâssée la relique est appliquée dans un cercle à jour entouré d'un filet saillant, autour duquel des palmettes en repoussé alternent avec des pierres cabochons. Les mots CRVX XPI, deux fois répétés, désignent la nature de la relique. Toute cette partie est sur un plan incliné en arrière, et affecte comme une forme pyramidale; mais les parties d'ornement qui dépassent les côtés, d'un profil si contourné, montrent que telle ne devait pas être la forme primitive de la plaque actuelle. Au-dessous du cordon de perles qui borde ce fragment à sa partie inférieure est clouée une plaque d'argent qui portait jadis des filigranes en fil tordu d'une très-grande finesse, et des pierres qui ont toutes disparu, ainsi qu'une grande partie de l'ornement filigrané.

La crucifixion nous montre le Christ orné du nimbe crucifère, attaché par quatre clous sur la croix. Jésus n'est vêtu que d'une simple draperie descendant des hanches aux genoux. L'inscription, IHS NAZARENVS REX IVD, étagée en sept lignes, couvre le sommet de la croix. Aux deux côtés sont le soleil (SOL) et la lune (LVNA) au milieu de nuages, tantôt ondulés, tantôt disposés en gradins. Le soleil est personnifié par un buste d'homme nimbé et vêtu, portant à son visage, geste d'affliction, la main gauche recouverte d'une draperie. La lune est personnifiée par une femme nimbée et pleurante. De plus, les deux cornes d'un croissant apparaissent derrière sa tête. Des nuages sont tracés sur le champ et y sont modelés en relief.

Ce champ est tracé dans un disque plus grand, constellé de points brillants, qui semble représenter l'astre lui-même. C'est comme une boule où vit un être qui l'anime. Celui-ci, penché sur une ouverture circulaire, taillée dans sa surface, assiste en deuil aux angoisses du calvaire. La Vierge et saint Jean sont debout de chaque côté de la croix : la première à droite du Christ, le second à sa gauche. Leur tête se détache sur des nimbes richement ornés, et leurs pieds reposent sur des tertres bizarres; le tertre où est fixée la croix se compose d'un monceau de têtes de morts.

Comme les femmes aux XIe et XIIe siècles, la Vierge est vêtue d'une ample chasuble à capuchon qui descend par-dessus ses bras et forme voile et manteau. Sa robe est à manches demi-justes, et ses pieds sont chaussés. On croirait voir comme une forme de calice à très-gros nœud, placé entre les supports torses où repose le piédestal de la Vierge. S'il en était ainsi, ce serait l'origine de ces calices appelés Graal, qui font partie de la scène du crucifiement, aux XIIe, XIIIe et XIVe siècles, et qu'on voit soit sous les pieds du Christ, soit aux mains de l'Église personnifiée, soit aux mains d'un ange qui reçoit le sang du Sauveur. Seulement ici, sa place, sous les pieds de

Marie, est assez singulière. Saint Jean, en sa qualité d'apôtre, a les pieds nus; il porte une robe et un manteau roulé en ceinture autour de son corps. Il tient un livre fermé de la main gauche, tandis que sa droite est relevée le long de sa joue; attitude quasi hiératique de la douleur, et qui s'est conservée pendant tout le moyen âge.

Une première inscription hexamétrique est tracée en repoussé sur la plaque même où les différents personnages de la crucifixion ont été également repoussés dans l'argent que l'on a doré ensuite. Elle indique que ce reliquaire fut exécuté par l'ordre de Bégon, pour qui l'on réclame la clémence divine.

ME FIERI IVSSIT BEGO
CLEMENS CVI DOMINVS SIT.

Au-dessous on peut lire ce fragment d'inscription, SIT RELIQVIAS DE, tracé sur une autre plaque d'argent provenant d'un autre reliquaire. On peut y reconnaître en effet le bras et la main d'une figure, un ange probablement, tenant un encensoir dont on ne voit que les trois chaînes, partant d'un lis ou pavillon garni d'un anneau.

Bien que ce fragment ait été aplati avant de recevoir l'inscription, l'ancien repoussé n'a point entièrement disparu, et une dorure partielle se remarque à l'extrémité de la manche ainsi que sur la chaîne de l'encensoir.

La stèle que décore le bas-relief que nous venons de décrire repose sur un socle un peu plus large raccordé avec elle par un large biseau. Une inscription a été repoussée sur les plaques d'argent qui le recouvrent de tous côtés; mais cette inscription a subi une restauration dont on peut s'apercevoir sur notre planche.

En effet, un rang de perles borde et sépare les lignes de lettres qui la composent; mais ces perles manquent dans le fragment rapporté au commencement de la ligne inférieure à gauche. De plus, une âme d'une autre forme devait la recevoir, car des fragments de lettres coupés par les arêtes du biseau se remarquent encore au commencement et à la fin de la première ligne sur notre dessin.

Voici quelle est cette inscription que nous imprimons dans l'ordre où elle se lit sur chaque face, en supprimant les lettres mutilées, et en mettant entre crochets les parties restaurées:

[anno ab inca]	[rnatione domini mil]	lessimo .c. domi	nvs pascalis II papa
[i]t a roma has[mi]	[e + XPI et se]	pvlcro eivs atq	[plvr]imorvm sanctorvm.

Il suffit d'une simple inspection pour reconnaitre que le fragment rapporté

RELIQUAIRE EN TRIPTYQUE

sous la crucifixion a été déplacé et qu'il doit prendre rang dans le vide laissé à la seconde tranche de notre inscription. On doit donc lire :

ANNO AB INCARNATIONE DOMINI MILLESIMO C DOMINVS PASCALIS II PAPA A ROMA HAS MISIT RELIQVIAS DE + XPI [1] ET SEPVLCRO EIVS ATQVE PLVRIMORVM SANCTORVM.

Mais les deux lettres [I] T, au commencement de la seconde ligne, montrent qu'il y a eu des interpolations dès l'époque de la restauration. De même les linéaments, qui indiquent des lettres fermées, visibles au commencement et à la fin de la première ligne sur notre planche, semblent prouver que la restauration, quoique très-ancienne, n'a point exactement remplacé les lettres disparues et que nous avons le sens général sinon l'ordre de la primitive inscription, qu'il serait bien téméraire de vouloir restaurer complétement.

Quant à l'époque précise du remaniement dont les traces nous sautent aux yeux, nous ne saurions pas trop l'apprécier; les lettres affectent la même forme que les plus anciennes, mais elle sont tracées d'une main quelque peu inexpérimentée, qui laisse apercevoir chaque coup de l'outil.

Heureusement la date et le nom de Pascal II appartiennent au tracé primitif et sont visiblement contemporains de la petite inscription où nous avons lu le nom de Bégon. Ce monument, tout mutilé qu'il est, nous est donc un témoignage des liens qui attachaient l'abbaye de Conques au saint-siége.

RELIQUAIRE EN FORME DE TRIPTYQUE.

Les trois plaques ornées de filigranes et chargées d'inscriptions, que nous avons rapprochées sur la planche ci-jointe, forment aujourd'hui deux reliquaires différents. La plus grande décore la face de l'un; les deux petites, étant rapprochés par leur grand côté, forment la face d'un second. Mais il est évident qu'elles ont jadis fait partie d'un même reliquaire qui avait la forme d'un triptyque. Les côtés et les revers des morceaux de bois sur lesquels elles sont appliquées étant garnis de tôle, nous n'avons absolument à nous occuper que de ce qui est visible dans notre gravure.

Ces plaques sont en argent doré et bordées d'un rang de perles fait au repoussé.

Elles ont en hauteur 0^{m},40, et la largeur du centre est de 0^{m},175. Ainsi, le triptyque ouvert avait 0,35 de développement.

Des ouvertures trilobées, quadrilobées et ovales ont été découpées dans

1. « De cRUCE Christi.

l'épaisseur du métal et décorées d'une bordure qui suit la forme de leurs contours. Cette bordure se compose de saphirs, de cornalines blanches et de grenats cabochons, placés à l'extrémité des lobes ou des axes, compris dans de riches enroulements filigranés. Ceux-ci sont appliqués, non pas sur le fond lui-même, mais sur des fils tordus qui y sont soudés et qui encadrent les ouvertures, l'un immédiatement contre son bord, l'autre parallèlement et à une certaine distance. Les volutes en filigrane, terminées par un œil garni d'une petite tête de clou, se combinent avec des feuilles trilobées à long pétiole, des rosettes à cinq pétales, et des bourgeons allongés couverts d'un grènetis à leur extrémité. Tous ces éléments déliés, isolés du fond sur lequel leur ombre portée s'accuse vigoureusement, éclatent, scintillent et pointent dans le noir. Malheureusement beaucoup de ces bordures ont été mutilées, d'autres enlevées, et l'on a mis en leur place des fragments arrachés à d'autres reliquaires.

Les ouvertures ont été garnies de morceaux de soie rouge dans le genre de ce qu'on appelle aujourd'hui du taffetas. Les reliques étaient placées derrière; mais, à la longue, elles ont percé le tissu qui les cachait et partout on peut les apercevoir.

La désignation de chaque relique est inscrite en caractères du XIIIe siècle, repoussés dans le métal. Comme dans les vitraux, où les sujets se suivent de bas en haut, il semble que l'on doive ici lire les inscriptions en commençant par celles du bas, car c'est à la partie inférieure de la plaque centrale que nous trouvons les reliques de saint Pierre et la mention générale que celles des apôtres se trouvent réunies sur ce même feuillet du triptyque.

En suivant cette marche ascendante, nous lisons les inscriptions suivantes que nous transcrivons en supprimant les abréviations:

Plaque centrale.

HIC SVNT RELIQVIE APOSTOLORVM — SANCTI PETRI — MARTINI — STEPHANI — SANCTI PAVLI — BENEDICTI — INNOCENCIVM — SANCTI ANDREE — [SIL]VESTRI — VINCENCII — SIMONIS ET IVDE — GERALDI — LAVRENCII — IOHANNIS BABTISTE — JACOBI ET PHILIHPI.

Volet de gauche.

ANTONINI — MAVRICII — PRIECTI — LUCIE — CECILIE — ANASTASIE.

Volet de droite.

DE SEPVLCRO DOMINI — DE TVNICA BEATE MARIE — DE SEPVLCRO BEATE MARIE — DE PANE CENE — MARIE MADALENE — AGATHE.

Nous n'avons aucune observation à faire sur ces inscriptions généralement correctes, sauf la substitution accidentelle des C aux E, et celle volontaire de

ARGENT REPOUSSÉ ET DORÉ

la même lettre aux T. Ce triptyque appartient, par la forme des lettres et des abréviations, à la fin du XIIIe siècle, comme par la nature du filigrane feuillagé et fleuri.

Les saintes, on l'aura déjà remarqué, sont placées au sommet et non à la base des feuillets latéraux. Dans le feuillet central, les apôtres et saint Jean-Baptiste, qui est presque un apôtre et le plus grand des enfants des hommes, sont placés au milieu. Les autres saints sont relégués au côté droit et au côté gauche. Ces remarques peuvent avoir une signification et une valeur.

LA VIERGE ET L'ENFANT JÉSUS.

Cette statuette, passablement mutilée, a 0^{m},38 de hauteur totale; elle est en argent repoussé, doré par parties. Nous doutons cependant qu'elle ait jamais été un chef-d'œuvre, à considérer la grosseur des têtes relativement aux dimensions des corps. Son principal intérêt réside dans l'étude de la fabrication des différentes pièces de raccord dont elle est composée, et dans les détails de son siége.

Ce siége est placé sur une plate-forme semi-circulaire, ornée sur sa tranche de trois rangs de perles qui séparent et qui bordent deux tiges ondulées d'où jaillissent des feuilles recourbées et dentelées de trois lobes d'un seul côté. Ce trône est un banc plein sans dossier, mais garni d'accoudoirs. Des lames d'argent losangées, avec fleurs de lis ou rosettes dans le champ des losanges, garnissent le banc. L'accoudoir est rectangulaire, ajouré d'un arc ogive à trois lobes, compris sous un arc plein cintre. Des rosettes ornent ses faces et le champ de son réseau, tandis que trois boules côtelées se dressent à l'extrémité de courtes tiges sur la partie supérieure, celle où poserait soit la main, soit le coude.

La Vierge est assise tenant l'enfant Jésus, également assis, sur son genou gauche. Sa main gauche repose sur l'épaule de l'enfant; sa main droite, posée sur le genou, devait tenir une fleur.

Elle est vêtue d'une robe ample et d'un manteau, et, comme il convient à la Vierge, elle est chaussée. Un voile qui tombe sur ses épaules, par-dessus les boucles de ses cheveux, est maintenu par une couronne dentelée et chargée de pierres sur le bandeau.

L'enfant Jésus, dont les pieds manquent, est vêtu de la robe et du manteau. Sa main gauche s'appuie sur un livre fermé, et à fermoir, posé sur son genou; sa droite est levée pour la bénédiction à la manière latine.

Une espèce d'agrafe émaillée, appliquée sur l'épaule gauche de la Vierge, montre des armoiries que nous donnons en plus grande dimension au milieu de la planche. L'écu est d'azur chargé d'une tour percée d'une porte jointe à un mur crénelé, avec trois croisettes en sautoir au-dessus des créneaux. De l'émail vert occupe le champ circulaire de l'applique en dehors de l'écu. Ces armoiries semblent appartenir à une ville; ce sont peut-être celles des consuls de Conques. Aujourd'hui encore la montée caillouteuse, qui gravit les flancs de la montagne abrupte où Conques est assise, et qui naguère encore était l'unique chemin par où on y accédait, passe sous une tour qui, appuyée d'un côté à la roche, devait l'être de l'autre à une muraille qui descendait vers la vallée.

Chacune des deux statuettes est composée de plaques d'argent repoussées et assemblées, autant que possible, dans les plis. On voit cependant le bord de la feuille qui garnit le dos de la Vierge, et les petits clous qui servent à la fixer. On aperçoit aussi la suture entre les deux feuilles différentes, dans lesquelles ont été repoussés le visage de l'enfant Jésus et sa chevelure. Enfin, les prunelles des yeux, percées dans le métal, donnent un aspect étrange aux physionomies, qui depuis le XIIIe siècle, époque de leur fabrication, ont été quelque peu déformées jusqu'à nos jours.

PETITE SAINTE FOY.

Le trésor de Conques possède deux statues de sainte Foy. L'une est debout, en argent, et du XVe siècle : c'est celle que nous donnons ici. L'autre est assise, en or, décorée de pierres antiques, et probablement du temps de Charles le Chauve. Nous la publierons plus tard avec tout ce qui est relatif au martyre de la vierge d'Agen, et à la translation de ses reliques au monastère de Conques.

Celle qui nous occupe maintenant est en argent, doré par parties, et haute de 0^{m}45. Elle a été fabriquée au repoussé dans une feuille de métal d'une certaine épaisseur, et elle nous est parvenue dans un excellent état de conservation. La tête est d'une naïveté charmante; elle montre la main d'un artiste habile, appartenant certainement aux écoles du nord. Si les draperies du manteau semblent un peu lourdes dans la gravure, il ne faut point oublier qu'en exécution ce défaut disparaît en partie. L'argent bruni brise la lumière et la renvoie souvent en reflets aussi brillants que le sont les parties directement éclairées, et fait ainsi disparaître l'ensemble sous la multiplicité des lumières.

La sainte est debout, ses longs cheveux dorés pendants sur les épaules, une couronne fleuronnée sur la tête. Elle est vêtue d'une robe ajustée à la taille que marque une ceinture étroite. Par-dessus est jeté un ample manteau posé sur les deux épaules et relevé sur le bras gauche. Le revers de ce manteau est doré et rendu mat par le travail assez large d'un outil qui y a tracé des zigzags par rangs parallèles. Le mat participe ainsi des qualités du bruni et tranche moins durement sur lui qu'on ne le fait aujourd'hui par un travail beaucoup plus serré.

La sainte tient de la main droite le gril et le glaive, instruments de son martyre, et de la gauche la palme qui en symbolise la récompense.

CEINTURE DE SAINTE FOY.

Le trésor de Conques possède une ceinture dont nous publions un fragment dans la grandeur de l'objet même, et qui passe pour avoir appartenu à sainte Foy en personne. La ressemblance de cette ceinture et de ses ornements avec celles que l'on voit aux statues de femmes sculptées dans le XIIIe siècle aux portails de nos cathédrales, de Chartres surtout, ne peut laisser aucun doute sur la fausseté de cette attribution. Nous croyons cet objet du moyen âge, et nous pensons que les deux mains unies qui sont fixées sur la matière dont il est fait, cuir ou tissu, ont motivé la tradition que nous ne saurions adopter. En effet, l'abbaye bénédictine de Conques avait pour armes, au XVIe siècle, deux mains l'une dans l'autre, « une bonne foi ». Cet emblème se retrouvant sur cette ceinture, qui était peut-être un cadeau de fiançailles, l'attribution en a été faite naturellement à la sainte dont le nom y semblait exprimé par un rébus.

On ne peut voir aujourd'hui de la ceinture primitive que la boucle sans ardillon qui est fixée à son extrémité, et les ornements en argent qui la décoraient et la maintenaient dans sa largeur. Elle a été à différentes époques recouverte de plusieurs épaisseurs d'étoffes de soie brochée, que les ornements en métal ont transpercées, mais si bien cousues les unes par-dessus les autres, qu'il nous a été impossible, avec la meilleure volonté du monde et la plus indiscrète, de soulever la dernière enveloppe, et de reconnaître si la ceinture était de cuir ou d'un de ces rubans d'un précieux travail que les femmes de cette époque était si habiles à fabriquer.

Le ferret en argent qui garnit l'autre extrémité n'offre aucun caractère d'ancienneté, et nous n'avons point jugé nécessaire de le reproduire.

Cette ceinture possède, dit-on, les vertus miraculeuses attribuées d'ordinaire aux reliques des saintes martyrisées pour avoir défendu leur virginité. Elle procure la maternité et des couches heureuses aux femmes qui la ceignent tandis qu'on récite certaines oraisons. Cette croyance s'est perpétuée depuis les temps carolingiens. Nous trouvons, en effet, dans la « Chronique de Conques », qu'avant le règne de Lothaire (954) un certain Hugues de Balnes et Angiarde, sa femme, donnèrent deux villages au monastère de sainte Foy afin d'obtenir un enfant légitime par l'intercession de la sainte [1].

Une autre ceinture existait-elle à cette époque, que celle existant aujourd'hui aurait remplacée ? Nous ne saurions le dire. Mais nous ne croyons pas que cette dernière soit antérieure au XIIIe siècle, ce qui ne laisse pas d'être encore d'un âge assez reculé pour la rendre précieuse.

ALFRED DARCEL.

1. « ... Ut Deus omnipotens et beatissima sancta Fides donet michi infantem legitimum de uxore mea Angiardi ». (« Liber mirabilis », Bibl. Imp., 143-144.)

LA RUINE DES MONASTÈRES

Sous ce titre : « Les Moines d'Occident, depuis saint Benoît jusqu'à saint Bernard », M. le comte de Montalembert publie les deux premiers volumes d'un grand ouvrage, qui en aura six, et que nous annoncions déjà en 1847, dans le sixième volume des « Annales Archéologiques ». Alors, en effet, M. de Montalembert voulait bien détacher de son livre futur un chapitre important que nous avons publié dans ce sixième volume, pages 121-138, sous le titre de l'« Art et les Moines ». Aujourd'hui, nous allons extraire du livre qui a paru, du moins en partie, un fragment d'un autre chapitre consacré à la ruine des monastères; nos lecteurs auront ainsi, à treize ans d'intervalle, la naissance et la mort de l'art dans les couvents. La naissance, ce sont les moines eux-mêmes qui l'ont en partie provoquée; la mort, c'est aux laïques, à la Réforme et à la Révolution qu'il faut surtout l'attribuer. Au lieu de donner un article d'appréciation sur l'œuvre de M. de Montalembert, il nous a paru préférable d'extraire de cette œuvre même le chapitre qui rentrait plus spécialement dans notre cadre : le meilleur moyen de louer notre éloquent et savant ami, c'est de le faire connaître et de le citer. Ce chapitre fait partie de l'Introduction, qui n'a pas moins de 292 pages, et qui se divise ainsi :

Origine de cette œuvre. — Caractère fondamental des institutions monastiques. — De la véritable nature des vocations monastiques. — Services rendus à la chrétienté par les moines. — Le bonheur dans le cloître. — Griefs contre les moines. — La richesse monastique. — Le relâchement et la décadence. — La ruine. — Le vrai et le faux moyen âge. — De la fortune de ce livre.

M. le comte de Montalembert déclare, et il le montre amplement dans le chapitre consacré au relâchement et à la décadence des moines, que son livre n'est pas un panégyrique, mais une histoire. Ce n'est pas un éloge continu, où le mal est dissimulé et le bien seul mis en lumière, mais une narration impartiale où le vice, quand il y a vice, est étalé comme la vertu. Cette honnêteté, qui fait la gloire de l'historien, nous engage à soumettre une observation à M. de Montalembert.

Les moines des XVIIe et XVIIIe siècles ont rendu les plus grands services à l'érudition, à l'histoire, à la poésie, en exhumant des bibliothèques, des dépôts d'archives, des collections particulières et tout à fait privées, une foule de documents qui auraient péri, avec tout le reste, dans nos guerres religieuses et politiques, à supposer que l'ignorance, l'indifférence et le mépris n'eussent pas suffi pour cette besogne de ruine. Mais, tandis que les Ordres religieux restauraient les plus vieux parchemins et rendaient la vie, avec la lumière, aux paperasses les plus exténuées, ils démolissaient les plus anciens, les plus vénérables, les plus beaux monuments : ils abattaient les églises et les cloîtres, ils brisaient les statues, ils cassaient les vitraux. Il est vrai qu'ils remplaçaient le vieux par du neuf : les cintres romans et les ogives du XIIIe siècle par des cintres à la Louis XIV et des anses de panier à la Louis XV, les statues par des moulures et des palmettes antiques, les vitraux historiés et de couleur par des verres plats et blancs. Double misère, et je dirai même double crime : on détruisait une œuvre de prix et d'art pour y substituer une chose ignoble et vile; on troquait un chêne contre un brin d'herbe. Assurément les Actes des saints, les Analectes, les Anecdotes, les Annales, les Spiciléges, les Trésors, les Collections plus ou moins « amplissimes » ont leur mérite; mais les abbatiales de Saint-Remi de Reims et de Saint-Ouen de Rouen, les basiliques de Saint-Waast d'Arras et de Saint-Éloi de Noyon, les cloîtres d'Issoire en Auvergne et d'Hautvillers en Champagne, avaient bien aussi leur valeur, et les avoir remplacés par des églises qui ne valent pas Saint-Sulpice de Paris, et des palais qui sont inférieurs à la mairie de Reims, c'était changer ses diamants pour des verroteries. Je félicite les bénédictins de Saint-Germain-des-Prés d'avoir publié le « Monasticon Gallicanum »[1]; mais je leur en veux d'avoir détruit une partie de leur ancien monastère pour y substituer un grand cloître dorique et cette construction de l'Abbaye, qui ne vaut guère mieux, comme architecture, que les lourds bâtiments de la place Royale de Paris.

Il ne faut pas croire que la Réforme et la Révolution aient fait tout le mal et opéré toutes les destructions; M. le comte de Montalembert, qui a écrit des chapitres si éloquents et si justement indignés contre le vandalisme du clergé, sait bien que la besogne avait été préparée par les moines eux-mêmes, et nous

1. C'est, il faut en convenir, un recueil de gravures bien mauvaises. Ces misérables dessins, de la fin du XVIIe siècle, ressemblent à ceux que j'ai rapportés du mont Athos et qui figurent ou plutôt défigurent les monastères de la Sainte-Montagne.

espérons qu'historien et non panégyriste de l'Ordre Monastique, il saura rendre à César ce qui appartient à César, et des destructions lamentables, irréparables et très-nombreuses aux moines de tous les Ordres, surtout aux bénédictins : « suum cuique ».

Dans les premières pages de son chapitre intitulé « la Ruine », M. de Montalembert énumère les caractères principaux du volcan redoutable qui a tout englouti sans aucun discernement. « Ce n'est pas seulement dans les villes, dans les grands centres de population, au contact des grands courants de la vie moderne, que la destruction s'est donnée pleine carrière : elle a été fouiller les forêts et les déserts pour y chercher ses victimes. Aucune solitude ne s'est trouvée assez profonde, aucune montagne assez abrupte, aucune vallée assez reculée pour lui dérober sa proie... Comme si ce n'était pas assez d'une telle iniquité pour crier vengeance à Dieu, il a fallu que le forfait fût aggravé par tous les détails, par toutes les circonstances de son exécution. On cherche en vain dans l'histoire le souvenir d'une dévastation plus aveugle et plus brutale. Quel honnête homme ne frissonnerait à la vue ou à la seule pensée de cette vaste et impitoyable ruine, de cette désolation universelle, de ces débris qui gisent encore autour de nous, lugubres, informes et souillés? Dans quelle invasion de barbares vit-on jamais anéantir et dévorer à la fois tant de monuments admirables, tant de souvenirs populaires, tant de trésors d'art et de poésie, tant de ressources pour la charité publique et pour les plus pressantes nécessités des peuples?...

« Et cependant, dans cette Europe, déjà trop déshonorée par les ravages de la Réforme et de la Révolution française, cette ignoble besogne s'est encore poursuivie et propagée depuis le commencement de notre siècle... Le fils de Marie-Thérèse avait supprimé dans ses États cent vingt-quatre monastères et confisqué leurs biens, évalués à plus de deux cent millions de florins. Mais, de notre vivant, on a calculé qu'en cinq ans de temps, entre 1830 et 1835, trois mille monastères avaient disparu du sol de l'Europe » : notamment deux cents en Pologne, trois cents en Portugal, un nombre non encore compté en Espagne. — Après cette lamentable énumération, M. de Montalembert ajoute :

« Pour anéantir ainsi en masse les vénérables retraites qui avaient servi, pendant tant de siècles, d'abri aux monuments les plus précieux et de sanctuaire aux plus chers souvenirs de toutes les nations de la chrétienté, il fallait professer et pratiquer le mépris de tout ce que les hommes avaient respecté et aimé jusque-là. On n'y a pas manqué. Pour mieux atteindre les hommes et les choses de Dieu, les profanateurs des monastères n'ont pas reculé devant la crainte d'outrager la gloire, l'héroïsme et les saintes traditions qui font la vie et l'indépendance des peuples. Ce que la république athée osa en France, sous la terreur, la monarchie protestante l'avait déjà commis en Angleterre. Henri IV et Louis XIV ne furent pas les premiers rois dont les dépouilles aient été souillées et dispersées par les ravageurs de cloîtres. Le corps du roi Jacques IV d'Écosse, tué en défendant sa patrie [1], fut déterré et décapité par les ouvriers, lors de la confiscation, par Henri VIII, de l'abbaye où sa noble dépouille avait été portée [2]. Les ossements d'Alfred le Grand ne furent pas plus respectés, lorsque les derniers débris du monastère qu'il avait fondé pour lui servir de sépulture [3] furent rasés pour faire place à une prison. Les gloires les plus populaires n'ont pas plus trouvé grâce que les plus obscurs cénobites. Ni Richard Cœur de Lion, ni Blanche de Castille, n'ont pu protéger Fontevrault ou Maubuisson contre le sort commun.

« Les preux qui dormaient sous la garde des moines ont eu le même destin que les rois. Les cendres du Cid ont été enlevées au monastère confisqué de Saint-Pierre de Cardenas, où il avait choisi d'avance son tombeau, où il avait laissé sa Chimène en partant pour l'exil, lorsqu'ils se séparèrent « comme l'ongle se sépare de la chair [4] ». Le magnifique couvent que Gonsalve de Cordoue avait fondé à Grenade pour les Hiéronymites a été changé en caserne, l'église en magasin, et l'épée du grand capitaine, naguère suspendue devant le maître-autel, en a été décrochée et vendue à l'encan [5].

« Les malheureux n'ont pas même su épargner les souvenirs de l'amour humain, épurés par la paix du cloître, par les prières des moines, mais que la barbarie éclairée de nos jours a confondus, dans son brutal aveuglement, avec les reliques de la foi et de la pénitence. La tombe d'Héloïse a été brisée au Paraclet, comme celle de Laure chez les cordeliers d'Avignon; et le corps d'Inès de Castro, confié, par l'implacable douleur de Pierre le Cruel, aux fils

1. « A la bataille de Flodden, en 1513 ».

2. « A Sheen, près Windsor ».

3. « A Winchester ».

4. « Poema del Cid ». Voir le délicieux chef-d'œuvre d'Ozanam, intitulé : « Un pèlerinage au pays du Cid ».

5. « En 1835, et pour la somme de trois francs, selon le journal espagnol l'« Heraldo », de janvier 1844. Ce monastère, l'un des plus magnifiques édifices de Grenade, avait d'abord été construit par Gonsalve pour lui servir de palais; le roi Ferdinand le Catholique, étant allé l'y visiter, lui dit avec aigreur : « Ce palais est plus beau que le mien. — Cela est vrai, sire, lui « répondit Gonsalve, mais il est destiné à un plus grand seigneur que vous, car je le donne à Dieu ». — « Je cite la tradition telle qu'elle me fut racontée à Grenade, en 1843, par un colonel de cavalerie qui assistait au pansement des chevaux de son régiment sous les cloîtres admirables dus à la générosité du grand capitaine ».

de saint Bernard [1], a été arraché de son mausolée royal pour être profané par des soudards [2].

« Encore si en confisquant ces abbayes séculaires, si en condamnant leurs paisibles habitants à l'exil ou à la mort, on en eût au moins conservé les ruines; si, comme en Angleterre et en Allemagne, on eût pu montrer, dans leur beauté funèbre, quelques débris de ces monuments d'un art inimitable et d'une architecture sublime. Mais les vandales modernes ont su renchérir sur l'exemple que leur avaient donné les prétendus réformateurs d'il y a trois siècles. En Espagne, en Portugal, en France surtout, l'art de la destruction a reçu des perfectionnements inconnus aux plus barbares de nos aïeux.

« Chez nous il n'a pas suffi de piller, de profaner, de confisquer; il a fallu renverser, raser, ne pas laisser pierre sur pierre; que dis-je! fouiller jusqu'aux entrailles du sol pour en extirper la dernière de ces pierres consacrées. On l'a dit avec trop de raison [3], jamais une nation ne s'était laissé ainsi dépouiller, par ses propres citoyens, des monuments qui attestaient le mieux chez elle, non-seulement la culture des sciences et des arts, mais encore les plus nobles efforts de la pensée et les plus généreux dévouements de la vertu. L'empire d'Orient n'a pas été saccagé par les Turcs comme la France l'a été et l'est encore par cette bande de démolisseurs insatiables qui, après avoir acquis à vil prix ces vastes constructions, ces immenses domaines, les exploitent comme des carrières, pour en retirer un lucre sacrilége. J'ai vu de mes yeux les chapiteaux et les colonnettes de telle église abbatiale, que je pourrais nommer, employés comme autant de cailloux pour la route voisine. Autant en feraient des marchands de couleurs qui enlèveraient avec un grattoir le carmin ou le bleu d'outremer des tableaux de Van Eyck ou du Pérugin, pour en augmenter leur fonds de boutique.

« En Asie Mineure, en Égypte, en Grèce, il reste encore çà et là quelques débris que la rage des infidèles a épargnés, quelques lieux à jamais célèbres, où la pieuse ardeur du pèlerin et la curiosité de l'érudit peuvent trouver à se satisfaire. Mais, en France et dans les pays qui l'imitent,

Tota teguntur
Pergama dumetis; etiam periere ruinæ...

Le vandalisme ne s'arrête que lorsqu'il n'y a plus rien à pulvériser. On voit

1. « A Alcobaça ».

2. « Ajoutons, pour notre plus grande honte, que ces soudards étaient des Français aux gages de Don Pedro. La chevelure d'Inès de Castro, tirée de sa tombe violée, est chez un amateur de Paris. — On montre chez un autre les ossements de Chimène! »

3. « De Guilhermy, « Annales Archéologiques », tome, I, page 101. »

ainsi quelquefois disparaître jusqu'au nom, jusqu'au souvenir local des monastères qui ont défriché et peuplé la contrée d'alentour. Il y a bien peu d'années, tandis qu'une érudition émérite s'évertuait à analyser les ruines étrusques ou pélasgiques, et tombait en extase devant le moindre fragment de voie romaine, on ignorait le site et la destination nouvelle de ces illustres métropoles de la vertu et de la science chrétienne, qui s'appelaient Cluny, Cîteaux, Fleury, Marmoutier, et à plus forte raison de tant d'autres abbayes moins célèbres, mais dont chacune avait son histoire pleine de mérites et de services dignes d'une éternelle mémoire :

> Vix reliquias, vix nomina servans
> Obruitur, propriis non agnoscenda ruinis.

C'est aux cartes, aux livres de géographie ancienne, qu'il faut aller demander l'emplacement de ces admirables créations de la foi et de la charité; car trop souvent c'est en vain qu'on interrogerait la mémoire défaillante d'une race abêtie par l'incrédulité et un matérialisme effréné. Ils vous répondraient comme les Bédouins du désert au voyageur qui leur demanderait la généalogie des Pharaons ou les annales de la Thébaïde.

« Ailleurs, il est vrai, ces augustes sanctuaires sont restés debout, mais pour être mutilés et métamorphosés; pour recevoir, de la main des spoliateurs, une destination propre à leur infliger une souillure ineffaçable. Ici c'est une écurie, là un théâtre, ailleurs une caserne ou une geôle qu'on trouve installés dans ce qui reste des abbayes les plus renommées. Saint Bernard et ses cinq cents religieux ont été remplacés à Clairvaux par cinq cents réclusionnaires. Saint Benoît d'Aniane, le grand réformateur monastique du temps de Charlemagne, n'a pas mieux réussi à détourner cet outrage de la maison dont il a porté le nom jusque dans le ciel. Fontevrault, le mont Saint-Michel, ont subi le même sort. Ces maisons de prière et de paix sont devenues ce qu'on appelle de nos jours des maisons centrales de détention, afin, sans doute, de ne pas donner un démenti à M. de Maistre, qui avait dit : « Il leur faudra bâtir des bagnes avec les ruines des couvents qu'ils auront détruits[1] ».

« On a vu parmi nous des profanations plus révoltantes encore. A Cluny,

1. « Eysse, Beaulieu, Cadillac, Loos et autres maisons centrales sont également d'anciennes abbayes. La ville de Limoges paraît spécialement favorisée sous ce point de vue civilisateur : sa maison centrale a été bâtie sur le site de l'abbaye de Saint-Augustin-lez-Limoges, mais avec des matériaux provenant de la démolition de l'abbaye chef-d'ordre de Grandmont, et son théâtre s'élève sur l'emplacement de l'église du monastère de Saint-Martial, le plus ancien du Limousin. A Paris, nous avons vu, de nos jours, le théâtre du Panthéon installé dans l'église de Saint-Benoît, récemment détruite, et un café dans le chœur des Prémontrés ».

le plus illustre monastère de la chrétienté, l'église, qui était la plus vaste église de France et de l'Europe, qui ne le cédait en dimensions qu'à Saint-Pierre de Rome, après avoir été saccagée et démolie pierre par pierre pendant vingt ans, a été transformée en haras [1], et le lieu destiné à la saillie des étalons occupait encore, en 1844, l'emplacement du maître-autel.

« Le Bec, cette Académie chrétienne, immortalisée par Lanfranc et saint Anselme, ce berceau de la philosophie catholique, a été utilisé de la même façon. Pourquoi, en effet, saint Anselme eût-il trouvé grâce, plutôt que Pierre le Vénérable, pour son abbaye? N'est-ce pas ainsi que les fils de la force et de la fortune ont coutume d'honorer les grands hommes du passé? Les Turcs en ont-ils fait autrement pour les lieux où enseignaient Aristote et Platon, et où parlait Démosthène?

« S'il se mêle une certaine indignation à l'amertume de ces regrets, qu'on veuille bien le pardonner à un homme qui a consacré de longs jours à rechercher, dans presque tous les pays de l'Europe, les vestiges des bienfaits et des grandeurs monastiques, et qui partout, dans ses courses laborieuses, a trébuché sur les décombres entassés par la barbarie moderne. Il a étudié avec une attention scrupuleuse les procédés employés pour remettre, comme on dit, en circulation les réserves de la charité, et pour rendre ces biens de mainmorte à ce qu'on regarde aujourd'hui comme la vie. Il a recueilli les derniers souvenirs des vieillards, souvent octogénaires, qui avaient encore vu les moines dans leur splendeur et leur liberté. Il est quelquefois arrivé sur l'emplacement des sanctuaires au moment ou la pioche des démolisseurs se levait pour abattre la dernière ogive de leurs églises. Il s'est vu fermer la porte de la Chartreuse de Séville par un vandale belge qui y faisait cuire de la faïence. Il a rencontré des pourceaux installés par des luthériens allemands dans les cellules de Noth-Gottes [2], et par des Français catholiques sous les admirables sculptures du cloître de Cadouin [3]. C'est là qu'il a appris qu'il pouvait se rencontrer des hommes que leur vorace cupidité et leur impiété grossière font descendre au-dessous des bêtes.

1. « Ajoutons que Cambron, l'une des plus célèbres fondations de saint Bernard en Belgique, a servi aussi longtemps de haras à M. le comte Duval de Beaulieu, et qu'en 1845, l'abbaye de Sainte-Croix, à Saint-Lô, a été rasée pour faire place à un dépôt d'étalons. « Bulletin monumental », tome XII, page 295. — Voici les noms d'autres monastères servant aujourd'hui de haras, d'après le budget de 1851 : Braisne, Langonnet, Montier-en-Der, Rosières, Saint-Maixent, Sainte-Menehould, Saint-Pierre-sur-Dive, Saint-Nicolas de Caen. Quant aux abbayes qui, comme Notre-Dame de Saintes ou Saint-Germain de Compiègne, servent aujourd'hui d'écurie, elles sont innombrables. »

2. « Besoin-de-Dieu, couvent du pays de Nassau ».

3. « Abbaye cistercienne en Périgord ».

« Il n'en est pas ainsi partout, je le sais. Dans beaucoup d'endroits, l'industrie a dérobé, pour un temps, au marteau destructeur, le fruit de la spoliation, afin d'y introniser ses spéculations et ses manufactures. Il semble que, dans cette transformation, rien n'eût été plus naturel que de profiter de l'exemple, de la tradition que rappelaient ces lieux sacrés. Il y avait à faire une application nouvelle et féconde de l'action religieuse, par des moyens prudents et continus, à ces grandes agglomérations d'ouvriers qui ont remplacé les moines, à ces grands asiles du travail, où la régularité des mouvements, la moralité des moteurs, leur satisfaction intellectuelle, leurs intérêts temporels et spirituels, exigeraient assurément d'autres garanties que des règlements purement matériels. Mais on n'a pas encore voulu comprendre ces enseignements du passé. A de très-rares exceptions près [1], c'est le matérialisme le moins déguisé qui partout a remplacé les souvenirs et les leçons de la vie spirituelle.

« Sur le site de ces monuments créés par le désintéressement et la charité, ou à côté de leurs ruines, s'élève maintenant quelque plate et laide construction récente, destinée à propager le culte du gain avec l'abrutissement de l'âme. A la place de ces communautés où la dignité du pauvre était si éloquemment proclamée, et où ses fils marchaient de pair avec les fils des princes et des rois, le génie de la cupidité a posé une sorte de prison où il s'est exercé trop souvent à découvrir jusqu'à quel point on peut tirer parti de l'artisan en réduisant son salaire au moindre taux possible par la concurrence, et son intelligence à l'exercice le plus restreint par l'emploi des machines. Quelquefois aussi, la filature est installée sous les voûtes mêmes de l'ancien sanctuaire. Au lieu de retentir nuit et jour des louanges de Dieu, ces voûtes déshonorées ne répètent trop souvent que des blasphèmes, des cris obscènes mêlés à l'aigre bruit de la mécanique, aux grincements de la scie ou au soupir monotone du piston. Alors, sur ces portes naguère ouvertes à tous, et où veillait une si infatigable charité, on lit en grosses lettres : « Il est défendu d'entrer ici sans autorisation [2] » ; et cela, de peur que le secret de

1. « Parmi elles, c'est un devoir de signaler l'usine dirigée par M. Peigné-Delacourt, à l'ancienne abbaye cistercienne d'Ourscamp, près Noyon, et celle de MM. Séguin et Montgolfier, à l'abbaye de Fontenet, près de Montbard : ils ont su joindre une active sollicitude pour le bien-être moral et physique de leurs ouvriers au respect le plus intelligent pour les admirables ruines dont ils sont devenus propriétaires ».

2. « Nous ne voulons pas citer certaines abbayes de France, où se lit aujourd'hui cette inscription, puisque nous avons pu y pénétrer malgré la défense. Mais nous rappellerons qu'à Netley, abbaye cistercienne près de Southampton, dont les admirables ruines sont très-fréquentées, on

l'usine profanatrice ne soit dérobé par quelque explorateur incommode ou quelque avide concurrent.

« Ce n'était point ainsi que s'annonçait l'entrée des monastères d'autrefois, qui restèrent jusqu'à leur dernier jour accessibles à tous; qui, bien loin d'écarter le pauvre et le voyageur, ne redoutaient aucun regard indiscret, aucune visite importune, grâce au sentiment de pieuse et fraternelle confiance qui régnait partout et qui a dicté cette inscription relevée par nous, il y a quelques années, sur la porte d'une des dépendances de l'abbaye de Morimondo, près de Milan [1] : « Entro, o passaggiere! e prega Maria madre di « grazia »...

« On peut donc affirmer sans crainte que la société moderne n'a rien gagné, ni moralement ni matériellement, à la destruction sauvage, radicale, universelle, des institutions monastiques. La culture intellectuelle y a-t-elle gagné davantage? Qu'on aille demander où en est le goût des lettres et de l'étude, la recherche du beau et du vrai, la science pure et droite, la vraie lumière de l'esprit, dans les sites qu'occupaient naguère les moines, là où ils avaient porté les premiers le flambeau de l'étude et du savoir, au sein des campagnes, au fond des bois, au sommet des montagnes, et même dans tant de villes qui leur devaient tout ce qu'elles ont jamais connu de vie littéraire et scientifique. Que reste-t-il de tant de palais élevés dans le silence et dans la solitude aux produits de l'art, aux progrès et aux plaisirs de l'esprit, au travail désintéressé? Quelques pans de murs crevassés, habités par les hiboux et les rats; des restes informes, des tas de pierres et des flaques d'eau. Partout l'abandon, la saleté ou le désordre. Plus de retraites studieuses, plus de vastes galeries pleines de collections diverses, plus de tableaux, plus de vitraux, plus d'orgues, plus de chants, plus de bibliothèques surtout! pas plus de livres que de prières ou d'aumônes » !

COMTE DE MONTALEMBERT.

lit en guise d'inscription édifiante et encourageante : « Those who do not follow the beaten path will be prosecuted ».

1. « La ferme dite « Casina Cantaluca di Ozero », au bord de la route d'Abbiate Grasso à Pavie ».

ANCIENS DOCUMENTS

LES DONS DU SAINT ESPRIT ET LES VERTUS DE LA COLOMBE.

Le Saint-Esprit, on le sait, est presque toujours représenté sous la forme d'une colombe. Ses dons, c'est-à-dire les vertus qu'il répand sur les hommes sont au nombre de sept et dans cet ordre, d'après le texte du prophète Isaïe :

Esprit de Sagesse. — Esprit d'Intelligence. — Esprit de Conseil. — Esprit de Force. — Esprit de Science. — Esprit de Piété. — Esprit de Crainte [1].

Il ne faut donc pas s'étonner qu'au moyen âge, même au XVIe siècle, les mystiques aient recherché dans l'ornithologie, dans la colombe naturelle, les qualités attribuées par Isaïe et par tous les théologiens à la colombe divine. Comme les peintures et sculptures où figurent ainsi, sous la forme de sept petites colombes, les sept dons du Saint-Esprit, cette grande colombe de la Trinité, sont extrêmement nombreuses, le texte suivant, que M. le baron de La Fons-Mélicoq a bien voulu nous transmettre, n'en aura pour nous que plus d'intérêt. Ce texte est le fragment d'un sermon qu'un curé de Cysoing (département du Nord), prononça sur le baptême de Notre-Seigneur, le jour même où le Saint-Esprit se manifesta sous la forme d'une colombe et, troisième personne de la Trinité, descendit sur la tête de la deuxième personne pendant que la première proclamait que le divin baptisé était son Fils chéri. Le curé de Cysoing, malheureusement, semble avoir été à court de symbolisme : il trouve bien dans la colombe naturelle la Crainte, la Piété, la Science, la Force et la Sagesse; mais il passe l'Intelligence et le Conseil. Ces derniers dons, il est vrai, rentrent dans la Science et la Sagesse; mais le texte d'Isaïe n'en est pas moins positif, et un curé, même de la renaissance, aurait dû mettre son imagination en frais pour ne pas retrancher ainsi deux dons sur

1. ISAÏE, chap. XI, vers 2 et 3 : — — « Et requiescet super eum Spiritus Domini : Spiritus sapientiæ et intellectûs, Spiritus concilii et fortitudinis, Spiritus scientiæ et pietatis, et replebit eum Spiritus timoris Domini. »

sept. Du reste, voici le texte inédit que M. de La Fons a trouvé dans le manuscrit n° 100 de la Bibliothèque municipale de Lille, et que cet infatigable collecteur de documents anciens adresse à nos lecteurs.

« Se vous demandés pourquoy le Saint-Esprit s'est plustost démonstré en fourme de coulon que aultrement, on pvelt respondre : pourtant que le Saint-Esprit, en celuy quy est baptisiet, oeuvre les propriétés spirituellement du coulon : c'est-à-dire ses dons, qu'ilz sont à rapporter aux propriétés du coulon.

« La première propriété du coulon est : « per cantum gemitum habet » ; pour son chant il samble gémir ou plourer, et chela se rapporte au don de crainte. C'est doncq à dire que le chrestien baptisiet, en ce monde se doibt cognoistre estre en la vallée de misère et en péril de tant plusieurs lachz de tentation; pourtant il doibt moult craindre qu'il ne perde la grâce de Dieu et son amour, et qu'il ne perde sa part et portion au royalme céleste.

« La deuxième propriété du coulon est qu'il norist les petis des autres, spécialement quant les pères et mères sont mors, ou ne retournent point pour les nourir : cela se rapporte au don de pité [1]. C'est doncq à dire que le chrestien, après son baptesme, doibt estre miséricordieulz, pitoyable et rempli de compassion et de charité, spécialement aux poures orphelins sans père et sans mère; spécialement aulz poures vefves; spécialement aux poures gens de son sang et de sa lignie; spécialement aux poures gens honnestes qu'ilz n'ossent, pour l'honnesteté de leur lignage, déclarer ne demander leurs nécessités; spécialement aussi à ceulz et à celles quy ne scevent ou ne poeuvent autant gagnier qu'ilz leur fault pour eulz tous; spécialement aussi à ceulz et à celles quy sont malades, ou débilles ou qu'ilz ne se poeuvent aydier. Se l'esprit de Dieu est en toy, tu doibs scavoir et congnoistre à quelz tu puelz mieulz distribuer les biens de Dieu : « quia unctio eius docet nos de omnibuz ». Et se tu n'as le pourquoy pour subvenir aulx poures gens, au mointz tu poelz faire ce qu'il s'ensieut; c'est que tu le poelz signifier à ceulz qui les poeuvent aydier ou tu les puelz faire quelque service corporel.

« La troisième propriété du coulon est qu'il eslit pour soy et pour ses petis les milleurs grains, et reiette les menres (moindres). Cela se rapporte au don du Saint-Esprit, que nous apelons le don de science. C'est doncq à dire que le bon chrestien, quy a en soy ce don et la science du Saint-Esprit en la prédication, ou en la letture d'aucun bon livre, il eslit pour son instruction, et pour l'instruction des autres les milleurs grains : c'est-à-dire les milleures et

1. C'est-à-dire au don de piété. — Raoul de Presles dit que le Saint-Esprit fut envoyé le jour avant les kalendes de may. (« Expos. » du ch. LIIII de la « Cité de Dieu » de saint Augustin.)

les plus sainnes sentenses, et les plus convenables à son salut, comme de nostre sainte Bible et des anchiens et sains docteurs de sainte Église. Aussi, en une congrégation, il considère lesquelz vivent le plus près à la vérité de l'Évangille, et seloncq les commandemens de sainte Église, et les prent et attire à soy, pour les ensieuyr.

« La quatrième propriété du coulon est qu'il se niche et fait sa demeure es traulz des pierres, ou des massier. Par la piere nous entendons, seloncq saint Paul, Jhu-Crist, et, par les traus nous entendons ses plaies : cela se rapporte au don de force. C'est doncq à dire, quant le chrestien est assally d'aucune mauvaise tentation, il doibt recourir hastivement à Nostre Seigneur Jhu-Crist et à ses saintes playes [1], et en ycelles se doibt muchier par dévote méditation et ardente affection, et par cela prendra force pour le reboutter virillement et constamment, sans il donner consentement [2].

« La cinquième propriété, pour le fin, est qu'il (le coulon) ne repose nulle part, senon en « sa bedde [3] » ou à sa frenestre; et, quant il a recoelliet sa pasture, tantost retourne audict lieu : cela se rapporte au don de sapience. C'est doncq à dire que le chrestien, en ce monde présent, ne se doibt point arrester par affection [4], ne par amour désordonné, et se aucunesfois, pour les nécessités du corps, il lui fault estre, néantmointz il se doibt souvent eslever en esprit à sa maison, lassus, et doibt tousiours devant soy envoyer tous ses biens, pour les trouver en tamps propice. Quant gens moent de ville et de maison, il envoient devant eulz leurs biens; il nous fault cy après changer de ville et de maison, pourtant soions soigneulz de pourveoir à nostre affaire. Nous prions Dieu ».

1. « Car nostre Sauveur Jhésu-Crist apparu en l'air, sur le lieu dont il monta es cieulx, et, devant lui, seront les instruments de sa mort, ainsi comme les banières ou signes de sa victoire, ou triumphe : c'est assavoir la croix, les cloux et la lance, et, en sa char seront veues les traches de ses playes, pour veoir en quelle personne ilz mirent leurs mains. » (RAOUL DE PRESLES, ibid., « Expos. » du ch. XXIII.)

2. « Vas figuli probat fornax, et homines iustos temptacio probationis. Potus vacuus, ad ignem positus, crepat; plenus, non sic. Homo, gracia vacuus, crepat impacienciam ». («Dict. pauperum», Ms n° 77, fol. CXXXVII, r°.)

3. « Le coulon retourne à son crouset » (« Heures » du XIV° siècle, Ms n° 49.)

4. « Car fols pèlerins est cilz qui, pour le biauteit d'aulcune prairie, oublie à raler en son pays ». (Ibid.)

ICONOGRAPHIE DE LA FOI

SUITE ET FIN [1].

LE CALICE ET L'HOSTIE. — Pour un chrétien, le premier dogme est l'existence de Dieu, le second la rédemption, le troisième la transsubstantiation; le livre et la croix ont symbolisé les deux premiers, le calice et l'hostie symboliseront le troisième. Les exemples d'un calice seul ou d'un calice surmonté d'une hostie aux mains de la Foi sont tellement nombreux, chez tous les peuples chrétiens et dans tous les siècles, qu'il est à peu près inutile de les citer; quelques indications suffiront.

Au portail nord de la cathédrale de Chartres, à la voussure de la porte gauche, la Foi, femme debout, de trente ans environ, en robe longue, en manteau long rabattu comme un voile sur la tête, tient de la main droite un calice à large coupe où elle reçoit le sang d'un agneau égorgé. Cet agneau, qui est le symbole de Jésus-Christ, est agenouillé sur un petit autel couvert d'une nappe et dont la forme est celle d'une console carrée. De sa blessure à la gorge l'agneau verse des flots de sang dans le calice. La Foi regarde avec tendresse, avec amour, le sacrifice de cette victime volontaire. Elle a l'œil humide, la figure longue, le nez droit, la poitrine assez forte. C'est une bonne femme, pleine de tendresse et d'ingénuité. A ses pieds, une petite femme, en robe seulement, main gauche croisée sur son bras droit, comme si ses mains étaient liées, est étendue sur un tertre, à la renverse. Un bandeau épais couvre ses yeux. Cette Incrédulité, qui ferme les yeux à la lumière de la foi, ou plutôt qui se les bande elle-même, ce qui est pis encore, peut avoir une trentaine d'années, comme la Foi.

Ce petit tableau est un des plus complets que je connaisse en ce genre. Il

1. Voir les « Annales Archéologiques », vol. xx, pages 150 et 196.

a le mérite de montrer nettement l'office du calice qui se voit aux mains des représentations de la Foi : au portail de la cathédrale d'Amiens; au tombeau de Charles Hémard, évêque d'Amiens (mort en 1540), dans la même cathédrale; à la façade de l'hôtel de ville de Mulhouse (1552); au bas-relief du musée de l'hôtel de Cluny (1555); à la fontaine Saint-Laurent, à Nuremberg (1589); à la maison du duc de Brabant, sur la grande place de Bruges (1600); en Italie, au campanile de Santa-Maria-del-Fiore (1330), à Florence; au tombeau de saint Pierre-Martyr (1338), à Milan; sur un ivoire italien de M. E. Hawkins (1350?); au tombeau en marbre blanc de Pietro Ricci, archevêque de Pise, mort en 1418, dans le Campo-Santo de Pise; au tombeau en bronze du pape Sixte IV, exécuté en 1493 par Antonio Pollajolo.

Le calice est seul ou surmonté d'une hostie. Cette hostie est très-évidente au bas-relief du musée de l'hôtel de Cluny, au tombeau de l'archevêque Ricci, de Pise, au portail sud de la cathédrale de Como, ainsi qu'aux peintures murales de la cathédrale d'Albi (1510-1513). Le calice que tient la Foi, sur le tombeau du pape Sixte IV, n'est pas surmonté de l'hostie, mais il est couvert de la patène où probablement l'hostie est étendue.

L'Église ou le Temple. — La Foi est une vertu surtout ecclésiastique; elle vit dans l'église ou plutôt elle constitue l'église, et il était tout naturel de lui donner pour attribut le monument qu'elle bâtit et qu'elle habite. La miniature d'un manuscrit d'Aristote, que possède la bibliothèque municipale de Rouen, offre une Foi ayant sur la tête, en surcroît de coiffure, une petite église de style ogival. Une église de ce genre est portée à deux mains par une femme, sur un triptyque en ivoire du XIVe siècle, qui appartient à Mgr Delamare, évêque de Luçon. Il est vrai que cette femme représente la personnification de l'Église plutôt que celle de la Foi; mais souvent les deux personnages symboliques se confondent, car ils ont les mêmes attributs, la croix et le calice, et d'ailleurs, derrière cette femme du triptyque, saint Pierre, l'apôtre de la Foi, comme Dante le proclame, est debout tenant le livre des Évangiles et les clefs. La Foi des stalles de la cathédrale d'Auch et de Saint-Bertrand de Comminges tient une église à la main droite. A Bruges, rue Préaux-Moulins, une maison, datée de 1657 et numérotée A 6-90, offre dans son pignon une Foi, voile sur la tête, assise sur un cartouche. De sa main gauche, qui est cassée, cette Foi tenait probablement un calice; mais du bras droit, qui est intact, elle entoure un petit temple circulaire, à pans.

La Baguette ou le faisceau de Verges. — Attribut très-rare et que je ne comprends pas bien. Si cette baguette ou verge est un sceptre fleuri comme celui de la Foi, dans Saint-Marc de Venise, à la bonne heure; la Foi est une espèce de reine qui guide les autres Vertus. Je comprendrais ainsi la baguette que la Foi tient à la main au bénitier de marbre de San-Giovanni-for-Città à Pistoja; mais le faisceau de verges que le génie de la Foi tient sur le bas-relief du porche occidental de Saint-Sulpice de Paris, quelle en est la signification? Est-ce à dire que l'incrédule ou l'hérétique doivent passer par les armes et être battus de verges comme les anciens criminels à Rome? Je n'en sais rien, et je ne trouve aucune explication à un si étrange attribut.

La Tiare. — En Italie surtout, on a confondu la Foi avec la Religion, avec l'Église, et on lui a donné la tiare qui est l'attribut du pape; le pape, c'est la religion vivante, c'est l'Église faite homme. C'est ainsi que Giotto a peint la Foi à l'Arena de Padoue, tandis qu'à la Ragione de la même ville, il figurait la Religion sous les traits d'une femme coiffée de la tiare à une couronne, la main droite armée du sceptre, la main gauche portant le globe du monde. Assise sur un trône dont les bras sont faits avec les aigles de l'empire, elle a la tête ornée de rayons qui lui font un nimbe comme aux saints. Cette Religion de la Ragione et cette Foi de l'Arena sont évidemment les deux sœurs.

Le Voile et le Bandeau. — Le voile couvre fréquemment la tête de la Foi; mais, aux époques anciennes, au lieu d'être rabattu sur ses yeux, il s'arrête à la ligne supérieure de son front. Au moyen âge, la Foi voit clair : elle a les yeux tout grands ouverts et elle tient assez souvent un cierge à la main droite pour ajouter à sa vue naturelle une lumière surnaturelle ou du moins extérieure. Les théologiens et les artistes, qui l'ont armée d'un crible, ne lui auraient pas bouché les yeux. Dans ces derniers siècles, on a proclamé qu'il fallait croire aveuglément, et l'on a, en conséquence, rabattu le voile sur la figure de la Foi; on a même été jusqu'à lui nouer un épais bandeau sur les yeux. J'ai déjà protesté contre une pareille représentation, attentatoire à la raison humaine, et, comme je ne fais ni philosophie ni théologie dans les « Annales », je me contente de renouveler ici cette protestation et d'avoir blâmé Giotto qui, dans sa chapelle de l'Arena, fait fouler aux pieds par sa Foi, coiffée de la tiare, les sciences philosophiques et mathématiques [1].

1. Je m'honore d'être, sur cette question particulière de la foi, l'humble allié de l'un des plus fermes catholiques de notre pays et de notre temps. Je prends donc, dans les « Moines d'Occident » de M. le comte de Montalembert, volume Ier, Introduction, page CCLXXXIII, le passage suivant que j'aurais voulu, si je l'avais pu, écrire le premier; mais je le reproduis, du moins, comme un écho répète une phrase nette, sonore et sympathique :

« Le mérite des défenseurs de la cause catholique est trop souvent prisé d'après des oracles qui

Couleur du Vêtement. — J'ai parlé bien des fois de ce triomphe de Jésus-Christ ou de la religion que Dante décrit au chant vingt-neuf du « Purgatoire », dans sa « Divine Comédie ». Le char qui porte le triomphateur est escorté à gauche par les quatre Vertus cardinales, à droite par les trois Vertus théologales :

« Autour de la roue droite, trois femmes s'en venaient dansant en rond; l'une si rouge que, dans le feu, à peine eût-elle été vue. L'autre était comme si ses chairs et ses os eussent été faits d'émeraude. La troisième semblait de la neige nouvellement tombée. Elles paraissaient guidées tantôt par la femme blanche, tantôt par la femme rouge, et, sur le chant de celle-ci, les autres avançaient ou lentes ou rapides. »

La femme rouge comme le feu est la Charité; la verte émeraude est l'Espérance ; la femme blanche comme la neige nouvellement tombée est la Foi. L'Espérance se laisse conduire tantôt par la Foi, tantôt par la Charité, et semble rester toujours au milieu. Ces couleurs symboliques sont bien en effet celles qui conviennent aux trois Vertus : le blanc du ciel à la Foi, le vert de la terre à l'Espérance, le rouge du feu à la Charité. Comme les théologales portent ordinairement deux vêtements, une robe et un manteau, on pourrait, en faisant blanche la robe de la Foi, teindre son manteau en bleu. Je m'étonne que le moyen âge, qui s'est laissé dominer plus qu'il n'aurait dû par les symbolistes, même les plus déraisonnables, comme Guillaume Durand, par exemple, et Jean Beleth, n'ait pas, dans une question aussi importante, réglé la couleur des Vertus. Il faut le dire, le moyen âge entier a laissé les artistes flotter à tout vent.

L'abbesse Herrade de Landsberg, dans l' « Hortus deliciarum » qu'on lui attribue[1], au « Rhythmus de duodecim preciosis lapidibus », s'obstine à donner le vert à la Foi :

infligent volontiers à tout ce qui ne reconnaît pas leur autorité la note infamante de libéralisme, de rationalisme et surtout de naturalisme. — Cette triple note m'est acquise de droit. Je serais surpris et même affligé de n'en être pas jugé digne, car j'adore la liberté qui seule, à mon sens, assure à la vérité des triomphes dignes d'elle : *Je tiens la raison pour l'alliée reconnaissante de la foi, non pour sa victime asservie et humiliée :* enfin, animé d'une foi vive et simple dans le surnaturel, je n'y ai recours que quand l'Église me l'ordonne ou quand toute explication naturelle à des faits incontestables fait défaut ».

Les « Moines d'Occident » n'avaient pas encore paru lorsque cet article sur l'iconographie de la Foi était écrit et composé à l'imprimerie. Le passage qui précède retentit donc en moi comme l'éloquente expression de ma propre pensée et j'ai dû ouvrir ma petite prose archéologique pour y enchâsser cette vive lumière.

1. Ce n'est certainement pas, quoi qu'on dise, Herrade de Landsberg qui a composé l'« Hortus deliciarum », ce précieux et magnifique manuscrit que possède aujourd'hui la Bibliothèque mu-

Iaspis, colore viridi,
Virorem præfert fidei,
Quæ in perfectis omnibus
Nunquam marescit penitus;
Cujus forti præsidio
Resistitur diabolo.

« Le jaspe, par sa couleur verte, apporte de la verdeur à la Foi. Dans tout ce qui est bien, la Foi ne se fane jamais entièrement; par son aide puissante, on résiste au diable ».

J'ai dit que l'abbesse Herrade ou du moins son manuscrit s'obstinait à attribuer le vert à la Foi. Dans la même poésie sur les pierres précieuses, elle ajoute :

Smaragdus virens nimium
Lumen dat oleaginum.
Fides est integerrima,
Ad omne bonum patula;
Quæ nunquam scit deficere
A pietatis opere.

« La très-verte émeraude donne une lumière d'olive. C'est la Foi complétement intacte, ouverte à tout bien, et qui ne sait jamais abandonner une œuvre de piété ».

Faites donc maintenant de la symbolique entre Dante et Herrade ! A la mosaïque de Saint-Marc de Venise, la Foi porte une robe verte richement ornée et une écharpe blanche ; c'est un compromis entre le poëte florentin et l'abbesse alsacienne. A la cathédrale d'Albi, aux peintures de la voûte de la neuvième travée, en partant de la tour, la Foi, couronne en tête, croix à la main droite, calice surmonté d'une hostie à la main gauche, est vêtue de blanc; mais l'Espérance, sa voisine, également couronnée, est également habillée de blanc. Ces peintures sont de 1510-1513. A la même époque, le miniaturiste du manuscrit d'Aristote, que possède la Bibliothèque municipale de Rouen, donnait à la Foi une robe violette et un manteau bleu sale. A Sainte-Marie-Majeure de Florence, la Foi, qui date du xve siècle, est tout de rouge habillée, robe et manteau. Enfin l'émail de Saint-Ghislain, contemporain d'Herrade et antérieur de cent cinquante ans à Dante, donne à la Foi un nimbe bleu et rouge, une coiffure bleue ombrée de blanc, une robe bleue nuancée de vert. Bleu, rouge, blanc et vert, c'est presque l'arc-en-ciel. Que les symbolistes s'en tirent comme ils pourront; quant à moi, je m'en tiens à Dante, mon noble et illustre poëte, et, comme lui, je ferai toujours la Foi

nicipale de Strasbourg. Ce livre, encyclopédie véritable, est un recueil de faits et de pensées, de prose et de poésie, qui avaient cours bien avant Herrade ou de son temps, et qu'elle a compilés ou fait compiler de tous côtés.

blanche comme la neige nouvellement tombée. D'ailleurs, en suivant le Dante, je partage l'opinion de l'antiquité, ce qui, du moins en ceci, ne me déplaît pas trop. Les poëtes païens, en effet, représentaient la Foi sous la figure d'une jeune fille habillée de blanc. Les prêtres et les sacrificateurs voués à son culte portaient aussi des vêtements blancs, et sur les autels de leur jeune déesse, que le sang ne devait jamais rougir, ils faisaient ordinairement couler le lait de brebis blanches[1].

Le Patriarche Abraham. — Nous avons vu qu'au tombeau du cardinal Erard de la Marck, évêque de Liége, Mahomet était considéré comme l'adversaire direct de la Foi; son champion le plus intrépide, au contraire, fut le patriarche Abraham. Dans son « Épître aux Galates », chapitre III, saint Paul dit : « Abraham crut à Dieu et sa foi lui fut imputée à justice. Sachez donc que les enfants de la foi sont les enfants d'Abraham et seront bénis avec lui[2]. » Dans son « Épître aux Hébreux », au chapitre XI, où saint Paul donne cette définition de la foi que nous avons reproduite et commentée plus haut, Abraham, avec Abel, Henoch et Noé, tient la tête de ces fidèles de foi énergique au milieu desquels l'apôtre fait figurer Isaac, Sara, Jacob, Joseph, Moïse, Rahab la courtisane, Gédéon, Barac, Samson, Jephté, David, Samuel et tous les prophètes. Abraham, pour saint Paul, est comme la Foi incarnée. Cette doctrine est sculptée, pour ainsi dire, à la porte occidentale du baptistère de Parme, construit en 1196. On y voit la Foi, couronne en tête, habillée d'une longue robe plissée à petits plis et d'un manteau qui lui serre la taille. Elle trône sur un siége en X, dont les bras et les jambes sont faits avec des têtes et des pattes de lion. Cette femme tient et élève de chaque main une fleur à large corolle du milieu de laquelle émerge un petit buste. A la droite, ce buste est celui d'une jeune fille, tête nue, à longs cheveux, et qui figure la Paix[3]. A la gauche, c'est un buste semblable et qui représente cette Justice

1. Il paraît qu'Énée éleva un temple à la Foi sur le mont Palatin. Dans nos temps chrétiens, la Foi eut aussi un culte ou du moins des fidèles tout à fait spéciaux. A l'époque des croisades contre les Albigeois, des gentilshommes milanais, encouragés par les enfants de saint Dominique, s'associèrent pour protéger la religion et s'appelèrent les « Chevaliers de la Foi de Jésus-Christ et de la Croix de saint Pierre ». En 1229, Guillaume Ier de Béarn institua, sur le modèle des Hospitaliers de Jérusalem et des Templiers, un ordre militaire et religieux des « Chevaliers de la Foi et de la Paix ». En 1820, une « Armée de la foi » était assez bien organisée en Espagne, et les « Sanfédistes » sont toujours vivants en Italie.

2. « ... Abraham credidit Deo, et reputatum est illi ad justitiam. — Cognoscite ergo quia qui ex fide sunt ii sunt filii Abrahæ. — Igitur qui ex fide sunt benedicentur cum fideli Abraham ». — « Ad Galatas », III, 6, 7, 9.

3. Cette Foi, qui tient la Paix à la main droite, rappelle ces « Chevaliers de la Foi et de la Paix », créés en 1229 et dont je viens de parler.

que Dieu imputa au patriarche Abraham en récompense de sa foi. En légende, pour expliquer ce petit tableau, sont gravés sur la pierre les deux vers qui suivent :

Hac · Habraam · Xpo · placvit · virtvte · probatvs
Leve · ivsticia · pax · dextre · consociatvr.

« Abraham plut au Christ par cette vertu (la Foi) à laquelle est associée la Justice à gauche et la Paix à droite [1] ».

Abraham est donc le représentant le plus éminent de la Foi, comme Job l'est de l'Espérance, et l'on peut rencontrer, ailleurs qu'à Parme, le patriarche escorté de la Foi comme de sa compagne habituelle.

L'Aigle. — L'aigle, que j'ai revendiqué pour la Justice, au nom de Dante et des idées impériales et gibelines, appartient surtout à la Foi ; c'est son complément, son attribut zoologique, comme le lion est l'attribut de saint Marc et le bœuf celui de saint Luc.

Entre les qualités dont le moyen âge s'est plu à combler l'aigle, la puissance du regard est une des plus importantes, et les « Bestiaires » en racontent des merveilles. Non-seulement l'aigle monte dans le ciel, au-dessus des nuages, pour aller voir le soleil en face et de près, mais, pour s'assurer que ses petits sont bien à lui, sont bien des aiglons, il les oblige à regarder l'astre lumineux. Ceux de ses « poussins » qui considèrent le soleil sans sourciller, il les tient pour légitimes ; les autres, il les abandonne comme bâtards :

Quant li pucin seroient grant
Anceis qu'il fuissent ben volant,
Les portereit la sus en l'eir
Contre le rai, contre l'escleir
Del soleil quant miels raéreit.
Celui qui ben esgardereit
Le rai del soleil sans cillier,
Ameroit-il et tendroit cher.
A celui qui n'avroit vigur
D'esgarder contre la luur,
Comme avoltre le guerpiroit ;
Jà plus ne s'en entremetroit [2].

Mais le soleil, c'est l'image visible de Dieu dans le monde ; le regarder en face, sans sourciller, c'est regarder Dieu lui-même sans baisser la vue. Lire dans le soleil, suivant l'expression populaire, c'est lire dans l'œil de Dieu ; c'est connaître la nature divine et s'assurer de ses volontés. La Foi ne fait pas autrement : elle vole au ciel, pour ainsi dire, apprend à connaître Dieu, à

1. J'ai fait remarquer, bien des fois déjà, qu'au moyen âge le Christ absorbe souvent en lui Dieu et la Trinité tout entière. D'ailleurs, d'après le « Credo », la création est attribuée à Jésus-Christ, c'est-à-dire spécialement au Verbe, « per quem omnia facta sunt ». — En Italie, on aime à figurer ainsi une grande Vertu tenant dans la main droite et la main gauche, ordinairement au milieu d'une fleur ou d'un médaillon, une Vertu secondaire ou complémentaire. La coupole de l'Ascension, à Saint-Marc de Venise, en offre de beaux et curieux exemples.

2. « Mélanges d'archéologie », par les PP. Cahier et Martin, volume II, « Bestiaires », p. 167.

exécuter et faire exécuter ses ordres. On comprend donc pourquoi l'aigle est le symbole de la Foi, et pourquoi, au lieu d'aveugler la Foi, au lieu de lui rabattre son voile sur le visage et de lui bander les yeux, on devrait, au contraire, lui aiguiser la vue et lui faire regarder le soleil en face. C'est à la Foi surtout qu'il faudrait appliquer ce beau vers d'Ovide :

JUSSIT ET ERECTOS AD SIDERA TOLLERE VULTUS.

Aux XIIe-XIIIe siècles, on voit souvent, comme dans les vitraux de la cathédrale de Lyon, l'aigle emportant ses petits vers les rayons du soleil pour éprouver leur nature. Plus tard, c'est assez rare. Cependant à Bruges, dans l'église cathédrale de Saint-Sauveur, chapelle du fond de l'abside, on voit des bas-reliefs en marbre blanc, qui paraissent dater du XVIIe ou même du XVIIIe siècle seulement. Sur l'un de ces médaillons, un aigle excite un de ses aiglons à voler et à regarder le soleil, tandis qu'un autre de ses petits, le bâtard sans doute, l'avorton, l'« avoltre », comme dit le « Bestiaire », reste honteusement dans le nid. En légende est écrit :

ELEVAT UT TENTET.

L'aigle saisit son petit, le véritable aiglon, avec la serre droite, et l'élève en face du soleil qui rayonne dans les nuages.

Nous verrons que les deux autres vertus théologales, l'Espérance et la Charité, sont complétées elles-mêmes chacune par un oiseau qui lui sert d'attribut symbolique.

Avec l'aigle finit à peu près la longue liste des attributs donnés à la Foi, et qui servent à la distinguer de toutes les autres vertus. Quant aux recommandations principales que la Foi adresse aux fidèles, les voici inscrites sur les pierres de la « Tour de la sagesse [1] », à l'assise qui lui est consacrée :

CREDE IN DEUM. — AMA SANCTAM ECCLESIAM. — HONORA EVANGELIUM. — CREDE EUCHARISTIÆ. — VENERARE SACRAMENTA. — OBSERVA MANDATA. — TENE PROMISSA BAPTISMI. — SUSCIPE UNCTIONEM. — SERVA FIDEM CONJUGUM.

Le « Ama sanctam Ecclesiam » rappelle ces figures de la Foi qui portent une église sur leur tête ou dans leurs bras. Le « Honora evangelium » fait

1. Cette tour est figurée dans plusieurs manuscrits dont les plus anciens paraissent dater de la fin du XIIIe siècle. Elle aurait été inventée par un archevêque de Trèves ou de Trévise, du nom de frère Jean. Nous y prendrons les commandements imposés par l'Espérance et la Charité, comme nous venons de transcrire ceux de la Foi. Maillard de Chambure, garde des archives de Bourgogne, m'en avait envoyé, quelque temps avant sa mort, un calque colorié d'après lequel j'ai transcrit et je transcrirai ces prescriptions des vertus.

comprendre la Foi qui tient un livre. Le « Crede Eucharistiæ » explique le calice et l'hostie si fréquemment figurés comme attributs de la Foi. Quant au « Serva fidem conjugum », il pourrait être complété par la prescription de garder la parole donnée à n'importe qui et pour n'importe quoi. A Bruges, à la maison de la rue des Pierres, numérotée D 22-14 et datée de 1654, au lieu de la Foi personnifiée dans une femme, on voit deux mains qui sortent de la porte de deux maisons et qui tiennent ensemble la poignée d'un glaive nu, pointe en l'air. Cette Foi n'est rien autre qu'une alliance, qu'une ligue contre l'ennemi commun; elle rappelle ces deux mains qui se serrent amicalement et qu'on nomme, en blason, une « Foi », une « Bonne-Foi ». Encore aujourd'hui, le vendeur et l'acheteur concluent un marché de bonne foi en topant, c'est-à-dire en se frappant ou en se serrant mutuellement les mains.

Ici s'arrête l'iconographie de la Foi; mais, avant d'épuiser la liste des vertus cardinales et théologales, en terminant par l'Espérance et la Charité, il ne sera pas inutile assurément d'appeler l'attention des lecteurs sur la planche mise en tête de cet article. Les Vertus et leurs attributs déjà connus ne s'en fixeront que plus solidement dans notre mémoire et ce qui nous reste à dire ne s'en éclairera que mieux.

Dans les théâtres, à la fin d'une pièce nouvelle, les acteurs se rangent ordinairement en ligne, près de la rampe, pour recevoir les applaudissements qu'ils espèrent. Dans notre planche, s'alignent ainsi les quatre vertus cardinales, que nous connaissons et les trois vertus théologales dont la Foi nous est connue en partie, pour parader et se faire embrasser de nous du même regard. A la manière dont elles portent les attributs qui les surchargent, la comparaison que je viens d'en faire avec des acteurs n'est pas absolument inconvenante. La Foi, la première à gauche, pour laide qu'elle soit, ne manque pas de simplicité; mais la Charité, la Tempérance, la Force et surtout l'ignoble Justice ne ressemblent pas mal à des bateleurs de place publique. Du reste la trivialité de ces personnages et le mauvais goût de cette composition nous importent peu. L'intéressant pour nous, et rien n'est vraiment plus curieux, c'est de voir d'un seul coup d'œil les sept Vertus ainsi chargées de leurs attributs.

L'ordre où elles se présentent, de gauche à droite, est celui-ci :

Foi. — Espérance. — Charité. — Tempérance. — Justice. — Prudence. — Force.

Cet ordre n'est guère qu'un véritable désordre : il aurait fallu placer les théologales à droite, devant les cardinales. Ou bien, si l'on voulait suivre l'ordre des processions, qui consiste à mettre l'inférieur en avant et le supérieur à la fin, on aurait dû reculer la Charité, la souveraine des sept Vertus en général et des trois théologales en particulier, jusqu'à la place usurpée par la Foi. Mais la miniature d'où cette gravure est prise date de la fin du xve siècle, c'est-à-dire de l'aurore de la renaissance, qui n'y regarde pas de si près. Suivons donc l'ordre que la fantaisie nous impose.

La Foi. — Bonne religieuse dont la tête est légèrement penchée, en robe de dessous blanche, en robe de dessus d'un bleu presque noir, en guimpe et voile blancs; elle porte sur sa tête une petite église, une chapelle; à la main gauche, un livre tout grand ouvert, lumineux et rouge à l'écriture, vert à la tranche; à la main droite, un cierge de cire jaune, allumé d'une flamme rouge. Sans sa robe foncée de dessous, qui est malheureusement la plus apparente, elle aurait la couleur de la neige nouvellement tombée que Dante lui demande.

L'Espérance. — C'est une paysanne, celle-là, une Cauchoise à haut bonnet, plutôt qu'une religieuse. Robe rouge à revers bleus, serrée à la taille par une ceinture verte et or; pièce de poitrine bleue, bonnet blanc. Sans le vert de son étroite ceinture, rien ne rappellerait la couleur de l'émeraude que Dante lui a vue et que le vrai symbolisme lui voudrait. En guise de piédestal, une cage où est emprisonné un petit oiseau jaune, à tête rouge, espèce de métis du chardonneret et du serin, qui « espère » obtenir bientôt sa liberté. Sur la tête de la Vertu, un petit vaisseau flottant vers le port, à voile repliée. A la main gauche, une ruche où l'on espère que les abeilles feront du miel excellent et abondant. A la main droite, une bêche et trois faucilles, l'une pour enfouir les semences et déterrer les légumes, les autres pour scier l'herbe des prés et les céréales des champs.

La Charité. — Une jeune femme de famille bourgeoise et même noble. Robe ou plutôt jupe d'un bleu violet, surcot d'un bleu clair à hanches d'hermine. Tête nue, cheveux jeunes et longs, retenus par un bandeau noir. Sous les pieds, un foyer, une sorte de four tout allumé. Sur la tête, le pélican qui se perce le cœur et nourrit deux petits de son sang. A la main gauche, le chiffre de Jésus-Christ, IHS, tout rayonnant de flammes d'or. A la main droite, un cœur rouge comme le feu. Des pieds aux mains et à la tête, on sent ici monter l'ardeur de la Charité. Aussi cette robe et ce corsage bleus auraient dû s'empourprer de rouge comme l'est cette robe de l'Espérance qu'il aurait fallu, au contraire, entièrement teinte en vert. Où est donc le symbolisme?

La Tempérance. — Je suis bien aise qu'on l'ait mise en tête des cardinales; mais on a eu le tort de déplacer les trois autres. Le caractère de la Tempérance, nettement tranché sur ce dessin, est la modération dans la promptitude. Elle se dresse sur les ailes rapides d'un moulin à vent et des éperons sont attachés à ses chaussures; mais elle se met un frein à la bouche et elle se coiffe d'une horloge qui ne doit marcher qu'avec poids et mesure. A la main droite elle tient comme une espèce de binocle, pour, myope ou presbyte et si ce n'est les deux à la fois, voir mieux de loin ou de près. A l'époque de cette miniature, on venait d'inventer les lunettes et je crois bien que c'est un vrai binocle que tient notre Tempérance. Robe de dessous violette à points d'or, robe de dessus bleu-clair à revers blancs; tête nue. Pas plus qu'aux autres Vertus je ne vois de symbolisme dans ces couleurs et dans ce costume. Est-ce un homme, est-ce une femme? Pour une femme, les vêtements sont un peu courts et les éperons des chaussures ne conviennent guère. Pour un homme, le cou est un peu trop ouvert, comme à la Prudence, et les cheveux trop longs. D'ailleurs il n'existe pas un seul exemple de Tempérance faite homme.

La Justice. — Voilà une vraie saltimbanque et jouant de l'épée à la main gauche, comme si elle paradait sur une place publique! Cependant elle est debout sur un lit, sur ce lit de justice que tenaient nos souverains quand ils voulaient faire enregistrer un édit. Le lit est tout rouge, comme la robe d'un président de cour d'assises; l'oreiller, posé sur le traversin, est violet lacé de blanc. A la ceinture de cette Justice pend une balance comme on en voit quelquefois aux marchandes de quatre-saisons. A la main gauche, l'épée en équilibre sur la pointe et avec quoi elle semble faire des tours; à la droite, l'épée comme on la tient d'habitude. Grosse face de virago. Tête nue et à cheveux pendants, cerclés d'un bandeau noir. Robe verte, comme je l'aurais voulu à l'Espérance, serrée d'une ceinture rouge. C'est la seule qui ne porte rien sur la tête.

La Prudence. — Elle est religieuse, celle-là, au moins autant que la Foi. Robe violet-gris, manteau bleu-clair, voile blanc d'où s'échappent les cheveux. A la main gauche, le crible qui convient surtout à la Foi, mais qui ne va pas mal non plus à la Prudence : le « prud'homme » en effet s'attache avec soin à discerner le vrai du faux, à séparer le mal du bien; pour ne pas s'enferrer, il doit « cribler » les intentions des autres et même les siennes. A la main droite et tourné en avant pour réfléchir les objets extérieurs, le miroir, qui est l'attribut spécial de la Prudence, comme nous l'avons dit en son temps. Sur l'épaule gauche, et rattaché au cou par une courroie, un écusson où se voient figurés les instruments de la Passion : la croix, les clous, la colonne, les dés, la lance et l'éponge. Le « Bouclier de la Foi » est une expression qui revient sans cesse dans le langage théologique; c'est donc à la Foi plutôt qu'à la Prudence que cet écusson devrait revenir. Sur la tête une bière blanche croisée d'une croix noire. La bière, la pensée de la mort, peut donner de la prudence assurément; mais elle est surtout un motif d'espérance et conviendrait mieux à la seconde vertu théologale.

La Force. — Robe rouge à manches justes violettes, à mantelet ou longues manches pendantes vertes. Tête nue, à longs cheveux, comme on en donne à Samson. Face pleine et presque aussi grosse ou grossière que celle de la Justice. Les pieds sur un pressoir à vis, machine de grande force mécanique. Sur la tête, une enclume de fer, force physique[1]. A la main gauche, donjon, force bâtie, d'où sort un dragon, force brutale, qu'elle étrangle avec la main droite. Au cou du dragon, une petite chaîne d'or rabattue sur l'avant-bras droit de la Justice.

Les sept actrices de ce drame psychomachique, comme on l'appelait au moyen âge, paradent dans une espèce de chapelle ou d'église en style ogival surbaissé du xve siècle. On dirait que cette chapelle est comme le porche du paradis; car au sommet de la voûte, dans une niche, est debout un fort laid S. Pierre qui tient à la main droite une des clefs du paradis. Un petit ange, blanc et bleu, sert de console à la niche qui abrite S. Pierre. En arrière de cette niche et comme pour faire honneur au prince des apôtres, est tendue une tapisserie d'or et de pourpre, à ramages, et bordée d'une frange verte.

Dans le vestibule de l'enfer, Virgile a placé les souffrances, les châtiments et les Vices[2]. Je ne vois donc pas pourquoi le poëte miniaturiste du xve siècle n'aurait pas songé à mettre les Vertus dans le vestibule même du paradis.

Dans le temps, M. André Pottier, l'obligeant et savant bibliothécaire de Rouen, donna connaissance de cette miniature à M. Alfred Darcel, qui en fit un calque destiné aux « Annales Archéologiques ». Au moment où je préparais mes matériaux pour écrire sur les Vertus, M. Darcel et M. Pottier se ressouvinrent de ce calque, et il fut décidé qu'on le graverait pour les « Annales ».

1. M. André Pottier, bibliothécaire de Rouen, pense que cet objet est une base de pilier portant l'indication des nervures qui, au xve siècle, se prolongent dans les piliers et les archivoltes des arcades. Cependant la couleur bleu-foncé de ce bloc semblerait indiquer une enclume plutôt qu'une base de pilier.

2. Vestibulum ante ipsum primisque in faucibus Orci,
Luctus et ultrices posuere cubilia Curæ;
Pallentesque habitant Morbi, tristisque Senectus,
Et Metus, et malesuada Fames, et turpis Egestas,
Terribiles visu formæ, Lethumque, Labosque;
Tum consanguineus Leti Sopor et mala mentis
Gaudia, etc.

Virgile, « Énéide », liv. vi.

Avant tout on retourna à Rouen, dont la bibliothèque publique possède le manuscrit d'Aristote auquel la miniature appartient. Le calque fut collationné avec soin, les couleurs furent notées avec attention et M. Gaucherel fit la gravure que nous présentons aujourd'hui. Un doute s'étant élevé sur le nombre des petits qui boivent le sang du pélican, mon neveu écrivit à M. Pottier qui voulut bien lui répondre la lettre suivante :

« Monsieur, je me suis empressé de faire la vérification que vous me demandez. J'ai examiné le nid du pélican à la loupe et, bien positivement, il n'y a que deux petits, sans aucune indication du troisième; et la peinture est assez nette, assez franche pour qu'on ne puisse supposer qu'il se perde dans un certain vague du second plan. Mais je ne crois pas que cet exemple soit concluant contre les autorités des exemples qui montrent trois petits[1]. Les représentations sont ordinairement de face, et les petits alors sont nécessairement, pour ainsi dire, au nombre de trois : un au milieu, et un de chaque côté. Mais ici la représentation est de profil, de sorte qu'on ne voit que celui de côté et celui du milieu un peu en arrière; le troisième est supposé parallèle au premier et tout à fait caché par lui. Seulement un peintre ingénieux aurait trouvé moyen de le faire voir en partie, ne fût-ce que par le bout du bec; le peintre de « l'Aristote[2] » s'est borné à le supposer, mais je ne doute pas qu'en principe et en intention il n'y soit.

« Maintenant, pour vous renseigner sur la question de savoir si la miniature des Vertus a quelque rapport au sujet du chapitre ou livre qu'elle décore, il me suffira de vous transcrire les premières lignes de ce livre, et tout doute à cet égard sera levé :

« Cy commence le second livre de Ethiques, où il (Aristote) détermine de « vertu en général et contient douze chapitres. Les I, II, III, IV, V, VI, VII « et VIII parlent de la vertu en général; le I indique la source de la vertu et « la divise en vertu intellectuelle et morale, etc.

« Les IX, X, XI et XIIes chapitres traitent des vertus particulières, des pas- « sions et des vices; ils indiquent les moyens d'acquérir les vertus et d'éviter « les vices, etc.

« Puisque nous sommes sur ce sujet, permettez-moi de vous indiquer, si

1. Les petits sont presque toujours, en effet, au nombre de trois, nombre qu'on regarde, à tort ou à raison, comme symbolique. Cependant les exemples à deux petits seulement ne sont pas rares. M. le prince P. Soltykoff possède une belle croix en métal, du XIVe siècle, au haut de laquelle un pélican, qui est l'emblème du Sauveur mourant, donne son sang à deux petits seulement.

2. C'est le manuscrit d'où est tirée la miniature.

vous ne le connaissez déjà, le magnifique vitrail du XVIe siècle de la cathédrale de Rouen, placé latéralement à l'extrémité du transept méridional. Cette verrière a pour sujet la glorification des sept Vertus et se divise en six sujets, sur deux étages, le septième occupant probablement le couronnement de la verrière. Les sujets, que je n'ai jamais cherché sérieusement à interpréter, ne consistent point dans la simple figuration des Vertus; ce sont des compositions dont, sans doute, elles sont l'inspiration et le symbole, et où elles figurent en personnages accessoires. Ainsi par exemple le dernier, en bas et à droite de la verrière, représente un personnage en costume épiscopal, couché sur un lit funéraire et entouré des sept personnifications des Vertus caractérisées par divers attributs qu'elles portent à la main.

« Si ce sujet vous était inconnu, ainsi qu'à M. Darcel, et que vous eussiez le désir d'avoir quelques renseignements plus détaillés et plus précis, je m'empresserais de vous les envoyer, sans toutefois pouvoir vous promettre de réussir à déchiffrer complétement l'énigme des sujets; car j'ai souvent, en passant, jeté un coup d'œil curieux dessus, et j'y ai toujours trouvé, tant à cause des raccommodages, des parties effacées, etc., que du symbolisme obscur des sujets, autant de difficulté matérielle que de mystérieuse ambiguïté ».

Nous avons exprimé nos plus vifs remercîments à M. Pottier pour les renseignements qui précèdent, et toute notre reconnaissance pour ceux qu'il veut bien nous promettre. Grâce à la précieuse collaboration du savant archéologue de Rouen, nous pourrons offrir un travail moins incomplet sur l'iconographie des Vertus.

DIDRON.

(*L'Espérance à la livraison prochaine.*)

LA PALA D'ORO

A SAINT-MARC DE VENISE[1]

De la dernière rangée, partie inférieure de la Pala, je monte à la plus élevée. Elle se compose de dix-sept plaques ou tableaux représentant d'abord trois figures de saints diacres, puis onze sujets de l'Évangile ou fêtes de l'Église et trois autres saints diacres; le tout est accompagné d'inscriptions latines. Ces tableaux sont de petite dimension, de 13 centimètres environ sur 13 centimètres. Pour les examiner, il est indispensable de se servir d'une échelle; n'ayant eu la faculté de m'aider de ce moyen que pendant un espace de temps très-restreint, ma description devra s'en ressentir. J'ai vu assez cependant ces tableaux pour être convaincu qu'ils sont, comme les autres, l'œuvre d'artistes byzantins. Ceux qui auraient pu voir, pendant qu'il était en France, un superbe manuscrit qui a appartenu à MM. Comarmont et Libri, et qui est maintenant au « British Museum »; ceux qui se rappelleraient ses gracieuses et délicates peintures, pourraient se faire une idée de la composition et du style des petits sujets de la Pala. Les peintures du manuscrit ont été publiées par Dusommerard [2]; malheureusement on en a presque fait des caricatures, et, si je les cite, c'est parce qu'il est difficile d'indiquer de bonnes reproductions d'un ensemble de tableaux byzantins. Je reprends ma description en commençant à gauche.

N° 106. S̄C̄S LAVRENTIVS. — N. 107. S̄C̄S ELEVTHERIVS. Sans doute le compagnon de saint Denis. — N° 108. S̄C̄S VINCENTIVS. Tous les trois en pied, en costume de diacre, tenant l'encensoir et la navette.

1. Voir les « Annales Archéologiques », volume XX, pages 164 et 208.
2. « Album des arts au moyen âge », 8e série, pl. XII et suivantes.

N° 109. L'Annonciation.

VIRGO· FERENS PROLEM PARIAT QUEM MUNDUS ADORAT [1].

L'archange Gabriel debout devant la sainte Vierge, qui est également debout, la salue et lui annonce l'incarnation du fils de Dieu.

N. 110. La Nativité de Notre-Seigneur.

VIRGO PARIT FETA VELUT INTULIT ANTE PROPHETA.

Cette Nativité, comme chez les Byzantins et chez les peuples soumis aux influences byzantines, est complétée par l'ablution de l'enfant Jésus. Deux sages-femmes baignent dans un bassin, une sorte de font baptismal, l'Enfant divin qui vient de naître.

N° 111. La Présentation de Notre-Seigneur au temple.

SOLVENS VINCLA REIS FERTUR SUB MUNERE LEGIS.

J'ouvre le « Guide de la Peinture [2] » au chapitre intitulé : « Comment on figure les fêtes du Seigneur et les autres œuvres et miracles du Christ selon le saint Évangile ». J'y trouve, page 160, la fête de la Présentation, littéralement la « Rencontre » (ἡ ὑπαπαντὴ), ainsi désignée :

« Un temple et une coupole. Au-dessous de la coupole, une table sur laquelle il y a un encensoir d'or. Saint Siméon le Théodochos prend dans ses bras le petit enfant et le bénit. De l'autre côté de la table, la sainte Vierge ouvre ses bras et les tend vers lui. Derrière elle, Joseph portant deux colombes dans sa robe. Auprès de lui, la prophétesse Anna dit sur un cartel : CET ENFANT EST LE CRÉATEUR DU CIEL ET DE LA TERRE ».

Cette description s'applique, sauf bien peu de chose, au sujet de la Présentation représentée sur la Pala, où, pour plus de symétrie, Anne est placée derrière Siméon, et où, faute d'espace, le cartel de la prophétesse ne contient que ceci : ΤΟΥΤΟ ΤΟ ΠΡΕ. L'émailleur, qui avait sans doute la prononciation rude, a mis un Π pour un Β. Le texte du « Guide de la Peinture », dit : Τοῦτο τὸ Βρέφος οὐρανὸν καὶ γῆν ἐδημιούργησε. Un tableau du musée du Vatican publié par d'Agincourt (« Peinture », pl. LXXXVIII) donne le commencement de la même phrase. Un tableau qui faisait partie de la collection Artaud (« Peintres primitifs », p. 26), le manuscrit de Londres et une peinture en mosaïque de l'église Santa-Maria in Trastevere, à Rome, donnent cette phrase avec une variante : τοῦτο τὸ Βρέφος οὐρανὸν ἐστερέωσε καὶ γῆν.

1. J'ai copié les inscriptions dans l'ouvrage déjà cité de M. Bellomo.

2. « Manuel d'iconographie chrétienne », par M. DIDRON, page 155.

N° 112. Le Baptême du Christ.

HIC SCELUS OMNE LAVAT REPROBUS QUO DECIDIT ADAM.

Jésus est debout dans le fleuve. Le Jourdain personnifié est assis au fond des eaux. On voit de plus dans l'eau une colonne torse, posée sur trois bases ou marches, et surmontée d'un chapiteau dans lequel est fixée une croix. En haut du tableau, un ange à mi-corps, volant (si ce n'est pas un prophète dont le manteau voltige), tient un cartel sur lequel j'ai lu ceci : — ΛΟVCΑΤΕΟ. Un passage d'Isaïe, appliqué au Baptême de Notre-Seigneur[1] commence par un mot à peu près pareil : ΛΟVΣΑΣΘΕ.

N° 113. La Cène.

IN MENSA PASTOR PIUS ORDO STAT QUOQUE RAPTOR.

Jésus-Christ est debout au milieu de ses disciples et devant une table semi-circulaire. Peut-être ai-je mal vu : il serait possible que le Christ fût assis et d'une stature plus grande que celle des apôtres, comme au manuscrit de Londres. Sur la Pala et le même manuscrit, on voit, au milieu de la table, un poisson dans une large coupe à pied.

N° 114. Le Crucifiement.

HIC MORIENS VIRUS DETERSIT QUO TULIT YDRUS.

Le Christ sur la croix entre la sainte Vierge et saint Jean; en haut, deux anges à mi-corps adorent le Sauveur. Le Christ n'est pas tout à fait droit; il a les yeux ouverts, car on voit un petit point d'or dans ses yeux en émail. Il faut regarder de bien près pour s'en apercevoir; mais on ne doit pas oublier que les tableaux dont je parle sont de très-petite dimension. On trouvera peut-être mon observation un peu minutieuse; mais, si j'avais eu le temps de bien examiner ces tableaux, j'aurais fait bien d'autres remarques. En iconographie rien n'est à dédaigner. J'ai déjà dit que, lorsqu'on voyait le Christ en croix avec les yeux ouverts, c'était un indice d'ancienneté; il est donc important de noter cette particularité lorsqu'elle se rencontre.

N° 115. Jésus aux Limbes.

MORS PERIT IN MORTE RELEVANS LIGNO NEXIBUS HOSTEM.

C'est le sujet exécuté plus grand sur la partie supérieure de la Pala, où il est accompagné de son titre : Η ΑΝΑCΤΑCΙC.

1. « Lavez-vous, purifiez-vous, effacez les méchancetés de vos âmes ». — « Guide de la peinture », page 142.

N° **116.** Un ange annonce la Résurrection aux saintes femmes.

VOBIS DICO CITE SURREXIT CHRISTUS ABITE.

L'ange, assis vers le milieu du tableau, montre aux saintes femmes placées à sa droite le tombeau ouvert et vide, qui est à sa gauche. Pour la disposition du sujet, je puis comparer le tableau émaillé de la Pala à une couverture de manuscrit en argent doré, travaillé au repoussé, provenant de l'abbaye de Saint-Denis. Cette couverture est conservée aujourd'hui au Musée du Louvre, salle des bijoux. Là, comme sur la Pala, il y a deux saintes femmes; quelquefois les Grecs en mettent trois, comme dans le manuscrit du « British Museum » dont j'ai parlé plus haut, et comme le prescrit le « Guide de la Peinture », qui donne à ces femmes, les trois Maries, le nom de Myrrhophores, « porteuses de myrrhe » ou de parfums destinés à embaumer le corps de Jésus-Christ.

N° **117.** L'attouchement de Thomas.

VERA CARO, CHRISTUS CLAUSIS SE CONTULIT INTUS.

Le Christ est debout devant la porte fermée d'une chambre dans laquelle il apparaît à ses disciples; saint Thomas met la main dans la plaie de son divin Maître. Ce sujet est très-commun dans l'iconographie des Grecs; leurs livres d'offices imprimés à Venise le représentent souvent gravé au commencement de la fête de l'Attouchement (Η ΨΗΛΑΦΗΣΙΣ ΤΟΥ ΘΩΜΑ) qu'ils célèbrent un des dimanches entre Pâques et la Pentecôte.

N° **118.** L'Ascension.

PIGNORA NOSTRA FERENS REDIET DEUS OMNIA QUERENS.

Le sujet est pareil à celui de la partie supérieure. Il y a pourtant une petite différence : ici saint Pierre est à droite du Christ et saint Paul à gauche. On peut voir une gravure au trait de ce tableau dans l'ouvrage de Cicognara sur les monuments de Venise.

N° **119.** La Pentecôte.

CUNCTORUM LINGUIS HOS CELICUS INSTRUIT IGNIS.

L'ordonnance de ce sujet est à peu près pareille à celui placé dans la partie supérieure. Il y a de plus la sainte Vierge au milieu des apôtres. Saint Pierre est à sa gauche, saint Paul à sa droite. Il y a aussi, comme en haut, en dehors du cénacle, un empereur et un autre personnage; mais ce dernier est ici presque nu. Au même sujet du manuscrit de Londres, la disposition est pareille, sauf que la sainte Vierge est absente et que l'empereur est accompagné de cinq personnages.

Suivent trois saints en costume de diacre et tenant l'encensoir et la navette. Voici leurs noms :

120-23. SCS PETRVS XANDRINVS. — SCS STEPHANVS. — SCS FORTVNATVS. J'ignore s'il faut voir dans le premier saint Pierre d'Alexandrie qui a été patriarche, ou s'il faut supposer qu'on aurait voulu mettre saint Pierre d'Antioche, diacre et martyr. Saint Étienne est bien connu. Quant à saint Fortunat, ce doit être le diacre de ce nom, martyrisé à Rome avec son évêque Hermagoras, patriarche d'Aquilée, deux saints très-vénérés à Venise, et dont on retrouve plusieurs fois les figures dans l'église de Saint-Marc.

Je passe maintenant à la seconde rangée.

Immédiatement au-dessus de la grande figure centrale du Christ et au n° **131**, on a placé un petit tableau sur lequel est représenté un sujet symbolique particulier aux Grecs, qui le désignent ordinairement par ce titre : ἡ ἑτοιμασία τοῦ θρόνου « La préparation du trône », et quelquefois d'une manière plus abrégée par ces mots : ἡ ἑτοιμασία. J'ignore si une inscription quelconque accompagnait le sujet du retable de Saint-Marc, et si cette inscription n'aurait pas été cachée par les ornements superposés au XIV° siècle, ou même si l'inscription ἡ ἑτοιμασία, tracée verticalement dans l'origine, à côté du sujet sur la plaque même, n'aurait pas été grattée et effacée par les Vénitiens afin de rendre la plaque plus brillante. Je ne sais si je me suis fait illusion, mais il m'a semblé voir, sur cette plaque et sur d'autres, la trace de caractères ou d'ornements grattés. J'ai peine à croire, je l'ajoute, que dans l'origine, toutes les plaques qui composent la Pala d'Oro fussent, ainsi qu'elles le sont aujourd'hui, polies et brillantes comme des miroirs. Cet éclat nuit singulièrement à l'effet que doivent produire les émaux, et il occasionne une gêne continuelle à l'observateur dont les yeux sont bien vite fatigués par l'éclat éblouissant du métal. Mais je reviens à mon sujet. Voici comment est composé le tableau en question : Un trône sans dossier; sur ce trône, un coussin couvert d'une draperie qui retombe en avant; une croix, posée debout au milieu du trône, se compose de la hampe, des bras et du titre, ce qui lui donne la forme à laquelle on donne souvent le nom de croix à doubles branches; la couronne d'épines est enlacée à l'intersection de la croix et des bras; sur les extrémités du coussin sont posés, à droite de la croix, la lance, à gauche, l'éponge au bout d'un bâton; au pied de la croix est posé le livre des Évangiles, au-dessus duquel plane la colombe, figure de l'Esprit-Saint.

L'explication de ce sujet est toute simple : il représente le trône de Dieu préparé pour le jugement dernier, l'Évangile sur lequel les hommes doivent être jugés, la croix et les instruments de la passion qui doivent paraître dans le ciel au dernier jour. Je pourrais citer plusieurs textes explicatifs des détails de ce sujet, je me contenterai d'en rapporter un seul, qui s'y applique d'une manière générale; c'est un verset du psaume neuvième ainsi conçu : « Il a préparé son trône pour exercer son jugement, et il jugera lui-même toute la terre dans l'équité, il jugera les peuples avec justice. Ἡτοίμασεν ἐν κρίσει τὸν θρόνον αὐτοῦ... « Paravit in judicio thronum suum... ». L'antiquité païenne nous a laissé, sur des bas-reliefs, des peintures, des médailles, des camées, etc., plusieurs exemples de trônes des dieux et des souverains de la terre, sur lesquels sont posés des insignes et attributs de puissance et d'autorité; les chrétiens se sont approprié de bonne heure ces idées de symbolisme. Les plus anciennes mosaïque de Rome et de Ravenne nous montrent l'Évangile et la croix sur des trônes. Une pierre gravée, publiée par Gori [1], représente une étoile sur un trône avec cette inscription, ΙΧΥΘ, qui signifie « Jésus-Christ, fils de Dieu ». Pour le sujet de la « Préparation du trône », tel qu'il est figuré sur la Pala d'Oro, les Grecs ont l'habitude, depuis des siècles, de le peindre dans les églises soit isolément au-dessus du chœur, soit dans les représentations du Jugement dernier. Ainsi à Monreale, dans l'église cathédrale, et à Palerme, dans la chapelle palatine, la Préparation du trône est peinte en mosaïque au-dessus de l'entrée du chœur avec ces mots : ἡ ἑτοιμασία. A Palerme, le sujet en question est en outre accompagné d'une inscription latine qui est ainsi donnée par M. Buscemi [2] :

LANCEA SPONGIA LIGNEA CRUX CLAVIQ CORONA
DANT EX PARTE METUM COGUN..... ET FUNDERE FLETUM
PECCATOR PLORA CUM VIDERIS HEC ET ADORA [3].

A Saint-Paul, hors les murs de Rome, dans les mosaïques du chœur, ouvrage d'artistes grecs, la Préparation est au milieu d'anges et d'apôtres qui chantent le « Gloria in excelsis Deo [4] ».

Au Jugement dernier de Torcello, cette autre mosaïque byzantine qui couvre

1. « Thesaurus gemmarum antiquarum », vol. III, p. 221, « De Throno sacro dissertatio ».

2. « Notizie della basilica di San-Pietro detta la cappella regia ». Palermo, 1840, page 27, pl. XIII. — Pour Monreale, on peut consulter l'ouvrage de Lello, augmenté par Giudice, et imprimé à Palerme en 1702. La Préparation est gravée sur la pl. XVI. Dans ces ouvrages on traduit, je ne sais pourquoi, ἡ Ἑτοιμασία par « Alacritas ».

3. Saint Ephrem, dans un de ses touchants écrits sur le jugement dernier, s'exprimait ainsi : « Comment pourrons-nous voir sans effroi le terrible trône préparé et l'apparition du signe de la croix où le Christ fut attaché volontairement pour nous! »

4. « Die Basiliken des christlichen Roms ». München, in-fol., pl. XLV.

le mur occidental de l'ancienne cathédrale, la Préparation du trône est placée au-dessous de la figure du Christ, et la même particularité se retrouve au jugement dernier de la grande église de Salamine, peint quatre siècles plus tard, en 1735[1].

Les Grecs placent encore ce sujet sur des objets portatifs servant au culte, sur des reliquaires, etc. Je l'ai vu sur la couverture de manuscrits qui sont à la bibliothèque de Saint-Marc et dont je parlerai plus loin. Il est sur la couverture d'un évangéliaire appartenant à l'église Saint-Michel de Moscou[2]. Sur un reliquaire de la vraie croix de l'abbaye de Nonantola, décrit par M. Cavedoni[3], et sur deux autres reliquaires publiés par les « Annales Archéologiques ». L'un est la croix de Namur; l'autre, qui appartient à Mgr l'évêque de Nevers[4], contient, outre le sujet en question, une inscription importante; un peu obscure peut-être dans sa rédaction, on la comprend aisément si on se reporte aux représentations du Paradis, exécutées par les Grecs et qu'on peut voir notamment dans leurs livres d'offices publiés à Venise[5]. En effet, dans cette inscription, le possesseur du reliquaire exprime l'espoir qu'il sera reçu dans le sein d'Abraham, là où résident le bonheur, la lumière et le trône de Dieu dans la communauté des saints. Or, dans ces représentations du Paradis dont je parle et que les Grecs désignent par ce double titre, « Le très-divin chœur de tous les saints. — La chair incorruptible de l'Évangile », la Préparation du trône figure au-dessus de Jésus-Christ assis et bénissant les élus. On pourra remarquer l'analogie qui existe, jusqu'à un certain point, entre la disposition des tableaux qui forment la Pala, et le sujet du chœur des bienheureux.

Les Latins du moyen âge ne paraissent pas avoir adopté le sujet symbolique de la Préparation; il existe, il est vrai, dans l'« Hortus deliciarum[6] »; mais ce manuscrit contient trop de copies et d'imitations des peintures byzantines pour compter comme un monument de l'iconographie purement latine.

1. « Manuel d'iconographie chrétienne », par M. Didron, page 270.

2. Cette couverture a été publiée par M. Ivan Snéguireff, dans son ouvrage sur les antiquités de Moscou imprimé en russe dans cette ville, en 1842. Elle contient vingt et un médaillons émaillés accompagnés d'inscriptions grecques. La Préparation est dans le médaillon placé en haut.

3. « Dichiarazione di tre antiche staurotheche ». Modena, 1847.

4. Vol. II, p. 299, « Reliquaire byzantin ». Vol. V, p. 318, « Croix de Namur ».

5. Je citerai surtout parmi ces livres un ὩΡΟΛΌΓΙΟΝ, imprimé en 1607. Ce sujet doit être fréquemment peint en Grèce, sur les murs des églises et sur les tableaux portatifs, mais je n'ai aucun renseignement à cet égard. Il est brodé sur la dalmatique impériale du Vatican publiée dans les « Annales Archéologiques », vol. I, mais la croix n'est pas placée sur un trône.

6. « Manuel d'iconographie chrétienne » de M. Didron. p. 270.

Je l'ai vu aussi à Trévise, sur un bas-relief en bois du XIIIe siècle[1]; mais cette ville est bien près de Venise, qui a pu lui communiquer des traditions byzantines. D'ailleurs, je ne serais pas étonné qu'on rencontrât en Italie d'autres exemples de ce fait, antérieurs au XIVe siècle. Pour ce qui est de cette époque, il est permis d'en douter en observant le Jugement dernier peint par Giotto dans la chapelle de l'Arena à Padoue, où la croix est tenue par des anges.

En France, où nous possédons encore de nombreux et magnifiques exemples du Christ glorieux des XIIe et XIIIe siècles, peints ou sculptés en dedans et au dehors de nos églises; en France, où les représentations du Jugement dernier au moyen âge sont plus nombreuses qu'en Italie, il n'existe pas, que je sache, sur les murs des églises ou les nombreux objets conservés dans les collections, aucun exemple de la « Préparation ». Ce sujet, qui paraît peu de chose en apparence, serait susceptible de longs développements[2], soit à cause des idées qui s'attachent au fond même de la représentation, soit pour d'autres raisons encore. En le considérant, par exemple, sous le rapport de l'importance du trône chez les byzantins, au double point de vue de la religion et du pouvoir temporel, on pourrait entrer dans des détails qui ne manqueraient pas d'intérêt. J'en signalerai un seul. Au sujet de la Pentecôte, qui décore si convenablement la coupole recouvrant la nef de l'église de Saint-Marc, le Saint-Esprit plane sur un trône : ses rayons traversent et descendent sur les apôtres. — Pareille composition existait également en mosaïque sur une des voûtes de l'église de Sainte-Sophie de Constantinople, ainsi que le révèle une des planches de l'ouvrage publié sur cette église par le gouvernement prussien[3]. Je reviens aux émaux de la Pala d'Oro; d'ailleurs les détails dans lesquels j'ai été entraîné m'ont fait scinder la description du sujet de la « Préparation du trône », tel qu'il se voit sur ce retable, car les figures qui sont sur la même ligne s'y rattachent directement. En effet, les deux tétramorphes et les quatorze archanges qui se suivent sur cette ligne sont en rapport avec le trône de Dieu, dont ils sont le cortége habituel. Les tétramorphes, nos 130

1. Ce bas-relief assez grossier, tout empâté de dorures et sans inscriptions, était, lorsque je l'ai vu, dans la sacristie de la cathédrale. Sa forme oblongue peut faire croire qu'il a servi de retable, ou qu'il était placé au-dessus d'un tombeau.

2. Il y a déjà plusieurs années, j'ai communiqué mes notes et observations sur ce sujet à mon frère, le Dr Paul Durand; j'espérais toujours, j'espère encore qu'il publiera une dissertation sur cette partie de l'iconographie chrétienne des Grecs, qu'il peut traiter bien plus complétement que je ne pouvais le faire.

3. W. SALZENBERG, « Monuments de l'ancienne architecture chrétienne de Constantinople du Ve au XIIe siècle », Berlin, 1854 (en allemand), pl. XXXI. M. Salzenberg s'est trompé en mettant Jésus-Christ, assis sur le trône, dans la restitution qu'il a faite de ce sujet sur la planche XXV.

et 132, sont pareils à ceux du reliquaire de Limbourg, et dont un a été publié dans les « Annales [1] ». Les deux anges ou archanges qui suivent, n°s 129 et 133, et près desquels on ne distingue aucune inscription, sont tournés et inclinés vers le trône de Dieu; leur nimbe est simplement tracé sur la plaque. Enfin douze archanges, plus grands que les précédents, et par cette raison placés un peu plus bas, n°s 123 à 128 et 134 à 139, sont également tournés et inclinés vers le trône. Quatre sont nommés : ce sont les archanges Michel, Gabriel, Raphael, Ouriel (OAPX HOYPIHA) ; près des huit autres, on lit seulement OAPX. Tous ces archanges sont placés chacun sous une arcature émaillée, pareille à celles qui entourent les prophètes; tous ont un nimbe d'émail vert comme celui de Salomon, et tous sont chaussés [2]. Inclinés respectueusement vers le trône de Dieu, élevant une main et tenant de l'autre un labarum comme en tient la grande figure de saint Michel de la partie supérieure, ces archanges doivent dire, bien qu'aucune inscription ne le constate : « Saint, saint, saint, le Seigneur Sabaoth. Le ciel et la terre sont remplis de sa gloire ».

Dix tableaux, placés verticalement sur les côtés du retable, contiennent la légende de saint Marc, expliquée par des inscriptions latines. J'ai copié seulement deux de ces inscriptions sur place. Je donne les autres d'après l'ouvrage de M. Bellomo.

N° 144. Saint Pierre envoie saint Marc en mission, ou lui ordonne d'écrire son évangile. S. PETRVS. S. MARCVS.

N° 143. Saint Marc présente Hermagoras à saint Pierre : DEFERT BEATVS MARCVS HERMAHORA AoP (sic).

N° 142. Saint Marc guérit à Alexandrie le cordonnier Ananie : SANATVR ANANIVS BENEDICTIONE S. MARCI.

N° 141. Saint Marc détruit les idoles : DESTRVIT IDOLVM BEATVS MARCVS.

N° 140. — Saint Marc baptise les païens convertis : HIC BAPTIZAT BEATVS MARCVS.

N° 145. Jésus-Christ apparaît à saint Marc dans sa prison : IXS XPS — PAX TIBI EVG MS MARCE. C'est-à-dire : IESVS CHRISTVS. — PAX TIBI EVANGELISTA MEVS MARCE.

N° 146. Martyre de saint Marc : SVSPENDITVR BEATVS MARCVS.

1. Vol. XVIII, page 42.

2. Dans l'iconographie byzantine, les anges sont en général nu-pieds lorsqu'ils sont en mission, et chaussés lorsqu'ils sont près de Dieu, en repos. Leur chaussure varie : elle consiste quelquefois en bottines, et c'est peut-être là l'origine des bottines que portaient les diacres de la cathédrale de Messine, comme le raconte l'abbé Sestini dans ses lettres traduites par Pingeron. Paris, 1789; cf. tome I, page 318

N° 147. Les Vénitiens enlèvent le corps de saint Marc : TOLLITVR BEATVS MARCVS ALEXANDRIA.

N° 148. Le corps de saint Marc est transporté à Venise : HIC DEFERTVR CORPVS SANCTI MARCI.

N° 149. Les Vénitiens reçoivent dans leur ville le corps du saint apôtre : HIC SVSCIPITVR ETIAM BEATVS MARCVS.

Ces tableaux sont pareils pour la grandeur, le style et la finesse d'exécution, à ceux de la rangée supérieure, n°s 109 et suivants, représentant des sujets de l'Évangile; ils doivent sortir du même atelier.

La partie inférieure de la Pala d'Oro est, comme la partie supérieure, entourée d'une riche bordure ciselée, faisant partie de l'ornementation vénitienne ajoutée au XIVe siècle. Elle se compose de feuillages, de rinceaux et de quelques médaillons. Dans cette bordure on a incrusté vingt médaillons circulaires émaillés dont je vais parler avec plus de détails. Différents de grandeur et de travail, ces médaillons n'ont pas été faits pour la place qu'ils occupent; on les gardait comme des objets précieux provenant sans doute pour la plupart de la conquête; on les a utilisés en les fixant sur la Pala, comme des bijoux et ornements précieux, pour augmenter la richesse et la valeur de ce monument. Quinze de ces médaillons représentent le Christ, des saints en buste et des symboles religieux.

Au n° 163, le Christ en buste bénit de la main droite, qu'il étend à côté de lui, et tient de la gauche un livre sur lequel j'ai lu : RE G (REX GLORIAE).
X L'E

Aux n°s 161, 162, 164, 165, les symboles des quatre évangélistes accompagnent le roi de la gloire. Chacun tient un livre ouvert, sur lequel est écrit le commencement de son évangile. L'homme de saint Matthieu : « Liber gen »; le lion de saint Marc : « Ecce mitto »; le bœuf de saint Luc : « Fuit in die »; l'aigle de saint Jean : « In principio ». J'ai été frappé, en considérant de près ces cinq médaillons, de la différence qui existe entre leur exécution et celle de leurs voisins : ils sont loin d'avoir la finesse de ceux-ci, et ils ne m'ont pas fait l'effet d'être des émaux byzantins.

Au n° 156, la mère de Dieu, MP ΘV, est figurée de côté.

Au n° 159, le grand Constantin

OA	T
Kω	IN
NCT	O
AN	C

est de face. Nimbé et couronné, il tient une croix; sa couronne est un simple bandeau avec pendeloques.

Au n° 167. L'archange Michel avec son nom en grec.

Sur les médaillons n°s 150, 151, 152, 160, 166, 168, mes notes font à peu près défaut; je crois cependant me rappeler qu'ils représentent tous des figures de saints.

Le médaillon n° 155 offre un sujet symbolique ainsi composé : un arbre, aux branches déployées, se termine dans le haut en forme de croix; deux paons sont perchés dans les branches de l'arbre; deux serpents, dont la queue entortille le pied de l'arbre, suivent le contour circulaire du médaillon et placent leur tête au pied de la croix. Ce médaillon, ainsi que les cinq qui restent à signaler, se font remarquer par la délicatesse de leur exécution et l'élégance du dessin.

Les cinq derniers sont, au n° 153 : un empereur à la chasse, nimbé, couronné, l'oiseau au poing; monté sur un cheval brun lancé au galop, il serre de près un lièvre poursuivi par un chien.

Même sujet sur le n° 154, avec cette différence que le cheval de l'empereur est blanc.

Au n° 158, c'est encore un empereur à la chasse.

Au n° 157. Deux griffons grimpant et se tournant le dos; entre eux, au centre, est une tête couronnée; le champ du médaillon est semé de fleurs et d'autres ornements.

Enfin, au n° 169, ce sont des ornements arrangés en forme de bouquet.

Les quatre-vingt-seize plaques ou médaillons émaillés que je viens de décrire sont, je le répète, sauf cinq (peut-être), des ouvrages grecs. L'iconographie, le style, l'exécution, tout le prouve. Lorsque j'ai examiné ces différents morceaux les uns après les autres, je n'ai conservé de doute que pour les cinq médaillons représentant le Christ entre les quatre symboles évangéliques. Ces derniers émaux sont-ils grecs, italiens, français ou allemands? sont-ils cloisonnés ou champlevés? Je ne saurais le dire : le temps m'a manqué pour les étudier. Les inscriptions latines, qui sont nombreuses sur la Pala, ont embarrassé quelques archéologues; ils se sont demandé si elles n'auraient pas été exécutées à Venise. Je n'affirmerais pas que quelques-unes, surtout celles qui sont simplement gravées, n'ont pas été faites à Venise; mais, quant à celles qui accompagnent les sujets et qui sont faites en caractères cloisonnés, il est évident qu'elles font partie intégrante du travail de l'émailleur.

Les circonstances qui ont accompagné des travaux de ce genre, à une époque aussi reculée, resteront probablement toujours inconnues, et l'on pourra faire pour les expliquer toutes sortes de conjectures. Ainsi, lorsque quelques lignes d'une ancienne chronique m'apprennent que Didier, abbé du Mont-Cassin, fit la commande, à Constantinople, d'un parement d'autel en or pour son église, avec des scènes de l'Évangile et des miracles de saint Benoît, patron de l'abbaye, je peux bien supposer avec raison, ce me semble, que cette commande était accompagnée d'instructions parmi lesquelles devaient se trouver des indications sur les sujets de la vie de saint Benoît et des inscriptions explicatives de ces sujets. Je pourrais en dire autant à l'égard de plusieurs portes en bronze qui existent en Italie et même à Venise; mais, pour appuyer mes opinions, je devrais entrer dans de trop longs développements sans sortir du champ des conjectures. Je reviens donc au positif.

L'armoire renfermant la Pala d'oro est ornée, sur sa partie postérieure, de peintures à fonds d'or, divisées en plusieurs compartiments ou tableaux dont voici l'explication sommaire : Saint Georges; saint Marc; Jésus-Christ en croix entre la sainte Vierge et saint Jean l'évangéliste; saint Pierre; saint Nicolas; saint Marc envoyé à Alexandrie par saint Pierre; saint Marc guérissant le cordonnier Aniane; saint Marc visité par Jésus-Christ dans sa prison; saint Marc apaisant la tempête qui avait assailli le vaisseau portant son corps à Venise; saint Marc apparaissant dans son église à l'endroit où reposait son corps et dont on avait perdu la trace; translation des reliques du saint de ce même endroit à l'autel majeur. Ces peintures furent exécutées sous le doge André Dandolo, ainsi que le constate cette inscription : « Magister Paulus cum Lucâ et..... filiis suis pinxerunt hoc opus anno 1344[1]. »

Avant les réparations qui furent faites à la Pala, il y a un peu plus de vingt ans, la partie peinte de l'armoire se trouvait par devant; c'est encore à cette époque qu'on fixa à demeure la partie supérieure de la Pala, qui était repliée sur la partie inférieure et ne se relevait qu'au moyen d'un mécanisme [2].

1. Leonardo Manin, « Memorie storico-critiche intorno la vita, translazione e invenzioni di S. Marco ». In Venezia, 1835.

2. M. J. Durand me permet de compléter les inscriptions relatives à la Pala; je les ai relevées à Venise en 1854. Les peintures en style grec, à fonds d'or, placées derrière la Pala, sont signées ainsi :

MGR · PAVLVS · CV · LVCA · ET · IOHE · FILIIS · SVIS · PINXERVNT · HOC · OPVS ·

Elles sont datées de 1345, 22 du mois d'avril :

M · CCC · XLV · MS · APLIS · DIE · XXII ·

La restauration de la Pala est consignée par cette inscription peinte en lettres d'or :

Tabvlam · intvs · servatam · opere · gemmis · avro · longe · pretiosam · arae · q · marci · evangelistae · olim · impositam · temporis · inivria · vindicatam · svmma · q ·

D'autres Pala byzantines existaient autrefois à Venise et aux environs. Ainsi, au maître-autel de l'église San-Polo, la Pala était un triptyque en argent qui provenait, disait-on, de l'église Sainte-Sophie de Constantinople. La Pala du maître-autel de l'église « Santa-Maria-Mater-Domini » était, dit-on encore, un ouvrage byzantin en argent doré et ciselé, représentant, en vingt et un compartiments, des sujets de la vie du Christ et les douze apôtres. Ces deux monuments ont disparu lors de l'invasion française en 1797. La Pala du grand autel de l'église de Torcello était composée de quarante-deux plaques ou tableaux de petite dimension en argent doré et ciselé en relief, représentant Jésus-Christ (IC XC) disant sur un cartel : « Ego sum lux mundi » ; la Mère de Dieu (MP ΘV), douze apôtres, des anges, des prophètes tenant des passages de leurs prophéties écrits en latin ; des saints et des saintes spécialement vénérés à Venise; toutes ces figures accompagnées de leur nom en latin. Vingt-neuf plaques furent volées en 1805. Les treize autres sont encore dans l'église ; mais, placées au-dessus de la porte du chœur, on les voit fort mal et j'ai vainement cherché, pour mon compte, dans cette pauvre église, le moyen d'en approcher. J'avais cru y distinguer de loin quelques ornements émaillés ; mais tous ceux qui en parlent et qui s'accordent à les considérer comme une œuvre d'orfévrerie byzantine, ne font nulle mention d'émaux.

JULIEN DURAND.

diligentia · vetvsto · splendori · restitvtam · additis · pictvris · qvibvs · tabvla · ipsa · clavdebatvr · cvratores · basilicae · marcianae · hoc · in · loco · spectantibvs · commodiore · erigendam · decrevervnt · a · MDCCCXLVII ·

MM. les marguilliers de Saint-Marc sont bien bons de dire dans leur inscription qu'ils ont ainsi placé la Pala d'Oro pour la commodité des spectateurs. C'est si commode que, pendant deux semaines de séjour à Venise, il m'a été absolument impossible de voir ce monument, et, à plus forte raison, de l'étudier. Il a fallu que M. Durand fût protégé par quelque chanoine pour pouvoir faire cette étude, et encore notre collaborateur dit-il plusieurs fois combien il lui fut incommode et même difficile d'arriver à ce résultat. (*Note de M. Didron.*)

TRÉSOR DE CONQUES

L'A DE CHARLEMAGNE

Parmi les reliquaires les plus singuliers qu'il nous ait été donné de voir, nous devons compter celui qui passe, à Conques, pour avoir été offert à l'ancienne abbaye par l'empereur Charlemagne lui-même. Suivant la chronique de Conques, appelée le « Liber mirabilis », Charlemagne aurait fondé un certain nombre d'abbayes, vingt-deux apparemment, auxquelles il aurait envoyé un reliquaire affectant la forme de l'une des lettres de l'alphabet alors usité. La lettre A serait échue naturellement, suivant le chroniqueur, à l'abbaye du Rouergue que Pépin avait restaurée et enrichie [2]. Une autre lettre de l'alphabet existerait encore, dit-on, dans le trésor d'une église allemande. Mais on n'a su, ni nous dire le nom de l'église, ni nous désigner la lettre de l'alphabet, de sorte que, jusqu'à preuve contraire, nous doutons fort de ces faits. Ils nous semblent indiquer un système administratif qui n'était guère de ces époques reculées. Nous ne nions point pour cela l'origine royale ou impériale de l'abbaye de Conques restaurée; car l'Astronome, qui vivait sous Louis le Débonnaire, compte celle-ci parmi les vingt-six monastères restaurés ou fondés par ce roi dont il a écrit l'histoire. Aussi, en 817, Conques était compté, dans le recensement des monastères d'Aquitaine, parmi ceux qui remplaçaient le service militaire par des oraisons en faveur de l'empereur. Ce serait donc au triste Louis le Pieux plutôt qu'à son terrible père qu'il faudrait attribuer l'envoi de l'A encore conservé dans le trésor de l'église de Conques.

1. Voir les « Annales Archéologiques », vol. XVI, pages 77 et 277; vol. XX, page 215.
2. « Cui monasterio Conchas, prima inter monasteria per ipsum fundata, tribuit literam alphabeti A, de auro et argento ibi relinquens et suis magnis privilegiis ditans ». — « Liber mirabilis ». Bibliothèque impériale, fonds des manuscrits, recueil de Doat, nos 143 et 144. Copie faite en 1667 sur le manuscrit original qui existait alors à Rodez.

TRÉSOR DE CONQUES

A DE CHARLEMAGNE

ARGENT DORÉ

IXe SIÈCLE

Mais nous pourrions trouver ailleurs, quoiqu'à la même époque, l'origine de ce monument d'orfévrerie.

En 816, l'abbé Aigmarus, qui gouverna Conques pendant trente-deux ans, à partir de la troisième année du règne de Louis le Pieux, fit de nombreux dons d'orfévrerie aux deux monastères de Conques et de Figeac, placés sous la même administration. Entre autres, il donna deux grandes images du Christ en croix, en argent orné d'or et de pierres précieuses [1].

Ne se figure-t-on pas immédiatement deux de ces grands Christs vêtus et cloués sur la croix, exécutés en orfévrerie, comme les églises de Toulouse, d'Amiens et de Lyon en conservent encore? Or, au IXe siècle, l'Alpha et l'Oméga accompagnent presque toujours la croix, suspendus à ses bras. Qu'y a-t-il d'impossible à ce que le reliquaire aujourd'hui existant soit l'Alpha du crucifix exécuté par les ordres d'Aigmarus? Remarquons, en effet, que sa traverse inférieure, sa base, pour mieux dire, n'est point de même travail que le corps de la lettre, non plus que les deux anges qu'elle porte. Les plaques d'argent qui la recouvrent ont été arrachées à d'autres reliquaires et indiquent un arrangement subséquent. Ainsi, dans l'origine, la lettre pouvait être ouverte et suspendue par son sommet, au lieu de reposer sur une base. Notons de plus que les manuscrits carolingiens nous donnent souvent des A majuscules dont la traverse se réduit aux deux appendices intérieurs que l'on remarque au reliquaire de Conques; preuve, ce nous semble, de la haute antiquité que nous assignons à celui-ci.

Avant d'examiner si le caractère du monument justifie les affirmations de la « Chronique » ou nos hypothèses, décrivons ce dernier. Nous en donnons, sur une planche, une vue générale réduite à un peu moins d'un tiers, et un fragment, de la grandeur de l'original, sur une autre planche. Ce fragment est le revers du cercle qui en forme la tête.

L'A de Charlemagne a 0m 425 de hauteur totale et 0m 400 de largeur à sa base. Il est en bois de chêne, recouvert de plaques d'orfévrerie en argent doré.

Un anneau circulaire, dans lequel est enchâssée une grosse lentille en cristal de roche, forme son sommet. Un étrier à trois branches et partant d'une étoile centrale, le tout en cuivre doré, a été ajouté après coup pour maintenir et protéger le cristal de roche. Cette pièce est enchâssée dans une première sertissure formée d'une foule de petits anneaux à jour juxtaposés.

1. « Inter alia ornamenta, magnas duas crucifixi vultus imagines fecit opere argentario, auro, lapidibus que pretiosis adornatas : quarum majorem Figiaci, ad designandam loci prærogativam, minorem Conchis posuit ». — MABILLON, « Acta sanctorum ordinis sancti Benedicti », t. II.

Autour, règne un large ornement annulaire formé d'un rang de pierres cabochons, enlevées pour la plupart, alternant avec des filigranes d'une rare élégance de dessin. Un jonc tordu borde le tout extérieurement.

Les deux montants de la lettre sont couverts de pierres cabochons de deux grosseurs et de deux formes. Les plus grosses, qui sont ovoïdes, occupent la ligne médiane de la haste : les plus petites, hémisphériques pour la plupart, sont alignées sur chaque bord dans les intervalles laissés libres par celles du centre. De cette façon, deux pierres alternent avec une pierre unique, disposition dont on retrouve l'indication constante dans les miniatures de toutes les époques, du IXe au XIIIe siècle. Le champ laissé libre est garni de rinceaux en filigrane qui forment encadrement aux sertissures; filigranes striés et aplatis avec fond maté à l'outil. Les pierres employées sont l'améthyste, le grenat rose pâle, l'agate laiteuse, herborisée ou veinée, le cristal de roche, l'émeraude et la cornaline.

La base, ajoutée croyons-nous après coup, est recouverte, comme on le voit, de lames d'argent doré et repoussé, qui n'ont point été fabriquées pour la place qu'elles occupent aujourd'hui; car elles sont trop larges et trop longues. L'ouvrier, quelque peu barbare, qui les a clouées là, les avait arrachées sans doute d'un reliquaire où elles devaient former bordure. D'après leur style, d'après la vigueur des stipules qui sortent des rinceaux, d'après la forme des fleurs qui s'épanouissent dans chaque volute, nous supposons que ces fragments sont de la première partie du XIIe siècle.

Deux anges, en argent repoussé, doré par parties, ont été fixés sur des morceaux de chêne qui se dressent au-dessus de la base. Ces anges ailés, nimbés et pieds nus, vêtus d'une robe et d'un manteau, portent des encensoirs fermés. De plus, celui de gauche tient de sa main gauche une boîte sans couvercle, destinée à contenir l'encens, boîte analogue à celle que nous avons déjà vue sur le bénitier de Milan. Nous appelons l'attention des lecteurs sur la forme des encensoirs et principalement sur les chaînes demi-longues, sur le pavillon qui les relie et le crochet qui sert à prendre et porter tout l'appareil. Les cheveux, le cercle du nimbe, les manteaux et l'encensoir sont seuls dorés, le reste est en argent. Comme cette dorure est d'un tout autre ton que celle de l'A, nous supposons que ces anges sont une addition, comme la traverse où ils posent, et qu'ils peuvent provenir d'un autre reliquaire. Rappelons-nous, en effet, que le reliquaire de Pascal II, déjà décrit[1], nous a montré, parmi ses restaurations, une inscription repoussée sur un fragment

1. « Annales Archéologiques », vol. XX, pages 215-219.

TRÉSOR DE CONQUES

Grandeur naturelle

Demi-grandeur

REVERS DE L'A DE CHARLEMAGNE

[illegible]

d'argent, en partie doré, où l'on reconnaît facilement un bras et une main tenant l'anneau d'un encensoir. Ces vestiges indiquent une troisième figure d'ange, de même style et de mêmes dimensions que celles représentées ici. Pourquoi ces trois figures, au moins, n'auraient-elles pas fait partie d'une pièce d'orfévrerie détruite, dont les fragments auraient été plus ou moins ingénieusement utilisés?

La petite bordure en argent, d'un si joli dessin, et qui est figurée à la droite de l'A, garnit le revers des anges et n'a aucun rapport avec eux.

Le revers de l'A ne présente pas absolument la même ornementation que sa face principale. Les deux montants sont, il est vrai, recouverts de filigranes, mais d'un dessin beaucoup moins couvert et moins riche. La base porte des fragments de provenances diverses. Quant au cercle du sommet, il est de la plus grande richesse. Il se compose de deux parties : une plaque en vermeil repoussé mesurant 0m 123 de diamètre, et une pièce d'applique formée d'éléments divers. La garniture inférieure en vermeil est légèrement repoussée; elle présente comme ornement un tore qui circonscrit une série de quatorze oves barbares, disposés circulairement. La pièce d'applique se compose d'une intaille antique sur cornaline, enchâssée au centre de deux anneaux concentriques en filigranes, bordés et séparés par un jonc strié. Autour rayonnent treize médaillons circulaires, et un médaillon tréflé, en tout quatorze, dont la sertissure est garnie extérieurement d'une baguette striée. Enfin, une petite boule, couverte de filigranes tordus, est fixée à chaque médaillon dans le prolongement du rayon qui joindrait son centre à celui de tout le système.

L'intaille antique, d'un bon travail, représente une Victoire, ailée, debout, un pied posé sur un bouclier, écrivant sur un second bouclier qu'elle tient appuyé à son genou. Devant elle est un arbre auquel une cuirasse est appendue.

Les filigranes des deux anneaux sont plats et striés sur la tranche, fixés à leur extrémité par un petit clou à pointe sphérique, et liés ensemble, en certaines parties, par une petite bande d'argent posée à plat. Le fond est maté à l'outil.

Les médaillons circulaires sont garnis alternativement d'un émail cloisonné et d'une rosace formée de huit boucles en filigrane tordu, rayonnantes d'une perle centrale. Le médaillon du sommet, en forme de trèfle, est garni d'un émail cloisonné, de sorte qu'il y a sept émaux et sept rosaces. Le champ du trèfle est occupé par une croix en émail blanc, posée sur deux volutes de même; le tout séparé, par un fil d'or, du fond qui est vert translucide. Cinq autres médaillons présentent des croix à redens en vert translucide, se détachant sur des fonds blanc, jaune d'ambre, bleu lapis ou azuré et gris perle, opaque ou translucide. Le sixième est décoré d'une rosette centrale à six lobes, cantonnée de trois trèfles et de trois cercles alternés, se détachant en jaune sur un fond vert, lobé lui-même par six contre-lobes bleus.

Les petites boules sont séparées en deux zones par deux filets filigranés, et recouvertes sur chaque hémisphère de huit boucles de filigrane tordu qui partent des pôles pour descendre à l'équateur, si l'on nous permet d'emprunter à la géographie une image familière à tous. Une perle d'or est fixée à l'un des pôles; l'autre pôle est soudé au médaillon.

Le revers de la base est garni de plaques d'argent prises au hasard. L'une, longue de 0^m 078, haute de 0^m 050, figurée au-dessous de la face de l'A, est couverte d'un ornement en repoussé qui est bien ordinaire dans l'ornementation des manuscrits carolingiens. Ce sont ces enlacements habiles de lignes, tantôt droites, tantôt courbes, qui nous semblent indiquer une persistance de l'art mérovingien sous les importations de l'art antique. La plupart des beaux manuscrits de l'époque de Charlemagne offrent des majuscules dont les épanouissements rappellent l'ornement que nous publions. Peut-être faut-il voir en celui-ci un des plus anciens spécimens de l'orfévrerie purement nationale.

Un autre fragment du revers a été taillé dans une inscription qui garnissait jadis le haut d'un crucifix. C'est la légende ordinaire : IHS NAZAR[ENVS] REX [IV]DEO(RVM), étagée en cinq lignes. Les E et les S y sont carrés et les A sans traverse, ce qui nous semble être un signe d'origine carolingienne. Les lettres ont 0^m 018 de hauteur, d'où l'on doit inférer que la figure du Christ avait une certaine élévation, 0^m 40 environ, si nous adoptons les proportions indiquées par le crucifix et l'inscription du reliquaire de Pascal II. Est-ce là un fragment du plus petit de ces deux grands crucifix donnés en 817 aux abbayes de Conques et de Figeac? Au lieu de l'une de ces images du Christ, plus grandes que nature, faut-il nous contenter d'un ensemble qui ne mesurait pas plus de soixante centimètres? Alors l'A n'aurait pu en faire partie.

Un ornement quadrillé, en forme de trémies juxtaposées, est appliqué au-dessus de l'inscription, sur le champ libre du fragment. Un ornement pareil, — celui qui est représenté à la partie gauche de notre planche d'ensemble, — garnit la tranche de l'A à l'intérieur et extérieurement autour du cercle qui le termine à son sommet. Cet ornement, protégé par sa position, doit appartenir à la fabrication primitive. Le fragment d'inscription et le reliquaire sont-ils, pour cela, de même époque et d'un même ouvrier? Mais ce même ornement se retrouve sur le reliquaire de Bégon[1], dans le champ des bustes qui le décorent. Alors, faut-il faire les trois monuments contemporains, et reporter à la fin du XIe siècle ce que nous présumions être du IXe?

La question se complique, si l'on examine la tranche extérieure de l'A. On y voit cloués les deux fragments mutilés de l'inscription représentée en demi-grandeur au-dessous du revers de la tête de l'A.

Cette inscription, obtenue au repoussé, est celle-ci :

ABBAS FORMAVIT BEGO RELIQVIAS QVE LO[CAVIT]
. . . SSVM DOMINI QVE CRVX C. . .

Ces lettres, barbares et liées entre elles, sont absolument semblables, quant à la forme, à celles du « Reliquaire de Bégon », bien qu'elles en diffèrent par les dimensions. Si elles ont toujours occupé la place où nous les voyons aujourd'hui, il faudrait alors faire honneur de ce reliquaire au grand abbé qui fut le réédificateur de l'abbaye de Conques. Mais comment concilier la barbarie de l'inscription qui porte son nom avec le grand goût et la délicatesse de tous les ornements qui datent de la fabrication primitive du monument que nous étudions?

Parmi ces ornements, il en est sur lesquels nous devons insister : ce sont ceux qui accompagnent l'intaille antique. Les émaux translucides des médaillons ne peuvent fournir aucune date positive, car ils doivent avoir été fabriqués en Orient à toutes les époques et envoyés dans tous les ateliers d'orfévrerie pour y être montés au gré de chacun, du VIIIe au XIVe siècle. Mais les médaillons ornés de rosaces en filigranes ont une grande ressemblance avec les mêmes ornements qui garnissent le revers de la croix suspendue au centre de la plus belle des couronnes trouvées à Guarrazar[2]. Cette croix est de la seconde moitié du VIIe siècle, et rien n'empêche que nos médaillons ne soient des premières années du IXe.

Ce n'est donc point sans une grande hésitation que nous nous prononcerons sur l'âge de l'A de Charlemagne. Il ne nous est point encore prouvé que le filigrane combiné avec les pierres ait été employé, comme nous le voyons ici, dès le temps de Charlemagne et de ses successeurs. Les couronnes de Guarrazar, bien antérieures, il est vrai, ne montrent point trace de ce

1. Voir les « Annales Archéologiques », vol. XVI, page 277.

2. Musée de l'hôtel de Cluny. — Voir une gravure du revers de cette croix dans la « Description du trésor de Guarrazar » par M. Ferdinand de Lasteyrie, page 9.

système. Nous ne connaissons point de pièce bien authentique de la belle époque carolingienne indiquant qu'on l'ait pratiqué; de telle sorte que, dans la crainte de trop vieillir le monument que nous décrivons, nous pencherions à le rajeunir outre mesure. Notre étonnement ne serait donc point extrême si, au lieu de l'attribuer à une époque antérieure à l'abbé Bégon, on nous prouvait qu'il lui est postérieur d'un demi-siècle au moins. Car l'A de Charlemagne appartient, dans ses éléments constitutifs, à une époque de grand goût et de grande habileté pratique, qui nous semblent avoir fait défaut en France aux xe et xie siècles. Il leur est donc ou antérieur ou postérieur.

PHYLACTÈRES.

Les deux pièces qui figurent sur la planche ci-jointe occupent le centre de deux reliquaires couverts de fragments ramassés au hasard, appartenant à tous les arts et à toutes les époques. Mais s'ils sont un peu barbares, ils ont du moins le mérite de conserver des fragments qui peuvent être intéressants pour l'histoire de l'orfévrerie. Ils sont formés d'âmes en bois, garnies en tôle sur le revers et sur les côtés; leurs faces sont couvertes des fragments que nous allons décrire, et qui sont accompagnés de bordures en pierres cabochons ou en pierres gravées qu'accompagnent des filigranes à moitié arrachés, et des plaques de verroteries cloisonnées dans l'or. Un ensemble de tous ces fragments n'eût rien appris, et nous avons préféré en donner les détails à une échelle plus grande, en réunissant à part toutes les pierres antiques qui se trouvent enchâssées dans les différents reliquaires de Conques.

Le premier reliquaire a la forme d'un carré surmonté d'un trapèze; il présente en son milieu les fragments réunis à gauche de la planche tels qu'ils y sont attachés, puis deux plaques en verroteries, neuf intailles et un camée.

Les fragments disjoints, qui doivent avoir jadis formé un ensemble, se composent d'une lentille de verre gris bleu, dans une large sertissure d'argent doré, portant neuf perles solidement enchâssées. Un jonc strié la sépare d'un anneau de verres pourpres triangulaires qu'entoure un second anneau en argent niellé; deux joncs, séparés par une partie lisse légèrement conique, bordent le tout. Des quatre plaques niellées qui devaient accompagner cette partie circulaire, il n'en reste plus que trois. Malgré l'irrégularité de leurs formes, il est facile de voir que ces plaques devaient, dans

Demi-grandeur

ARGENT NIELLÉ — VIIIE IXE SIÈCLES

Grandeur de l'original

FILIGRANES EN ARGENT XIIE-XIIIE SIÈCLES

Dessiné par A. Pascal

Gravé par L. Gaucherel

FRAGMENTS DE RELIQUAIRE

EN ARGENT DORÉ

Publié par Palmé, rue St Dominique, Paris

Imprimé par A. Salmon, quai de la Tournelle, Paris

l'origine, composer les quatres faces d'une pyramide tronquée dont le cercle que nous venons de décrire occupait la base supérieure.

Des places sont réservées dans le dessin niellé de l'anneau et des plaques pour la sertissure de pierres qui manquent aujourd'hui, à l'exception de deux seulement, qui sont peut-être des additions postérieures.

Le dessin de ces nielles, où les feuilles cordiformes se trouvent alliées avec les feuilles trilobées, où des oiseaux becquètent des graines en forme de point, où l'on rencontre même les lacis mérovingiens; la présence de ces verres pourpres que l'on est accoutumé à ne rencontrer que dans les bijoux francs; la grossièreté de ces travaux exécutés sur métal précieux : tout nous fait songer à ces enluminures barbares des manuscrits du VIIIe siècle. Quand nous aurions là les vestiges de l'orfévrerie de ces époques reculées, quelque don du roi Pépin, ou au moins de ses contemporains, il n'y aurait rien d'étonnant. Le trésor de Conques nous montre un rare esprit de conservation, qui s'explique lorsque l'on songe que le monastère, pendu aux flancs d'une gorge profonde, n'était accessible qu'aux piétons seuls il n'y a pas vingt ans, et qu'une route carrossable vient à peine d'être tracée parmi les chataigneraies, au fond de la vallée que dominent les escarpements où Conques est assis. Un tel endroit, isolé, en dehors de toute activité extérieure, devait être animé d'un grand esprit de conservation. Aussi c'est de cet esprit que témoignent sa belle église romano-auvergnate, ses grilles en fer forgé au XIIe siècle et les pièces de son trésor. Cet anneau en verroteries pourpres n'est pas le seul fragment du même genre que présente le trésor de Conques. Le reliquaire qui nous occupe a reçu, comme ornement, deux fragments de plaques semblables à celle dont nous donnons ici une gravure sur bois de la grandeur de l'original. Un troisième fragment se voit sur le second reliquaire.

TRÉSOR DE CONQUES.

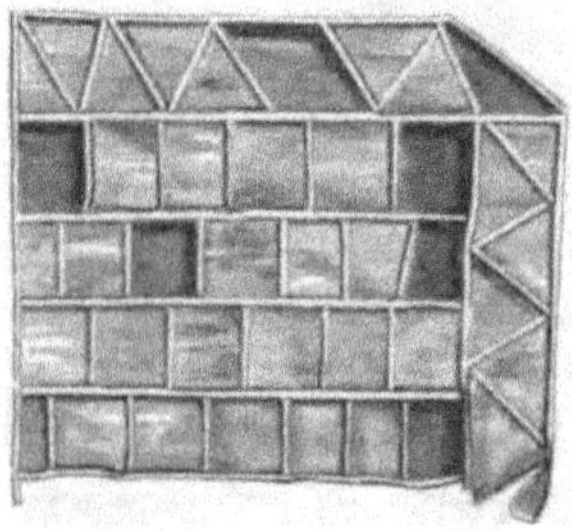

VERROTERIES DE COULEUR, CLOISONNÉES EN OR

Ces trois fragments quadrangulaires, avec un angle rabattu, se composent d'une bordure en morceaux de verre triangulaires, encadrant un fond de plaques carrées. Ces morceaux de verre sont cloisonnés dans des bandes d'or fixées sur un fond, comme à l'épée de Childéric, et aux couronnes de Guarrazar, et non à jour, comme la belle plaque du Cabinet des antiques de la Bibliothèque. Ces plaques sont très-mutilées, beaucoup d'alvéoles y sont vides, et plusieurs ont été garnies de verres blancs ou colorés en bleu et en vert, point de ressemblance avec la plaque de la Bibliothèque, sans que nous puissions dire si la présence de ces verres non pourpres est le resultat d'une restauration. Quant aux verres blanc verdâtre, mais non verts, on en retrouve sur les bijoux mérovingiens les mieux caractérisés [1].

La nature de ces plaques pourpres qui, trouvées dans les sépultures mérovingiennes, avaient gardé tout leur brillant, malgré l'action prolongée de l'humidité, a longtemps embarrassé les archéologues. On n'était pas éloigné de croire que ces plaques étaient des grenats taillés en table. Mais tandis que M. F. de Lasteyrie s'assurait que c'était du verre, teint en pourpre dans la masse, qui garnissait les couronnes de Guarrazar, nous reconnaissions, à Conques, que c'était du verre doublé qui était cloisonné sur notre reliquaire. Mais, au lieu d'être recouvert d'une seule couche mince de verre pourpre, comme celui qu'on fabrique pour les vitraux, le verre incolore y est compris entre deux couches également colorées.

La frise en argent repoussé, que nous avons dessinée dans la place qu'elle occupe sous les fragments du VIIIe siècle, nous semble, par la fermeté du dessin et par son style, appartenir au commencement du XIIe siècle.

Nous donnons en dessous, et aussi en la place qu'il occupe, un fragment de frise composée de pierres cabochons alternant avec un ornement dont nous avons indiqué le profil. Cet ornement se compose d'une demi-sphère en argent portant une perle sertie dans une petite boule soutenue par quatre volutes en métal, accostées de quatre autres volutes placées sur le fond.

Cet ensemble nous paraît appartenir au XVe siècle, sinon au XVIe.

Le second reliquaire est à peu près de même forme que le premier. Il représente un carré surmonté d'un triangle. Le bijou, que nous publions dans sa grandeur, en occupe le centre, au milieu de huit plaques de verre ordinaire qui doivent recouvrir des reliques. La jolie frise que nous avons placée en dessous, dans notre gravure, une plaque en verroteries, semblable à celle que nous avons décrite et montrée plus haut, et deux fragments de repoussé

1. Voir les ouvrages de M. l'abbé COCHET sur l'archéologie franque, et notammment le « Tombeau de Childéric », page 376.

dont nous publions une gravure sur bois, couvrent le reste du reliquaire, bordé en outre de bandes filigranées d'où saillissent des pierres cabochons. Il n'y en a point qui soient antiques parmi elles.

Le charmant bijou à quatre lobes et à quatre pointes dans les contre-lobes, qui a été enchâssé au milieu de ce fouillis, est de la classe des reliquaires phylactères. C'était un de ces reliquaires portatifs auxquels ce nom a été plus spécialement attribué[1].

Le centre est occupé par une plaque de nacre aujourd'hui exfoliée. Les lobes et les pointes sont garnies de filigranes d'une grande richesse qui accompagnent de leurs rinceaux vigoureux des cristaux de roche polis. Une baguette moulurée d'une gorge cerne les lobes de ce petit reliquaire qui doit appartenir au XIIIe siècle. C'est également à la fin de ce siècle que nous

TRÉSOR DE CONQUES.

FEUILLAGES EN ARGENT REPOUSSÉ.

1. Voir dans les « Annales Archéologiques », vol. XVIII, pages 344-349, et vol. XIX, pages 230-232, nos articles sur les « Phylactères ».

attribuerons la frise repoussée qui l'accompagne. La présence d'une feuille de lierre au centre de l'une de ses volutes nous semble caractériser cette époque.

Nous montrons ici, gravés sur bois et de grandeur naturelle, deux fragments qui provenaient dans l'origine d'une même plaque, car il est facile d'y suivre le dessin de l'ornement malgré la solution qui les sépare. C'est une tige centrale d'où s'épanouissent symétriquement des branches feuillagées. Nous y retrouvons les mêmes feuilles en forme de cœur que sur les nielles du reliquaire précédent, avec d'autres qui sont lancéolées et de formes diverses. La position symétrique de ces branches, les traditions antiques qu'il est impossible de méconnaître dans ces feuilles, dont on voit les semblables gravées sur les cippes funéraires romains, en même temps que l'incertitude de leur dessin, tout nous fait penser au VIIIe ou IXe siècle, à ces époques dont l'orfévrerie a été depuis longtemps mise au creuset.

A défaut d'autres mérites, les deux reliquaires que nous venons d'analyser ont du moins celui de nous présenter des fragments de l'orfévrerie religieuse, fabriquée en des temps dont les seuls monuments qui subsistent sont quelques manuscrits grossiers.

ALFRED DARCEL.

LE MONT ATHOS

CARACALLOU [1]

ΤΟΥ ΚΑΡΑΚΑΛΛΟΥ ΜΟΝΗ

En nous recevant, l'higoumène nous raconta l'histoire suivante sur l'origine de son couvent :

« C'est le plus ancien monastère de l'Athos : il fut fondé par Caracalla, empereur romain. Brûlé ensuite, on ne sait comment, il fut rebâti par l'argent des quêtes que firent les moines dans tout le pays grec. Mais un pape de Rome, on ne dit pas lequel, revenant un jour de Constantinople, brûla de nouveau le monastère qui refusait de se soumettre à sa juridiction. Alors les moines allèrent, en députation, trouver Pierre, woïvode de Valachie, qui leur donna un architecte et de l'argent pour reconstruire leur monastère. L'architecte, au lieu d'asseoir le couvent nouveau sur l'emplacement de l'ancien, le construisit ailleurs. Les moines s'en plaignirent au prince (l'higoumène l'appelle le bey), qui se fâcha et voulut faire décapiter l'architecte. Celui-ci demanda sa grâce en promettant de bâtir à ses frais un second monastère sur l'emplacement même des ruines. La grâce fut accordée. L'architecte continua sa première construction et attendit l'arrivée du woïvode dans l'Athos pour lui faire voir son œuvre. Le woïvode fut si ravi de la beauté du site et des bâtiments, qu'il ne voulut plus retourner chez lui et qu'il se fit moine sur le lieu même. A son exemple, l'architecte se voua aussi à la vie monacale. Au bout de quelques semaines, le prince et l'artiste, devenus plus parfaits encore, allèrent vivre en ermites, un peu à l'écart du monastère. Ils moururent dans leur retraite et furent déclarés saints. »

1. Voyez dans les « Annales Archéologiques » les dix articles déjà publiés sur la Grèce, les Météores et les couvents du mont Athos : volume I, pages 41 et 322 ; vol. IV, pages 69, 133, 223 ; vol. V, page 148 ; vol. VII, page 44 ; vol. XVIII, pages 72, 109 et 197.

Qu'y a-t-il de vrai dans tout cela? Je l'ignore. La grande tour, qui fait face à l'occident et à l'entrée du monastère, s'appelle bien la tour de Caracalla; mais le site n'est pas le plus beau de l'Athos et, si je me faisais moine aghiorite, ce n'est probablement pas là que je voudrais demeurer. Les religieux, du reste, sont persuadés que Caracalla est leur premier fondateur, qu'il leur a donné des propriétés considérables et que le pape, comme héritier des empereurs romains, est obligé à restitution. Quelque temps avant notre voyage, le monastère de Caracallou avait envoyé à Rome un caloïère pour réclamer au pape les propriétés que leur avait abandonnées le fondateur impérial. Ces propriétés consisteraient en terres, maisons et magasins. Le pape, cela va de soi, n'écouta pas la requête; mais un ascète, dépendant de Caracallou et qui nous accompagnait au couvent de Sainte-Laure, se disposait à faire le voyage de Rome pour le même objet et à demander au moins de quoi payer les constructions nouvelles qui se faisaient dans le monastère au moment de notre passage.

J'ignore si le voyage de l'ascète s'est effectué; mais je ne doute pas qu'il n'ait été suivi d'insuccès. En tout cas, Caracallou, malgré son nom et son impériale origine, est un pauvre monastère. Situé à deux heures d'Iviron et à quatre de Sainte-Laure, deux des plus riches couvents de l'Athos, il en est comme exténué; il ressemble beaucoup trop à son voisin Philothéou, qui n'en est distant que d'une demi-heure et qui compte parmi les plus pauvres de l'Athos.

Caracallou est cénobite, non idiorythme; la vie y est entièrement commune, comme à Siménou, et non privée en grande partie, commé aux riches couvents de Vatopédi, d'Iviron et de Sainte-Laure. Il semble que la vie commune, au mont Athos, engendre la pauvreté, et que la vie particulière y produise la richesse. Tant mieux pour la liberté personnelle qui a besoin, même dans les couvents de la Montagne-Sainte, de prouver qu'elle vaut mieux que la servitude même volontaire. C'est un higoumène, non des épitropes, qui gouverne Caracallou; l'administration y est donc purement monarchique. Le chef, nommé à vie, règne sur quarante pauvres caloïères, dont vingt-cinq ou trente vivent à l'intérieur, et de dix à quinze travaillent au dehors ou végètent dans les métochi (prieurés).

A l'exception de la chapelle du cimetière qui est dédiée, comme celle de Philothéou, à tous les saints, et d'un oratoire qui porte le vocable de saint Georges et avoisine la cellule où réside l'évêque exilé de Kitron, Caracallou n'a qu'une seule église; ce « catholicon » est dédié aux douze apôtres en général et, en particulier, à saint Pierre et saint Paul.

Cette église, comme la plupart de celles de l'Athos, se compose d'un porche extérieur, d'un porche intérieur, d'une nef, d'un transsept que surmonte une coupole, et d'un sanctuaire à trois absides.

Au porche extérieur sont peints, en pied et debout, les deux nouveaux fondateurs du couvent, le woïvode Pierre et l'architecte Pacôme. Tous deux sont habillés en moines et ils tiennent à la main le modèle de l'église. On lit cette inscription qui les désigne et les nomme :

Οἱ νέοι κτίτορες τῆς ἅγιας μονῆς ταυτῆς Πέτρος καὶ Παχώμιος.

Les nouveaux fondateurs de ce saint monastère, Pierre et Pacôme.

L'Apocalypse, un sujet que les moines mystiques de l'Athos affectionnent, est peinte dans ce porche extérieur, comme dans ceux d'Iviron et de Philothéou.

Le porche intérieur a trois nefs ou trois travées d'écartement sur deux travées d'entrecolonnement ou de longueur. A l'occident des deux nefs latérales s'élève une coupole dont celle du nord offre, au centre, Jésus-Christ en Pantocrator, environné des neuf chœurs des anges ainsi disposés et nommés :

ORIENT

NORD 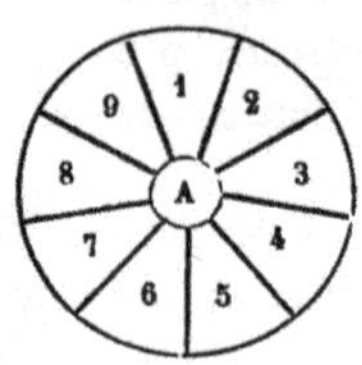 SUD

OCCIDENT

A. Παντοκράτωρ. — Le Tout-Puissant.
1. Πολυόμματα. — Cercles ailés de feu et couverts d'yeux.
2. Θρόνοι. — Les Trônes.
3. Κυριότιτες (sic). — Les Dominations.
4. Χαιρουβίμ (sic). — Les Chérubins.
5. Ἀρχαὶ. — Les Principautés.
6. Ἑξαπτέριγα. — Les Séraphins?
7. Ἄγγελοι. — Les Anges.
8. Δυνάμεις (sic). — Les Puissances.
9. Ἐξουσίαι. — Les Vertus.

Ni les séraphins ni les archanges ne sont ici nominativement désignés, à moins que les Πολυόμματα et les Ἑξαπτέριγα n'en tiennent lieu. A la grande église d'Iviron, les séraphins sont effectivement appelés Ἑξαπτέριγα ; mais les chérubins y sont dits Πολυόμματα, et ici, à Caracallou, nous avons les Πολυόμματα et les Χαιρουβίμ séparément, c'est-à-dire formant double emploi. A Iviron, le chœur des anges n'est pas le même que dans le « Guide de la peinture »; à Caracallou, il diffère d'Iviron et du « Guide », en sorte qu'il y a bien de l'obscur et de l'indécis en tout cela. Ajoutez que l'ordre de Caracallou est un désordre complet, puisque les anges y sont placés entre les puissances et probablement les séraphins, tandis que les dominations sont entre les trônes et les chérubins. Pour échapper à cette confusion, nous rappellerons que l'ordre, en allant de bas en haut, c'est-à-dire en commençant par les moindres pour finir par les supérieurs, est celui-ci :

PREMIER CHOEUR.	DEUXIÈME CHOEUR.	TROISIÈME CHOEUR.
Anges.	Puissances.	Trônes.
Archanges.	Vertus.	Chérubins.
Principautés.	Dominations.	Séraphins.

Le reste de ce porche intérieur est peint des supplices qu'ont endurés les martyrs de l'empereur Caracalla et de ses pareils. Parmi ces martyrs, j'ai distingué saint Denis l'Aréopagite, qui meurt avec ses disciples et qui donne sa tête à sainte Catula, ἁγία Κατουλά. Du narthex à l'église proprement dite, on entre par une porte au-dessus de laquelle est peinte la Philoxénie d'Abraham, c'est-à-dire Abraham offrant l'hospitalité aux trois anges qui symbolisent la Trinité. C'est une invitation aux fidèles à entrer dans le temple où la Trinité est plus spécialement adorée. Ces peintures ont été exécutées, en 1750, par Séraphim et Cosmas, moines de Janina ou moines Joannites, par les soins de Néophytos, prohigoumène, né au village de Karnovasi, dans l'île de Samos. Une inscription, placée au-dessus de la porte et dont je n'ai copié que la fin, donne tous ces détails :

. . . Διὰ χειρὸς Σεραφὶμ καὶ Κόσματος τῶν ἱερομοναχῶν τῶν ἐξ Ἰοαννινῶν.

Ces deux peintres moines, Séraphim et Cosmas, étaient certainement les élèves de Damaskinos qui, nous allons le voir, peignit en 1717 l'église de Caracallou, et, en 1718, la chapelle de Notre-Dame la Portière à Sainte-Laure. Car Damaskinos se dit égalemnt ἐξ Ἰοαννινῶν. Dans l'inscription, ce porche de Caracallou est appelé ἄρτικας pour νάρτικας (narthex) probablement. Outre cette inscription en l'honneur de Néophytos, ce prohigoumène (vicaire de l'abbé) s'est fait peindre à côté d'un jeune prince avec lequel il tient le modèle de l'église. Le prince a donné l'argent, le prohigoumène a donné son temps, Séraphim et Cosmas ont donné leur talent ou quelque chose d'approchant, pour exécuter ces peintures. Les peintres sont nommés, le prince et le prohigoumène nommés et représentés. Que nous serions heureux si, dans nos vieilles églises, les donateurs et les artistes avaient toujours eu le goût de la réputation! Le prince, qui a contribué de son argent à ces peintures, est ainsi désigné dans l'inscription qui accompagne son portrait :

Τημαρούδας τοῦ Κάτερτζα ὁ υἱὸς τοῦ Κωνστάντακις ἀπὸ Ἀνατωλὴ χωρίου Παντίδιρι καὶ συνδρομίτης.

Timaroudas de Katerdza, fils de Constantakis d'Anatolie, du village de Pantidiri, bienfaiteur.

C'est du grec barbare pour des hommes et des peintures qui ne manquent pas non plus de barbarie. Au-dessus du prince et du prohigoumène, saint Pierre et saint Paul descendent du ciel dans les nuages et applaudissent à la munificence de leurs fidèles.

Un autre prohigoumène, également du nom de Néophyte, mais né à Milos, celui-là, où est née aussi, ou du moins où a été déterrée notre Vénus du Louvre, dite de Milo, a fait restaurer et peindre l'église en 1717, avec son argent et par ses soins. Le peintre a signé :

Διὰ χειρὸς ζωγράφου Δαμασκύνου ἱερομοναχοῦ.

Par la main du peintre Damaskinos, moine.

Cet artiste, nous le retrouverons peignant, un an plus tard, en 1718, une chapelle entière dans le couvent de Sainte-Laure. Son succès au pauvre Caracallou lui valut, l'année suivante, une commande dans le plus riche couvent de l'Athos. Je ne m'étendrai pas beaucoup sur ces peintures qui ressemblent, comme disposition, comme sujets et comme art, à toutes celles dont j'ai déjà parlé et dont je pourrai parler encore.

Dans le bas du transsept ou catholicon, ce sont de grands saints en pied : saints soldats à l'extrémité des deux croisillons nord et sud; saints religieux contre les parois de l'occident. Une église qui a la forme d'une croix peut être comparée à une épée : le pommeau, c'est l'abside; la poignée, c'est le chœur; les croisillons sont la garde et la nef est la lame. C'est à la garde que sont peints les saints soldats. Parmi les grandes figures du croisillon nord, j'ai distingué saint Christophe le « réprouvé » : ὁ ἅγιος Χριστοφόρος ὁ ῥέπρεβος. Pourquoi cette épithète? Je n'en sais absolument rien. Mais ce vaillant guerrier, à peu près figuré comme sur les vitraux de la cathédrale de Chartres, a de plus ici une tête de chien ou de loup. J'en ai demandé la raison, et personne n'a pu me répondre. Nous verrons encore ailleurs saint Christophe ressemblant ainsi à une espèce de divinité égyptienne et portant une tête d'animal sur un corps d'homme.

Au-dessus de ces grandes figures se déroule la vie de Notre-Seigneur dans une série de tableaux. Dans le ἅγιον βῆμα, ou sanctuaire, sont peints la Liturgie, la Cène, les Liturgistes et la Vierge tenant l'enfant Jésus. Dans l'embrasure de la porte qui conduit du sanctuaire à la petite abside nord, qu'on appelle le diaconicon, est peint, à droite, le diacre saint Étienne, à gauche, le diacre saint Laurent. Dans l'embrasure de la porte du sanctuaire, à l'abside du sud, sont peints saint Euplos et saint Romanos.

Mais les peintures les plus intéressantes sont celles dont est décorée la coupole qui couronne le centre de l'Église ou de la croisée.

Aux pendentifs, les évangélistes, ainsi disposés :

Nord-Est,	S. Matthieu	—	Est-Sud,	S. Jean.
Ouest-Nord,	S. Marc	—	Sud-Ouest,	S. Luc.

C'est la même disposition normale que chez nous, pour les évangélistes et leurs attributs :

S. Matthieu et Ange.	Aigle et S. Jean.
S. Marc et Lion.	Bœuf et S. Luc.

Au tambour de la coupole, les douze principaux prophètes ayant sous eux les douze apôtres, suivant cet ordre :

1.	Sous	Moïse,	S. Pierre.
2.	Sous	Élie,	S. Paul.
3.	Sous	Elisée,	S. Marc.
4.	Sous	Daniel,	S. André.
5.	Sous	Isaïe,	S. Luc.
6.	Sous	Habacuc,	S. Jacques.
7.	Sous	Jonas,	S. Thomas.
8.	Sous	Johel,	S. Philippe.
9.	Sous	Ozée,	S. Barthélemi.
10.	Sous	Zacharie,	S. Simon.
11.	Sous	Jérémie,	S. Matthieu.
12.	Sous	David,	S. Jean.

Les quatre évangélistes sont reproduits ici, quoique saint Luc et saint Marc ne comptent pas à proprement parler parmi les apôtres. Il n'y a qu'un saint Jacques sur deux; enfin saint Mathias et saint Jude sont absents. Nous avons déjà signalé plusieurs fois le désordre qui trouble, même dans l'Église latine, le catalogue des apôtres. Il est inutile d'y insister ici; mais il serait grand temps de remédier à cette confusion, si fâcheuse en iconographie.

Dans la cathédrale de Chartres, au croisillon sud, les quatre grands prophètes portent sur leurs épaules les quatre évangélistes. L'Ancien Testament sert de piédestal au Nouveau, comme il convient. Ici, à Caracallou, c'est le contraire : les apôtres soutiennent les prophètes, l'Évangile porte l'Ancien Testament. Est-ce avec intention? Je ne le suppose pas; mais il faut dire que le peintre et les moines, qui ont ainsi disposé ou laissé disposer ces figures, étaient des ignorants ou des indifférents.

Existe-t-il un rapport quelconque entre chaque prophète et son apôtre? C'est probable : Moïse, chef du peuple de Dieu ou de la Synagogue, et saint Pierre, chef de l'Église; Élie, enlevé au ciel comme saint Paul y fut ravi; Habacuc, le voyageur, ayant pour compagnon saint Jacques, le pèlerin; Jonas et Thomas, les deux sceptiques, offrent des rapprochements assez évidents. Mais je ne saisis pas aussi bien le rapport qui peut exister entre Élisée et saint Marc, Daniel et saint André, Isaïe et saint Luc, Johel et saint Philippe, Ozée et saint Barthélemi, Zacharie et saint Simon, Jérémie et saint Matthieu, David et saint Jean. J'indique aux lecteurs des « Annales » ce sujet d'étude qui ne manque pas d'intérêt même historique et, à plus forte raison, iconographique.

Au centre de la coupole règne le Pantocrator entouré des anges, de la Vierge et de saint Jean. Parmi ces anges, deux cercles de feu, ailés et ocellés, comme les Grecs représentent les chérubins; de plus, deux roues à huit rayons, du moyeu desquelles sort une tête d'ange nimbé. Ces roues, qui figurent les trônes, sont rouges de feu et ailées de quatre ailes également de feu.

Cette église est dallée en marbre que séparent et qu'encadrent des bandes de mosaïque : c'est un reste de son ancienne splendeur, car, aujourd'hui, rien n'est plus pauvre que ce monument.

La couronne de lumière, grand diadème de cuivre qui pendait sous la coupole, a été vendue autrefois pour payer un impôt ou une rançon aux Turcs. Il n'en reste plus aujourd'hui que les chaînes auxquelles, luxe assez triste, pendent quelques œufs d'autruche. Les gros chandeliers sont en bois, vernis en jaune pour imiter le cuivre. Au-dessus de l'autel s'élève le ciborium, qui est lui-même en bois et que les moines appellent simplement la « table », τράπεζα. Cependant, trois lampes d'argent brûlent perpétuellement devant un tableau, habillé d'argent, où sont figurés les douze apôtres : les chairs seules, têtes et mains, sont en peinture.

A l'image de la Vierge, qui est appliquée contre cette clôture du sanctuaire, qui s'appelle l'iconostase, sont suspendues ou appliquées de petites pièces d'argent (des pièces de 5 drachmes), frappées sous le roi Othon. Ce sont des Grecs esclaves, ayant l'espoir d'être libres un jour, qui offrent ainsi l'argent des libres à la Vierge qu'ils vénèrent dans le pays de l'esclavage. J'ai vu ainsi, à la Vierge-Portière (Πορταΐτισσα) du couvent d'Iviron, parmi les diamants et les larges médailles d'or pendus à son cou, une croix d'argent de l'indépendance hellénique. C'est quelque vieux soldat des guerres de l'indépendance qui a donné cet « ex-voto » à la Vierge d'Iviron, en lui demandant sans doute de rendre, en retour, la liberté à ses malheureux compatriotes et coreligionnaires. Que la Vierge écoute ses vœux, chasse enfin les Turcs de l'Athos et de l'Europe entière, et obtienne de Jésus-Christ, son Fils, la liberté de tous les chrétiens!

Le réfectoire de Caracallou, qui n'a qu'une nef, est entièrement peint et sur trois étages. En haut, l'Ancien Testament, à gauche; le Nouveau, à droite. Au milieu, dans des médaillons, des saints en buste. En bas, de grands saints en pied. A l'orient, où est la table de l'higoumène, dans le cercle de l'abside, la Cène. A l'occident, contre le mur droit et lisse, le Jugement dernier. Dans ce pauvre couvent, dans ce pauvre réfectoire, si on se laissait aller à la gourmandise, le Jugement dernier serait là pour vous arrêter sur la pente du vice; mais c'est une précaution qui m'a paru superflue : il faut avoir de quoi manger pour manger trop.

La bibliothèque, ce réfectoire intellectuel, est presque aussi misérable que le réfectoire du corps. A une époque assez récente, les moines de Caracallou vendirent des livres pour subvenir à leur existence. Pour 40 piastres, c'est-à-dire pour la somme misérable de 10 francs, il en partit deux charges entières de mulets. Aujourd'hui, cette bibliothèque se compose, à peu près, de quatre cents manuscrits, dont soixante en parchemin, et le reste en papier.

Je n'y ai remarqué qu'un dialogue ou traité de Siméon, archevêque de Salonique, sur la liturgie, les ornements sacerdotaux, leur signification, etc. Il aurait fallu avoir le temps d'étudier un pareil ouvrage, qui devait m'intéresser à tant de titres.

Dans le cimetière, où vont finir tous ces pauvres moines, s'élève une petite église que décorent quelques peintures. Au milieu de cette ornementation, en un lieu fort apparent, comme dans une place d'honneur, on voit en pied un empereur byzantin accompagné de cette inscription :

+ Ἀντώνιος Καράκαλας ὁ βασιλεὺς τῆς Ρῶμης ὁ πρώην κτήτωρ τοῦ Καρακάλλου

+ Antonius Caracalla, roi de Rome, premier fondateur de Caracallou.

Ce Byzantin, en effet, n'est rien autre que Marcus Aurelius Antoninus

Bassianus CARACALLA. Comme on le voit, ces braves moines tiennent à cette singulière et fabuleuse origine. Il est assez étrange que ce monstre païen soit protégé par la croix qui précède son inscription et qu'on l'ait mis comme un saint de premier ordre dans une église.

Du reste, cet abominable Caracalla est assez bien placé au milieu d'un cimetière ; car tous ces tyrans de Rome étaient de vrais pourvoyeurs de la mort.

A Caracallou, dans une humble cellule, nous avons rencontré l'évêque de Kitron[1], exilé par son supérieur, l'archevêque de Salonique. Cet archevêque a huit évêques dans sa juridiction métropolitaine; et ces évêques, il les nomme, il les sacre, il les frappe d'impôts, il les suspend, il les exile, il les réintègre à sa volonté. Chez les Grecs de la Turquie, comme chez les Turcs eux-mêmes, la propriété, la liberté, presque la vie sont choses assez vagues; on ne s'y appartient jamais en entier, et l'on y est toujours sous la dépendance et le caprice des supérieurs. Cet évêque avait déplu, on ne m'a pas dit pourquoi, à l'archevêque de Salonique, et l'archevêque l'avait expédié au mont Athos, dans cette espèce de prison de Caracallou, où il croupissait au moral comme au physique, sans lui dire quand on songerait à le rappeler. Voilà où mènent le despotisme et le respect excessif de l'autorité ; quelle gloire pour l'Angleterre que sa loi immortelle de l' « habeas corpus » !

DIDRON.

1. Kitron ou Kitros est une fort petite ville située en Thessalie, sur le golfe de Salonique ; nous y avons passé en venant de Pharsale et de Larisse, par la vallée de Tempé, pour nous rendre à Salonique.

ANCIENS DOCUMENTS

I

DESCRIPTION DE WESTMINSTER EN FRANÇAIS DU XIIe SIÈCLE.

Dans le « Gentleman's Magazine »[1] de juin 1858, page 637, on trouve cette description de l'église et de l'abbaye de Westminster. Elle est tirée d'une vie en vers d'Édouard le Confesseur, intitulée : « La Estoire de seint Aedward le Rei ». Elle a été éditée par M. Luard, dans ses « Lives of Edward the Confessor », publication faite par ordre du gouvernement anglais :

Atant ad fundé[2] sa iglise
De grantz quareus de pere bise :
A fundement le e parfund ;
Le frunt vers orient fait rund ;
Li quarrel sunt mut fort e dur ;
En miliu dresce une tur
E deus en frunt del occident,
E bons seinz et grantz i pent.
Li piler e li tablementz
Sunt reches defors e dedenz ;
A basses e a chapitraus
Surt l'ovre grantz e reaus ;
Entaileez sunt les peres,
E aestoirés les vereres ;
Sunt faites tutes a mestrie,
De bone et leau mestrancie,
E quant ad achevé le ovre,
De plum la iglise bon covre,
Clostre i fait, chapitre a frund,
Vers orient, vouse e rund,
U si ordené ministre
Teignent lur secrei chapistre :
Refaitur e le dortur,
E les officines en tur.

Cette description et cette vieille terminologie nous ont paru assez curieuses pour en faire ici la publication. Chaque mot mérite une attention spéciale.

Ainsi : — Fondations profondes. Construction en pierre carrée, pierre de taille et de couleur grise. Abside ronde et tournée à l'orient. Une tour au centre de l'église, à la croisée. Deux tours au portail où sont de bonnes et grandes

1. Le « Gentleman's Magazine » est maintenant édité par MM. Henry et James Parker, d'Oxford, qui se plaisent à y insérer des articles fort intéressants d'archéologie. Chaque mois paraît un fort cahier in-8°, orné de gravures.

2. Ce fondateur, c'est Édouard le Confesseur.

cloches. Les piliers et entablements[1] sont riches en dedans et en dehors. Les bases et les chapiteaux sont grands et plus riches encore. Les pierres sont sculptées et les verrières historiées. La construction faite, on la couvre de bon plomb. Cloître. Salle capitulaire ronde et à l'orient, où se font les ordinations et se tiennent les chapitres. Réfectoire et dortoir autour desquels se rangent les bâtiments ou officines du monastère. On remarquera la tour centrale, si fréquente en Angleterre et en Normandie, et moins fréquente dans le reste de la France. Non-seulement l'église est orientée; mais la salle capitulaire, de forme ronde ou circulaire, est orientée également, caractère qui se retrouve encore en Angleterre et en Allemagne. Nos voisins d'Angleterre attachent, avec raison, une grande importance à la publication de ces anciens documents : c'est le meilleur et même l'unique moyen de créer la terminologie archéologique.

II

DIVERS USAGES DE LA CIRE AU MOYEN AGE.

PERSONNAGES EN CIRE. — M. le comte de Laborde s'exprime ainsi à l'article cire ouvrée (« Notice des émaux », Gloss., p. 215) : « De tous temps, les orfévres sculpteurs modelaient en cire leurs ébauches. Dès l'antiquité, à l'époque même où l'art avait toute la naïveté de l'imitation complète, on coula des statues en cire qui recevaient, dans leur fraîcheur, tout le velouté des couleurs naturelles. Au moyen âge, la direction des idées reprit le même cours, et les ex-voto, ainsi que les effigies du mort, donnèrent un aliment continu à ces trompe-l'œil si goûtés ».

Parmi les ex-voto, on remarquait certains CONTREPOIX, qui, presque toujours, étaient des effigies de la grandeur et du même poids que les malades, au nom desquels on les avait offerts. Ainsi, en 1432, les échevins de Lille accordent XII[s] à Jehenne de Kantières, « poure gentilz femme », d'ailleurs recommandée par le duc de Bourgogne, « pour et en avancement de contrepoix et offrande d'un sien filz, malade de la maladie monseigneur saint Cor-

1. M. H. Parker pense que par « entablement » on pourrait entendre le « soubassement », qui est ordinairement orné de riches arcatures. J'inclinerais à y voir toutes les parties horizontales du monument, les corniches, les frises, les cordons d'assises, les entablements proprement dits. Le pilier est le support vertical et l'entablement est l'appui horizontal; tous deux, au Westminster d'Édouard le Confesseur, étaient d'une grande richesse, inférieure cependant, comme on le conçoit, au luxe des bases et des chapiteaux.

nille » (saint Corneille). — En 1451, Pietre le Passeur, « homme insensé », pour lequel on venait de faire « une gayolle traillée », peut-être semblable à la fameuse cage de fer du cardinal La Balue, devait à leur munificence XXXVI[s], « pour lui aidier à paier ses contrepoix et offrandes à monseigneur saint Acquaire de Haspre ». (Roquefort ne mentionne pas ces deux maladies. Voir son « Dictionnaire de la langue romane », t. II, p. 121.) — En 1505, ces magistrats font remettre XXII[s] à une femme « pour garir le chief d'un enffant et payer le contrepoix d'icellui à saint Quentin ».

Guidés par la superstition, ceux qui voulaient se défaire d'un ennemi, ou, pour parler comme au moyen âge, qui voulaient l'« ENVOUTER », faisaient modeler en cire son image, convaincus qu'ils étaient, qu'à l'aide de certaines opérations magiques, ils parviendraient à lui faire subir les tortures diverses auxquelles ils soumettaient son effigie. Les procès de Robert d'Artois et d'Enguerrand de Marigny (XIVe siècle) nous fournissent, à cet égard, de curieux détails. Au XVe siècle, Charles le Téméraire, duc de Bourgogne, fit conduire prisonnier, à Béthune, Jean II de Bourgogne, comte de Nevers, sous prétexte qu'il avait voulu l'« envoûter ».

Lorsque l'autorité séculière, croyant se conformer aux lois, condamnait au dernier supplice des clercs reconnus coupables, les évêques, aussi bien que l'Université (pour ses écoliers), obtenaient, presque constamment, qu'au jour de l'amende honorable, les effigies en cire des suppliciés fussent portées solennellement, au nom des magistrats qui s'étaient constitués leurs juges.

Ainsi, à l'occasion de la restitution et de l'amende honorable faites en 1361, à Philippe Darbois, évêque de Tournai, par le lieutenant du bailli de Lille, les échevins et quatre sergents, Sanderus, dans sa « Flandria illustrata », édition de 1735, t. III, page 438, s'exprime ainsi :

« Locum tenens baillivi villæ Insulensis, scabini ac quatuor clientes præpositturæ, jussu Johannis, Francorum regis, satisfaciunt publice Philippo, tunc episcopo tornacensi, ejus officiali et promotori, occasione trium clericorum quos condemnaverant ac morti affecerant ».

A ce sujet, nous lisons dans les registres aux comptes de la ville de Lille les renseignements suivants sur la cire à sceller les chartes.

CIRE POUR LES SCEAUX. — « Au cauffechire, pour le grand airest contre l'évesque, pour l'escripture de cet airest... — A Jehan Furet, caudrelier (1460), pour le réfection d'un pot de cœuvres servant à cauffer l'iauwe pour eschauffer le cire dont on scelle au sceel de ladite ville, IIII[s]. — Pour une chartre scellée en chire verd et de la soie, contenant en substanche I pardon de XXII personnez et de tous autres, pour le scel de celi lettre, XLVIII frans de

XLII[l]. — A Philippon le merchier, pour CXII[l]. de chire dont on fist les torses et les personnagez de le restitution faite à Mons. le évesque (de Tournai) payet IIII gros et demi de le livre, parmy le fachon, vallent XLII[s] des gros de XVI[l]. XVI[s]. — A Rifflart, pour XV valles qui portèrent ces torses et personnages, XXX gros de XX[s]. — A Rifflart (année 1355), pour II figures de canevach et d'autrez estoffes, que li baillieu de Lille restabli ou lieu de Pietre du Hem et de Bourghongne, sen vallet, XXIII[s]. »

TABLETTES ENDUITES DE CIRE. — Les tablettes enduites de cire étaient fort en vogue à Lille au XIV[e] siècle. Ainsi, en 1323, l'argentier nous dit qu'il a déboursé II[s]. VI[d]. « pour encirer II pere de taules, II[s]. pour les taules des tailles « planer, et, IIII[s]. (1337) donnés au coustre de Saint-Estienne, pour II paires « de galles ». En 1340, la même somme lui est allouée « pour les galles pour « tailler eschevins et huit hommes ». Disons ici que le droit « de tailler » appartenait aux quatre curés de Lille. En 1335, en effet, on porte en dépense VII[s.] IIII[d.] « pour vin à prestres, quant il eurent tailliet eschevins et le conseil, « et VII[s.] II[d.], pour semblable courtoisie, le jour qu'il raportèrent wit (huit) « hommes et paiseurs ». (Ailleurs : « vin aux prestres le jour qu'il prisent tail- « leurs, VII[s.]) En 1340, le vin présenté « devant les Toussaints aux prestres, « quant il fissent les tales pour taillier eschevins », revient à XXXIIII[s.]; et celui offert « as IIII curés (1343) le jour qu'il fizent VIII hommes », à XXVI[s.] VIII[d.]. (En 1315, on leur faisait hommage de VI los de vin, de II los « de sauget » et de VIII los « de moust ».) En 1364, la chire, dont on fist « les galles des tailles » coûte II gros, de XV[d.], et il faut (1381) « demi-livre de verde cire « pour faire les gales, dont les mayeurs de le haulte perce (la halle aux « draps) sont créés à Pasques communiauls ». (Deux paires coûtaient II[s.], IIII paires XXII[s.], en 1343.) On se servait aussi de « taules » enduites de cire « pour escripre (1330) l'assize des boulenghiers, leur frine, et les brais des goudaliers (1337.) — En 1486, le cirier Allart le Cocq faisait payer VIII[l.], une « espinette de chire » donnée, selon l'usage, au roi des couleuvriniers.

Les ciriers qui mettaient en oubli les bans de leur métier encouraient des amendes considérables pour l'époque. Ainsi, en 1442, l'un d'eux en acquitte une de X[l.], pour avoir esté trouvé venant de sa maison, « enseignié de son enseigne, certain ouvrage de chire qui n'estoit pas sy bon qu'il devoit estre, mais estoit empirié de malvaise melure, telle que des poit et « d'espeghelaire », en allant contre les bans et ordonnances, et, avoec ce, fut led. ouvrage ars au-devant de sa maison ».

DE LA FONS, BARON DE MÉLICOQ.

SOCIÉTÉ D'ARUNDEL

Chaque année, la Société d'Arundel donne à ses souscripteurs un certain nombre de gravures, lithographies et chromolithographies qu'elle fait exécuter spécialement pour eux. Ces dessins reproduisent les œuvres des anciens et grands maîtres de l'Italie; parmi ces œuvres, la Société choisit de préférence les plus belles, les plus inconnues, et celles-là surtout qui sont exposées à périr prochainement.

Aux souscripteurs de 1858, on a donné la « Nativité du Christ », fresque de Pinturicchio, dans la cathédrale de Spello; l'« Ensevelissement de sainte Catherine par les anges », fresque de Luini, au palais Brera de Milan; quatre sujets de la vie de Jésus-Christ, peints par Giotto à Santa-Maria-dell'-Arena de Padoue. De grands détails de Pinturicchio et de Luini accompagnent les tableaux d'ensemble, et enfin une « Notice » de M. A.-H. Layard, membre du parlement britannique, donne des renseignements sur les fresques de Pinturicchio.

Aux souscripteurs de 1859, la Société vient d'envoyer : — 1° la « Vierge tenant l'enfant Jésus », entourée de deux anges et de quatre saints, surmontée de la « Résurrection du Christ », peinte à fresque par Giovanni Sanzio, père du divin Raphaël, dans l'église Saint-Dominique, à Cagli; — 2° la « Vierge et l'Enfant », fresque de Léonard de Vinci, dans le couvent de Saint-Onufre, à Rome; — 3° l'« Ensevelissement » et la « Résurrection du Christ » par Giotto, à l'Arena de Padoue; — 4° une « Tête d'ange », qu'on suppose représenter Raphaël enfant, tirée de la fresque de Giovanni Sanzio; — 5° la « Tête de la Vierge » de la fresque de Léonard de Vinci; — 6° une « Notice » de M. Layard sur Giovanni Sanzio et ses fresques de Cagli.

On a dit que Raphaël était l'élève du Pérugin, dans l'atelier duquel il travailla avec Pinturicchio; mais il est plutôt encore l'élève de son père, et, en voyant la fresque de Giovanni Sanzio, à Cagli, on est frappé de la ressem-

JÉRUSALEM CÉLESTE

blance intime qui existe entre la peinture du père et celle du fils. Le père était vraiment un grand artiste passionné pour la beauté, pour la noblesse du style, et le fils n'a pas eu trop de pas à faire ni trop de coups d'ailes à donner pour s'élever au sommet de la peinture. Cette fresque de Cagli est comme une révélation ; elle fera revenir les gens qui croient que les fils illustres procèdent uniquement d'eux-mêmes et que les pères de génie n'ont ordinairement pas de fils.

Aux souscripteurs de 1860 et des années suivantes, la Société d'Arundel se prépare à donner des œuvres notables d'autres anciens grands maîtres de la peinture. La souscription annuelle, nous devons le rappeler, est de 26 fr. 25 c., et, pour cette somme, on reçoit chaque année des chromolithographies et des gravures dont la valeur commerciale est trois ou quatre fois supérieure.

En dehors de la souscription, la Société livre, à prix réduit pour ses membres, des dessins et des moulages en plâtre. Récemment, elle a donné le « Portrait du Dante », peint à fresque par Giotto lui-même, le grand ami du poëte florentin, dans le Bargello de Florence. Cette peinture fut découverte en 1841 et fit alors une grande sensation. Elle fut exécutée en chromolithographie avant la restauration de la fresque.

Quant aux moulages en plâtre stéariné, ils reproduisent les ivoires les plus historiques ou les plus curieux qui sont disséminés aujourd'hui dans les trésors des cathédrales ou dans les principaux musées de l'Europe. Déjà, grâce à M. Gaucherel, nous en avons publié plusieurs, et, aujourd'hui, nous en donnons un qui paraîtra intéressant à nos lecteurs. Cet ivoire, qu'on croit antérieur au XIe siècle, appartient au musée archéologique d'Orléans, dont il est, assurément, une pièce des plus importantes. Nous l'intitulons la JÉRUSALEM CÉLESTE, parce que nous croyons y voir la Cité symbolique entrevue et décrite par le prophète Isaïe et l'évangéliste saint Jean.

Isaïe dit au chapitre VI, versets 1-9, de sa prophétie : « L'année de la mort du roi Ozias, je vis le Seigneur assis sur un trône sublime et élevé, et ce qui était sous ses pieds remplissait le temple. Les séraphins se tenaient au-dessus du trône; six ailes à l'un, six ailes à l'autre; de deux ailes ils se voilaient la face, de deux ils voilaient leurs pieds, de deux ils volaient. Ils criaient l'un à l'autre et disaient : Saint, saint, saint le Seigneur Dieu des armées; toute la terre est pleine de sa gloire. Le dessus de la porte fut ébranlé par le retentissement de ce cri, et la maison fut remplie de fumée. Et j'ai dit : Malheur à moi pour m'être tu, parce que je suis un homme impur des lèvres; j'habite au milieu d'un peuple qui a les lèvres souillées, et j'ai vu de mes yeux le Seigneur des armées. Et l'un des séraphins vola vers moi, et il avait à la main un charbon de feu qu'il avait pris à l'autel avec des pinces. Il toucha ma bouche et dit : Ce charbon a touché tes lèvres, ton iniquité sera effacée et ton péché sera purifié. Et j'entendis la voix du Seigneur qui dit : Qui enverrai-je et qui portera nos paroles? Et j'ai dit : Me voici, envoyez-moi. Et le Seigneur a dit : Va, et dis à ce peuple : Écoutez ce que je vous dis... »

Saint Jean dit dans son Apocalypse, chapitre I, versets 10-15 : « Je fus ravi en esprit un jour de dimanche, et j'entendis derrière moi une grande voix, comme celle d'une trompette, qui disait : Ce que tu vois, écris-le dans un livre et envoie-le aux sept églises qui sont en Asie, à Éphèse, à Smyrne, Pergame, Thyatire, Sardes, Philadelphie et Laodicée. Et je me retournai pour voir la voix qui me parlait, et, m'étant tourné, je vis sept candélabres d'or, et, du milieu des sept candélabres d'or, quelqu'un qui ressemblait au Fils de l'homme, vêtu d'une robe tombant aux pieds et ceint d'une ceinture d'or au-dessous des mamelles. Sa tête et ses cheveux étaient blancs comme la laine blanche et comme la neige, ses yeux comme la flamme du feu. Ses pieds semblables à l'airain d'or dans la fournaise ardente et sa voix comme la voix des grandes eaux... »

Au chapitre X, versets 8-11, saint Jean complète ce qui regarde le livre : « J'entendis une voix du ciel me parlant de nouveau et disant : Va et prends, de la main de l'Ange debout sur la terre et la mer, le livre ouvert. Et je m'en allai vers l'Ange en lui disant de me donner le livre. Et il me dit : reçois le livre et le dévore; il te causera de l'amertume dans le ventre, mais dans ta bouche il sera doux comme du miel. Et je pris le livre de la main de l'Ange et le dévorai. Dans ma bouche, il était doux comme du miel; mais, après que je l'eus dévoré, je sentis de l'amertume dans le ventre. Et l'Ange me dit : Il faut que tu prophétises de nouveau aux nations, aux peuples de langues diverses et à beaucoup de rois ».

L'ivoire d'Orléans traduit en relief, plus ou moins fidèlement, ces textes d'Isaïe et de saint Jean.

Au centre, le Seigneur ou le Fils de l'homme assis sur un trône élevé; longue robe descendant sur les pieds, manteau noué en ceinture au-dessous des mamelles; cheveux lissés comme de la laine, yeux grands ouverts comme pour jeter des flammes, bouche gonflée comme pour pousser sa grande voix; pieds nus et brillants; sous le pied gauche, deux petits êtres nus et couchés, qui doivent personnifier la Terre et la Mer, dont parle saint Jean; à la main gauche, volume, qui est l'attribut du Sauveur enseignant, comme le nimbe crucifère de sa tête est l'attribut de la divinité. A la main droite, livre qu'il donne à saint Jean, qui le reçoit pieusement dans ses mains voilées sous une draperie. C'est le livre qui sera doux à la bouche et amer aux entrailles. A la gauche du Seigneur, Isaïe debout tendant les lèvres pour en être touché par le charbon ardent que le séraphin a saisi dans des tenailles. Trois autres séraphins au-dessus du trône, autour de la tête du Seigneur et criant sans doute : Saint, saint, saint le Seigneur des armées!

Dans le bas, le temple. qui est sous les pieds du Sauveur. Dans le temple, le peuple auquel Isaïe apporte la parole de Dieu, et ces nations diverses auxquelles saint Jean prophétise. Saint Jean doit être le personnage imberbe, assis dans une chaise, sous le saint Jean debout, également imberbe et qui reçoit le livre. Isaïe doit être le personnage barbu, qui regarde au ciel et s'apprête à écrire dans un livre ce qu'il a vu et entendu. Il est assis dans une chaire immédiatement au-dessous de l'Isaïe debout, également barbu et purifié par le charbon ardent. Si cet Isaïe était seul, dans l'attitude où nous le voyons, assis dans une chaire en face d'un pupitre surmonté d'un aigle (l'aigle de saint Jean?), j'avoue que je le prendrais pour saint Jean auquel ordinairement, dans les époques anciennes, et presque toujours chez les byzantins, on donne une grande barbe et un âge avancé. Mais, sur cet ivoire, le saint Jean debout est imberbe, l'Isaïe debout est barbu, et l'on ne voit pas pourquoi, immédiatement au-dessous, on aurait donné une longue barbe au saint Jean assis et représenté imberbe l'Isaïe assis dans une chaire.

Tout en haut, au-dessus du Seigneur, la Cité sainte, la Jérusalem céleste, d'où le Dieu des armées est descendu un instant pour parler à son prophète et à son évangéliste. Cette Jérusalem, remplie des monuments les plus variés et entassés l'un sur l'autre, est gardée par deux guerriers, deux anges peut-être, l'un à droite, l'autre à gauche. Au centre de la sainte Cité, sous un dôme de forme byzantine, un trône tendu d'une épaisse draperie et défendu par deux rideaux écartés; il est occupé, à la place du Souverain, par le livre des Évangiles. C'est ce trône ou plutôt cet appareil que les byzantins appellent la « Préparation » (ἡ Ἑτοιμασία), sur laquelle M. Julien Durand a doctement disserté, pages 255-258 de ce volume des « Annales Archéologiques ».

Des arabesques de feuillages entremêlés d'animaux, lions et griffons, festonnent les quatre tranches de ce feuillet d'ivoire. Malgré notre goût bien prononcé pour le symbolisme, il nous est difficile de trouver ici, dans les jeux de l'esprit et de la main du sculpteur ivoirier, une idée réellement significative.

Cet ivoire d'Orléans est-il byzantin ou latin? L'un et l'autre peut-être, c'est-à-dire latin modifié par des influences byzantines, comme on en voit quelques exemples en France et tant d'exemples en Italie. Il est difficile de lui assigner une date, et le plus sage est de le classer, comme l'a fait la Société d'Arundel, dans les ivoires antérieurs au XIe siècle; du VIIIe au Xe, inclusivement, il y a de la marge.

Toutefois, que la Société d'Arundel, dont j'ai traduit textuellement cette partie du catalogue publié dans les « Annales Archéologiques », me permette de faire ici deux rectifications. A la droite, le Seigneur ne donne pas les clefs à saint Pierre, mais le livre à saint Jean. Dessous, dans le temple, ce n'est pas le Christ qui enseigne, mais saint Jean et Isaïe qui prophétisent aux nations. Du reste, je reconnais volontiers que toute espèce de doute n'est pas encore levée sur l'explication de cet ivoire infiniment curieux; mais, comme nos lecteurs en ont maintenant sous les yeux une gravure fidèle, chacun pourra étudier les sujets sculptés sur ce monument, et nous proposer une interprétation différente de la nôtre.

Un vœu à soumettre à la généreuse Société d'Arundel, c'est qu'elle complète sa collection précieuse et poursuive le moulage de tous les ivoires historiques ou symboliques, dont elle a certainement connaissance aujourd'hui et qui existent dans les musées, dans les bibliothèques publiques et dans un grand nombre de collections particulières. La Société en a déjà publié cent quarante-sept; il lui en reste plus de deux cents encore à nous donner.

DIDRON.

ANNALES ARCHÉOLOGIQUES

PAR DIDRON A PARIS

L'ESPÉRANCE

PAR ANDREA UGOLINI A FLORENCE, ANNÉE 1340

L'ESPÉRANCE

Dum spiro spero.

L'Espérance peut se définir :

L'attente certaine des biens de ce monde et des félicités de l'autre, fondée sur la bonté divine et justifiée par les mérites personnels.

Cette définition est à peu près celle que Dante, traduisant Pierre Lombard[1], donne au chant xxv du « Paradis », lorsqu'il répond aux questions que lui adresse saint Jacques Majeur. Pour Dante, saint Jacques est le représentant de l'Espérance comme saint Pierre l'est de la Foi. Saint Jacques est l'apôtre des pèlerinages et des voyages; or, c'est principalement quand on est loin de sa maison, loin de sa patrie, qu'on a besoin d'être soutenu par l'espérance, tant on a d'ennuis à vaincre et d'accidents à craindre. C'est pour ce motif que le moyen âge, par l'organe du Dante, aura mis l'espérance sous le patronage de saint Jacques Majeur. Dans sa définition, Dante ne considère, il est vrai, que l'espérance de la gloire future, l'espérance dans le ciel; mais il faut la compléter par l'espérance des biens de la terre. Comme nous allons le voir dans son iconographie, l'Espérance ne porte pas seulement des attributs relatifs au ciel : des ailes, des livres, des palmes, des couronnes ; elle est armée tout à la fois du berceau, de la bêche, des dés, de l'ancre marine, qui symbolisent l'espoir de la vie, de la moisson, du gain, du vent favorable. L'Espérance prend l'homme ici-bas, où elle le garde jusqu'à la mort et ensuite elle le conduit jusqu'au ciel.

J'ai cherché l'étymologie de la Foi dans le verbe « fio », qui signifie je fais, je produis, je crée. On a pu partager ou contredire mon avis, parce que, pour extraire de cette racine la tige de « fido » et de « fides », il faut non-seulement supprimer une consonne, mais encore, tout aidé qu'on y soit par

1. « Est spes certa expectatio futuræ beatitudinis, veniens ex Dei gratiâ et meritis præcedentibus ».

la définition de saint Paul, trouver le rapport intime qui lie « faire » et « croire », c'est-à-dire, l'action et la foi.

Quant à l'étymologie de l'Espérance, elle est, à n'en pas douter, donnée par cette vieille et belle devise de je ne sais plus quel chevalier français : TANT QUE JE RESPIRE J'ESPÈRE, « dùm spiro spero ». Ici, il n'y a qu'une voyelle de différence entre les deux mots et même cette voyelle, l'*e*, sonne comme l'*i* dans le grec moderne et dans l'anglais[1]. Ce n'est donc pas un rapprochement plus ou moins ingénieux, plus ou moins laborieux ; c'est une identité presque absolue : « spirare » équivaut à « sperare », et « respirer » se résout dans « espérer ».

J'ai déjà fait remarquer, à propos de la généalogie des vocables dans le langage humain, que les mots « premiers-nés » étaient toujours ceux qui désignaient une qualité matérielle, un besoin purement physique. L'homme est corps et âme ; mais l'âme n'arrive dans le corps, en quelque sorte, ou tout au moins ne s'y développe que quand le corps est déjà constitué. La création d'Adam se reproduit la même chaque jour et pour chacun de nous. Dieu modela d'abord le corps du premier homme, puis il lui souffla une âme; pareillement le corps se façonne avant tout dans le sein de la mère, puis l'âme vient vivifier cette masse inerte qui l'a précédée. Le corps est une maison, et l'âme ne l'habite que quand cette maison est bâtie. Dans toute la suite de son existence, l'homme commence à nommer ses fonctions matérielles ; c'est plus tard et par comparaison, par métaphore, qu'il « appelle » ses qualités spirituelles. En d'autres termes, tous les mots qui nomment des choses corporelles précèdent les expressions qui caractérisent les spirituelles, et très-souvent, surtout dans les langues mères, ces expressions des facultés de l'âme procèdent directement des mots purement matériels. Je l'ai déjà dit, « penser » sort de « peser », comme une fleur sort de son bourgeon ; c'est la même expression nommant la même action, matérielle dans « peser », intellectuelle dans « penser ». L'homme qui pense pèse avec attention toutes les circonstances d'une idée, afin d'en apprécier la valeur morale, comme celui qui pèse suppute le poids exact d'un objet matériel. Les deux opérations sont identiques, quoique dans un ordre entièrement opposé, et c'est de l'opération matérielle de peser qu'on a tiré le mot intellectuel de penser par la simple addition de la petite consonne *n*.

Il en est de même pour espérer : c'est de respirer qu'il provient. D'abord le corps respire, car il faut vivre avant tout ; puis l'âme se dégage des

1. En grec, l'êta se prononce comme l'iota. En anglais, deux *e* de suite se résolvent en un seul son d'*i*.

étreintes matérielles et elle espère. Mais la respiration et l'espérance sont deux fonctions identiques, l'une physiologique et l'autre psychologique : SPIRO, SPERO. On peut dire que l'espérance est la respiration ou la vie de l'âme, et que la respiration est l'espérance ou la vie du corps.

L'Espérance, je le disais dans l'article consacré à la Foi, devrait n'arriver qu'après la Charité : si nous adoptons la généalogie légendaire des Vertus théologales, la Sagesse est la mère de trois filles dont l'aînée est la Foi, la cadette la Charité, la plus jeune l'Espérance. L'Espérance, en effet, n'a pu venir légitimement au monde que quand, sur les fondements de la Foi, la Charité eut construit son édifice de bonnes œuvres. Alors, de ce monument spirituel l'Espérance s'est lentement dégagée, puis elle s'est envolée au ciel pour aller demander à Dieu la récompense promise à la vertu.

Donc, en parlant de l'Espérance après la Foi et avant la Charité, je ne suis pas l'ordre naturel, mais je garde l'ordre hiérarchique adopté par saint Paul.

L'homme est accompagné de l'Espérance pendant son existence entière, depuis sa naissance jusqu'à sa mort, depuis son berceau jusqu'à sa tombe ; aussi les attributs que l'iconographie donne à la seconde des Vertus théologales sont-ils extrêmement nombreux. Ces attributs s'attachent au costume et à l'attitude ; ils caractérisent l'Espérance dans la vie, dans la foi, à la guerre, au jeu, sur la terre, sur la mer, dans l'air, à la mort, au ciel. Enfin, des inscriptions donnent quelquefois l'intelligence ou le développement de ces attributs divers, et, comme pour la Foi, certains personnages historiques ou certains animaux symboliques achèvent d'en compléter la signification.

COSTUME ET ATTITUDE. — Pour gagner plus vite le ciel, l'Espérance se fait légère ; aux portes du baptistère de Florence, elle s'est débarrassée du manteau que portent ses deux sœurs et n'a gardé que sa robe. Cette robe, Dante exige qu'elle soit verte comme l'émeraude ; car le vert, chez tous les peuples et à toutes les époques, a été la couleur de l'Espérance. Au printemps, cette espérance de l'année, la terre s'habille de verdure. Sur l'émail de saint Ghislain (XIe-XIIe siècle), le nimbe de l'Espérance est vert d'eau ; sa robe est teinte en vert jaune ombrée d'un vert plus foncé [1].

A la coupole de l'Ascension, dans Saint-Marc de Venise, l'Espérance a les pieds nus, les bras nus, et sa robe verdâtre est glacée de lumières blanches. A la cathédrale d'Auxerre, l'Espérance s'appelle la Patience [2]. Elle a trois

1. Voir la « Notice » de M. l'abbé Voisin, déjà citée, sur la châsse de Saint-Ghislain, en Belgique.

2. PACIENCIA. Elle est en regard du Désespoir, DESPERACIO, de sorte qu'il n'y a pas lieu de s'y tromper. D'ailleurs, la principale qualité de l'Espérance est la patience en effet. Combien de

vêtements : une robe, un manteau et un voile. Le voile est violet clair, le manteau pourpre; mais la robe est verte, et la robe, c'est le vêtement principal, le seul vêtement essentiel.

Debout ordinairement et ne touchant à la terre que par la pointe des pieds, l'Espérance, comme au baptistère de Florence, est quelquefois assise. Mais tandis que la Foi et la Charité siégent en plein et au repos, l'Espérance se lève, tend les regards en l'air et joint les mains vers le ciel d'où lui vient la couronne promise à ses mérites. Jetez les yeux sur la gravure placée en tête de cet article, et vous verrez que l'Espérance d'Andrea Ugolini n'est assise qu'à moitié et qu'elle s'avance sur le rebord de la tablette de son siége d'où elle va prendre l'essor qui l'emportera au ciel. Comme dans l'oiseau à terre, on voit bien qu'elle a des ailes, et l'on pourrait lui appliquer ce que dit V. Hugo parlant de Lamartine :

> Et comme le cygne qui nage
> On sent qu'il pourrait s'envoler [1].

Ses deux mains ne sont pas ici collées l'une à l'autre pour la prière, comme on les voit ordinairement, mais simplement jointes et toutes grandes ouvertes pour saisir la couronne qui tombe d'en haut.

Il est inutile d'insister, comme nous le faisons souvent, sur l'originalité et la beauté de cette figure; nous engageons les sculpteurs et les peintres modernes à s'en inspirer dans des compositions où soit l'Espérance, soit quelque figure analogue, aurait un rôle. Cet art italien du XIVe siècle, bien étudié et bien connu, serait d'un grand secours aux artistes de notre temps.

L'ESPÉRANCE DANS LA VIE. — L'Espérance naît avec l'homme, et, dès son berceau, veille sur sa frêle existence. C'est alors surtout qu'elle a besoin de l'assister à chaque heure du jour et de la nuit, pour qu'il échappe à tous les dangers qui le menacent. On peut dire qu'elle remplit à ses côtés l'office d'ange gardien. Le berceau, toutefois, est un des rares attributs qui lui soit donné. Jusqu'à présent, je n'en connais qu'un seul exemple, et il est fourni par le tombeau de Juan II, à la chartreuse de Miraflorès, près de Burgos. L'Espérance (« Esperanza »), en marbre blanc et grande comme nature, garde l'un des angles de ce beau monument. A la main gauche, elle tient une tour dont le sommet est arraché et que couronne un vaisseau dont le mât est

fois, à la vue du mal triomphant, le désespoir ne s'emparerait-il pas du cœur de l'homme, si la patience n'était pas constamment à nos côtés pour nous montrer le ciel où la justice finit par reprendre ses droits?

1. « Feuilles d'Automne », IX.

cassé ; le vent a décoiffé la tour et le vaisseau, mais l'espoir n'est pas encore perdu. De la main droite, elle pose une ancre sur le berceau d'un enfant, l'ancre qui sauvera le jeune être, qui le fortifiera contre les dangers et lui permettra d'accomplir sa vie entière.

L'Espérance dans la foi. — Très-rarement aussi on met un livre aux mains de l'Espérance, et cependant, pour l'homme de bien, la Bible est principalement le gage du bonheur passager dans ce monde et des félicités permanentes dans l'autre. A Conches (Eure), sur le vitrail du Triomphe de la Vierge, daté de 1555, l'Espérance tient un livre ouvert ; et à Bruges, rue Pré-aux-Moulins, à la maison A 6-90, bâtie en 1657, un livre fermé. A Conches, l'Espérance se rassure en relisant les promesses qui lui sont faites ; à Bruges, elle en est certaine et elle les sait par cœur.

L'Espérance a la guerre. — Le succès des batailles et la vie des combattants appartiennent aux hasards et aux incertitudes ; c'est donc là surtout que doit régner l'Espérance. Au portail occidental de la cathédrale d'Amiens, l'Espérance tient dans un écusson un étendard de guerre dont la hampe est terminée par une croix à deux traverses (xiiie siècle). Le drapeau de la patrie et la croix de la religion, double motif pour compter sur la victoire. A la cathédrale d'Auxerre, sur les hautes verrières du sanctuaire, l'écusson ne porte pas une croix, mais l'Agneau de Dieu, c'est-à-dire Jésus-Christ sous l'apparence de son principal symbole. Ainsi le Créateur même de l'Espérance se donne à son fidèle au milieu des chances incertaines du combat.

L'Espérance au jeu. — C'est profaner la sainte Espérance que de l'appeler à nous soutenir dans nos plus viles passions. Au xiiie siècle, on n'en avait pas abusé de la sorte ; mais, au xvie, on n'a pas eu cette réserve et, sur les stalles de Saint-Bertrand de Comminges (1537-1539) on voit, aux pieds de l'Espérance, trois dés à jouer, marqués des points de bonheur. Je ne serais pas étonné qu'on trouvât un jour, dans des manuscrits à miniatures, des dominos ou des cartes offrant les meilleures chances du jeu. Du reste, il existe un jeu de dés qu'on appelle le « Jeu de l'Espérance » et c'est à cela, sans doute, que s'amusent ou que font allusion les stalles de Saint-Bertrand de Comminges. Comme revers grossier à cette noble devise, que nous venons de prendre pour épigraphe, je noterai cette autre devise, qui me paraît un peu socialiste, et que j'ai lue sur une sculpture recueillie au musée archéologique de Nancy : J'espère avoir. Si c'est la devise de la famille aujourd'hui impériale de Lorraine, cette famille en est bien punie, car elle est en train de perdre le peu qui lui reste encore. Ce « J'espère avoir », dans la bouche de gens qui vont tout céder, me rappelle cette devise des rois de Hollande : Je

MAINTIENDRAI; cri héraldique également fort mal tenu, car la Hollande a dû lâcher toute la Belgique.

L'ESPÉRANCE SUR TERRE. — Ici les attributs sont nombreux : la bêche, la faucille, la branche ou le bouquet de fleurs, le rameau couvert de bourgeons ou de fruits, la corne d'abondance, la ruche d'abeilles.

Avec la bêche ou la charrue, on ouvre le sein de la terre et on lui confie des semences qui pousseront, on en a l'espoir, en herbe, en blé, en fleurs, en fruits, que l'on cueillera avec la faucille ou la serpette, et dont se rempliront les cornes d'abondance. Le manuscrit de l'Aristote de Rouen donne à son Espérance trois faucilles, ce qui est assez rare, et une bêche, ce qui est assez commun. On voit notamment cette bêche à la main gauche de l'Espérance sculptée sur les stalles de la cathédrale d'Auch (1528).

Dans le chant III du « Purgatoire », Dante dit : « Par la malédiction des torches éteintes (par l'excommunication).... l'amour divin n'est pas tellement banni, qu'il ne puisse revenir, tant que l'espérance est verte et peut donner sa fleur ». Le rameau vert, le rameau couvert de bourgeons ou de fleurs est en effet l'un des principaux attributs de l'Espérance. Il fut même, chez les Hébreux, le signe infaillible de la volonté divine. C'est par le rameau fleuri, entre onze bâtons restant secs et morts, qu'Aaron fut reconnu pour grand-prêtre des Juifs, et c'est par le même bâton, chargé de feuilles et de fleurs, que saint Joseph fut désigné pour être l'époux de la sainte Vierge.

L'Espérance, qui prend le costume vert, n'est pour ainsi dire qu'une plante vivante, qu'un désir humain appelé à fleurir et à porter des fruits. Aux chapiteaux du palais ducal de Venise, au tombeau de saint Augustin à Pavie, au bénitier de Pistoja, l'Espérance tient à la main un bouquet de fleurs. A Pavie, en outre, cette jeune et charmante Vertu est couronnée de fleurs comme une mariée toute fraîche et qui ne voit encore que le sourire de la nature entière. Au tombeau de saint Pierre Martyr, à Milan, elle tient à la main gauche une tige, une espèce de corne d'abondance, écailleuse comme le tronc d'un palmier et d'où sortent une multitude de feuilles et de fleurs. A Bruges, au pignon de la maison rue Saint-Jacques, numérotée D I-11, ces fleurs, changées en fruits, environnent cette déesse chrétienne, l'automne de nos vertus, d'une guirlande des plus savoureuses, au milieu de laquelle elle est assise.

L'ESPÉRANCE SUR MER. — Les hasards de la mer sont aussi nombreux et aussi redoutables que ceux de la guerre. Si le premier qui tenta les flots sur une barque dut, suivant Horace, avoir une triple cuirasse d'airain autour du cœur[1], il faut que le marin d'aujourd'hui en ait encore une au moins simple, et peut-être double. Mais l'Espérance aide au courage de l'homme sur l'eau : elle lui offre une voile pour profiter du vent, une ancre pour modérer la tourmente, un fanal pour le guider au port, et le port lui-même pour s'y réfugier.

L'Espérance consiste principalement à avoir confiance, même contre toute raison, et surtout quand on ne peut presque rien pour conjurer soit un malheur soit une ruine. Pour ce motif, l'Espérance en mer est une vertu bien plus puissante que l'Espérance sur terre, car rien n'est plus mobile ni plus désespérant que les flots. Le XIIIe siècle, aux portails des cathédrales de Paris et de Chartres, se plaît à donner à l'Espérance la voile d'un navire pour attribut, et cette voile, nous la retrouvons encore au XVIe siècle sur le tombeau remarquable de Lalaing, qui enrichit le musée municipal de Douai. Mais, à la Renaissance et pour la même raison, cet attribut s'est complété par une ancre. L'Espérance appuyée sur son ancre est une image si commune et même si vulgaire, qu'il est inutile d'y insister beaucoup : nous la voyons ainsi aux stalles d'Auch (1528); aux stalles de Saint-Bertrand de Comminges (1537-1539); à l'hôtel de ville de Mulhouse (1552); au bas-relief du musée de Cluny, où les trois théologales et la Prudence accompagnent un fleuve (1555); à la fontaine Saint-Laurent de Nuremberg (1589); à cinq maisons différentes de la ville de Bruges (1600-1667). Sur les stalles d'Auch, l'Espérance tient une ancre de la main droite, la plus forte des deux mains et la plus capable de résister aux tempêtes, et une bêche de la main gauche. C'est l'Espérance à la fois sur mer et sur terre. Au musée de Cluny, elle tient son ancre de la main gauche ; mais, de la droite, elle saisit le câble qui s'attache à l'ancre et, des deux mains, elle s'oppose ainsi aux orages. A la maison de Bruges, rue Saint-Jacques, N° D I-11, l'Espérance tient solidement et immédiatement son ancre avec ses deux mains, pour lutter de toutes ses forces contre les flots qui se déchaînent. Au tombeau de Juan II de Castille, à Miraflorès, près Burgos, l'Espérance étend de la main droite une ancre sur un berceau, pour protéger la frêle existence d'un enfant. De la main gauche, elle porte une tour dont le vent des tempêtes vient d'arracher le sommet et elle couronne ce donjon avec un vaisseau dont le mât, quoique brisé par l'ouragan, recèle cependant encore l'espoir de la vie. A Bruges, sur la grande

1. Illi robur et æs triplex
Circa pectus erat, qui fragilem truci
Commisit pelago ratem
Primus..... HORACE, « Odes », I, 3.

place, à l'hôtel du « Panier d'or », l'Espérance tient une ancre de la main gauche, et de la main droite, un oiseau qui va se sauver dans l'air. Le vent, qui détruit les tours et brise les vaisseaux à Miraflorès, fait, au contraire, le salut de l'oiseau à l'hôtel de Bruges.

Le phare et le port, qui complètent si bien les attributs du vaisseau, de la voile et de l'ancre, devraient, sur les bas-reliefs et dans les peintures, accompagner la figure de l'Espérance; jusqu'ici, je n'en ai pas encore rencontré d'exemples.

L'Espérance dans l'air.—Le prisonnier, qui espère sans cesse recouvrer sa liberté, a trouvé un emblème dans l'oiseau en cage qui, guettant un oubli de son geôlier, attend que la porte s'ouvre pour se sauver dans l'air où nul ne pourra plus le reprendre. La miniature d'Aristote en offre un des plus charmants exemples dans cet oiseau, moitié serin, moitié chardonneret, qui ne demande probablement qu'à s'échapper.

Cet oiseau est fréquent sur les maisons sculptées de Bruges; mais il n'est captif que sur la main de l'Espérance et non dans une cage, en sorte que sa liberté est plus sûre et plus prochaine. Je ne citerai que la maison de la grande place (place des Halles), qui porte le nom d'« Estaminet au duc de Brabant ». L'Espérance y tient une ancre de la main gauche et, sur sa main droite, un gros oiseau qui va s'envoler. A l'hôtel de ville de Mulhouse, l'oiseau est plus petit et huppé; il est à la main gauche de l'Espérance qui le retient à peine.

Une autre espèce de petit oiseau, c'est l'abeille, dont l'existence est si délicate et qui compte sur l'air, sur les tièdes haleines du printemps, pour récolter la cire et le miel dont l'homme fait un si grand profit. Le petit être ailé ne vit, pour ainsi dire, que dans les douces ondulations de l'air échauffé par le soleil. Le manuscrit d'Aristote est le seul, à ma connaissance, qui ait mis une ruche d'abeilles à la main de sa rustique Espérance.

L'Espérance a la mort.—A l'école des Beaux-Arts, dans la seconde cour, sont appliqués contre les murs des bas-reliefs du XVIe siècle provenant du château de Gaillon. Parmi ces bas-reliefs on distingue la Foi qui tient une croix, et probablement l'Espérance armée d'un crible à la main droite et d'une bière à la main gauche. Je dis probablement, parce que les inscriptions, à supposer qu'il y en ait eu, n'existent plus. Cependant, comme la Foi et la Charité accompagnent indubitablement cette troisième Vertu, il est à présumer que cette femme au crible et à la bière est bien une théologale et non pas l'une des cardinales. Près de là une femme, en arabesque, est saisie par la Mort qui l'entraîne; ainsi s'explique la bière que porte sa voisine. Au tombeau de Lalaing, du musée de Douai, l'Espérance, caractérisée par la voile qu'elle tient à la main, porte de l'autre main une tête de mort. Si l'on a besoin d'espérance, en effet, c'est surtout quand la mort arrive. Y a-t-il, oui ou non, une autre vie, et cette existence passagère n'est-elle que le vestibule d'une vie sans fin; ou bien, l'homme mort, tout est-il fini ? Le dogme de l'immortalité, la clef de voûte de toutes les religions, a été la grande préoccupation de la religion chrétienne. Dans les catacombes, sur les plus anciens sarcophages chrétiens, sont reproduits à satiété, on peut le dire, les images et les emblèmes de la résurrection et d'une vie éternelle. Noé reçoit la colombe qui lui apporte, après le déluge et la mort universelle, le rameau de l'espérance; Élie est enlevé au ciel, tout vivant, par des chevaux célestes; Daniel, dans la fosse où l'on a voulu le faire dévorer, est respecté par les lions les plus féroces; les trois jeunes Hébreux sont épargnés par les flammes où les a jetés Nabuchodonosor; Jonas sort intact des entrailles du monstre marin; Lazare sort vivant du tombeau; la Samaritaine s'abreuve à la source qui rejaillit dans la vie éternelle; le phénix, emblème de la résurrection, perche sur le palmier incorruptible. A aucune époque on n'a prêché la résurrection d'une manière plus obstinée, si l'on peut parler ainsi, et plus saisissante. Aussi, à côté de Noé, d'Élie, de Daniel, des trois Hébreux, de Jonas, de Lazare, de la Samaritaine, on voit Job, la personnification humaine de l'espérance, proclamant, devant sa femme et ses amis, que son Rédempteur est vivant; que lui, Job, ressuscitera au dernier jour, et que, revêtu de nouveau de sa chair, il verra son Dieu dans l'autre monde[1]. Du reste, cette espérance dans la résurrection et dans une autre vie se chante tous les jours à la fin du « Credo » : « J'attends la résurrection des morts et la vie du monde futur ». Tout notre office des défunts est rempli de cet espoir qui se résume dans cette phrase de la « Préface des morts », pleine de concision et de beauté : « Vita mutatur, non tollitur ».

Ainsi, entre les mains de l'Espérance, la tête de mort attend la peau qui doit la recouvrir de nouveau, selon l'énergique expression de Job, et la bière est comme une hôtellerie où l'on se repose entre une arrivée récente et un prochain départ, entre la sortie de ce monde et l'entrée dans l'autre. Enfin, on attache des ailes aux épaules de l'Espérance, comme Ugolini l'a fait à la figure que nous donnons en tête de cet article, pour qu'elle passe plus rapi-

1. « Scio enim quod Redemptor meus vivit, et in novissimo die de terra surrecturus sum, et rursum circumdabor pelle mea, et in carne mea videbo Deum meum ». — JOB, XIX, 25-26. — Je ne suis pas un exégète et je n'ai pas qualité pour rechercher si cette traduction de la Vulgate est bien exacte; il me suffit de savoir que l'art chrétien a toujours ainsi compris ce texte et considéré Job comme l'apôtre antique de la résurrection.

dement de ce monde dans l'autre. Il faut le dire, pour aller si haut et si loin, les ailes modelées par Ugolini, comme celles peintes par Giotto à l'Arena, sont un peu courtes et manquent de puissance. En France, nos figures ailées du moyen âge sont beaucoup mieux pourvues; la petitesse des ailes est un caractère de l'art gothique de l'Italie [1].

L'Espérance au ciel. — Mais, arrivé dans l'autre vie, on espère y être heureux; on compte qu'une existence entière d'honnêteté et de vertu, passée sur terre et traversée presque toujours par des souffrances et des malheurs qu'on croit immérités, sera enfin récompensée. Du ciel descend une couronne vers laquelle se précipite l'Espérance, comme sur notre planche gravée; comme aux peintures de l'Arena de Padoue; comme au tombeau de l'archevêque de Pise, Pietro Ricci (1418), dans le Campo-Santo; comme sur l'ivoire italien, qui appartient à M. E. Hawkins.

Cette dernière Espérance est debout pour atteindre plus tôt la couronne qui lui descend du ciel. Elle ressemble beaucoup à celle d'Andrea Ugolini : même nimbe à six pans, mêmes ailes courtes, même geste des mains. Toutefois son costume est trop lourd; elle est trop chargée de draperies et son manteau, ample et traînant, doit l'empêcher de s'envoler à l'aise. Ugolini a mieux raisonné son symbolisme. Le sculpteur de cet ivoire, comme le modeleur du bronze de Florence, a mis la couronne presque dans les mains de l'Espérance. Quelquefois cette couronne, comme au tombeau des Scaliger, à Vérone (1328-1335), est déjà arrivée sur la tête de l'Espérance où elle doit rester pendant l'éternité. Assez souvent on place aux mains de l'Espérance la palme qui symbolise la récompense finale; lorsqu'on a espéré jusqu'à la fin de sa vie, on a bien le droit d'avoir la palme des martyrs. Aux mauvais bas-reliefs du portique de Saint-Sulpice de Paris, l'Espérance est appuyée sur son ancre; mais, entre les mains du génie qui l'accompagne, génie qui est son âme, pour ainsi dire, le sculpteur a placé une grande palme de martyre. Quelquefois, plus fréquemment encore, Dieu, sous la forme d'un soleil rayonnant, puisque le soleil est la forme visible de la divinité, se montre à l'Espérance dans un coin

1. Je dis de l'art gothique italien, ou, pour préciser davantage, de cet art qui date des XIIIe, XIVe et XVe siècles; car, aux XIe et XIIe, les anges portent, en Italie, des ailes larges, épaisses, longues et qui, rabattues, tombent presque à terre. Voyez les mosaïques du baptistère de Florence, de Saint-Marc de Venise et des vieilles églises de Rome; voyez surtout les mosaïques de Ravenne et les portes en bronze de Sant'-Angelo au mont Gargano. Il est vrai qu'à ces mosaïques et bronzes, l'influence byzantine est manifeste, et que les byzantins ont toujours donné une grande envergure aux ailes de tous leurs anges. Avant la fin du XIIIe siècle, les ailes des anges italiens sont longues; après le XIIIe, elles sont courtes; mais, à la renaissance et dès le XVe siècle, elles aiment à reprendre leur large et ancienne envergure qu'elles tenaient des byzantins.

du ciel, comme pour se donner à elle en éternelle récompense. Au tombeau des Scaliger non-seulement la face rayonnante du soleil occupe l'arcade où l'Espérance, ailée et couronnée comme une reine, regarde au ciel; mais la même figure de Dieu visible est sculptée sur l'agrafe du manteau que porte la jeune Vertu. Au palais ducal de Venise, chapiteau 29, dans un coin du bas-relief où l'Espérance tient une rose, brille la tête d'un enfant, couronnée de rayons, ainsi qu'on représente ordinairement le soleil en Italie. Au tombeau en bronze du pape Sixte IV (1433), dans Saint-Pierre de Rome, l'Espérance, bras nus, tête nue, pieds nus, joint les mains et regarde au ciel d'où partent des rayons droits comme ceux du soleil. Cette lumière divine, qui brille sans cesse au-dessus de la tête de l'Espérance, rappelle ce souhait des vivants qui revient sans cesse dans l'office des morts pour les pauvres défunts qui nous ont précédés : « Lux perpetua luceat eis ».

Symboles humains et zoologiques de l'Espérance. — J'ai nommé plus haut les personnages de la Bible qui symbolisent l'Espérance : Noé dans l'arche et surtout Job sur son fumier. Dante, je l'ai déjà dit, a fait de saint Jacques Majeur l'apôtre de l'Espérance [1], comme de saint Pierre, celui de la Foi et, de saint Jean l'Évangéliste, l'apôtre de la Charité. Ces trois disciples accompagnèrent seuls Jésus-Christ au Thabor et furent témoins, avec Élie et Moïse, de la transfiguration. Le symbolisme raffiné du XIIIe-XIVe siècle aura voulu voir dans les trois apôtres la représentation des vertus théologales, et, comme saint Pierre appartient plus particulièrement à la foi et saint Jean à la charité ou à l'amour, il restait l'espérance qu'il a bien fallu donner à saint Jacques. Je ne vois pas, jusqu'à présent, d'autre raison meilleure à donner de cette attribution spéciale; je répète, néanmoins, que saint Jacques est le patron des voyageurs et des pèlerins, et que l'espérance est une des principales vertus dont les pauvres voyageurs doivent être constamment pourvus.

J'ai déjà nommé le phénix comme le symbole zoologique de l'Espérance; il l'est au même titre que l'aigle est celui de la Foi. Dante, au chant XXIV de « l'Enfer », dit :

« Les grands sages prétendent que le phénix meurt et renaît quand il est près de son cinquième siècle. Il ne se nourrit ni d'herbes ni de blé pendant sa vie, mais d'amomum et des pleurs de l'encens, et le nard et la myrrhe forment son dernier lit. »

1. « Paradis », chant XXV.

Dante copie, à propos du phénix, les « Métamorphoses » d'Ovide[1] et semble, en rappelant cette vertu du phénix qui renaît de ses cendres, en faire application à l'Espérance qui ressuscite l'homme après sa mort. L'aigle symbolise la Foi, ainsi qu'on l'a vu; mais comme, suivant le psalmiste, il renouvelle sa jeunesse[2] et comme, suivant les « Bestiaires », quand ses plumes sont vieilles il en reprend de neuves, et, quand ses yeux sont éteints, il les rallume au soleil[3], l'aigle est en même temps un bon symbole de l'Espérance. Du reste, je dois le dire, je ne connais pas un seul exemple de phénix ou d'aigle accompagnant l'Espérance et lui servant d'attribut.

En résumé, les attributs de l'Espérance sont nombreux et voici la liste des principaux : la robe verte, les regards au ciel, les mains jointes ou tendues, le berceau, le livre, l'étendard, l'agneau divin sur un écu, les dés, la bêche, la faucille ou la serpette, le rameau à bourgeons, le rameau à fleurs, le rameau à fruits, la corne d'abondance, le bouquet de fleurs à la main, la couronne de fleurs à la tête, le vaisseau, la voile, l'ancre, l'oiseau en cage, l'oiseau sur la main, la ruche d'abeilles, la bière, la tête de mort, le soleil rayonnant, la couronne royale.

1. Una est, quæ reparet seque ipsa reseminet, ales :
Assyrii phœnica vocant; nec fruge, nec herbis,
Sed thuris lacrymis et succo vivit amomi.
Hæc, ubi quinque suæ complevit secula vitæ,
Ilicis in ramis tremulæve cacumine palmæ,
Unguibus et duro nidum sibi construit ore.
Quo simul ac casias, et nardi lenis aristas,
Quassaque cum fulvâ substravit cinnama myrrhâ,
Se super imponit, finitque in odoribus ævum.

OVIDE, « Métamorphoses », XV-9.

2. « Renovabitur ut aquilæ juventus tua ». — Psal. CII, 5. — « David dist el setisme seconde siaume : *Ta jovente ert renovelée si con cèle del aigle*. Phisiologes dist que li aigles est de tel nature que, quand il envielliot, si sont pesant ses èles, et bruille le rail de ses ex par le rai del soleil. Après descent en une fontaine et plonge soi ens par III fois. Erraument sont ses èles renovelés, et si œil sont tot cler; et il est tout renovelés mieus que devant ». — Voir les « Mélanges d'archéologie » par CHARLES CAHIER et ARTHUR MARTIN, volume II, « Bestiaires », p. 164-165.

3. Voyez le « Bestiaire d'Amour », par Richard de Fournival, publié par C. HIPPEAU, in-18, Paris, 1860. Dans des notes savantes, pages 151-154, M. Hippeau explique les diverses qualités ou vertus de l'aigle, et notamment celle de se rajeunir les plumes et les yeux. Il cite les vers suivants d'Aratus Diaconus en ses commentaires sur les « Actes des Apôtres » :

Et declinatis senio jam viribus, ales
Flammifero sub sole jacet, pennasque gravatas.
Ejus in igne fovet, nocturnaque lumina pandit,
Atque oculos radiis ardentibus ingerit ægros,
Ad veterem reditura diem.....

Inscriptions. — La plupart de ces attributs ne s'expliquent pas, mais du moins se complètent par des inscriptions que les figures de l'Espérance tiennent sur un cartel, sur une banderole, ou qui sont écrites près d'elles. A la châsse émaillée de saint Ghislain, l'Espérance dit :

NON ASVMES NOM̄ DĪ TVI IN VANV̄

Cette défense de jurer inutilement le nom de Dieu conviendrait plutôt à la Justice qu'à l'Espérance ; mais c'est bien l'Espérance (Spes) et non pas une autre Vertu, qui parle sur cet émail.

A la coupole de l'Ascension, dans Saint-Marc de Venise, l'Espérance dit :

SPERATE, VOS, OMNIS CONGREGATIO POPVLI : DEVS ADIVTOR NOSTER EST.
Espérez, vous tous, assemblée du peuple : Dieu est notre soutien.

Au baptistère de Parme (1190), l'Espérance porte à la main droite, dans la corolle d'une fleur, la Prudence ; à la main gauche, la Modestie dans une autre fleur, et elle dit :

SPES EST QVAM CERNIS PRVDENTIA DEXTRA SODALIS
SIGNATVR LAPIDES ET PARTE MODESTIA LEVA.

Aux chapiteaux du palais ducal de Venise, l'Espérance dit :

SPEM HABE IN DOMINO.
Espère en Dieu.

Recommandation un peu banale ou incomplète, et que l'Espérance de la cathédrale de Como (1513) vient compléter en disant :

SPERA · IN · DEO · ET · FAC · BONVM
Espère en Dieu et fais le bien.

La même figure ajoute sur un cartel placé près de sa tête :

SPES · FIRMA · MANET
L'Espérance demeure ferme.

A l'exception de cette dernière, qui semble faire allusion à l'ancre qui maintient ferme le vaisseau ballotté par les orages, les autres inscriptions sont à peu près insignifiantes pour l'iconographie de l'Espérance.

L'Espérance, plus que la Foi encore, parce qu'elle est plus humaine, a été connue de l'antiquité : à Rome il y avait jusqu'à deux temples consacrés à son culte. Cette divinité fut la seule, on le sait, qui resta au fond de la boîte de Pandore, car c'est la seule qui ne nous abandonne jamais : elle est la sœur du Sommeil qui suspend nos peines et de la Mort qui les termine. Les anciens la représentent sous les traits d'une jeune fille ailée, comme les chrétiens l'ont figurée ensuite ; ils lui donnent l'air souriant; ils la couronnent de fleurs en bourgeons ou de fleurs naissantes, qui annoncent et promettent des fruits, et ils lui mettent à la main un bouquet de fleurs variées. Comme Dante et lé symbolisme le plus élémentaire l'exigent, ils lui attribuent la couleur verte. Des médailles nombreuses portent l'Espérance à leur revers. C'est une femme qui présente une poignée d'herbes naissantes ou un bouquet de fleurs. De la main gauche, elle relève sa robe par derrière, comme pour marcher plus vite. On lit autour d'elle les inscriptions : SPES PUBLICA, SPES AUGUSTA, SPES PERPETUA. Qui ne reconnaîtrait, à ces différents caractères, l'Espérance adoptée et figurée par les chrétiens? Plus j'étudie l'iconographie du moyen âge, celle de l'Italie particulièrement, et plus je constate que les artistes chrétiens ont fait aux païens des emprunts nombreux. Rien ne serait plus intéressant que de mettre ainsi en parallèle, sur des questions toutes spéciales, le moyen âge et l'antiquité, le christianisme et le paganisme. L'intention d'établir ce parallèle de temps à autre ne me manque pas assurément; mais j'y entrevois des développements infinis, et je suis effrayé des proportions que la moindre question, ainsi traitée, devrait nécessairement prendre; alors, je m'en tiens au moyen âge et je rentre dans ma coquille.

Dans une livraison prochaine, je tracerai l'iconographie de la Charité, cette dernière et cette reine de toutes les vertus. Autour de cette mère féconde, je grouperai, en description et en gravures, les sept Œuvres de Miséricorde qui en sont les filles généreuses, et, nous le voyons bien de nos jours, véritablement immortelles.

DIDRON.

L'ART BYZANTIN

A SAINT-MARC DE VENISE[1]

Après avoir décrit la Pala-d'Oro avec tous les détails nécessaires pour établir que c'est bien une œuvre byzantine, remaniée et ornée par les Vénitiens, je vais indiquer un autre monument de même origine et qui a passé aussi par les mains des orfévres de Venise; c'est un tableau qui, selon l'expression consacrée dans le pays, sert de « pala » à l'autel de la Vierge placé dans le bras septentrional de l'église. Ce tableau, peint sur bois, représente la Mère de Dieu (MP ΘΥ) à mi-corps, tenant son divin fils devant elle et l'offrant à l'adoration des chrétiens. Elle a le visage ovale, le nez long, les yeux grands et qui vous regardent bien, l'air jeune et sérieux; son voile lui couvre la tête de manière à ne laisser voir qu'une petite partie du front. L'enfant Jésus bénit; il est entier et complétement vêtu. Cette image, d'assez petite dimension et qui paraît traitée avec beaucoup de finesse, est depuis des siècles en grande vénération chez les Vénitiens qui l'ont surnommée NICOPEA, la « Victorieuse », ou plutôt qui « fait la victoire ». Ce serait la même que les Grecs, commandés par Murzuphle, auraient laissée sur le champ de bataille, dans une rencontre avec les Croisés sous les murs de Constantinople, en 1203. Sa légende est racontée dans plusieurs ouvrages[2]. Un riche cadre entoure le tableau : c'est un

1. Voyez les « Annales Archéologiques », volume XX, pages 164, 208 et 251.

2. G. THIEPOLO, « Trattato dell' imagine della gloriosa Vergine ». In Venetia, 1618. — GUMPPENBERG, « Atlas Marianus », Monachii, 1657, lib. II, p. 18, et l'édition italienne augmentée par l'abbé ZANELLA, publiée à Vérone en 1839, t. I, p. 329. — CORNER, « Apparitionum et celebriorum imaginum Deiparæ virginis Mariæ in civitate et dominio Venetiarum enarrationes », Venetiis, 1759, p. 3. — Ces ouvrages, ainsi que les gravures qui y sont jointes, et toutes les copies de la Madone publiées pour la dévotion des fidèles, sont des renseignements très-incomplets au point de vue de l'exécution du tableau et tout à fait nuls à l'égard des émaux.

ouvrage d'orfévrerie du XVIIe siècle, dans lequel on a incrusté des pierres précieuses et seize émaux grecs, dont chacun représente une figure. Cinq en haut, parmi lesquels j'ai distingué le Christ, la Vierge et le Précurseur, et cinq en bas sont en bustes; six autres figures, placées sur les côtés, représentent des évêques en pied, reconnaissables à leur homophore. Toutes sont accompagnées de leur nom en caractères grecs. Ce précieux monument est placé au fond d'un tabernacle qui n'est ordinairement ouvert que le samedi. La madone apparaît alors au milieu de l'éclat éblouissant des lumières qui se reflètent sur les pierreries et les métaux; cette circonstance, jointe à l'éloignement du tabernacle, ne m'a pas permis de prendre des notes plus complètes.

Je traverse maintenant l'église, je me dirige vers le midi et j'aperçois une porte surmontée d'une décoration élégante, contenant en mosaïque une croix à doubles traverses, accompagnée de deux anges, sans doute pour rappeler la plus insigne des reliques conservée dans le sanctuaire qui se trouve en cet endroit. J'entre et je me trouve dans un vestibule qui donne accès, à gauche, à la chapelle des reliques; à droite, dans une salle renfermant divers objets précieux. Je poursuis mes descriptions en commençant par les reliques.

La chapelle qui les renferme est très-petite; elle ne reçoit qu'un faible jour par son entrée, et un luminaire quelconque est indispensable pour y distinguer quelque chose. Un autel est adossé au mur du fond; des armoires, établies au-dessus et près de l'autel, ainsi que sur les murs latéraux, renferment tous les reliquaires contenant encore des reliques; voici ceux qui ont particulièrement fixé mon attention.

1° Reliquaire en argent doré. — Le plan est un carré, sur chaque face duquel saillit un demi-cercle, en forme d'une petite abside. Les quatre parties circulaires, disposées en croix, sont terminées par une coupole sphérique et séparées par une tourelle. Au centre du carré s'élève une coupole plus grande que les autres. Les tourelles, au nombre de quatre, sont carrées et se terminent en pointe avec un toit aigu. Les coupoles et la pointe des tourelles sont découpées à jour; les découpures figurent des feuilles, des imbrications et d'autres motifs d'ornements. Celle des parties bombées qui me faisait face, quand j'examinai le monument, s'ouvre à deux battants, sur chacun desquels est une figure en pied exécutée au repoussé; d'un côté, un guerrier casqué tient sa lance et son bouclier; de l'autre, une femme porte sa main au front; tous deux sont nimbés, mais je n'ai point vu d'inscription. Au-dessus de la porte, une tête de lion et, à la base du monument, des lions, des griffons et autres animaux sont également faits au repoussé. On aperçoit en dedans un petit reliquaire suspendu à la coupole centrale; il renferme, dit-on, du sang sorti d'une image de Jésus-Christ, qui était à Beyrout en Syrie. Je n'ai pu le voir de près; je pense que c'est celui décrit ainsi par Thiépolo[1] : « Un petit vase de cristal de forme circulaire, de la hauteur du pouce d'une main; le couvercle de ce vase est d'or pur, couvert d'un riche émail. Sur la partie extérieure de ce couvercle, il y a, au milieu, une grande et précieuse pierre de jaspe (diaspro), avec laquelle on a sculpté habilement un crucifix de peu de relief, dans les quatre angles duquel se lisent les paroles suivantes : IC. XC. ΒΑCΙΛΕΥC ΤΗC ΔΟΞΙC. (sic) ; c'est-à-dire : « Jesus Christus, Rex gloriæ ». Le tour du même couvercle (sans doute le bord autour du camée de jaspe) est incrusté d'émail avec cette inscription : + ΕΧΕΙC ΜΕ ΧΡΙCΤΟΝ ΑΙΜΑ CΑΡΚΟC ΜΟΥ ΦΕΡΟΝ (pour φερων); c'est-à-dire : « Habes me Christum gestans sanguinem carnis meæ. »

On dit ordinairement que cette châsse à coupoles est tracée sur le plan de Sainte-Sophie de Constantinople. Ce n'est pas exact. Elle est faite comme une église et, parce qu'elle a été, bien probablement, fabriquée en Grèce, elle a la forme des églises de ce pays, forme dont les caractères généraux sont les coupoles et un plan inscrivant une croix dans un carré. En Occident, nous avons aussi des reliquaires en forme d'église, mais avec la forme en usage au moment où ces reliquaires étaient fabriqués : plans longs, toits élevés, pignons et clochetons pointus, arcs plein cintre, ou aigus. Cet usage de faire des reliquaires en forme d'église était motivé par des idées communes aux peuples grecs et latins, parce qu'elles étaient puisées à la même source. Les latins ont fait quelquefois des reliquaires carrés à coupoles, mais les exemples qui nous en restent sont rares. C'était sans doute un fait accidentel et par suite d'imitation de la part des orfévres occidentaux[2].

2° Reliquaire d'argent doré. — Il a la forme d'une tablette carrée. Au centre est incrustée une croix en cristal, à doubles traverses, renfermant la relique ; près de cette croix, les figures en pied de Constantin et d'Hélène sont faites au repoussé. La tablette est surmontée d'un médaillon contenant Jésus-Christ en buste : IC. XC. Ce médaillon est entre deux anges agenouillés, ajoutés par les Vénitiens au xvii° siècle. Sur le bord de la tablette, en haut et sur les côtés, on lit cette inscription publiée par Montfaucon et autres :

1. « Trattato delle santissime reliquie della chiesa di San-Marco », 1617.

2. Le prince Soltykoff en possède une qui a été reproduite dans les « Annales », t. xix, p. 13; une autre semblable, qui existe dans le trésor de Hanovre, a été publiée par M. Vogell; on en signale une troisième, à peu près pareille, dans le trésor grand-ducal de Hesse-Darmstadt.

+ Ὅν οἱ σταλαγμοὶ τοῦ θεοῦ τῶν αἱμάτων
Δόξαν θεϊκὴν ἐστόλισαν καὶ κράτος
Πῶς δοξάζουσι μαργαρῖται καὶ λίθοι.
Σὸς κόσμος ἐπὶ σταυρὲ πίστις καὶ πόθος
Οὕτως σε κοσμεῖ καὶ βασιλὶς Μαρία.

« O croix, que les gouttes du sang divin ont revêtue de la gloire divine et de la puissance, comment serais-tu ornée par des perles et des pierres précieuses! Ton ornement, c'est la foi et l'amour; ainsi t'a décorée l'impératrice Marie ».

Thiépolo pense que cette reine est Marie l'Arménienne, femme d'Andronic Paléologue, mort en 1328; Montfaucon croit que c'est Marie, femme de Nicéphore Botaniate, qui fut détrôné en 1081.

3° Reliquaire de la vraie croix. — La relique, disposée en forme de croix à quatre parties égales, est placée dans une croix de cristal, fixée sur un pied moderne. Les quatre extrémités de la croix sont enveloppées d'une feuille d'or ou vermeil, sur laquelle est gravée une inscription grecque qui forme tout l'intérêt archéologique de ce monument. Pour bien faire, il eût fallu la copier avec la forme des caractères; ne l'ayant pu, je la donne d'après Montfaucon[1].

In suprema crucis parte :

Καὶ τοῦτο γοῦν σοι προσφέρω πανυστάτως
Ηδη προσεγγίσας αὐταῖς ᾅδου πύλαις
Τὸ θεῖον ἀνάθημα τὸ ζωῆς ξύλον
Εν ᾧ τὸ πνεῦμα τῷ τεκοντι παρέθου
Καὶ τῶν πόνων ἔληξας οὓς ἐκαρτέρεις.

In brachio dextro :

Οἷς τοὶς πόνοις ἔλυσας οὓς κατεκρίθην
Καὶ καρτερειν ἔπεισας ἡμᾶς ἐν πόνοις
Ταύτην δίδωμὶ σοι τελευταίαν δόσιν
Θνήσκουσα καὶ λήγουσα κἀγὼ τῶν πόνων.

In bracchio sinistro :

Η βασιλὶς Δούκαινα λάτρις Εἰρήνη
Χρυσένδυτις πρὶν ἀλλὰ νῦν ῥακένδυτις
Εν τρυχίνοις νῦν ἢ τὸ πρὶν ἐν βυσσίνοις
Τὰ ῥάκκια στέργουσα πορφύρας πλέον.

1. « Palæographia græca », p. 310.

In ima parte :

Πορφυρίδος κρίνουσα τὴν ἐπωμίδα
Μελεμβαφῆ ἔχουσα, ὡς δέδοκτό σοι
Σὺ δ᾽ἀντιδοίης λῆξιν ἐν μακαρίοις
Καὶ χαρμονὴν ἄληκτον ἐν σεσωμένοις.

1. Hoc etiam tibi postremum donum offero,
Quæ jam ad portas inferi quam proxime accessi;
Hoc, inquam, divinum donum, lignum scilicet vitæ :
In quo spiritum tuum Patri commendasti,
Et laborum, quos constanter tuleras, finem fecisti.
2. Quia labores abstulisti, quibus damnata fueram,
Ac nobis pœnas constanter tolerare suasisti;
Hoc tibi ultimum donum tribuo,
Mox moritura et laborum nactura finem.
3. Imperatrix Irene Ducæna, Dei famula,
Quæ olim aureis ornabar, jam vero laceris vestimentis induor;
Olim bysso, jam operta cilicio:
Et tamen hosce pannos pluris, quam purpuram, facio.
4. Postquam purpureum amictum proscripsi ac deposui
Nigris induta vestibus, ut tibi complacuit,
Tu mihi sortem cum beatis retribuas,
Et gaudium cum sanctis æternum.

Ce monologue, rempli d'antithèses, peut se résumer en ceci :

L'impératrice Irène Ducas, près de mourir et de terminer ses souffrances, fait à Dieu l'offrande de cet arbre de vie sur lequel le Sauveur a terminé sa passion. Autrefois couverte d'or et de pourpre, Irène a revêtu de noirs et pauvres habits; en échange, elle demande au Sauveur le repos parmi les bienheureux.

J'ai souvent été frappé du contraste qui existe, pendant le Bas-Empire, entre les œuvres d'art et les œuvres littéraires. Celles-ci abondent en recherche, en obscurité, en mauvais goût, tandis que les productions artistiques sont toujours simples, élégantes, faciles à comprendre.

J'ai déjà parlé de l'impératrice Irène en décrivant la Pala-d'Oro sur laquelle on voit son effigie. Qui sait si l'inscription dont je viens de donner le texte ne serait pas de la composition de sa fille Anne Comnène? Le talent qu'on accorde à cette femme dans l'art d'écrire, le style recherché et parfois empreint de mauvais goût qu'on lui reproche, l'amour et la vénération de la fille pour sa mère, qui se révèlent dans plusieurs passages de l' « Alexiade », enfin l'existence de ces deux femmes dans un couvent, pendant les dernières années de leur vie, toutes ces raisons permettraient de le supposer.

4° Reliquaire de la vraie croix, en forme de tablette carrée. — Sur la partie antérieure, une croix à doubles traverses, creusée dans une feuille d'argent doré, contient la relique et est entourée d'une riche bordure ornée de pierreries. A la partie postérieure, une autre feuille de vermeil, travaillée au repoussé, présente une croix à traverses simples, accompagnée de l'inscription IC. XC. NIKA; elle est entourée d'une bordure. La tablette est couverte, sur son épaisseur, d'une feuille également travaillée au repoussé et montrant des médaillons entourés de rinceaux. Ces médaillons contiennent dix saints en buste avec leur nom en grec; on y voit : Saint Georges et autres saints guerriers[1], saint Nicétas, le Précurseur, saint Jean-Chrysostome et un autre évêque. La partie antérieure est protégée par un couvercle qui glisse dans des rainures et sur lequel est représenté, en émail, le crucifiement. Jésus-Christ est droit, les pieds posés l'un à côté de l'autre sur une tablette, les bras étendus horizontalement, les yeux fermés. La Vierge et saint Jean sont à ses côtés avec ces paroles, en grec : « Voici votre mère — Voilà votre fils ». Deux anges à mi-corps et le soleil et la lune sont dans le haut. Ce sujet est entouré d'une bordure contenant six médaillons émaillés, qui montrent les bustes du Précurseur, de saint Pierre, de saint Paul, de saint Jean l'Évangéliste et d'autres. Les émaux de ce couvercle sont en mauvais état; cette circonstance fâcheuse est utile néanmoins pour étudier les procédés du travail des émaux cloisonnés.

5° Reliquaire d'argent en forme de boite. — Sur le couvercle on voit, au repoussé, la figure du Précurseur : Ο ΑΓΙΟϹ Ο ΠΡΟΔΡΟΜΟϹ. Saint Jean est en pied et dit sur un cartel cette phrase qu'il adressait aux Juifs : Μετανοεῖτε, ἤγγικε γὰρ ἡ βασιλεία τῶν οὐρανῶν. — « Faites pénitence, car le royaume des cieux approche ».

6° Reliquaire en forme de calice. — Comme le précédent, il contient des reliques du Précurseur. La coupe est en agate, le pied en argent doré. Autour du pied est gravée une inscription que j'ai lue ainsi : « + ΚΥΡΙΕ ΒΟΗΘΕΙΩΤΩ

1. Les Grecs aimaient à placer des figures de saints guerriers sur les reliquaires de la vraie croix, « cette arme divine », τουτο το θειον, comme on lit sur une croix en argent doré qui est à la cathédrale de Gênes. Cette habitude s'explique facilement pour des reliquaires ayant appartenu à des empereurs et des princes, chefs naturels des armées. Cependant, je puis citer un monument de ce genre, sur lequel, parmi vingt et une figures en émaux, on ne voyait aucun guerrier; cette circonstance et la présence d'une douzaine de saints moines indiquent bien que ce reliquaire avait été fait pour un couvent. Ce précieux monument, à peu de chose près aussi grand que celui de Limbourg, publié dans les « Annales Archéologiques », volumes XVII et XVIII, se trouvait dans l'abbaye du Mont-Saint-Quentin, près Péronne; il a été décrit par Ducange dans une des dissertations qui accompagnent son édition de l' « Histoire de saint Louis », par Joinville.

ΕΝΔΟΞΟΤΑΤΩΠΡΟΕΔΡΩ ΚΑΙΠΑΡΑΚΟΙΜΩΜΕΝ... On voit qu'il s'agit d'un haut dignitaire de l'église ou de la cour de Byzance. Deux ou trois petits lions, attachés au bord du vase, supportent une patène en métal qui se trouve ainsi suspendue et néanmoins fixée à demeure. Une inscription commençant par ces mots : + ΠΙCΤΩC ΚΑΘΑΡΘΕΙCCΩΜΑ, est gravée en rond sur cette patène en caractères liés et remplis d'abréviations; je n'ai pas eu le temps de la copier entièrement. Des médaillons ciselés sont intercalés dans cette inscription; ils sont occupés par des saints que désigne leur nom.

Plusieurs des armoires de la chapelle renferment une grande quantité de reliquaires modernes fort simples. Ce sont des vases en cristal, montés sur un pied et garnis d'anses et couvercles en argent ou cuivre doré. Quelques-uns contiennent des reliques enveloppées dans une petite tablette dorée, plate, grande tout au plus comme le pouce, sur laquelle est gravée une inscription comme celles-ci : ΕΚ ΤΗC ΑΓΙΑC CΙΝΔΟΝΟC. — ΕΚ ΤΟΥ ΑΓΙΟΥ ΛΕΝΤΙΟΥ. — ΑΠΟ ΤΩΝ ΑΓΙΩΝ CΠΑΡΓΑΝΩΝ. Il est probable qu'il y en a d'autres. Ces objets ne présentent du reste aucun intérêt sous le rapport de l'art. Beaucoup de petits monuments de ce genre ont dû être répandus dans l'Europe au moyen âge[1] et renfermés dans de magnifiques châsses. Ainsi un couvent de Belgique possède une petite tablette de ce genre, qui provient du trésor d'Oigny et porte le nom de saint Nicolas en grec; elle est renfermée dans un reliquaire en cristal, richement et très-habilement orné au XIIe siècle par l'abbé HUGO, qui y a gravé son nom. Mais sans sortir de Saint-Marc, je pourrai, en poursuivant ma visite, citer des exemples du même genre.

7° PETIT RELIQUAIRE ITALIEN. — Il contient un fragment de la couronne d'épines avec cette inscription : ΕΚ ΤΟΥ ΑΚΑΝΘΙΝΟΥ CΤΕΦΑΝΟΥ. C'est un joli monument de l'orfévrerie italienne.

8° RELIQUAIRE ITALIEN, EN FORME DE CONE RENVERSÉ. — Il pose sur trois feuilles recourbées; il est orné de petites statuettes et de médaillons gravés, puis recouverts de morceaux de verre de différentes couleurs et jouant l'émail; il est surmonté d'un charmant groupe représentant saint Georges à cheval qui transperce le dragon. Ce monument du XIVe ou du XVe siècle, très-original, mais dont il est impossible de donner une idée exacte, parce que, comme tous les ouvrages de cette époque, il est surchargé de détails en tous sens, ce mo-

1. La cathédrale de Paris conservait un petit reliquaire en forme de châsse ou de coffre à dos d'âne, porté par deux anges. Sur ce reliquaire est gravée cette inscription : Λειψανον του Προδρομου. — Voir DUCANGE, « Traité historique du chef de saint Jean-Baptiste ». — Dans le trésor royal de Hanovre, on voit un reliquaire analogue, renfermant des fragments de saint Blaise, martyr.

nument, dis-je, renferme un bras de saint Georges avec une inscription que je copie dans l'opuscule de Thiépolo :

Γεωργίου ἀθλητοῦ φέρων πίστιν πάνοπλον τοὺς ἐναντίους τρέπω.

Georgii martyris armatam ferens fidem de hostibus victoriam reportabo.

9° Reliquaire en forme de bras. — Il est orné d'émaux, posé sur une boule couverte d'entrelacs gravés dans le style oriental. Il renferme un bras de saint Pantaléon avec cette inscription, que j'emprunte encore à Thiépolo :

Ο τῶν νοσουντων ἰατρὸς μυροβλύτα
Χρυσοὺς ὑγείας τῷ τροχῷ κρουνοῦς ῥέοις.

Ægrotantium medice unguentum spirans
Aureæ sanitatis rota scaturigines emittas.

Je n'ai pas vu les inscriptions de ces deux derniers reliquaires; elles sont gravées, sans doute, sur une plaque appliquée à la relique même, comme cela s'est vu plusieurs fois.

10° Reliquaire de la vraie croix. — Je ne l'ai pas aperçu, mais il a été publié par Thiépolo et Corner. C'est une tablette carrée, sur laquelle est une croix à doubles traverses, cantonnée, dans le bas, des figures en pied de Constantin et d'Hélène ; dans le haut, des archanges Michel et Gabriel en buste. Chaque personnage est distingué par son nom en grec. Cette tablette porte en outre l'inscription suivante :

Ως οἶα ποιεῖ πίστις ἡ Κωνσταντίνου,
Τοῦ πατρικίου καὶ τριηράρχου ξένα.
Χρυσαργυρον γαρ τὸν Γολγοθὰ δικνύει
Γολγοθὰ τοῦτον καὶ γαρ ὁ σταυρου τόπος.

O quam admiranda facit fides Constantini patritii triremium præfecti qui Golgotha ex auro et argento effinxit, Golgotha hunc quo crux resedit!

Thiépolo prétend que le Constantin nommé ici était le frère de l'empereur Nicéphore Phocas (963-969). J'ignore s'il a raison; je sais seulement que le nom de Constantin est très-commun parmi les noms des dignitaires du Bas-Empire. Il y a eu un patrice appelé Constantin Dalassène, qui n'est probablement pas celui du reliquaire, mais au sujet duquel l'histoire rapporte une anecdote curieuse qu'il n'est pas tout à fait hors de propos de transcrire ici, parce qu'elle montre l'impression que produisaient alors des reliques comme celles conservées à Saint-Marc de Venise. L'empereur

Romain III, Argyre, avait été empoisonné en 1034 par sa seconde femme Zoé. Cette princesse, de concert avec ses courtisans et ses complices, travailla à faire reconnaître comme empereur son favori Jean, avec lequel elle s'était remariée. On tenait à avoir l'assentiment du patrice, Constantin Dalassène, alors éloigné de Constantinople et retiré dans ses terres; mais il refusa, et plusieurs individus envoyés vers lui ne réussirent pas à le convaincre. « Rien ne coûtait au ministre : il fit partir l'eunuque Pagizès, favori de l'empereur, avec les gages de sûreté les plus respectables que l'on connût alors : c'était du bois de la vraie croix, la Véronique, la lettre de J.-C. au roi d'Édesse, une image miraculeuse de la sainte Vierge. A la vue de ces dépôts précieux sur lesquels l'empereur avait juré, Dalassène n'eut plus de défiance, il arrive à la cour... etc.[1] »

Un fait analogue arriva encore lors de la conspiration qui fit monter Alexis Comnène sur le trône, en 1081. Anne Dalassène, mère de celui-ci, s'était réfugiée avec plusieurs princesses dans l'église de Sainte-Sophie. L'empereur Nicéphore Botaniate les envoya chercher par deux de ses officiers, qui leur assurèrent qu'on ne leur ferait aucun mal. Un d'eux, pour en donner l'assurance, offrit la croix qu'il portait au cou; mais Anne la refusa, trouvant cette croix trop petite et il fallut que l'empereur en envoyât une plus grande pour qu'elle pût sortir avec sécurité de l'asile où elle s'était retirée. Pour en revenir au reliquaire de Saint-Marc, il pourrait avoir appartenu à Constantin Dalassène qui commandait la flotte à la fin du XIe siècle, époque à laquelle paraissent avoir appartenu beaucoup d'objets du Trésor.

JULIEN DURAND.

1. LE BEAU, « Hist. du Bas-Empire », XVI, 417.

ICONOGRAPHIE

DU CHEMIN DE LA CROIX [1]

L'on nomme VIA CRUCIS, ou CHEMIN DE LA CROIX, une série de croix, seules ou accompagnées de tableaux, destinées à remémorer les principales scènes de la Passion de Notre-Seigneur. On désigne aussi sous ce vocable l'exercice pieux au moyen duquel les fidèles cheminant, comme Jésus-Christ, d'une station à l'autre, s'efforcent de gagner les indulgences attachées par les souverains pontifes à ces mêmes croix. Je n'ai point à m'occuper ici de la dévotion proprement dite, qui, d'ailleurs, a trouvé dans Mgr Chaillot son savant

1. M. l'abbé Barbier de Montault, qui a bien voulu accepter le travail que nous lui avions proposé sur l'iconographie des Chemins de Croix, nous adresse son premier article. Ce travail préliminaire ne pouvait encore entrer dans le détail de chaque Station; mais la nomenclature des quatorze stations, qui constituent un Chemin de Croix complet, est donnée dans cet article, et nous l'accompagnons d'une gravure d'ensemble où sont figurées quatre des stations principales, la première, la seconde, la douzième et la quatorzième, c'est-à-dire :

LA CONDAMNATION A MORT. — LE PORTEMENT DE LA CROIX. — LA MORT SUR LA CROIX. — LA MISE AU TOMBEAU.

M. Barbier de Montault décrira, dans leur ordre, chacune de ces stations qui seront accompagnées de détails gravés de la grandeur même de l'original; nous n'avons donc pas à nous en occuper.

Le monument d'où est tirée notre planche est ce précieux ivoire du Louvre, qui date des premières années du XIIIe siècle, et représente une Vierge assise, tenant l'enfant Jésus. Cette Vierge s'ouvre comme un triptyque et montre sculptées au dedans d'elle-même la vie, la mort, la résurrection et la gloire du Sauveur. Ainsi la Vierge porte gravé dans ses entrailles, dans son cœur, dans sa poitrine, dans sa tête, le souvenir vivant et matériel de son divin Fils : « manet alta in mente repostum ». Je sais bien que le sévère Gerson s'est inscrit contre les images de ce genre et notamment contre les Vierges ouvrantes; mais il faut le laisser dire, et admirer cette imagination, la plus grande de toutes, idéale et réelle tout à la fois, des artistes du moyen âge. Je ne connais rien de plus saisissant pour montrer qu'une mère vit sans cesse, nuit et jour, avec

Hauteur 0m 36

LA PASSION DE JÉSUS-CHRIST

interprète[1]. C'est l'affaire, un peu trop négligée, soit dit en passant, tant des livres de piété que des ouvrages de droit canonique. Mais, pour répondre au titre choisi par le directeur des « Annales archéologiques », mon rôle est d'envisager la question iconographique au double point de vue de l'art chrétien et de l'archéologie religieuse.

Qu'il me soit cependant permis, avant de commencer, de rechercher l'origine et les développements successifs du Chemin de la Croix, puis de baser mes observations sur des principes certains.

L'histoire ecclésiastique et les décrets du Saint-Siége seront à la fois la source à laquelle je puiserai et l'autorité qui me servira d'appui. Ainsi guidé et éclairé, j'entre sans crainte en matière.

L'idée première du Chemin de la Croix remonte à la Mère de Celui qui, le premier, suivit la route du Calvaire pour le salut des hommes, nous invitant à marcher à sa suite : « Si quis vult post me venire, abneget semetipsum, et tollat crucem suam et sequatur me[2] ». Ainsi nous l'apprend la « Légende dorée » : « La sainte Vierge », dit Jacques de Voragine citant un livre apocryphe de saint Jean, « resta dans sa maison près de la montagne de Sion. Et elle visita, tant qu'elle vécut, les différents endroits témoins du baptême, de la passion, de la résurrection et de l'ascension de son Fils, se livrant au jeûne et à la prière[3] ». S'emparant de ce texte, populaire comme les sermons de l'archevêque de Gênes, le moyen âge le traduisit en iconographie dans le « Speculum humanæ salvationis », et distribua en huit casiers ou tableaux les reliques et les monuments de la vie mortelle du Christ. En effet, pour le peintre qui a enluminé le manuscrit, tous les événements d'une vie si remplie se rangent et se pressent dans une armoire à huit compartiments, qui renferme la crèche, où mangent le bœuf et l'âne et qui reçut Jésus à sa naissance ; le glaive et l'armée d'Hérode, persécuteur du Sauveur ; le calice de sa dernière agonie ; la colonne et les fouets de sa flagellation ; la croix et les clous de sa crucifixion ; le titre qui le proclama dérisoirement roi des Juifs ; le linge qui garda l'empreinte de sa face vénérée ; la pierre que sa toute-puissance leva du sépulcre et, sur le mont des Oliviers, d'où il monta aux cieux,

la pensée d'un fils qu'elle ne veut pas oublier d'une seconde. C'est par un sentiment analogue, mais un peu moins profond, que certaines mères portent à leur cou des broches ou médaillons à camées antiques, à mosaïques ou miniatures, qui représentent un être chéri entre tous les autres.

(*Note de M. Didron.*)

1. V. « Analecta juris pontificii », t. III, col. 757 et suiv.
2. S. MATTH., XVI, 24.
3. « Légende dorée », trad. par G. Brunet, t. I, p. 269-270.

la trace de ses pieds sacrés. A cette vue, qui mêle à ses joies de si lamentables souvenirs, Marie se voile la figure de ses mains et comprime les soupirs qui l'oppressent[1].

Cette miniature ingénieuse, datée de l'an 1324, n'est qu'une fiction, mais une de ces fictions qui sont un germe fécond pour l'avenir. Aux objets symétriquement groupés substituez leur représentation, éloignez les tableaux les uns des autres et vous aurez presque la réalité moderne. J'ai écrit « presque » à dessein, car, au xve siècle, en 1491, la B. Eustochie, clarisse de Messine, combinait encore les mystères de la Passion avec les mystères de l'Enfance, dans le simulacre des saints Lieux élevé par son zèle et son industrie privée dans l'intérieur du cloître. « Contemplationi dedita, ut Christi vitam, mores, tolerantiam in tormentis invictam, tenaciori mente recoleret, sancta seorsim loca, quasi Hierosolymis esset, ex industria simularat. Intra cœnobii claustra confixerat Christi natalitium præsepium, ibi divæ matris ædes, ibi templum Salomonis, ibi Olivetum montem, ibi hortum in quo Salvator captus, ibi cœnaculum, ibi Annæ et Caïphæ domos, ibi Pilati prætorium, ibi Calvarium montem, juxtaque sepulchrum, quibus quotidie frequentatis, tanquam veris locis interesset, sponsi sui mansuetudinem, resque singulas ex ordine gestas lacrymabunda contemplabatur[2] ».

Au temps de saint Jérôme[3], l'affluence des pèlerins était considérable à Jérusalem. Mais on y venait pour visiter et vénérer les Lieux saints, comme plus tard s'y rendirent les croisés, et non avec le but déterminé de méditer plus spécialement aux endroits sanctifiés par la passion du Sauveur.

Les reliques rapportées d'outre-mer par les pieux visiteurs ne manquaient pas autrefois. Les catalogues ou les reliquaires qui nous en restent nous les montrent recueillies indistinctement à la crèche ou au Calvaire, au mont des Oliviers ou au Sépulcre.

La dévotion aux Lieux saints et à la passion de Notre-Seigneur existe certainement au moyen âge, et il est facile de la constater. Mais on doit remarquer qu'elle se fortifie surtout et prend de l'accroissement lorsque les Franciscains fondent leur célèbre couvent de Terre Sainte et, sous la protection du Saint-Siége, obtiennent la garde des saints Lieux. Ceci se passait en 1342.

Près de cent ans plus tard, lorsque la B. Eustochie s'essayait au Chemin de la Croix, sur trois points à la fois du monde chrétien, jaillissait sans accord préalable, comme spontanément une tige naît de sa semence enfouie

1. Bibliothèque Impériale.
2. Wadding, « Annales Minorum », ad ann. 1491.
3. Hieronym., « Epist. x. vi ».

dans le sol, la sublime théorie du Chemin de la Croix, telle que nous la connaissons et pratiquons aujourd'hui.

En Allemagne, de riches pèlerins transformaient leur ville natale de Nuremberg en une nouvelle Jérusalem et accrochaient aux flancs de sa colline les Stations en haut relief qui, de nos jours, excitent si puissamment l'admiration des voyageurs.

En Angleterre, deux descendants du glorieux martyr de Cantorbéry, les BB. Paul et Jean Becket, imitaient la voie douloureuse qui aboutit au sépulcre. A Cordoue, un humble frère prêcheur, le B. Alvaro, construisait dans son couvent autant d'oratoires que la Passion nombrait de stations[1]. Je laisse volontiers au bréviaire dominicain le soin de raconter ce fait important, que Benoît XIV, ce pape d'une science si vaste et d'une critique si sûre, n'a pas fait difficulté d'admettre et d'approuver[2]. Voici comment s'exprime la leçon du deuxième nocturne de l'office du B. Alvaro, au 21 février : « Singulari ac præcipuo erga Christi passionem agebatur affectu. Quamobrem loca sancta Palestinæ ejus mysteriis conspicua summa devotione lustravit ; utque eorum monumenta aliqua in extructo a se cœnobio perpetuo extarent, varia in eo oratoria disposuit, in quibus redemptionis nostræ mysteria certis distincta stationibus exhiberentur ; quam subinde piam institutionem alia cœnobia adoptasse perhibentur. »

Ce dernier trait jette une grande clarté sur le moment précis où commence, à proprement parler, l'institution du Chemin de la Croix. Jusque-là les faits sont personnels, locaux, sans importance. A partir d'Alvaro, qui meurt en 1420, l'institution se généralise et est adoptée par les « autres couvents ».

Mais qui, en ce monde, travaille pour soi ou les siens ? Les Dominicains ne bénéficièrent pas de la découverte d'Alvaro, ou ils en laissèrent modestement la gloire aux Franciscains. L'origine fut même si complétement oubliée et l'adoption si peu controversée, que Benoît XIII, par son bref « Inter plurima », renouvelant en cela le bref « Ad ea per quæ » d'Innocent XII, nomma les Franciscains, sinon les auteurs, au moins les fervents propagateurs d'une dévotion aussi salutaire pour les âmes : « Fratres ejusdem Ordinis pium exercitium Viæ Crucis appellatum, quo tota Dominicæ passionis series pictis tabulis, ubi commode fieri posset, expressa inque plures stationes distributa, eo modo quo peregrini civitatis S. Hierusalem loca ipsa, ubi Christus passus est, recolentes et frequentantes, invisunt, contemplanda proponeretur,

1 « Recueil de prières et d'œuvres pies », trad. de l'abbé PALLARD, p 90.

2. « Analecta », t. III, col. 757.

in varias christianorum provincias magno animarum fructu intulisse [1]. »

L'Église, qui procède toujours avec sagesse et maturité, s'occupa fort tard du Chemin de la Croix. Trois siècles s'étaient écoulés depuis la mort d'Alvaro, quand enfin, prêtant l'oreille aux voix saintes qui l'y conviaient, elle rompit le silence et montra, par les indulgences dont elle l'enrichissait, combien ce pieux exercice lui était agréable. Mais comme, grâce à son zèle pour la propager, la dévotion du Chemin de la Croix paraissait identifiée à l'Ordre de saint François, le premier bref d'indulgences, octroyé par le vénérable Innocent XI, le 5 septembre 1686, ne concerna que les églises franciscaines, les religieux et religieuses de l'Ordre, ainsi que les personnes affiliées ou agrégées aux confréries canoniquement érigées en ces mêmes églises [2].

Innocent XII, en 1692, concéda de plus amples faveurs, mais sans atteindre ni d'autres lieux ni d'autres privilégiés [3].

Cependant les fidèles faisaient le Chemin de la Croix, mais sans gagner d'indulgences. A la demande du procureur général des Franciscains de l'Observance [4], Benoît XIII publia, à la date du 5 mars 1726, la bulle « Inter plurima », qui dérogeait aux prescriptions de ses prédécesseurs, et permettait à tous fidèles indistinctement de jouir des indulgences accordées, dans les seules églises toutefois appartenant à l'ordre Séraphique [5].

Enfin Clément XII, par son bref « Exponi nobis », du 16 janvier 1731, déclara que toutes églises, oratoires, monastères, hôpitaux et autres lieux pieux seraient aptes à recevoir le Chemin de la Croix, pourvu que l'érection en fût faite par un religieux de l'ordre de Saint-François. « Quod prædicta loca Viæ Crucis seu Calvarii in ecclesiis, oratoriis, monasteriis, hospitalibus, et aliis itidem piis locis ipsi ministro generali non subjectis, nec ab eo dependentibus, per fratres dicti Ordinis nunc erecta et in posterum erigenda, indulgentiis ac privilegiis fruantur et gaudeant, quibus fruuntur et gaudent erecta in ecclesiis et in locis Ordinis præfati [6]. »

Si à cette liberté l'on ajoute la 10e clause insérée par ordre de Benoît XIV, le 10 mai 1742, à la suite des « Avertissements » antérieurement publiés

1. « Analecta », t. III, col. 758.
2. « Analecta », t. III, col. 758.
3. « Ibid. ».
4. L'Ordre franciscain se compose des Mineurs Observantins (Récollets), des Conventuels (Cordeliers) et des Capucins. V. mon « Année liturgique à Rome », pages 212-213.
5. « Analecta », col. 750.
6. « Analecta », t. III, col. 759-760.

par le cardinal Pico, préfet de la sacrée Congrégation des Indulgences, le 3 avril 1731[1], l'on aura le secret de cette multitude de Chemins de Croix qui, en tout pays, garnissent les murs des églises aussi bien que des chapelles. Or telle fut la teneur de la recommandation pontificale : « N. S. P. le Pape, heureusement régnant, désirant que ce saint exercice se répande de plus en plus pour l'utilité du monde catholique, exhorte les curés de tous les lieux et de toutes les villes à enrichir leurs paroisses d'un si grand trésor; quoiqu'il y ait plus d'une paroisse dans une terre, ils doivent introduire cette dévotion dans leurs cures ou dans le district, sans faire attention à la distance plus ou moins grande qu'il y aurait entre un Chemin de la Croix et un autre[2]. »

Rome ne s'est pas contentée des faveurs spirituelles; elle a voulu régler elle-même plusieurs questions importantes relatives au nombre des Stations, à leur mode et à leur placement, toutes choses qu'il est indispensable de connaître, car un Chemin de Croix qui, matériellement, ne remplit pas les conditions déterminées, doit être considéré comme apocryphe et inutile; bien plus il est nuisible à la piété des fidèles, qu'il trompe en les autorisant à croire qu'ils peuvent, en s'en servant, gagner réellement des indulgences dont ils sont très-certainement privés. Or, en matière d'indulgence, ni l'arbitraire ni la discussion ne sont loisibles. L'indulgence n'existe que là où les formalités exigées sont accomplies de tout point, et rien ne peut excuser de la violation de la règle, ni la négligence, ni l'impuissance, pas même l'ignorance[3].

Les Chemins de la Croix ayant été établis pour permettre aux fidèles de gagner les Indulgences de Terre Sainte, voyons maintenant à quelles conditions ces indulgences pourront s'acquérir ou faute de quoi elles sont exposées à se perdre. Pour plus de clarté, je pose douze principes, tous émanés du Saint-Siége ou de son organe officiel, la sacrée Congrégation des Indulgences.

1° Tout Chemin de Croix se compose de quatorze Stations, ni plus ni moins. Ainsi l'a déclaré le pape Clément XII, en 1731[4].

2° Les croix seules reçoivent la bénédiction et les indulgences, en sorte que les tableaux ne sont nullement nécessaires[5].

« An loco quatuordecim crucium possint retineri et adhiberi quatuorde-

1. « Analecta », t. III, col. 763.
2. « Ibid. ».
3. « Recueil de prières », p. 11.
4. « Analecta », t. III, col. 760.
5. « Instruction de Clément XII », 3 avril 1731. — « Décret de la S. Congrég. des indulgences », 1842.

cim icones vel tabulæ depictæ repræsentantes mysteria cujuslibet stationis?

« Negative. Possunt, ubi commode fieri potest (ait summus pontifex Benedictus XIII in sua constitutione « Inter plurima », quinto nonas martii 1726, super exercitio Viæ Crucis), retineri quatuordecim icones vel tabulæ depictæ stationes repræsentantes Viæ Crucis; sed quatordecim cruces prius benedictæ supra quamlibet iconem vel tabulam depictam sunt collocandæ et retinendæ. Non enim benedicuntur icones, sed cruces, ad acquirendas indulgentias eidem exercitio adnexas [1]. »

3° Les croix bénites doivent être placées au-dessus des tableaux.

4° Ces croix étant affectées à un lieu déterminé, par exemple à une église et non à telle ou telle place dans cette église, on peut les enlever soit pour restaurer l'église, soit pour les disposer dans un ordre plus convenable, sans que les indulgences cessent : telle est la réponse à une consultation de Québec, en date du 14 mars 1845.

« An mutatio tabularum et crucium de loco in locum in eadem ecclesia secum importet annihilationem indulgentiarum Viæ Crucis annexarum? — Negative [2]. »

5° Tant que les croix bénites sont en majorité, il n'est pas nécessaire d'une nouvelle érection ou bénédiction pour celles qui restent ou que l'on remplace.

« Ex pluribus hujus S. C. decretis colligitur minime necessariam esse facultatem commutandi stationes seu cruces quoad locum, dummodo agatur de eadem ecclesia, minimeque facultate indigere substituendi stationes seu tabellas, dummodo tamen cruces omnes superpositæ vel in majori numero perseverent; secus vero nova erectio novaque benedictio omnino requiritur, impetrata tamen ab apostolica sede potestate [3]. »

Une consultation de Langres, du 30 janvier 1839, éclaircit encore mieux cette difficulté. La réponse est que : « Si les croix bénies à l'époque de l'érection périssent entièrement, il faut une nouvelle érection canonique; s'il en périt moins de la moitié, on peut les remplacer par d'autres sans aucune bénédiction [4]. »

6° Les tableaux ne constituant pas l'essence même du Chemin de la Croix, puisque cette dévotion peut subsister sans eux, on les changera ou remplacera à volonté.

« Cum ad lucrifaciendas indulgentias, quæ pro stationum Viæ Crucis visi-

1. « Dec. S. C. Ind. in Brugen. », 13 mars 1837. Ap. « Analecta », t. III, col. 772.
2. « Analecta », t. III, col. 773.
3. « In Rothomagen. », 20 aug. 1844. Ap. « Analecta », col. 774.
4. « Analecta », t. III, col. 773.

tatione conceduntur, minime requiratur tabularum erectio, sed crucium, proindeque si ob vetustatis causam ipsæ tabulæ removentur pro ipsarum stationum contemplatione, ac in earum locum etiam absque pontificia facultate novæ tabulæ substituantur, indulgentiarum concessio perseverat, imo etsi cruces ipsæ, quæ necessario requiruntur, ob eamdem rationem, vetustate scilicet labentes, renovari debeant, dummodo de ipsis non sit major pars, nec nova erectione indigetur, nec indulgentiarum beneficium amittitur[1]. »

7° Quoique l'indulgence n'ait été appliquée qu'aux croix, la pensée, je dis plus, la volonté expresse de l'Église est que toute personne qui pratique le pieux exercice de la « Via Crucis » médite, pendant un espace de temps déterminé, sur les quatorze stations qui composent la voie douloureuse. D'où il suit rigoureusement que si des tableaux sont proposés pour aider les fidèles dans la méditation de la Passion de Notre-Seigneur, ces tableaux ne doivent pas avoir d'autre motif que la représentation exacte de l'objet même de la méditation. D'où suit encore, que, sous peine de poser un obstacle réel et insurmontable à l'acquisition des indulgences et d'exposer les fidèles à des erreurs graves, un thème quelconque d'iconographie, étranger aux quatorze stations reçues, eût-il pour objet direct et unique une scène de la Passion, comme la Flagellation, ne peut être subrogé à aucune des stations.

« An indulgentiæ concessæ visitantibus Viæ Crucis stationes datæ sint ob Christi Domini passionis meditationem contemplandam in genere, an vero taxative pro meditatione illarum stationum quatuordecim quæ a fidelibus generaliter cognoscuntur ?

« Ad 1 : Negative.

« Ad 2 : Affirmative.

« An possint illis jam cognitis aliæ stationes subrogari ?

« Negative[2]. »

Or, d'après la Sacrée Congrégation des Indulgences, les stations que, sous aucun prétexte, il n'est licite de modifier sont celles-ci :

« 1re station. — Jésus est condamné à mort.

« 2e stat. — Jésus est chargé de la croix.

« 3e stat. — Jésus tombe sous la croix pour la première fois.

« 4e stat. — Jésus rencontre sa très-sainte Mère.

« 5e stat. — Le Cyrénéen aide Jésus à porter sa croix.

« 6e stat. — Véronique essuie la face de Jésus.

1. « Decr. S. C. Ind. in Cameracen. », 13 nov. 1837. Ap. « Analecta, col. 773.

2. « S. C. Ind. in una Montis-Regalis », 16 feb. 1839. Ap. « Actes de l'église de Luçon », t. I, p. 490-2.

« 7ᵉ stat. — Jésus tombe pour la seconde fois.

« 8ᵉ stat. — Jésus console les femmes de Jérusalem.

« 9ᵉ stat. — Jésus tombe sous la croix pour la troisième fois.

« 10ᵉ stat. — Jésus est dépouillé de ses vêtements et abreuvé de fiel.

« 11ᵉ stat. — Jésus est attaché à la croix.

« 12ᵉ stat. — Jésus meurt en croix.

« 13ᵉ stat. — Jésus est déposé de la croix dans le sein de sa Mère.

« 14ᵉ stat. — Jésus est mis dans le sépulcre [1]. »

8° La distance qui doit séparer une station de la station suivante n'est pas déterminée. Cependant elle doit être suffisante pour nécessiter une marche, ne fût-elle que d'un pas, car il serait assez singulier que l'on pût, sans remuer de place, faire ce que tout le monde appelle le Chemin de la Croix, et se contenter de s'unir mentalement à un exercice où, aux termes mêmes du langage, le corps est appelé à prendre part.

« S. Congregatio, Indulgentiis sacrisque Reliquiis præposita, declaravit inter stationes Viæ Crucis non requiri distantiam æqualem Viæ Crucis Hierosolymitanæ nec determinatam [2].

« Utrum Christi fideles, in magno populi concursu, maxime cum ecclesia repleta et compressa sit devotis, possint sine corporis motu de loco in locum indulgentias Viæ Crucis lucrari ?

« Negative. Singula enim summorum Pontificum decreta affirmant, inter alias conditiones pro acquirendis stationum Viæ Crucis indulgentiis, necessario requiri aliquem corporis motum, ut clarius declaratum est ab hac sacra Congregatione, die 30 septembris 1837 : « Che si passi da una stazione all' altra « per quanto permette o la multitudine delle persone che la visitano o la ris- « trettezza del luogo dove sono erette [3]. »

En effet, à Rome, lorsque le Chemin de la Croix se fait publiquement dans une église, les fidèles se mettent en marche à la suite de l'officiant et s'arrêtent avec lui devant chaque station. En France, on se persuade qu'il suffit de suivre de sa place la marche exécutée par le seul clergé. Les décrets précédents montrent si en cela, comme en tant d'autres choses, nous sommes dans le vrai.

9° Le privilége de bénir et ériger les chemins de Croix appartient en propre aux Frères Mineurs de l'observance et, par extension, aux Capucins, qui sont une ramification de l'ordre Franciscain. Or ce privilége s'étend à tous les lieux,

1. « Recueil de prières », p. 95 et suiv.

2. « In Roman. », 3 décembr. 1736. Ap. « Analecta », col. 762.

3. « Decr. S. C. Ind. in una Helvetiæ », 26 febr. 1841. Ap. « Analecta », t. III, col. 774.

églises, oratoires, couvents, hôpitaux, places publiques, etc. A Rome, les églises conventuelles de San-Francesco à Ripa et de San-Pietro in Montorio sont précédées d'une série de petits oratoires en plein vent, où chacune des stations est désignée par un monument orné d'un tableau peint à fresque et protégé par un treillis de fer.

En vertu d'un rescrit pontifical, qui est essentiellement personnel, de simples prêtres ou même des évêques, n'appartenant pas à l'ordre de Saint-François, peuvent procéder à une érection canonique, mais cette érection, pour être valide, ne doit pas être faite en dehors des églises.

« 3. An per formulam rescripti censeatur prohibitum quominus Via Crucis erigatur extra ecclesias vel oratoria sive publica sive privata, ex. gr. in cœmeteriis, vel in claustris?

« 4. An sub pœna nullitatis apponatur facultatis delimitatio ad loca ubi ordo Minorum Observantium S. Francisci non existit, et ad ecclesias et oratoria tantum ejusmodi locorum; ita ut Via Crucis a sacerdote seculari in locis in quibus laudatus ordo extat, vel extra ecclesias seu oratoria erecta, denuo erigenda sit?

« Ad tertium et quartum affirmative[1]. »

10° « Si on veut ériger les stations hors de l'église, dit Clément XII, comme cela se pratique en beaucoup d'endroits, on doit tâcher de toujours terminer ou commencer par l'église, par le lieu sacré. Il faut absolument que les oratoires soient fermés par des barreaux qui empêchent l'entrée des personnes ou des animaux. Tant les oratoires que les croix doivent être placés en des lieux non exposés à des irrévérences et si, dans la suite du temps, les lieux dans lesquels on les a érigés deviennent indécents, les supérieurs doivent les interdire : on leur en fait un devoir strict de conscience[2]. »

11° « Dans une église ou lieu pieux, lorsque le local le permet, on fera bien d'ériger deux « Viæ Crucis » pour la commodité des fidèles, une pour les hommes, et l'autre pour les femmes. Lorsque l'une est établie hors de l'église, on doit toujours en ériger une autre dans l'église, pourvu que l'édifice soit assez grand pour qu'il n'y ait pas de confusion ; de cette manière, les fidèles pourront pratiquer le pieux exercice, sans être arrêtés par la pluie ni par d'autres empêchements[3]. »

12° Il n'est pas absolument nécessaire que la première station soit placée

1. « Décret de la Sacrée Congrég. des Indulgences », 20 janv. 1859, « in Tornacen. ». V. « Analecta juris Pontificii », t. III, col. 958-9.

2. « Analecta », col. 760.

3. « Analecta », col. 761.

du côté de l'évangile. Cependant, puisque telles sont la coutume et la pratique générale, il faudrait des raisons graves pour s'en écarter; car, dit encore le pape Clément XII, « cet exercice doit se pratiquer d'une manière uniforme dans tous les lieux, sans rien changer à ce qui s'est observé jusqu'ici dans les couvents de l'Ordre[1]. »

« An indifferens sit ut incipiant a cornu epistolæ et desinant in cornu evangelii, aut vice versa?

« Non est de necessitate præcepti ut ad acquirendas indulgentias incipiendum sit pium exercitium Viæ Crucis a cornu evangelii; hæc est tamen consuetudo ac praxis generalis, quæ piis est innixa congruentiæ rationibus[2]. »

J'ai insisté à dessein, malgré leur aridité, sur tous ces détails pratiques, parce que j'ai cru important de citer même textuellement les décrets de l'Église romaine qui forment la législation en pareille matière. Les indulgences sont des faveurs spirituelles, que les papes distribuent à leur gré, avec toute l'étendue et la liberté d'une puissance que rien ne limite. Rome a donc pu imposer des règles spéciales pour l'obtention de ces indulgences, quelque répugnance que puissent avoir à les adopter des esprits « minces et fâcheux », suivant la parole de saint François de Sales. Nous terminerons avec lui ces préliminaires par cette louable pensée : « Il se faut arrêter à ce que Dieu ordonne et son Église... et en somme c'est une présomption insupportable à qui que ce soit de penser mieux entendre les nécessités spirituelles des fidèles et de s'imaginer être plus sage que l'Église[3]. »

X. BARBIER DE MONTAULT.

1. « Analecta », t. III, col. 760.
2. « Analecta », t. III, col. 775. « In una Brugen. », 1837
3. 446e Lettre à une abbesse. Œuvres complètes, t. XIV, p. 137.

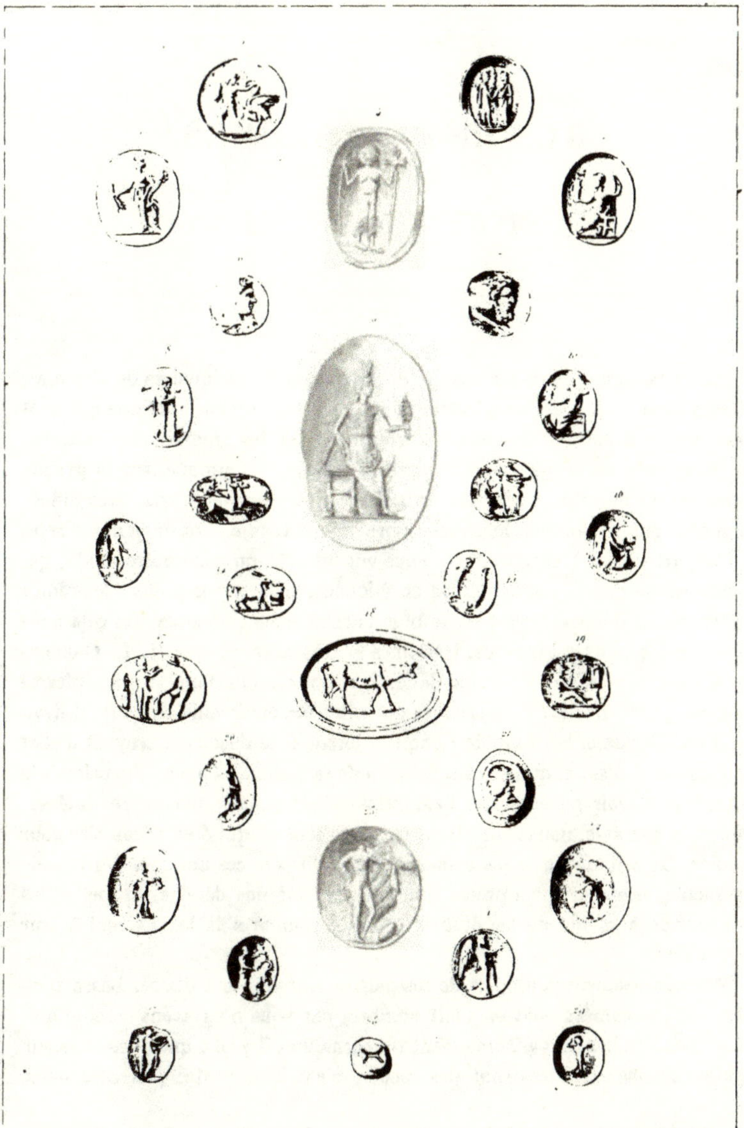

INTAILLES ET CAMÉES ANTIQUES

TRÉSOR DE CONQUES[1]

PIERRES ANTIQUES

Parmi les nombreuses pierres qui décorent tous les reliquaires de Conques, pierres pour la plupart simplement polies, il en est une soixantaine qui sont des camées et surtout des intailles antiques. On les trouve principalement sur la grande statue de sainte Foy, ainsi que sur sa couronne, sur la grande croix processionnelle, et sur les deux reliquaires dont les phylactères précédemment publiés forment le principal ornement. Comme l'examen des pierres qui appartiennent à chacun d'eux nous eût interrompu dans notre étude, qui a surtout pour objet les antiquités chrétiennes, nous avons préféré les réunir toutes et les décrire à part et le plus succinctement possible. En cela nous serons aidés par les gravures, très-fines et très-exactes, que M. L. Gaucherel a exécutées d'après les moulages que nous avons faits sur les pierres mêmes. Averti par M. P. Mérimée, qui avait été émerveillé de ce qu'il avait vu d'intailles dans le trésor de Conques, lorsqu'il le découvrit croyant n'aller voir qu'une église, et qui, dans la relation de sa visite à Conques[2], exprimait le regret de n'avoir pu emporter l'empreinte de certaines pierres très-intéressantes, à son avis, nous nous étions muni de tout ce qui était nécessaire pour mouler. De cette façon, nous avons pu rapporter sur ces antiques des renseignements beaucoup plus précis que n'eussent été nos dessins, et mettre les antiquaires à même de les étudier presque comme s'ils les avaient à leur disposition.

Malheureusement la plupart de ces pierres antiques sont d'assez basse époque, et les camées sont en petit nombre, car nous n'en avons compté que trois. Les intailles sont généralement sur cornaline; il y en a quelques-unes sur agate rubanée; d'autres sont des nicolo, c'est-à-dire des pierres à deux

1. Voir les « Annales Archéologiques », vol. XVI, pag. 77 et 277; vol. XX, pag. 215 et 264.
2. « Notes d'un voyage en Auvergne », page 190.

couches. La couche superficielle est plus ou moins blanche et cornée, tandis que la couche sous-jacente est noire, de telle sorte que le sujet intaillé se détache en noir sur blanc. Presque toutes les intailles ont été dessinées et gravées sur des épreuves en relief, à quelques exceptions près que nous signalons en leur place.

PLANCHE PREMIÈRE.

1. Pygmée nu, coiffé d'un casque, armé d'un bouclier; il se retourne pour combattre une grue. — Cornaline. Couronne de sainte Foy.

2. Personnage vêtu d'une toge, auquel une figure de femme remet une palme. Ce doit être l'emblème d'une province conquise par un consul ou un empereur. — Nicolo. Couronne de sainte Foy.

3. L'Abondance ou la Fortune. Debout, tournée vers la gauche, des épis dans la main droite, une corne d'abondance dans la main gauche, d'où pend la draperie du manteau relevé sur le bras. Ces représentations de la Fortune, souhait pour celui qui les recevait et, en tous cas, d'un heureux augure pour celui qui les portait en bague, étaient fort communes dans l'antiquité. — Émeraude.

4. Un personnage debout et vu de face; les pieds de profil, tenant de chaque main une croix ou un bâton trifolié à longue hampe. Cette intaille, excessivement barbare, faite du VIIe au VIIIe siècle dans une pierre très-convexe, offre un sujet fort difficile à préciser. Est-ce Jésus-Christ, est-ce un ange, est-ce un saint que nous devons voir dans cet homme presque nu, qui porte deux croix singulièrement caractérisées? Que ce soit Jésus-Christ, ou un ange, ou un saint, le nimbe est absent. Il faut voir l'indication d'une robe dans ces barres obliques qui recouvrent le haut des jambes. Le bas de la robe serait marqué par deux barres transversales que l'on pourrait également prendre pour le haut des bottines du personnage. Si c'est un ange, ses ailes se trouveraient réduites à de petits appendices placés de chaque côté du cou, et qui peuvent également représenter les cheveux tombants du Christ. Enfin, une figure semblable d'un homme posé de face, tenant une croix à longue haste de chaque main, se retrouve sur plusieurs monnaies carolingiennes, que les numismates croient de type chartrain. Sur un denier de Pepin trouvé à Chartres, le personnage est nimbé et accompagné de la légende CARN., qui, suivant M. A. de Longpérier, peut signifier CARauNus, « Chéron », nom de l'apôtre du pays chartrain, ou CARNotæ, le nom du pays lui-même.

Quatre autres deniers, un de Pepin et trois de Charlemagne, trouvés à Imphy (Nièvre), présentent le même type au revers, mais sans nimbe[1]. — Améthyste pâle, craquelée. Sainte Foy.

5. Jupiter Nicéphore, assis, tourné vers la gauche. La Victoire debout dans la main droite, la gauche relevée et appuyée sur la haste. — Cornaline. Sainte Foy.

6. Tête d'homme imberbe, tournée à droite. Hercule? On croit reconnaître sur le cou le nœud qu'y font d'habitude les deux pattes du lion dont il est vêtu. Travail grossier du IIIe siècle. — Cornaline. Sainte Foy.

7. Tête d'homme à cheveux courts, bouclés, barbu, tournée à droite. Hercule ou le fleuve Achéloüs? La pierre étant cassée sur ses bords, on ne sait si cette tête n'est point emmanchée à un cou de taureau, comme c'était l'habitude de figurer les fleuves. De petites cornes, qui semblent pousser sur les tempes, peuvent donner quelque base à cette opinion. — Cornaline. Sainte Foy.

8. Ulysse, debout, de profil, marchant vers la droite, coiffé du pileus, le parazonion à la ceinture, une petite draperie sur l'épaule, appuyé sur un bâton noueux. Travail grec, fort ancien ou étrusque et d'un beau style. — Agate rubanée. Sainte Foy.

9. Isis assise, tournée à droite, semblant retenir de la main droite sa robe de dessus remplie de fruits (?). Un cistre de la main gauche. Sur sa tête diadémée, un disque surmonté de deux plumes, son emblème habituel comme le cistre. Il serait plus difficile de rencontrer cette figure avec les fruits qui remplissent sa robe. Travail barbare. — Tourmaline? Sainte Foy.

10. Jupiter Nicéphore, comme le n° 5, avec un aigle à ses pieds. — Cornaline. Sainte Foy.

11. Personnage conduisant un bige lancé au galop. — Cornaline. Couronne de sainte Foy.

12. Bacchanale. Bacchante dansant au son d'une double flûte dont joue un Satyre placé en face d'elle. Entre eux se dresse une colonne surmontée d'un Priape ityphallique. — Cornaline. Couronne de sainte Foy.

13. Homme nu, de profil, tourné à droite, le bras droit à demi tendu. Une petite figure (?) appuyée sur le bras droit d'où pend une draperie. Énée portant le Palladium? — Nicolo. Sainte Foy.

14. Bouc, debout près d'un autel de Bacchus orné d'une guirlande. Du feu ou des raisins semblent déposés sur cet autel. — Améthyste foncée. Sainte Foy.

1. A. DE LONGPÉRIER, « Notices sur cent deniers de Pepin, de Carloman et de Charlemagne, trouvés près d'Imphy ». — (Extrait de la « Revue numismatique ».) — Paris, 1858.

15. Signe du zodiaque. Les poissons. — Agate rubanée. Sainte Foy.

16. Victoire ailée, debout, tournée à droite, immolant un cerf couché entre ses jambes. Emblème Mytriaque d'une Victoire. — Cornaline jaune. Sainte Foy.

17. Guerrier s'armant et mettant ses cnémides en présence d'un autre guerrier, casqué et cuirassé, debout devant lui. Derrière ce dernier, à gauche, le Palladium sur un cippe. — Cornaline. Sainte Foy.

18. Vache debout et marchant à droite. L'une des nombreuses imitations de la vache du sculpteur Myron, si célèbre dans l'antiquité. — Agate à trois couches. Sainte Foy.

19. Prisonnier asiatique; il est coiffé du bonnet phrygien et assis à terre auprès d'un trophée. — Cornaline. Sainte Foy.

20. Génie du repos. Enfant debout, vu de face, les jambes croisées. La tête appuyée sur la main gauche dont le coude porte sur la main droite. Une draperie pendante le long du corps à droite. — Cornaline. Sainte Foy.

21. Tête d'homme de profil, tournée à gauche. Intaille représentée en creux.

22. Génie de la Palestre, debout, tourné vers la droite, portant de la main gauche étendue l'alabastron, vase contenant l'huile pour les onctions. — Nicolo. Sainte Foy.

23. Figure d'homme nu, debout, de trois quarts, tourné à droite, la main droite sur la hanche et y tenant une draperie qui tombe de l'autre main étendue, un bouclier posé à terre. — La pierre s'étant brisée, la tête manque à cette intaille, la plus belle peut-être de toutes celles conservées à Conques. — Améthyste. Sainte Foy.

24. Faunisque dansant sur un pied, la tête en arrière, tourné vers la droite. Il est vêtu de la pardalise (peau de panthère) et joue des crotales. — Nicolo. Sainte Foy.

25. Hygie debout, tournée à droite, donne à manger au serpent d'Esculape enroulé autour d'un arbre. Une œnochoé est placée sur l'autel qui se dresse entre la déesse et le serpent. — Améthyste. Couronne de sainte Foy.

26. Victoire ailée, de profil, tournée à droite. Elle tient une couronne et une palme. Comme les représentations de la Fortune, celles de la Victoire étaient communes pendant l'antiquité. Elles étaient un souhait ou un souvenir de victoire. — Cornaline. Couronne de sainte Foy.

27. Apollon, debout, tourné à droite, appuyé à une colonne, joue de la lyre. — Améthyste. Couronne de sainte Foy.

28. Osselet ou animal courant. Deux pierres à peu près semblables, d'une

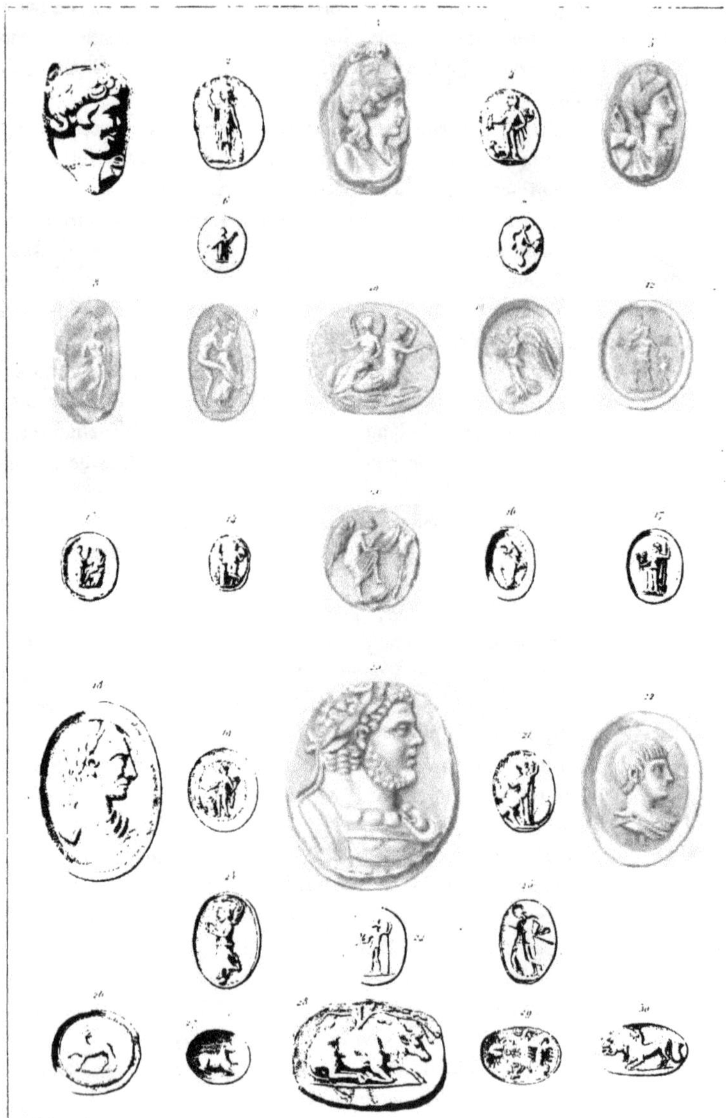

CAMÉES ET PIERRES ANTIQUES

gravure très-peu profonde, se trouvent sur un des reliquaires faits de pièces rapportées. — Nicolo. Reliquaire.

29. Pygmée tourné vers la droite, le bras gauche étendu, la main droite portée vers sa tête. — Nicolo. Couronne de sainte Foy.

PLANCHE DEUXIÈME.

1. Tête de jeune Faune. Le nez est cassé. Camée à deux couches, d'une excellente époque. — Reliquaire.

2. Mars debout, de face, la tête tournée à gauche, casqué, armé, la main droite sur la haste, la gauche sur un bouclier.

3. Tête de femme romaine. — Camée à trois couches. Sainte Foy.

4. Mercure nu, debout, vu de face, la tête tournée à gauche ; une bourse à trois pendants à la droite, le caducée appuyé contre le bras dans la gauche qui retient en outre une draperie. Un bouc à ses pieds.

5. Tête de Diane, reconnaissable au carquois et à l'arc garni de sa corde dont on voit les extrémités derrière elle. — Camée à trois couches. Sainte Foy.

6. Fortune debout, tournée à gauche, une patère de la droite, une corne d'abondance de la gauche. — Cornaline.

7. Achille, debout, posé de profil vers la droite, le pied gauche sur une boule. Armé du parazonion et du bouclier; il tient de la droite étendue son casque garni de ses geniastères (jugulaires). — Nicolo. A de Charlemagne.

8. Mars nu, debout, casqué, tourné à droite, s'appuyant sur son bouclier de la gauche qui tient en même temps la lance. — Agate rubanée.

9. Bacchanale. Un Faune nu, dansant; il prend dans ses bras une Bacchante vêtue d'une logue robe collante, qui se retourne vers lui.

10. Triton voguant et portant sur son dos une Néréide. — Cornaline. Sainte Foy.

11. Victoire volant à gauche, faisant de la droite une libation avec une œnochoé, et offrant de la gauche une phiala (coupe plate) chargée de fruits. Cette pierre symbolise le repas après une victoire.

12. Énée cuirassé, portant son père Anchise sur l'épaule et tenant à la main le jeune Ascagne qui le suit « non passibus æquis ». Les deux lettres M S sont gravées sur le champ de la pierre, qui est ici représentée en creux, et qui, par conséquent, se voit dans un sens contraire de l'empreinte. — Cornaline. Sainte Foy.

13. Une figure d'homme assis à droite sur un rocher; devant lui se tient une femme debout ayant un objet à la main. Hercule et la nymphe Augé portant la massue? — Nicolo.

14. Génie ailé, jambes croisées, appuyé sur un cippe placé à gauche. — Cornaline. Sainte Foy.

15. Victoire ailée, une draperie sur les jambes, tournée à droite, le pied gauche posé sur un bouclier; elle écrit sur un autre bouclier pendu à un trophée. — Cornaline. Revers de l'A de Charlemagne.

16. Faune courant à gauche et portant un Faunisque sur son dos. Un pedum placé debout sur le champ. — Nicolo. Sainte Foy.

17. Cérès debout, tournée à gauche, tenant des épis de la main droite, la gauche appuyée sur la haste. — Nicolo. Reliquaire.

18. Tête d'empereur laurée, tournée à droite. Trebonianus Gallus? Cet empereur régna de 251 à 253, et le travail barbare de cette intaille peut appartenir au IIIe siècle. Les monnaies d'or de Trebonianus Gallus sont excessivement rares. — Nicolo à fond roux. Sainte Foy.

19. Génie de la Fortune debout, tourné vers la gauche; une corne d'abondance de la gauche, faisant de la droite une libation sur un autel allumé.

20. Caracalla, né à Lyon, empereur de 211 à 217. Tête laurée, barbue, tourné à droite, revêtu d'une cuirasse. — Cornaline. Sainte Foy.

21. Minerve, de face, debout, casquée, la main gauche sur la haste. Bouclier à ses pieds. — Cornaline avec quelques cassures.

22. Tête de jeune Romain, tournée à droite; cheveux plats, barbe sur les joues. Travail du IIIe siècle, signé des initiales M E. Cette tête peut représenter Philippe, fils de Philippe l'Arabe, empereur de 244 à 249. — Nicolo à fond noir. Sainte Foy.

23. Victoire ailée, debout sur un globe, tournée vers la gauche, tenant de ses deux mains une guirlande. — Améthyste. Couronne de sainte Foy.

24. Jupiter nu, la tête tournée vers la gauche. Le foudre à la main droite, la gauche appuyée sur la haste.

25. Mars debout, armé du parazonion et de la lance, s'appuyant sur un bouclier. Intaille représentée en creux. — Cornaline. Autel portatif.

26. Panthère marchant à gauche et retournant la tête. — Cornaline. Sainte Foy.

27. Biche couchée.

28. Vache couchée à l'ombre d'un arbre. — Améthyste pâle. Sainte Foy.

29. Scorpion, crabe, cigale, papillon, mouche.

30. Panthère poursuivant un lièvre. — Nicolo. Sainte Foy.

La plupart de ces pierres enrichissent la grande statue en or de sainte Foy et notamment la couronne qui couvre sa tête. C'est une étrange coiffure pour la jeune chrétienne d'Agen. Singulier cortége d'honneur, en effet, pour cette martyre de la foi et de la virginité, que Jupiter, Apollon, Diane, Mars, Mercure, Ulysse, Énée fils de Vénus, une Bacchante avec un Priape obscène, un bouc de sacrifice, la vache de Myron, un Faunisque dansant, les empereurs Trebonianus et Philippe et surtout l'exécrable Caracalla! Diane, la vierge sauvage, passe encore; passe pour Hygie, la déesse de la Santé, et pour Isis, la femme dévouée; mais Triton qui emporte une Néréide et le fleuve Achéloüs, aux deux cornes naissantes, et tant d'hommes et de femmes entièrement nus, qu'ont-ils à faire ici? Rien ne rappelle mieux ces arabesques indécentes que Raphaël ou ses élèves ont semées dans les loges du Vatican parmi les graves histoires de l'Ancien Testament et les sujets austères du Nouveau. Il est vrai que l'orfévre-joaillier de Conques et les religieux pour lesquels il travaillait n'étaient probablement pas de très-savants antiquaires; ils donnaient simplement à sainte Foy, et pour lui faire le plus d'honneur, ce qu'ils avaient de plus riche, sans songer à la convenance. Ils faisaient, comme cela s'appelle de nos jours, de l'art pour l'art, et ce n'est pas précisément à nous qu'il appartient de leur donner tort.

Alfred DARCEL.

BIBLIOGRAPHIE ARCHÉOLOGIQUE

DE L'ANNÉE MDCCCLX

I. — ARCHITECTURE.

Bulletin monumental, ou Collection de mémoires et de renseignements sur la statistique monumentale de la France. Publié et dirigé par M. de Caumont. Année 1860, 26e vol. de la collection. Prix............... 12 fr.

Abonnement de 1861, 27e vol..... 15 »

Revue générale de l'architecture et des travaux publics, par M. César Daly, architecte du gouvernement. Paraît par livraisons grand in-4° de texte à deux colonnes et de planches gravées ou chromolithographiées. Par an, douze livraisons formant un volume. Prix de l'abonnement annuel........ 40 fr.

Moniteur des architectes. Revue de l'art ancien et moderne, rédigée par une société d'architectes. Par an, 6 livraisons grand in-4°, chacune de 12 planches et de 16 colonnes de texte. Abonnement annuel.......... 25 fr.

Encyclopédie d'architecture, journal mensuel, contenant 120 planches gravées sous la direction de Victor Calliat, architecte de la ville de Paris, et un texte de 192 colonnes in-4°, rédigé par Ad. Lance, architecte du gouvernement. Dixième année. 1860. Prix de l'abonnement d'un an, 25 fr.; de six mois, 13 fr. Les neuf premières années sont en vente au prix de 30 fr. chacune; la troisième année, avec supplément.................. 35 fr.

List of members, report of council of the Royal Institute of British Architects. 1860. In-4° de 43 pages. — Cette liste donne le nom et l'adresse des architectes les plus célèbres de la Grande-Bretagne.

La Renaissance monumentale en France, par Adolphe Berty. Par livraisons de 2 planches gravées, avec un texte historique et descriptif. Chaque livraison........ 1 fr. 75 c.

Lettre de l'abbé Haimon sur la construction de l'église Saint-Pierre-sur-Dive en 1145, par Léopold Delisle, membre de l'Institut. In-8° de 31 pages.

Geschichte der Architektur von den altesten Zeiten bis auf die Gegenwart dargestellt, du Dr. Wilhelm Lübke, par Alberdingk Thijm. Article critique sur l'Histoire de l'architecture du docteur W. Lübke. In-12 de 14 pages......................... 60 c.

Bericht über die mittelalterlichen Kunstdenkmale in Steiermark (Rapport sur les monuments de l'art du moyen âge en Styrie), par M. KARL HAAS. In-4° de 38 pages et d'une carte............................ 3 fr.

KUNSTDENKMALE des Mittelalters in Steiermark (Monuments de l'art du moyen âge en Styrie), par KARL HAAS. In-4° de 32 pages, ornées de nombreuses gravures sur bois. 5 fr.

L'ARCHITECTURE PITTORESQUE EN SUISSE. Choix de constructions rustiques par A. et E. VARIN. Livraisons 1 et 2, composées chacune de 4 planches gravées. L'ouvrage aura 12 livraisons, chacune au prix de 3 fr. 50 c.

LES INSTITUTIONS SOCIALES ÉTUDIÉES DANS LES ÉDIFICES RELIGIEUX, par J.-J. CARLIER, membre de plusieurs sociétés savantes de France et de Belgique. In-8° de 60 pag. 3 fr.

L'ARCHITECTURE FRANÇAISE et les arts qui s'y rattachent, considérés en province, au moyen âge et dans les temps modernes, par PIERRE BÉNARD, architecte, ancien répétiteur à l'École centrale des arts et manufactures. In-8° de 27 pages.................. 1 fr.

L'ARCHITECTURE DU MOYEN AGE jugée par les écrivains des deux derniers siècles, par l'abbé J. CORBLET. In-8° de 43 pages.. 1 fr.

RAPPORT sur les monuments historiques, présenté au Conseil général du département de la Marne en 1859, par le baron CHAUBRY DE TRONCENORD. In-8° de 7 pages... 50 c.

II. — MONOGRAPHIES.

LA CATHÉDRALE DE TRÈVES, par M. le baron de ROISIN. In-4° de 112 pages avec 4 gravures sur métal................. 6 fr.

DIE KLOSTERKIRCHE Klingenthal in Basel. « Le cloître de l'église de Klingenthal, à Bale », par le Dr. C. BURCKHARDT et C. RIGGENBACH, architecte. Grand in-4° de 40 pages avec 4 gravures sur bois et 3 planches dont une double en chromolithographie.

L'ABBAYE DE MUNSTER, par L. SPACH. In-8° de 48 pages.................. 2 fr. 50 c.

NOTICE historique et descriptive sur l'ancienne église paroissiale de Saint-Jean de Rouen, ornée de trois dessins de M. E. LANGLOIS, du Pont-de-l'Arche, gravés par H. BRÉVIÈRE; par E. de la QUÉRIÈRE, membre de plusieurs sociétés savantes. In-8° de 123 p. 10 fr.

NOTRE-DAME-DU-PUY (Légende. — Archéologie. — Histoire), — par FRANCISQUE MANDET, conseiller à la Cour impériale de Riom. In-12 de 362 pages............ 2 fr. 50 c.

NOTRE-DAME-DE-L'ÉPINE et son pèlerinage, par J. A. BARAT, curé de L'Épine. In-18 de 191 pages...................... 1 fr. 50 c.

UNE ANCIENNE CRYPTE ROMANE, par Alexandre SCHAEPKENS, membre de l'Académie d'archéologie de Belgique. In-8° de 8 pages et d'une planche..................... 75 c.

LE PALAIS DES PAPES A AVIGNON. Notice historique et archéologique, par AUGUSTIN CANRON, membre de la Société française d'archéologie. Petit in-8° de 30 pages..... 1 fr.

LE CHATEAU D'ANET. Notice historique sur les personnages qui ont illustré ce séjour, sur les phases diverses qu'a subies son architecture et sur les principaux événements dont il a été le théâtre, par RIQUET, comte de CARAMAN. In-16 de 306 pages et d'une planche.. 5 fr.

CHATEAUX HISTORIQUES de la Loire. CHAUMONT, par J. LOISELEUR, bibliothécaire de la ville d'Orléans. In-8° de 66 pages.

CHATEAUX HISTORIQUES de la Loire. LE CHATEAU DE GIEN, par J. LOISELEUR. In-8° de 64 pages.

CHATEAUX HISTORIQUES de la Loire. ÉTUDE sur Gilles Berthelot, constructeur du Château d'Azay-le-Rideau, et sur l'administration des finances à son époque (Introduction à l'histoire du château d'Azay), par J. LOISELEUR. In-8° de 35 pages.

NOTICE sur le château d'Amboise, par ALONSO PÉAN, membre de la Société archéol. de Touraine. In-12 de 34 pages. 1 fr. 25 c.

NOTICE archéologique et historique sur le château de Chinon, par G. de COUGNY, membre de la Société archéologique de Touraine. In-8° de 120 pages et de 2 planches. — Se vend au profit de l'œuvre des orphelines de Chinon....................... 2 fr. 50 c.

NOTICE sur le château de Sarcus tel qu'il devait être en 1550, précédée d'une notice biographique sur Jean de Sarcus auquel on devait la construction du château, par A. G. HOUBIGANT. Grand in-8° de 64 pages, de 7 planches et de gravures dans le texte...... 5 fr.

LA GRANGE DE DURANCE, par JOSEPH VILLIET, peintre-verrier. In-8° de 20 pages.

LA PLUS VIEILLE DES ÉTABLES A PORCS, par CHARLES DES MOULINS, inspecteur divisionnaire de la Société française d'archéologie, à Bordeaux. In-8° de 7 pages et d'une planche.............................. 75 c.

NOTICE sur le collége de Notre-Dame de Tournai, à Padoue, par l'abbé VOISIN, vicaire général de Tournai. In-8° de 12 pages. 75 c.

NOTICE HISTORIQUE sur l'ancienne chartreuse de Glandier (département de la Corrèze), par M. JOSEPH BRUNET, vice-président du tribunal de Limoges, membre du conseil général de la Corrèze. In-8° de 49 pages avec un dessin de sceau.

L'ABBAYE DE SOLIGNAC. Histoire et description, par M. l'abbé TEXIER. In-4° de 19 pages avec 2 gravures..................... 3 fr.

ABBAYE DE SOLIGNAC, extrait des « Études historiques sur les monastères du Limousin et de la Marche », par l'abbé J.-B. ROY-PIERREFITTE, membre de plusieurs sociétés savantes. In-8° de 42 pages et d'une planche. 1 fr. 75 c.

SAINT-VULFRAN D'ABBEVILLE, par E. PRAROND. In-8° de 128 pages et 2 planches.

III. — STATISTIQUES MONUMENTALES ET VOYAGES.

MONUMENTI artistici e storici delle provincie Venete. Ces monuments des provinces vénitiennes sont décrits par la Commission instituée par l'archiduc Ferdinand-Maximilien. Premier rapport. Cinq planches.

REVUE MONUMENTALE de l'arrondissement de Coutances, par RENAULT, membre de l'Académie de Caen. Complète en 8 livraisons in-8° de 8 à 900 pages ensemble..... 15 fr.

ANNUAIRE historique du département de l'Yonne. Recueil de documents authentiques destinés à former la statistique départementale. 24° année, 1860. In-8° de 255 pages et deux planches..................... 2 fr. 25 c.

ETYMOLOGIES du nom des villes et des villages du département de la Moselle, par M. AUGUSTE TERQUEM. In-8° de 190 pages, papier vélin.

MUSÉE PITTORESQUE et historique de l'Alsace, par TH. DE MORVILLE, ancien secrétaire-général et chef du service d'exploitation des chemins de fer de l'Alsace. Paraît par livraisons petit in-f° de 8 pages et de 3 planches chacune. Dessins de J. ROTHMULLER. Chaque livraison........................... 2 fr.

LA GUIENNE MILITAIRE. Histoire et description des villes fortifiées, forteresses et châteaux construits dans la Gironde pendant la domination anglaise, par Léo Drouyn, membre de l'Académie impériale des sciences, belles-lettres et arts de Bordeaux. — Sera complète en 50 livraisons in-4°, contenant chacune un texte historique et descriptif et 3 gravures. Chaque livraison........................ 3 fr.

Voyage archéologique et historique dans le Roussillon, le comté de Foix, la Catalogne, à Narbonne, Carcassonne et Toulouse, par Cénac-Moncaut, correspondant du ministère de l'instruction publique. In-8° de 144 pages et de 5 planches........................ 4 fr.

Archéologie pyrénéenne. Antiquités religieuses, historiques, militaires, artistiques, domestiques et sépulcrales d'une portion de la Narbonnaise et de l'Aquitaine, nommée plus tard Novempopulanie, ou monuments authentiques de l'histoire du sud-ouest de la France, depuis les plus anciennes époques jusques au commencement du XIIIe siècle, par Alexandre du Mège. Tome Ier, in-8° de 670 pages avec de nombreuses planches. Tome II, première partie. In-8° de 216 pages avec planches. Plus atlas in-f° de 19 pl................ 42 fr.

Histoire de Chalons-sur-Marne et de ses monuments, depuis son origine jusqu'à l'époque actuelle (1854), par L. Barbat. In-4° de 706 pages de texte, de 93 planches (plans, portraits et monuments) et d'un titre en couleur. L'ouvrage complet, en 30 livraisons.. 60 fr.

Troyes et ses environs, par Amédée Aufauvre. In-12 de 264 pages avec le plan et le dessin des principaux monuments de la ville de Troyes........................ 2 fr.

Besançon. Description historique des monuments et établissements publics de cette ville, par Alexandre Guénard, bibliothécaire honoraire de Besançon. In-12 de 354 pages et de 4 planches........................ 6 fr.

De la traversée des Alpes par un chemin de fer, par Eugène Flachat. Grand in-8° de 84 pages................. 2 fr. 50 c.

IV. — ART ET ICONOGRAPHIE.

Monuments d'architecture, de sculpture et de peinture de l'Allemagne, publiés par Ernest Forster. Texte traduit en français. Livraisons 26-56. Grand in-4°, texte et planches gravées. Chaque livraison, composée de 2 pl. et d'un texte historique et descriptif. 1 fr. 50 c.

L'Art dans ses diverses branches, chez tous les peuples et à toutes les époques, jusqu'en 1789, par Jules Gailhabaud, avec la collaboration des principaux architectes et artistes. Première partie : Architecture, sculpture, peinture, fonte, ferronnerie, etc. ; elle se composera d'une suite de volumes ou de séries formées de 36 livraisons. Chaque livraison renfermera deux épreuves, grand in-4°, sur acier, ou une seule épreuve, même format, en impression chromolithographique. On peut souscrire pour l'ouvrage complet, ou, séparément, pour l'une des séries. Chaque livraison sur papier blanc, 1 fr. 75 c.; sur chine.... 3 fr.

Gazette des Beaux-Arts, courrier européen de l'art et de la curiosité, dirigé par Charles Blanc, ancien directeur des Beaux-Arts. Année 1860. Tome V à VIII. Abonnement d'un an, 40 fr. ; de six mois, 20 fr. ; de trois mois, 10 fr. Chaque livraison, 2 fr. Les quatre premiers volumes sont en vente, chacun au prix de........................ 10 fr.

Les Beaux-Arts, revue nouvelle. 1860. Parait deux fois par mois, le 1er et le 15, par numéro de 2 feuilles in-8° sur papier jésus. Abonnement d'un an, pour Paris, 12 fr. ; six mois, 6 fr. ; trois mois, 3 fr. Deux francs en plus pour les départements, et frais de poste en sus pour l'étranger. Chaque liv. séparément.... 60 c.

Revue universelle des Arts publiée par Paul Lacroix (bibliophile Jacob) et M. C. Marsuzi de Aguirre. 6e année. 11e et 12e volume. 1860. Paraît le 15 de chaque mois par livraisons grand in-8°, de 5 à 6 feuilles; elle forme, chaque année, deux volumes de 600 pages environ, chacun. L'abonnement d'un an, pour Paris et Bruxelles, 24 fr.; départements et provinces belges, 28 fr.; étranger, 32 fr.

BULLETIN de la Société des Beaux-Arts de Caen. 1860. Paraît, chaque mois, par cahiers grand in-8° de 230 pages environ avec gravures sur bois. Chaque volume...... 15 fr.

PORTEFEUILLE ARCHÉOLOGIQUE, par GAUSSEN. livraisons 44e-47e. Grand in-4° de 10 feuilles de texte et de 4 planches in-folio en couleur. — 3 livraisons restent à paraître pour compléter l'ouvrage. Chaque livraison.. 2 fr. 50 c.

LE DESSINATEUR POUR ÉTOFFES. Modèles pour les écoles industrielles, les fabricants, les dessinateurs d'ornements, de tapis, de châles, de papiers peints, publiés d'après d'anciennes étoffes, par FRANZ BOCK. L'ouvrage sera publié en 4 livraisons, chacune de 4 planches en couleur et de grandeur d'exécution. En vente, 2 livraisons grand in-folio, chacune au prix de............................ 12 fr.

GESCHICHTLICHER Entwickelungsgang der Seiden und Sammet fabrication des Mittelalters (« Développement historique de la fabrication de la soie et du velours au moyen âge »), par le docteur FRANZ BOCK. In-4° de 8 pages ornées de 5 gravures sur bois ... 1 fr. 75 c.

LA RAGIONE DE PADOUE, par W. BURGES. In-4° de 24 pages avec 2 gravures. Iconographie de cette salle immense, comme, précédemment, M. Burges avait tracé celle du palais ducal de Venise.................... 3 fr.

LE BESTIAIRE D'AMOUR, par RICHARD DE FOURNIVAL, publié pour la première fois par C. HIPPEAU. Petit in-8° de XLIII et 162 pages avec 48 gravures sur bois........... 8 fr.

MANUSCRIT SFORZA. Fac-simile d'après le manuscrit original appartenant à M. le marquis d'Azeglio, ambassadeur de Sardaigne à Londres. Photographié et publié par C. SILVY. In-12 de 46 pages, de plusieurs dessins dans le texte et de 16 photographies. Deux brochures reliées à l'anglaise............ 52 fr. 50 c.

FILIGRANES DE PAPIER DU XVe SIÈCLE aux armes des familles Cœur et de Bastard, publiés avec notices par MM. HIPPOLYTE BOYER, bibliothécaire de Bourges, et VALLET DE VIRIVILLE. In-8° de 20 pages et de plusieurs dessins dans le texte.............. 1 fr. 25 c.

HISTOIRE de l'origine et des progrès de la gravure dans les Pays-Bas et en Allemagne jusqu'à la fin du XVe siècle, par JULES RENOUVIER. In-8° de 322 pages avec 1 planche de monogrammes.

PARIS QUI S'EN VA ET PARIS QUI VIENT. Publication artistique dessinée et gravée par LÉOPOLD FLAMENG; texte par MM. Houssaye, Th. Gauthier, Champfleury, Monselet, E. de La Bédollière, Albéric Second, etc. — Paraît deux fois par mois par livraisons grand in-4° de 4 pages et d'une gravure à l'eau-forte. Abonnement d'un an, 20 fr.; de six mois, 11 fr.; de trois mois, 6 fr.

NOTICE sur les faïences du XVIe siècle, dites de Henri II; suivie d'un catalogue contenant la description de toutes les pièces connues, par A. TAINTURIER, membre de la Commission des Antiquités de la Côte-d'Or. In-8° de 26 pages et d'une planche en couleur.......... 2 fr.

DU NU dans l'art chrétien, par H. GRIMOUARD DE SAINT-LAURENT. In-8° de 36 p. 1 fr. 25 c.

ÉTUDE ARCHÉOLOGIQUE sur l'Agneau et le Bon-Pasteur, suivie d'une notice sur les Agnus Dei, par l'abbé MARTIGNY, curé de Bâgé-le-Châtel, chanoine honoraire de Belley. In-8° de 104 pages et d'une planche.......... 3 fr.

ÉTUDE HISTORIQUE sur la statuaire au moyen âge, lue à la Société d'agriculture, commerce, sciences et arts du département de la Marne, par le baron CHAUBRY DE TRONCENORD, membre titulaire. In-8° de 28 pages.. 1 fr. 50 c.

MUSÉE d'art et d'industrie à Lyon. Rapport de M. NATALIS RONDOT, délégué de la Chambre de commerce de Lyon à Paris. Grand in-4° de 46 pages, sur papier de Hollande.

RESTAURATION des tableaux du Louvre. Réponse à un article de M. Frédéric Villot, par ÉMILE GALICHON. Gr. in-8 de 16 pages. 50 c.

ÉTUDE ICONOGRAPHIQUE sur l'arbre de Jessé, par l'abbé CORBLET. In-8° de 40 pages et de 3 planches........................ 2 fr.

ÉTUDE archéologique et iconographique sur sainte Ursule, par l'abbé J.-B. PARDIAC, aumônier de l'Hôtel-Dieu de Bordeaux. In-8° de 28 pages avec deux gravures sur bois.. 1 fr.

COSTUMES ANCIENS ET MODERNES, par CESARE VECELLIO, suivi d'un essai sur la gravure sur bois, par AMBROISE-FIRMIN DIDOT. T. 1er. In-8° de 234 costumes différents, gravés sur bois, expliqués par 234 pages de texte en italien et en français.................. 24 fr.

DE L'INFLUENCE du protestantisme sur la philosophie, les lettres et les arts, par M. l'abbé CORBLET. In-8° de 44 pages..... 1 fr. 25 c.

V. — ORNEMENTATION DES ÉGLISES.

JARBUCH der Kaiser. Konigl. Central-Commission zur Erforschung und Erhaltung der Baudenkmale. « Annuaire de la Commission centrale impériale et royale d'Autriche pour la recherche et la conservation des monuments. » Année 1860. Un volume grand in-4° de XXII, et 236 pages, avec 43 planches et 91 gravures sur bois, rédigé par le docteur GUSTAVE HEIDER. Ce volume contient la description d'un calice historié du XIIe-XIIIe siècle; la monographie d'une ancienne église de Carinthie; la description de chapes et chasubles historiées du XIIe-XIIIe siècle, dans le monastère de Saint-Blaise, dans la Forêt-Noire; la monographie d'une église de Valachie, en style byzantin-turc; la description des portes en bronze à ciselures d'argent de l'église Saint-Marc à Venise.................... 25 fr.

L'« ECCLÉSIOLOGISTE », revue mensuelle anglaise, paraissant régulièrement tous les deux mois, et formant par an un fort volume in-8° orné de planches gravées et lithographiées. — Chaque livraison.......... 3 fr.

DE LA DÉCORATION des églises de campagne par la peinture murale, par le comte DE GALEMBERT. Lettre à M. Bourassé, chanoine de Tours. In-8° de 31 pages. — Se vend au profit d'une bonne œuvre........ 1 fr. 25.

PEINTURES MURALES du XIVe siècle, dans l'église de Notre-Dame-du-Bourg, à Rabastens-d'Albigeois, par le comte R. DE TOULOUSE-LAUTREC, membre de la Société française d'archéologie. In-8° de 34 pages et de 2 planches .... 3 fr.

ESSAI sur l'histoire de la peinture murale, par Joseph VILLIET, peintre-verrier à Bordeaux. In-8° de 52 pages......... 1 fr. 75

PEINTURES CLAUSTRALES des monastères de Rome, par l'abbé X. BARBIER DE MONTAULT, historiographe du diocèse d'Angers. In-8° de 52 pages.......................... 2 fr.

CALQUES DES VITRAUX de la cathédrale du Mans, par E. HUCHER, correspondant des Comités historiques. Livraison 6e. In-folio plano. 2 feuilles de texte et 10 planches en couleur. — Chaque livraison. .... 45 fr.

VITRAUX peints et incolores des églises de la Flandre maritime, par Ed. DE COUSSEMAKER, correspondant de l'Institut. In-8° de 20 pages et de 6 planches.......... 1 fr. 50.

ESSAI sur les vitraux de Blosseville et Bosville, près Cany, par F.-N. LEROY. In-8° de 127 pages avec 2 planches d'armoiries.. 3 fr.

UBER MOSAIKMALEREI mit Rücksicht auf die musivische ausschmückung in der Nordlichen seiten-apsis des domes von Triest (« Peintures en mosaïque et étude de la mosaïque de l'abside septentrionale de la cathédrale de Trieste. »). par M. KARL HAAS. In-4° de 18 pages à 2 colonnes avec une planche chromolithographiée et 8 gravures sur bois.

STALLES du chœur de la cathédrale d'Auch, par L. SANCET. Livraisons 1 et 2, composées chacune de 5 planches gravées, grand in-4°. L'ouvrage aura 12 livraisons. — Chaque livraison .... 3 fr. 75.

NOTICE sur les Grands-Carmes de Metz et sur leur célèbre autel, par M. E. DE BOULEILLER, membre de l'Académie impériale de Metz. In-8° de 45 pages et 3 planches.

NOTICE sur quelques objets ayant appartenu à l'abbaye de Port-Royal-des-Champs, dispersés dans les églises de Magny-les-Hameaux, les Troux, Palaiseau et Linas, par M. H. BOUCHITTÉ. In-8° de 40 pages.

VI. — ŒUVRES DE MÉTAL ET LITURGIE.

ANCIENT ARMOUR and Weapons in Europe. « Armes et Armures anciennes en Europe ». Ouvrage anglais. Trois volumes in-8° de 700 à 800 pages chacun, ornés de gravures nombreuses, par JOHN HEWITT. L'ouvrage est complet.......................... 75 fr.

DESCRIPTION du trésor de Guarrazar, par FERDINAND DE LASTEYRIE, membre de l'Institut. Grand in-4° de 40 pages avec 12 gravures sur bois dans le texte et 5 chromolithographies hors du texte............ 15 fr.

RECHERCHES sur le lieu de la bataille d'Attila, par PEIGNÉ-DELACOURT. In-4° de 58 pages avec 1 carte géographique, 6 planches en couleur, 1 photographie et 8 gravures sur bois. Les planches reproduisent les armes et ornements de Childéric et de Théodoric, et les couronnes des princes goths espagnols, conservés au musée de Cluny.......... 25 fr.

LES TRÉSORS SACRÉS DE COLOGNE, par l'abbé F. BOCK. Publié par livraisons grand in-8°, contenant chacune 1 ou 2 feuilles de texte avec 4 planches. En vente, 6 livraisons, chacune à 3 fr. L'ouvrage aura 12 livraisons, une fois publié, il sera porté à...... 45 fr.

DER RELIQUIENSCHATZ des Liebfrauen-Münsters zu Aachen, von Doctor BOCK. C'est l'inventaire raisonné du trésor d'Aix-la-Chapelle. In-8° de XXXIV et 88 pages enrichies de 25 gravures sur bois. Une introduction de Monseigneur Laurent, évêque de Chersonnèse, précède cette description du trésor d'Aix-la-Chapelle.

LES ÉMAUX d'Allemagne et les émaux limousins, par M. le baron DE QUAST et M. FÉLIX DE VERNEILH. In-8° de 48 pages. 1 fr. 50 c.

L'ÉMAIL de Geoffroy Plantagenet, au musée du Mans, par EUGÈNE HUCHER, inspecteur de la Société française d'archéologie. In-8° de 28 pages ornées de deux grav. sur bois. 1 fr.

TRÉSOR de l'ancienne collégiale Saint-Étienne de Troyes, par M. le chanoine COFFINET. In-4° de 38 pages avec 2 gravures sur métal.

DAS VAS LUSTRALE im Domschatze zu Mailand, von FRANZ BOCK. C'est une notice sur le célèbre bénitier de Milan, publié en description et dessin dans les « Annales archéologiques ». In-4° de 7 pages et de 1 planche. 2 fr.

CROIX-RELIQUAIRE de l'église de Saint-Florent-lez-Saumur, par l'abbé X. BARBIER DE MONTAULT. In-8° de 6 pages...... 60 c.

CROIX DES CLOCHERS (en allemand), par M. ARENDT, architecte de la ville de Luxembourg. In-8° de 16 pages avec 1 planche donnant 84 exemples différents.

RECHERCHES HISTORIQUES sur la liturgie lyonnaise, par MOREL DE VOLEINE. In-8° de 43 pages..................... 1 fr. 75 c.

RECHERCHES de M. l'abbé de Conny sur l'abolition de la liturgie antique dans l'église de Lyon, par MOREL DE VOLEINE. In-8° de 20 pages.................... 1 fr. 25 c.

DE LA SONNERIE DES CLOCHES dans le rit lyonnais, par MOREL DE VOLEINE. In-8° de 16 pages.................... 0 fr. 75c.

REMARQUES sur une prétendue défense de la liturgie de Lyon (pour faire suite aux « Recherches sur l'abolition de la liturgie antique dans l'église de Lyon »), par M. l'abbé DE CONNY, protonotaire apostolique. In-12 de 100 pages........................ 1 fr.

ÉTUDES ECCLÉSIOLOGIQUES sur le diocèse d'Angers, par l'abbé BARBIER DE MONTAULT. In-8° de x et de 12 pages...... 1 fr. 50 c.

ANCIENS VÊTEMENTS SACERDOTAUX et anciens tissus conservés en France, par CHARLES DE LINAS. 1re série. Grand in-8° de 72 pages et de 5 planches dont 4 en couleur. Cette série............................ 5 fr.

NOTE sur les vêtements d'étoffe donnés à certaines statues de la très-sainte Vierge, par CHARLES DES MOULINS, inspecteur divisionnaire de la Société française d'archéologie, à Bordeaux. In-8° de 8 pages..... 0 fr. 50 c.

NOTICE historique sur une relique du manteau de saint Martin, évêque de Tours, patron de l'église d'Olivet (Orléanais), par M. l'abbé MÉTHIVIER, curé-doyen d'Olivet. In-12 de 48 pages.................... 1 fr. 25 c.

RELIQUES du B. Robert d'Arbrissel, par l'abbé X. BARBIER DE MONTAULT. In-8° de 3 pages et de 2 planches........ 1 fr. 25 c.

CULTE DE SAINT AVERTIN, patron de Luigné, par l'abbé X. BARBIER DE MONTAULT. In-8° de 4 pages............ 0 fr. 30 c.

CROIX de procession, de cimetières et de carrefours, par LÉO DROUYN, membre de l'Académie de Bordeaux. Petit in-8° de 16 pages et de 10 planches, contenant un grand nombre d'exemples différents........ 15 fr.

CHEMIN DE LA CROIX, précédé d'une méthode pour entendre la messe et suivi d'élévations sur les mystères de la Passion, tirées des pères et des docteurs de l'Église, par l'abbé ARTHUR MARTIN. In-32 de 275 pages et de 15 gravures sur acier............... 4 fr.

ITINÉRAIRE de la Passion à Jérusalem, ou description des lieux que Notre-Seigneur a parcourus, depuis le Jardin des Oliviers jusqu'au Calvaire et au Saint-Sépulcre, suivie d'une notice sur les principaux instruments de la Passion et du Chemin de la Croix, par M. l'abbé DUMAS, curé de Travaillan. In-32 de 136 pages avec un plan de la voie de la Captivité et de la voie Douloureuse.

LA STATUE DE NOTRE-DAME-DE-FRANCE et les fêtes de l'inauguration, par Ch. CALEMARD DE LAFAYETTE, président de la Société académique du Puy. In-12 de 132 pages avec 2 planches.................. 1 fr. 50 c.

VII. — MUSIQUE.

LE PLAIN-CHANT, revue mensuelle de musique sacrée à l'usage des séminaires, des maîtrises, des écoles, des colléges et des institutions religieuses. Paraît par numéros in-8° de 16 pages. Abonnement d'un an, avec musique, 10 fr.; le texte seul.................. 6 fr.

HISTOIRE générale de la musique religieuse, par FÉLIX CLÉMENT, maître de chapelle, membre de la Commission des arts et édifices religieux. Un fort volume in-8° de 597 pages............................ 8 fr.

HISTOIRE de la Musique en France, depuis les temps les plus reculés jusqu'à nos jours, par CHARLES POISOT. In-12 de 384 pages.. 4 fr.

Drames liturgiques du moyen âge (texte et musique), par E. de Coussemaker, correspondant de l'Institut. In-4° de 370 pages avec le fac-simile des manuscrits et la traduction en notation moderne.

Drames liturgiques à Tournai, par M. le vicaire général Voisin. In-8° de 31 pages, plus 12 pages de musique.

Mémoire sur quelques airs nationaux qui sont dans la tonalité grégorienne, par D. Beaulieu, correspondant de l'Institut. Gr. in-8° de 16 p. de texte et de 8 de musique. 1 fr. 50 c.

Notice sur deux cloches anciennes d'Obernai, par l'abbé A. Straub, professeur au petit séminaire de Strasbourg. In-8° de 11 pages et d'une planche................ 2 fr. 25 c.

VIII. — LINGUISTIQUE ET POÉSIE.

Grammaire comparée des langues de France, par Louis de Baecker. Grand in-8° de 267 pages. Flamand, allemand, celto-breton, basque, provençal, espagnol, italien, français, comparés au sanscrit........................ 6 fr.

Quelques recherches sur le dialecte flamand de France, par Ed. de Coussemaker, correspondant de l'Institut. **Proverbes** et **locutions proverbiales** chez les Flamands de France, par l'abbé D. Carnel, membre de plusieurs sociétés savantes. In-8° de 68 pag. 2 fr.

Essai sur l'origine de l'Épopée française et sur son histoire au moyen âge, par Charles d'Héricault. In-8° de 75 pages...... 3 fr.

Les miracles de saint Éloi, poëme du XIIIe siècle, publié pour la première fois d'après le manuscrit de la bibliothèque bodléïenne d'Oxford, et annoté par M. Peigné-Delacourt, membre de plusieurs sociétés savantes. In-8° de 128 pages et de nombreuses gravures sur bois........................ 8 fr.

Hugues de Saint-Victor. Nouvel examen de l'édition de ses œuvres, par B. Hauréau, avec deux opuscules inédits. In-8° de 216 pages...................... 3 fr. 50 c.

Les sociétés de Rhétorique et leurs représentations dramatiques chez les Flamands de France, par l'abbé D. Carnel, secrétaire et membre fondateur du comité flamand de France. In-8° de 66 pages et d'une pl.... 2 fr. 50 c.

Esquisses historiques sur les feux et les chants de Noël et de la Saint-Jean, sur les étrennes et le gâteau des rois, par Renault, membre de l'Institut des provinces. In-8° de 28 pages.................... 1 fr. 25 c.

Découvertes des Scandinaves en Amérique, du Xe au XIIIe siècle. Fragments de Sagas islandaises, traduits pour la première fois, en français, par E. Beaurois, membre de la société américaine et de la société asiatique de Paris. In-8° de 77 pages..... 2 fr. 50 c.

Chants populaires de la Grèce moderne, réunis, classés et traduits par le comte de Marcellus, ancien ministre plénipotentiaire. In-18 de 335 pages...................... 3 fr.

Les Origines de Paris, par Mme la marquise Blanche de Saffray. In-18 de 104 pages. — Extrait d'un ouvrage inédit et en vers sur les origines de Paris......... 2 fr.

IX. — HISTOIRE.

The gentleman's magazine and historical review. Année 1860. Le « Magasin des Gentilshommes » paraît tous les mois par numéros de 100 pages avec gravures dans le texte et hors du texte; il forme chaque année deux volumes de près de 700 pages chacun, où abondent les articles d'archéologie. L'abonnement annuel.......................... 45 fr.

Le Cabinet historique. Revue mensuelle par Louis Paris, ancien bibliothécaire de la ville de Reims. — Paraît par livraisons in-8° de 50 à 60 pages. Les cinq premières années sont en vente au prix de 12 fr. chaque année; la 6e année, abonnement 1860.......... 12 fr.

Les Moines d'Occident, depuis saint Benoît jusqu'à saint Bernard, par le comte de Montalembert. Deux volumes in-8° de 500 à 600 pages chacun.................. 15 fr.

Trois relations du siége de Tournai en 1745, publiées par M. Voisin, vicaire général de Tournai. In-8° de 77 pages.

Keure de Bergues, Bourbourg et Furnes, traduite et annotée par E. de Coussemaker. In-8° de 51 pages.............. 1 fr. 50 c.

Les Mayeurs de Saint-Omer, d'après les archives et divers manuscrits inédits. 1144-1860. Par H. de Laplane, secrétaire général de la Société des Antiquaires de La Morinie. In-8° de 33 pages.............. 1 fr. 50 c.

Charte de donation et confirmation de dons faits à l'abbaye de Saint-Lucien de Beauvais, en l'an 1109, par Henri, comte d'Eu, publiée et annotée d'après l'original, par M. Peigné-Delacourt. In-8° de 8 pages et d'un fac-simile........................ 1 fr. 25 c.

De l'origine et de l'emploi des biens ecclésiastiques au moyen âge. Étude historique, tirée principalement du Cartulaire de Saint-Vincent de Mâcon, par l'abbé F. Cucherat, aumônier de l'hospice de Paray-le-Monial. In-8° de 97 pages.......... 3 fr.

Documents relatifs à l'histoire des corporations d'arts et métiers du diocèse du Mans, rassemblés par Thomas Cauvin et publiés par M. l'abbé Lochet. In-12 de 504 pages. 5 fr.

Histoire du Palais de Justice de Paris et du Parlement (de l'an 860 à l'an 1789). Mœurs, coutumes, institutions judiciaires, procès divers, progrès légal, par M. Rittiez, avocat. In-8° de 392 pages................. 5 fr.

Recherches sur l'origine du parlement de Grenoble et sur celle de la messe du Saint-Esprit, par M. A. Fauché-Prunelle, conseiller à la Cour impériale de Grenoble. In-12 de 56 pages...................... 1 fr. 50 c.

Correspondance du duc de Mayenne publiée sur le manuscrit de la Bibliothèque de Reims, par E. Henry, membre honoraire de l'Académie de cette ville, et Ch. Loriquet, bibliothécaire de Reims. Tome 1. In-8° de 326 p. Aura deux volumes. Le premier est en vente au prix de........................ 8 fr.

Recueil de documents pour servir à l'histoire de l'ancien gouvernement de Lyon, contenant des notices chronologiques et généalogiques sur les familles nobles ou anoblies qui en sont originaires ou qui y ont occupé des charges et emplois, avec le blason de leurs armes; mis en ordre et publié par L. Morel de Voleine et H. de Charpin. Petit in-folio de XV et 254 pages sur papier de Hollande avec titre rouge et noir.

Histoire des peuples et des États pyrénéens (France et Espagne), depuis l'époque celtibérienne jusqu'à nos jours. Seconde édition augmentée de l'étymologie des noms de lieux, de l'archéologie complète des Pyrénées françaises et espagnoles, de la formation des frontières politiques, etc., par Cénac-Moncaut, chargé de missions, par M. le ministre de l'Instruction publique et des Cultes, en Espagne, dans les Alpes et dans les Pays-Bas. 5 volumes grand in-8° de 500 à 630 pages chacun, et de 52 gravures. Ces cinq volumes............ 25 fr.

Histoire du Chapitre de Saint-Thomas de Strasbourg pendant le moyen âge, suivie d'un recueil de chartes, par Charles Schmidt, professeur à la Faculté de théologie protestante de Strasbourg. In-4° de 480 pages et de 2 planches en couleur........................ 20 fr.

Cartulaire et archives de communes de l'ancien diocèse et de l'arrondissement administratif de Carcassonne, par M. Mahul, ancien député de Carcassonne. Tomes 1 et 2. In-4° de

423 et 672 pages, avec cartes et planches. — Le premier volume, 12 fr.; le deuxième volume, 15 fr. Ensemble............. 27 fr.

Cartulaire général de l'Yonne, par Maximilien Quantin. Deux volumes in-4° de 500 à 600 pages chacun, avec planches. — Prix de chaque volume.................... 15 fr.

Notice sur les archives de l'abbaye de Bourbourg, par E. de Coussemaker, correspondant de l'Institut. In-8° de 102 pages. 3 fr. 50 c.

Recueil journalier de ce qui s'est passé de plus mémorable dans la cité de Metz, pays Messin et aux environs, de 1656 à 1674, fait par Joseph Ancillon, publié par F.-M. Chabert, membre titulaire de l'Académie impériale de Metz. In-18 de 117 pages. 2 fr. 25 c.

Enguerrand de Coucy et les Grands-Bretons. Épisode de l'histoire d'Alsace au quatorzième siècle, par M. Henry Bardy. In-8° de 38 pages................... 1 fr. 50 c.

Protestation contre le livre intitulé : Histoire des Girondins et des massacres de septembre, par A. Granier de Cassagnac; et appréciation historique de ce livre, par J. Guadet. In-8° de 24 pages.............. 75 c.

Notice historique et topographique sur la ville de Vieux-Brisach, avec le plan de la ville en 1692, par A. Coste, juge au tribunal de Schlestadt. In-8° de 344 pages et de 2 planches.............................. 4 fr.

Athis-Mons. Son histoire, ses souvenirs, par M. Pinard, membre de plusieurs sociétés savantes. In-8° de 16 pages.......... 1 fr.

Histoire de Boulogne-sur-Mer, par A. d'Hautefeuille et L. Bénard. Tome 1. In-12 de 455 pages...... .... 3 fr.

Essai historique sur la ville d'Embrun, par l'abbé A. Sauret, supérieur du petit séminaire d'Embrun. In-8° de 576 pages... 5 fr. 50 c.

Histoire de Vence, de son canton et de la viguerie de Saint-Paul, par l'abbé E. Tisserand. In-8° de 314 pages............ 6 fr.

Recherches historiques sur la ville d'Alais, publié sous les auspices de la municipalité. In-8° de 660 pages avec le calque d'un ancien plan de la ville.

Histoire de la ville de Rocroi, depuis son origine jusqu'en 1850, avec une notice historique et statistique sur chaque commune de son canton, et une galerie biographique des hommes célèbres ou dignes de souvenir qui l'ont habité, par J.-B. Lépine, membre correspondant de l'Académie de Reims. In-8° de 464 pages.......................... 5 fr.

X. — BIOGRAPHIE.

La Vie et le martyre de saint Thomas Becket, par John Morris, traduit de l'anglais par Charles de Vaulchier. In-8° de xxi et 490 pages avec une gravure.......... 4 fr.

Michel de Montaigne. Sa vie, ses œuvres et son temps, par F. Bigorie de Laschamps, procureur impérial à Rouen. Deuxième édition, augmentée de documents authentiques inédits, et de la littérature de Montaigne en elle-même, dans ses rapports avec les lettres en général, et, plus spécialement, avec les lettres au xvi° siècle et au commencement du xviii°. In-8° de 497 pages............. 3 fr. 50 c.

Biographie de François de Rousiers, gentilhomme du xvi° siècle, par l'abbé Arbellot, curé-archiprêtre de Rochechouard. In-8° de 100 pages....................... 2 fr.

Ermitage et vie de saint Valbert, avec un abrégé de l'histoire de Luxeuil, par l'abbé Clerc, professeur au petit séminaire de Luxeuil. Troisième édition. In-8° de 250 pages et de 7 planches dont plusieurs photographies.

VIE de François de Valori l'ancien, Gonfalonier souverain de la république de Florence, écrite au XVIe siècle, par Dom Sylvain Razzi, abbé des Camaldules, traduite de l'italien par l'abbé J.-F. ANDRÉ, correspondant des Comités historiques. — Vie comprise dans sept numéros du journal la « France littéraire, artistique et scientifique » de l'année 1856. Ces numéros ensemble............ 1 fr. 25 c.

HISTOIRE de saint Antoine de Padoue, de l'Ordre des Frères Mineurs, par l'abbé A. GUYARD, vicaire général de Montauban. In-8° de 478 p. et d'une planche.................... 5 fr.

HISTOIRE DE JOUVENET, par F. LE ROY, membre de plusieurs sociétés savantes. Grand in-8° de 547 pages et d'un portrait. Exemplaire en papier ordinaire, 7 fr.; exemplaires en papier fort...................... 8 fr.

ÉMAILLEURS LIMOUSINS. LES PÉNICAUD, par MAURICE ARDANT, archiviste de la Haute-Vienne. In-8° de 32 pages....... 1 fr. 50 c.

LES LIMOSIN, émailleurs, par MAURICE ARDANT. In-8° de 27 pages........ 1 fr. 25 c.

LÉONARD LIMOSIN, émailleur, Esquisse biographique, par MAURICE ARDANT. In-8° de 20 pages..................... 1 fr. 25 c.

LES VITALIS, émailleurs de Limoges, par MAURICE ARDANT, archiviste de la Haute-Vienne. In-8° de 9 pages........... 75 c.

NOTICE sur messire Jehan Baucher, roi d'Yvetot (1484-1498), par AUGUSTE GUILMETH, membre de plusieurs académies et sociétés savantes. In-8° de 16 pages....... 1 fr. 50 c.

THÉODULPHE, évêque d'Orléans et abbé de Fleury-sur-Loire, par l'abbé BAUNARD, chanoine honoraire, professeur au petit séminaire d'Orléans. In-8° de 352 pages......... 5 fr.

BIOGRAPHIES BÉNÉDICTINES ou Notices historiques et littéraires sur les personnes illustres, en science et en sainteté, de l'ordre de Saint-Benoît, par le R. P. Dom ONÉSIME MENAULT, bénédictin de la congrégation de France. Première série, première et deuxième livraison : Saint Guilhem de Gellone et saint Benoît d'Aniane. In-12 de 62 et de 72 pages. Chaque livraison.......................... 1 fr.

NOTICE sur le frère Abraham, de l'abbaye d'Orval, et sur les tableaux qui lui sont attribués, par le docteur A. NAMUR, professeur-bibliothécaire à l'Athénée de Luxembourg. In-8° de 39 pages.............. 1 fr. 25 c.

NOTICE sur Mahomet, par M. REINAUD, membre de l'Académie des inscriptions et belles-lettres. In-8° de 92 pages.. 2 fr. 50 c.

RAPHAEL d'Urbin et son père Giovanni Santi, par J.-D. PASSAVANT, directeur du musée de Francfort. Édition française refaite, corrigée et considérablement augmentée par l'auteur sur la traduction de M. JULES LUNTESCHUTZ, revue et annotée par M. PAUL LACROIX, conservateur de la bibliothèque de l'Arsenal. Deux volumes in-8° de 582 et 614 pages avec un portrait de Raphaël et un fac-simile de son écriture. 20 fr.

XI. — SOCIÉTÉS SAVANTES.

REVUE des sociétés savantes des départements, publiée sous les auspices du ministre de l'instruction publique et des cultes. Deuxième série. Paraît, chaque mois, par livraisons in-8° de 8 à 9 feuilles. Abonnement d'un an, pour Paris et pour les départements...... 20 fr.

ANNUAIRE de l'Institut des provinces, des sociétés savantes et des congrès scientifiques. Seconde série. 2e volume (XIIe volume de la collection). Année 1860. In-8° de 344 pages avec des gravures sur bois........... 5 fr.

Revue contemporaine et Athenæum français. Tome XVIIe (LIIe de la collection). Année 1860. Paraît tous les quinze jours, le 15 et à la fin de chaque mois, par livraisons de 13 à 15 feuilles d'impression, qui forment, tous les deux mois, un volume in-8° de 1,000 pages environ. Prix de l'abonnement : pour Paris, un an, 50 fr. ; pour les départements.... 56 fr.

Mémoires de la société d'agriculture, commerce, sciences et arts du département de la Marne. Année 1859. In-8° de 326 pages et de 4 planches.......................... 5 fr.

Annuaire historique du département de l'Yonne. Recueil de documents authentiques destinés à former la statistique départementale. 24e année. 1860. In-8° de 255 pages et de deux planches................. 2 fr. 25 c.

Mémoires de la Commission historique du Cher. Premier volume ; deuxième partie. 1860. In-8° de 280 pages et de 4 planches... 6 fr.

Congrès archéologique de France. Séances générales tenues à Mende, à Valence, à Grenoble, en 1857, par la société française d'archéologie pour la conservation des monuments historiques. Années 1858 et 1859. In-8°. Chaque volume...................... 12 fr.

Société des antiquaires de l'Ouest. Séance publique de 1860. In-8° de 15 pages. 75 c.

Mémoires de la Société impériale d'agriculture, sciences et arts d'Angers. Année 1859. Tome II. In-8° de 286 pages.......... 6 fr.

Répertoire archéologique de l'Anjou. Année 1860. Paraît le 1er de chaque mois, par livraisons de deux feuilles d'impression. Abonnement annuel.................... 6 fr.

Actes de l'Académie impériale des sciences, belles-lettres et arts de Bordeaux. Troisième série. XXIe année. 1859. In-8° de 764 pages. Les quatre trimestres de 1859, réunis. 10 fr.

Actes de l'Académie impériale des sciences, belles-lettres et arts de Bordeaux. Année 1860. In-8° de 600 pages................. 10 fr.

Congrès archéologique de France. Séances générales tenues à Périgueux et à Cambrai, en 1858, par la Société française d'archéologie pour la conservation des monuments historiques. XXVe session. Un fort volume in-8° de 712 pages et de plusieurs planches.... 12 fr.

Bulletin de la Société archéologique du Morbihan. Années 1857, 1858 et 1859. In-8° de 112 à 152 pages et de plusieurs planches. Chaque année..................... 4 fr.

Bulletin du comité flamand de France. Tome I. Années 1857-1859. In-8° de 452 pages......................... 6 fr. 50 c.

Mémoires de la Société d'archéologie lorraine. Seconde édition. Premier volume. In-8° de 438 pages et de 7 planches......... 6 fr.

Mémoires de la Société d'archéologie et d'histoire de la Moselle. Années 1858 et 1859. In-8° de 108 à 166 pages avec planches. Chaque année...................... 6 fr.

Bulletin de la Société d'archéologie et d'histoire de la Moselle. Première et deuxième année. 1858 et 1859. In-8° de 100 à 230 pages. Chaque année........................ 6 fr.

Publications de la Société pour la recherche et la conservation des monuments historiques dans le grand-duché de Luxembourg. T. XIV. Année 1858. In-4° de LIII-182 pages et de 4 planches........................... 5 fr.

Bulletins de la Société historique et littéraire de Tournai. Tome VI. 1860. In-8° de 330 pages et de plusieurs planches et gravures sur bois.......................... 8 fr.

Analectes archéologiques, par Alexandre Schaepkens, membre correspondant de l'Académie d'archéologie de Belgique. In-8° de 20 pages.......................... 1 fr.

Annales de la ville de Maestricht, par

Alexandre Schaepkens, membre correspondant de l'Académie d'archéologie de Belgique. In-8° de 16 pages.................. 1 fr.

Antiquarisk tidsskrift, udgivet af det kongelice nordiske oldskrift-selskab. 1852-1854. « Bulletin archéologique publié par la Société royale du Nord. » In-8° de 464 pages, ornées de gravures sur bois......... 10 fr.

XII. — ANTIQUITÉS.

De l'homme antédiluvien et de ses œuvres, par M. Boucher de Perthes. In-8° de 100 pages et de 2 planches.......... 1 fr. 50 c.

Recherches sur les antiquités de la Russie méridionale et des côtes de la mer Noire, par le comte Alexis Ouvaroff. Deuxième partie. Texte in-folio de 36 pages. Atlas in-folio plano de 17 planches, dont quelques-unes en chromolithographie. Prix : 40 fr. — La première et la deuxième partie, ensemble de 168 pages et de 42 planches.................. 100 fr.

Souvenirs de Kertsch et chronologie du royaume de Bosphore, par J. Sabatier, membre fondateur de la Société impériale d'archéologie de Saint-Pétersbourg. Grand in-4° de 130 pages et de 8 planches dont 5 en couleur.. 24 fr.

Histoire des usages funèbres et des sépultures des peuples anciens, par Ernest Feydeau. Livraisons 20° et 21°. Nabathéens et Cyrénéens. Grand in-4° de 5 feuilles et demie, ornées de gravures sur bois et de 6 gravures sur métal. Chaque livraison.......... 6 fr.

Essai sur un tombeau gallo-romain, découvert à Louviers (Eure), en avril 1860, par P. G. Petit, membre du conseil général de l'Eure. In-8° de 44 pages et d'une planche.

Antiquités gallo-romaines découvertes à Toulon-sur-Allier, et réflexions sur la céramique antique, par M. E. de Payan-Dumoulin, président du tribunal civil du Puy. In-4° de 108 pages et de 4 planches....... 4 fr

Un dernier mot sur le théâtre de Champlieu (Oise), par M. Peigné-Delacourt, membre de la société des Antiquaires de France. In-8° de 27 pages.................. 1 fr. 25 c.

Supplément aux recherches sur l'emplacement de Noviodunum et de divers autres lieux du Soissonnais, par M. Peigné-Delacourt, membre de la société des Antiquaires de France. In-8° de 119 p. avec une carte. 3 fr.

Camp de Bar (« Castrum Barrum »), par M. Peigné-Delacourt, membre de plusieurs sociétés savantes. In-8° de 6 pages et d'une carte......................... 1 fr. 25 c.

Description de l'amphithéâtre de Nîmes, par Auguste Pelet. Seconde édition, revue et corrigée. In-8° de 172 pages et de 5 planches..................... 3 fr. 50 c.

Mémoire sur un cimetière celtique, découvert à Beaugency, par A. du Faur, vicomte de Pibrac, membre de la Société des sciences d'Orléans. In-8° de 52 p. et de 3 pl. 2 fr. 50 c.

Étude géographique et ethnographique sur les peuples qui avoisinaient le cours inférieur du Rhône et de la Durance, avant la conquête de la Gaule par les Romains, et recherches sur les villes de Vindalium et Aeria, et sur le passage du Rhône par Annibal, par Th. Générat, membre de la Société française d'archéologie. In-8° de 44 pages.................. 2 fr.

Album de médailles anciennes et pierres gravées, recueillies dans les musées de Rome. Onze photographies petit in-folio, contenant environ mille sujets divers.......... 20 fr.

Album de Camées, représentant l'histoire des dieux de la mythologie grecque. Onze photographies petit in-folio, contenant environ 500 sujets divers...................... 20 fr.

Dictionnaire des antiquités romaines et

grecques, accompagné de 2,000 gravures d'après l'antique, par ANTHONY RICH, traduit de l'anglais sous la direction de M. CHÉRUEL, inspecteur de l'Académie impériale de Paris. In-8° de XII et 740 pages........... 10 fr.

XIII. — ÉPIGRAPHIE ET NUMISMATIQUE.

DICTIONNAIRE de sigillographie pratique, contenant toutes les notions propres à faciliter l'étude et l'interprétation des sceaux du moyen âge, par Alphonse CHASSANT et JULES DELBARRE. In-18 de 264 pages et de 16 planches............................ 8 fr.

MÉMOIRE sur les signes lapidaires des monuments religieux, civils et militaires de la ville de Poitiers, par l'abbé X. BARBIER DE MONTAULT, historiographe du diocèse d'Angers, membre des Comités historiques. In-8° de 20 pages et de 10 planches. 1 fr. 75 c.

QUELQUES ÉPITAPHES des églises de Commines, Cambrai, Condé, Esne, Estaires, Halluin, Solre-le-Château et Valenciennes, par E. DE COUSSEMAKER, correspondant de l'Institut. In-8° de 45 pages.................. 1 fr. 50 c.

NOTICE historique et critique sur le tombeau de Saint-Léonien, premier abbé du monastère de Saint-Pierre de Vienne, en Dauphiné, au VIe siècle, par M. ALFRED DE TERREBASSE. In-8° de 20 pages.................. 2 fr.

RECHERCHES sur quelques inscriptions, latines et françaises de la ville de Vienne, en Dauphiné, par ALFRED DE TERREBASSE. In-8° de 45 pages et d'une planche......... 3 fr.

NOTES sur quelques inscriptions du moyen âge de la ville de Vienne, par ALFRED DE TERREBASSE. In-8° de 37 pages et d'une planche.............................. 3 fr.

ÉPITAPHE du cœur de François, dauphin de Viennois, par ALFRED DE TERREBASSE. In-8° de 8 pages.......................... 50 c.

EXAMEN critique de l'inscription de Saint-Donat, relative à l'occupation de Grenoble par les Sarrasins au Xe siècle, par ALFRED DE TERREBASSE. In-8° de 29 pages et d'une planche.............................. 3 fr.

ÉPITAPHE DE FOEDVLA. Fragment extrait d'une prochaine publication intitulée : Inscriptions antiques du moyen âge de Vienne, en Dauphiné, recueillies et reproduites en fac-simile par AUGUSTE ALLMER. Texte explicatif par MM. LÉON RÉNIER, membre de l'Institut, et ALFRED DE TERREBASSE, ancien député de l'Isère. In-8° de 11 pages............ 2 fr.

NOTICE historique et critique sur les armoiries de la ville de Vienne, en Dauphiné, par A. DE TERREBASSE. In-8° de 22 pages.. 2 fr.

ESSAI sur une inscription monumentale découverte à Nîmes, en 1739, d'après des documents nouveaux; lu à l'Académie du Gard, par AUGUSTE PELET. In-8° de 24 pages et d'une planche...................... 1 fr. 75 c.

INSCRIPTIONS ANTIQUES de Chalon-sur-Saône et de Mâcon, par M. MARCEL CANAT. In-4° de 62 pages avec 5 planches dont 1 photographie.......................... 6 fr.

DESCRIPTION générale des médaillons contorniates, par J. SABATIER. In-4° de 149 pages et de 19 planches. Complet.......... 36 fr.

LE DERNIER DUC DE BOUILLON (1815), par M. RÉNIER CHALON, président de la Société de numismatique de la Belgique. Grand in-8° de 51 pages.................. 1 fr. 75 c.

LETTRE à M. Adrien de Longpérier sur la médaille gauloise portant la légende VEROTAL, et sur le costume des Gaulois, par E. HUCHER. In-8° de 16 p. et d'une planche.. 1 fr. 75 c.

CHÂSSE BYZANTINE À ÉMAUX DU RHIN, XIIe SIÈCLE

XIV. — BIBLIOGRAPHIE ET CATALOGUES.

Manuel du Libraire et de l'Amateur de livres, par Jacques-Charles Brunet. Cinquième édition originale, entièrement refondue et augmentée d'un tiers par l'auteur. L'ouvrage formera six gros volumes in-8° à 2 colonnes et sera publié en douze parties. Les 1re et 2e parties sont en vente. Chaque partie, 10 francs; l'ouvrage entier, 100 francs pour les souscripteurs. A partir du 1er janvier 1861, l'ouvrage sera porté, pour les non-souscripteurs, à 120 fr.

Bulletin du Bibliophile et du Bibliothécaire. Quatorzième série. 1860. Paraît, chaque mois, par cahiers de cinq ou six feuilles in-8. Abonnement pour Paris, 12 fr.; départements, 14 fr.; étranger, 16 fr.

Catalogue descriptif et raisonné des manuscrits de la Bibliothèque de Valenciennes, par J. Mangeart, ancien bibliothécaire de la ville. Grand in-8° de 764 pages...... 20 fr.

La librairie de Jean, duc de Berry, au château de Mehun-sur-Yèvre. 1416. Publiée en entier, pour la première fois, d'après les inventaires et avec des notes, par Hiver de Beauvoir. In-12 de 108 pages. Titre rouge et noir............................ 3 fr.

Bibliographie des ingénieurs, des architectes, des élèves des écoles professionnelles, des chefs d'usines et des agriculteurs. In-8° de 136 pages......................... 1 fr.

Catalogue du Musée d'armes et d'objets anciens de la ville de Bordeaux, par J.-A. Labet. In-18 de x-66 pages........... 50 c.

Catalogue du musée de peinture et sculpture de la ville de Valenciennes et du musée Bénézech. In-12 de 114 pages.

Introduction à un Catalogue de dessins et de gravures sur le département de l'Aisne, par Édouard Fleury, correspondant des Comités historiques. In-8° de 23 pages.

AUX ABONNÉS.

Un mot sur nos projets pour 1861.

Quelques-uns des travaux commencés dans les « Annales » seront terminés en 1861, les autres seront continués et des études nouvelles viendront s'ajouter aux études anciennes pour donner à notre publication le caractère d'encyclopédie du moyen âge que nous avons toujours voulu lui imprimer.

Seront achevés :

L'iconographie du Chemin de la croix, par M. l'abbé Barbier de Montault;

L'iconographie des Vertus théologales et des Œuvres de miséricorde, par M. Didron;

Le Trésor de Conques, par M. Alfred Darcel;

Le Trésor de Saint-Marc de Venise, par M. Julien Durand;

L'iconographie civile à la Ragione de Padoue, par M. W. Burges.

Seront continués :

Les Cloches anciennes, par M. le chanoine Barraud et M. Sauvageot;

L'iconographie des cathédrales de France et le voyage au mont Athos, par M. Didron;

Les Documents anciens par M. le baron de La Fons-Mélicoq;

Les Dalles tumulaires du moyen âge, par M. le comte G. de Soultrait.

Seront commencés :

L'Orientation des églises au moyen âge, par M. Sirodot, architecte;

Le Style ogival en Italie, par M. Félix de Verneilh;

L'Histoire de la peinture sur verre en Europe, par M. Édouard Didron;

Les Autels, Tabernacles, Ciboires et Calices, par M. Alfred Darcel;

L'iconographie des Sept-Sacrements, par M. Didron;

L'iconographie de Notre-Seigneur et du Crucifix, par M. le comte H. de Saint-Laurent;

L'iconographie de la sainte Vierge, par M. Julien Durand;

L'iconographie de saint Pierre et de saint Paul, par M. le comte H. de Saint-Laurent;

L'iconographie des Saints populaires de la France, par divers;

La Légende de Charlemagne et de Roland, par M. Didron;

L'histoire des Sceaux du moyen âge, par M. E. Hucher;

Le Symbolisme byzantin, par M. le comte Ouvaroff;

La châsse byzantine à émaux du Rhin, collection de M. le prince Pierre Soltykoff, par M. le docteur Cattois;

L'inventaire du Trésor de Maubeuge, par M. Ch. de Linas;

L'inventaire de la cathédrale d'Angers, par M. l'abbé Barbier de Montault;

Des excursions archéologiques en France, par M. le baron de Guilhermy;

Un voyage archéologique à Naples et en Sicile, par M. Didron.

Les artistes qui recherchent dans les « Annales » des renseignements pratiques et surtout des dessins utiles, propres à les instruire et à les guider, auront satisfaction, car la plupart de nos articles et de nos gravures offriront un but pratique, surtout l'histoire de la peinture sur verre, la monographie des autels, la description des vases sacrés et l'iconographie tout entière. Les sculpteurs et les peintres ornemanistes trouveront dans la monographie de la châsse du prince Soltykoff les plus beaux détails de décoration, comme le montre, dès aujourd'hui, la planche d'ensemble que nous publions de ce riche monument.

Ceux de nos lecteurs qui se préoccupent plus spécialement de science pourront faire, dans nos futures livraisons, un cours assez complet d'art byzantin et d'art latin, car ces deux aspects de l'art chrétien y seront constamment mis en regard pour être comparés et jugés.

Nos graveurs sont toujours ceux que les abonnés des « Annales » connaissent depuis longtemps : MM. Gaucherel, Sauvageot, Guillaumot, Martel, Varin, Mouard. Pour dessinateurs, nous avons : d'un côté, la photographie qu'on croirait avoir été inventée spécialement à l'usage des archéologues; de l'autre, MM. Darcel, Gaucherel, Victor Petit et Édouard Didron.

Le papier et l'impression seront les mêmes que par le passé; mais les caractères, à dater de la prochaine livraison, la première de 1861, seront renouvelés.

Seront considérés comme réabonnés pour 1861 les souscripteurs de 1860 qui n'auront pas donné un avis contraire avant le 31 janvier prochain. Dans les premiers jours de juin, il sera adressé un mandat de 25 francs, y compris les frais de recouvrement, à ceux des souscripteurs des départements qui n'auront pas versé 23 francs, montant de l'abonnement annuel, au bureau des « Annales Archéologiques », rue Saint-Dominique, 23.

DIDRON.

TABLE DES MATIÈRES

DU TOME VINGTIÈME

JANVIER-FÉVRIER.

MARS-AVRIL.

MAI-JUIN.

CPSIA information can be obtained
at www.ICGtesting.com
Printed in the USA
LVHW041958220323
742311LV00005B/309

9 783382 700249